王旭烽 著

浙江文艺出版社

茶人三部曲

—第二部—

图书在版编目(CIP)数据

不夜之侯 / 王旭烽著. —杭州：浙江文艺出版社，2020.1(2025.8重印)
ISBN 978-7-5339-5841-1

Ⅰ.①不… Ⅱ.①王… Ⅲ.①长篇小说—中国—当代 Ⅳ.①I247.5

中国版本图书馆CIP数据核字(2019)第212335号

责任编辑 邓东山 张恩惠
装帧设计 观止堂_未氓
责任校对 许红梅 陈 玲
责任印制 张丽敏

不夜之侯
王旭烽 著

出版 浙江文艺出版社
地址 杭州市环城北路177号
邮编 310003
网址 www.zjwycbs.cn
经销 浙江省新华书店集团有限公司
制版 杭州天一图文制作有限公司
印刷 杭州富春印务有限公司
开本 880毫米×1230毫米 1/32
印张 19.25
字数 431千
插页 5
版次 2020年1月第1版
印次 2025年8月第10次印刷
书号 ISBN 978-7-5339-5841-1
定价 76.00元

序

两千年，一花独放，唯我独尊，尔后，华茶的下一个大时代，便以与以往迥然不同之命运开始了——

有世纪初皖地民谣为证：

三月招得采茶娘，四月招得焙茶工；
千箱捆载百舸送，红到汉口绿吴中。
年年贩茶苦价贱，茶户艰难无人见；
雪中芟草雨中摘，千团不值一匹绢。
钱少秤大价半赊，口唤卖茶泪先咽。
官家榷茶岁算缗，贾胡垄断术尤神；
佣奴贩妇百苦辛，犹得食力饱其身，
就中最苦种茶人。

这首载于中国安徽《至德县志》的1910年间传唱的民谣，其中不但出现了历代民间茶歌中的谴责对象——官家，还出现了另一个名词——贾胡。

贾胡，即来华经商的外国人，而由贾胡生发，另一个有关茶业行的名词——洋行，便要被我们引入20世纪初的视野之中了。

中国官方专门对外做生意的机构，古来有之。只是到得清代，方被称为洋行。洋行可以做各种生意，比如毛织品、洋布、钟表等，但最大宗的生意，到底还是国之瑞草茶叶。

追本溯源，人类与茶的亲和，正是从华夏民族对人类的亲和开始的。恰如茶圣所言：飞禽、走兽和人类，都生活在天地之间，依靠饮食维持生命活动，饮食的意义是多么的深远啊！要解渴，就得饮水；要消愁，就得饮酒；要消睡提神，就得喝茶。（《茶经·六之饮》）

茶的发现和利用，是一个真正的东方传奇故事。《神农本草》中记载：神农尝百草，日遇七十二毒，得荼而解之。这个荼，就是茶。

神农在中国古书中，被描绘成一个头上长牛角缺一颗门牙的男子，一位距今四五千年前的上古时期的部落领袖。因为劝人们种百谷、植桑麻，被尊称为神农氏。他正是那种类似于古希腊普罗米修斯和俄国丹柯那样的受难英雄。他遍尝各种草木，不幸中毒倒下，恰有水珠从茶树上落下滴入口中，方才得救。

这个传说在一定程度上反映了历史的真实。因此，神农不但成了中国农业和医学的创始者，也成为世界上最早的茶叶发现和利用者。

中国最早的地方志书之一《华阳国志》告诉我们，三千年前，在现今中国的四川地区，人们就开始人工栽培茶树，并把它作为地方特产献给了当时的天子周武王。

战争打破了宁静的茶叶世界。两千多年前的春秋战国时期，关中地带的秦国人攻下了重峦叠嶂的巴蜀，中国西北部粗犷的士兵们惊异地发现了这种可以煎煮饮用的绿叶。这样，茶叶就裹在他们的马革中，翻出蜀道，被带向广阔的天地。

战国之前，中国的茶叶种植已从湖北延伸到湖南、江西地区。自此以后，便在长江中下游扩展。

茶，兴于唐而盛于宋。唐贞观十五年，茶作为文成公主的陪嫁品，不远万里，长途跋涉，来到了吐蕃松赞干布的故乡。饮茶习俗，从此传入西藏，成为边疆少数民族不可或缺的饮料。

在这个茶叶文明大传播的时期，茶在被架在马背上走向雪山草地的同时，也被僧侣们负在肩背上，带往寒冷的北方；然后，它又被盛入精美的器具，在宫廷达官贵人们的手中相互传递。公元8世纪初，北方饮茶习俗开始蔓延传播。

明代，中国著名的航海家郑和七下西洋，把茶带到了遥远的非洲东海岸和红海沿岸。

茶的羽翼已经丰满，下一个历史时期，它将在全世界翱翔。

英语中茶（Tea）的发音和法语中茶（Thé）的发音，恰与中国海路传出的福建方言“茶”字的音Te相似；而由陆路传向西亚、东欧的“茶”字音，则来自中国内陆地区的“茶”字发音——比如俄语中的Чай，土耳其语中的Çay——它们多少也从语音学的角度，向我们射来了一道悠远的茶叶文明之光。

西汉时，茶沿丝绸之路至西域各国。阿拉伯商人在中国购买丝绸的同时，也带回了茶叶，并把它们运往波斯。与此同时，土耳其商人在中国边境也开始了以物易茶——“有一叶，作三叶草状，其叶数，其香亦高，唯其味苦，水沸，冲饮之。”这是公元9世纪时一位名叫苏莱曼的北非商人在他写的一本名叫《印度中国纪行》的书中，对茶的形容。

公元9世纪初，茶离开故乡，扬帆起航，东渡扶桑。日本最澄禅师和他的弟子空海先后从中国带去茶籽和制茶工具。从此，中国的饮茶方法和习俗开始在日本传播开来。至宋，日本高僧荣西两度来华，归国时带去茶籽和饮茶法，著汉文著作《吃茶养生记》，为后来日本茶道的产生奠定基础。

六个世纪以后（1559年），威尼斯作家拉马西沃所著《中国茶》和《航海与旅行记》二书，把茶介绍到了欧洲。一位名叫克罗兹的葡萄牙神父，在那个时代成为中国最早的天主教传播者。同时，他在1560年把中国茶叶知识传播回国，而他的同胞海员则仿佛为了印证他的知识一样，从中国直接带回了茶叶。

就这样，16至17世纪始，茶先后到达了荷兰、俄国、法国和英国。

华茶在欧洲，尤其在英国受欢迎，与一位葡萄牙公主凯瑟琳出嫁英国（1662年）密切相关——世界在出现一位饮茶皇后之后，也增添了一个以往从来不种茶叶的饮茶大国。

在此之前，英国基本上还是一个咖啡的王国，但茶叶的品质非常符合英国人据以自豪的绅士风度，故而朝野开始交相提倡。相传1657年伦敦一家极有名的“嘉拉惠”咖啡店，已经在广告上赫然写道：

可治百病的特效药——茶，

是头痛、结石、水肿、瞌睡的万灵丹！

饮茶皇后以为酒伤身体，不如茶好，从此以茶代酒，成为英国宫廷中的礼仪。达官贵人争相效仿，茶遂成为豪门世家的高贵饮料。贵夫人在家中设精致茶室，论茶媲美，一时成为时髦。1669年，东印度公司从中国购得“功夫茶”，献呈皇后，以博欢心。当年英国就停止从荷兰进口茶叶，由东印度公司独占专营权。

茶在英伦三岛人民生活的各个方面出现。英国诗人蒲伯是这样赞美女王喝茶的：

您，伟大的安娜，三个国家齐向您低首。

您有时和君臣商谈大政，有时也在茶桌旁激励朋友。

这个岛国的人民，成了世界上饮茶的冠军。上午十时半和下午四时的饮茶习俗，成了生活中雷打不动的制度。学术界的交流被称为“茶杯和茶壶精神”，电视台下午四时的节目谓之“饮茶时间”。萧伯纳曾调侃说：破落户的英国绅士，一旦卖掉了最后的礼服，那钱往往还是用来饮下午茶的。

当那时钟敲动第四响，

一切的活动皆因饮茶而中止，

……

茶叶贸易史上，英国留下了不少的篇章和逸事。比如中国的平水珠茶，向被称为绿色珍珠。但，据创建于1706年的老牌英国茶商团宁公司印发的宣传册载，当时的英国人不识此茶，称其为“gun powder green tea”，火药绿茶，一直流传至今。

还有一种老牌加香茶“格雷爵士茶”，说起来也有点意思。这位爵士本为20世纪初出使中国的外交大臣，从清朝一位官吏手中得到了代代相传的花茶配方，带回国去，交一家公司试制。该公司为了感谢他，把该茶命名为“格雷爵士茶”。此茶上市，包装上无不注明源于中国清朝某高级官吏的字样，以为行销之号召。

18世纪，茶在英国国民经济中，成了一项重大收入。19世纪的英国大臣罗斯托伦说：“国家不可缺乏的粮食、盐或茶，如果由一国独揽供应权，就会成为维持其统治势力的有力砝码。”

茶由此而直接介入了政治。公元1773年，英国议会通过了《茶叶税法》，规定每磅茶叶征收三便士茶税，波士顿茶叶事件——美国独立战争的导火索由此引发，至今波士顿码头还有碑文如下：

> 此处以前为格林芬码头。1773年12月16日，有英国装茶之船三艘停泊于此。为反抗英皇乔治之每磅三便士之苛税，有九十余波士顿市民，攀登船上，将所有茶叶三百二十四箱，悉数投于海中，以是而成为世界闻名之波士顿抗茶会之爱国壮举。

在欧洲，只有一个国家在饮茶方面可以与英国相提并论——西伯利亚的寒风也无法抵挡华茶对俄罗斯人的诱惑，茶马交易使茶从蒙古进入俄国。19世纪初,俄国人从湖北羊楼洞运去茶种,成功地栽种在格鲁吉亚的土地上。一位专和俄国做茶叶生意的刘姓中国人,被沙皇赐名为“茶叶刘”。俄罗斯伟大诗人普希金的《欧根·奥涅金》中这样写道:

天色转黑,晚茶的茶炊闪闪发亮,
在桌上咝咝作响,它烫着瓷茶壶里的茶水,
薄薄的水雾在四周荡漾……

放眼全球范围内的华茶贸易,我们大约可知,公元10世纪前,华茶已到了亚洲诸多邻国及西北非等地;16世纪抵达欧洲;18世纪,茶与英国移民同坐五月花船漂洋过海,直抵美洲。而茶的另一支大军,则于17世纪南下,定居于被海洋拥抱着的南洋诸国。

华茶既被如此青睐,公元1840年的中国鸦片战争之前,清政府便派官商十三人至广州,行办茶事,人称十三行。从此,官僚、豪商、洋人,垄断出口贸易,尤以茶叶为甚。生意之有利可图,连皇帝见了也眼红,直接插手进来,人称皇商。

此等格局,直到鸦片战争之后方被打破,十三行与英商独霸中国进出口贸易的局面从此一去不复返,洋行,变为各国实业家独占的商行。五口通商之后,“千箱捆载百舸送,红到汉口绿吴中”——福州、汉口、九江、宁波,成了当时中国茶叶出口最多的港口所在地。

第一次世界大战,再次改变中国经济的格局。从此洋行多迁于沪上，盛时曾达四五十家，而上海的茶叶输出，竟占全国总输出之一半以上了。

洋行垄断中国对外茶叶贸易近百年，至20世纪上半叶，中国茶业已落得奄奄一息之地步。此间，中华茶界有识之士自不甘于消沉，种种努力，艰苦卓绝，在漫长跋涉之中，企图恢复昔日祖先之荣光。其中最杰出者，当属吴觉农先生。

1897年出生于中国浙江上虞县丰惠镇的吴觉农先生，真正从实践中走上为振兴华茶而奋斗的道路，乃是自20世纪30年代初，应中国著名农学家、农业教育家、当时的上海商品检验局局长邹秉文先生之约，筹办茶业出口检验开始的，尔后，吴觉农又在江西修水、安徽祁门、浙江三界等地建立茶叶改良场，中国现代茶业，自此粗现雏形。

与此同时，吴觉农先生四处奔走，出入茶区，出国考察，撰写大量调查报告，揭示茶叶贸易中洋行洋庄茶栈之垄断操纵，谴责通事、茶号、水客等的重重剥削，描述中国茶农之悲惨处境，介绍国外茶界之先进技术和经验，实践中国茶业进步之种种方案——先生于不可为之时而为之，呕心沥血，惨淡经营，长夜弥天，大声疾呼之声，似乎终有回音——

1936年间，皖赣两省议定并成立了皖赣红茶运销委员会，统筹运销两省之祁门与宁州红茶，时称“茶业统制”。

此举霎时间翻了中国茶业行近百年的天。上海洋庄茶栈同业行会，听到彼声，不啻晴天霹雳，都一个个地突然“郑重将来，顾虑意外”起来，一份《痛切宣言》公开发表，被众多中国茶人看作为实践先生“打破中间剥削，谋茶农之真正利益，复兴茶业”之理想的大行动。最终，此次风波以政府妥协让步而告终。

1936年，吴觉农先生在《中国农村》杂志二卷六期上，以施克刚为笔名，撰《反帝反封建的半幕剧》一文，表达他对这次半途而止的茶业革命的认识，说：

> 在现社会中，大资本驱除小资本，也成了司空见惯的事情。此次统制纠纷的背景，实在不过是这样一幕令人啼笑皆非的悲喜剧而已。……茶业统制的结果是茶业受了帝国主义金融资本与茶栈的统制，贫困的茶农因之而被统制于死地。反帝反封建的戏剧，本应当轰轰烈烈演下去，然而因为反帝反封建的主角——茶农——被压在舞台下，因此演不到半幕便匆匆收场了。

作为半幕戏剧的皖赣茶业统制，却成为吴觉农先生后来的正剧的序幕。当此时，实业部开始试图采纳吴先生的建议，成立较大规模的茶叶公司。又不知几多周折，1937年6月1日，由实业部和皖、赣、浙、闽、湘、鄂六个茶区省政府集资，少数私人资本参加的中国茶叶公司，于上海北京路垦业大楼正式成立，吴觉农先生被聘为总技师。

仅仅三十七天之后，遥远的北方，卢沟桥边，日本军队开始了对中国的全面入侵。刚刚开始事业的中茶公司，被迫于上海辗转迁徙，由武汉而终往陪都重庆。向被称为“不夜侯”的中华茶叶，这向往温暖与光明的绿色和平之舟，在数百年劫难之后，陷入了人类有史以来最凶险的惊涛骇浪之中。

真个是:

出我幽谷,上我乔木,茶兮叶兮,凤凰涅槃!

目录

第一章

孤山至葛岭，跨湖架桥，全长不足半里。有亭三座，一大二小，两旁荷叶，清风袭人。那一日，杭州忘忧茶庄青年商人杭嘉和，携家带口，一手抱着外甥忘忧，一手牵着儿子杭忆、侄儿杭汉，穿桥而过时，恰逢六月六日。按中国人的历算，乃大吉大利之岁节，时为民国十八年——杭州西湖博览会开幕之际。彼时，离忘忧茶庄杭氏家族民国十六年间的罹难，尚不足两年，而离卢沟桥敌人的炮声，还有整整八年呢。

嘉和许久也未到西湖边来走动了。忘忧茶庄旧岁新年，尽是叠愁。父亲杭天醉逝世，虽已过一年有余，然家中悲哀，一如泉下流水，依旧暗暗流淌。又加那同父异母的弟弟嘉平，亡命天涯，不知所终。嘉平的生母沈氏绿爱，常常因为思儿心切发呆发痴，幸而还有略通医道的赵寄客赵先生，三日两头来家中走动。绿爱因了赵先生的宽慰，再加自己本是一个要强的女人，到底还是撑着这杭州城里有名的茶庄不倒。

话说这一家子惨淡经营，勉为其难，载沉载浮于岁月间，门可罗雀，常掩不开，倒也还算平安。不料竟有一日，又被一个不速之客的手杖打开了。

国民党浙沪特派员沈绿村，杭家的大舅子，知道自己再去敲开忘忧楼府的大门，乃是一件多少有点尴尬的事情。但他一向是个自信心十足的男人，并且因为极度地缺乏感情色彩而活得内心世界风平浪静。这可以从他轻快地举起手里的文明棍，富有节奏地敲打着杭家大门的动作中看出来。

时光的伟大是可以将一切抹平。沈绿村已经想好了，准备附和他的妹妹大骂一顿党国。这不算什么，在沈绿爱面前，哪怕把党国骂得一佛出世二佛升天，也并不危及他沈绿村的宏图大业。说实话，他多少是有一点想他的这一位刁蛮的妹妹了，况且他还有正经事情，需要他们杭家出面。他决定送上一个小小的机会，去换取家族的和平。如果可能，他还准备去一趟鸡笼山，对那个他一天也不曾想过的死去的妹夫进行一番凭吊。

此刻，他一边笃笃笃地敲着门，一边看着大门两侧上方几乎已经泛了黄的灯笼上的绿字——忘忧，鼻子里发出了因为对这两个字一窍不通的冷笑声——忘忧，幼稚至极的座右铭！世界上总是生活着这样大量的没有头脑的人。他们因为没有头脑，才总是犯愁。因为总是犯愁，才把自己称为性情中人，还把这种性情做了标记挂到光天化日之下去。沈绿村从骨子里看不起这些所谓的性情中人，他把他们当作群氓。然而，世上如我一般的聪明人，到底是没有几个的啊！他一边敲着门，一边宽容地感叹着。

然后，门就打开了，沈绿村还没看清楚那个怀里抱着一个孩子的女人是谁，就被一阵警报般凄厉的尖叫震落了手杖。那女人跺着脚颠了起来，手里的孩子也随之尖叫啼哭。沈绿村还不晓得是怎么一回事情，就被一双指甲长长的利爪拖进了门，那女人抓住他的双肩,就诅咒一般地翻来覆去地念着:“我同你一道去!我同你一道去!我同你一道去——”

这时候,沈绿村已经分辨出那个一头乱发下的面孔是谁了。他倒吸了一口凉气——林生被杀之后嘉草疯了的消息,他也是听说过的,但他从来也没在意。嘉草从来也没有被他纳入杭氏族系,她本来就不是妹妹绿爱所生,且又是个少言寡语的女流之辈。况且这江湖戏子所出之贱货,竟然又跟共产党去睡觉,结果生下一个不三不四的“十不全”。如此这般,坏了大户人家的血统,要能从杭家剔除了出去才解气,他妹妹沈绿爱也才有安生之日。林生被砍头的日子里,沈绿村还巴不得这八竿子也打不着的外甥女也一起死了才好呢,没想到她竟从门里扑出来,一巴掌打掉了他的金丝边眼镜。

正不知如何是好,突然又冒出两个六七岁的小男孩,见着他们扭在一块儿,就愣愣地看着,然后,其中一个就叫:“小姑妈,小姑妈,快来,大姑妈又犯病了——”

沈绿村就跟着叫:“快去,快把你——”他不知道接下去该怎么说,他完全不认识这两个男孩,更不知道他们和绿爱的关系。他只好一边气喘吁吁地用文明棍招架着嘉草对他的进攻,一边继续喊着:“去,去把你——那个什么——叫来!”

此时,男孩们所叫的小姑妈已经出现。所谓小姑妈,也就是一个比那两个男孩大不了几岁的姑娘。一看那双眼睛,沈绿村就叫了起来:“去,快去把你妈给我叫来,把这个疯子给我拉走!”

“你才是疯子!”小姑妈杭寄草抱过了正在母亲怀中啼哭的忘忧,毫不犹豫地反唇相讥。

“我是你大舅。”

“我不认识你。”寄草一边说着,一边就叫了起来,“妈,有个人说是我大舅,嘉草姐姐正和他打架呢。”

这么说着,沈绿村就看着那一对小男孩儿拉着妹妹绿爱的手,从照壁后面风风火火赶出来。沈绿村就生气地说:“你们杭家都成了什么乌糟世界了,弄个精神病当门神,连个正经人都进不来。”

沈绿爱瞪着大眼盯着哥哥绿村,愣了片刻,突然扑了过去,也跟犯了病似的抓住沈绿村的肩就叫:“你还我的儿子,你还我的嘉平,你还我天醉!你个贼坯,你把我们杭家人一个个都还出来!”

这一声喊和嘉草的可是不同,那是杀声震天,千军万马降到了杭家的大院。杭忆、杭汉许多年之后都能清清楚楚地记得奶奶歇斯底里的样子。这个静如处子动如脱兔的女人,刚才头发还光光地梳成一个髻儿,露出那个大大的脑门子。突然一低头,再抬起时已经披发跣足,愤怒的目光正从黑发的密林中喷射出来。她的叫喊也是从密林中喷发出来的,而那密林,则跟通了电似的痉挛着,在叫喊中被纠缠入白牙,奶奶,便成了那种不可估量的复仇女神。

沈绿村被两个女人扭成一团的样子十分滑稽。他声嘶力竭地叫着:“你听我说,你听我说,你——听我——说——你们放我——走——”

“你个贼坯,你个枪毙鬼,你个断子绝孙的畜生,你给我把杭家人一个个都还出来——”沈绿爱继续眼睛发直地叫着。

“我同你一道去,我同你一道去,我同你一道去——”嘉草的诅咒是另一种风格的。她苍白的面孔,深渊般的眼神,低声的咒语,她那种义无反顾地同死落棺材的神态,在沈绿村看来,甚至比他妹妹惊天动地的撕打更瘆人。

如果杭寄草没有果断地跑过夹墙，穿过后场，进入忘忧茶庄的前店，一把扭住大哥杭嘉和的长衫一角，那么这对疯狂的女人会把那个男人抓成什么样呢？这可真是难说。总之，嘉和匆忙赶到现场时看到的沈绿村，已经是个鼻子不是鼻子眼睛不是眼睛的小丑了。沈绿村原本就是一个深度近视眼，掉了眼镜，他几乎都找不到门，也就谈不上夺门而出。因此，好不容易从那两个女人的利爪中挣脱出来的沈绿村，就像一只无头苍蝇到处乱撞，一下子就磕在了嘉和身上。

嘉和手上正拿着从地上捡起来的金丝边眼镜，沈绿村一把抓过了眼镜戴上，世界是清楚了，头脑还没从袭击中清醒过来。也顾不上再搭理谁，他扒拉开嘉和就往外走，连门口停着的大马车也被他给忘记了。走出了一丈路，脚下被什么绊了一下，几乎又摔他一跤，定睛一看，原来是他的文明棍。他往后一回头，看到了高高瘦瘦的杭嘉和，那棍子无疑是他扔过来的。他捡起棍子又往前走，走了几步终于想起来他得回来坐车。这就再往回走了几步，强作若无其事也没用，杭嘉和就在大门口看着他，一声也不响。杭州人说不响最凶——闷声不响是个贼。沈绿村能够忍受那些女人的大喊大叫，可他不能够忍受这个人一声不吭站在台门上盯着他。他气得浑身发抖，举着的文明棍哆嗦个不停，一会儿指指那门口的旧灯笼，一会儿指指杭嘉和，好半天才想出一句话："我总算领教了，你们这份人家，就是这样'忘忧'的。"

"谁也没请你来。"嘉和说。

"谁也别想让我再走进这个大门。"沈绿村气急败坏地说了一句没有多少分量的话，转身要上车，却看到了车夫惊讶的眼神，他就突然想起了他来这里的本意。特派员的角色一下子又回到了他的身上，他抹了一把脸，干咳了几声，就回过身来，说："我来这里，原本是找你谈明年西湖博览会上名茶展销的事情。你们这么大一份人家，也就你头脑还清爽一点。不过眼下看来，你们也是不要'忘忧茶庄'这个几百年的老牌子了。我这个外人，还来替你们操什么心呢！"

说完，跳上车子，一溜烟地就不见了踪影。

1929年6月6日开幕的杭州西湖博览会，乃因当时的浙江省国民政府为奖励实业、振兴文化而专门设置。博览会设在里西湖黄金地带。开幕式上，浙江国术分馆举行国术表演。入夜，沿湖各地，分别举行京剧、歌舞、音乐、电影、杂技、跑驴、跑冰、交际舞、新式游艺、清唱等表演。梅兰芳、金少山深夜专车来杭，于湖边大礼堂演出《贵妃醉酒》，一曲唱彻，东方既白。又闻道发明了电灯的爱迪生，看了关于博览会的介绍，以八十三岁高龄从美国专程来杭，于博览会礼堂作《天生万物皆有用》之演讲。

至于农历六月十八，观世音成道日前夜，杭天醉生前曾经迷恋不已的湖上放花灯之夜，科学的博览会亦是并不排斥的。那一日，博览会专门举行了放花灯活动。入夜，湖上人诵阿弥陀佛，梵歌四起，一片载沉载浮的星星点灯，又缥缈又世俗，又天上又人间。好诗者为之记曰：

笙歌夜月三千界，灯光西风万点星。

游览人来皆好事，输他春色满家庭。

6月初的那一日，嘉和从茶庄回来，走进院子，见小妹寄草正蹲在走廊间煎中药，便站住了说：

“寄草，你到后院跑一趟，跟你二嫂说，请她过几日和我们一起去看西湖博览会。”

寄草撇了一下小嘴：“要说你自己去说。”

嘉和愠怒了，斥着小得几乎可以做他女儿的小妹：“什么话！”

寄草摊着手：“我没时间，我真的没时间，我得去看住嘉草姐姐吃药。你知道我们俩是分了工的，你管二嫂，我管嘉草姐姐。”

嘉和记不起来什么时候有过这样的分工，不过他能感觉出来，小寄草暗自不满他对叶子的那些个暧昧的关心。他叹口气说：“你以为我有时间出去逛，我是想让忘儿出去见见世界，他两岁了，还没有出过门呢。”

“你看，我早就让你们听我的。洋白人有什么关系，洋白人也是人，为什么忘儿就不能出门？告诉你们也不要紧，我老早就带他出过门了。”

“什么？”嘉和声音也大了起来，“人家、人家怎么样……”

“怎么样，怎么样，围着看呗，还能怎么样！我就说——滚——开，这是我外甥，谁敢欺侮，我就请他吃巴掌。”

嘉和瞪着这个小妹妹，一时竟也说不出话来。寄草十岁了，没有她不懂的事情。和姐姐最大不同之处，便是她的饶舌，整个五进的大院子，如今就听她在磨牙。大家都喜欢她，嘉和也喜欢她，一个被悲哀几乎压垮的摇摇欲坠的大家族，需要这个小女孩喋喋不休的饶舌声。

令嘉和不安的倒是弟媳羽田叶子，大门不出，二话不说，成了一个闷葫芦。

他们平时虽说住在一个大墙门里，却连照面也很少，见了面，话也少说。旷男怨女，一个去了丈夫，一个离了妻子，满腹心事，不说也罢。趁了今日博览会开张，嘉和才有了请叶子出去散心的机会。

“除非你答应我一个条件——”小寄草突然说，不过她根本等不及大哥回答，便自己先把条件说了出来：“把嘉草姐姐带去吧，带去吧，把嘉草姐姐带去吧。”然后嘉和看见了小姑娘眼中的泪水，又大又重的泪水，一转脸，泪水飞旋出去，打在嘉和的手上。小姑娘往后跑去，边跑边说：“我去找二嫂了，大哥我听你的话，我去找二嫂了，可是你把姐姐带去吧……”

于是，这一支老弱病残的家族队伍，在经历民国十六年的大摧残之后，在元气尚未恢复但已经能从床上爬起来之际，便你搀着我，我搀着你，从清河坊那片高高的正在破败之中的围墙后面出来，再一次走向户外，走向西湖了……

初近博览会，看到北山路和断桥之前那座淡黄色的门楼时，这群面部表情肃穆的人，脸上均呈现不同程度的松弛。寄草紧紧挽着迷迷瞪瞪的嘉草的手，指着门楼上的字，读了起来：

地有湖山，集二十二省无上出口大观，全国精华，都归眼底；天然图画，开六月六日空前及时盛会，诸君成竹，早在胸中。

大人们都停了下来,脸上几乎都露出了类似嘉草脸上的那种表情——他们还不能从两年前的杀戮中一下子跳到今天的歌舞升平、今天的天然图画、今天的空前盛会——他们把目光都投向了带队者杭嘉和。杭嘉和笑了笑,这种笑容,只有杭家人自己才能看懂。

杭嘉和轻轻地说:“孤山文澜阁的农业馆里,有我们忘忧茶庄送的龙井软新呢。”

那一次出游,对杭家的孩子们,亦是童年中的盛大节日了。他们印象中最为惊奇的乃是设在岳庙中工业馆的那个大力士——这只凿井机竟然用了六分钟就打出了一口井,这使得杭忆、杭汉两个孩子目瞪口呆。卫生馆则把杭家的女人们看得面红耳赤,里面竟赫然地陈列着男人和女人的放大了的最隐私处,还有它们的生理特征。寄草不管,拉着嘉草,看得津津有味。彼时杭人,开通也竟如西人,团团围看,赞叹不已。

还有一处热闹地方,造势者,乃是曾任《申报·自由谈》主笔的鸳鸯蝴蝶派主打手——杭人天虚我生——陈蝶仙。

话说这位天虚我生,实实的天不虚我生也。其人一手舞文弄墨,一手也打起算盘,经营实业。当时中国市场,牙粉生意多为日本商人控制,国人只知金刚牌牙粉。这个陈蝶仙,倒是一奇士,和他的助手李常觉放下刚刚翻译完的《福尔摩斯侦探全集》,却成立了家庭工业社,偏偏就生产出了一种名叫无敌牌的牙粉。也算是爱国主义，无敌于金刚；也算是谐了“蝴蝶”之音——文人到底还是不能够忘记掉那点风花雪月小情调的。恰是“五四”时期，国人抵制日货，那无敌牌也是真够争气，一上市，金刚牌就强虏灰飞烟灭了。如此十数年下来，无敌牌早已不只是牙粉，什么雪花膏、润肤霜、香水，统统冠以“无敌”。陈蝶仙那个多才多艺的女公子，面孔用无敌牌雪花膏擦得雪白，足蹬高跟鞋，南方的大街小巷一路那么扬长而去，竟然是一道活脱脱的人生风景线，一幅水灵灵的流动广告画了。此次西湖博览会，又是此等文人最有招数，西湖边做一喷泉，吐洒香水四溢，围得多少女人离不开，要沾那一股子的无敌香去。

杭家的女人们，此时虽还打不起几分精神，但多少还是受一点人气的浇灌。叶子和绿爱各自买了一把王星记的扇子，叶子是一把檀香的，绿爱是一把大黑扇子，拉开来，实实是半把阳伞。嘉草虽然还有些呆呆，但眼珠子竟也动了几动，她什么也没有要，只是见了那些个花摊上，簇拥着各色花儿，有月季，有百合，有丁香，有荼蘼，还有紫藤，那发着一股股浓香的，一闻就知是栀子花。嘉草薄薄的鼻翼颤动起来，嘴里发出了声音：“花儿，花儿，花儿……”她的脸色，少有地从没有人色到有了一丝血气。寄草立刻对那两个小她没几岁的侄儿说：“去，小姑要花，大姑也要花。”两个孩子伸出手来要钱，寄草就急了，叫：“妈，给我钱，给我钱，我给姐买栀子花。”

栀子花插在嘉草的头上，好看得很。忘忧那么小，还被一件黑大氅子从头到脚地盖住，他的眼睛不能见强光，此刻皱着眉头，却也能一下子闻到花香，尖声地叫了起来：“妈妈，抱抱，妈妈，抱抱。”

杭家一行人此刻就看着嘉草——她正逗吻着她的宝贝儿子呢。母子俩,在飘扬的柳条下呢呢喃喃。燕子飞过他们的头顶,几片柳叶落在他们的头上。看着看着,嘉和与叶子的目光就看到了一起,如蜻蜓点水般地碰开,嘉和就抱起了杭忆,叶子就背上了杭汉。

展览茶叶的农业馆在文澜阁,小小一块地方,倒也有数十个品种。茶叶用透明玻璃盒子密封了任人观赏。在忘忧茶庄的牌子前,放着属于他们店专有的那只“软新”。茶叶呈现出纯正的糙米色,显得与众不同。绿爱看着看着,说:“嘉和,还是你啊。”

绿爱说的,恰恰便是今年春分之前,嘉和入了龙井山中专门去收软新一事。春分未至,杭嘉和就让绿爱为他打点了行装,太阳刚刚出来,他带着小撮着,一起进了杭州西郊——那层林叠翠的茶山之中了。

当时绿爱见杭忆生着病,曾劝嘉和算了,不去也罢。“少了软新,就少了软新吧。人都一个一个地那么少了下去,还在乎软新不软新?”

绿爱那么发了话,准备跟着嘉和进山的小撮着就犹豫了。小撮着在四一二政变之后,曾被当局抓进去关了好长一段时间,还是嘉和亲自去把他保出来的。出狱当天,小撮着跟着嘉和到了杭家大门口,嘉和就把脚步停住了,说:“你是想好了,现在就和我进去,还是先去找你们的那些人?”

小撮着愣了一会儿,狠跺一脚,咬着牙说:“杀父之仇,岂能不报!”

嘉和也不说话,从口袋里掏出一把铜钱,就放到小撮着口袋里。小撮着别过头就走,走几步,回过头来,说:“这次寻得到人,我就算是和杭家人作别了。寻不到人我回来,你们要赶也赶不走的。”

又过了几个月,小撮着像叫花子一样地回了忘忧茶庄,他找不到他的组织了,从前被他看不起的大少爷嘉和,从此就成了他的组织。

绿爱说话再厉害,小撮着也要看嘉和怎么表态。嘉和呢,他总也不表态,他只是轻轻走到绿爱身边,说:“不能没有软新。”

此刻,站在展品前,绿爱想到了嘉和的话。绿爱从前总不能明白,人都没有了,为什么就不能没有软新?现在看着软新,突然从那里面看到了使她眼睛发亮的东西,她一把把儿媳叶子拉了过来,问:“你看你看,你看那软新里有什么?”

叶子盯着那些黄金般镶边的龙井片子,又一把拉过了杭汉,说:“盯着,你使劲盯着,看到了吗,看到你爸爸了吗?”

谁也不知道杭汉说的是真话还是因为看花了眼,总之他一本正经地盯了一会儿,便神秘地回答:“看见了。”

“谁?”两个女人都慌慌张张地问。

杭汉看了看她们,咽了一口唾沫,说:“都看见了。爸爸,爷爷,还有撮着爷爷……还有,还有小林叔叔……”

杭家人一时都沉默了,在熙熙攘攘的人群中呆立了许久,绿爱吐出一口气来,失声叫道:“皇天啊!”

到此为止,如果不去走那座博览会桥,那么杭家的这一次出行,应该说,基本上还是顺利的了。从文澜阁出来,行至放鹤亭,嘉和听到有人在桥上叫他,定睛一看,却是他在浙江第一师范学校就读时的学友陈揖怀。

陈揖怀是个胖子,架着一副深度近视眼镜,正在桥上亭子里的一张书桌前写对联。他是杭州城里小有名气的书法家,一手好颜体,且在崇文中学里当着中学教师,也是桃李满天下的。见了嘉和,就提着王一品的湖笔叫道:“嘉和,嘉和,多日不见,看我送你一副对联。”

杭嘉和过去一看,笑了,说:“这不是刚才在教育馆门口看到的大白先生写的联子吗?”

教育馆就设在省图书馆、徐潮祠、启贤祠和朱文公祠等处,门口那副联子却是新文学家、当年浙江第一师范学校的教师、五四新文化运动中的杭州“四大金刚”之一刘大白先生所拟的——

上联为:“定建设的规模,要仗先知,做建设的工作,要仗后知,以先知觉后知,便非发展大中小学不可;”

下联是:“办教育的经费,没有来路,受教育的人才,没有出路,从来路到出路,都得振兴农工商业才行。”

杭嘉和细细琢磨了一番,说:“到底还是大白先生,鼎新人物,一副对联也是有血气的,针砭好恶,都在其中了。”

正那么说着,就见陈揖怀直给他使眼色,把头一抬,嘉和不由得微微愣住了。

就这样,两个从前互为己有的人,今日陌路相逢。这一边的男人手里拉着一个小男孩,那一边的女人手里拉着一个小女孩。这两个孩子,便是他们一世不得不相互正视的血缘。

杭嘉和与方西泠在亭上不期而遇之时,周围正缭绕着博览会会歌:

……熏风吹暖水云乡,货殖尽登场。南金东箭西湖宝,齐点缀,锦绣钱塘。喧动六桥车马,欣看万里梯航……

真奇怪,两个大人一边几乎是下意识地各自把自己抚养的孩子拉到身边,一边想,我怎么会和这样一个陌生的人度过一生中最为重要的年华的呢?

在方西泠看来,杭嘉和是这样的苦寒,一袭旧布长衫,越发衬出这高高瘦瘦的人的清寂,真正如那《红楼梦》里遭了劫难的甄士隐一般,露出一副下世人的光景来了。

而在杭嘉和眼里,从前那个短发黑裙的五四女青年方西泠已经荡然全无了。她成了一个标准的都市时髦女人,珠光宝气,浓妆艳抹,走进人群,再也分不出来。

他们两个,又紧张,又冷静,又不知所措,看上去反倒是一副木讷相的了。会歌便显得格外嘹亮,来回地在湖上缭绕——

……明湖此夕发华光,人物果丰穰。吴山还我中原地,同消受,桂子荷香。奏遍鱼龙曼衍,原来根本农桑。

若不是又一个男人出面,这样的桥上相峙,还真不知怎么收场呢。

从形象上看,杭嘉和与李飞黄,都是属于南方型的男人。他们都消瘦,清秀,面呈忧郁。只是李飞黄明显地要比嘉和矮下大半个头去。另外,嘉和以茶为伴,神清宇朗,一口白牙,气质高洁。李飞黄想来是烟酒过度之人,一脸焦气,牙根发黑,脸上还有几粒稀稀拉拉的麻点。好在举手投足到底还是有些书卷气的,就这一点,把他和杭州话里形容的这样的人相——“踏了尾巴头会动”一类的好角色区分开来了。

果然,一见嘉和,他就绽开了笑容,伸出手去要握对方的手,半道上又改了主意,拍了嘉和一肩膀:“嘉和,没想到在这里就碰上你了。”

嘉和看了看他,没有什么反应。陈揖怀是个直性子人,脱口而出:“我们三个人,也是多年不见了,今日在桥上相会,也可以说不是冤家不碰头啊!”

你道这三人如何会如此熟识?原来他们本是浙江第一师范学校读书时的同学少年,“五四”时期一对半好朋友。三人也是差不多弄成一个桃园三结义的。李家开着小杂货铺子,陈家是穷教书的,倒是杭家最富,嘉和也就断不了三天两头地接济二位同学。李与陈又是一对不见要想、见了要吵的宝贝,杭嘉和便一年到头地做他们的仲裁委员。李同学古文根底十分深厚,于史学向有偏爱,而陈同学则喜读洋文,杭嘉和在仲裁中也每每有所得。三人友情,直到那一年嘉和进山搞新村建设,两人中途而废,未与嘉和同行,方才戛然而止。嘉和许多年来只记得那个在晨光里帮着父亲背杂货铺门板的李飞黄的形象。他和陈揖怀倒始终保持来往,李飞黄到大学,当了教授,又成了明史专家的消息,都是陈揖怀告诉他的。听说方西泠竟然选择了他,他确实是暗暗吃了一惊。还没吃惊过来呢,不料今日湖边桥头真的就遇见了他们。

见对方不冷不淡的样子,李飞黄倒也是脸不变色心不跳,便把西泠怀里的杭盼——不——现在杭盼已经叫李盼了,但李飞黄并不想在杭嘉和面前展现这一胜利成果——抱了过来,一边说“来,让爸爸抱抱盼儿”,一边就把姑娘塞进了嘉和怀里。就在这模棱两可的“爸爸”中,嘉和一把抱住了女儿。

方西泠却并不想营造这种伤感性的相逢。她是有过人之处的新式女子,所以突然冒出一句话来:“吴瞿安先生倒算是个词曲大家,这首会歌也亏得出自他手。”李飞黄应道:“那还用说,吴瞿安啊,二位听说过此人吗?”

嘉和沉默片刻,摇摇头。还是陈揖怀打圆场说:“是南京中央大学的那一位吧?”

“正是正是,这位吴瞿安近日可是发了,”李飞黄立刻眉飞色舞起来,“张静江用手指头击桌读了三遍,立刻亲笔批条——送稿酬一千元。一千元啊,你们算算,那可是每个字十三元。比比看,从前我给《申报》写的稿子,乙级稿,多少稿费,你们猜也猜不到——一元。”

此话倒也发噱,教授要面子,像个弄臣一样,苦心创造歌舞升平的局面,刚才紧张的气氛,多少缓和一些。杭忆也就是在这样的氛围里,被他的母亲方西泠抱到了怀里。做母亲的,见了儿子,眼泪都要流出来了,那点众人面前硬撑的做派也差点要瘫了下去。还是绿爱,不愿意这种态势再继续。她也是知道这个李家开杂货铺底细的,从前欠了他们杭家多少债务,都一风吹过,提都不提,连句交代都没有。沈绿爱看不起这样的人,碍着嘉和同学的面子才不去追究，如今竟然做了她孙女的后爹，海马屁打乱仗，还人模狗样当起教授来了，真是不要脸。绿爱这么东一头西一头地想着，就一把抱回了杭忆，叫了一声："回家吧，孩子都累了。"

这么一行人，因她的一声叫，清醒了过来，一个个地，就从西泠身边擦肩而过了。

杭嘉和不敢看女儿的眼睛，他只是一个劲地摸着女儿的头发。女儿真是小，她好像已经认不出她的父亲了，转过身去伸出手说："妈妈抱。"

西泠接过了女儿，有点说不出话的样子，到底还是叫了一声："忆儿，妈会来看你的。"

也许是因为年来方西泠未曾登门看过儿子，再加她浓妆艳抹得完全变了样，杭忆迷迷糊糊地被母亲抱在怀里，母亲叫他他也没反应过来，也不知是怎么一回事。好一会儿，他有点清醒了，才问："奶奶，刚才那女的是我妈？"绿爱不耐烦地点点头说："不是她还会是谁！"

杭忆便又掉头问嘉和："爸爸，我妈怎么和从前不一样了？"

"是不一样了。"嘉和回答。

"那她还是我妈吗？"

"还是吧。"嘉和叹了口气。

杭汉虎头虎脑的也跑了上来，说："伯伯，你答应我们下次还来西湖，我还没玩够呢。"

嘉和拉着两个孩子的手，转过脸去，再看西湖。湖上笙歌，湖畔杨柳，放眼绿荷，翻飞不止。桥上行人中，他再一次看见了女儿小小的弱影，她被抱在了另一个男人的怀里。

陈揖怀拎着毛笔，一时不知道说些什么才好，半晌，有点同情地问道：“你要写什么，嘉和，我这就给你写。”

嘉和看着那个小小的女孩子的背影，融入了人海，闭目想了一会儿，说：“——心为茶荈剧，吹嘘对鼎铴。”

这是西晋左思的《娇女诗》，说的是女儿围着茶炉煮茶的情形。陈揖怀听懂了，鼻子就一酸，赶快摊开了纸来要下笔，手却微微抖了起来。嘉和见状，就揽着杭汉走到一边看荷花，对刚才央求着他的杭汉说：“我答应你，下次再来西湖。”

风光真是美丽极了，真是美得让人受不了，美得让人恨它——既然西湖可以美成这样，西湖边怎么还可以杀人呢？既然已经杀了人，西湖怎么还可以这样美丽呢？

走向西湖时的希望，就这样突然地被最后的冲击破坏了。嘉和不知道他今天应不应该来湖边，也不能断定，把他家的软新拿到湖边来展出，究竟有没有意思了。

第二章

小小的少年忘忧，周身雪白，眯着眼睛坐在廊下。和他的名字恰恰相反，他忧郁得几乎都要犯病了。

家里的人，突然地就忙得像珂落帽风，一个也不见了。他抓抓这个抓不住，抓抓那个也抓不住。小姨妈寄草跟他是最亲的了，连她也撇下了他。好不容易拽住一只衣角，小姨妈便三言两语地跟他讲，昨日上海打起来了，是日本人和我们中国守军开的火。她的嗓音又脆，口气又快，噼里啪啦，两张红唇像是直擦火星，腋下夹着妈妈嘉草刚刚为红十字会缝制好的大旗，匆匆忙忙地就往外走，衣角被拉得笔直再弹开，忘忧想拽也拽不住。

“说好了你们带我去玉泉看大鱼的——”

他没能够往下叫，因为小姨妈已经转过照壁，不见踪影了。

家里几乎所有的人都出去了——两个表哥去了学校，大舅去了茶庄，绿爱外婆到汽车工会去找寄客外公，说他正在那里商量抗日的事情，要调集五十辆汽车做军需呢。

就这样，从风火墙外飘入的八月江南之雨，把小小少年忘忧的心淋得湿漉漉的了。

他坐在大墙门第一进院子里天井前的长廊下，看着大门内一长溜巨大的水缸接着天水时溅起的明明灭灭的水花，膝上摊着一本线装书，翻开的那一页，恰是清人查人渼所著的《玉泉观鱼记》一文。他就那么看着书，就着雨声，想念着青芝坞口玉泉的大鱼儿。

身边有人走过，忘忧连头也懒得抬。他十岁了，什么不知道？家里人都哄着他，围着他转，把他当一件奇怪的珍物。他负气地想——还不是因为我浑身上下雪白，眼睛是个半瞎子，和你们不一样，走出去人家要围观。既然我这么可笑，为什么还要让我生出来？

身边那双脚步停住了，穿着木拖鞋，一看就知道是叶子舅妈。

“忘儿，一个人坐在这里干什么？”叶子有点吃惊，她蹲了下来，目光关切地盯着他。

“不干什么，看书。”

叶子凑过头去一看，叹了口气，明白了，忘儿还在想青芝坞口玉泉的大鱼呢，这真是要怪他的两个哥哥的。

原来，忘忧因是残疾人，不能去正规的学校读书，便在家里请了先生来教。一入八月，先生放了暑假，功课就由那两个哥哥来代上了。谁知七七卢沟桥事变之后，全民动员抗战，杭忆、杭汉两个热血少年每日在外面进行抗日宣传，街头十字路口拉一个圈子，就开始了《放下你的鞭子》，还有“九一八、九一八，在那个悲惨的日子”什么的。全家人都被抗战煽得热火朝天，连嘉草也一天到晚忙着做军鞋。

此时的林忘忧却好像是完全被排斥在抗战之外的了。家人对他的全部希望就是他不要生病，不要添乱，上不上课什么的，无非一点虚架子，表示没把他忘忧晾在一边罢了。杭家人心细，知道若是别的正常孩子，此时不必太操心，可忘忧不一样，是个要小心善待的孩子。

前日轮到杭汉给忘儿讲《庄子·秋水》。你想，他哪里还有心思讲什么“子非鱼，安知鱼之乐，子非我，安知我不知鱼之乐”，把《庄子》扔给忘儿就说：“你自己先看一遍再说，把文章都给我弄明白了，再把心得讲给我听。”说着就往外走，被忘忧用一只脚绊了在前，冷静地说：“我都看了，正要你给我讲解呢。为什么黄庭坚一定要说‘乐莫乐于濠上’呢？”

这头杭汉就听到杭忆用他那把从不离身的口琴吹《苏武牧羊》呢。抬头一看，杭忆正趴在窗上向他挤眉弄眼，知道是打招呼让他走，只好说：“忘儿，等明日我再给你讲‘濠上’行不行？我今日真有事儿。”

“不行！”忘忧决不通融，“你们两个不用贼头狗脑，当我不知道《苏武牧羊》是你们的联络暗号啊。我才不稀罕跟你们出去凑热闹呢！你就给我把‘乐莫乐于濠上’讲明白了，我就立刻让你走。”

二位表哥都知道，他们的这个小表弟实在是太寂寞了。有心想把他一起带出去，一来是怕大人责怪，二来是怕街上人多了有个闪失。急中生智，杭忆突然想起玉泉的鱼乐国来，便说：“忘儿，要知‘濠上之乐’，只需到玉泉鱼乐国，看了那些一人长的五色大鱼，你就什么都知道了。”

一听有地方可玩，忘忧就什么也忘了，一把就抱住了杭汉的腰说：“小表哥大表哥，带我去玉泉看大鱼吧！”

杭汉就埋怨杭忆：“你看你看，你出的好主意。”

杭忆不慌不忙地就回了房间，拿出了那篇《玉泉观鱼记》，交到小表弟手里，说：“你先把这文章看了，把精神吃透了，我们再带你去。”

“我可不认得那么些生字儿。”

“笑话,你两岁时就认得许多字了,我们家就你识字最多,你不记得大舅怎么夸的你!”

忘忧被戴了一顶高帽子,心里不免得意,一不留神,却发现两个表哥已经一下子蹿到了门口,忘忧只来得及对他们尖叫一声:“说话算数,谁赖皮谁是狗!”

现在,他的两个表哥都已经是“狗”了。因为忘忧不但把《玉泉观鱼记》的精神吃透,而且把那些个生字儿也查了字典,弄得烂熟,几乎吃下去了。然而,表哥们又在哪一个十字街头大喊大叫呢?

只有一个人可以央求了。他抬起头来,望着叶子,他的眼里,有大滴的泪水,从苍白粉红的面颊上掉下来。

“怎么啦?”叶子有些吃惊。

“日本人要来了,我会被他们杀死的。”

“不会的,你是一个小孩子。”叶子安慰他。

“你怎么知道?你又不是日本人。”

话音未落,突然忘忧一下子抬起头来,吃惊地说:“我想起来了,小舅妈你是日本人。”

叶子怔住了,一会儿,她站了起来,摸摸忘忧的头,便往外走去。

“舅妈你也出去吗?”

“舅妈到净寺去一趟。”

“去干什么?”

“那些死的人——为他们超度亡灵。”

“为什么人——日本人?”

叶子盯着忘忧,缓缓地摇着头。

“那么你是为中国人了。”忘忧露出了笑容。

“我为死了的人——因为这场战争而死的人。”

现在,连叶子舅妈也走了。忘忧望着檐下的雨丝,在这五进的大院子里走来走去,把鞋子也给走湿了,他不知道该怎么办才好。然后,他就百无聊赖地走到妈妈住的那进院子、那个房间的窗口。他知道妈妈已经在午睡。别人都说妈妈是个脑子有毛病的人,忘忧不觉得,忘忧仅仅觉得妈妈是一个不爱说话的人罢了。但妈妈比任何人都懂得倾听,有许多时候,忘忧都是在对妈妈倾诉的时光里度过的。

现在,忘忧就趴在窗棂上喃喃自语开了:

“妈妈,他们都走了,外面下着雨,只有这样的天气我才看得清东西。太阳一出来,我就没法看了。妈妈,日本人要来了,我得赶在他们前面把大鱼给看了,要不我就看不到了。妈妈,我们是不是应该抓紧时间,我们应该马上就把‘濠上之乐’给弄明白,你说呢——妈妈?”

然后,忘忧就吃惊得不相信自己的眼睛,妈妈拿着一把雨伞,站在他的面前,妈妈说:“看——鱼——”

湛湛玉泉色,悠悠浮云身,闲心对定水,清净两无尘。

鱼乐国,原是明代大书法家董其昌为玉泉池所题,此匾就一直挂在池畔亭廊之上。说到玉泉,亦不过是一长约四丈、阔约三丈、深约丈余的方形泉池。至于小忘忧想得到的“濠上之乐”,可不在那些个闲心和定水之上。一入鱼乐国,他就被池中的那几百尾五色大鱼攫住了小小的被幽闭着的心。他的两只手下意识地一下子抓住了自己的胸口,然后对着池中那些红的、黄的、青的、墨色的和翠色的一人多长的鱼儿,呻吟了起来:“妈——妈——”

而妈妈是多么的快乐啊,因为妈妈也和忘忧一样,平时是不能够一个人出门的。人们说妈妈是疯了的女人,怎么会呢,怎么会呢?妈妈只是想和爸爸在一起罢了。这么想着想着,妈妈就看到爸爸了,妈妈就和爸爸说话。一个人看到了自己才能看到的人和事情,这怎么可以说是疯了呢?

忘忧不知道为什么今天来鱼乐国的人会那么少,少得只有他们母子两个。是因为下雨,还是因为日本人?没有人真好,忘忧痛恨别人围观他。

一个老和尚走了出来,端着两杯茶,在廊下的桌上放着,然后招招手,说:“女施主,请喝茶。”

嘉草只是笑,坐在那里,用好看的鼻翼闻了一闻茶,然后,招招手叫儿子过来,把茶杯拿到儿子的鼻子下面,一边说:“香,香。”

儿子很老练地闻了一闻,便说:“和尚爷爷,这可不是龙井茶。”

老和尚睁大了眼睛:“小施主,你怎么知道这不是龙井?你那么小,莫非也是个老茶枪?”

忘忧喝了一口:“和尚爷爷,你的茶有青草气的,龙井茶不是这样的一种香法。”

妈妈不高兴儿子这样说话了,妈妈不停地点着头,说:“香,香的,香的。”

多么善良的好妈妈啊!和尚爷爷也笑了:“小施主好功夫,果然这茶就不能算是龙井。茶倒就是在这山中采的野茶,老僧自己现炒的,用的眉茶制法,不曾压扁了,又加杀青后没有晾上那么一天,所以有青草气。只是这种评茶的功夫,不是茶道中人,断断闻不出来,小施主了不得。”

为了奖励小施主的了不得,和尚爷爷还给了忘忧一只馒头,然后掰下一块,扔进水里——哎呀,可不得了,多少大鱼过来吞食啊。忘忧这就想起了杭忆表哥要他吃透了精神的那一篇《玉泉观鱼》——

> 僧人于池上设几煎茶待客。客循池走,鱼则亦尾客影而游;客倚阑,鱼则亦聚阑边仰沫若有求……

忘忧这就立刻拉了妈妈起来,带着她绕着池走。哈哈,果然,果然,大鱼就都跟着他们走呢。忘忧又叫妈妈停住,把着她的手往池子里扔馒头,大鱼就急不可待地跟着跳了起来——瞧这嘴巴,多大的嘴巴啊,和尚爷爷,这些鱼儿都是老爷爷鱼儿了吧,它们都活了多少年了呢?

和尚爷爷就看着那一池子的鱼儿说起古来了——哎哟,要说这些大鱼都有多大的年纪,我可真是说不好了,怕是都已经成了精,成了仙了吧。这里的鱼儿,都是人家送来放的生,阿弥陀佛,都是佛保佑的鱼儿了,碰不得,碰碰可是要遭报应的呢。

满池的鱼儿,锦鳞千百,结队成群,忽东忽西,时沉时浮,真是衔尾而游,怡然自得。忘忧一边舒服地叹着气,一边侥幸地想着:哎哟,哎哟,多么运气,多么运气,多么好的妈妈啊,多么好的和尚爷爷啊,多么好的野茶啊,多么好的大鱼啊……

然后,忘忧就和水里的那些鱼儿同时跳了起来,哗啦啦啦,大鱼们跃上水面又飞速地潜入水下,一大堆,像逃难的人群一样瞎窜,鱼儿们竟然就重重地撞碰在了一起。

然后,妈妈就尖叫了起来,那声音和现在正在回旋着的声音一样,都是那样的尖厉突然——巨大的不祥!妈妈一下子蒙住了耳朵,茶倒了一地,妈妈尖声地叫着:“等一等,等一等,我同你一道去,我同你一道去——”

忘忧紧紧地闭上了自己的眼睛,他不能看到鱼儿那样害怕,鱼儿害怕的样子,真是和妈妈一模一样。他把妈妈一把抱住,还能够说:“妈妈,别害怕,妈妈,别害怕,有我呢,有我呢。”

然后,他就感觉到和尚爷爷把他们拽住,塞到桌子底下了,一边说:“什么世道啊,日本佬来了,东洋飞机来了,这是空袭警报呢。阿弥陀佛,阿弥陀佛,阿弥陀佛,什么世道啊,人也吓死了,鱼也吓死了……”

公元1937年8月14日午后——回响在杭州城的空袭警报声,告知了人们,日本人对杭州城的侵略已迫在眉睫。

其时,于日军对上海发动战争的同时,离上海数百公里的浙江亦已在侵略军的望远镜中。日本军队第三舰队的航空母舰“神威”号已经侵入象山县以东韭山列岛海面。早在杭城警报拉响前三天,日军水上飞机已经飞入中国古代大美女西施的故里浙江诸暨,以及浙江省府杭州附近的笕桥、乔司和翁家埠侦察。面对日军大规模的海陆空进犯,浙江境内空军各个基地立刻进入紧急备战状态。

8月13日下午，中国空军第四大队大队长高志航在南京得令，驻河南周家口空军第四大队紧急移防杭州笕桥机场，担负轰炸日本海军舰队的任务。这一支大队的战斗机，是清一色的美制霍克双翼机，每机配备武器有大“考尔脱”两挺，可携带二百五十磅炸弹两枚，航程一百七十英里。

而彼时的杭州笕桥机场，乃中国空军军官学校训练基地，尚有空军第九大队独立第三十二中队停驻，又有作战飞机数十架，为日军空军的主要袭击对象。

1937年8月14日下午的杭州，阴雨天气，笕桥机场能见度甚低，机场跑道积水如注。14时50分，日本海军第一联合航空队所辖的木更津航空队和鹿屋航空队杭州空袭队十三架“96”式陆上攻击机，从台北起飞，经温州、金华，突然偷袭杭州笕桥机场。

差不多与此同时，二十九岁的东北青年空军军官高志航乘空运机从南京赶到杭州笕桥机场，此时，由青田方向发现的日本空军轰炸机群正向杭州方向飞来，杭州城上空一片空袭警报之声。

说时迟，那时快，正当高志航站在大雨之中万分焦急之际，他的第四大队战机次第飞抵了机场。他特别关照的座机TV-1号，此时由一名名叫曹士荣的飞行员驾驶着降落机场。

陆续落地的飞行员们，隔着机舱玻璃的雨幕，看到高志航大声地吼叫，他们在战机的轰鸣声中听不到大队长正在这样指挥他们——起飞，敌机快到啦——但他们感觉得到大队长的命令——他们来不及再问，一拉操纵杆，就冲上了刚刚下来的天空。

与此同时，TV-1号机降落机场还未待关机，高志航接下座机，一拉机头，冲起几丈高的水花，箭一般地，就闪向了杭州的天空。

彼时，高志航手腕上的表指针指向15时10分，中华民族抗战史上的第一场空战，在杭州的天空开始。

天空下的杭州市民们并非都在尖厉的空袭警报下躲入防空洞，至少年轻的杭州警备司令部中尉参谋罗力没有把自己隐蔽起来。然而，身处十字街头头顶敌机巍然暴露于光天化日之下的冒险，也并非来自军人的勇气。说来事情十分简单，这事仅仅和一个女人有关。

罗力听不清那个手臂上挂着红十字会标志的姑娘，站在街头瞎叫喊着什么。她身穿月白色的旗袍，手拢成一个喇叭，半欠着腰，歇斯底里地叫着。此时杭州的天空，机声、炮声、枪声混在一起，东一团烟，西一堆火，这个看来全然不知死亡和战争为何物的女人，随时都有可能香消玉殒。

生死关头，英雄美女，开着吉普车的罗力把车停在巷口，自己就下了车，不由分说地冲了上去。可笑的是这个女人对战事一窍不通，还没等他大吼一声，那姑娘倒先大吼一声了："你看到孩子了吗？"

罗力怔了一下，什么什么孩子，你还要不要命了。他一把挟住女人就往隐蔽处跑，女人却在他的臂腕中挣扎，叫着："一个白孩子，你们看见了吗，一个白孩子，还有他妈妈！忘忧，忘忧，忘儿——"她尖叫起来，两手两脚乱动弹，比天上的警报还惊心动魄。罗力用手拍打了一下她的头，吼道："闭嘴！"

轰的一声，天上一团火球，千团散碎的烟花，罗力一下子面对空中，张大了嘴巴。他的手也顿时松弛了，挟在腋下的少女就掉到了地上，而那掉到地上的女子也突然张大了嘴巴，目瞪口呆地望着天空。

“日本人的飞机?”罗力不敢相信地低下头来，问这个他半道上挟下来的少女，少女也疑惑地看着他：“日本人的飞机，肯定是日本人的飞机!”

此刻，他们都有些心虚，都怕事实恰恰相反，正在他们你看着我、我看着你一时吃不准之时，只听天空中厚厚的云层里又是一声沉闷的“轰——”，又一个大火球从天坠落，溅得天空金星四射，烟火弥漫。此时，两个年轻人不约而同地跳了起来，同声叫道：“去笕桥!”

驾驶着军用车的作战参谋罗力，把汽车开得简直和飞机一样。他的任务，本来就是到笕桥去了解空战情况，这湖滨十字街头的姑娘可以说是顺手捡来的。此刻她东倒西歪地一会儿靠在他身上，一会儿又弹出去老远，倒也难为她了。

东北流亡青年罗力，自“九一八”以来的六年，早把这些枪林弹雨中的征战看作家常便饭。因此他虽从军在杭，对杭州人却是真有那么几分瞧不起的。一看到那些节假日拖儿带女一家子、腋下夹一领席子就到西湖边去的家庭“妇男”，罗力就鼻子里直哼哼。罗力也看不起杭州的官员们，动不动就到楼外楼去吃醋鱼，边吃醋鱼边讨论抗战，边远眺三潭印月，边吟诵气吞山河的七律五绝，却又整个儿一副醉生梦死的架势。罗力常想，幸亏全中国只有一个杭州，否则如此抗战，中国人不做亡国奴才怪。

因为他从心眼里接受不了杭州西湖，所以顺便把杭州的姑娘也一并地讨厌上了。小家碧玉，统统小家碧玉：豆腐西施，馄饨西施，弄堂西施——肩是塌塌的，脸是白白的，腰倒是细，胸却像两粒小土豆。走起路来，一步三扭，哪能和我们东北姑娘们的火热强大相比。罗力和他的东北同胞们刚到杭州时曾经这样评价杭州姑娘。那时他们年方十七八九，虽然满腔亡国恨，但毕竟年轻，以为不出三年五载，必定能够打回老家去，实现中国男人们传统的“二亩地一头牛，老婆孩子热炕头”的人生理想，故而彼此发誓，非东北姑娘不娶。

如今一晃六年过去了，非东北姑娘不娶的罗力的老乡们已经统统娶了杭州姑娘。有一天，罗力还目瞪口呆地看着其中的一位，腋下也夹着一领凉席到平湖秋月去了。他看见罗力还知道苦笑一声，说：“罗力，今日是中秋，咱们有家不能回的人，只好安了新家，千山万水之外望一望东北的月亮了。”

罗力内心自然看不起那些腋下夹席子到西湖边吃茶叶蛋的男人。不过他暗自以为，男人们之所以变成这样——如捞不起的面条、扶不起的阿斗一般，主要原因是这里的女人。小矿工出身的东北青年军人罗力正眼瞧也不瞧那些西湖边的豆腐西施和馄饨西施。罗力今年二十五岁了，正是如火如荼的情爱岁月，但他为了实现打回老家去娶东北姑娘为妻的誓言，成了一个坚定的战时禁欲主义者。

所以罗力尽管顺手把这杭州姑娘搁在了车上，让她做了一回搭车女郎，但他却并不在意她。军情十万火急，操他娘的小日本，咱们终于干上了。

然而那姑娘却不让他省心,罗力可是从来也没有遇到过话这么多的姑娘,一路上她就没停过嘴:“喂,大兵,你肯不肯跟我打赌,我赌日本佬飞机被我们打下来了,你相不相信?要不要我们掷角子,正面我赢,反面你赢,来不来?”

罗力不答腔,心里却说,什么杭州的小市民女人,把打仗当儿戏了。正那么想着,突然听她大叫一声:“忘儿——停车——!”

罗力一个急刹车,姑娘一下子又弹入了他的怀抱,然后手一推要开门。可怜这也是个弄堂西施,大概从来没坐过车,连车门也不会开,只会大呼小叫:“开门,开门!”

罗力不耐烦地一下子拧开车门把手,说:“下去!”

谁知那“西施”又不下去了,“西施”说:“不,不是忘儿。”她又坐了回来。

罗力口气就不那么好听了:“下去下去,我这是打仗,弄个女人来搅什么!”

那女人就愣了,突然抬起头来,两人算是正式打了个照面。然后,姑娘的眼里突然就渗出了眼泪。罗力这辈子从来没有看到过这样的事情,眼睁睁地看着那两只眼睛像两口大井,一下子就涌上来晶莹剔透的泪水。而且,那姑娘的嘴角也抖动了起来,她语无伦次地说:“——他就不见了,回到家里,他妈也不见了——他不能出门——”然后,那姑娘就跳下了车。

罗力不假思索地一踩油门,军车立时蹿出了一大截,然后又是一个刹车,雨大滴大滴地打在车窗上。他跳下车回过身去,一把拉住那杭州女子的胳膊,也不顾她的挣扎,就把她重新塞进车,重新发动车子,朝笕桥方向飞速而去,一边大声用东北话吼叫着:“住嘴,你给我老实地坐着,我们现在就到飞机场去。日本人都打到头上来了,要死要活都是中国人的大事情,你还乱嚷嚷什么!你放心,我们一定能把你那个什么忘儿找回来,但是我们首先得把小日本的飞机打下来,你明白吗?得把小日本打得趴下来。你不准再乱说乱动,小心自己的小命先没了。你们这些杭州人,小市民,就知道想自己家里的事,国家都要丢了,你还乱嚷嚷,还哭,哭什么,有什么好哭的,闭嘴!”

杭州忘忧茶庄小姐杭寄草,活到近二十岁,这辈子还没受到过这样的训斥,她好几次冲动起来要下车去,可是一方面她也是心挂两头,一头在天上,一头在地上;另一方面这东北大兵不停地骂骂咧咧,还开着飞车,她根本就没法下去。杭寄草自然觉得委屈——她是最最抗日的抗日分子,但她不能因为抗日而丢了外甥,她觉得这样抗日与外甥两头抓一点也不矛盾,她不知道这位看上去挺神气的年轻军官为什么这么不耐烦——这么想着的时候,军车已经把他们带到了笕桥机场。

至于他们两个怎么就突然抱在了一起,这简直就是上帝才能回答出来的问题。你想,几乎前一分钟,那东北大老爷还火气冲天地边开着车边骂着人,突然,车尖叫一声停住了。他们看见机场方向有人朝他们跑来,冲着他们叫:“打下两架,打下两架!日本佬的,首战告捷!首战告捷!”

“他们叫什么?”罗力不相信自己的耳朵,转过脸来问那杭州女子,可是还没等他明白发生了什么事情,他已经被一个湿淋淋热乎乎的肉体紧紧地箍住,那又湿又热的东西还能发出一种透不过气来的欢呼:“我们胜利了,我们胜利了——打下了日本人两架飞机,太好了,太好了,真是太好了,天哪,这是真的!"她竟然使劲地捶打起罗力的肩膀来,那力气还真不小。罗力在这杭州女人的拥抱和捶打的缝隙之中,还能躲躲闪闪地喷吐出那一行句子来:"——我们——的——人,怎么——样了?"

"无一伤亡,无一伤亡,听见了吗,无一伤亡!"

那杭州姑娘突然又放开了他,一下子跳出车子,欢呼跳跃着:"万岁!万岁!空军万岁!"

罗力被那从未有过的胜利消息和从未有过的女人的拥抱,一下子震得眼冒金星,目瞪口呆,僵在车上,说不出话来了。

1937年8月14日夜,火树银花不夜天,杭州人的狂欢之夜,胜利之夜,罗力和寄草的突如其来的爱情之夜。

街上到处是人,报童们高举着油墨未干的报纸,就像举着胜利的旗帜,他们穿行在杭州的大街小巷里,稚嫩的带着古意的越腔在杭州城的夜空里此起彼落:"号外,号外,请看号外,飞将军一战成功,六比零大胜倭寇!号外,号外,请看号外!"

黑暗中罗力的胳膊,紧紧地搂着身边这个他还叫不出名字的杭州姑娘:他多么爱她啊,他说不出自己多么地爱她!这从天上掉下来的爱情,从地上捡来的爱情,简直叫他不能想象。他们已经这样手挽着手,走了一个晚上。他们坐在一辆车里做了多少事情——他们向司令部通报了胜利的消息,共饮了胜利酒,他们当然找到了忘忧以及忘忧的母亲。他们把该做的都做了,依旧觉得什么也没做。姑娘一直在说,一直在说,罗力断断续续地听到了一些字眼:……茶庄……忘忧……大哥……义父……抗日……胜利……

罗力有些恍惚，胳膊上紧裹着姑娘的手，人那么多，他怕把她给弄丢了。他还时不时地别过头来看看这杭州丫头：她的红唇很美丽，她的眼睛很美丽，她飘扬的短发很美丽，粉红的耳廓边晶莹的汗水很美丽。罗力渐渐听不清姑娘在说些什么了，他只听到一片叮叮当当的金属一般的铃声。……是的，是的，那么现在，一对妙龄男女，除了恋爱，还能干什么？他们狂热而盲目地步行在古老的街巷，在第一个隐秘的角落里罗力堵住了姑娘的铃声。……然后，他们在每一个隐秘的角落里狂吻。罗力发现姑娘突然沉默了，在狂吻与狂吻之间的街道上严峻地走着。在下一个拐角处，罗力就有些尴尬，他搂住姑娘的头，说："这是为了庆祝胜利。"姑娘严肃地点点头，说："当然是为了庆祝胜利。"然后，闭上眼睛，抬起下巴。在此之前，这对青年男女从来不知亲吻的美妙，他们把这妙不可言的美事儿留给了胜利之夜。难道这不是命运？罗力一边亲吻着，一边热血沸腾地想：胜利万岁！没有胜利，就没有这个被他亲吻着的、爱着的、身边的、不知名的杭州姑娘——胜利万岁！

第三章

11月，杨柳已老，残枝败叶，风中萧瑟，凌乱起舞，像是留不住客的强颜欢笑的欢场女子。

西湖畔密密麻麻的，挨个儿停着一艘艘小船，杭人土语，都称之西划船儿。其中六码头陈英士像下不远的一条小瓜皮舟上，坐着一个眉清目秀的青年，正在心不在焉地吹着不成调的口琴。

“杭州人真正是奇怪，飞机来了，不往隐蔽之处躲，却往光天化日之下跑。你看，都跑到西湖上来了。”

说话的是一位瘦削的姑娘，眯着眼睛，面色浅黑。

现在我们应该知道了，瓜皮舟上坐的不只是杭忆一个人，还有一位，坐在另一边—— 一位女性，杭忆也是今天第一次看到她。

杭忆放下口琴，回答说：“说怪也不怪的，日本人轰炸到今天，还从来没有炸到湖面上来过。你看，那边湖上船中坐的，不正是刚上任的浙江省政府主席黄绍竑吗？他一来湖上避空袭，杭州人就跟着上，黄绍竑就成了信号弹了。要不，我小姑妈怎么偏偏就选了这里来与你见面呢？”

“那是偶然的罢了。可笑我们杭州人，竟还以为这是湖上多庙宇之故，是佛地必得佛佑呢。”姑娘一边皱起眉头看看表，一边说。

杭忆便有一些惶恐，他生性敏感，知道这姑娘是在暗示小姑妈和杭汉迟到的时间太长了一些。为了掩饰自己的不安,他就猛不丁地来了一句高谈阔论:“中华民族已经到了最危险的时刻了,同胞们还有不知道的呢,所以才要我们去唤起民众嘛!”

近月来战事频繁,日寇飞机时常来杭轰炸,上月13日,六架日机扔了十一枚炸弹,报上说是死伤了七人。两天后再来,这回是把火车站全炸了。又过几日,炸了闸口,听说沉了八艘货船,死伤了三十多人。

尽管如此,大多数杭州人还是挨在西湖边不走,说是因为杭州乃两浙省会,前头又有从苏州至嘉兴的国防工事,自可以比之为法国的马其诺防线,起码还可以守那么三个月时间。

话虽那么说,但市政府还是一面动员市民们疏散到后方去,另一面又动员他们各自建筑防空洞。无奈这两方面都没有什么大用。同样是杭州人的杭忆不免愤愤地想:杭州人不知何故,竟就是不愿意离开这温柔富贵乡和花柳繁华地,就连奶奶这样的奇女子也不愿意离开。自己不离开还不去说它,奶奶她还发了一个大兴,拉着父亲、寄客爷爷和小撮着等一干子人,每日在后园子里挖防空洞。嘉和一向由沈绿爱自说自话,这一次也免不得唱了句反调,说:“挖也是白挖。杭州这个地方,你们又不是不知道,一面是西湖,一面是钱塘江,城里面还有大运河和市河,掘地数尺,便是一口井,何必白费力。”

绿爱听了就不高兴,说:“说来说去还是要我们过了钱塘江去逃难。我告诉你们,你们都走好了,我就是不走的。我倒要看看日本佬能把我们怎么样,又不是没见过!”

听了这话,嘉和不禁为难地看看叶子。倒还是叶子不动声色,卷着裤脚,亲自在那里挖地三尺。水却是已经没到脚踝了,他们彼此对了个眼色,嘴角便有了一丝看不出的苦笑。

果然,杭家后花园里倒是挖出了一个水漫金山的防空洞,但到底也没有谁往那里钻过,连忘忧都不往那里钻。

在一家人大挖防空洞之际,杭忆杭汉两兄弟也在进行一种属于自己的秘密活动。他们是在十字街头大演《放下你的鞭子》的时候被人注意上的。接着,便有高年级的同学来与他们接近,不久,他们就成了《战地生活》杂志的编外记者。听说这个杂志是共产党的人把握的,杭家两兄弟很好奇。因为林生的缘故,他们对这个组织有一份特殊的亲近。但是,杭忆很快就感觉到,这些神秘的人,对杭汉的兴趣,似乎更大于他。反过来,这种格局就又挑起了杭忆的兴趣。对杭忆这样的热血青年来说,最初对众多抗日团体组织的选择,其出发点是相当情绪化的呢。

没想到,第一次半秘密的行动,与他接头的竟是一个姑娘。他们的联络方式倒是相当浪漫:杭忆手里拿一把口琴。可是他没弄明白,为什么那接头的姑娘一看到他就突然眯起了眼睛,还皱起了眉头,不时地上上下下地打量他。好一会儿,才伸出手来,严厉地说:"我叫那楚卿。楚国的楚,卿卿我我的卿。"

杭忆有些吃惊,上下打量着她:"怎么,你姓那,你是旗人?"

"杭州城里,旗人可是不少的呢!"姑娘突然换了刚才那口流利的国语,改用杭州官话。她有一双灰眼睛,目光很冷,像有冰块结在里面——冰块朝他偶尔一闪,杭忆的心就紧一紧。他一下子就觉得她成熟得不得了,经历了许多,是他的上一代人了。

空袭警报响了起来,岸边柳荫丛里散着的那些瓜皮小舟,突然就像撒骰子一样地直往湖心抛了出去。差不多与此同时,杭忆看见杭汉和寄草一起朝他们这条船扑了过来。杭忆还来不及埋怨一句,立刻听见楚卿喝道:"快划出去!"小艇就像离了弦的箭,直射湖心。杭忆抱怨说:"怎么搞的,整整迟了一个小时。"

杭汉一边喘气,一边说:"罗力哥刚从金山卫下来。哎,我说你们真应该去听听,他可是从正面战场上下来的,有最新的战事消息。"

接下去就全是寄草的话了——

"什么固若马其诺防线,简直是国际玩笑。苏浙边区主任张发奎这一回亲自到嘉善指挥作战,罗力和他一起去的前线视察,那可是冒着枪林弹雨的呢。哪里知道,保存工事图表的人员和掌管掩体钥匙的乡保甲长,竟然统统都逃掉了,部队根本就进不了工事。"

说起来,杭州城的信息倒也是并不闭塞的,月初日军于弥蒙大雾之中在杭州湾登陆的消息,大家当下就都知道了,还知道金丝娘桥守兵十数人全部牺牲之事。然而战事到底发展到了哪一步,老百姓还是糊里糊涂,眼下听寄草那么一说,心一下子都沉到西湖里去了。

"现在的战况又怎么样了呢?"众人一听这新到的消息,气都透不过来,只闻见天空中警报在一个劲地呜啦呜啦地响。

"罗力跟我说,上海已经沦陷,嘉兴、湖州也入敌手,眼看着日军正在集中兵力进犯南京。看样子,撤出杭州城,是近在眼前的事情了。"

大家一时就都愣在那里，不说一句话。也不知道什么时候，警报解除了，一个小孩坐在湖心的一艘瓜皮小舟上，突然高声地唱了起来：

……

八一四，西湖滨……
志航队，飞将军，
怒目裂，血沸腾，振臂高呼鼓翼升，
鼓翼升，群鹰奋起如流星，掀天揭地鬼神惊。
我何壮兮一挡十，彼何怯兮六比零。

……

杭忆突然地就一笑，说："你看我们杭州人，什么时候也有快乐。"

空袭警报既已解除，人们就纷纷开始往岸上靠，这里一船的人也待操桨，倒是被楚卿一把拦了，说："再漂一会儿。"

"怎么，还怕以后看不着了？"

寄草笑着，突然这么一句接口令，说得大家眼一惊，都抬起头来四处环看西湖。看着看着，不知谁说了一句："既然来了，不妨到岛上走走吧。"

杭忆发现，楚卿的灰眼睛，哆嗦了一下，就眯起来了。

西湖三岛，真正常有人来去的，还是三潭印月。此时人亦不保，谁还顾得上它。岛上原来种的那些个月季、蔷薇、丁香、玉兰、海棠,从前是国色天香,姹紫嫣红,如今也是蓬头垢面如灶下之婢了。又,岛上景色素有一绝,池塘中夏日睡莲,有大红、粉红、嫩黄、纯白,一一不等。其时意境,那才叫“一花一世界,一叶一菩提”呢。如今深秋败荷,花亦颓伤,叶也颓伤,也是人无情趣,佛无禅意的了。又加岛上幽径虽在,青竹却露败象,枝杈横生,黄叶枯下,实实的一番伤心凄迷之境矣。

一行人绕过小径,便到了御碑亭,见那亭柱上当年康有为的长联依旧在——

岛中有岛,湖外有湖,通以卅折画桥,览沿堤老柳,十顷荷花,食莼菜香,如此园林,四洲游遍未尝见;

霸业销烟,禅心止水,阅尽千年陈迹,当朝晖暮霭,春煦秋阴,饮山水绿,坐忘人世,万方同慨更何之。

屈指算来,康有为在杭,亦不过十七年前之事。细想中华,庚子年以来,数十年间之风云苦难,怎不叫人扼腕。因此,我们的那位向往革命向往杀敌的青年杭忆,此时到底还是露出杭氏家族血脉中的吁感伤怀,长叹一声,诵诗曰:“国破山河在,城春草木深。感时花溅泪,恨别鸟惊心……”

寄草女儿心肠,又加战时鸳鸯离乱情思,想那郎君本就是一日不见如隔三秋的,如今也只能是生死置之度外的了。本来没有这湖光山色来提醒,倒是不说也罢,既在此中,不免也是唏嘘的了。被那侄儿杭忆诵诗一首,竟也触景生情,一时便也长吟道:“……二十四桥仍在,波心荡,冷月无声。念桥边红药,年年知为谁生!”

刚刚吟罢，眼角还沾着泪水，她便嚷嚷着说："不好不好，我怎么记起姜白石的《扬州慢》来了，什么胡马窥江，废池乔木，没有的事。我应该读辛弃疾的《破阵子》才对——'醉里挑灯看剑，梦回吹角连营……了却君王天下事，赢得生前身后名。可怜白发生！'"

楚卿沉默地走在他们身边。出身旧贵族的她对这样的小布尔乔亚情调，可以说是久违了。八个月前，中共中央代表周恩来应在杭养病的蒋介石之邀前来杭州会谈时，那楚卿尚在国民党的狱中。1937年3月间，蒋、周在西湖南山烟霞岭上的国共会谈，卓有进展；7月全民族抗战始，中共闽浙边临时省委与国民党再度和谈，女共产党人那楚卿出狱；10月，由共产党领导的"国民革命军闽浙边抗日游击总队"，在浙江平阳北港山门改编集中，楚卿是听完政委刘英的报告后，悄然离队，潜往省城杭州的。作为一名资深的中共地下工作者，此次她的任务是挑选与《战时生活》期刊一起撤往后方的编辑记者。毋庸赘言，楚卿一开始就对杭家人很有兴趣，甚至对他们的那个时代女性小姑妈也很有兴趣。楚卿知道，抗战需要他们，理想与信仰的实现也需要他们——是的，我们需要你们，你们必须和我们在一起。

然而，首次见面的震惊却是楚卿始料未及的；走在岛上的小径间，听这些人吟诗长叹，也是楚卿始料未及的。

一直没有说话的杭汉没有吟诗，却卷了卷裤腿，说："这岛上风紧，我倒是有几分寒意了。"

话音刚落，杭汉早不在九曲桥板上。大家定睛一看，彼人已经矗立于桥栏杆，然后一下子猴跃似的，嗖嗖嗖嗖地从这个杆柱跃到那个杆柱，蜻蜓点水一般，忽西忽东，一瞬间就飞远了。

楚卿惊叹:“这叫什么功,看不出他有这一手!”杭忆说:“我们才五六岁的时候,寄客爷爷就给我们请了一个南少林寺的游方僧人,说是要深晓少林拳的‘易筋经’的内功法,便要养气练气,也就是练拳先练功。怎么练功,就从这马步练起。站桩,喏,就像我现在那样。”杭忆就地做了一个站桩的架势。

楚卿问:“你也会?”

“会一点皮毛。不及汉儿百分之一。锁心猿,拴意马,我到底没有他的那份恒心。说起来,今日杭州城里,汉儿也算是一把好手了。”

正那么说着呢,杭汉就从远远的一点,又飞速地越变越大,转眼间,就轻轻一跳,落在楚卿眼前,双手作了一个揖,便道:“见笑。”

但见这少年两眼放射光芒,眉毛又粗又浓,正殷切地看着她——她突然想到她所掌握到的情况——杭汉是有一半日本血统的人。

身后有一人发了话,说:“好身手,好身手。”大家回头一看,原来是个中年男子,手里拿一把扫帚,看上去像是个杂役。见众人对他的出现都不免一愣,那人笑笑说:“我叫周二,你们叫我老周就是。”

“你是这岛上的?”寄草问。

“也是,也不是。”周二指着前面的我心相印亭,“各位请到亭子里喝上一杯茶再走。”

大家不由得心里称奇。都这种时候,竟还有人存这份雅趣。虽这么想着,说到茶,大家却也立时地口渴了起来,也不推托,便七折八拐,走到那亭中。

所谓“我心相印”亭,乃不必言说,彼此意会之意。此亭立于岛之南端外堤,在此驻足瞭望,亭亭三塔,便尽收眼底了。

亭内有桌子一张,配以几把方凳。但见周二变戏法似的取出一把热水壶来,又拎出几只青瓷茶杯,冲了酽酽的茶放在桌上,说:“少爷小姐,请用茶。”

就见那楚卿把已经到了唇边的茶杯轻轻移开,却问:“你怎么知道我们是少爷小姐呢?”

周二微微一笑,说:“别人我不敢说,这几位我却是知道的。杭家少爷,大公子、二公子,还有小姑奶奶。”

这边杭忆才喝了一口茶,便道:“这茶不是我们家的。”

“也不是翁隆盛的。”杭汉补充说。

见楚卿有些惊奇,寄草说:“那小姐不用太奇怪,实在也就是吃哪一行就精哪一行罢了。像我们家和他们翁家的茶,一到茶季,都是每天收了龙井新茶,然后当夜下锅复炒的,还要筛簸,去掉茶叶末屑,第二天再加以包装,放入石灰缸。等到卖时,还有一道筛选、拣别与拼合的工序。况且,杭州城里,喝茶的谁不知道,杭家和翁家的龙井茶,一过了立夏,就停止收购的。我们现在喝的茶有股苦味,况且杯中茶片也不齐整,一看就知道不是春茶了。”

“那,姑娘你倒不妨说说,此茶是姓什么的呢?”

寄草就笑了起来,指着东南面湖边,道:“老周你还真要我说啊,你可是我们杭州茶人的生意对头啊。你不是对面上海汪裕泰汪家的吗?”

说得周二也笑了起来,问:“姑娘你好眼力,怎么看出来的?”

“谁不知道啊,”杭忆也笑了起来,指着杯子下面刻的字说,“你看这不是个‘汪’字吗?”

这一说倒是提醒了楚卿,连忙问:“听说汪庄被日本人飞机炸了,有这样的事吗?”

周二这才叹了口气说:“要说没炸,其实也和被炸差了一口气。茶庄生意早就停了下来,汪家人避难回了上海、香港,下人们也都作了鸟兽散。留下我们几个人守着这一摊子。你看那些唐琴宋琴的,从前汪老板何等地当作性命,如今晾在那个‘今蜷还琴楼’里,也是没有人来过问了。”

“你怎么就跑到这里来了?”

“一开始也是到湖上来避飞机的。后来想,那么干熬着,还不如重操旧业。你们也不是不知道,我们汪家卖茶,从前最占便宜的便是湖边的那个茶号‘试茗室’。买主亦是茶客,三杯过后,茶叶包好了,就放到了你的眼面前。我呢,就是那个卖茶的。”

楚卿连连点头:“我明白了,你是到岛上来卖茶的。”

周二脸就红了,说:“兵荒马乱,什么卖不卖茶的。不过一带两便,也是避飞机,也是煮点茶,有人来喝,能给几个铜板就给几个,没有,不给也无妨。都什么时候了,说不定一颗炸弹下来,尸首就漂到西湖里去了呢。我们也是做了半世人的老杭州了,倒是真正没有想到,还会有这样一天。”

周二说着说着,眼睛就红了起来,赶紧就给在座的各位沏茶,边沏边说:“你们几位也是茶行中人,我今日也是诚心请你们喝茶,千万不要提个钱字。有缘相会,说不定今生今世也就是这么一遭了呢。”

看来这周二果然是个平日里跑堂的,能侃。只是今日说来,都是凄凄惶惶之语了,众人听了,大有不忍之意。首先便是杭汉从口袋里掏出钱来说:“真想多给你一点,没了,对不起。”

“打起仗来,说不定花钱更多,趁现在日本人还没进来,你能赚还是赚几个。实在不行了就赶紧撤,留在城里,也不是个事情啊。谁知道日本人会怎么样呢?”寄草一边往小皮夹里掏钱给那周二,一边说,“罗力说了,日本兵真正不是人,平湖、嘉善那里一路杀过来,多少老百姓死掉,看了眼睛都要出血,你还是早作打算吧。”

周二一边感激不尽地收着钱,一边突然咬牙切齿地骂道:“日本矮子,都不是人,没一个是人,一看就不是人生父母养的。什么种操,畜生洞孔里钻出来的。从前拱宸桥多少日本人,没一个像人的,统统都是畜生。你们看我们汪庄后面的雷峰塔,都说是孙传芳部队进来的时候倒的,是孙传芳造的孽。哪里是这回事!孙传芳再坏,是我们中国人的种操。中国人再坏也是人生的,日本人再好,娘卖屄也是畜生生的。雷峰塔就是前朝手里日本倭寇烧掉的。日本人不要落在我们中国人手里,有朝一日落在中国人手里,有他们好吃的果子。要我说,杀得他们再没人能生儿子才好,免得他们三日两头来,让我们中国人做不成人。”

那骂人的,固然是无心,也是激愤。可是骂到种操上去,在座的几个,就不可能不往杭汉身上想。要是平日里,谁敢说杭汉半个不字,寄草姑姑也是不客气的。今日却由着那周二骂,一时竟也想不出来怎么去对话。

这些年来,杭州人骂日本人,嘴皮子上,也是越来越厉害的了。骂得那么凶,日本人还是长驱直入,进了中国。杭家人围着吃饭时,也骂日本鬼子,但是从来不骂种操。所以杭汉猛不丁地听到这些话,脸就立刻红了起来,装作不经意的,就用茶杯盖住了自己的脸——不知是为自己的那一半血统羞愧了,还是因为有人骂他母亲的种族而尴尬;掩饰这样的情绪实在不容易,他对着茶杯憋气,憋得呛,吭吭吭吭,全身就抖起来了。

周二却全然不知,换了笑脸说:“少爷你慢慢喝。等日本佬赶走了,我周二还要在此专门等着你们来品茶呢,你们可都记住我的话了。”

几个人都点头道谢。杭忆好像是漫不经心地对周二说:“老周,麻烦你再替我们烧壶水来。”

老周刚刚走开,杭忆便对楚卿说:“那小姐,你不是有话要对我们说吗?”

寄草盯着楚卿,轻声说:“我听说你要把我的这两个侄儿都带走。家里其他的人,还没有一个知道的,他们先告诉我了。”

“我晓得。”楚卿把目光移到了寄草脸上,想了一想,补充道,“不过还得更正一下,不是去两个人,是在两个人当中选择一个。另外,是我建议让他们先告诉你的。”

“你看,这一来我们俩就想到一块去了。我也跟他们说了,得让我先和你谈过了,这事才好作数。我这一道关过不了,家里的那道关就更别想过了。”

楚卿就淡淡地一笑,寄草深知那笑意何在,于是她也淡淡地一笑。这两个女人,一见面就知道了彼此的分量。

“我十六岁那年就离开家了,家里人要把我嫁给一个阔少。我一跑,我父母在杭州城里捞了三天三夜的井。”

“我知道这件事儿。真没想到,事隔多年,你又回来了。听说你爹妈一直不认你。”

“不,是我不认我爹妈。”楚卿更正道。

杭忆杭汉两个人坐在旁边,听这两个女人谈闲天一样地唇枪舌剑,暗地里就递着眼色。杭忆就插话进来:“虽说编辑部只要一个人,但我和汉儿已经商量好了一起走,总不能让我们跟在老弱病残身后逃难吧。”

“谁说要逃难了,至少妈和大哥都不走。”

“那我们也不能留下来当亡国奴啊。”杭汉说。

楚卿看着杭汉,灰眼睛一闪:“我正要通知你,你得留下来!”

杭汉看看杭忆,嘴都结巴起来:“怎么——我、我、不能走了,不是说我懂日语,用得着吗?怎么……怎么……”

杭汉为难地看着杭忆,心里一急,却说不出话来了。

“你不能走。”楚卿把刚才的意思又重复了一遍。

“为、为、为什么?”杭汉的浓眉,就几乎在额头连成了一片。

“这是组织的决定。杭忆跟刊物撤,你留下。”

杭汉站了起来,两手按着桌面:“因为我、我是日本人?”他觉得这么讲不够准确,连忙强调,“因为我是半个日本人?”

杭汉是一个不长于表达的人,他急成那样了,还是不知道怎么说话。

寄草的脸有些挂不住了,说:“你胡说什么,谁把你当日本人了!”

杭汉很茫然地又坐了下来,他看看杭忆,杭忆又看看楚卿。他和杭汉虽是堂兄弟,却好得跟一个人似的。杭汉话少人憨,一身好功夫，他们平日里分工合作也很好。油印传单，从来就是他刻蜡纸，汉儿油印，他们是形影相随的一对。他从来没有想到过，上面会真的不同意杭汉和他一起去抗日。

楚卿不表达，不表达就意味着她的确是把他当作日本人了，这使杭汉又开始猛烈地打起哆嗦来了，一边打着哆嗦，一边就朝杭忆说："你说，这是怎么一回事？你说，这是怎么一回事？"

楚卿看着这几个人的紧张，这才淡淡一笑："怎么那么沉不住气，把我也当日本人了？"

见他们脸上的表情都松了下来，她才对杭汉说："你别急，把你留下，是因为以后要派你大用场，你不知道你自己的身份有多么稀罕？"

"难道你要他去当特工？"寄草的脸也白了。

"不知道。"楚卿看着西湖，"不知道再过一个月，杭州会是怎么样的景象。也许日本人就进来了，这个亭子里，就站着日本兵了。你们看湖上的水鸭，它们现在飞得那么自由自在。也许那时候，它们就成了侵略者的猎物了，湖上会漂满它们沾血的羽毛……"楚卿眼睛一亮，盯着杭汉，"也许那时候需要你杀人，你敢杀人吗？"

她的声音低沉，几乎不像是从她瘦削的身体里发出的。杭忆激动得气都透不过来，仿佛要去杀人的就是他。

"敢！"他就替杭汉先低低地叫了出来。

寄草脸白着，口气却依旧是一向的轻松："就是，有什么不敢的。日本兵又不是人，都是畜生，杀畜生，有什么不敢的？"

杭忆知道，这句话是小姑妈专门说给杭汉听的。小姑妈被楚卿刚才的神情震惊了，现在她需要掩饰这种震惊。她一边往茶杯里续着热水，一边说："来来来，平日里我们也是从来不喝人家上海汪家的茶的，今日碰上了，我们也不妨牛饮一番。以后想喝，也未必喝得上了。"

"怎么会喝不上呢？"杭忆说，"不出三年五载，我们就会把日本佬赶回东洋去的。到那时候，我们再到这里喝汪裕泰。"

"到那时候，这张桌子前，不知道少的是哪一个呢。"楚卿突然说。

寄草放下手里的杯子："我说女革命党，你怎么老说丧气话呢？"

楚卿就低低地回答："我说的是丧气话吗？"

大家就都默默地喝茶，都晓得，这女人说的不是一句丧气话。

寄草把声音压得更低："那小姐，我能不能问你们一个问题——你们为什么选择了我们杭家人？"

"你们家族，有过林生。"

"就那么简单？"

"还有——"楚卿想了想，"我们是最坚决抗日的组织，我们也需要最优秀的青年！"

寄草显然是想和楚卿拗着来，她大声说：

"我觉得在这样的时候，整个中华民族，无论何党何派，都在真正抗战。所有在前方流血牺牲的将士，都是最优秀的青年。"

"我没有说将士们不优秀，但我必须强调，我们是抗战最为彻底的。"楚卿斩钉截铁地说。

"罗力他们，也是抗战最为彻底的。"寄草突然站了起来，她开始不能接受这种谈话方式了。

楚卿也不知因为什么，突然失去了耐心，她也站了起来，说：“需要我从‘九一八’开始举出实例，来说明我的观点吗？”

“不用了，当学生的时候，我也到南京请愿过。我有我的头脑。”

“你以后会看到我说的事实的。”

“你这是干什么，是到这里来和我论党争的吗？”

“我只是想告诉你，我们是抗战最为彻底的。”

现在，楚卿的灰眼睛，几乎灰无人色，灰得像一块寒铁了。

寄草想了想，气就粗了起来，她不能接受这个叫楚卿的女人。这个莫名其妙的女人，她有什么权力变着法子来贬低罗力他们。罗力是她的心上人，枪林弹雨，出生入死，她不管罗力的上下左右怎么样，她只知道，罗力是最抗日的。因此她一字一句地说：“你看，我到这里来，可不是来和你争什么是非的。我只是来看一看，我侄儿跟你们走，放不放心。日后我对他们的父母也好有一句交代。可是你非得和我争什么谁最抗日，我真不晓得这有什么意思。不过你一定要和我争，我也只好奉陪。我不管你们是不是最抗日，反正我的罗力是最抗日的，他的父母兄弟都让日本人杀了，他是最最最最最抗日的。我不能让你说他比你们不抗日。我不能让你那么说他，我受不了。”

杭忆和杭汉都愣住了，这两个女人突如其来的战争，超过了这两个少年人的人生经验。两个侄儿都很尴尬，只好站了起来，一人一只胳膊拉住他们小姑妈的手说：“小姑妈你别在意，那小姐不是这个意思。”

“我不知道她是不是这个意思，反正我听到的就是这个意思。

我还是走的好,要不再听下去我真不知道会怎么样。你们,你们都大了,请便吧。”

小姑妈杭寄草站着,想用那最后的一句话暗示侄儿们和她一起行动。可是侄儿们愣着,你看看我,我看看你,却没有一个动弹。小姑妈晓得再站下去也没有用了,头颈一别,扬长而去。

两个少年看看在九曲桥上远去的小姑妈,再看看坐在眼前的那小姐,都不知道该说什么好。还是杭忆灵机一动说:“汉儿,你陪小姑妈去,那小姐这里我负责送到岸上。”

见杭汉一跳又到了柱上,风一般地飘去了,杭忆才坐到了楚卿的对面,小心翼翼地说:“那小姐,你别在意,我的小姑妈,有时就那么任性,家里的人都让着她。”

楚卿摇摇头,突然说:“对不起。”

杭忆看到她的眼角突然出现了泪花,他吓了一大跳,心情激动又不安,只好怔着不说话。然后,他听到她说:“对不起,我刚从里面出来,也许还有点不适应。”

“里面,里面是哪里?”杭忆不解地问。

“里面,就是许多人再也出不来的地方。”楚卿突然朝他笑一笑,泪花不见了,杭忆几乎怀疑刚才是他看花了眼。

“三年前我和一个人在这里喝过茶,也许喝的就是你家的茶。我不懂茶,真可惜,记不住那滋味了。我们那时候就知道说话——真不能想,三年了,他不会再回来了。”

她朝杭忆笑着,倒退着走向湖边,杭忆担心地站了起来,跟着她走。而她,一边走一边说:“今天我没有把握好,说得太多了,意气用事了。你不会对任何人重复我说的话吧,这可是我们的纪律。成为像我们这样的人，第一就要话少，言多必失，你记住。我今天就违反了，我不该和你的小姑妈讨论这个。她不知道有个人天天盼望出来抗日，可是他再也出不来了……”她就退到了湖边，慢慢背过脸去。

杭忆目瞪口呆地站在她身后，看着她的背影。他太年轻，从来也没有领略过这样的女人。现在他被击中了，他已经完全知道什么是“里面”，什么叫“再也回不来了”的意思了。

第四章

忘忧茶庄后场仓库里，存放着几十箱上半年积压的平水珠茶，按常规，原本就是要通过上海的洋行才能卖出去的。如今上海都被日本人占了，还谈什么茶不茶。嘉和思忖着就把小撮着叫来，说："这几十箱珠茶放在后场，我终究有些不放心。你看还有什么更安全的地方？"

小撮着说："日本人果然打进来，要抢的恐怕也是金银铺子，一个清汤寡水的茶庄，还能抢出什么元宝来。"

嘉和摆摆手："日本人这一进来，准定见什么都抢，否则，他们还靠什么在中国扎下去？"

小撮着说："莫非日本佬还真的要在我们中国住上三年五载了？"

嘉和摇摇头，这事他不好回答。

"要不干脆把这些珠茶移到后园假山内的暗室里去，你看怎么样？"

嘉和点点头说："这主意好。暗室潮一些，但也离地隔了两层，多放一点生石灰，箱子外面再多包几层隔潮布。不晓得藏不藏得过去？"

小撮着跟嘉和那么些年了，越发摸透了嘉和的脾气。明明是他出的主意，他就是喜欢先听听人家的，看能不能够从人家嘴里说出他的心里话。昨日他就看见东家在假山附近转悠了，果然今日就有了这个主意。

小撮着立刻就要张罗着找下人去办这件事情，嘉和又叫住了他，说："这件事情，知道的人越少越好。等天黑了，我叫上杭汉杭忆，就我们几个人辛苦一点算了，你看怎么样？"

"我看就那么办了。"小撮着晓得，凡事最后再加一句"你看怎么样"，也是嘉和的风格。可笑有些外人竟不知道分寸，一听"你看怎么样"，就真的说三道四起来。却不曾料到，你想至三分的时候，对方早已想到了八分，人家只是给你一个面子罢了。好在任凭他人怎么说，嘉和也不插嘴，静静听着，有可取之处，也点点头，说的听的都妥帖，过后，却是该怎么办还是怎么办。跟嘉和干，说轻松，也就轻松在这里，他是这么样的一个细心人，凡事角角落落，早就想得周全，还特别为人的脸面着想。可是说不轻松，也就不轻松在这里了。头脑不接翎子的人，听他的话，有时实在就是在打一场哑谜。常常地，他说东时，意在西，他说西时，却又意在东了。你想，有几个人能像多年跟在身边的小撮着一样，知晓这位艰难时世中硬撑着家业不倒的杭家传人那令人费解的语言艺术呢。

嘉和关上忘忧茶庄的大门，从后门走出又进入夹墙中的边门时，想象着他的儿子和侄子肯定都已经睡了。此刻，也该是子夜时分了吧，伸手不见五指，抬头看，天上也不见星光，嘉和的心就沉了下去。他都能感觉到心沉下去时的那种黑色，又重又浓，和包围着他的夜一模一样。他的胸口就有些发闷，里面像是压着一种比以往任何时候都更切肤的不祥的预感。他站住了,用他那只又大又薄的右手掌按住自己的上半身,心就慌慌起来,沉着而又茫然地想:怎么了,这一次还能抗过去吗?

他就这样走进院子——当年这里是他和嘉平的天下。有灯光从窗隙里射出来,把一团团的夜雾切割开了。雾气幽蓝,和从前一样,嘉平就是在那样的雾气里一走了之的。嘉和一声不吭地站了一会儿,心生一惊,想,原来他是在等着嘉平呢。

嘉和从来也没有和任何一个人说起过他对嘉平的真正感觉。他不愿意让任何人知道他们兄弟之间那种因为岁月冲洗而逐渐疏离的感情,仿佛别人不知道,这种疏离就不存在一样。可是他心里却再有数不过,这几年,他不太愿意想到嘉平,有时,突然看到叶子落寞的眼神,他的呼吸,就一下子憋住了。

两年前嘉和就不再和嘉平通音讯了,可是他也没有和任何人透露过当时他收到的是嘉平怎么样的一封信。他把这封信看后就撕了,信里写的事情,他连想都不愿意想。尽管他认定自己生性多疑,但他还是不能想象嘉平竟然能够在新加坡另有妻室。嘉和不愿意原谅弟弟,不仅仅因为他这样做对不起叶子,还因为,通过嘉平的这个举动,他突然意识到,当别人为了嘉平彻底改变自己命运轨迹的时候,嘉平却并没有真正意识到别人为他做的改变——嘉和不能接受这样不平等的关系。

当他在暗夜里不慌不忙地泛着他早已熟悉的绝望心情时,他依旧固执地站着。和以往一样,嘉平并没有在眼前的雾气中显身。也就是说,一切依旧担当在他一个人的肩头——多年来他已经习惯了这种孤独的担当,这一次他也没有指望谁来帮他。

这么想着的时候，嘉和却已经把他的眼睛贴到那间亮着光的厢房的窗外。从窗缝中看去，杭忆还坐在桌前，摊着纸，眉头紧锁时额上就有几条又细又深的抬头纹。他这是像我呢，真和我是从一个模子里倒出来似的。可是瞧他那种不可控制的激动，这可不是我的，我心里的话就放在心里，可是你瞧我的儿子，他心里有话就知道写下来，断断续续的，他说这是诗。

当杭嘉和这样悄悄看着自己的儿子时，心里便有一股气升上来了。他已经知道儿子要走的消息，在他看来，儿子杭忆，是一个前途未卜的人。他极度敏感，容易激动甚至盲动。有极其强烈的正义感而缺乏起码的抵抗力。他属于那种非常容易死去的人——被敌人杀死，或者为自己所害。同时，他还不懂得什么叫生离死别，嘉和始终没有时间与儿子细谈一次，也许并不是真的没有时间——嘉和经历的送别太多了，也许他认为他已经不能够承受送别了。

半夜三更，杭忆被自己的诗兴激动得上气不接下气，他一会儿躺下一会儿爬起，和白天在西湖边的节制有分寸判若两人。他在他的堂弟杭汉面前从来没有掩饰过他的任何一次心潮澎湃，杭汉永远是他的第一听者。他说："汉儿，你可不能睡觉，你无论如何必须听完我的十四行诗才可以睡。我已经完成了十二行。做一个诗人实在是不容易的。"

然而，堂弟杭汉白天被有关种操的话题困惑得头昏眼花，他还要为他不能够与他的诗人堂哥同去抗战前线而调整心态，他早已被自己的事情折腾得毫无诗意了。

好在从小到大,他一向重视他的诗人哥哥,其重视的主要手段就是不断地倾听诗人的心声,同时又不时地对诗人进行冷静的质疑。比如此刻,他躺在床上已睡眼惺忪,但依旧能够清醒地问道:“我记得你已经把你的十四行诗献给你的女同学了,而且还不止一个。”

“别提那些朝生暮死的以往,那是抗日之前的事,死亡了的过去。从今天起,我的新生命,才算是真正开始了。”

“我记得你起码向我宣布过三次,你的新生命重新开始了,我记得第一次——”

“——这一次才是真的!”杭忆压低着嗓音,激动地打断了杭汉的讥讽。他的手也因为激动而颤抖起来了,“多么好,抗日的女性,革命的女性,永恒的女性你引我向上。”

杭汉便一下子没有了睡意,他坐了起来,问:“为楚卿写诗了?”

“你奇怪吗?”杭忆回过头来,“你以为我不会讴歌一位革命女性吗?”杭汉立刻又躺了下去——不,他不但不以为奇怪,相反如果他的这一位哥哥没有讴歌那位女性,那才叫奇怪呢。

杭忆靠在桌边,胡乱地吹着口琴,看上去他已经长成了一个清高傲慢的长脚鹭鸶一般的苍白的南方青年。有一天,他偶尔翻出了一把口琴。“这是你的吗?”他问父亲。父亲点点头,杭忆觉得不可思议。他原来以为,父亲和口琴之间不会有任何关系。他犹豫了一会儿,轻轻地用嘴一碰,口琴孤独和有些凄楚同时又那么欢快的声音吓了他一跳,他一下子觉得,口琴很合他的胃口,就对父亲说:“给我好吗?”

父亲点点头,他抓起口琴一溜烟地跑到正在后园种菜的杭汉身边，胡乱地吹了一阵，挥着口琴问："这玩意儿怎么样？"

杭汉打量了人与琴一番，说："你们俩倒挺般配。"

从此，杭忆就黏上了口琴。家中女性云集的一些节日里，杭忆也总会表现出一种与众不同的冷漠，躲在房中呜呜咽咽吹，谁叫也不理睬。他那种故作高深爱理不理的架势，反而得到了众多女眷的嘘寒问暖，到头来他终于成了万绿丛中的一点红。

只有目光犀利的小姑妈寄草才敢当面对大侄儿说："又犯病了，又犯病了，全世界就你没有妈似的。"

"我就是想要个妈。"杭忆说。

"就是离不了大家都宠你。"寄草说。

杭汉虽然没有附和他的小姑妈，但私下里也以为他的这位哥哥性情的确是轻浮了一些。只是他和杭忆好得很，只在没有人的时候，他才肯一句就击中要害地把杭忆说得哑口无言。只有他才敢问他："她又给你写信了吧？"

他所说的她，乃是杭忆的亲妈方西泠。

"你怎么知道？"每次杭汉这样问他，他就气急败坏地说，"我的事情，不要你来关心。"

杭汉早有经验，不用我来关心我就不关心，迟早你还得找我倾吐衷肠。不出所料，没几分钟，杭忆就憋不住了，就问："我问你啊，你怎么知道她又给我来信了？"

"你这副吃相，我看看也看出来了。"每当杭忆摆出一副讨着要人关心的架势，杭汉就知道他心里又失去平衡了。果然，杭忆坦白了：

"她要我去看她，还说要我到湖滨公园大门口去和她接头。"

“你去吗?”

杭忆想了想,说:“我倒是想去的,不过这么大的事情,我不能瞒着爸爸。”

杭汉说:“你就告诉他好了。要不要我去替你说?”

杭忆摇了摇手,这时候,他突然会表现出高出于杭汉的那种把握人的细微情绪的能力,他说:“不要去说,爸爸要为难的。”

“他不会不肯的,大伯父是多少通情达理的一个人!”杭汉安慰他的小哥哥。

“正是因为他这个人通情达理,所以才会为难。”杭忆这时已经调整好自己的情绪了,他挥挥手说,“算了算了,我也不想和她那份人家打交道。我听盼儿说了,她那个继父平日里和她妈也是搞不到一起的,两个人常常要为从前的事情吵架。她继父说,她妈的魂灵还在杭家窜进窜出呢。我和她接上头,以后她又有麻烦了,你说呢?”

他好像是征求杭汉的意见,其实他已经决定了。你看不出来这个貌似风流的哥儿内心里撑着一副什么样的骨头。这种人是只有到了时候,才说变就会变的——他们会像蛹化为蝴蝶一样,从一个人变成另一个人。

然而,时辰还没有到,杭家的又一代大少爷时不时地还在他的青春之湖中冒着他那些轻浮气泡。就在杭忆遇见楚卿之前不久,他还正和一个在《放下你的鞭子》中出演卖唱姑娘的女学生眉来眼去。他还一边抗着日一边忘不了进行他的情爱小游戏呢。杭汉讥讽他的正是他给那个姑娘写的诗:

若说你的眼睛,不是柳后的寒星,
怎会如此孤独?怎会如此凄清?
若说你的眼睛,不是火中的焰苗,
怎会如此热烈?怎会如此高傲?

他觉得自己这首诗写得挺不错,但被杭汉一句话就顶回去了:“高傲?高傲个鬼!空袭警报一响,她首先乱窜,尖叫起来,自己也像一只空袭警报了。”

杭忆很想反驳他的弟弟,可是想到汉儿的这个比方打得实在是好,不禁大笑,从此便给那姑娘正式命名为“空袭警报”。

此刻,在杭忆的强制性的对话下,汉儿也已经从第一轮的困劲中醒来。他们开始热烈地讨论起这个白天他们刚刚认识的名叫楚卿的女子。

“你注意到了吗?每当她往远看的时候,她的眼睛就会眯起来,好像很困难的样子。那时候,她的眼睛很神秘,我从来也没有看到过这样的眼睛,我是说,这样的姑娘的眼睛。”杭忆说。

杭汉想了一想,说:“她一定是近视眼。”

杭忆很扫兴,杭汉总会有这样的本事来一语中的。可是我想说的并不是近视不近视,我想说的是那种生命里出现的具备着重大意义的人——那些以燃烧方式在夜空中划破黑暗的永恒的星辰。现在我就要去追随星辰了。想到就要离开家了,去远方,去抗战,和敌人决一死战,我怎么能不心潮澎湃呢!一连串的可以构成诗行的词组从年轻诗人的心里面跳了出来——血,铁,死亡,爱,大地,天空,太阳,月亮,等等,等等。哦,还有铁血意志组成的钢铁团体,在任何情况下也不能够出卖的核心,民族抗日的最坚定的敢死队,能够参加他们本身就是无上的荣光。直到今天,我才开始懂得小林叔叔为什么会为了这个理想去抛头颅洒热血。牺牲是多么令人向往啊,昏黄的烛光下火苗在微微地跳动,像她时隐时现的目光。她的目光里也有火,她的眼睛——是的,现在我想起来了,她的眼睛一眯起来,一串灰色火星就从那里跌落。她是所有的女人都无法比拟的女子,她是至高无上的。也就是说你不能喜欢她,喜欢她就是一种亵渎。你只能仰望她,就像仰望启明星。行了,我的十四行已经完成,汉儿,快起来,坐好,你不能够躺着听我歌颂她的诗,你得正襟危坐——

我想你该是萧瑟西风中的女英,
你的眼睛像秋气一般肃杀,
当我在湖边的老柳下把你等待,
你将来临前的峭寒令我心惊。

这一片湖畔未曾走过如你这样的女郎,
你从来不让你的人面与桃花相映,
你的眼睛也从不荡漾春水秋波,
你向我一瞥时目光在另一个世界闪击。

在这铁血时辰你不期而来,
我却正是对你一见钟情的少年,

然而我甚至不能直呼你的名字，
我怕说话时把你的灵魂吐露；

我只是想在你走过的地方倒下，
和你的那个已经永别的亲人一样。

诗念完了，小小烛光下两个少年都陷入了沉思。

杭汉，一直躺在床上，双手枕在脑袋下，他没有看着他的好兄弟，却突然意识到，他的这位小哥哥将要进行的，并不是一次远游，你也可以把它理解为永别。有一种东西，正在这个不动声色的暗夜里从他们的身上离去，再不回来。另外还有一些新的东西正在无声地注入他们的心里。离去的东西虽然一样，注入的却分明是不一样的东西了。两个年轻人几乎同时感觉到了这种离去和到来的片刻。他们都有些惶恐，被心灵的暗涌激动着，又不好意思说出来，只好呼哧呼哧地喘气。然后，杭汉深深地吸了一口气，双手一推，打开了窗子。

一股寒气扑面而来，两兄弟把头一起探了出去，他们就都愣了。杭忆半张着嘴，看着父亲。父亲的头发湿湿的。

扒儿张，就是在那天晚上，被杭家人当场抓住的。

杭人对小偷有一个专门名词，叫扒儿手。扒儿手出了名，也是要冠之以姓的。比如这个张三，也算是杭城一大名偷，故命名为扒儿张。杭家的山墙甚高，平日嘉和管理亦严，按理不会有贼进入。无奈抗战非常时期，一切乱套。比如这个扒儿张，就是从那水漫金山的防空洞里,蹚水进来的。

当时杭家三主一仆,也算是把那几十箱的珠茶,刚刚安顿停当,累得还来不及喘口气,突听脚下传来哗啦哗啦的声音。还是嘉和警觉,小声说:“有人,别说话。”

杭家兄弟和小撮着立刻就屏住了呼吸。在黑夜里待的时间长了,周围景象,约摸就能看清楚。果然,不一会儿,就听见防空洞那一头,水声越来越响,不一会儿,就见一人,头上顶着个麻袋,从齐腰深的水里,小心翼翼地蹚了过来。汉儿就要扑过去,被嘉和死死拽住,耳语道:“再等等。”

见那扒儿手从防空洞里爬了出来,贼行鼠步地贴着墙根走,竟然就在那间杭家人多日不进去的花木深房门前站住了。此屋乃嘉和先父杭天醉念佛诵经之处,天醉逝后,少有人进出。嘉和突然就一个激灵,背上就有冷汗冒了出来——原来此屋虽不住人,却是在佛台上放着一些古董的,其中有明代的观音瓷像,还有几只天目茶盏。那串念珠,还是父亲专门托人从天竺捎来的。最最叫人放心不下的,乃是项圣谟的那幅《琴泉图》,那是父亲当命根子一般爱惜着的,前些日子祭他时才取出来挂在那花木深房中,该死的贼人,竟在这种时候下手。正那么想着,就见门咿呀一声开了,扒儿手溜了进去,就点着了一根火柴。

这头,杭汉哪里还按捺得住,被嘉和猛一推,就大吼一声,扑了出去。杭汉是武林中人,那扒儿手岂是他的对手,没几个回合就把对方给摁住了。嘉和就连忙再点一根火柴,凑到那扒儿手面前。然后,小撮着就惊叫了一声:“娘的,是扒儿张,摊到他手里了。”

嘉和任那火灭了,呆站了一会儿。杭忆在一边问:“爸,要不要赶紧点点这屋里的东西?”

嘉和摸黑找了张椅子,坐下,说:“等一等,让我想想。”

扒儿张倒比嘉和还性急,跪在地上就磕开了头:“杭老板,放我一马。我实在是今日第一次摸上门来,那些东西都不是我偷的。我是见了别人从你家围墙下洞里钻进钻出,拣了不少衣物,才动了心。我真是第一次进来。你要报案,就去报他们,千万别报我,我上有八十岁的老娘,下有三岁孩子——”话没说完,就被小撮着扇了两个大耳光:

“——你给我闭嘴。谁不知道你扒儿张名声,顶风十里臭。你娘早就被你气死了,哪个女人肯嫁给你生孩子!你就趁早竹筒倒豆子,把肚里这点脏水给我倒干净吐出来。你要不说,我也不把你报案,我就把你按在防空洞里喂了那阴沟水,也强似你偷遍杭州城,害了多少人家。”

这一番话吓得那扒儿张又鸡啄米地磕头,口里只管杭老板杭老板地求个不停。嘉和叹口气,又划亮一根火柴,果然就见那《琴泉图》不见了。心里火要上来,正欲发作,又压了下去。扒儿张这种市井无赖,他也不是没有领教过,那张皮也就是经打,怎么打也改不了贼性。嘉和不止一次在街头看到扒儿张被人吊着往死里揍,有两次他都看不下去,自己掏了钱赎了他的命。有什么用,不是照样偷到他头上来。一时半刻要在他口里掏出一点什么,看来是不可能的了。他挥挥手,让小撮着先把扒儿张带下去再说,末了还添了一句:“别打他,打坏了,还得我们赔。”

这边扒儿张一下去,嘉和就对两个半大孩子说:“你们也都看到了,贼是从防空洞里钻进来的,你们今晚也就别睡了,赶紧趁天没亮把那洞堵上。”

杭忆杭汉刚要走，又被嘉和挡住说：“这事千万别和人说，特别是不能对你们奶奶说，你们看怎么样？”

杭忆杭汉一边扛着铁锨从后门往外走，一边小声说话。杭汉说：“我才不会和奶奶说，她要晓得那些宝贝被扒儿手偷了，又不知急成什么样！”

杭忆已经走到了围墙外的那个不起眼的小洞前，拿蜡烛照了照，就开始干活，一边往下铲土，一边说：“你比那些个小偷还缺乏想象力。你看他们，也都晓得隔着围墙打通里面的防空洞呢。小偷是从防空洞里进来的，那么防空洞是谁一定要挖的呢？是奶奶，你懂吗！爸是怕奶奶知道了这事心里过意不去，脸上又不肯放下来，爸是替奶奶在担着呢。”

天蒙蒙亮的时候，杭嘉和已经把这五进大院的角角落落都走了一遍。总算发现得及时，嘉和一边庆幸着，一边突然想到，还漏下一处没有去看——他把叶子住的那个小偏院给忘了。他一边轻轻拍了拍自己的额头，责怪自己不该那么粗心，一边就匆匆地朝那个种有一棵大柿子树的偏院走去。

初冬季节，柿子树的红叶几乎掉光了，树梢上还挂着那么一两片，看上去倒像是舞台上的暗示着凄凉的布景。这里是第四进院子边的一个小偏院，从前也是没有人住的，偶尔有客人来才用几天。叶子说这里清静，就搬了进去。嘉和平时几乎不到这里来，他和叶子之间的话，也是越来越少，几乎就到了无话可说的地步。嘉和不知道叶子是怎么想的，而在他，却是说也说不清楚的内疚。不管杭家人对叶子做了什么,嘉和都把那责任担到自己身上,不管谁伤害了叶子,嘉和都好像是自己伤害了她。

还没到那小门口,嘉和就听到了轻轻的哭声。嘉和的半边身子就好像被麻了一下,他站住了。门没有锁,嘉和推门进去,叶子正抱着柿子树干,用头撞着树身子,发出了咚咚咚的声音。嘉和冲上去一把拉住了叶子,见她的额头都已经破了,血从额上流了下来。叶子看是嘉和,就开始往嘉和胸上撞,几下就把嘉和的胸前沾染得红糊糊的一片,一边哽咽着哭叫道:“实在是受不了啊,嘉和哥哥,真的实在是受不了了啊!”

叶子手里捏着一封从新加坡来的信,一看那笔迹,就知道是嘉平的。嘉和费劲地按住了叶子的肩膀,说:“你轻一点,我心口痛得厉害。”

叶子抬起头来,看到嘉和苍白的脸,她不哭了,抚着嘉和的脸,惊慌地问:“嘉和哥哥,你怎么啦,你哪里不舒服了?”说着就要把嘉和往屋里扶。嘉和摇摇头,眼睛湿润着,靠在树干上,笑笑说:“没事。”

与从前任何时候一样,两年前,嘉平把生活中的难题和盘向这个只比他大一天的大哥托出。他早已成为南洋一带具有很高声望的社会活动家之一。而这位富商小姐,则是他所主管的报社里一位出类拔萃的女画家。按照嘉平的原话——是共同的奋斗目标、共同的理想、共同的磨难、共同的志向,把他和她结合在了一起。然而,这位小姐的父母则是信基督教的,他们不能允许自己的女儿按照中国人的某些个惯例行事。嘉平在给嘉和的信里,希望嘉和能给自己提供一些积极的建议,还希望通过嘉和把这件事情告诉叶子。

“我晓得总有瞒不住的一天，”嘉和摇摇头，“可我实在没法跟你说，我……没法跟你说……”

“我也晓得你早就知道了，我等着你来说……真难受啊，谁都不知道我有多难受……”

“我本来想找个你高兴的日子跟你说，可你总也没有高兴的时候……”

“怎么，你不晓得他要回来了。他要带着他的那个她——天哪，我真受不了，嘉和哥哥，我真受不了……”

……

“他说他要回国抗日来了，他们就要一起回来了，他们……就要……一起回来了……”

她又抱着老树干，放声痛哭起来。她哭得那么专心致志，以至于门再一次打开，她的儿子杭汉进来，他们两人也不知道。

“怎么啦，妈妈，我们这个院子也让人偷了吗？”

杭汉吃惊地问道。

第五章

中尉作战参谋罗力，从警备司令部值班室接到女友寄草的电话之时，他的另一只耳朵还在接另一个电话，国事家事同时在他的两只耳朵里打混仗。

原来上海战场失利之后，军方立刻要求破坏钱塘江大桥，以防敌军过江。此番电话打来，正是要罗力立刻通知警备司令部有关方面，速去省政府商量炸桥事宜。

这头还没放下耳机呢，那头寄草就十万火急地来了电话，说家里出大事了。罗力听她口气不对，夹着那只耳机，这边歪过头来轻声说："快说，什么事？我这头还有战况要通报呢！"

寄草说："家里被盗了。"

罗力心想，兵荒马乱的年代，偷点东西，倒也算不了什么，便问："贼呢？"

"贼倒是当场就被抓住了。"

"还不快送警察局去！"

"大哥不让送，还说要把他放了。我们正扣着，等着你来发落呢。"

罗力叹口气说："连个小偷也对付不了，哪有像你们那样的生意人。"

说着，两头放下了电话耳机，连忙报告上峰，然后驾上军车，立刻赶到省政府。炸桥是件大事，他是要配合完成到底的。

浙江省，向有浙东浙西“两浙”之称，且以钱塘江为界，又通常以杭嘉湖三府列为浙西，宁绍台金衢严温处八府列为浙东。

从前没有大桥之时，浙东、浙西便被那滚滚东去之水隔开。民国初年的省议会，倒也是议过架桥之事的，无奈军阀混战，费用无着，议过也就当没议过一样的了。直至民国二十二年，建桥动议才重新提出，由桥梁专家茅以升为工程主持人。1934年11月11日，乃第一次世界大战和平纪念日，亦为钱塘江大桥开工典礼日。至1937年9月26日，这座长达一千四百五十三米的中国最长的铁路公路大桥建成，浙东浙西，从此一气贯通。

此时，八一三淞沪抗战已经开始，经钱江大桥南运物资甚多，最多时一天过桥的机车达到三百余辆，客货车两千余辆。等到11月17日公路桥面开通，步行过桥的人数每天达十余万人，那可真是如过江之鲫一般的了。

世界桥梁史上恐也未有这样的事情——桥还没建好，已经在考虑如何把它给炸掉了。9月26日，当大桥的下层铁路已铺成，清晨四时，第一辆火车缓缓驶过大桥时，有谁知道，大桥靠南岸的第二个桥墩里，已经准备好了一个放炸药的长方形空洞。

眼看着，这座由中国人第一次自己设计建造的大桥，要由中国人自己来炸毁了。

这一件要紧的战事全部落实完毕，已过午夜，罗力开着军车，沿着西湖边归来。一时没什么大急事了，罗力就不再开飞车，他慢慢地从湖边的老柳间穿过，脑子里一片空白。

夜空中能够闻到浓郁的深红色的恐惧气息，它不仅从空中扑来，弥漫了整个城市的天空，而且，它也已经在内部生成，郁结在了这个城市的地底。此刻，就从这湖面上强大而又缓缓地升起来，不动声色，势不可当，在夜幕中无声地冷笑，逼近那些还在温柔富贵乡中的这个城市的南宋遗民。

罗力，从大中国的遥远遥远的东北而来，如果没有战争，他恐怕永远也不会被包围在这样一种操着“鸟语”的人们之中。这里的男人身穿长衫，消瘦，如女人一般白皙，脸上浮现着不可捉摸的节制。罗力常常不能明白，这些南蛮子的内心深处到底在想些什么。而且，他总是看到他们喝茶，喝茶，他们互相表示着友爱，就说：“怎么样，我们到西湖边喝茶去。”这使罗力气闷，在他们遥远的东北，男人见了，就大吼一声：“走，喝酒！”即便是在军队，这里的军人们也是很少像他们东北人一样成群结队地在一起豪饮的。那些年轻的军官一旦被哪一个女人俘虏，立刻便从精神上进入了那些穿长衫的不动声色的白皙的杭州男人的阵营。

罗力从来也进入不了这个城市。即便是在他也难逃杭州女子情爱的罗网之时，他也还是进入不了这个城市。比如说，他就实在是不能明白，为什么杭州人这样不愿意离开西湖，他们似乎把西湖当成了他们的命，或者，是拿命来抵押给了西湖。前不久上海沦陷之后，杭州人曾经有过一阵子集体逃难，这种大规模的集体活动，人称“杭儿风”。谁知这一段时间日军进犯的消息稍一滞缓，杭州人的杭儿风又回来了。连日来，罗力发现又有不少疏散出去的市民回到了城中。他们放下挽在手里的包裹儿,连一口水也不喝:赶快,赶快,赶快去看看久违的西湖。走到湖边,放眼望不够温山暖水,在残花败柳丛中抿一口龙井茶,一声长叹方才出口——哎,回家了,总算回家了。

西湖再好,一洼子水,哪有咱们东北大平原一马平川好啊。那雪刮的,那才叫是雪,哪像这里啊,雪到了这里也都软了骨头,成不了片,滴滴答答地没了形状,成了扯也扯不断的雨丝了。

还有风,湖上吹来,一阵一阵的,小小的风,透着人气。那叫什么风啊,罗力深感遗憾地耸了耸鼻子——那叫什么风啊,那简直就是女人的手啊。这么棒的东北小伙子,被这样的风吹着,也不免就缓缓地停了车,头一晕,便靠在了方向盘上。

也不知道那是多少一会儿,他突然地就被惊醒了。宁静的暗夜里,他听到了一声长长的鸟啼,婉转的,柔肠百结的,少妇夜半闺怨似的,因为在无声的时刻,这颤巍巍的声音格外清晰。况且那声音也是充满着警觉的呢,它似乎感觉到有人在听它的夜半歌声了,它便噤声不语,人鸟便各个地一番心思。

然后,鸟儿似乎对这柳浪中闻莺的人儿释然了,它便一声长歌,一气呵成小夜曲——呵——那是一种什么样的声音啊,那可真是撼心惊魂,催人泪下的了。东北小伙子罗力一下子就扑在了方向盘上,万千的思乡之情瞬间把胸腔塞满,罗力有一种心碎了的感觉,那是西湖给他的。然而,此刻他对西湖并不知情,他只是前所未有地思念起他的心上人——我的美人儿,我的南方女人……然后,他一下子全部想起了刚才他忘记了的那件重要的事情。

从清河坊忘忧茶庄雕花大铜门外泄出的灯光,吸引住了罗力的视线。听寄草说,前方战事吃紧以来,不少茶庄都已关门不做生意了,忘忧茶庄也只是在苟延残喘罢了,怎么这会儿都半夜了,还亮着光呢。他就上前贴住了脸一窥,见一男子侧身坐着,一个穿长衫的南方男人,寄草的大哥嘉和。罗力见过他几面,只知道这位大哥也是神情淡漠的,尤其对他——罗力能够感觉出来。

不过此刻想来是没有人了,这个男人的脸上便有了一层悲戚的神色。罗力看到他一动不动,偶尔,受惊似的抬起了头,看一看四周,又沉入了冥思。罗力在门外站了一会儿,就轻轻地敲响了门。

两个男人的说话一开始很隔,那是从嘉和过分的客气中感觉出来的。毕竟还是男人嘛,不管北方的还是南方的,都知道男人间的较量是怎么回事,不过用的是各自的手段罢了。

嘉和一看到罗力就热情地站了起来:“坐坐,你看寄草也是,家里这点事情也来麻烦你。她一直等你,夜里到贫儿院去了。其实也没有什么。这种时候,哪一家不出一点事情。你喝点茶吧,喝茶提神,‘破睡须封不夜侯’嘛。平水珠茶好不好?”

嘉和长长的个子,在店堂里来来去去地找他要的茶罐子,一只手举着,数点着茶罐,另一只手下垂的大拇指和其余几个手指在奇怪地不停地摩擦着,仿佛因为一时不知所措,又不愿对方知晓,要找一点动作来弥补掩饰一样。

罗力不理解这样的男人,他记得上一次看到他的时候,这位大哥是几乎不愿意和他打照面的,点了点头,就走开了。罗力还知道,杭家几乎所有的人,对他都没有太大的热情。寄草曾经流着眼泪对他说过:“我本来应该是恨你的,可是我现在却那么爱你。这样多么痛苦,我没脸见嘉草姐姐,我母亲因此而看不起我,你明白吗? 你是他们的人!”

“真可笑,我是出来抗日的,我是军人,真可笑,我和谁的人都没关系。现在你还爱我吗?”罗力跺着脚,佯装着生气说,他是一个急性子,肚子里藏不下一个疙瘩。

寄草生气地用手捶了他的胸,说:“罗力你干什么,你想气死我不成,你可真是气死我了。”

然后他们就在一起亲吻,热情的姑娘,没完没了,直到空袭警报再次响起。

然而罗力知道,这两兄妹的热情是不一样的。也许,此刻嘉和的热情,恰恰是一种拒绝。罗力在杭州待久了,知道这里的人们,能够把拒绝也做得像接受一样好看。

因此罗力说:“大哥你别找了,我喝什么茶都可以,我不喝也可以。真的,我没喝茶的习惯。”

然后他看到大哥回过头来,昏黄的电压不稳的灯光下他的表情有些不解的样子,说:“到这里,怎么能不喝茶呢?”

罗力立刻明白,不能这样和他们杭州人说话,大哥是要留他坐一会儿呢。他赶紧就换了一个话题,问:“家里少了什么? 小偷人呢? 损失大不大?”

嘉和把泡好的平水珠茶盏放在罗力眼前,自己也在他对面坐了下来,他也抿了一口茶,才说:“我把小偷给放了。”

“放了?”

“杭州城不日就要弃守了,这你比我清楚。许多要犯都要转移,听说还有开释的。连小车桥的陆军监狱都要解散呢,这些个不大不小的偷盗案,就不算是个什么的了,关在那里,到头来也未必有时间审。还不如早早地放了,他也有时间逃出杭州城。否则,锁在监狱里,莫非等着日本人来杀。”

罗力便想,大哥是个明白人,又问:“那——损失大不大?”

嘉和忖了一会儿,才说:“主要偷的还是父亲生前的花木深房的那一进院子。别样东西,没有就没有了。只是父亲最看重的那张《琴泉图》也被盗走,倒是让人肉痛的。”

“很贵重吗?”罗力想到这个地方的许多人家,但凡识得几个字,都喜欢收藏字画的,倒有点像农民一到秋天就要囤积粮食一样的呢。

“贵重二字倒是不敢当。这幅图原本是明人项圣谟所作,也不过二尺长、一尺宽的纸本,上面画了几只水缸,一架横琴。只是那一首题诗我父亲在世时十分地喜欢——自笑琴不弦,未茶先贮泉——算了,算了,”嘉和突然挥挥手,“身外之物,生不带来,死不带去,都什么时候了,还有心思想字画。”

说到这里,嘉和也好像没什么可说的了,便又喝茶。

罗力从没买过茶,也从来没进过寄草家的这个大茶庄。第一次来,又是夜里,竟觉得茶庄是很神秘的了。店堂柜子里那些各种样子的茶罐,有锡的,也有洋铁的,还有,地上的那些个花砖,看了也让人新鲜。还有这张大桌子,罗力说不上来那是什么木头的,但大理石桌面他还认得出来。他打量着周围,一抬头,却看到嘉和正打量着他。罗力不知就里,只得朝他笑笑,嘉和也笑了,方说:“你让我想起一个人。”

“谁?”

“死了。”嘉和看着罗力,当年林生也是坐在这张桌子旁的。美男子林生,嘉草的心上人林生,忘忧的父亲林生,他正在另一个世界,在幽冥处,注视着下一轮另一个登场的男人——嘉和不知道,林生在那里,潮湿的温厚的地下,能否接受这个北方来的国民党军军官。

“我知道他是谁。”罗力啊,到底年轻气盛,他脱下军帽,放在桌上,说,“大哥,你应该知道,不是战争,我不会来到这里,我不会是个军人。我生来本是一个挖煤的,我不是生来就打仗的。”

这话说得硬了一些,嘉和好像没有什么思想准备,抬起头来,说:“我们这些人,没有人喜欢打仗的。”

话音刚落,电灯灭了。战时的灯火管制,大家都已经不奇怪了。罗力问:“大哥,有蜡烛吗?”

“有倒是有,不过店堂里向来有规矩,不能够点蜡烛的。”

大概是立刻想到罗力本不是一个茶人,并不知道茶的那些个讲究,嘉和在黑暗中解释道:“茶行中历来就有这样一说,茶性易染,别样气味不可与茶同在。故而店堂里做生意,我们向来是葱、蒜、鲞不进口的。蜡烛气味重,也不能进店堂。早先店堂里用的是灯草,再后来,就用电灯了。”

两个男人坐在黑暗中,各自摸索着茶盏,口中便各自发出了咂茶的声音,在暗中,竟也是十分地响亮。罗力第一次知道,世界上有一种叫什么平水珠茶的茶,它是圆的,在水里放开而成为长的。它入了口,竟然是那么苦涩的,清醒的,罗力永远也不能够忘掉这平水珠茶的了。因此他问:“大哥,难道你还准备把店开下去?”

嘉和在黑暗中好久也没说上一句话，然后问："照你看来，我是撤，还是不撤？"

罗力放下茶盏，黑暗中放大了声音："大哥，我今日来，除了家中偷盗一事之外，还有一件最重要的事情，就是立刻帮助你们撤到后方去。你别看城里面现在又平安无事的样子，沦陷就在眼前了。我把你们安顿好，我自己也要走了。"

"走哪里？"

"上正面战场。"

嘉和就不说话了，其实他倒是很想问寄草知不知道罗力的这一打算，但他立刻觉得不能够这样问一个国难当头时的军人。因此最后从他嘴里出来的话就变成了那样："这样好，男人上前线，女人孩子退到后方去，寄草准备带着忘忧一起去贫儿院。"

罗力很关心杭家的其他人怎么样安排。他有一种直觉，认为这个家族的人是经不起战争的，他们不是那种在非常情况下能够生存的人们。

因此，当他知道除寄草和忘忧之外，唯有杭忆要跟着抗日组织撤到金华去，杭家其余的人都不打算离开杭州时，十分不能理解。他告诉嘉和，据他所知，杭州城里的有钱人都已撤了自己的实业到后方去了，候潮门外那十几家的茶行，不是也都撤了吗？

嘉和听着黑暗中罗力的略带焦急的劝说，心里想，是的，是的，你的话统统都是有道理的，但是你的这一番话应该和绿爱妈妈去说，你知道我们这几天为她的去留磨破了多少嘴皮。你想想，和女人谈战争，这本身便是一场多么艰苦的战争。无论我们怎么跟她说撤退的生死意义，她都能找出一些牛头不对马嘴的理由来。她一会儿说日本人不影响龙井茶的生意,比如这几年,狮峰极品照样卖到十六块钱一斤,特级龙井照样卖到十二块八角一斤;她一会儿又说日本人不会打进杭州城,哪怕真的打进来他们也不敢杀杭州人——杭州是佛保佑的地方;一会儿她又说哪怕日本人要杀杭州人也不会杀她——她有什么好杀的,称称没有肉,杀杀没有血,剥剥没有皮,老太婆一个了,难道日本人还会看得上!最后一点,她坚信抗战是立刻要胜利的,你看那么多的党,共产党,国民党,都要团结起来抗日的。中国多少人,从前是不团结,日本人才打进来,现在团结了,哪里还会任他们横行霸道,我又何必一歇歇逃出去一歇歇赶回来。

总之她一会儿这么说一会儿那么说,就是不想走。最后她甚至被自己的理由感动得哭了。她说,她是不能够离开嘉草的,她是陪着嘉草亲眼看着林生被杀头的,所以嘉草才神志不清了。嘉草不能出去逃难,出去就要死。她不是她的妈吗!虽然不是亲生的,但比亲生的还要亲,我怎么能够扔下她不管呢?

嘉和想说不会扔下嘉草不管的,嘉草的事情他会管。但绿爱不让他插话——闭嘴,你们男人知道什么,女人得让女人陪着。嘉和又想说,叶子和杭汉也不走,他们也会照顾嘉草的。谁知这一说,绿爱更来劲了,绿爱把手和嘴凑到嘉和耳根,压低声音,仿佛进行地下工作似的说:“她是日本人。”好像那么多年来他们杭家一直不知道叶子是日本人一样。

因为绿爱妈妈太不讲道理,嘉和实在是有些生气了。忍啊忍的,好容易才没有说出来:如果寄客伯伯走,你会不走吗?不过他到底还是换了一句话,说:“妈,我们还是听听赵先生的见解,你看怎么样?”

只有提到赵寄客,绿爱的脸上才会重新露出年轻时的光彩,一丝温柔泛上了她的嘴角。绿爱已经上了年纪了,依旧是杭州城里有名的美人儿。她暗想,是应该听听寄客的意见!但是你们知道什么,你们知道寄客伯伯已经决定与杭州城共存亡了吗?我要是一走了之,我也见不到寄客了。我已经见不到我的心肝宝贝儿子,如今还要让我见不到我一生以命相托的人,我还活着做什么。

不过这些话,绿爱一句也不会和这些小辈说的。当她看着嘉和那张隐忍的面容时,她看出了他的命运。哎,她是多么怜悯他,他这一辈子,还要忍受多少事情……多么可惜,嘉和,你身上没有我的血,所以你不能像嘉平那样,没心没肺,浪迹天涯。你就只有在这五进的大院子里,隐忍着过日子了。既然这样,一切就交给你了,杭家的长子,忘忧茶庄属于你,可是你也要一辈子和忧伤过下去了,你是忘不了忧了……

杭嘉和想,他们都不走,我怎么能走呢?前日嘉和还专门到茅家埠都宅访了都锦生。这么大的丝绸老板,也是他嘉和年轻时一起走过来的好友,一起说了多少年的工业救国,如今国却要破了。他给杭嘉和带来一个消息,说是上虞人、中国茶业公司的总技师吴觉农先生,自七七事变以后,已经从上海商品检验局停职,并邀请茶界各路英豪集结于绍兴、上虞和嵊县的三县交界处——三界,成立浙江茶叶改良场,并准备在那里进行长期的抗日游击活动。这消息一时便使嘉和振奋起来,要不是有这么一大家子拖着,嘉和会毫不犹豫地跟着吴先生上茶山。如今这个理想虽不能实现,但毕竟是有关茶业一行中的好消息。留下来吧,留下来,即便是在地狱里，中国人也是要活下去的，要活下去，又怎么能不喝茶呢？嘉和突发奇想地把活和茶就这样地联系在了一起。

可是他不能够把这一层意思和罗力说清楚。他们在黑暗中交谈着战事时，嘉和深深地感到自己没法把他对茶的想法放进去。这样，他们说着说着，就沉默了下来。这种沉默肯定不符合东北人罗力的性格，他有些窘迫了，便站了起来，说："大哥，我走了，和寄草我会再谈的。你看你、你、你，还有什么要和我说的吗？"

嘉和没有跟着罗力一起站起来，他多么想多留这个东北小伙子一会儿。也许，就这样在黑暗中，永远地告别了，永别了。嘉和几乎在几分钟里，就深深地喜欢上了这个小伙子。多少年来，他已经习惯了节制，习惯了把一切放在心里，此刻他不想这样。他想，他要还是这样，也许他就永远也没有机会再弥补了。因此他轻轻地说："罗力，你过来。"

罗力从来也没有领略过这样一种男人的感情——细腻，温润，几乎微乎其微，神秘莫测，甚至带有一些女子的阴柔气，因此显得脉脉深情起来。在黑暗中，罗力还闻到了一股清香，他不知道这是店堂里固有的茶香，还是他们俩喝的茶散发的茶香，还是从嘉和大哥身上发出的气息——他被嘉和吸引住了。他准确地走到了嘉和的身边。嘉和也站了起来，在南方人中，他也算是一个高个子了，然而比起罗力，他仍然要略矮一些的，因此他又稍稍地退远了一步，他说："罗力，要活着啊！"

罗力被这句话呛着了，他不知道怎么回答才合适。抗战以来，他们这些当兵的，听到和说到的最多的一个字眼，就是死。他迟疑了片刻，才回答说："只要能活下去——"

嘉和把一只右手就搭在了罗力的肩上，几乎耳语似的轻轻密告：“——活不下去的时候，你什么也不要想，你就想一想那些山里的野茶。你知道野茶是怎么活的？一点点的土，一点点的水，要吃没吃，要喝没喝，根一头扎在薄土里，那一点营养，让它活不下去又死不了。做人做茶，做到这个份儿上，都是可怜啊。可是它不死，它把根长长地在地底下延伸，一直伸到它找到活路的时候。听明白了吗？”他的手掌略微用力地在罗力的肩上又压了一下。

罗力想说他听明白了，但喉口一紧，却说不出来了，便把自己的右手也搭在了嘉和肩上。两个人就在黑暗中再一次发愣，彼此明白，再也没什么可交代的了，无话可说了。

“走吧。”嘉和就推了推罗力的背，上前一步，打开了大门。浓厚的夜气，立刻就扑进来了。

杭城的午夜，还有多少人在战争这只巨大的魔爪还未最后收紧的缝隙中，做着惊恐与祈祷交替进行着的初冬之梦呢。

我们新上任的女教师杭寄草刚刚从荷花池头的贫儿院归来。她一个人走着，嘴里还哼着歌呢——大刀向鬼子们的头上砍去……白天家中被盗的一场惊恐，此时已经被她丢到九霄云外去了。

寄草从小就经历着动荡，对她来说，非常的事件和离奇的事件，都是最可以理解的。她有着很强的承受能力，显然，这遗传于她的母亲。但她比她的母亲更加开放一些，心胸也更宽。她往罗力的军用车上一坐，满城地转，有人朝她乜斜着眼，她一点也不在乎。她对罗力，有着多么热烈而又浮浅的爱情啊，简直就是一根起了火的火柴偶然地就擦到了一根还未受潮的爆竹——嘣的一声，上天开花。

寄草去贫儿院，也可以说是偶然。她原本是跟着义父在红十字会医院工作的，她所顶替的，正是当年嘉草姐姐的位置。那天因为有事到基督教青年会去，却碰到了许久不见的侄女杭盼。

杭忆杭盼这两兄妹很是错位。忆儿的性情，实在是像方西泠的，却跟了嘉和；盼儿呢，倒是有那么几分像嘉和的，却在了母亲身边。离开杭家之后，她有好几年是和外婆在一起过的，外婆便给她洗了礼，说是相信上帝才能洗清罪孽。这姑娘在落落寡合中怀着对原罪的虔诚忏悔长大成人。

这忧郁的少女幸而有了上帝与她同在。她几乎每个礼拜都要到基督教青年会去，学英语，参加卫生演讲，不过她永远是听众。妈妈对她的一举一动都有着严格控制，暗地里就是怕这个女儿跑回杭家去。但去青年会，方西泠却是支持的。方西泠自己的生活也要靠上帝撑着，她是一个社会活动家，离开社会活动，她的手脚没处放。青年会大厅里有一副对联，是当年的浙江私立体育专门学校校长王卓夫所撰，上写：此杭州最新建筑，是青年第二家庭。方西泠看了觉得有缺憾，她以为此地不仅是青年的第二家庭，也是中年的第二家庭，更是她方西泠的第二家庭。由于她对基督教青年会各项活动的大力参与——不管是打老鼠还是灭蚊子，不管是接待教友还是应付官员——她对上帝的事业的满腔热情使她享有了当时的杭州人极少能享有的特权，位于青年路青年会四层楼的洋房，免费向方西泠开放淋浴。洗完淋浴，还可到二楼品尝西餐和冰淇淋。方西泠每一次都把女儿也带了去，以后，再大一点，盼儿就自己行动了。

盼儿永远也成不了母亲这样的人。看上去,她总是有那么一点神情恍惚的样子。方西泠受不了这种神态,从中看到了杭家几乎所有人的面容。因此,她对这个女儿表现出来的便是一份淡淡的母爱和强烈的管束。

盼儿几乎看不到她的父亲,偶尔看到了,她就头一低侧过身去。她也从来不和父亲说话,只有上帝知道她对父亲怀着怎样的狂热的思念。因为这种宗教般发热病似的感情侵袭,盼儿几乎就恨她的生父了。杭嘉和能够感觉出这种不正常的女儿的感情,这也是他常常为之痛苦的原因。他不知道女儿为什么不愿意注视他的眼睛。他不知道他的眼睛使女儿想到了什么。有一天,在祈祷的时候,盼儿突然被一种似乎来自上天的力量袭倒了。她不敢告诉任何人,那十字架上的耶稣的目光,使她想起了父亲。

只有到青年会去的时候,盼儿才会有一种轻松,在那里,她有时会看到她的小姑妈寄草。杭家人中,只有见到了寄草她才不会有一种犯罪感——这可真是一件奇怪的事情,父母离异,背十字架的却是这小姑娘。

此刻寄草看着盼儿的那张好像营养不足才出现的贫血般的面容、时不时地泛上来的鲜红的玫瑰般的红晕,还有她的瘦扁的少女胸脯上方脖颈处露出来的十字架项链,心里一酸,摸了摸她的额头,说:“怎么都冬日里了,你还直流汗,怕不是生了什么病了。你不在我们大院子里住着,有什么不好也没个说的地方,你自己要十分小心。兵荒马乱的,日本人不定什么时候就进来,也不知他们方家怎么打算的。你呢?”

“妈妈是不打算走的,说是她后面有美国人,日本人不敢把我家怎么样。再说,我那个弟弟还小,才几岁,可好玩了,我妈也舍不得让他逃难受苦。妈还说了,实在不行,就往美国跑。”

“那你怎么办呢?”寄草关切地问,“你走不走啊?日本人看到年轻姑娘眼睛都要出血,要不你跟我一起走吧。”

盼儿眼睛一亮,这才说到正题:“小姑妈,我找你正是为了这事。我本来都已经说好了要和贫儿院一起走的。我这一向一直在贫儿院帮着工作,贫儿院的院长李次九还是爸爸在一师时的老师,妈也认识的。我跟了他去,妈也放心。没承想我近日老咳嗽发低烧,怕是得肺病了,我这就走不成了。院长说了,有个人能顶我,我一听名字,那不是小姑妈你吗。我才找你来了,你能替我去吗?”

寄草几乎没怎么想,就说:“行啊,我跟干爹商量一下怎么和家里人说就是了。去哪里都是一样的,我反正是决定离开沦陷区了的。再说我去贫儿院还可把忘忧带上,他是林生的孩子,哪怕我们都死了,他也得活。要是到了胜利那一天,我们还活着,那我们就是赚回来了。”

话说到这里,那大钟楼上的钟敲响,是下午四点了。这姑侄女两个,就都把眼睛往那高高的钟楼望去。钟楼就在泗水路和从前的杭县路转角,离忘忧茶庄并不远。寄草和盼儿从小就听着钟声长大。难道这块能够听得到钟声的地方,真的就要让日本人的铁蹄来践踏了?她们相视着,一起抬起头来,久久地望着那口熟悉的大钟。

寄草专门跑到义父赵寄客那里去打听贫儿院院长李次九的为

人。赵寄客一听这名字就笑了,说:“李先生吗?他当年可是杭州城里鼎鼎大名的无政府主义者,一师风潮中的重要人物,四大金刚之一。你大哥、二哥都曾经是他的忠实信徒呢。这些年来,一点风闻也没有,你可见着他了?”

“怎么没有见着!哪里还有什么无政府主义者的影子啊,俨然一个菩萨心肠的长者罢了。他还向我问起你,说他年轻时认识你呢。”

“都是青梅煮酒论英雄过来的嘛。你见了他,代我向他问好,就说赵寄客不日就去拜访他。”

寄草见义父难得那么来了兴致,突发奇想,说:“干爹,不如你也入了我们贫儿院,与我们一起走,一路上我也好照顾你啊。”

赵寄客说:“不是早就跟你们说定了,我不会再离开杭州了吗?”

他的脸色,明显地就黯淡了下来。寄草说:“我晓得你有心事,真没想到,连你这样的人也会有心事起来。你告诉我,我帮你去办不就成了。”

赵寄客摇摇头,说:“你还是管管你自己的事情吧。和那个东北佬处得怎么样?”

“很好啊!”寄草的眼睛就放起光,连鼻尖下巴都一起跟着红了起来。

寄客说:“寄草,你要走了,我交代你一句话,你给我记在心里头了——千万不要轻易地和一个男人成亲!明白吗?”

寄草愣了一会儿,才说:“不明白。”

“不要轻易地和一个男人成亲,就是不要轻易地和一个男人生孩子。”

寄草眼睛瞪得滚圆，张了张嘴，饶舌姑娘这下子可是一句话也说不出来了。片刻，她突然跳起来，打着赵寄客的背说：“干爹你怎么那么坏啊，干爹你怎么那么坏啊。我不跟你说话了，我不跟你说话了……”她就这么连推带搡地撒了一阵娇，跑掉了。

赵寄客望着寄草的背影，想，她还以为我是在开玩笑呢。

现在已经接近午夜了。寄草从贫儿院一路回来，她哼着歌，在暗夜里轻快地跳着脚，突然就站住了。前方有两束强光射来，直直地照着她。一辆车！寄草尖叫了一声：“罗力！”

她熟练地跳上车，坐在罗力身旁，问：“回家吗？”

“回家干什么？我刚从你家来。”

“都快半夜了。”

“是啊，我都以为再也见不到你了。”

“为什么？”

“明天部队就要集中了。我们要再见了，也许就是永别了。”

“这么可怕？”

“瞧你对我多么无动于衷啊，我就知道你们杭州姑娘是怎么一回事，我早就料到了。”罗力垂头丧气地一踩刹车，“你回去吧，回去卖你的茶叶吧。”

寄草笑了：“看你，什么叫寻开心都不知道。东北佬！”她亲热地撸一撸罗力的头发。

“走吧，我带你去一个地方。”

“什么地方？”

“最好最好的地方，香的地方，绿的地方，……对，一直往前开，一直到洪春桥，然后转弯。……是的，这里的路很不好开，我们马上就要到了。……你说什么，你说我把你带到郊外来了？杭州的郊外不好吗？你闻，你闻，你闻到香气了吗？停车，停车。好了，现在一切都那么安静，你应该闻到那股香气了，你闻到了吗？”

一直也没有说上一句话的罗力，此时停了车，马达声音一息，世界就此沉寂——空气在杭州西郊的山间渗发出一阵阵夜的甜意。罗力下了车，朝天空看，他呆住了。他从来也没有上心看过杭州的圆月亮——他曾想这样的圆月是应该留到回东北老家时再看的。这是怎么回事：刚才夜空还是那样的压抑，天空垮下来一多半，就那么昏沉沉地、摇摇欲坠地、千钧一发地挂在人们的头顶，怎么突然间，就一下子清明爽朗了呢。罗力回过头来，一下子揽住自己心爱的姑娘，说：“我可真不明白为什么会喜欢上你。你是仙女变的吧？”

“我可不就是仙女变的，你怎么才知道？你看仙女把你带到什么地方来了？”

这是一片舒缓的斜坡，从这对青年男女的脚下往前延伸，一直伸到他们肉眼看不到的月光深处。斜坡上稀稀落落地长着一些棕榈树，疏疏朗朗地展开着它们的大叶子，东一片西一片地从树枝上生发开去，在夜风中轻轻地摇晃，像那些微醉醺醺地正从长堤上归来的长衣宽袍的僧人。罗力听见一个女人的声音从他的怀里，喘着气低低地发了出来：“你看那些树，它们就像是从月光下的湖水里刚刚捞上来似的。瞧那些大叶子，摇啊摇的，窸窸窣窣的，月亮水就从那上面滴滴答答地落下来了。你听见了吗？”

瞧！那些大棕榈树广大的两侧一眼看不到边的、那些在月光下一大团一大团簇拥着的、整整齐齐一排排的、发着绿色亮光的，那是什么？它们一大朵一大朵地蹲在地上，圆圆的身上还缀满了小白花，这是怎么回事——这是月光在它们身上开的花吗？

女人的声音又开始喘息了："瞧你说的，你没有看到过茶蓬开花吗？陆羽说茶树'其树如瓜芦，叶如栀子，花如白蔷薇，实如栟榈，蒂如丁香，根如胡桃'。听见了吗，花如白蔷薇，你看你看，你看它像白蔷薇吗？"

罗力愣了一下，亲了亲寄草的脸："对不起，我不知道，谁是陆羽，是你们家的人吗？"

寄草也愣了一下，然后弯下了腰，发出了咕咕咕的笑声，和鸽子发出的声音一样。

"你在笑话我？"罗力便警惕地问。

"你说得很对，陆羽就是我们家的人。"寄草不笑了，她突然陷入了沉思。

罗力从吉普车上取下了大衣和军用雨衣，拉着寄草的手，走进了茶蓬的深处，说："来，我们在这里坐一会儿。说真的，我还真没看见过茶树开花呢。"

他们在茶蓬下找了一处避风而又宽敞的地方，把雨衣铺在下面。月亮那么大，一切都和白天差不多了，他们两人就抱成了一团，把大衣披在身上。

周围一阵乱晃，茶树抖动起来，罗力绷紧上身，按住寄草，轻声叫："谁？"

寄草又咕咕咕地笑了，掰开了罗力的手，说："那是睡在茶蓬心子里的鸟儿呢，瞧你把它们吵醒了，还倒打一耙。”

罗力一屁股坐了下来，舒服地躺下了，顺便把寄草也扳了下来，那动作又粗鲁又亲热，一下子就把寄草的头按到他的胸膛上了。“俺的娘哎，俺可真没想到俺的媳妇能成这样，这么大的学问，俺可怎么受得了，受不了啦，受不了啦！”他突然用地道的乡音说了这么一番话，把寄草笑得起来又趴下，趴下又起来。笑够了，终于安静了下来，就靠在罗力身上，看着天上的月亮。

罗力搂着寄草，满意地叹了口气，说：“这地方好。”

哎，我该怎么告诉你呢，你这远远地从东北来的人儿，我可真没法对你说明白，所以我才把你带到这里来了。瞧离这里不远，那边，鸡笼山里，也有一片茶园，那里就有我们的祖坟。每年冬至我们都要去上坟。我们路过的茶山，茶蓬长得可好了，有半人多高呢。这时茶花正发，月笼万树，要是你突然站住，对花儿默然生笑，此时忽生一种幽香，就是深可人意的了。你看这花，瓣儿雪白，和那剪云绡一般，心儿呢，又黄得如抱檀屑。嘉草姐姐最喜欢茶花了。她站在茶树蓬前就不肯走。这时嘉和大哥就总是为她折回数枝，插在青花觚中，那可真是枝梢苞萼，颗颗俱开，整整能开上一个月呢。别小看这不上名堂的茶花，群芳谱里未必有她一笔，可是她香沁枯肠，色怜青眼，素艳寒芳，自可与春风另有一番姿态迥隔啊。可惜，世上的人知道她的又有多少呢？

当寄草嘀嘀咕咕地偎在罗力胸前，说着那些他时而能听懂时而又听不懂的话时，他突然心生一惊，立刻把胸前的女人紧紧地抱住。“你怎么啦，你怎么啦？”寄草吃惊地问，她想把自己的身体从男人的胸膛中挣脱出来。可是不行，罗力把她越抱越紧，然后，对着她耳朵说:“真奇怪,刚才有那么一会儿,我把这场战争给忘了。”

寄草一下子就不动弹了。她就那么紧紧地搂着罗力,两个年轻人都似乎意识到有一件重大的事情,将在始料未及中发生。他们想到了这一点,并为此而感到说不出来的紧张和难以言传的羞愧。茶树下的欲望啊……大地上的茶树蓬儿啊,它们激动得窸窸窣窣地摩擦着叶子,它们的花儿激动得缀不住枝头,掉在了这对年轻人的身上。还有茶树心子里的鸟儿们,它们噤声不语,只怕打搅了佳期好梦。还有月亮,她看着这对炮火迸发前夜的年轻人,她是什么也不说的,她默许一切。

“你在想什么?”罗力一边困难地喘着气,一边开始把自己的手伸向那个未知的神秘王国。

“我、我、我……我在想……嘉草姐姐,还有小林哥哥,我、我……干爹说,不要轻易地和一个男人成亲……”寄草激动得说不出话,她终于哭了起来。罗力吓了一跳,连忙停住手:“对不起,对不起,我不是故意的,我,你,……我明天就要上战场了,我要见不到你了……”他一边擦着寄草的眼泪,心里的火却又燃烧起来了。

寄草用手捂住了罗力的嘴,两人便都又不说话了。好久,她搂住了罗力的肩头说:“要是我们两个人是一个人儿就好了。”

“要是你现在就做我的新娘就好了!”罗力突然说。寄草先是吓了一跳,然后就大叫一声:“你坏!”她就捶着罗力的肩笑了起来。笑了一会儿,她又放开了那个被她弄得迷迷瞪瞪的东北小伙子。然后,她伸出手去摘下了一大捧茶花,然后,她把茶花一朵朵地插在头上,然后,她转过了一头插满茶花的脑袋,然后,她对他说:“像新娘子吗?”

一头茶花的杭寄草浑身上下散发着一种幽香——她是不是真的？他怕不是梦吧！罗力看着寄草发起怔来了。

“不像新娘子吗？”寄草碰碰罗力。

“像……”

“那么你就娶我吧。”寄草闭上了眼睛——谁知道她头上插了多少花儿啊……

罗力温情地搂着姑娘，一动也不动。不知为什么，他现在浑身上下再也没有一丝燥热，有的只是那种似洗过热水澡后的疲倦的、惬意的、懒洋洋的舒服。他迷迷糊糊地想：……是的，是的，战争就要来了，一个女人，不要轻易地和一个男人成亲，尤其是和一个就要上战场的男人成亲……

天蒙蒙亮时，这对爱人儿醒来了，是那些从茶心中飞出的鸟儿们把他们叫醒的。他们从茶蓬中探出头来时都被眼前看到的一切迷住了。

周围一片片的茶园，几乎每一蓬又大又圆的茶树都被蜘蛛网罩着，茶花就从网中间探出她们小小的脑袋。然后，所有的网罩上都缀满了明亮的露珠，一大片一大片的露珠，在茶叶子上星罗棋布，闪闪烁烁地发着光芒，把整个绿世界闪得晶莹透明，犹如玻璃天地。

天边，炮声隆隆，敌人来了……

第六章

1937年12月23日下午,战事逼紧,日军已攻下武康,窥伺富阳,杭州危在旦夕。杭州警备司令部作战参谋罗力早已到了桥工部,于钱塘江南岸监督执行炸桥事宜。

一百多根引线此时已经接到了爆炸器上,炸桥的命令再一次下达。北岸,仍有无数难民如潮涌来。桥上拥挤不堪,杭州人摩肩接踵,络绎不绝,单向行走,全部朝南。远远地从江岸往上看,还不知这是怎样的一番奇景呢。

罗力正手抚栏杆往江岸看,似乎听到了有人在叫他,像是他的心上人在呼唤。回过头,他眼睛一亮,扑了过去——"杭忆,忆儿。"他一把抓住了杭忆的肩,"你也走了。你和谁走？寄草呢,她跟贫儿院撤了吗？我怎么没看她往桥上过？"

杭忆激动,浮躁,眼花缭乱,语无伦次,回答说:"罗哥,你还没有撤,我们到金华会师好吗？我不知道寄草姑妈怎么样了,她不是带忘忧上电台了吗？"

罗力大叫一声:"不好！真傻,都这个时候了,还上电台,电台早就撤了,政府也撤了,现在大家都乱作了一团,谁还管那些贫儿院。"

"国民政府要对此负全部责任。"杭忆身边那个长着一双灰眼睛的少女冷冰冰地说了那么一句,“事先不作准备,临时抱佛脚,多少机器都没运出去。”

罗力没心思听谁负什么责任,他冲着杭忆说了几句话,就挥挥手朝桥头走去,一下子落入人海。

“这就是你那个未来的小姑夫?”楚卿边走边问。

“这一下子,我们还真不知道什么时候才能见面呢。”杭忆的眼睛里流露出迷茫的神色,他突然站住了。

“我想帮着罗哥找找我的小姑妈,行不行?”

楚卿想了一想,才说:“你考虑好了,还打不打算跟我们走?”

“我什么时候说过不走了?”

“对你们来说,许多事情都不矛盾,但我们不一样。”

“怎么不一样?”

“我们把每一次分别都作为永别。”

杭忆一个踉跄就在桥头上站住了,他的眼前一片昏黑。黑压压的,到处都是人,一大片一大片地潮水一样地向南岸扑来。是的,不能够停下,这是什么主意啊,追兵已经到了。他对楚卿说:“我们赶快走吧。”

最后的大离难,是杭家白孩子忘忧跟着寄草姨妈上电台录音去时亲身感受到的。

在望不断的白云的那边,
在看不见的群山的那边,
那边敌人抛下了满地疯狂……

我那白发的爹娘,几时才能回到梦里边!
含着泪儿哭问,流浪的孩儿你可平安?
……

贫儿院的孩子一边唱着,一边就发现路上行人少了,几乎所有的商店都上了门板,街上只有几辆黄包车还在转,还有几家小食摊。看见小食摊上的茶叶蛋,忘忧突然饿了,就对拉着他手的小姨妈说:"茶叶蛋真香。"

"回去吃你外婆烧的茶叶蛋,那才是杭州第一蛋呢!"

"我不要吃杭州第一蛋,我就要吃这里的。"

忘忧就站住了,固执地盯着小姨妈。其余所有的孩子,也站住了,盯着寄草。寄草想了想,说:"好吧,小讨债鬼,下不为例。"

这么说着,寄草就掏出了一个大口袋,把那一锅子早已经冒着凉气的茶叶蛋全部买了下来,她打算唱完了歌,拿茶叶蛋当孩子们的夜餐。

那一天,忘忧渴望一展歌喉的愿望没有实现,并且从此以后成了再也不能实现的梦想。暮色降临中他们进入了电台,谁也不曾料到里面已经空无一人。演播室里什么也没有了,连寄草熟悉的那架德国造的钢琴也已被搬走。墙壁上空留着那些个播音设备撤走后的白白的显影,孩子们凌乱的身形也被暗淡的天光在地板上斜拉出了东一条西一条的影子。他们顿时就惊慌失措起来,这些孤贫儿都知道被人抛弃的可怕,并对被抛弃有着一种几乎天生的本能的嗅觉。他们一声不吭地朝寄草拥了过来,而那几个小的,就紧紧地抱住了她的腰。一群影子,就那么憧憧地无声地叠在了一起。

寄草张开手臂，一只手空着，一只手还提着一大包茶叶蛋，说："没有人正好，我们唱一首歌回去，老院长还在等着我们呢。来，排好队，一、二、一，我们来唱一首什么歌呢?"寄草带着整整齐齐排好队从电台里出来的孩子，走到了门口，突然想了起来，说，"我们要离开杭州了，就唱一首《杭州市市歌》吧。忘忧，你来起头。"

忘忧张大了嘴巴，他怎么也想不起来《杭州市市歌》是怎么一回事了。

"忘了，'杭州风景好'?"寄草提醒着她的小外甥。

忘忧吃进去一大嘴的寒气，一个激灵，什么都想了起来。在空旷旷的街道上，他放开了还没有变声的男孩子的童音，用尽力气叫道："杭州风景好—— 一 ——二——"

孩子们便一起唱了起来：

杭州风景好，独冠浙西东。
白日青天下，湖光山色中。
波摇春水碧，塔映夕阳红。
出品丝茶著，讴歌庆岁丰。
……

天空中又有敌机讨厌的声音嗡嗡而来，在这座美丽城市的边缘，出现了不同以往的激烈枪声。从小巷子里窜出了一群流寇，穿着不三不四的衣服，歪骑在式样各异的自行车上，一看就知道，这些自行车是他们从店铺里抢来的。他们的身上竟然还背着式样不同的来自敌国的枪支,见了他们不顺眼的人,他们立刻就是那么一枪。寄草一看不好,连忙带着孩子们转进一条小巷,孩子们吓得一头扎进了寄草的怀里,不敢吭声。直到这群人鬼影憧憧地沿着迎紫街和延龄路、湖滨路鬼哭狼嚎而去,孩子们才探出头来。

忘忧小心地拉拉小姨妈的衣角,问:“这就是日本佬吗?”

寄草一看就知道,这是一群被当地人骂作破脚骨的地痞流氓,还有汉奸和日本浪人。此刻,他们正沆瀣一气,趁火打劫,为非作歹,他们是一群为豺狼打前站的吸血鬼。寄草紧紧地搂住了忘忧,轻声地说:“从现在开始,你们一步也不要离开老师,有我在,就有你们在。”

“不回家了吗?”忘忧突然问寄草。

“从现在开始,只有大家没有小家了,贫儿院就是我们的家。懂吗?”

“那我妈的药怎么办?”忘忧突然想到这事,就急了起来。

“林忘忧!”寄草突然一声轻喝,“你还想不想和小姨妈在一起?”

忘儿低下了头,一会儿,只要这么一会儿,战争就能把一个孩子变成大人,他说:“我要和你们在一起。”

“走吧。”寄草说。所有的孩子,一声不吭地尾随着她走着,像小大人似的沉默着。寄草说:“来,我们还可以在心里面唱我们的歌——杭州风景好——预备起——”

孩子们轻轻地疾步走着,无声地在心里唱着:

杭州风景好,独冠浙西东。

白日青天下，湖光山色中。

……

枪声从南星桥方向传来，天空中敌机猖狂地扑扫，三秋桂子十里荷花的杭州，正在沦陷之中了。

现在，我们可以知道，当罗力站在钱塘江桥头仿佛听见一个声音在叫他之时，那声音并非幻觉。寄草在很远的桥下一条小船上，把嗓子也喊破了。远远看去，罗力在大桥栏杆上趴着，小得几乎看不清楚。但是寄草还是一眼就把他给认出来了，情人之间那种气息的共振真是只有天晓得。坐在船上的孤儿们也跟着寄草一起喊，看来这一次他们是命中注定要擦肩而过的，但见罗力转动了一下身体，没有朝桥下看，却一头扎到桥上人流中去了。寄草正急得跺脚，却见那白须过胸的老院长李次九先生正在招呼着孩子们上船坐稳，寄草一咬牙，就别过头去不叫了。

原来这几日战事失利，人心惶惶，草木皆兵，贫儿院果然就是被政府给忘了，真正成了烽火中的弃儿。待杭寄草赶到贫儿院，教职工也已大部分都走了，剩下五十几个孩子和几个老弱病残的教职员工。李次九先生，多年来不知藏在命运之河的哪一叶浮萍之下，此刻受命于危难之间，见此惨状，不禁老泪纵横。老伴和他的两个女儿也陪着他一起抱头痛哭。寄草见此情景，一时慌了阵脚，竟也呜咽起来。

贫儿院的那些孩子，大的大，小的小，也有懂事的，也有混沌未开的，见院长老师都哭成了一团，知道大事不好，也吓得大声哭了起来。这里孩子一哭,天地顿时失色,大人们立刻醒悟了,战争是不相信眼泪的。李院长当即决定乘船撤退,到省政府的临时所在地金华去。

此时,寄草等人好不容易弄到两艘方头小船,刚把孩子们安顿好,便有孩子叫饿了。寄草买的那袋茶叶蛋,这时就用得上了,一人一个。到底是孩子,刚才还哭喊连天,如今坐在小船上,看远远的大桥上一条粗大的人龙游也游不完,又觉得自己是幸运的了。那林忘忧竟觉得吃了绿爱外婆烧的那么多蛋,也没有今天这个又冷又硬的茶叶蛋好吃,便打着嗝说:"比我家的杭州第一蛋好吃多了。"

有个孩子好奇地问:"什么叫杭州第一蛋啊?"

"煮这样的蛋烦着呢,我外婆得花一个晚上。先把蛋在白水里煮熟了,捞起来,用笊篱的背把那些蛋壳划碎了。然后茶叶啊,茴香啊,桂皮哪,糖哪,鸡汤啊,哎哟烦死了烦死了,我不想讲了,还是吃要紧。"

忘儿的这一番话把大家都听得笑了起来。这头李次九先生见大家都已坐稳了,也掏出自己随身带来的烘青豆分给孩子们吃。寄草轻轻地一声惊呼:

"湖州烘青豆!"

先生说:"你也知道湖州烘青豆啊。"

寄草回答:"先生你有所不知,我妈她就是湖州人,这种烘青豆,我们家里是专门用来配德清咸茶的。"

老人听了这话,竟如电击了一般,半晌才说:"亏你还说了'德清咸茶'这四个字。我这才想起来,世界上还有这样好的田园风情的东西。恍若隔世,恍若隔世啊。”

这一边,重新获得了小小安全感的老弱病残们正在唏嘘不止,突然就见了不知从哪里冒出来的一支散兵游勇,枪栓子哗啦哗啦地响着,大声吆喝着:“下来下来,我说老子抗战流血,怎么连条船都弄不到,全叫这些活不了死不成的人占了。下不下来？再不下来老子开枪了!”

忘忧正在吞吃那最后的一口茶叶蛋,猛听一声吆喝,吓得一下子就给噎住了,憋了半天也透不过气来。寄草一边手忙脚乱地给他揉胸口,一边对那些重新惊慌失措的孩子说:“别怕,别怕,他们不敢把我们怎么着的。”

“什么,不敢把你们怎么着？看我们能把你们怎么着!”这些散兵就有人上来拉扯孩子,小船顿时摇晃起来,孩子们尖叫不已。

突然就见李先生站了起来,破口大骂:“哪里来的残兵败将,到老人孩子面前来谈勇,真正不知天下还有‘羞耻’二字！有本事上前线和日本人拼了性命,二十年后也是一条好汉。在这里欺侮自己同胞,还有没有脸面。我看你们钱塘江里一头扎进不要做人算了,国家养了你们这种兵痞流寇,也算是瞎了眼睛——”

大概这些人还从来没有挨过这么痛快淋漓的骂,一时竟被镇得说不出话来。李先生也是骂性一起,二十年前怒目金刚之本色毕露:

“要我们上岸,你们来坐我们的船！好,好,亏你们想得出,就是不知道我的那些个学生认不认你们的账！我在这里等着,你们去把省政府主席朱家骅叫来,看他还认不认得我这个教过他的先生。还有民政厅长阮毅成,他也是我的学生。他们都管自己溜了,把我们这些老的小丢下不管，莫非要我们留在杭州城里当汉奸不成？快去，快去，我就在这里等着，我今天倒要看看，这些人良心还在不在肚子里！”

正痛斥到此，轰隆一声巨响，惊天动地，满天烟雾把江岸上所有的人都弄得目瞪口呆，江水在天崩地裂中把小船一下子抛向空中，然后一浪一浪推向江心。亲眼目睹着大桥轰然倒塌的样子，孩子们带着哭腔尖叫：“大桥，大桥，我们的钱塘江大桥！”

罗力和杭忆、楚卿等人，站在南岸，隐约看得到敌骑已到北岸桥头。但见江上暮霭，天地失色，楚卿缓缓说：“1276年，元兵攻入临安府，也就是对面，杭州城。文天祥第一次被捕，就是在这里。”

杭忆突然抓住楚卿的手，近乎狂热地说：“人生自古谁无死，留取丹心照汗青！”

姑娘吃了一惊，但她没有松手，只是望着倒塌的大桥说：“大桥会重建的！”

“我们会到大桥上来行走的！”

楚卿摇摇头，挣开杭忆的手，指着江心说：“我们会不会回来，无所谓！”

杭忆想了想，眼睛发热了，点点头，说：“是的，无所谓！”

向晚时分，南星桥一带，有凌乱枪声入耳。天是阴沉得可怕了，杭州，就如一座濒于死亡的孤城。

有一个人，与杭家结了一世的冤，终于在这样的黄昏登场了。

真可谓“暝色入高楼，有人楼上愁”啊，吴升要死要活地争了一辈子脸，如今却要败在他的儿子头上了。

争强好胜了一世的吴升，却生了儿子吴有，昌升茶行的大老板想起来就要吐血。吴有那种仿佛与生俱来的流氓习气，正是吴升奋斗了一辈子都想抹去的。他老了，越来越看重自己的一张老脸。对手杭天醉也死了，他如今可是坐在从前天醉常坐的那个临湖的位子上了。有时候，他听着"杭滩"，身穿一件杭纺长衫，袖口松松地挽起，雪白的衬里翻了出来。此时他若端起越瓷青杯，一口龙井茶入口，心里头便生一惊——怎么——怎么自己竟也越来越像他从前的那个对头了呢。

可惜啊，这种恍兮惚兮得意忘形的境界怎么也长久不了。往往这时候，楼梯口一阵乱晃，吆三喝四乱七八糟一通人声，茶客中就有人对吴老板说："听声音，就晓得是少东家驾到了。"

吴升就冷眼看着他的大儿子，嘴里叼着老刀牌香烟，一边搂着一个青楼女子，和他的狐朋狗党一起上了楼。这群人，在杭州城里，个个都是算得着的吃空手饭的"坏货"，听听称呼就晓得是什么样的东西——四大金刚、五猖使司、菜地阿奴、螺蛳阿太……加上吴有，杭州人背地里都叫他"破脚骨"。吴升知道了，把吴有叫来一顿痛骂。有什么用！吴有不在乎，破脚骨就破脚骨，就要破给你们看一看才好。

日本佬要进城，吴升是愤怒的。不要说三十年前头他吴升差一点就死在日本佬手里，那是旧恨，还有新仇在眼皮子底下呢。你想想看，十六块钱一斤的龙井茶现在只好卖到两角钱一斤，况且再下去连两角钱一斤也卖不到了。茶庄也罢，茶楼也罢，统统上了门板，那老茶客们，八九不离十，都作了鸟兽散。吴升再精明也拉他们不回来。茶客们说："我们不比你，你可是有个儿子从前同日本人做茶叶生意的,也算是洋行里的买办吧。现在虽然不知到哪里去了,总归和日本佬有瓜葛,你可以笃坦地坐在茶楼里不走。我们没有这样的儿子,日本佬放不过我们,还是三十六计走为上的好。”

吴升听了还要辩争几句:“说过头了,说过头了。你们又不是不晓得,我这个儿子,本来就是一个干的,不过是代人家养罢了,姓还是人家的,同我有什么关系呢?”

茶客们一边打那逃亡的包裹儿,一边摇手:“吴老板,你就不要脱了这一层的干系了,哪个不晓得你对嘉乔是比吴有还要亲的。嘉乔到上海同日本人做茶叶生意,不是你的主意?”

“同日本佬做生意,总比同自己兄弟对打要好。我也是要他避一避罢了,哪里是要他跟日本佬去做汉奸的。”

“吴老板,你这句话儿也不要说得那么满,嘉乔跟日本人做了七八年生意,平常回来,人丹小胡子一撮,咿里哇啦一口东洋话,你敢保证他不当了汉奸?”

吴升听了,闷声不响,半天才说:“反正不是我生的,不是我们吴家门里出汉奸,我叫他们杭家门里领了回去便是。”

茶客们走都要走了,听了此话,又有不忍之心,便回头再宽慰他一句:“吴老板,你也不要往心里去,嘉乔现在是没有消息,也没说他就当了汉奸。和日本佬做生意的人多了,早年他们杭家也是和日本人有过生意的,娶个媳妇还是日本人呢。做生意是做生意,当汉奸是当汉奸,两码事的。”

吴升听了,拱一拱手说:“有你们这句话,我听了也就踏实。我吴升一世做人,千错万错,做汉奸是不做的。日后万一有个什么说不清楚的地方,你们要为我作一个证。”说着,眼泪水竟然就要落下来，慌得那一干老茶枪一个个地劝他："你急什么，你是你，他是他，等嘉乔真有了消息，你再作打算也不急的。"

等老茶枪们一个个饮了那茶楼的最后一次茶，凄惶而去，大儿子破脚骨吴有才放声大笑起来，说："从前人家拿我和你比，说我吴有再破脚骨，也是三个抵不上我老头儿一个，一比就把我比下去了。我心里还一直不信，今日领教，不得不服了。"

吴升立刻起身关了门窗，轻声怒斥道："你懂个屁！"

"我怎么不懂？我也是你面前长大的，你这一手，我学不来八分，也学得来二分。嘉乔封封信都是到你这里的，你怎么会不晓得，他早已经做了日本人的翻译，过几日就要跟着日本兵回杭州城来了呢！"

吴升气得浑身发抖，半天才迸出一句话："你偷看我的信？"

吴有一看到爹真气了，口气就缓了下来，说："爹，你别生气，我这是佩服你呢。你活一辈子了，人争一口气，树争一张皮，你是不用出头和日本人打交道的了，还有我们当儿女的呢。实话跟你说了，嘉乔也给我和珠儿写了信，让我组织一批人，先行一步，杭州城里各到各处标语先贴了起来，欢迎皇军入城呢！"

吴升听了此话，五雷轰顶一般，半晌才说："我不是再三告诉他，千万不要回来吗，他没跟你说？"

"怎么没说？"吴有手里晃来晃去地晃着那封嘉乔给他的信，"可是你也不想想，嘉乔那么多年住在我们家，一心一意就为了什么？还不是为了夺回他那个五进的杭家大院子。他要不是借了日本人的力，不当他们的翻译官，他能回来吗？"

"这是我们吴家门和杭家门自己的事情，和日本佬没有关系。

没有日本佬,我照样能帮嘉乔把那五进大院子弄到手里。你快快去想办法,一定不要让嘉乔当了翻译官回来。”

“爹,你这可就是老糊涂了。从前嘉乔小,你护着他,他翅膀没长硬,那时你就是他头上的天,他不听你听谁的?如今他也是个人物了,跟着日本人,日本人就是他的天,他还要你这个天干什么?”

“你——你以为嘉乔和你一样,一副坏下水!他当汉奸也是没奈何。”

吴有此时已经听得不耐烦了,心想,当爹的到底也是老了,背时了。都什么形势,日本佬都打到南星桥了,你还在分什么杭家的吴家的日本佬的?眼见得就是日本佬的天下了,识时务者为俊杰!再说,当汉奸有什么不好,我若当了汉奸,茶叶生意做得比没当汉奸时还要好。这么想着,就一边往外走着,一边说着:“爹,你这话可不是又说得不当时了。说你话讲早了,是说你没见着嘉乔,你怎么知道他就是没奈何当的汉奸,或许他还是哭着喊着才当上汉奸的呢!说你话讲晚了呢,是说那明日一早,嘉乔就跟着东洋兵进城了,这会儿正在半路上呢,你还叫我到哪里去找着再给挡回去啊?”

说完下楼,咣当咣当,骑上自行车,洋枪都打他不着了。

吴升气得坐在太师椅上,半天不动弹。好一会儿,一半是咬牙切齿,一半是无可奈何地自言自语:“嘉乔,嘉乔,到底不是我吴家的亲骨肉啊!”这么一路心里且怨且咒地回了家,主意已经打定。他在吴山圆洞门小院子的那株老柳之下,想了一想,便叫来他那个黄脸老婆说:“吴有他娘,整理东西,我们回家吧。”

那黄脸老婆着实吓一大跳,说:“老头儿,这不是我们的家?你要我们搬哪里去啊?"

"这是吴山圆洞门,是杭家的,嘉乔明日回来,这房子就是他的了。"

黄脸老婆到底没什么心计,脑筋一点别不过来,反倒喜出望外:"明日嘉乔回来了?真是的,也不告诉我一声,看这兵荒马乱的,到哪里去弄好吃的。"

话说到此,被吴升大吼一声喝断:"别人家的儿子,要你轧什么忙头!"

老婆愣了半天,才说:"从前——"

"——从前是从前,从前他不是汉奸,我收他,给他一口饭吃。如今他跟日本人讨饭吃去了,他就不是我们吴家人了。"

老婆想了想,也不知道此事到底严重到什么份上,又说:"从前你还说,总有一天要搬到他们羊坝头五进大院子里去的。现在倒好,连这吴山圆洞门的小院子都保不住了。"

吴升长叹一口气,对老婆说:

"嘉乔要害人啊,和他在一起,不要说羊坝头五进大院,连昌升茶楼也早晚保不住,我们还去跟他套什么近乎!"

老婆吓哭了,说:"老头儿,要不我们还是跟大家一起逃吧,偏偏就是你舍不得这份家业,家业再要紧,也是人要紧啊。"

又是一阵枪响,眼见着,城郊东南,火光就恐怖地升起来了。吴升望着那片被火光照彻的天空,长叹一声,说:"来不及了,已经开始死人了……"

吴有从小不好读书,跟着一帮久居在租界的日本浪人,在杭州城内趁火打劫,沿街墙上朱墨淋漓地一路写着标语——“大日本皇军乃神军也,皇军武运长久”,等等,他也就只配跟在后面拎糨糊桶。那写字的朝哪面墙上一指,吴有就朝着哪面墙上挥刷子,心里面竟还激动得不行。心想,此时嘉乔若骑着高头大马进城,恰恰碰到他吴有在鞍前马后地跑,说什么也得在皇军面前为他美言几句的。他吴有别的理想也没有,就是想在杭州城的黑白二道上,做一个响当当的人物,脚一跺满城颤,此生足矣。

正那么一边想着一边起劲刷着,就见眼面前一扇上了门板的门打开了,从里面探出一个中年男子的头来,正是杭嘉和的同学陈揖怀。看着这拨子人在黄昏中吆吆喝喝的,一时十分吃惊,说:“昨日我这里门板上还有一条‘打倒日本帝国主义’呢,好不容易用猪毛刷子刷干净了。你们这会儿写了,我还得刷。各位耐耐性子,等赶走日本佬,我第一个来写。我这一手颜体,杭州城里也好算算看的,不信你们去打听打听。”

那群恶棍听了,一阵大笑,说:“你四只眼睛也不晓得怎么生的,出来看看,我们写的是什么?”

陈老师凑近了一看,脸色顿时就变了,紧张地回过头来,面孔在浓暮中一下子唰地雪白,只有那两只眼睛在镜片后面,出奇地亮了起来。

“瞌既不醒,知道我们是什么人了吧?”

陈揖怀说:“知是知道,就是没想到你们这般气急喉头,馒头还没蒸熟,就来煞不及要出笼了!”说完,嗵的一声,把门关上了。

那伙人,此时一个个都跟吞了炸药似的,见陈老师这般吃相,一时就躁怒起来。有一日本浪人就说:“明日皇军到,第一个叫他吃生活。”

正说着要走，只见门又开了，一杯凉茶迎面就泼了出来，茶渣倒了吴有一身，吴有大吃一惊，吼道：“你干什么！”

陈揖怀轻轻回答：“茶有茶渣，人有人渣，你家卖茶，这点道理还不晓得？”

吴有再蠢，也能听出来陈老师这番话的意思。上去要抽人家耳光，便见一浪人拨开了吴有，将陈老师一把从门里拖了出来，冷笑着，说：“你们中国人很会说话，也很会写字。不是说你有一手好颜体吗？我要你这就给我们写——大日本皇军万万岁——你给我写！”

陈老师说：“日本佬还没进城呢。”

“我谅你现在也不肯写，”那浪人突然抽出刀来高举在头，“我今日也叫你知道什么叫人渣！”

但见手起刀落，一声惨叫，陈老师右手臂，竟生生地被劈了一刀。只听陈老师一声惨叫，吓得吴有一跳三丈远。见陈老师家人冲出来哭天抢地地救人，吴有拔腿就跑，跑好远停下来，一头的茶渣直往下掉，眼前晃动的是那姓陈的手臂上喷出的血。

这下吴有是够刺激了，他就惊慌不停地吐了起来。这里顶着一头茶渣还没有吐完，那里几个日本浪人已经轻松地笑着过来。他们都是中国通，甚至是老杭州。住在拱宸桥下，平日里就结交着青洪帮横行霸道，今日终于开了杀戒，见了吴有缩成一团，便一手拎了他领子提起来说：“走，走，你以为这就完了，这还没开始呢。等皇军来了，那才叫好看了呢！”

羊坝头附近，有两面青砖大高墙，当中隔了一道台阶高门，这伙人乱纷纷叫道:“这里好,正好一边一条。”便叫吴有上前刷糨糊。吴有愣了一下,说:“这是忘忧茶庄。”那伙人又叫:“正是忘忧茶庄,你家老子的死对头。一边写上一条,等着欢迎嘉乔大翻译官衣锦还乡。从此以后,大日本皇军就是你们吴家的铁打靠山了。”

吴有听了此话,抖掉了头上最后一粒茶渣,劲儿又上来了。刷子满满地沾了糨糊,就往青砖墙上蹭。没蹭几下,哎呀一声叫,手肩就像被砍下来了似的死痛,刷子就掉在了地上。回头一看,一根手杖夹头夹脑地劈下来,打得他抱头鼠窜,连声叫着:“快,快抓住他,快!”

就见那人如黄钟大吕般地一声喝:“我看你们有这个胆!”

又听那几个人说:“四爷,四爷,有话好说,有话好说,别动手累着自己。”

吴有趁着暮色中最后一点亮色,看清楚了,原来正是杭州城里的老英雄独臂四爷赵寄客。吴有一时发蒙:赵四爷是场面上一条好汉,这谁都知道。可那毕竟是中国人的好汉啊,不是明日就来了日本人了吗?不是刚才还砍了陈老师的手了吗?怎么见了这四爷就点头哈腰又变成狗了呢?

吴有正想不通呢,又听赵寄客说:“怎么给我涂上去的,怎么给我擦下来!”

吴有抱着脑袋走过来,心里面就不服。好歹他吴有“破脚骨”名声在外,杭州城里也是一方霸主,又有弟弟在日本人那里当翻译官。这个赵四爷,活了今日活不了明日的,他吴有还能听他的?

谁知那拨子人竟说:“吴有,听四爷的,擦了。”

吴有简直不相信自己的耳朵,僵在那里一时没有动弹,就见自己衣裳被四爷的拐杖齐胸剖膛般地一把挑开了:“就用它擦。”

吴有没办法,只好脱下他那件九成新的褐色暗花缎夹袄,苦着一张脸,一把一把地擦自己的“屁股”。四爷虎视眈眈地立在背后,他连马虎都不行。

直到吴有那件夹袄都擦得没法子穿了,赵寄客才用拐杖一个个指着他们的脑袋说:“记住,这地方不是你们这种人来的,来了就别怪我赵寄客不客气。”

正这么说着,就听大门被人很快地打开了,见一年轻女人披头散发冲出来,一边叫着:“我同你一道去!我同你一道去!”又见几个人跟着冲了出来,抓住那女人的肩劝着:“嘉草,你不要急,忘儿一顿饭工夫就回来的,有他小姨妈和他在一起呢,不会出事的,不会出事的。”那么劝着,一群人才又回了门,四爷也跟着他们一起进去。等一切恢复了平静,吴有提着他那件被糟蹋坏了的夹袄,呸地吐了一口,叫道:“这是什么事啊,皇军也怕赵四爷!”

那伙子人吵吵闹闹往前走着,一边说:“你知道个什么!昨日皇军就有令下来特意关照了,杭州城里有几个人物不能动,其中就有这个赵老爷子。说句实话,杀你倒没关系,得罪了他可不行。”

这一番话,把吴有说得一下子缩回了脖子,再也发不出声音来了。

赵寄客闯进杭家,正是时候。嘉和原本性情平和,不失谦谦君子风,此时也几乎被眼前的这几个女人弄得咆哮起来了。

此时的杭州城,东南一角,枪声不断,一支来不及撤退的中国部队正和日军边撤边战。从南星桥至闸口,已是火光冲了天,沿江一带,渐成焦土。还剩下了十万人的杭州城中,妇孺老弱们纷纷四处逃散。杭州城号称东南佛国,亦是中国基督教重要传播地,而中国伊斯兰教的四大名寺之一凤凰寺也就在忘忧茶庄的附近。杭州人,平日里要烧高香,临时更要抱佛脚。那些画十字的就进了由牧师苏达里、万克里等人以万国红十字会名义出面设立的难民收容所——湖山堂、思澄堂等;那些祈祷安拉的回民纷纷避入了凤凰寺;杭家既不信上帝,也不信安拉,杭天醉过世之后,连释迦牟尼、观世音也不太去光顾了。如今想暂避一时,想来想去,却还是想到灵隐寺。先父杭天醉在那里还有几个和尚朋友,或可收留几日,避过这血腥之灾。

不料眼前留下的这三个女人,一个因为寻不到儿子,几乎疯了一般,不按住她,她就箭一般往外射。一个又几乎一言不发,老僧入定,任人发落。倒是绿爱妈妈抱着一根房柱子说:“我老早就跟你们说好了的,我是不离开这里的。我要想离开这个家,不好一早就跟着寄草她们走?我嫁到杭家几十年了。从前是想走也没走成的,现在是不想走了。我这一走,以后我们杭家,还怎么在杭州城里吃饭做人?”

嘉和劝她说这不过是一时之避,绿爱摇摇头说:“你当我不晓得,嘉乔在上海当汉奸,这一次要跟着日本佬一起回来。他回来就要夺我们的茶庄和院子。我要不在,让他直是直横是横,这口气哪里咽得下!”

嘉和气得直敲桌子:“你那么看重这五进院子,我替你守着行不行?你们去避难,我在这里,好不好?”

绿爱也不生气,继续说:“我留下来,不是为了我也不是为了你,是为了杭家茶庄。你要不走,嘉草怎么照顾?叶子、汉儿,都要有个大男人在旁边护佑。嘉和你放心,躲过这一关我们杭家总会团圆,不相信过几日你回来,我保证活得好好的给你看。”

“妈!”嘉和忍不住大吼了一声,“好吧,大家都在这里等死吧。”

汉儿突然开了口:“我本来是可以留下来的,可是我不愿意让你们以为我是个东洋佬,我不想让你们以为日本人见了我会高兴,以为我待在中国就是为了欢迎他们来——”

汉儿的话没能够再说下去,脸上就结结实实地挨了他母亲一个巴掌——“你姓什么?你爸爸是谁生的!”

叶子在杭家大院里十多年了,今日是第一次露了这庐山的真面目,大家望着这女人,一时就愣了。

赵寄客此时的驾到无疑是解了嘉和的围,他带来了寄草托人传来的口信:寄草带着忘儿已平安撤出杭州城。大家总算舒出一口长气。赵寄客说:“你们赶快走吧,南星桥都烧死不少人了。嘉草这样神志不清的样子,不找个地方避一避,搞得不好就要出事。”

“我不走。”绿爱还是那句话。这自信的女人到了下半辈子,竟变得越来越固执。说到底,她还是不相信日本人真的会动他们杭家。不管他们愿不愿意承认,杭家和日本人,还是有了多少牵扯不清的关系啊。

赵寄客在烛光下看看这女人,女人的鬓发在微明的天光下发着白光。寄客就被这白光击中了,挥挥手说:“实在不想走,就留下来吧。我也留下来,我本来就没想走的,在哪里不是一个守字,我就守在这杭家大院里了。”

其实大家都明白,赵寄客不走,沈绿爱才不走的。嘉和终于把这句话说了出来:“赵先生,你就和我们一起走吧,大家一起走,死活都在一起,好不好?”

这种时候,嘉和还没忘记顾及赵、沈二人的面子。他不说赵先生走,沈绿爱就会走,他说大家死活都可以在一起。

赵寄客却摇摇手不让他再说:“我不走,自有我的理由。放心,我不会死。我们这样的人,什么人来了,都要先拉一拉的,拉不动再杀也不迟嘛。”

嘉和吸了一大口气,还想说什么——突然,什么也不想说了——好吧,就这样了,就这样吧。

第七章

子夜来临，阴风嗖嗖，淅沥雨敲打残枝败叶。天，黑入人心骨髓。城东南一角，时有火光枪弹之声。介乎这地狱的黑暗与明亮之间，绿爱引着寄客，到忘忧楼府这五进大院子的第三进——从前天醉和她居住的地方。小客厅依旧原样，多少年前，红男绿女，才子佳人，正是在这里相逢一见恨晚，从此结下了这一段前世的缘。

绿爱点红那一豆烛光，寄客便见屋里依旧横放着那只前朝遗物般的美人榻。寄客奔波劳累数日，如今突然人去楼空，性命亦已到了最后关头。无私无欲之人，心中竟也平和如故，见了卧榻，顿生困意，二话不说，便躺了下去。

绿爱这头就赶紧拨亮了白炭火炉，移至榻前，又从柜里取出已经脱了毛的一张狗皮褥子，盖在寄客脚膝。忙极生静，两人一时无话，绿爱就坐到靠椅上去，且取了椅下篮内未打好的毛线衣，一针一针地挑了起来。

烛光，火炉，躺在榻上的微困的男人，坐在椅子上的做着女红的女人，大难来临之前的最后的微乎其微的和平，恍兮惚兮，不知今夕何夕。

突然，火车站一带又有密集的枪炮声袭来，俄顷，复归于万籁俱静。绿爱一下子扔了手里毛衣，直起了脖子，侧耳倾听。

再没有声音,却比有声更惊心动魄。绿爱下意识地回过头来,求助于男人了,却见寄客躺在榻上向她微笑。

“怎么一点声音也没有了?”绿爱问。

“真是——蝉噪林愈静,鸟鸣山更幽。”寄客突然这么来了一句。

绿爱一想,惊大了眼睛,说:“寄客,你可是真会用典啊。”然后上上下下地打量起寄客来了。

寄客任她用眼睛扫了一阵,才欠起身体,说:“我知道你这会儿在想什么。”

“人都快死了,我能想什么?”绿爱就掩饰似的又去挑毛衣。

“刚才你看我躺在榻上吟诗的样子,你就想起天醉来了,是不是?你是不是还想,寄客这副样子,和天醉真是越来越相像了?”

绿爱飞快地挑毛衣的手停住了,抬起头来,看着寄客,说:“天醉早走,有早走的好啊,他哪里过得了这一关。”这么说着,她的手就抖了起来。

“怕什么,有我在。你以为我只会吟那‘蝉噪’啊。明日日本佬来了,杀一个够本,杀两个还赚一个。”

说着,一个鲤鱼打挺坐起,这把年纪的人,又少了一只手臂,竟然不失当年的矫健,一下子就跳到了砖地上。一头鬈发是已经花白了,却依然浓密,连着胡子,飘扬在他的头上。

自辛亥以来,军阀混战,政客钻营;国土沦丧,民不聊生;黄钟毁弃,瓦釜雷鸣。如寄客般肝胆相照者,又有几人被起用?共和理想,今日安在?青年时代的暴风骤雨,果然就换成了暮年的浅斟低唱?又有几人偶尔相问,廉颇老矣,尚能饭否?不承想果然到了国破家亡之际，沧海横流之时，英雄本色顿生光芒，不减当年豪情。绿爱一个激灵，也从椅子上弹跳了起来。烛光里，当年那个年轻的辛亥义士又回来了。

赵寄客就于黑暗中一把推开了门，大股夜气顿时夺门而入。寒风迎面袭来，雨丝射在脸上。赵寄客背对绿爱问："我老了吗？"

绿爱便觉面颊上有热泪流下来，却是笑着说："你这一问，倒是让我想起曹操来了——老骥伏枥，志在千里，烈士暮年，壮心不已。"

赵寄客并不回过头去，背对着绿爱，长啸一声："那么说，我到底还是老了……"

"绿爱不是与君同老了吗？"

寄客叹了一声，道："美人暮年，依旧是英雄红颜知己。"

话音未落，背上便被一阵热烈的温柔摄住，钱江大潮回头而来，再一次把他们埋没其中了。

但见寄客忽然跳到院中，蹲下身捡起一块小石子，说："可惜不见了三十年前的茶花。"话音刚落，一阵唰唰响，院中一枝蜡梅枝杈应声落地。

绿爱连忙跑了过去，捡了那花枝，折下一朵梅花。蜡梅虽小，但香气袭人，绿爱戴在头上，当年茶花插头的情景不由涌上心头，感极生悲，不禁掩面啜泣起来。

寄客一边扶着绿爱回屋，一边说："你看你看，好好地笑着，怎么又哭了？"

"这么多年了，我看你这张面孔都看熟了，我都当我再也没有当年的五雷轰顶一样初识你的心情了。"

“你们女人就是寡情，我可是从来也没有这样想过的。”

“那你说，到底是什么时候看上我的？”绿爱就用胳膊肘撞了寄客一下，这动作也幸亏是在绿爱身上，才那么自然，换了一个人，就是老来装俏了。

话音未落，爆豆子一样的枪声又来了，火光轰地起来，照彻了半个天，把绿爱从一腔伤感爱意之中拉了回来。她不禁又直起脖子，还踮起脚，仿佛想以这样一种姿势去看到什么。

寄客看着这女人的样子，拍拍她的肩说：“我嘛，我是一眼就看上你了。我就想，天醉兄弟，你真正是作孽，怎么我去了东洋几年，就把我的媳妇抢去了。”

绿爱回过头来，又笑，安顿了寄客重新坐在榻上，说：“你又瞎说，当我不知道你是怕我被日本佬吓着了，拿话挑我分心啊。说我是你的媳妇，有什么证据？”

“把你的曼生壶拿出来。”寄客就说。

绿爱连忙取了壶来。寄客指着壶上的字说：“你看，我这不是写得好好的：内清明，外直方，吾与尔偕藏。吾与尔偕藏，懂得这意思吗？”

绿爱看着看着，放下壶，抱住寄客那一头乱发的脑袋，哭着说：“那么多年，你怎么不把我藏起来啊！”

寄客也不说话，也无话可说。他本不是一个好色之人，心里放了一个，也就足矣。这倒不是说赵寄客从此成了一个清心寡欲之人。只是他凡与女子交，必不考虑婚配。凡有女子动此心者，立刻挥手即去的。他少年时便自取一号，曰“江海湖侠”，从此便以浪迹天涯出入无定为活法。不料老了，依旧不改其衷，这一点恰恰也是和绿爱的天性极其相符。绿爱一生，几乎没有什么大的变化，依旧是个性情中人啊。

自鸣钟响，午夜已过了，寄客绿爱这两人，却过了困劲，一时又新鲜起来。绿爱看寄客衣服单薄，便说："我去给你沏一壶滚烫的热茶来，提提你的神。"

"就是你们这种卖茶人家，三句话不离本行。这种时光了，要喝就喝酒。你给我取酒来。"

绿爱欠起身子要往外面走，又回头问："有梅城严东关的五加皮，还有绍兴东浦的老酒。嘉和招待客人的白兰地、威士忌，这里都还有几瓶，你喜欢喝什么？"

寄客挥挥手说："天寒地冻，必以热老酒暖心为好。再说，今日这种日子里不喝老酒，又喝什么？"

"此话怎讲？"

"越王勾践十年生聚十年教训，最后率大军兵临吴王夫差城下。出发前取来老酒，投入河中，此河从此名为投醪河。当年我随女侠秋瑾在大通学堂之时，常与她到河边，望那东流之水，女侠曾与我言《吕氏春秋》之文：'越王之栖于会稽也，有酒投江，民饮其流而战气自倍。'今日你我痛饮此酒，明日不是正可以战气自倍吗！"

绿爱听了，捧来一小坛绍兴东浦老酒。坛口用泥封着，二人忙了一阵，把那坛口打开了，老酒红黑油亮的，就咕噜咕噜地倒在了一个大搪瓷杯里。绿爱又在炭炉上架了火钳，把大搪瓷杯再架在火钳之上，说："就这么热着，一会儿就好。"

寄客又叫绿爱取三只小酒杯来，绿爱一时有些疑惑，再一想，就恍然大悟了。眼睛一阵发热,就下去张罗。再上来,又取了下酒的小菜,有茴香豆,有水煮花生,还有老家带来的德清烘青豆。

片刻间,酒就热了,酒气上来,直往鼻孔里钻,绿爱就被熏得别过头去直打喷嚏。一连串的喷嚏配着杭州城外那一连串的枪声,此起彼伏,把黑夜也打得退避三舍。绿爱和寄客两个,一杯酒在握,竟然也就处变不惊了。

三只玳瑁杯酒盏,倒满了江南老酒,一只放在桌子上横头,寄客拿自己那一只酒杯与他的那只一碰,说:"天醉,你我兄弟,今日一起等那东洋佬杀进城吧。鱼死网破,就看明日了。"

说完一饮而尽。

绿爱听了心酸,说:"话是那么说,我就不信日本人进了城真的就会杀我们。我们待在自己家里,他们能把我们怎么样?就说嘉乔,再坏,也是姓杭的,总不至于姓杭的要姓杭人的命吧。"

说完自顾自地也仰脖子喝了一盅老酒。

两人你一杯我一杯地,竟就喝得有五分的醉意了。刚才被寄客用手从树上打下的梅枝,被屋里的热气一熏,放出浓郁香气,屋里一时的酒气花气与人气就氤氲了一片。绿爱又总觉这酒喝到现在还是少了点什么。想了想,是了,还是少了茶。杭家人喝酒与别家不同,从来就是酒茶同席的。便起身到隔壁厢房里转了一圈,拿回来一个碗状的纸包物,说:"都说茶酒是对头,其实不然。我上了酒,我也给你上一道茶。"

说罢打开了纸,寄客见了说:"我道是什么了不起的茶,我从来没有见过的,原来也就是这个。此茶出自云南,名叫普洱沱茶,当年我反袁世凯时到过云南,那里的人都爱喝这个。比起我们这里的龙井,那可是豪放得多了。”

绿爱听寄客那么说着,一边就又拿过了一个大茶杯子,盛了大半杯子水在里头,又把它搁到了炭炉上的火钳之上。等着那水一会儿工夫就翻开了鱼眼,然后使劲掰开那普洱茶,往茶杯里放。寄客见她掰着吃力,接过来一只手就捏碎了,一边就说:“我知道你们这一家是非龙井不喝的,怎么想着吃这道边茶了?”

“就准你喝老酒有故事啊。”绿爱平生不能碰酒,一碰酒就露了本性,见过她喝酒的,都说她八十岁喝酒,恐怕也还是俏佳人一个。此时偌大一个院子,就她和她一辈子的冤家共度长夜。明日强寇一到,死活不知,这最后的时光,安能不回头一笑百媚生。便见她一杯醇酒饮下去,两朵桃花红上来,眯缝着眼睛道:“你是只知其一不知其二,我这茶,也有一个故事在里头呢。”

“此话怎讲?”

“说来就话长了。我也是前些年听一个赶过马帮的滇商,来杭州做生意时说给我们听的。他说他卖给我们的这普洱沱茶,可是云南最好的,单单就产在那南糯山。还说那里至今还有一株八百岁的大茶树呢!”

“这也不奇怪,未必就是那滇商说的大话,我早年在云南见过这么高大的茶树。人采茶叶,是手脚并用地爬到树上去,用刀把树枝砍下来,再捋下叶子。我看忘儿一日日地背着那《茶经》:‘茶者,南方之嘉木也,一尺二尺,乃至数十尺,其巴山峡川,有两人合抱者,伐而掇之。’我就想着,有一日他长大了,我要带他到云南去看看,让他知道了,我们大中华到底有多大。这大茶树,不单单巴山峡川才有,云南也有呢。陆羽写那《茶经》时,怕还不知道世上有个南糯山吧。中国真是太大了。我看他小日本,就是想占,也是占不过来的。”

这么听着,绿爱早就又是几杯老酒下肚了。酒壮人胆,她就嚷嚷起来:“你看你看我才开了一个头,你就说上那么多,你还让不让我说了。从现在开始,再不许插话,听到了吗?”

然后也不管寄客有没有真听她的,就说开了:

“你道这南糯山的茶是怎么来的?这和诸葛亮孔明还有干系呢!说是当年三国,孔明带兵七擒孟获到了南糯山。此时兵疲马乏,水土不服,拉肚子的拉肚子,害眼病的害眼病,这仗,可就没法打了。诸葛亮一看不行,得想个办法,就拿自己手里的那条拐杖,插在南糯山的石头寨上,立刻,就生出了一株大茶树来。士兵们采了那茶树叶子煮了喝茶,什么病都没有了,又能打仗了。从此以后,长那株大茶树的小山,就被叫作孔明山了。那山上的茶树呢,就被叫作孔明树了。孔明山附近的那六座山,也都种了孔明树,如今都成了普洱茶的六大茶山了。”

绿爱说的那些个故事,其实寄客都听到过。当年他在云南,虽不是茶人,但有了天醉这样一个茶人兄弟,自然是耳濡目染,不懂也懂了许多。那六座山,曰“悠乐、革登、倚邦、曼枝、曼喘、曼撒”,寄客都去过。不过他不想再多说什么。他和绿爱恩恩怨怨一辈子了,知道绿爱是个喜欢听好话的女人。况且今天,他也喜欢看绿爱那种自以为是的架势。屋子里暖洋洋的、香喷喷的,女人也是风情万种的。为了造一点小波澜,寄客就故意说:“说这个故事有什么意思呢?也不就是显得你懂得比我多吗?”

果然绿爱就上当了,大睁着眼睛说:“你看你看,年纪大了果然就不灵了。就准你讲越王勾践,就不准我讲诸葛亮?莫非只有勾践的酒能助你战气自倍,诸葛亮的茶就不能助你逢凶化吉吗?"

听了此言,寄客禁不住一大口酒下去,说:"我说绿爱你是我的红粉知已嘛。来,干了此杯!"

此时架在火钳上的两只茶杯都热浪滚滚地升着雾气,一只冒着酒气,一只冒着茶气。茶熬的时间一长,都浓郁成汁了。绿爱便用一块毛巾包了茶杯把手,然后醉眼蒙眬地把那普洱沱茶汁往热腾腾的酒杯里倒。一不小心就倒到了火炉里,嘭的一声,就冒上来一阵灰烟。寄客要去帮,绿爱不让,说:"你知道这是什么?这是龙虎斗,懂吗?记住,得用茶往酒里倒,可不能酒往茶里倒。你尝尝,什么味道?治百病的。趁热吃,祛湿发汗,祛寒解表。也是那滇商教的。赵寄客,你喝了我家一辈子的茶,恐怕也没喝过这种龙虎斗吧。"

寄客一仰脖子,就把那"龙虎斗"给灌下了半杯,说不出这是什么样的滋味,只说:"龙也喝了,虎也喝了,我还怕什么小日本这一条虫吗!"

那剩下的另一半,绿爱也咕噜咕噜地喝了一个底朝天。都道酒能醉人,却不知浓郁的茶汁也能醉人,此时二醉合一,可就真是把个绿爱喝成了七八成的醉态了。外面枪声炮声的,这二人竟然都已经听不见了。醉人胆大,寄客就一把拉了绿爱过来,说道:"想必天醉在上,看了我们如此也不会生气,今日里我俩也来喝一杯交杯酒!"两人就绕了手臂,一饮而尽。

绿爱饮了酒,脖子就软了,靠在寄客身上,有气无力地用拳头砸着寄客,道:"说,当初为什么不带了我去南京。我若当时走了,这一辈子,也就不是这样过了。”

寄客也就长吁短叹起来:“女人啊,我就是跟你说不清。你想,抢个把女人,在我赵寄客眼里,又算得了什么?只要女人愿意,一百个我也敢抢。可是你不一样。天醉在我们面前横着,我是绕来绕去,绕了他一辈子,绕不开啊!”

绿爱是个很以自我为中心的女人,她不能够真正懂得男人和男人之间的情分是怎么回事。挣扎地从寄客怀里脱出来,她说:“今日里我就是要让你知道,你这辈子扔掉的是件什么样的无价之宝!你等着,我给你弹曲子听。”

说完歪歪斜斜地站了起来,踮起脚,取了柜上的一只锦囊,抖了抖,一阵灰尘扑面。从里面取出的那只古琴倒是还很齐整。绿爱此时见了琴,一时又清醒了几分,说:“这琴,还是八年前西湖博览会那阵上海茶商汪自新送展的古琴。当时送的有唐代霄文所制的天籁琴,元代朱致远所制的流水琴,还有明代的修琴——”

“我倒要来见识见识,你这琴莫非还是唐代的?”

“这倒不是。蜷翁的那些个古琴,原来都是藏在汪庄‘今蜷还琴楼’里面的。如今日本飞机日里炸夜里炸的,这些前朝遗物也不知道会有怎么样的一个灰飞烟灭的下场。好在他自己也能制琴。你以为我们卖茶叶的就只认得几片茶叶几张钞票啊。蜷翁取扬州僧寺的古木造琴,别出心裁,有梅花、凤头等格式。你看他送嘉和的这把,就是梅花的呢,要不要看一看?”

寄客本来对艺术并无大长处,只是能欣赏。隔着烟雾,他眯着眼摆手说:“弹个什么?要带劲的。《胡笳十八拍》不好,太悲凉了。毛敏仲的《渔歌》,不好不好,太散淡了。姜夔的《古怨》也不好,我就见不了这些佳人薄命的腔调——”

“你不用说,我知你喜欢什么。郭沔的《潇湘水云》怎么样?情怀故国,身南心北,真正爱国家的浙派大琴师的大曲。可惜了,古调虽自爱,今人多不弹。我也只是将就着了。”

绿爱少女时代,对古琴曾经是下过一番功夫的。后来既和天醉一起生活,想那么一个风花雪月之辈,也少不了对月弹琴,见花落泪。绿爱跟他在一起,免不了还要摸摸琴。倒是天醉死后的这些年来,绿爱再不摸琴。今日一触琴,便知手生。但借了酒力,一腔热望却在。先还磕磕碰碰,后来好一些了,便弹得肝胆俱张起来。寄客听着听着,突然一腔少有的心酸上来,便道:“绿爱你且慢弹。”

绿爱连忙赶了过来,扶住他的肩头说:“怎么不舒服了,要不要床上躺着去?”

寄客紧紧握着绿爱的手,把脸贴了上去,说:“就这样好了。就这样,一会儿就好了。”

绿爱觉得奇怪,说:“你想到什么了,你这么一个人也会有心里过不去的时候,讲给我听听,我帮你化解了去。”

“我是想跟你说的,只是说了你不能生气。”

“说吧,都这种时候了,天大的事情也顶得过去了,难道你心里还有别人不成?”

寄客就把手移开了,说:“不瞒你说,我见你弹琴的样子,眼一花,就想起我当年在日本的那个女人了。我也是在她弹琴的时候认识了她的。她原本就是一个艺伎,弹得一手的好琴呢。”

绿爱还是有了醋意的,不过她不那么说,她说:“你怎么就找了一个日本女人呢？如今他们日本人杀进中国了，你那日本女人，可不就成了你的仇人了？”

“你看你看，我说你要生气吧，你还说不会。那时候不是还不认识你嘛。”

绿爱连忙掩饰自己，说：“我什么时候吃醋了，我是说，你既然娶了她，你就该把她领回中国，怎么把她和孩子一起给扔在日本了呢？”

“日本的艺伎原本也是规定了不能明媒正娶的。后来有了一个男孩，我说要把他们一起带回来的，那女人不愿意。我回国后再托人去找，口信捎来，说那女人到底还是跟了一个浪人去了。没过几年，又在大地震中死了。我一直也没有跟人说起过，其实那些年，我可是去过日本好几趟，想找回那孩子，却是再也找不到了。”

“若那孩子还活着，怕也有嘉和这把年纪了吧。你有什么念物给他们留下了，万一日后见了，也是一个凭证。”

“倒是留下过一块德国造的怀表，反面刻了‘江海湖侠赵寄客’七个字。不过，我如今却是怕有人拎了这块表来认亲了。”

“哪有这么巧的事情啊！”绿爱就笑了起来。

赵寄客停箸罢杯，垂下头，半天抬头，苦笑着才说：“绿爱，你说老话怎么就有些那么对路的地方。比如说无巧不成书，比如说，说到曹操，曹操就到——”

“莫非今日说到你的日本儿子，明日你的日本儿子果然就到了？”绿爱依旧笑着，只是笑得勉强，脸也沉了下来。

赵寄客说：“岂止是到中国啊……”

绿爱的眼睛越瞪越大,手里的筷子头触在了桌面上,就哆哆嗦嗦地响个不停。突然抽了一口冷气,举起筷子直戳赵寄客的鼻尖,轻声叫道:“我说你怎么死活不肯离开杭州城啊,原来你这是在等——”

还没“等”下去,就被寄客一掌击落了筷子,反手捂了绿爱的嘴,气急败坏得脸都绿了,也是轻声地喝道:“你叫什么,还嫌晓得的人不够多吗?”绿爱顿时明白过来,轻轻碰了自己嘴唇两下,又一仰脖子,倒进一口酒,使劲咽下去,说:“看,我把这句话和着酒都咽下去了,烂死在肚子里我也不会和任何一个人说。”

她和寄客相识了大半辈子,除了为她,她还从来也没有见过寄客为了别人心里乱了阵脚。今夜非同寻常,她看出寄客内心深处的慌乱来了,便定定神宽慰他说:“即便人家来了杭州,也没什么大不了的。中国人当兵拉壮丁,日本人打仗就不拉了?说不定他就是被硬拉来的呢,也不见得凡日本人就杀人放火的啊。”

寄客这才说:“我们两个,是死是活也说不准的,我也不想瞒你了。我在日本的老友写信来告诉我,说我那个儿子突然就冒了出来,向他要了我在中国的地址。原来大地震之后,他就被一家武人收养了。后来上了日本的陆军大学,还娶了个将军的女儿。这次侵华,他进了日军特务机关,货真价实一个法西斯分子。这次来杭,八九不离十,是冲着我来的呢。”

“你也别上心,真要来了,也未必是坏事。日本佬虽坏,他还是你的骨肉。有你在,他或者还可以保住几个杭州人的性命呢。”

寄客哼了一声,说:“只怕因为我,他倒反而多取几个中国人的性命呢!”

见绿爱有些不解，赵寄客才说：“他明知我的地址，也明知能打听到我，多少年来也不和我联系。他这是心里种着仇恨哪。”

“即便仇恨，也是一家子的事情，哪里就会拿了国家的大事，来出自己个人的怨气呢。”

寄客说：“你啊，到底是女人。我这一辈子，见过多少道貌岸然的人，口口声声天下大事。钻到他们肚子里去看看，骨子里还不是那点点见不得人的牛黄狗宝。怪不得鲁迅要作诗呢——强盗装正经，各自想拳经。真正是入木三分——”

“那是骂我们中国人里的政客呢。”

“天底下的强盗，说到底，都是一样的。你没听从南京逃出来的人是怎么说的？”

前不久日本人血洗南京，杀了三十万南京人，绿爱也是听说的。可是她不愿意这样去推测寄客的骨肉，便有些生气地说：“你这是怎么回事？怎么只管把自己的血脉往恶心恶肝里想？他既是这么一个混世魔王，你还留下来干什么。你这点心事，还是我来帮你捅破了吧。你不就是心存侥幸，还想见他一面吗？”

寄客长叹一口气，说：“绿爱，这话岂是可以捅破了的。我赵寄客一世的做人，莫非老了，竟然英雄气短，儿女情长起来。天醉若是活着，岂不活活笑煞？”

“造孽万千哪……”绿爱就流下了眼泪，说，“我去替你见见他吧。你只管告诉我，如今他叫什么名字了，万一碰上了，我也好心里有个数。”

寄客张了张嘴，突然一拍桌子，说：“不提了，不提了，只管这么啰啰唆唆做什么！你我一世冤家，头发都白了，还是算算自己的这本账吧。”

绿爱想,可怜寄客啊,这么侠肝义胆的一个英雄,如今也是石板缝里要夹死了。这么触景生情,就想到自己身上,怔了一会儿,突然掩面就哭倒在寄客的怀里,一边叫道:“嘉平我的儿啊,你到底上哪里去了,你让你妈死都不放心死啊。”

寄客知道,这种时候再怎么劝也没有用的。见她哭得差不多了,才一把扶正了那女人的肩,说:“好了,哭也哭过了,笑也笑过了,心里头那点话也都说开了。把这剩下的龙虎斗,都给我喝干净了。”

他不由分说地就把那龙虎斗往绿爱的嘴里倒了一大口下去。自己也豪饮而尽,两只眼睛就闪闪发光起来。许多许多年前,在赤木山上被压下的欲望的旗帜,原来并没有被时光侵蚀。今夜,它哗啦啦地展开了,再也无碍无阻了。两个老去的人儿不约而同地想到——在死去之前相互拥有,这是多么侥幸啊。

此时烛光已灭,盆中炭火也已微红,两人的身体因了酒精之故,滚烫热烈,呼吸简直就像是在往身体之外喷射火焰。寄客只觉热酒煮肠,五内俱焚一般,便用那残臂一把推开了窗子。从窗口望出去,一阵一阵的黑红透亮的光,如鬼火憧憧,照彻杭州城的夜空。此乃中华民国二十六年冬十二月二十三日凌晨,当杭家大院忘忧楼府中那对男女,正在偿还他们一生的夙愿之时,倭寇的大皮靴,已经开始踩入中国的人间天堂杭州城了……

杭州西郊灵隐寺,八百年前,华夏禅院五山之首,今日大难临头,却成了一艘普度众生的夜航船了。

大雄宝殿下，紧靠大柱，此时已经坐满了人。嘉和安顿下家人，又急着去照看一路相携而来的陈揖怀。陈揖怀失血过多，又加一路颠簸，眼看着奄奄一息，所幸庙中有懂得刀伤的和尚，立刻抬到僻静处上药，重新扎绷带，是死是活，也只有靠上天保佑了。

杭嘉和是在往灵隐寺来的半路上遇见陈揖怀一家的。出城往西郊去的杭人也不少，大多是老弱病残、妇孺儿童。嘉和夹在其中，竟也算得上是个临时的领袖人物，不仅要照顾自家人，还和杭汉跑前顾后地招呼着他人。彼时，虽已深夜时分，又兼蒙蒙细雨愁人，但一路跌跌撞撞而来，除了嘉草于不晓人事之际，伸手不见五指之中，偶尔发出一两声尖叫之外，其余的人，几乎不说一句话。紧紧包围着嘉和的，就是那一片越来越响的力不能支的喘气声。

背后仿佛听见了轰的一声，就听到汉儿大叫："伯父，城里起火了!"

猛回头，不得了，半边的天都是红的，衬得那另一半的黑，便如同地狱一般地恐怖了。

入了灵隐寺，众人一通忙乱，惊心稍安，嘉和靠着大殿圆柱。一炷香火之下，往大殿上空望去，但见这高十三丈五尺的殿堂，此时却显得深不可测。唉，佛也无心保佑这一方土地民生了，那释迦牟尼，只在巍巍顶端，不动声色地观看这不知是几朝几劫的又一场人间灾难。

嘉和不信佛，也不似其父，素无逃禅之心。后脑勺靠在冰凉的大柱上，却想到这些大柱的来历。这些柱子，原本都是清宫为修颐和园，于宣统二年特意从美洲买来的。不意其时，清廷已四面楚歌，要修那颐和园，又有何用？故而才又千里迢迢运到了杭州，重修了灵隐寺。

国家天崩地裂之间，不过二十余年，佛又曾何时保得百姓平安？去年灵隐香火最盛之时，倒把一个罗汉堂烧得干净。这罗汉堂，就在大雄宝殿之西的西禅堂旁。那五百罗汉，个个有真人那么高，又个个面相不一，兼仿着净寺的田字殿，佛像背列，四面可通，杭人便有数不清的灵隐罗汉之说。先烧了罗汉堂，信佛的人就说不是好兆头。嘉和虽与家人躲入其中，却并无一丝安全感，心里恍恍然不知如何才有着落，只觉今夜灵隐，未必是个可藏人之处，不祥之感阵阵袭来，竟使他无法安歇。辗转多次，只得起身，踱出大殿，只往那飞来峰下而去。

话说这灵隐寺，也是东南佛国之中，又一江南名刹了。

东晋咸和元年(公元326年)，印度和尚慧理来到此处，见山川钟秀，便以为必有仙灵栖隐，自此，结庐林中，名以“灵隐”。从此南朝三百六十寺中，便以此寺为冠，至今，已有千六百余年矣。

杭家与灵隐结缘，自然又离不开那个“茶”字。

想那大唐大历年间，安史之乱之后，茶圣陆羽浪迹天涯，尽访中华茶事，亦曾到过灵隐山中。故而《茶经·八之出》中方有此言：钱塘(茶)生天竺、灵隐二寺。

杭家上辈在天竺一带，尚有茶园。到了天醉手里，家道中落的那几年，才把那茶园给卖了。虽如此，杭家人仁慈，老东家的那份情谊还在。天醉后来又热衷于“茶禅一味”，来来往往地总往这灵隐走。老家人撮着祖居又住在翻过了天竺后的翁家山，嘉和兄妹们常来常往，灵隐，对他们一家人而言，本来并不陌生。

茶人心目中的茶圣陆羽,虽为茶中之圣人,亦是中唐著名诗人。写过许多文章诗篇,可惜大多失传。既到灵隐,陆子便又撰《灵隐寺记》,所喜的倒是茶人与灵隐真正有缘,那《灵隐寺记》竟然就保留了此一段,其中云:

> 晋宋已降,贤能迭居,碑残简文之辞,榜蠹稚川之字。榭亭岿然,袁松多寿。绣角画拱,霞翠于九霄;藻井丹楹,华垂于四照。修廊重复,潜奔潜玉之泉;飞阁岧峣,下映垂珠之树。风铎触钧天之乐,花鬘搜陆海之珍。碧树花枝,春荣冬茂;翠岚清籁,朝融夕凝。

毕竟国胜佛胜,国衰佛衰。明末灵隐几毁于火,竟只剩下大殿、直指堂和轮藏堂了。此时此刻,嘉和走出大雄宝殿,来到殿前那尊吴越国留下的八角九层石塔前,心绪万端,只有举头望天。但见细雨蒙蒙,寒气瘆人,又是一个月黑杀人之夜,风高放火之天。嘉和理不清自己的思路了。

嘉和生性不好斗,于国事,也一向认为,即便是出于本国的利益,战争也绝不是可供选择的方案。在很长一段时间里,嘉和内心深处甚至还带着隐隐的乐观。他总模模糊糊地认为,再坏的政府,出于自身的权益,也会尽可能地维护和平。他家和日本人的交往一向不少,他也就不像那些对日本人一点不了解的人那样,把他们看得如洪水猛兽。但他对时事并没有乐观的估计,这或许和他天生的悲剧性格有关,总是朝严重的局面作心理和物质的准备。然而,尽管如此,他依旧心存幻想,以为某一天早晨醒来,或许还会听到一个令人欣慰的消息。

我们可以说，这七八年来的不问国事，只问茶事，果然使得忘忧茶庄的老板杭嘉和于政事上缺乏洞察力了。看上去，他甚至变得有些僵化和狭隘了。他依然是杭家的顶梁柱，一旦灾难从天而降，依然是他在把握家中的全局，安排各人的逃生之路。看上去他依然胸有主张，天崩地裂于眼前而不动一下睫毛。但内心里，他发生了强烈的震撼——他越来越不能够解释身边的这个世界——他是一个从血液里、从心理到生理都无法离开和谐的人。甚至在经历了小林这样的血腥惨案之后，他依然认为，这只是他们杭家的不幸。他以自心度他心，以为人之所以为人，能生存至今，实乃人的天性不能离开和平。然而，就在此刻，灵隐之夜，他开始怀疑——人，真的乃是一种和平的种类吗？如果是，何以连年征战，从无止休；如果不是，人与禽兽又有何区别？他事茶至今，向以茶为和平之饮而心生自慰，如果人竟都是与禽兽一般的东西，人又怎么配得上饮茶？他事茶，又有什么意思？他若终生以茶为生，岂不是等于要坚持他的和平为人？他若坚持和平为人，岂不是非人了吗？岂不是迟早要被那些禽兽般的人活活吞吃了吗？就算他逃生有方，苟且一世，到处都是人形的禽兽，他还有什么必要偷生？再说，一个不具有残暴之性的人，又如何在这世上生存？活下去又有什么意义？

你道嘉和这一思索，又如何了得。原来，世上凡如嘉和一般性情的人，轻易是必不可动疑心的，不动则已，一动便移了根本。

就这样，嘉和摇摇移移，恍兮惚兮，魂无所依，大夜弥天之时，幻知幻觉之中，竟来到了那飞来峰下了。

峰峦或再有飞来,坐山门老等;
泉水已渐生暖意,放笑脸相迎。

飞来峰,对着灵隐寺,高不超过二百米,怪石洞壑,满山遍布。有人算过,在这长不过一里有余、宽又不到半里的地方,竟有佛像一百五十三龛、四百七十余尊。嘉和自小到大,到灵隐不知来过多少次,来来回回地路过飞来峰,那些雕像,数来数去的,也从来没有数清过。看看这个又看看那个,到底也不知该在哪尊石峰下站定为好。不过大人小孩,最喜欢的还是冷泉南侧的那尊南宋造像——布袋弥勒。嘉和的脚,不知不觉地就移向了那里。他摸出口袋里刚才点过蜡烛的火柴,划出一点星火,举起来,方寸之外,什么也看不见——是的,黑暗太大了。这样大的黑暗,真是嘉和一生中从来也没有遇到过的,他只能默默地站在原地,想象着布袋和尚的样子。

听说这个布袋和尚还有一番来历,原名叫契此,浙江奉化人氏,终生荷一布袋云游四方,后来就成了弥勒佛的化身而供人膜拜,杭人都叫他"哈啦菩萨",对面灵隐大殿里,就供着一尊呢。

在印象中,飞来峰上的石雕哈啦菩萨,乃是嘉和看到的这里所有的雕像中最大的一个了。听人说他有九米高,但是看上去他却一点也不笨拙。在如此的黑暗中,嘉和想象着他那袒胸露腹、欢眉大眼、喜笑颜开、包容万物的大石脸。嘉和还能清晰地看到——不是用眼,而是用心灵看到布袋和尚一只手拿着布袋,另一只手拈着一串佛珠的样子。那串佛珠,仿佛正在江南的斜风细雨之中,微微摇晃,闪着湿光。而两旁的十八罗汉,又是各具着什么样的神态,又是怎么样地相互关照,浑然一体的啊。嘉和想起了杭人常常拿来作为座右铭的一副对联——它往往就分立在布袋和尚的雕像前:大肚能容容天下难容之事;开口便笑笑世上可笑之人。

突然,他被黑暗压得一下子喘不过气来——他顿时就蹲倒在地,按住胸口。他心如刀绞,万箭穿胸。他不能想象,如果明天早上,倭寇杀进佛地,如果倭寇要抢走布袋和尚手里那串集日月精华的佛珠,那布袋和尚能依旧笑嘻嘻地敞开肚子说——大肚能容容天下难容之事吗?然后,将是由谁来开口便笑,笑那世上的可笑之人呢?

嘉和不由眼冒金星,肝肠寸断。他蹲着,忍受着心痛,一声不吭,却听到一个声音说:“怎么啦,是不是受风寒了?”

嘉和没有回答他,许久,他觉得好些了,才站了起来。见那说话的人黑影憧憧的,依旧站在他面前,嘉和的声音便变得像这个寒夜一样冰凉了。

“没事。”他说。

那人又说:“我是看你从大殿里出来,就跟在你后面,一起出来的。”

“你也在这里?”嘉和想平静一些,但声音里却有了探寻。

那听话的又是何等聪明之人,便道:“她们母女两个都进了基督教青年会,我刚巧是到艮山门一带办事,眼看着日本人烧进城里来,跟着一群难民,就撤到了这里。”

“没烧死人吧?”

那声音停顿了一下,才回答说:“你怎么不问一问你家的茶庄有没有被烧?”

嘉和也停顿了一下才说:“没人喝茶,茶有何用?”

那声音苦笑一声说:“‘厩焚,子退朝,曰:伤人乎?不问马。’杭嘉和虽然做了商人,依旧是儒士本色。读书时习的《论语》,至今还能身体力行,不佩服是不行的。”

嘉和与李飞黄,要说起来,民国十八年在西湖博览会桥上相遇之后,似乎就再也没有打过照面了。这倒不仅仅是因为这位李君竟娶了嘉和的前妻方西泠为夫人。事实上,自毕业之后,杭嘉和与李飞黄就各自走了各自的道。当年陈揖怀听到李、方二人的结合时,曾上门来告嘉和,且说:“我从此必定和李飞黄这家伙一刀两断,再不认这个同学。”

“这又何必。”嘉和说,“我与西泠分手在前,他们结合在后,他们有缘,碍卿底事?”

陈揖怀连连跺脚道:“杭兄此言差矣,他哪里是为了他和西泠的那点缘分,他是冲着方西泠的爹呢。你和西泠不和,他背地里多少次当着我面叹你愚笨,不会用你那个大舅和你那个岳父,还说他要有你那份背景,不知会混出什么样的天地来。”

嘉和想了想,竟不知道说什么才不失分寸。西泠与李飞黄结婚,乍一听说,他也吃惊。后来一想,此二人虽出身、地位、家庭背景各不相同,但说到性情,却是十分地相近,都是心里藏着那么许多的疙疙瘩瘩小块垒,每日只为了要弄平它们,睁开眼就动心思忙到黑。正因如此,李飞黄如此聪明一个人,虽也混到了副教授,竟也再做不了大学问,总想走了捷径,跃了龙门才好。原本一个好好的媳妇,从小对门住着,家里开着酱铺,还是裹了小脚的,娶来做了几年老婆,孩子没生下一个,就自己上吊死了。他哭得死去活来,哭得都不像一个读书人。陈揖怀嘴损,却说那老婆明明是被他逼死的,却来演一场好戏给谁看。场面上有几个人知道李飞黄为人?都道他道德文章都好,杭州城里一块牌子,这块牌子恰好拿来骗了西泠。西泠自嫁了一次商人,以为一失足成千古恨,偏偏就要嫁一学者的了。如今也算是遂了心愿。哎,萝卜青菜,各有所爱吧。嘉和说:"人以群分,他们走到一起,那是他们同气相投,强似我们。"

陈揖怀说:"我哪里是为了方西泠?她虽与你夫妻一场,她这个人的聪明心机,我比你看得还要清楚。说实话,你们结婚时我来喝喜酒,就看出你们走不到头的架势来了。她端着酒杯,一副当仁不让的样子,以为把你操纵得团团转呢。她这就是不懂你了,就埋了伏笔。如今她和李飞黄,各自想拳经,倒也是一对。只是可惜了你那女儿。在这种人手里,只怕以后吃苦头的。"

听到这个,嘉和心就缩了起来。女儿,他不敢想,他是真舍不得。可就是这么一声声地在心里念叨着舍不得的时候,女儿却就那么舍出去了。

这么想着,脚步就不知不觉地往前移着,嘉和想了起来,问道:"揖怀也在庙里,你去看了吗?"

"看是去看了,只是流了那么多的血,只有进气没有出气的人了,哪里还认得我?我也是心里闷,没有着落,不知这仗再这么打下去,我们下半世做人的出路在哪里。出来透透气,就见着了你也在我前面。我就想起你我三人当年出来建设新村的事情。也不知都锦生这么一家大厂,如今怎么办呢?"

李飞黄亦叹亦忆的感慨中,仿佛不经意地拉出一个都锦生,旨在回忆当年他们几个人少年意气之时的交情,由此便把自己和嘉和拉近了,甚至成功地使嘉和都没有在意他当年并没有真正出来建设什么新村的事实了。

他停顿了一下,发现嘉和并没有表现出不能接受往日友情的样子,便加重了感情分量,说:“十多年前,我们都还是多少有志气的人,‘五四’时候,举着标语,上街烧烧日货之时,哪里会想到真的会有今日!嘉和,我近日常想,选择了做学问这条路,恐是我一生的大错了。不要说成就一番大事业,就是做人求得性命,也是件朝不保夕之事了。”

李飞黄那么说着,自己就先被自己说得感动起来。他是最能营造气氛渲染环境的,这一点竟也有些女里女气,和西泠也是最相似的了。嘉和从前心里最不能见的就是他的这点造作。但今日飞来峰下,听这男人的唏嘘声,突然就使他的心软了下来,横在他们面前的那个女人浓郁的影子,一时竟也就淡淡地化去了。

有人从他们身后扔石头,划过身边,飞过涧,碰在什么硬物上,又弹了回来,声音清晰的,就掉进了涧里。嘉和喝了一声:“谁?”俄顷,有一少年应答:“是我。”嘉和听出来了,那是杭汉。便又问他半夜三更扔什么石头,杭汉说他睡不着,出来看看天,又听人说前面那尊石像是杨琏真伽,常有人来扔石头砸他,这才跟在后面如法炮制的。

“你们这是要学张岱啊,可惜砸错了对象。”李飞黄说,“这是多闻天王,四大金刚之一。夜里你看不出来,他手里拿着宝幢,豹头环眼,许多人不知道,当他杨琏真伽来打。上回我来灵隐,还见了庙里僧人用铁蒺藜把它给蒙了起来,你可不要砸错对象了。”

“那真正的杨琏真伽石像呢?”杭汉就问。

“早就被张岱砸了扔进厕所了。”

嘉和知道李飞黄专攻晚明史,这段掌故倒也是不会有错的。原来南宋亡后,元世祖忽必烈就任命杨琏真伽为江南释教总统,集江南教权于一身。这个杨琏真伽,残害百姓,狐假虎威,这倒也不去说他。最最天人共愤的一条,是他竟然挖了南宋皇帝的陵墓,还建了一座塔,把他们的骨骸压在塔下。这就弄得人神同怒了。

偏偏这个杨琏真伽还想着流芳百世,竟在飞来峰上为自己造像,意欲永垂不朽。等到明末清兵大举入侵之时,人们恨清兵,就如前朝恨元兵一般的了。故而山阴文人张岱来此,对那石像验明了正身,当然就不会放过了。砸碎了石像不说,还把石像头扔进了茅坑。谁料想,千劫万难到如今,这杨琏真伽,又勾起了人们对日本兵的仇恨,且又阴差阳错地把那多闻天王当了杨琏真伽,又为后世留下了一段逸事。

嘉和拍拍侄儿的肩膀,说:“这种事情,偶尔为之,倒也不失性情。”

杭汉自小在嘉和身边长大,把嘉和当了亲爹一样恭敬,他立刻明白嘉和的意思了。这是他们杭家男人特有的交流方式,不明白的人,断断听不出那话里面的许多微言大义。比如这一句“偶尔为之,倒也不失性情”的评价,到底是褒是贬呢?恐怕只有汉儿听出来了,这分明还是阻止的意思了。汉儿甚至能够听出来伯父不会说出口的那句话——要杀就杀真正的活强盗,这种动作,到底还是小儿科的。

这么想着，心里不免又沮丧，便过溪，沿一条隐隐约约的小路，拾级而上。前面不远处有四角亭一座，杭汉就在这里停了下来。他知道，伯父是肯定会跟上来的。在这样的不祥之夜，这个受了强烈刺激的少年，有一场根本的对话需要进行。

果然，不大工夫，杭汉便见嘉和伯父从小径中出现。伯父一向身轻如烟，走路说话都少有响声。有时在家中走廊上，杭汉会见着伯父在前面走着，竹布长衫下摆极轻微地颤动着，配着脚下的不动声色的青砖，飘飘荡荡地远去了，那才叫“此时无声胜有声”呢。杭汉便时有纳闷，他自己是习了拳术的，知道轻功非一日之功，可是从未听说过伯父习过轻功啊。在背面看到的是伯父的轻，从正面看到的是伯父一脸肃穆，恰恰又是心事重重的人了。杭汉是个爱在心里琢磨的少年，时间长了，竟把伯父给琢磨出来了。他想，伯父那是在努力地把人做得举重若轻啊。

家里的老人都在私下里说，嘉和不像爹，更像早已过世的那个大管家茶清，不过没有吴茶清的“煞克”罢了。杭人形容人性情厉害，有这么一个专有名词。那么嘉和倒真是和那“煞克”无缘的了。人家说到嘉和，便说杭家门里大少爷最好商量。如此说来，嘉和却又有天醉的影子了。

暗中见了伯父上来，后面没有跟着那饶舌的李飞黄，杭汉就松了一口气，突然虎跃而起，就在原地，耍了一套南拳。地方小，杭汉就打得缩手缩脚，嘴里发出的暗吼声却响。满山的石头菩萨，想是亦都在屏气倾听，城里的火光把伯侄两个，时不时地从暗无天日中衬出一个人形来。

杭汉一套拳术完了，松了形体，依旧站在原地，也不说一句话。嘉和这才说了:“你这套拳配了这个亭子,最好。”

原来竟也是十二分巧了,这亭,原是南宋绍兴十二年间清凉居士韩世忠所建。老杭州人,几乎没有不知道岳飞的战友蕲王韩世忠和他的夫人——那擂起金山战鼓的巾帼英雄梁红玉的,至今杭州城,尚有一条蕲王路呢。

只是待到蕲王建此亭时,抗金大势已去,岳飞被害于风波亭刚恰过了六十六天。故,韩世忠在此特建一亭,又命了他那才十二岁的公子韩彦直刻了题刻一块在此,题曰:绍兴十二年,清凉居士韩世忠因过灵隐,登览形胜,得旧基建新亭,榜名“翠微”,以为游息之所,待好事者。

明眼人谁不知这其中的欲盖弥彰,原来这亭名就是直接取自岳飞的《登池州翠微亭》——

经年尘土满征衣,特特寻芳上翠微。
好水好山看不足,马蹄催趁月明归。

蕲王韩世忠,是在以自己特有的方式纪念岳飞呢。杭汉知道这个典故,所以也能明白伯父何以言说他这套拳配这个亭好。然而拳打得再好又能怎么样?古来就有如岳飞一般的大元帅,浑身的武艺加一颗忠心赤胆,到头来还不是仰天长啸“天日昭昭”而死。何况千年之后的他——一个无声无息的小民百姓。

杭忆走后,杭汉一直感到委屈。夹在老弱病残者中,苟且偷生似的逃到这灵隐山中来,杭汉一路上都有一种大错位的感觉。他不能够明白,自己这么一个平时从来不烧高香的人,这会儿临时来抱什么佛脚。因为羡慕或者干脆可以说是忌妒着杭忆,他就几乎恨起那个灰眼睛的女郎来了。什么留下我有用?分明就怀疑我是日本奸细嘛。越想越气,才喊出了口,倒挨了母亲一个耳光,还问我到底是谁生的。不问倒还可以,一问杭汉就更委屈。你说我是谁生的,是那个名叫杭嘉平的人生的吗?怎么他倒把我们给扔下不管了呢?

这么想着,杭汉便说:“我早知道英雄无用武之地,我就不那么下功夫练了。我这不是等闲白了少年头空悲切吗?”

嘉和扶着杭汉的肩膀坐下,说:“你急什么,日本强盗还不够你打啊?只怕到时候要用你时你又不在了呢!”

杭汉身板笔直,两只手握了拳头样,搁在膝上,把头低了下去,沉默片刻,像小孩一样委屈地声明:“我是中国人。”

“谁说你是日本人?”嘉和轻轻打了一下侄儿的脖子,“真该让你妈扇你耳光。你爹不是姓杭?你不是姓杭?”

不说这话倒还不要紧,一说,杭汉突然就涌出眼泪来。一边哭着,一边就恨自己堂堂一条汉子竟会女人一样,就为自己丢脸。那么哭着,恨着自己,他就只好站起来,发着狠劲又来了一套南拳。这一次他也不顾地方小不小了,放开手脚,从亭里就打到了亭外。半夜三更,他竟然还没有掉下山去,也是亏得菩萨保佑了。

杭汉这一举动的确反常,倒叫嘉和看出了蹊跷,用手轻轻地一拦,杭汉就定住了。

“说,有什么事藏在心里了?”嘉和声音就阴沉了下来。

黑暗中伯侄二人又对峙了一会儿,然后侄儿就说:“说就说,妈在大殿里哭呢,凭什么我要为她保密!”

听杭汉说出这样一句话来，嘉和未曾听下文，就先打了一个寒战。

“你们还动不动地就说我是谁生的，可是他早就不要我们了。”

嘉和拍了拍杭汉的肩膀，叹了一声才说：“本来是想过了这一阵，再把这件事情告诉你的。你该为你妈多担待一些才是，哪里还轮得到你发牢骚啊？”说着就下山往寺里走去，倒把一腔委屈的杭汉给说愣了，说惭愧了。

其实叶子知道，一旦儿子杭汉发现了嘉平的那些信，她的秘密就再也守不下去了。儿子可不像她，一守就守了几年。叶子缩在天王殿那尊手执降魔杵的护法天尊韦驮神像下，心烦意乱地想。

韦驮面朝大雄宝殿，威武雄壮，英气焕发，就像是佛界中的白马王子。叶子看着它想：嘉平就是这种样子，这么帅，这么潇洒，这么一心一意地冲在前方，爱起人来把人爱死，忘起人来也把人忘死。嘉平啊，要说过日子，和嘉和比起来差远了。父亲说得对，他是一个无所畏惧的人，他不怕死，也不怕抛下别人往前走。叶子和杭家的两个兄弟从小一起长大，以后又作为杭家媳妇，在杭家大院里度过了青春。叶子比别人都更明白，在智勇上，两兄弟并不能比出多少高下来。但是嘉平的那种与生俱来的向外传递自己精神的能力，却是嘉和没有的。嘉和正是那种任劳任怨的男人，活着得受人的劳，得受人的怨，得受人的苛求。嘉和纵然心里有二十分，表现出来的也只有十分，甚至十分也不到。他就像是一座浮在海上的冰山，人们看不到那沉在海底的三分之二。那么如果用山来比较这两兄弟，弟弟嘉平，就是一座随时可能喷发的火山了。当嘉平有十分,并老老实实地向外展示那十分的时候,他却能够让人领略到二十分。他站在那里,把他那赤子的情怀向大家一展,人们便会像中了魔法一般地集中在他的身边。男人便不由自主地崇拜他,女人则不由自主地爱上他。他做任何出格的事情,都是可以有理由解释的。即便是现在,他杭嘉平的媳妇叶子,于兵荒马乱之中,独自躺在大庙里,她也不怨嘉平食言。

此时,叶子躺着,和嘉草一起,盖着一床薄被。嘉草折腾了半宿,这才刚刚安静下来,睡着了,正在梦里母子相见呢。叶子就看着韦驮佛像前的那副对联——立定脚跟,背靠山头飞不去;执持手印,眼前佛面即如来。那年她到灵隐来烧香时,僧人告诉她,整一个灵隐寺,就这个用整块香樟木雕成的韦驮是最古老的,从南宋传来的,八百年前的神物。叶子看着看着,眼泪就流下来了——她不敢想也想不通,人的情爱为什么就不能像这八百年的佛像那样,生生死死,长长远远。

现在,另一个男人就夹着寒风疾步走到了她的面前。他一下子就蹲在她的面前,看着她,嘴唇奇异地抖动了起来。叶子问他是不是冷了,他摇摇头。烛光下两个中年人的面容,都带着温柔和忧伤,以及离乱的痕迹了。

嘉和知道他不能够离叶子太近,这倒不是因为害怕发生什么——不!像嘉和这样的男人,如果他要做什么,也许他会做不到。然而,如果他要不做什么,他是能够做到的。

只是现在,和平消失战争来临之夜,嘉和突然觉得,没有什么是不可以做的了——他正是那种热爱着古老长久的事物的人。他与叶子在一起相处得越久,他就越离不开叶子,越觉得叶子天生的、本来就是属于他的,叶子就越发成了他生活中不可或缺的一部分。

这么想着,他情不自禁就用他那薄大的手掌去抚摸了几下叶子的头发。叶子想说什么,还没来得及说,嘉和就管自己摇了摇手,说:"你放心,你放心,有我在,不是还有我在吗!"

叶子的手,就从被窝里伸了出来,下意识地挡开嘉和靠近的身体,自己也不知道自己怎么会开口说了这么一句话:"我没有不放心,不是还有汉儿吗?"

嘉和的心一下子就煞住了,但嘴巴却罕见地一时煞不住,因此,他只能结结巴巴地按照原来的思路、羞愧万分地继续下去:"……是的,是的,我想起来了……还有汉儿……"他说不下去了,心一大片一大片地凉了下来。

叶子看着他的眼睛,看着他暗淡下去的、退到心的夜幕之后去的尴尬眼神,顿时心生了巨大的恐慌——她突然想到,她正在失去的东西是一去不复返的,是一期一会的,她下一次再也不能与之相遇了——她还来不及想那失去的究竟是什么,只是觉得不能够失去它。因此,她竟也很勇敢地握住了嘉和要抽回去的手。她的眼泪流出来了,还使劲地摇着头。而嘉和,因为意识到了自己的失态,面孔红得变了态,死活要抽出手来。就在韦驮像下,两个人推推搡搡着,一声也不吭,渐渐生出与刚才初衷不一样的性情来。两人便仿佛同时意识到了这一点,又停了下来。香烛下,竟不知说什么才好了。

还是叶子先冷静了下来,对着嘉和的耳朵说:"我口渴了,想喝茶。"

嘉和的耳边便吹到了叶子口中传来的热气。这热气，给他这样的男人在这一残暴冰寒的世上以生的气息。嘉和骤然地就松弛了下来。他听到了拒绝的声音，但这拒绝是可以接受的，是温情脉脉的拒绝——你甚至可以说，这是以一种拒绝方式来表达的不拒绝呢。他站了起来，说："等着，我给你到僧房里去倒茶。"

直到出了大殿，嘉和都还没有从刚才那种失态的惊愧中恢复过来。今夜太短也太长，他头昏目眩，弥夜中思路不知从哪里开始理起。天边依然时黑时红地泛着火光，杀人的强盗离我们多么近啊，嘉和举起手来——他真的不敢相信，自己竟然会有这样的胆——在这样的时候，万死一生的时刻，去握住另一个女人的手。他不知道，就在那里，火光冲天的城里，忘忧楼府的五进大院子里，另一则几乎相同的故事亦在进行。

真是向死而生的情爱啊，那是绝对无法并且也不能拒绝的情爱啊……

站在大殿的檐下，正在远眺燹火之时，嘉和的眼睛猛然间狠狠地跳了一下——怎么？燹火怎么一下子蹿到了眼前？只见伽蓝殿、梵香阁的房上，一下子蹿出了火苗。从那里面顿时就有人跳了出来，嘶声喊道："起火了，起火了！香案翻倒，着火了！"

顿时狂声大作，一片着火之声，难民大乱。嘉和顾不上想更多，一头扎回了天王殿。但见叶子正在烟火中声嘶力竭地叫着："嘉草，嘉草——"见了嘉和，一头扑了过去，抱住他的肩膀就叫："嘉草不见了！嘉草不见了！"嘉和拉着叶子，在天王殿里飞快地打了一个转，发现没有嘉草，就赶紧往外跑。一群人还没跑出合涧桥，便有人迎头哭喊着回来，一边叫着："日本佬杀进来了，二寺门被他们烧了,我们逃不出去了!”

嘉和紧紧地搂着叶子站住了——前面是火,后面也是火,前面要我们死,后面也要我们死——如此长夜,我们往哪里逃生呢……

第八章

杭家女儿杭嘉草，几乎很少睡眠，她的耳朵就跟长了眼睛似的大大地睁开。她的眼睛、她的皮肤、她的每一个指甲尖，以及她的每一根神经末梢，都能够听到儿子在呼唤她——妈妈——妈妈——妈妈——

不是因为疯狂，人才无所畏惧的；不是因为神志错乱，杭家女儿嘉草才冲过了那前面要她死、后面也要她死的火海的。

母亲只是本能地朝儿子所在的方向奔去——

而到儿子所在的地方去，是要穿越一道火门的。那么她就平安地穿越了过去——上苍保佑，一片火舌也不曾将她舔伤。

火门之外便是一片茶园了。嘉草迷茫地盯着清晨里雨丝下的这一片绿野，她闻到了亲切的家族气息——她家族中另外一名女性的爱情气息。那一对在茶蓬下谈情说爱的青春的大胆的恋爱的影子，甚至在这个飘扬着苦雨的凄楚的早晨，也不曾消散。像中国古代那些神秘的传说一样，他们神奇地把自己的魂魄一分为二——一个义无反顾地走向前方，另一个则留下来等待——徘徊在无人采摘的早已老去的秋茶和同样无人理会的茶花之间，迎候命运的到来——强寇与亲人相击的一刹那的到来。

而这样的时刻，终于到来了。当我们的亲人穿越茶园时，我们的敌人也开始穿越茶园了。

一面是赤裸着双脚、以肤发趾甲亲吻着那略带着酸性的熟土地的方式、以子民感激上天恩赐的情怀走过茶园的；另一面是穿着大皮靴，以铁骑的方式，兽一般地践踏着掠过我们的茶园的。他们豺狼般的行迹所到之处，我们美丽无比的茶蓬，就被深深地踩入了泥中。她那没有一根棘刺的枝杈，温柔的叶儿，她那从来也不哗众取宠的小花，她那一头的累累的却又不为人知的果实，生来都是永不防范地献给人类的——这样无限地爱着人却从来也不戒备着人的瑞草，因此而被人践踏着了。我们不知道她被折埋入脚下的土地时的心情——也许，这正是她复仇和等待的方式——是她在灭顶之灾般的大苦难面前的生命的方式！

1937年12月23日夜幕降临之后，在佛国净土灵隐寺被前后大火包围的同时，日寇进入杭州的一路，郊区留泗公路旁，日军点起了两三百团灯火，焚烧着中国江南的一片片散落在丘陵平原上的茶园和被菜地包围着的茅舍竹篱。

次日天明，日寇约一个师团，冒雨分三路侵入杭州市区。

北路孤川部队自武林门、钱塘门入；

东路冈井部队自清泰门、望江门入；

西路三林部队自凤山门入。

北路日军，自京杭国道到小河进至武林门时，杭州通敌第一人、日本驻杭州领事馆翻译董锡林，带着大小汉奸，在武林门外混堂桥边，打躬作揖地夹道欢迎。杭州昌升茶行大老板的大儿子吴有，也举着小旗子，伸着他那伸不长的短脖子，巴巴地跟在后面，不时地踮起脚来喊:“欢迎皇军!”

果然就见日本兵扛枪进了城。刺刀闪闪的,微雨中,不知滴了血水还是滴了雨水。那几个杭州人的败类就啧啧啧起来:“到底他们日本人,这种架势,中国人不败,那就有个鬼了。不服不行！不服不行啊!”

“那是。”破脚骨吴有最是个好大喜功的人,什么地方也忘不了为自己脸上贴金,连忙接了话茬说:“要不我们家阿乔在上海做生意,怎么美国人英国人法国人白俄人那么多西洋人都不认,就认准了日本东洋人做了主子呢？你看看这些日本矮子,一个个多少有杀气,中国人哪里是这些矮子的对手!”

话刚说到这里,就被那头号汉奸一把捂了嘴轻声说:“破脚骨你还要不要命？那两个字——是你好这样光天化日之下叫的吗?”

董锡林这是在警告吴有,不准按杭州人的俚语,把日本兵称为日本矮子。吴有却没有听见似的,一只手掰着董锡林的手,另一只手只往前方指,整一个人就欢欣鼓舞起来,叫道:“阿乔！阿乔！我是阿有啊,你大哥。你看你都骑在马上进城了,我还怕接你不到呢!”

杭嘉乔穿着一套西装,脚上却蹬了一双日本军靴,披一件黑色大氅,上唇齐齐两撇小胡子。他停下了马,淡淡地侧过头去,用日语与旁边另一匹马上的日本军官说话。

和嘉乔的略带女性化的清秀面目不同,那日本军官面有虎豹之相,一脸大胡子,双目闪闪发光,虽然戴着军帽,额下还是露出一缕又黑又亮的鬢发。嘉乔对他说话的时候,吴有一脸仰慕的样子,他怎么看嘉乔,也看不出他是个中国人。他甚至想不起来从前嘉乔的中国人样子了。

几句叽里咕噜东洋话之后，嘉乔才回头对吴有说："有哥，跟爹说，我和小堀大佐先随部队进城，然后再来找你们。"

吴有就见那小堀大佐用审视的目光盯了他一眼，吴有就像是被什么毒虫叮了一口，立刻就是一个寒噤。为了掩饰这种骨子里的寒意，吴有又故意欢天喜地地说："你可快点回家，吴山圆洞门都给你腾出来了。"

杭嘉乔的马缰一松，马儿又开始往前走，黑大氅在微雨中沉重地抖动着，从那里面扔过来一句话，比水渗透的黑大氅还黑："我什么时候想住吴山圆洞门了？回去告诉他们，杭嘉乔，要住就住羊坝头！"

日军第十军司令部及第十八师团，就此进驻杭州。次日，日军当局下令放假三天，纵士兵烧杀掳掠，奸淫妇女。当日军中的一支尚在钱塘江北岸的南星桥、闸口一带纵火焚烧之时，另一支日军一路向西郊而来。

焚烧二寺门，平添了他们的快意，使他们那从骨头缝里塞挤得满满的杀戮欲，终于又有了一次喷发的狂乐。这些来自岛国的年轻人，出征前也许还有人连一只鸡也不曾杀过。而此刻，他们杀人如麻，杀中国人如麻。他们在中国的土地上立刻就悟出了一个有关杀人的真理——杀一个人和杀一万个人，完全是一样的。杀人甚至和抽鸦片一样地可以使人上瘾，又像做游戏一样地能够使人乐此不疲。

当然，作为肉身凡胎，即便杀人，也会有杀累的时候。他们从二寺门放火出来之时,天色已经大亮,他们没有选择周围的村落再去烧杀,而是折转了出来,跨入一片无人理会的荒芜的茶园。

微雨中杭州龙井初冬的茶蓬,闪着铁绿的光泽,即使在这样残暴的敌人面前,她们也没有那种枯木朽株齐努力的剑拔弩张之势。她们的沉默,便也一时有了某种不可判断的面貌。

而那些身穿军装的年轻日本兵中,也许恰恰就有那么几个,是从那岛国的茶乡而来的;也许他们中,不久前就有人曾经当过茶农。否则,你何以理解他们看见这片茶园时的惊讶而又愉悦的心情呢?他们解下了他们的军刀,搁在茶蓬上。这一片中国茶园,在那些远在异乡的年轻刽子手看来,又是何等赏心悦目啊——和故乡的茶园真的是一样的郁绿,一样的生机勃勃呢!天空苍白,下着微雨,那是令人生发怀乡之情的天空啊。其中一个年轻的日本士兵,突然手握战刀,面对茶园,深情地高歌起来:

> 立春过后八八夜,满山遍野发嫩芽;
> ……

这首来自日本本土茶乡的茶曲《摘茶曲》,渗透着日本民歌中那种特有的悠扬的忧郁。而当这个离开本土多时的年轻日本士兵才引吭高歌了两句之后,另外几个士兵竟然立刻就热泪盈眶了——他们立刻就和他们的同伴一样手握战刀,面对茶园,放声高唱:

> 那边不是采茶吗?红袖双绫草笠斜。

今朝天晴春光下，静心静气来采茶。

采啊，采啊，莫停罢！停了日本没有茶。

……

一曲唱罢，他们中就有人摘下了几片湿淋淋的老叶，含在嘴里，一边咀嚼着，一边快乐地说："啊，支那的茶叶，怎么和我家乡佐贺县神埼郡的茶一样啊？"

那年轻士兵，就同样快乐地把脸抬向中国多雨的冬日天空，说："你家乡的茶，怕不就是从支那而去的吧？"

"胡说！"另一个就立刻吼了起来，"世界上最好的东西，没有一样不是从我们大和民族自己的土壤里生长出来的。只有支那人，才会从我们日本人手里偷盗！"

那么说着，他举起刚刚杀过人的军刀——现在没有人可以杀了，他们就开始劈斩冷若冰霜的中国杭州西郊的茶蓬——他们要在茶园中劈出一条路来。

也许那个面孔朝向天空的日本兵，那说着茶是从中国而去日本的日本兵，对他的同伴们的武断，并不很以为然。也许他比那几个正在茶地里乱砍的士兵，更具备一些常识。也许他模模糊糊地有所知道，佐贺县神埼郡的茶，正是八百年前的日本茶圣荣西，从中国天台山带回去的种子培育而成的呢。

然而，由于他的视野的局限，他那种岛国人被孤守一处时产生的盲目的夜郎自大，他那来自乡间的有限的教育——关于他对中国人的了解，大约也就到此为止了。

因此，他就不可能知道，这里，中国的浙江，中国的东南一隅，中国黄金海岸中的某一段优美曲线的所在，是他们的茶圣荣西两次朝拜的圣地。

荣西的第一次入宋，是中国宋王朝的宋孝宗乾道四年，也就是公元1168年。高僧荣西，也就是日本人所尊称的千光国师，自4月从中土的宁波上岸，历时五个月，经四明山、天台山，在参拜了育王山广利寺、天台山万年寺等名寺之后回国。

而荣西的第二次入宋，则已经是在十九年之后的宋孝宗淳熙十四年——公元1187年了。那一年，他已经四十七岁，作为一名僧人，亦不可以说是资历不深了。因为什么原因他对中土依然有着这样深远的依恋呢？仅仅是佛禅吗？就在那一年，荣西经当时的宋王朝京城临安，也就是今天日本军人用军刀杀进的杭州城，入天台山万年寺，拜中国的高僧虚庵，也就是怀敞禅师为师。

然而，当高僧荣西双手合十、口诵阿弥陀佛、拜倒在天台山的罗汉堂前时，即便已经法力高深，也不会预料到八百年后，他的民族进入中国会以这样的一种铁血方式。他于四年后的1191年回国时，还因为茶禅一味而带入了世上最温柔的草木——那诞生在中土腹地而又在中国广袤的土地上生长，以及在天台山茁壮成长的和平之饮——茶的种子，并把它播撒在日本国博多安国山圣福寺及脊振山的灵仙寺。

今天，在这些杀人放火的日本军人中，不是恰恰有着从安国山和脊振山而来的年轻的茶农吗？他们中或许还有人亲自读过荣西为推广这种由中国茶叶所制作的饮料而撰写的《吃茶养生记》；他们中甚至还有人，在穿上军装之前，乃是茶道中人呢！那曾经习练过无数次的一招一式中，有着八百年前荣西的心血——正是他传播了中国宋代各大寺院中僧侣讲经布道的行茶仪式,从而丰富、发展了日本的饮茶艺术啊。

那些曾经虔诚地捧着茶碗的日本青年的手——在那些手的灵巧庄严的动作中,依稀还有着中国古代僧人手的动作的痕迹——恰恰就是这些手,今天却在中国、在荣西高僧屏气静心走过的天堂茶园,举起了枪和军刀。

彼时,在中国西郊灵隐寺不远处的接近茅家埠的茶园中,我们的刚刚从灵隐寺火劫中脱逃而出的杭州忘忧茶庄的幸存者杭嘉草,她什么也不知道地萦绕在这片茶园。她是这样的神情恍惚,目空一切。而与此同时,她却能够闻到她的家族中的人们在这里留下的气息——茶蓬下的气息。她轻轻地蹲在地上,一株一株茶蓬地摸索过去。她在想象中笑了,她以为儿子正藏在哪一株茶蓬之中。她甚至以为儿子变成了一株茶。因此,她一边轻轻地移动着茶蓬的枝杈,一边轻轻地说:“出来,出来,出来……”

茶蓬的心子中,便有一只因为害怕那些杀人放火的人而躲藏着的鸟儿,在经过了嘉草这样温柔的呼唤之后,误以为自己是虚惊一场。因此,这只中国的鸟儿,就因为不好意思和为自己的胆怯而掩饰,它扑出了茶蓬,朝嘉草还咯咯咯地笑了几声,又侧过头去看了看初冬微雨的苍白天空。“茶蓬固然是最理想的栖身夜床,但作为一只鸟儿,毕竟还是在天空中自由飞翔最好啊!”它这么想着,便展开了翅膀,先绕着那几株棕榈树飞了几圈,然后,就向着西湖的方向,直冲天空而去了。

而此时,那个因为中国茶和日本茶被同伴抢白了几句的日本青年士兵,心里正有些无聊。刚刚进行过大烧杀的人,那残存的杀欲平息下去，还得有个过程。因此，那只展翅飞翔的鸟儿便给他提供了目标。他不假思索地举枪向天，嘭的就是那么一枪。

鸟儿显然是被大大地吓了一跳，但它已经飞远了，这是一次侥幸的死里逃生。

枪声却惊动了正蹲在地里寻找亲人的嘉草。她一个激灵就站了起来，目光愣愣地看着枪声响起的地方。

那个扫兴的日本兵，正因为自己枪法不准而沮丧着，突然见到远处茶蓬里冒出半个身子。再一看，竟然是个年轻女人。他放下枪，不怀好意地笑了起来，边笑边朝嘉草走去。走着走着，他开始疑惑了。他不明白，这个中国女人，为什么看见他们，不但不躲，还朝他们笑。看着她披头散发的样子，还那么理直气壮，嘴里还吆喝着什么——出来！出来！

日本兵不知道什么叫"出来"，但中国女人对他毫不害怕的样子，让他相当生气。一生气，他就习惯性地端起了枪。由于这个举枪瞄准的动作过于下意识了，所以，直到这时，他还没有想过，枪口面对的那个人，他到底是要她死还是要她活。然而，这个中国女人直到这时候还对日本士兵的枪口毫无知觉，她依然站着，并且她依然还在笑——突然她不笑了，她显出生气的样子，叫道："出来！出来！我同你一道去！"

日本兵对这个中国女人的行为终于不耐烦了。他顺手就是一枪——管她是死是活。只听那女人尖声地叫了起来，然后，重重地倒入了茶蓬。

日本兵和他周围的同伴们，此时都笑了起来。她被枪打中时发出的声音，正是这几个月来，他们在中国土地上对所有的中国平民百姓开枪时从受害者嘴里发出来的最熟悉不过的惨叫声。

证明了这一点,那日本兵才解开了刚才和同伴发生的那一点点的小芥蒂。现在,这片茶园已经不能引起他们的什么兴趣了。既然在这片茶园里,已经有中国人倒下,这就是一片已经被扫荡过被践踏过的土地了。因此,这一支小分队,吆喝着,笑着,跳着,唱着,践踏着龙井茶蓬,朝九里松向东,一直向玉泉方向而去了。

鲜血,正从杭家女儿杭嘉草的左肩上,汩汩地流淌下来。刺骨的疼痛使她骤然清醒,又骤然糊涂。一开始,她像常人受到重大袭击时一样,被鲜血吓了一跳,然后,剧痛便开始使她忍不住地倒地打起滚来。这江南柔弱女子的鲜血,就东一片西一片地沾在茶蓬上,沾在那些铁绿的老叶上,甚至,沾在了那些洁白清香的茶花上了。

西湖边长大的女子杭嘉草,她的命,本是像茶花一样平和宁静的,像茶花一样祥和幽雅的。这样的空谷幽兰般的妙人儿,命运却注定要她来与铁血相拼,让她生离了儿子,死别了丈夫——在茶园中痛苦呻吟辗转。她的声音很快就从惨叫转变成了低吟。几阵昏厥之后,她坐了起来。她突然清晰地以为,她的儿子,她的白孩子忘忧,是被刚才那群扛枪的人给带走了。这么一想,她就急火攻了心,她就挣扎着站了起来,而她的血,也就立刻沿着臂膀往下滴。那么歪歪斜斜地、跌跌撞撞地往前走着,两旁蹲着的茶蓬都心痛地为这茶的女儿掉泪,只恨了没有手去扶她一把。那些沾了血的茶蓬,就用她们的枝叶搀扶着她,做了这无依无靠、受苦受难的女子临时的依靠。

这么走了一段路，嘉草想是突然明白了一些，不能让血再这么流下去的了，否则我的孩子看见了可就得害怕。这么想着，她竟也神志清爽了几分，就停住脚步，用那只不曾受伤的手，从裤子口袋里掏出了一块毛巾，然后，她靠在茶蓬上，用她那双已经迷糊了的睁不开的眼睛，在茶蓬上寻找着嫩叶。这是什么时节啊。几乎所有的茶叶都是呆绿呆绿的，没有一片可以做包扎茶人伤口的绷带。嘉草想了一想，干脆就用嘴去摘下了几朵小茶花，嚼碎了，吐在毛巾上。嘉草想当然地以为这是可以拿来作为药的。或许在做这件事情的时候，她是想起了当年她曾经用茶水为她的心上人儿林生洗伤口的往事来了。因此她口中不停地喃喃自语："我同你一道去，我同你一道去！"这么想着，她就一边着急地为自己包扎起伤口来，一边往前方看——那边，还能看到那些把我忘儿给带走的人的踪迹。赶快，赶快，赶快追上他们，向他们要回我的儿子忘忧。再不追上去就来不及了，再不追上去，我的孩子，就要被他们永远地带走了，像我的林生一样，永远也看不见了。

现在，那一群日本兵也已经注意到，远远的，在他们的身后，跟着那个半死的跌跌撞撞的中国女人。看来这个女人确实是疯了。他们一边半倒退地往前走着，一边时不时地回过头来，朝那女人随意地开枪。子弹落到茶蓬上，把那些老茶枝打得骤然飞扬，噼里啪啦翻在半空中，又重新落下来。那女人却好像对周围的险象环生一无所知，她始终处在一种置若罔闻的状态之中，光天化日之下就让自己成了一个人靶子。

翻上了那一条去玉泉的小山岭。这群日本兵回头看看，女人不见了，想必是死了。日本人就笑了起来，叽叽咕咕一阵，那意思是说，还有打不死的中国人？这倒是让他们开了眼了！这么说着，他们就找了个地方坐下来，靠着初冬的几株大玉兰树，他们美美地抽起了纸烟。

他们东拉西扯了一会儿，就有些困了，毕竟又烧又杀地几天几夜了，杀人也是个累活儿嘛。他们就把帽子拉了下来，在微雨的玉兰树下，在玉兰树大叶子窸窸窣窣的雨打之声中，微微地睡去了。他们要在这短暂的行军小憩中，和远在日本列岛上的亲人们团聚呢。

还是那个比别人更多一点头脑的年轻日本士兵，不知道为什么，他就是有那么一点不踏实。在那个短暂的梦里，先是除了一片火光，他什么也没有梦见；后来他就梦见他刚才路过的那个茶园，周围都是火光，都是火光，就这一片绿色，在火光中显得格外之绿，烧不焦的绿色。然后，他就看见刚才的那个中国疯女人，她全身血淋淋地站在他面前。他朝她吼叫，她置若罔闻，他朝前走一步，那女人就朝后退一步，他朝后退一步，那女人又朝前走一步。他大怒，一阵连发地开枪，子弹在她的身上开花，鲜血像泉水一样地汩汩地往外流淌，甚至于她的眼睛、她的鼻孔、她的耳朵，都在向外涌血。

然而，这女人尽管已成血人，却依然平静地站着，不倒下。这种要死不死的样子，弄得他火冒三丈，他终于叫了起来："八格牙路，你要干什么？"

然后他竟然听见了那女人的声音，她嘴里吐出来的每一个字都伴着一股鲜血，她说："我要同你一道去！"

那来自茶乡的年轻日本士兵在极度的紧张中醒了过来，一睁开眼睛,他吓得一下子张大了嘴巴,他的细长的眼睛也吓得斜了上去——他看见那女人——她血淋淋的,比梦中看见的还要血淋淋,她就站在他面前,她的眼睛,冷静而又疯狂。士兵呆呆地轻声地问:"你要干什么?"然后,他看见那中国女人微微地张开了嘴,鲜血,立刻就从她的嘴角流了下来,她说了一句中国话,重复了一遍,又一遍。这次,那个士兵突然听明白了她的中国话,她说:"我要同你一道去!"

年轻的士兵,有那么一刹那,真的是有一种被恶魔缠身的感觉。年轻人害怕了,这是他登上中国大陆之后,在他杀了许多中国人之后的第一次手软。但是这种瞬间的手心出汗立刻被他同伴们的醒来阻隔了。他敏感的心,一下子就发现他的战友们正用一种从来没有的目光看着他——他怎么可能不被激怒呢?由于这个中国疯女人,这个一身血糊糊的中国疯女人,他的胆怯,竟然有可能被他的同伴们发现——这是何等的屈辱!年轻的日本士兵在片刻间从半人半兽变成披着人皮的完全的野兽,他大吼一声,跳了起来,拔出军刀,亮闪闪的,朝那女人的背上砍去。那女人再一次惨叫起来,又再一次地倒下了。

这一次,日本士兵不再为这个中国女人的惨叫而欣慰了,他们几乎人人都愤怒了——太过分了,他们想,一粒子弹就应该去死的中国人,竟然打了无数粒子弹也不死——太过分了……

为了表示对年轻同伴的同情,使他尽快地从刚才那个场景中摆脱出来,这群日本兵翻过了青芝坞,来到了玉泉鱼乐国。

玉泉寺的长老们早就离散逃难去了,这里就没有了一个人。

那些日本士兵，一个个坐在木栏杆前，把半个身子趴了出去，七嘴八舌地说着关于大鱼的话。在他们看来，这么巨大的鱼儿，怎么是可以在中国生长的呢？为什么他们大和民族却不曾有让他们看到这样美丽大鱼的地方呢？那个年轻士兵就高声地叫了起来："就是冲着这些大鱼，我们也值得战死在中国。"他的话立刻得到了一片喝彩。

众多的五色大鲤鱼们，发现日本士兵的到来，禁不住欢欣鼓舞。它们已经有好多天不曾见到人了。要知道它们既然生来就已经是观赏鱼了，它们就离不开和人的和平共处。如果鱼会说话，它们会告诉人们它们被欣赏时的那种精神上的满足，还有与此同时的物质上的满足——它们总是会被游客们喂得脑满肠肥。它们也早已习惯了人类对它们的这种特殊待遇——它们被杭州人如此宠爱地一代一代呵护，至今已经有一千多年了。

所以，当日本士兵们也从自己口袋中拿出干馍喂它们时，它们一方面非常高兴，另一方面也不觉得有什么受宠若惊。它们都算是开过眼界的大鱼儿了，所以此刻它们就显得很有分寸。它们一边忙不迭地张着大嘴，一边从容不迫地一遍又一遍地从这些它们从来也没有见过的人面前掠过。

可是你听听那些没心肝的岛国人说的话。如果那些善良的大美鱼儿，能够知道他们一边喂着它们一边说的话，它们哪里会像现在这样和善地与他们交往。说起来它们也是被国人给宠坏了，它们每一代都是善始善终地活着，哪里会知道自己有一天会死得那么惨呢。

总之，这些日本人一边兴致盎然地喂着鱼儿，一边同样兴致盎然地讨论着如何杀了吃掉。战争时期一切从简，什么钩啊，网哪，统统否决。他们中有人还想用刺刀刺，看来不行。杭州的鱼儿虽大，可毕竟是江南的鱼儿，是灵巧智慧的，刺了几下，没刺着，倒把那刺鱼的强盗累得够呛。最后一致决定用手榴弹炸。那年轻人这一下子就从刚才血淋淋的中国女人的阴影中摆脱了出来，他高声叫着："我来，我来，我来！"然后又热火朝天地把他的同伴们招呼到了安全地带，然后，他屏声屏气地踮到鱼池旁，咬着牙根，仿佛那一池的鱼都是中国人。

但见他一下子拔了引信，然后，手一松，只听水里一声发闷的巨响——可怜那些一向是"花着鱼身鱼嘬花"的鱼儿，那些"好向碧波深处去"的鱼儿，一瞬间惊得翻上了水面几尺高，不一会儿，水上污血翻了起来，就有不少大鱼儿翻起了它们的鱼肚皮。那其余的鱼儿何尝遇到过这样的灭顶之灾，一时惊慌得没有主张，乱作一团，如热锅上的蚂蚁，就在池子边缘上发疯一样地飞转起来。

鱼儿的惊慌刺激了这几个日本兵，他们兴高采烈地忘乎所以地大叫起来，一个个地就朝水里扔起手榴弹。水浪和着爆炸声，反弹了回来，一些不太大的鱼儿，竟然像飞梭一样地飞上天，再弹到那些杀它们的人身上。闲心定水，此刻就像开了锅的血水，一股股地就在池上喷射。鱼乐国，鱼乐国，此时哪里还有一分的乐？一刹那间，这里就成了鱼的地狱国了。

那些杀手，就这样轰着，炸着，把玉泉的五色大鲤鱼儿，炸得连一条也不剩，这才心满意足了，一条条地往上捞。那年轻的还性急，嫌太慢，一个猛子就扎进了水里那些鱼的尸体之中，一条条地往上扔。鱼重得超过了他的想象，他爬上岸时踉踉跄跄，口里吐着呛到嘴中的血水,又兴奋又疲劳,连话都说不出来。

他们这么一群士兵,此时是把枪支当了担架,才把鱼儿从玉泉给扛出来的。大鱼儿太大了,嘴巴挂在枪托上,尾巴就拖在地上扫地了。只有那年轻的,一个人扛着枪,刺刀上就挂着一条最大的,那鱼儿,几乎就和他一般高了。

这一次他们不唱怀乡的采茶曲了,他们唱着军歌,雄赳赳地走了出来——

……
跨过大海,尸浮海面,
跨过高山,尸横遍野,
为天皇捐躯,视死如归。
……

他们的极其特殊的战利品,立刻得到了一路上陆陆续续碰见的同部队士兵的青睐。一个随军记者,不失时机地举起照相机,拍下了这个历史镜头,当天就发回了国内,发在了日本的各大报纸上。

有关这一张照片之外的事件,就在那个随军记者走后不久发生了。

先是那几个抬着鱼儿的日本兵,突然用眼神暗示那独自扛着一条大鱼的年轻士兵,然后,那士兵就觉得自己被什么东西拽住了。他回过头来,这一次可真的是惊得目瞪口呆——那血淋淋的女人,竟然又出现在他的面前。她已经被他们打得千疮百孔了,她的身上没有一处不流血,现在却大概因为流尽了而结成血洞。她仿佛是在经历了那样的地狱煎熬之后,变成了复仇的厉鬼。是的,现在这个日本士兵看到的中国女人,的确已经是一个鬼气森森的地狱使者。她的嘴唇,一张一合的,发出的声音谁也听不见了。她摇摇晃晃地站在那士兵身后,每一根头发丝都在往下滴血,每一滴血都在呼唤着——忘儿,忘儿——

士兵惊得退了一步,结结巴巴地说:“你、你、你……”

然后,他听见她说:“我、同、你、一、道、去!”

士兵看看周围的同伴,他觉得自己被逼得走投无路了,他有一种要发疯的感觉。然后他退后几步,端着刺刀就冲了上去,他甚至来不及取下挂在刺刀上的那条大鱼,便撕心裂肺地狂嚎了一声,把尖刀刺进了那厉鬼一样的女人的胸膛。

女人一声不吭地倒下了,但她是抱着那条大鱼儿倒下的。现在,那条大鱼和她一起,被刺刀捅穿在了一块。年轻的日本士兵拔出刺刀时不敢相信自己的眼睛——女人紧紧抱着那条鱼时,脸上竟露出了一丝欣慰的微笑……

第九章

昌升茶行老板吴升，现在，也站在微雨之中了。

他手里举着一把油纸伞，正好遮住视线，两匹高头大马立在他的面前时，他便只看见那八条马腿了。

虽然如此，凭着眼睛的余光，他已经知道他那个汉奸干儿子把什么人带到他的吴山圆洞门来了。因此，昨天还有一双犀利老眼的他，此刻成了一个老眼昏花的人。他笔挺的头颈，也仿佛老蔫了。他撑着伞的手越举越低，嘉乔和他的皇军长官，看不到那张老脸上狡猾的目光，一把杭州孙源兴伞铺的油皮纸伞，把这个老谋深算的中国老头暂时遮蔽了。

这种微妙的格局当然不会长久。杭嘉乔一发现养父吴升并没有那种要把雨伞收起来迎接人的热情，便立刻翻身下马，对父亲鞠了一躬，说："爹，这是太君小堀一郎，是梅机关驻杭分机关我的顶头上司。"

吴升这才把雨伞往后移了一移，那叫小堀一郎的日本军官的眼睛，便和吴升的老眼作了一个最初的较量。小堀那副几乎眉心连在一起的浓眉和眉下一双圆而明亮的眼睛，使吴升心尖子猛烈地一抖——凭他多年来闯荡江湖的相面经验，他知道他又遇见了一个真正的对手。

吴升知道，他没有能力和这目光对峙，因此他立刻装聋作哑，把手罩在耳根上，大声叫道："什么梅，梅菊花，吴山圆洞门没有梅菊花。"

杭嘉乔朝小堀摊了摊手，说："老了，几年不见，老了。"

杭嘉乔不打算向父亲解释什么梅机关。这原本是日本大特务土肥原主持下的军事特务机关之一，代号却取得如中国文人情怀式的清丽——按地区分为梅、兰、竹、菊四个系统组织。江浙东南沿海一带，都是属梅机关管的，小堀一郎和嘉乔，都是梅机关特工人员。这种事情，杭嘉乔当然不想让父亲知道，他毕竟还是姓杭的人，那种家族特有的敏感也一样遗传在他身上。他感觉得出来，养父对他不像从前那样钟爱了。

小堀一郎下了马，用几乎看不出来的动作点了点头，操一口流利的汉语说："中国人有句老话，叫有朋自远方来不亦乐乎？老先生怎么不请我们喝茶啊？据我所知，客来敬茶一向是贵国迎宾的礼节呀！"

吴升这才恍然大悟，说着"请，请"，就把他们往里面带。在客厅里让他们坐下了，自己却站着，说："乔儿，你看我这老不死的这两年到了什么样的程度。昨日我刚刚把房子全部清理了一遍，我和你妈搬回去住了，这里留给你，也是物归原主。你亲妈临死前交代的大事，我也就了了。"说着，把那串已经磨得光光的吴山圆洞门的钥匙拎了起来，扔到嘉乔手里。

嘉乔接了钥匙，脸就变了，说："爹，谁让你搬的家，我什么时候说过要住吴山圆洞门了。拿回去，吴山圆洞门是你的了，你让谁住就让谁住。"他一下子就把钥匙又扔了回去。

“那你住哪里?”接了钥匙的吴升没忘记顶了他一句。

“我不是早就和你说了,要住就住羊坝头。”

吴升想了想,把钥匙又退了回去,说:“阿乔,我看你还是住在这里,羊坝头那里先不要去动那个脑筋了。”说着去取热水壶,摇了摇,都是空的,便苦笑着说,“忙着搬家,你们坐一会儿,我去烧水。”

嘉乔问:“下人呢?”

“逃日本佬,逃得一个不剩了。”

嘉乔看看小堀,便觉得有些不好意思。他带他的上司来,原本是想显示一下自己,这下却出了个洋相,便站起来说:“算了,我们还有事,再说,我还想到羊坝头去看看。这两天正搜城呢,我不去打招呼不放心。那五进的大院子可是我的,烧了怎么办?”

谁知吴升又说:“阿乔,羊坝头暂时不要去算了。”

这下嘉乔真的觉得奇怪,他一直记得父亲提起个羊坝头,有多少咬牙切齿。吴升一个何等老奸巨猾之人,怎么能不知道嘉乔是怎么想的,心里却说,也不看看这是什么时候,日本佬都打进来了,我们自道伙里还打什么仗。真当是荷叶包肉骨头——里戳出。这么想着,一肚皮的懊恼。人一动恼,气就粗了,吴升就摆起了老爷子架子,说:“叫你不要去,你就不要去了嘛!人家羊坝头那边房子,现在有他们老大看着呢。”

杭嘉乔一听说是沈绿爱,就淡淡一笑,看上去就像是打定主意要让谁去死时的那种决然之笑。吴升便又说:“赵四爷赵寄客也在那里呢。有他在,谅他们日本兵也不敢轻易放火的。”

杭嘉乔听到赵寄客这个名字,突然想起来了,转过身便对小堀一郎说:“太君,你不是向我打听赵寄客这个人吗?喏,现在,他就在我们杭家大院子里。怎么样,有没有兴趣去见一见?”

小堀一郎一言不发地从刚刚坐下的太师椅上站了起来,掏出了放在左边口袋里的一只老式怀表,看了看时间,然后,就往外走去。

杭嘉乔一看这副架势,就知道他的这位皇军上司,是要去会一会杭州城里的大人物赵寄客了。

梅机关的一个重要使命,就是在中国本土物色他们看中的官员,其中有三条标准:一是日本留学生,主张“日中亲善”的;二是日本洋行的买办,地方上的地痞流氓;三是中国的失意政客、官僚、军阀、退职的文武官员及隐居的林泉名宿。

照杭嘉乔想来,赵寄客赵四爷就是一个典型的第三类人才。不过,凭他杭嘉乔多年来的了解,知道赵寄客是决不会出山为日本人做事的。关于这一点,他也已经用各种婉转的言辞向小堀一郎解释。他不明白,为什么这位皇军大佐对赵寄客会发生那么大的兴趣。他调动了他所有的智慧,也还是不太能够吃透像小堀一郎这样的人。

嘉乔亲眼看到过小堀一郎杀人。他在马上悠闲地踏步,突然拎起手枪就朝路边一枪,一个妇女应声倒下,小堀的马连停都未停。嘉乔不明白他何以劳神杀人?小堀笑了笑说:“逃难就逃难吧,背上还背什么青花瓷瓶呢?”

他说这话时,看上去那么平静,真正称得上是名副其实的杀人不眨眼。但嘉乔佩服他的并不是杀人不眨眼,而是他能够把人杀得这样不动声色的同时,却又能同时保留着作为平常人的那么多生活的情趣。即便是在这样戎马倥偬的日子里,他也不曾忘记他的许多趣味。比如他杀了那中国妇女,往前走了一段路,突然勒住缰绳,回马到那女人的血泊前,弯腰捡起一块刚刚碎裂的青花瓷片。那瓷片上沾着血迹,女人还在血泊中抽搐。小堀伸着手让瓷片淋着雨,冲去了血迹之后,那女人才咽下了最后一口气。

嘉乔还是不习惯这种场面,时不时地别过头去。小堀却兴趣盎然地对嘉乔说:“你看,这是什么朝代的?”

嘉乔看那瓷片上一个小孩子的头,便摇摇头说不知道。

小堀说:“你看这孩子的脸,便知道他该是崇祯朝的。崇祯朝起,中国工艺品上婴戏图的婴孩们,脸上突生怪疾,然后,一个王朝就灭亡了。你看这个小孩子的脸,不是很有一种不祥的预兆吗?”

“怪不得那女人就死了。”

“嘉乔君,你可是没有回答我的问题啊。”小堀斜了他一眼,勒马继续前走。

“这可真不是我能够回答得了的。”嘉乔一边策马跟了上去,一边顺嘴就说,“如果做您的翻译官的,不是我而是我的大哥嘉和,那么或许你们两个还可算是棋逢对手将遇良才呢!”

“你可是从来也没有和我说起过你的大哥,他是个中国文化通吗?”

“我不知道应该怎么和你解释我与他的关系。不过我知道,拿出任何一张画来,他能够判断真伪;拿出任何一只器皿,他能知道那是什么朝代;他和人下棋,从来没有下输过。”

“他和我一样,总是赢吗?”

“不,他总是和。”嘉乔笑了,说,“连和我这样的臭棋篓子下棋,他也总是和。”

“如此说来,你的大哥,倒真可以说是一个值得我一见的人物了。”小堀收起了青花瓷片,若有所思地回答。

现在,小堀一郎果然是要动身去杭嘉和居住的地方了。他再一次翻身上马的时候,吴升比刚才的态度热情多了,因此看上去他那种巴不得他们走的表情,也是瞒也瞒不过谁了。小堀看着马下打躬作揖的吴升,突然,淡淡地用日语对嘉乔说:“我们没有能够喝上你父亲的茶,你看,他因此而多高兴啊!”

嘉乔顿时觉得脊梁一阵冰凉。他一时张口结舌,好一会儿才回答:“太君,您多疑了吧?”

小堀已经策马向前赶去了,脸却往后转着,一边微笑着和吴升告别,一边对嘉乔说:“真有意思。我来中国的时间已经不短了,而你的养父,则是我看到的最狡猾的中国老人。你知道,这意味着什么?”

嘉乔沉默了,他不愿意说,这意味着他的养父拒绝承认日本人是他的客人。他竟然会有这样的心机,这可是他杭嘉乔没有想到的。

小堀却笑了,说:“没有关系,你的身上,没有他的血。你可以把他看成为一个普通的杭州人,一个和你没有关系的人。”

“我是他养大的。”嘉乔企图解释,被小堀打断了——

“不!没有什么比人种和血缘更为重要的了!”他声音放高了,同时松开了缰绳,他好像并不愿意人们看到这时候他的那副淡漠的神情了。

已经有人先行一步来到了杭家大院。

杭州商会会长谢虎臣，带着救火会会长王五权，急匆匆地走进了杭家大院，在第一进院子的大客厅前花园里，便见着正在花下赏梅的赵寄客。谢虎臣抱着拳，边作揖边说：“赵四爷毕竟英雄，今日杭州城到哪里还能找得到你这样的闲人。”

赵寄客见着这两个忙人，也不回礼，一边兀自喝着杯中之酒，一边说：“我是在这里等着与城同归于尽的。大限已近，自然是要活一刻快活一刻的了。倒是不知你们二位跑到我这里来凑什么热闹？你们都是党国要人，一城百姓的命都系在你们身上，你们可是不能跟了我一起去的。”

谢虎臣连连苦笑说：“赵四爷好会挖苦，我们算是什么党国要人，不过生意场中人罢了。前些日子省主席约了我们同去，说是一旦杭州沦陷，要我等担负起维持地方和救济难民的责任，以免地方糜烂，那日怎么不见赵四爷的面呢？”

“朱家骅什么东西，也要我去见他？我不见他又怎样的，我该干什么还不是照样干什么。再说，我虽不曾与你们同去见那个朱家骅，我也不曾如你们一样，昨日一大早就去武林门迎那些日本人啊！”

“原来赵四爷是秀才不出门，便知天下事啊。”王五权笑着说。

“我是什么秀才，我是剑客，杀一个够本，杀两个还赚一个。我虽不迎日本人，日本人若找上门来，我倒也有另一种的迎法。只怕这时候我红了眼，连你们也一块儿迎了进去呢！”

赵寄客这一番话说得杀气腾腾，倒把谢、王二人说得愣住了，半晌也回不出一句话来，悻悻然地就要回头走人，却又被赵寄客喝

住了:

“无事不登三宝殿,你们既然来了,自然有话要对我说的,我现在还没开杀戒呢,你们只管道来!”

那姓谢的只好再回过头来,说:“今日一大早,他们杭家的嘉乔就带着一个叫小堀的日本军官来了,说是杭州眼下正处在无政府的状态,得有人出来主事。日军的供应,也需要地方绅士负责,要我们立刻成立杭州市治安维持会。我想,这么大的事儿,还是得你赵四爷帮着拿个主意的——”

赵寄客就喝住了他们:“放屁!亏你们想得出,这种事情找我来帮着拿主意!”

王五权就谄媚地说:“赵四爷是真不晓得,还是装糊涂?日本人早就发了话呢——杭州城里有一个人是动不得的,那就是您赵四爷啊。”

赵寄客听了此言,倒还真是心生一悸,想,莫不是心里压着的那事儿,果然来了?眼前恍惚一阵,连忙长吐一口气稳住自己,心里喝道:罢罢罢,快刀斩乱麻,今日里,谁杀进杭州城,谁就是我赵寄客不共戴天的仇人了。再见眼前这两个累累如丧家之犬的家伙,知道他们早已有落水之心了,只是欲盖弥彰再来忸怩作态一番罢了。可恨他们自己要做狗,还要拉了人来垫背,也是瞎了眼睛。心里这么想着,便故意问:“照你们说来,我倒是交了好运了。从前在党国手里,好歹也是辛亥义士,建国元老。如今到了日本人手里,又有他们做了我的保镖。我是哪朝手里都是吃得开了,就是不知二位如何为自己的前程作打算?”

王五权是个粗人,立刻就兴致勃勃地说开了:“我们也是这样想的。俗话说，到什么山唱什么歌，又说大丈夫能屈能伸，还说识时务者为俊杰。日本人也罢，国民党也罢，无论谁在杭州，都要靠我们这些做事情的人。您老说，哪个屋檐下不是做人？如今日本人既然给我们一个出头挑事的机会，我们为了争口气又生生地扔了，天底下岂不是又多了几个呆木头——"

谢虎臣毕竟是当了商会会长的，知道做人还要一点遮羞布，不可赤膊上阵，不能一点幌子也不打，便打断了王五权的话说："出头挑事，什么时候不好出，偏要挑这种兵荒马乱的年头。我们还不是为百姓计，自己来受委屈。搞得不好，人家还要把我们当秦桧来骂呢！"

"骂就骂好了，秦桧也不见得就被人家骂死了，倒还是在自己家里寿终正寝的呢。你看那岳飞，总算流芳百世了吧，有什么用？活着的时候，还不是风波亭里当了冤大头！"

赵寄客这才哈哈大笑起来："我今日倒也是领教了，没想到当汉奸，竟也能当得这样理直气壮。我也才晓得世上怎么会有秦桧这样的小人。你若不说，我还真以为你们虽然做了狗，还剩一点人性。好，你们既然来了，一点东西不带走，也委屈你们了。你们过来，看我给你们什么？"

谢虎臣聪明，知道不好，就往回缩。王五权却往前走，脸上就结结实实挨了赵寄客一口唾沫。王五权要叫，谢虎臣却说："还不快走，什么事情不好找皇军说！"王五权才回过神来，赶紧往回退，却听见后面有人说："不用找皇军，皇军已经到了。"那王五权回头一看，你道是谁，原来正是那吴升的儿子吴有。他身后站着的，正是那个叫小堀一郎的日本人，小堀一郎旁边那一位，不是嘉乔，又是何人!

空气一时就紧张起来。赵寄客站在花下,一边品着酒,一边绕着那株梅花转,没有要理睬那些不速之客的意思。这边,小堀一郎手握军刀,好一会儿,也不说一句话。谢虎臣和王五权,见这副架势不妙,倒退着就溜了出去。出得大门,又撞上了也跟着溜出来的吴有。谢虎臣就说:“你回去盯着,我看这个日本人着实奇怪。”吴有苦着脸说:“我可不敢回去,今日这架势,保不定谁得死。”

“死也死不到你的头上,日本人要我们派大用场呢!”王五权一把把吴有又推进杭家大院,这才溜之大吉。

小堀一郎和赵寄客的对话很有意思。他盯了半天,才走上前去,问:“你的手臂,怎么会少了一条?”

赵寄客,见那日本军官还能说中国话,倒也有些吃惊。上下打量一番,从脚底板开始就燥热了上来,眼睛也像是起了雾,说:“说来倒也简单。世上总有杀不尽的贼,我却偏想杀尽了他们,故而少去一臂。”

赵寄客这样说话,吴有在旁边听得连汗毛都竖起来了。嘉乔见状,转身对小堀用日语说:“太君,您就别理睬这个老糊涂了。走,我带您去看看我家院子,您不是想找一处江南宅院吗,您看这里如何?”

小堀沉下脸来,也用日语说:“嘉乔君,免开尊口。”

“可是太君,他冒犯了您。”

“那是我和他之间的事情。”

“可是太君——”

“住嘴！”

赵寄客就大笑，说：“你看是不是，马屁拍在马脚上了，汉奸也不好当啊。”

原来赵寄客也是会一口日语的，听了他们的对话，正要挑他们动怒呢。

小堀竟然还笑，说：“倒还真是我想象当中的那个赵寄客。”笑过之后，想必是要为自己找一个落场势，便说：“好吧，嘉乔君，去看看你的这个五进的大院子。”

天下事情，也就是出在一个“巧”字上。这头小堀一行正要往里面撞，却有人未见身影，先闻其声，一路叫了出来：“寄客寄客，怎么这半日也不回屋子，小心着了凉。”再见那厚门帘子一掀，众人眼睛一亮，但见里头就出来了一个风韵犹存的半老徐娘。

沈绿爱手里捧着那只曼生壶，眼睛一扫，见了一院子的人，其中还有嘉乔，顿时就什么都明白了。

明白是明白了，但也不能因此而乱了阵脚，特别是当了那汉奸嘉乔的面。这么想着，绿爱就举着曼生壶走到了寄客身边，摘下他手中的酒盅，递过壶去，说：“风里站了这多半日，还是喝口热茶，这是我刚给你沏的。”

赵寄客就道：“这茶来得好，正有人惹我费口舌呢。”

“和人说人话，和鬼说鬼话，你也不看看值不值得，走，回屋去。”

两人就要往屋里头走呢，嘉乔这一头早已忍不住叫了起来：“姓沈的，你给我站住！”

绿爱都把那门帘重又掀起来了，毕竟是金枝玉叶长大的，一生都受不得人气,一句话也吃亏不得的女人。也是一脚不来一脚不去,你既来了我也不客气,就回骂道:“好好一个人住的院子,哪来的狗叫!”

杭嘉乔平生最恨的人,就是绿爱,梦里头也不知道给他杀掉多少回了。这种仇恨,先还事出有因,总以为有了绿爱,他妈妈小茶才被逼得上了吊,他杭嘉乔才落得一个有家不能回的地步。后来人事渐长,也知道凡事没那么简单。虽如此,见了绿爱就没来由地气,甚至绿爱的美貌,也成了他恶心的理由。杭嘉乔这几年跟着日本人,看那些杀人放火,刑讯逼供,也早已不动心肝。虽然还没有亲手杀过人,但他知道那是迟早的事情。若有一天开了杀戒,他必得先杀了那杭家大院的女主人沈绿爱,然后立刻就搬进那院子里取而代之,这才解他多年来的心头之恨。

没想到他还没来得及发作呢,这头倒先开始发作了。他火冒三丈,拔出枪来就往前冲,还是被小堀给拦住了,近乎自言自语地问:“那女人,就是沈绿爱?”

“我妈就死在她手里。”杭嘉乔且悲且愤地控诉。

小堀说:“就是那个缠住了赵寄客的女人?”

“我那糊涂亲爹,也是死在他们手里的。”

“噢,这女子年轻的时候,倒是绝色的。”他们开始在杭家的院子里一进一进地走了起来。

破脚骨吴有跟在后面,好不容易捞上了在皇军面前表现自己的机会,见缝插针地说:“太君,太君,你还别说,你此刻就是走在一个美人窝里呢。杭州城里的美人,可都是让他们杭家占了。你看那嘉乔的爹,一个人就占了两个:这个沈绿爱,你是看到了,人都称她龙井西施;还有一个叫小茶的,喏,就是嘉乔的亲娘,当年嘉乔的爹为了她,可是把那龙井西施都冷落了呢。我爹为了这个小茶,把我和我娘扔在乡下多少年都不问。……女人啊,娘煞的,真正是厉害!”

小堀就停住了脚步,问吴有:“你就不恨嘉乔的母亲?”

吴有喜笑颜开地回答:“不恨,恨什么呀。没有嘉乔的娘,哪有嘉乔,没有嘉乔,哪有我们今日的风光。你看一城的人,见了皇军都是鬼哭狼嚎一般地躲,单单我们吴家人,鞍前马后地皇军眼前凑,那是什么样的光彩?我们欢喜都欢喜不过来呢。”

小堀看了看吴有,就往前走,嘉乔就在心里头骂这个干哥哥无知无识,胡话连天。小堀看了看嘉乔淡然的脸,拍拍他的肩说:“别在意,这就是血统和种族。”嘉乔心照不宣地撇撇嘴,吴有在一边听不懂他们的话,只干干地傻笑着,嘉乔看了心更烦,头就别了过去。

“这第二进院子,想必是你大哥住的吧。”小堀突然指着院子说。嘉乔不解地看着小堀,小堀却指指院子里石桌上画的围棋盘格子,石桌旁一株大玉兰树在冬日里,也是直插云天。

“这里倒是一应设备都齐全的,太君要是不嫌弃,就住这一进吧。”嘉乔建议。小堀不置可否,嘉乔知道,这就是那么定了。

他们这么说着话,几乎就要把刚才那一幕剑拔弩张的场面翻过去时,小堀一郎坐在石桌前的石凳上,突然从口袋里掏出了那块青花瓷片,一边细细地在石桌边打磨着,一边说:“怎么不见你大哥屋子里那些摆设?”

嘉乔知道小堀喜欢中国古董,连忙说:“太君有所不知,那些前朝的宝贝,从前我家不知有多少,都被我爹我爷爷辈抽大烟抽没了。到我大哥手里,实在也没有几件,我留心着给你找找。”

“日本人看重的倒不在别的。茶道中人,从前一直把从中土传去的茶具叫作唐山茶具,那是最贵重的东西了。”

“哈,”嘉乔不由得失声叫了起来,“小堀太君你也是茶道中人?”

“算是跟过里千家家元习过茶道吧,我的茶道先生叫羽田,在杭州住过许多年,前不久才过世呢。”小堀说到这些,脸上分明有了一种亲切的感情。

小堀显然是沉浸到他的思绪中去了。他全神贯注地盯着那瓷片,左看右看,天光下照到东照到西,然后漫不经心地说:“刚才我看到,你家龙井西施手里拿的那件紫砂壶,倒是宝贝。”

嘉乔一拍石桌:“小堀太君,我不服你还实在是不行,你可真是有眼力。那只紫砂壶,倒真是件宝贝,原是赵寄客送给我爹的曼生壶。我爹一死,这件宝贝还不到那女人手里?那女人又狠,若自己得不到,砸了她也敢。”

小堀总算欣赏完了瓷片,放进口袋时,突然说:“你还记得我为什么杀了那背青花瓷瓶的女人?”

嘉乔想了想,笑笑说:“我可真是给忘了,也没什么特殊的理由,看着不顺眼吧?”

“正是看着不顺眼。”小堀若有所思地说,“我不喜欢高大健壮的女人。只有日本女人才是最美的,她们那么娇小、瘦弱,像绢人一样,我不喜欢高大健壮的女人。”

小堀一郎有一张表情异常丰富的面孔,但能够读懂的人并不多。他眯起眼睛时,有一副患得患失缠绵悱恻的痴迷神情,有时还会给你热泪盈眶的感觉。一旦睁圆了却环眉豹眼,杀气腾腾,像头嗜血猛兽。嘉乔和小堀一起的时间长了,便暗暗以为,此人是一个骨子里狂放不可控制的异常之人,和他表面的平静南辕北辙。与他相处,祸福朝夕,须得小心才是。

与此同时,嘉乔心里也一阵阵地激动,手指甲压在石桌上,笃笃笃地发抖,因为他太明白,什么是"我不喜欢高大健壮的女人"的意思了。

现在,小堀一郎终于站了起来发话,他说:"走,他们该告别完了,我们,也该去看看那把曼生壶了。"

沈绿爱正在她的房中描眉画睛,赵寄客捧着曼生壶站在她身后,从镜子里看她。看着看着,沈绿爱就先笑起来了,说:"你说我想起来什么了?"赵寄客就说:"你还能想起什么好事来?"沈绿爱就说:"你看,这种时候,我竟想起《红楼梦》来了。那宝哥哥可不是常常这样地看着姐姐妹妹梳妆打扮的。只是想到你赵四公子,侠客般的一个人物,怎么能和贾宝玉这样的人连在一起,那原本是拿天醉来比才相配的呢!"

赵寄客猛吸一口茶,把壶小心放在桌上才说:"你看这不是说你又没脑子了嘛。你当现在是什么时候,风花雪月之际吗?强虏就在一门之外,而我赵寄客,手无寸铁,孤身一卒,依然谈笑品佳茗,对镜赏美人,那才叫金戈铁马,英雄本色呢。"

"我怎么不知你是英雄本色?只是你说你孤身一人,未免委屈我了,莫非我只是那对镜贴花黄的迟暮美人,我就不是烈性女子?"

"你就是什么时候都要占人一头去。谁说你不是英雄了?只是今日这样的架势,无论如何也是我们男人先到前面的。我若站在你后面,我还是赵寄客吗?我赵四公子一世的英名也就糟蹋在这上面了。”

两人这么说着说着,这才把各自想宽慰对方的浮话撇开,越说越近了。沈绿爱就站起来,看着赵寄客说:“你不用再说,我比你明白,我今日可是死定了,除了不晓得怎么一个死法。”

赵寄客再沉得住气一个人,还是被沈绿爱这句话说愣了,也不知是怎么想的,他上去突然轻轻地就给了绿爱一个耳光:“我叫你胡说!”

在他,那是轻的,但落在女人身上,还是打侧了脸。女人也愣了一下,就笑了,说:“没想到过了半世,你才还了我这一箭之仇。”

赵寄客张着自己的巴掌,想到了二十七年前的那个辛亥之夜了。那一夜这女人给他的耳光,像一个深吻,从此刻在了他的心上。男儿有泪不轻弹,此时,眼泪突然像剑一样地出了鞘。还是女人冷静,重新坐在梳妆台前,对着镜子说:“你看你看,打人也不会打,疼倒是一点也不疼,把我的画眉却是打糊了。来来来,你也学学那古人张敞,来替我画一次眉吧。”

赵寄客平生第一次拿起眉笔,手都抖了,绿爱又笑:“真是拿惯了剑的侠客,拿这小小眉笔,还会吓得发抖。”

赵寄客想跟着笑,没笑出来,心定了定,就认认真真地描了起来。男人画女人眉,两道柳眉就画成了两把大刀。绿爱凑到镜前一看,忍不住叫了起来:“看你把我画成了什么,老都老了,倒成了一个老妖精。”然后一头扎在寄客怀里,直抵他的胸,先还是笑,接下去就是哭了。赵寄客见绿爱哭了,方说:“我若被他们带走,你可不要发愁,我死不了,他们可是要把我当个人物来对付呢!”

绿爱却抬起头来说:“我要死了,你只记住给我报仇就是。”

赵寄客就说:“你也真是,越想越成真的了,说这丧气话可没意思。”

沈绿爱抬起一双泪眼,仔细看了看赵寄客,说:“好,我不说了,我也足了。再说了,谁先死还不是一个死!不过今日说定了,来生你我可是一定做一对生死夫妻的,你可答应了我。”

赵寄客把绿爱紧紧抱在怀里,说:“我们今生就是一对夫妻了,我们此刻难道就不是一对生死夫妻吗?”

正那么生离死别地诉说着呢,门就被人敲响了。小堀在门外还很有礼貌地问:“怎么样,可以进来吗?”

赵寄客被日本人带走的时候,虽然也为留下的绿爱担足了心,但就是不会想到从此竟成永诀。当然赵寄客也不是自动就离开那杭家大院的。日本人要赵寄客前往新民路中央银行走一趟,参加维持会的筹备会议时,赵寄客就说:“我哪里也不去,我的生死弟兄杭天醉正在地下看着我,让我替他守着这杭家大院呢!”

“赵四爷你只管去,这五进的院子,自然有我姓杭的人守着呢!”嘉乔冷冷地说。

“我怎么从来就没听天醉说起过有那么个姓杭的儿子呢,怕不是野种吧?”

杭嘉乔气得又要拔枪,被那小堀挡了。小堀看看寄客,又看看绿爱,最后,轻轻笑了起来,说:“赵先生在日本可是个大名鼎鼎的人物啊,想不到为一个女人,身家性命都可抛掉。赵先生如此行为,倒不是我心目中的江湖大侠了。”

赵寄客不打算与他们多费口舌,就在美人榻上坐下,闭目说:“你们就在这里杀了我吧,我是决不会离开这里半步的。”

“我们有办法叫你离开这里。”小堀才一动下巴,手下一个日本兵就把绿爱拖了过去,拿枪抵着了她的头。

赵寄客大吼一声跳将起来,单手就一把抓住了小堀的胸,两人目光第一次交锋,如一对刺刀在半空中势均力敌地架住,赵寄客轻声骂道:“畜生,放了她!”

小堀也不急,说:“你骂我畜生,你会后悔的!”

“寄客你别管我,你别理这些日本畜生!”绿爱就颠着脚叫,“我倒要看看这个姓杭的会不会杀姓杭的人。”

杭嘉乔就说:“别急,迟早要你的命。”

赵寄客突然冷静下来,说:“好,我这就跟你们走一趟,不过你们得先放了她。”

小堀又动了动下巴,抵在绿爱头上的那把枪就松开了。

赵寄客也就松了手,一时屋里头静了下来,刚才是银瓶乍迸刀枪鸣,眼下却是此时无声胜有声了。赵寄客和沈绿爱,一对生死情人,恩怨半世,最后相视一眼,从此天人永隔。

看来,沈绿爱真是死期已至了,她真是比别人更明白自己命运的女人。越是这样,她越发不甘心,她若不是那样一个性情中人,说不定还能逃过这一关呢。因此,当小堀一郎伸出手去欲捧那只曼生壶时,竟然被沈绿爱一掌拍到了一边,然后飞身上前,一把抱住了紫砂壶,声嘶力竭地叫道:“谁敢碰它,我就跟他拼了。”

小堀怒目圆睁,活像庙里塑的那些凶神恶煞。刚才面对赵寄客的那种节制忍耐,荡然无存。他一下子就抽出了腰里军刀,用日语喊出了一串无法翻译的脏话,最后一句话才是用中国话骂的:“你这死定了的女人!”

沈绿爱捧起曼生壶,高高举过头顶:“谁敢抢壶,我就先砸了它。”

杭嘉乔连忙拦住小堀说:“这女人什么都做得出来,她真敢砸壶。”

小堀铁青着脸,军刀一直横在手里,咆哮着用日语说:“告诉她,我也什么都做得出来!杀她这样的女人,就如拔一根草!”

杭嘉乔就大声对沈绿爱叫道:“太君说了,杀你这样的女人,就如拔一根草!”

绿爱早已经疯了,叫道:“我是一根草,也是中国的一根草,你是什么东西?你是日本人的狗,你是日本人的狗拉出来的屎。”

杭嘉乔气得直发抖,要开枪,又怕伤了那壶。又见小堀说:“你若不把这壶给我,我立刻就下令杀了赵寄客。告诉你,为了这把壶,我敢杀任何人。”

这下才把沈绿爱镇住了。她的手一松,一直站在她身后最近处的吴有,一下子扑上去,就把那曼生壶生生地从绿爱手里抢了下来。

小堀接过这把壶,一把就抱在胸口,眼睛都闭上了,满脸的庆幸和陶醉,半天也不说一句话。他一下子就跑到门外,远离沈绿爱的地方,这才敢举起壶,读着那壶上的铭文——内清明,外直方,吾与尔偕藏……他再也不理睬那一屋子的人了……

吴有、嘉乔两个,一点也不理解这样的太君,他们惴惴不安地走了出来,小心地问道:“小堀太君,你看,那女人——”

“我跟你说过,我讨厌高大健壮的女人……”小堀微笑着说,他微笑的眼睛始终就没有离开过那把壶。

“您的意思是……”

杭嘉乔没有能够把他要说的话全部说完,小堀已经走远了,他翻身上了马,他还要赶到维持会去呢。在那里,他还将见到赵寄客,他再见到他的时候,就可以用这把赵寄客的壶来喝茶了。

杭嘉乔和吴有两兄弟一开始也顾不上对付沈绿爱。他们把她锁进了一间柴房,就开始忙不迭地在那五进的大院子里乱窜。在吴有,是想顺手牵羊,能捞点什么就捞点什么。在杭嘉乔,那可就是意义重大了,那就是收复失地的感觉了。他感慨万千地穿越着一扇又一扇的门,每穿越一扇,就热泪盈眶地叫一声:“妈,我回来了。”

吴有跟在杭嘉乔身后,不停地提醒他:“阿乔,你可还记得你从前是怎么跟我爹说的。你说了,你若回了杭家大院,你要用八抬大轿把我爹抬回去,还要让我爹睡你爹杭天醉的床——你可别忘了你发的誓啊。”

杭嘉乔心不在焉地听那些无知无识的陈年烂芝麻,突然想起来了,问吴有:“爹怎么连吴山圆洞门也不愿意住了?”

“这老狐狸你还不知道,他就是想等着你的八抬大轿,来抬他到这里来呢!”

吴有的这点心机,嘉乔还能不知。他是巴不得吴升早一天离开吴山圆洞门，他爹前脚搬出，他就后脚搬进。

“我看爹不是那么想的，连我，他都不愿意让进这杭家大院呢！莫非这些年过去，他和杭家的恩怨都了了？”

吴有摇着头说：“爹年纪大了，真正叫作想不通了，你当他是为了什么，我晓得的，他是怕我们吴家门里出汉奸呢。”

杭嘉乔这才停住了脚，说：“别人这么想倒也罢了，他这么想，我倒是纳闷。爹这么一个心狠手辣之人，连天下大势在哪里都看不清楚？他若这样糊涂，岂不是成了赵寄客之流？”

“我也是这么说的，爹老了，也只好随他去，以后不要给我们添乱就谢天谢地了。”

话刚说到这里，突然杭嘉乔耳边炸雷一般响——“杭嘉乔畜生，我跟你拼了——”嘉乔的右肩就被人狠狠咬了一口。他痛得大叫一声，回过头去一看，原来又是那死对头绿爱下的口。

绿爱被关在柴房里，她挣脱出来，回屋一看，家里原有的东西都被拖得一世八界。嘉和的客厅里还挂着一面太阳旗，而她及家人的衣服，已经被人扔到外面照壁下了。这不是明摆着要赶他们走了吗！绿爱留守杭家大院的一个重要原因，就是要与忘忧楼府共存亡的。如今眼看着要守不住这大院了，她就急火攻了心。换成另一个女子，此时或会想到活命要紧，偏偏碰着一个世间少有的女子沈绿爱。她就是天不怕地不怕的一个人物，如今更是死也不怕了。因此抓到了杭嘉乔这杭家的孽种，她就先咬上一口再说。

正是这一口咬出了人命。杭嘉乔本来就恨着沈绿爱，此刻算是再一次被她提醒了。这一次他是真的拔出枪来要打了，倒是被吴有一挡，子弹上了天。吴有说：“阿乔，人死不能复生，万一惹出祸水来。”

沈绿爱却一下子敞开自己的胸膛吼道:“你打,你打,你当着杭家祖宗的面,把杭家明媒正娶的女人打死啊!”

杭嘉乔也大吼:“你倒是还有力气叫!赵寄客都被日本人拉出去毙了,我看你还有几分胆狂!”

绿爱一听,天塌一般地怔住了,她看看手指上的金戒指,再看看细雨蒙蒙的天空,悲惨地嘶叫起来:“寄客啊……”然后,一头就朝嘉乔撞去。

杭嘉乔气得发疯一样在院子里乱窜,一头撞在了家中原有的盛水大缸上。水缸里只剩下一点天落水,杭嘉乔突然恶向胆边生,他立刻叫了几个人把那水缸倒了水,翻了过来,然后对吴有说:“有哥,把这女人给我罩到缸里去,看她还能够长了翅膀飞!”

吴有这一头拖着乱撞乱骂的绿爱,身上被踢了许多脚,也是正不堪忍受。见有一个关人的去处,顿时来了精神,三下两下地就把绿爱拖到那缸下。绿爱还在破口大骂呢,只听訇然一声,就如那西湖边的白娘子被罩到雷峰塔下一般,竟被活活地罩到了那院子里的缸底下了。

凡在场的人都听见沈绿爱的最后一句话:“杭嘉乔,你要遭报应的!你死无葬身之地!”

然后,周围也安静了,沈绿爱骂着骂着就没了声音。吴有悄悄对嘉乔说:“不会真把她给闷死吧,万一那头皇军向我们要人呢。”

嘉乔撇撇嘴说:“放心,我留着一手呢。你看那缸沿上,我叫人垫了一块瓦,能透气的,不过先教训教训她罢了。人在我们手里,什么时候叫她死,她也不能再活;我们要她活着,她也死不了。”

杭嘉乔这最后的一句话，偏偏就是大错了。三个时辰之后，他坐在自己看中的那一进院子中，再差吴有去看看缸里面的动静。没想吴有片刻就失魂落魄地跌爬进来，吓得声音都变了调："她、她、她真死了——"

"谁死了？你说什么，你别弄错，怕不是昏过去了，再去看看——"嘉乔一身冷汗就出来了，他的肩膀上，刚才被绿爱咬过的地方，突然一阵剧痛。

"真死了，人都开始僵了。"

嘉乔一下子捂住肩头，刚才的伤口，突然冒出血来。他想不明白，她怎么就那么死了？她是他亲手杀死的吗？他永远也不会知道，绿爱是早已准备好死的，只要寄客前脚走，她后脚就跟上，她从来就不是一个苟活的人儿，一听说寄客被日本人杀了，她就吞了金子。

杭嘉乔连忙松了自己的手，站起来要走，就发现自己捂着肩头的手指上渗出了血。一开始他还不相信自己的眼睛，他把手指分开，伸到眼前，他的手血糊糊的一片。他一下子就被这血击垮了，从来没有过的恐惧，也像那口罩住了绿爱的大缸一样，罩住了他的本来就很黑暗的灵魂，甚至把他的眼睛也罩住了。他跨出客厅，没走两步，眼前就一黑，一屁股跌坐在台阶上了。

第十章

杭州城破，难民流离，方西泠大梦初醒。

在此之前，战事虽吃紧，但方西泠想到小儿尚幼，女儿又有病在身，丈夫李飞黄却不曾随了大学一起撤退，七七八八缘由一堆，她就留了下来。再一个缘由是说不得的，属于家丑不可外扬性质。原来是这几年，方西泠越和李飞黄过，心就越过不到一起去了。双方都是人精，留一点心隙就变成了大鸿沟。这一次方西泠就是不放心丈夫。她以为李飞黄留下的表面理由是要和妻儿老小在一起，实际上却是因为一笔生意尚未结账。因此方西泠是准备与耶稣堂的牧师们一起撤到美国去，趁机也就和李飞黄分道扬镳。天长日久，柴米油盐，方西泠到底还是明白了，李飞黄如此聪明、满腹经纶的一个人物，就是过不了小小的利害关。方西泠不敢拿他和嘉和放在一起比，真要一比，方西泠就只好找块石头撞死自己了。

短短七八年间，西泠也是过了从前大小姐的好光景。父母相继弃了世，她也再没个娘家可回。方伯平临死前还问过她的日子，方西泠叹一口气，心里怨着父亲，他都要死了也不肯放过女儿，便说："他们李家，到底是开小杂货铺子出身的。"方伯平知道，那是女儿暗指前夫杭家的大器，想来女儿的日子是过得不顺心的了。方伯平又不好明说，那李飞黄还不是你找的，说不定还是因为赌了他们杭家的那口气才特特找的呢。杭家这些年来，虽然惨淡经营，却也平平安安，再无生事。那闯祸的坯子杭嘉平也不曾回来。女儿怨他误了她一生，他却再没地方怨去。民国十六年春天的那场政变之后，方家虽然因为和杭家断了关系而未受牵连，但那方伯平的仕途也就从此绝了。方伯平想，这或许还是和林生被杀有关。沈绿村虽然口口声声地说要以党国利益为重，该杀就杀，不可手软，但他一向口是心非，哪里会真是这样的一个人物。到末了，他沈绿村自己倒是落得一个大义灭亲的美名，一路青云直上，却在心里防着了方伯平，从此压着他再也没能够往上挪一寸。这也就真叫作道高一尺魔高一丈了。方伯平两头窝气，直逼心口，焉能不折寿？故而被他独生女儿刺了几句，没几天人也就呜呼哀哉了。

没了父母做靠山的方西泠，越发把教会当作自己的家了。所以牧师苏达立、万克里等人，以万国红十字会名义出面设立难民收容所，来找她商量时，她是一口答应了下来。李飞黄知道，方西泠所以那么爽快，还有一个没有告诉他的原因，那就是教会已经答应把她办到美国去，只待手续齐全，便带一双儿女远走高飞。李飞黄心里却想，没那么容易，咱们走着瞧。两个人就那么暗暗较上劲，看谁先发制人。谁知谁也没能制了谁，倒叫那日本人给先制上了。

收容所在各个教堂里设了十几个点，一下子就接收了近两万的难民。方西泠连轴地跑，竟然没发现他们杭家一个人。她心里的着急，倒是被女儿盼儿看出来了，这才告诉她，哥哥杭忆已经随了报社过了钱塘江了。西泠听了迭叫不已：“怎么也不和我来告个别，就这么走了？”

盼儿看了看母亲,突然说:“能走,不是更好吗?”

方西泠这才想到女儿这些天因为生病,哪里也不能去。怕病又传染弟弟,连几岁的儿子也被乡下奶妈暂时接走了。外面兵荒马乱,她一头扎在难民所,李飞黄却又因催一笔款子,弄得人也不知下落,谁知女儿这几天是怎么过来的啊。这么想着,心里一酸,这要面子的女人,就掉下泪来,说:“盼儿,妈妈哪里也不去了,就在家里陪着你,要死我们一起死。”

盼儿却是冷静得很,说:“妈,你还是干你的去吧。我想……我想……我还不如回羊坝头奶奶家去待一段时间。”

方西泠愣了一会儿,才说:“你这是在骂我呢,我这个日日与你一起的当妈的,还不如和你分开了十年的当爹的!”

盼儿的脸本来就因为有病而泛红,这一下就更红了,她吭吭吭地呛了起来,就一声不响地回了里屋,躺下了,再不说话。

方西泠就双手合十,对着墙上十字架上的基督像,祈祷起来:“主啊,保护我们一家老小平安吧;主啊,拯救我们这些灾难深重的罪人吧。”

她听见女儿在里屋的祈祷声,祈祷使她们平静下来。方西泠突然想,也许,让盼儿到杭家去住一段时间,不失是一个好主意呢。杭家的老三现在不是日本人的大红人吗?他和嘉和可是一个亲爹娘的。听说日本人见了中国姑娘就糟蹋,盼儿有那么一个叔叔,未必不是一顶保护伞啊。

正那么想着,就听到大门嘭嘭嘭地响了起来,心惊肉跳的方西泠刚刚叫了一声——盼儿,你给我藏起来——门却被钥匙打开了,只见狼狈不堪的李飞黄,东歪西倒地跌了进来,那模样,几乎就让方西泠认不出来了。

方西泠嫁给李飞黄,也算是有七八年了,便觉得李飞黄这个人心机很重,说得厉害一点,他是连眼泪水也要划算过值不值得流的,故而她就几乎没有见过李飞黄哭。但是今日李飞黄刚刚进门,神色却大怖,一头扎进客厅,张皇坐下,手握拳头,轻轻捶打桌面,嘴里还一个劲地轻喊:“太可怕了,太可怕了,不让我们活下去啦——”

“——是不是日本人——”

方西泠还没把这句话说完,李飞黄就弹了起来,一下子死死捂住方西泠的嘴,一边打量着四周,一边轻叫:“你想死啊,盼儿,还不快给我到院子里看看有没有人。门给我顶上,锁住,窗帘给我统统拉上,别开灯,也别点蜡烛。不准说‘日本人’三个字,快去,快去——”

等盼儿把李飞黄的要求一一完成,检查过了回来,发现屋子里黑如暗夜,父母亲已经不在外面的客厅,而里面卧室里却传来阵阵惊恐的哭声,那是母亲在哭。只听继父压低了声音吼道:“别发那么大的响声,别让盼儿听到。还有,满街都是日本人,还有汉奸,正在挨家挨户地拉夫呢,别让他们听见了。”

盼儿就想,有什么事情我不能听见呢,就把耳朵凑了上去。只听母亲哭着说:“我不相信这是真的,你这是听人家说的吧。”

“我听人家说的,我一个大学教授,会随便相信人家说的?实话告诉你,要不是这几天我从头到尾地和嘉和在一起,我早就——”李飞黄没有再说下去,大概他自己也不知道他早就会怎么样了。

“你亲眼看见嘉草的尸体的？你没认错？”

“又不是我一个人看见。嘉和、叶子，还有杭汉都和我在一起呢。我都不敢说，不敢闭眼，不敢想，嘉草浑身上下都是血洞，她还死死地抱着一条鱼。”

“什么，一条鱼？”

“一条大鱼，有一个孩子那么长呢！杭汉和嘉和把嘉草背起来的时候，还想把那鱼与人掰开。哪里分得开啊？只好一起放在担架上，抬到鸡笼山杭家祖坟，和林生埋在一起了。”

方西泠听到这里，大哭起来，只有一声，又被李飞黄闷了嘴：“叫你别哭别哭，日本人听见怎么办？我好不容易才活着回家。”

方西泠哽咽地问：“嘉草，她可有棺材？这种时候，苦命啊，林生是怎么死的，她又是怎么死的，天哪……”

“还算小撮着家里有口薄棺材，本来是为他娘备下的，这就给了嘉草。只是，人和鱼怎么也分不开，只好一起下到棺材里去埋了。”

“人和鱼？天哪，我受不了，主啊，救救我们吧，我受不了。我要到羊坝头去，我现在就要去，我现在就要去，主啊，我受不了——”

“我跟你说你不能去——”

“随你怎么样想，你放开我，你让我去。你不知道那年我没去，才害死了林生。这一次我不能不去，让日本人打死我好了，我不能不去——”

“——我不是怕你给日本人打死。我知道这两天市面上已经安定了一些,要不我怎么跑得回来?我也不是怕你和他们杭家来往。这么多年了,我又不是不知道你心里头对杭家的那份孽债。我跟你说,你是万万不能去杭家的了,你会受不了的。我都不敢跟你说杭家发生了什么。我怕我说出来,我自己就先要疯了——”然后,他就放轻了声音,对方西泠耳语。然后,方西泠就尖叫了起来。

只听门口一阵大咳,有人摔倒在地了。这夫妻两个才想起来盼儿,他们急忙噤声打开了卧室的门,见盼儿跪倒在地上,扶着门,大口大口地喘气,脸上挂着汗水,嘴角上泛着血沫,地上是一摊血。看到他们打开了门,盼儿就抱住了母亲的腿,脸上血水泪水一起流,轻轻叫道:“奶奶啊,我的奶奶啊……”

方西泠李飞黄这才知道,他们刚才说的话,全让盼儿听到了,一时又急得不知如何是好,忙不迭地扶起盼儿往床上抬。李飞黄就说:“盼儿这病,不用西药,怕是麻烦。前一向不是好多了吗?”

“那是用了美国寄来的盘尼西林针剂呢。日本人一进来,什么都乱套了,邮局也关了门,我到哪里去弄药?还是先吃中药吧。可是连中药店也关了门。怎么办呢?主啊,你刚才说什么,你说什么,杭嘉乔和吴有,竟然用大缸把沈绿爱给闷死了。主啊,我晓得那些缸是放在什么地方的。哦,我受不了了——”

方西泠把几乎半昏迷的盼儿放在床上,自己也几乎要半昏迷了。她刚刚把身子靠在了床头,门,又很响地被敲击了起来。她一下子跳了起来,轻声喝道:“别开门,别理他们。”

“听这敲门声,肯定不是好人,日本人,是日本人——”李飞黄声音发起抖来,他们听到了有人在外面用杭州话喊:“快开门,皇军有事找你们,开了门没事,不开门,皇军可是要烧房子了。”

“别开门,别开门,”方西泠阻止着丈夫,“我听出来了,是吴有的声音。天哪,就是他用大缸闷死了我婆婆,你干什么,你别开门——”

李飞黄已经一把推开了西泠,气急败坏地说:“你没听到他们敲得那么凶,他们肯定知道屋子里有人,说不定刚才吴有一直跟在我身后。你没听他们喊了,我们开了门就没事,不开门,他们就要烧房子了——来了,来了,我这就来开门了——”这最后的话是应给外面的人听的。话音刚落,大门已经给他打开了。

已经走开了的吴有,听到身后大门打开,这才又回了转来,见了李飞黄,冷笑着说:“李教授,你好灵的耳朵啊,不怕皇军烧你的楼?”

李飞黄心里叫苦,知道自己是不该开这个门的,现在再要缩回去也是来不及了,只好赔笑说:“刚才真是睡着了,不知吴大公子有什么吩咐?”

吴有却理都不理他,径自就走了进去,见着了方西泠母女,又说:“你们倒是笃坦。这种时光,还会睡着。我敲这半天的门,也不知道开,你们当我吴有是什么人了?”

方西泠平时见着吴有,心里看不起,脸上就有一种鄙夷。今日看到这破脚骨,却毛骨悚然地发起抖来,说:“我们家盼儿病了,正在料理她呢。”

“病了也不行,”吴有说,“皇军说了,但凡是个活人,都得到苏堤上去栽树。谁要敢不去,后面有日本兵扫着尾呢,那可就是死是活不晓得了。”

李飞黄连忙表态:“我们去,我们这就去,盼儿,你快起来,多穿几件衣服——”

方西泠就抢白：“你看盼儿还能起得来吗？她吐了那一地血。再说，苏堤上原本一株桃花一株柳的，那么些树，还不够，还要去种什么树？”

吴有喝道：“就你话多！一株桃花一株柳的，在日本人手里，那能叫树吗？皇军正是要你们去砍了它们，换上樱花树呢。”

“我知道，我知道，樱花是日本的国花。”李飞黄连忙又来打圆场，“我们这就走，这就走。”

吴有看看病恹恹的盼儿，压低了声音说：“我是看在阿乔的分上才跟你们说的，你们还是把盼儿给带上好。皇军一会儿就挨家挨户搜上门了，他们可是不放过一个黄花闺女的。”

听到这里，方西泠吓得一把就把盼儿从床上给拎起来了。

已经是公元1938年的元月了。

小堀一郎与杭嘉乔骑着马在苏堤上漫步的时候，两个人的心态却是完全不一样的。苏堤上的桃花树，已经被人一株株地挖了出来，横倒在湖边柳树下。那些掘出的窟窿旁，置放着从别处运来的樱花树。它们都不是树苗了，寒风冻雨中剩着一身赤裸裸的枝条，一圈圈淡灰色的箍纹发着亮光。

小堀一直就处在一种兴致勃勃的状态之中，他一边环顾着苏堤两岸的湖色，一边合着堤下一些日本士兵正在吟哦的调子，轻轻打着节拍，低声唱了起来：

樱花哟，樱花哟，

暮春时节天将晓，
霞光照眼花莫笑，
……

然后，不胜感慨地说："要是在本土，再过几个月，就到岚山赏樱花的季节了。不知今年的天皇，会在赏樱会上请到什么样的贵宾呢？嘉乔君，您可曾访过我们京都的樱花？"

杭嘉乔的肩自被绿爱咬过一口之后，一直发痛，近日这种疼痛竟然发展到了全身的关节。一开始他还以为是得了痛风，养父吴升看了却说这是被噩梦缠身，邪气侵了骨头所致。此病是要吃素的，不能见兵气血光，只能在家中静静地养着。吴升又说，羊坝头杭家大院，死了那么些人，阴气太重，不可住人，要想治他的病，只能搬出这宅院，方有转机。这自然是不可能的，嘉乔索性点透了他，说："你是要我悬崖勒马吧？"

吴升长叹了一口气，说："没想到沈绿爱会是这样的一个死法。"

"你不是和我一样恨羊坝头杭家人吗？"

"那是中国人对中国人，自道伙里的事，再说我也没要谁的命，和日本人恨中国人不一样的。嘉乔，我可真是没想到你会走这一步。"

"你现在想到了吧。你却不知道我杭嘉乔早已落入悬崖，抽身已晚了。"

吴升看着这个他曾经最钟爱的义子，他老了，驾驭不了他了。他说："早知你有今日，我当年还真是不送你去上海洋行好呢。"

嘉乔说:“可你送了,大把大把的钱你也出了,你就是把我送上了今日这条路。杭家人哪怕在阴曹地府里,也不会只吃住我一个人的。”

吴升愣了好一会儿,才相信这话的确是嘉乔说的。他就抖抖地笑了起来,说:“乔儿,你放心,你走到哪一步,我总陪你行到哪一步的。”

说完他端上来一碗中药,这是他专门寻来的偏方,治嘉乔的痛风的。

嘉乔一口气喝了那药,看看老吴升,说:“爹,你别生我的气,我身上痛,心里烦着,说话没轻重。你只晓得,我心里最敬重的就是你了。我走到这一步,也是想到要你老脸上光彩啊,没想到你竟觉得丢脸了。早知道这样,我当初就不和日本人打交道了。”

吴升叹了口长气,说:“说这些话没意思的,天底下哪里来的后悔药。再说我看你也不是真后悔。你若身上不痛,跟着日本人,还不是鲜龙活跳?”

嘉乔不明白吴升这句话的意思,吃了药,他自己感觉好一些了,方说:“从小你就教我,做人是量小非君子无毒不丈夫的,我真毒了,你又害怕,你要我怎么样呢?”说完就躺下睡去了。

吴升看着睡下的义子,脸就沉了下去。他的老太婆走了过来,看他眼睛里流露出来的神气,吓得手里一块抹布都抖在地上,说:“老头儿,你要干什么?”

吴升说:“我在想着,怎么给嘉乔治病呢。”

杭嘉乔虽有病,但他是小堀的翻译,这些天来,除了日军日常事务之外,他还得陪着小堀遍游西湖。他骨头痛,对湖光山色也并无多少兴趣，但又推辞不得。夜里睡不好，总有噩梦来缠，白日里又要小心对付小堀。此时听了小堀的问话，就露出那种心不在焉的神情来，对付着说："去过日本几次，倒也赶上过樱花的季节，不过比梅花大一点，也没有桃花那么红，旁边也没有绿叶子衬着的，不是我听说中那么出奇的东西啊。"

小堀沉下脸来，一声不吭地信马由缰，一会儿，突然说："嘉乔君到底还是中国人，对桃花倒是念念不忘啊。"

嘉乔吓了一跳，知道自己又失言了，一时却又找不到用什么话去把刚才的漏洞给补回来。他这么一个中国人，西子湖边长大的土著，在小堀面前，中国文化却总是不够用，只好不吭声。

"你的话，倒是叫我想起昨日上吴山时看到的感花岩了。你从小住在山下，不会不知道它的出处吧？"

嘉乔尴尬地笑笑，他不知道怎么回答。但他知道他不回答并不会冒犯小堀，甚至他发现小堀是心里暗暗希望他的下属什么都不懂的呢。

果然小堀就自问自答起来，说："贵国的大唐王朝，不是有一位名叫崔护的诗人吗，他不是写过一首有关人面桃花的诗歌吗。传说苏东坡为此在吴山题了'感花岩'三字。你不会连这首诗也背不出来了吧？"

"这个倒是从小就记着的——去年今日此门中，人面桃花相映红。人面不知何处去，桃花依旧笑春风。"杭嘉乔连忙应答说。

小堀突然爆发了一阵大笑，还使劲地拍着嘉乔的肩膀说："好，还算有点记性。不过你今日就记住了，从现在开始，此刻开始——就不再是桃花依旧了，应该是樱花依旧了——人面不知何处去，樱花依旧笑春风。”

他一勒马缰，马儿踩着碎步一路朝前奔去，一气翻过了六吊桥中的第一桥映波桥，留下在身后发呆的杭嘉乔。他一边想着，桃花依旧又怎么样呢？樱花依旧又怎么样呢？一边却装出一副恍然大悟的样子，叫着跟了上去：“对对对，对极了，从此以后就是樱花依旧了，是樱花依旧了……”

人间天堂，湖上双璧，苏白二堤。

西湖十景中，向有“苏堤春晓”。《志》曰：“苏公堤，春时晨光初启，宿雾未散，杂花生树，飞英蘸波，纷披掩映，如列锦铺绣。”

当年苏东坡守杭，西湖一半被淤，乃叹曰，西湖是杭州的眼睛和眉毛，保护西湖，就是保护杭州。故而自筹资金，动用二十万民工，从夏到秋，把西湖给治理好了，又用葑草和淤泥，修筑了一条自南到北横贯湖面的二点八公里的长堤，在堤上建六桥九亭，又遍植桃柳芙蓉。八百年过去，谁料到，杭人竟到了在强寇的逼迫下亲手挖去他们最为钟爱的桃花，改种日本国花樱花的地步。

日军翻译杭嘉乔却没有这种耻辱感。他此刻除了浑身骨头痛之外，见了那残红败柳，没有一点心痛的感觉。主子策马而去，他也不甘落后，一扬鞭也紧追其后。却见小堀一郎的马停在了映波桥下，他自己已翻身下马，正走近一群围在一起的中国百姓身边。嘉乔见状，也不由得下马，一边叫着“闪开闪开”，一边就拨开人群，走近湖畔一株老柳树下，见了那正坐在湖畔石头上抱成一团的母女，自己就先抽了一口凉气。这时他也顾不了许多，一下子就蹲在方西泠面前，把手按在昏昏沉沉的盼儿的额头上，问：“怎么啦，这是怎么啦?”

方西泠看了看嘉乔,想开口,一句话还没说,就先哭了出来。倒是方西泠身边的李飞黄见了他们,站起来说:“实在是小女得病太重,刚才又吐了血,你看,这湖上风又紧,是不是……啊……”

李飞黄的举动叫方西泠看着不舒服。她觉得虽然话不得不说,但点头哈腰的,就让人看不下去。她心里不想附和,头就别了过去。

小堀这时也走了进来,一言不发地盯着盼儿,又拿眼睛审视着嘉乔。杭嘉乔便对他耳语说:“她是我侄女儿。”

小堀又紧盯着李飞黄看,李飞黄被他看得心里发毛,又不知为什么这日本军官要死死地盯着他,便心虚地笑笑。那笑脸,却是比哭脸还难看的。

杭嘉乔这才又对着小堀耳语,小堀看样子已经明白了杭家的这些错综复杂的关系。他的眉头,一下子就松开了,轻轻蹲了下来,看着微微睁开了眼睛的盼儿,他的目光,突然变得温柔了。他刚才那张凶神般的面孔,也一下子因为目光的柔和而显得有了人气。一层光泽,从他刮得铁青的面皮后面渗透了出来。他仿佛是自言自语地说:“是得了肺炎了,可怜的姑娘。”

杭嘉乔根本不相信自己的耳朵——可怜的姑娘,也就是可怜的中国姑娘——这句话是从杀人不眨眼的小堀之口说出来的吗?

小堀却脱下了自己身上披着的那件黑大氅,盖在了盼儿身上,然后站起身,对身边的卫兵耳语了几句,杭嘉乔就对方西泠说:“皇军说了,先用他们的车把你们送回去。”

李飞黄听了,腰便塌了下去,忘形地“哎哎哎”,小堀却用刚才的目光盯住他，对杭嘉乔使了个眼色。嘉乔会意，皱着眉头说："谁说让你走了，要你答什么应？"

李飞黄噤了声，眼看着方西泠母女二人上了日本佬的车，心火却冒了上来。那副文人的骨头也是在一堆软肉里硬撑了几撑，到底还是像把散架的破洋伞，没能够撑起来，只在心里波涛汹涌地骂道："娘煞的，你这狗汉奸，狐假虎威，把我堂堂教授看成什么了？有一日落在我手中，我叫你——"

这么想着，却又碰到了小堀一郎的目光，一个眼神的回合也没能够打下来，他就如举起双手投降一般，垂下了眼帘。倒是小堀，冷笑一声，说："李教授，我知道你是专门研究晚明史的，眼下，怕不是正在触景生情了吧？"

李飞黄头皮一硬，借着刚才那股火气尚未散尽，冲口而出道："先生汉学根底着实不浅，所言极是。我刚才想的正是明朝一段逸事。嘉靖十二年，'县令王钛，令犯人小罪可宥者，得杂植桃柳为赎，自是红翠烂盈，灿如锦带矣。'"

"那么李教授是说，尔等也皆是小罪可宥者了。不过种的却不再是桃柳，却是樱花了。李教授感时花溅泪，恨别鸟惊心，因此伤心不能自持了吧？"

李飞黄像是被人猛击一掌，大冷的天，背上就流下汗来，连忙抬头大声地说："不不不，先生有所误解了。不以物喜，不以己悲，去桃花种樱花，于我又有什么区分？况农业史上早有记载，世界各地，凡冬季不十分寒冷而又有足够冬寒之处，皆可栽培。比如美国就有大量的樱桃树，不过没有日本的美丽罢了。日本的樱花，是全世界最美丽的观赏樱花，为什么苏堤上就不能种呢？"

小堀倒是一时地被李飞黄东拉西扯的回答怔住了。李飞黄到底是教授,满腹的经纶,旁征博引,竟能从范仲淹的《岳阳楼记》一下子扯到《不列颠百科全书》,而且还能如此巧妙地恭维了樱花,为自己的行为又寻找到了理由。中国的文人,卑劣如小人者,也是有水平啊。

小堀就翻身上了马,指着李飞黄说:"我倒还想听一听李教授的高见呢。"

这样,小堀就骑在马上,让李飞黄在马下背着一把铲子,亦步亦随,竟从长堤的这一头走到了那一头。

嘉乔跟在他们身后,听他们说了许多的话,但主要还是说他们脚下这条战马踏着的古堤。通过他们的交谈,嘉乔才知道,这六吊桥,一名映波,一名锁澜,一名望山,一名压堤,一名东浦,一名跨虹。从前他来来回回地在这堤上走,却从来也没有注意过这些桥名。他在马上还看到了个子不高的李飞黄一跳一跳地走着,脸上一副教授的庄严,好像身边正围着一群莘莘学子。他时而侧身,时而倒行,他甚至背着铲子,还大声地诵起了苏东坡的诗章——六桥横截天汉上,北山始与南屏通。忽惊二十五万丈,老葑席卷苍烟空。直到苏堤北山口子上,他方与小堀分手。小堀淡淡地朝他挥手,说:"李教授,你很有学问,皇军会考虑到你的长处的。"

李飞黄一边说着"哪里哪里",一边倒退地向他们告别。一转身,他的整个身体都佝偻了下去,肩膀一滑,那把铲子就一下子掉到了地上。

小堀看了看他的翻译官,却突然说:"现在,我对你的那个亲大哥的兴趣,可以说是更加浓厚了。我不明白,为什么你的嫂子会嫁给现在的这样一个人?”

杭嘉乔知道,小堀不喜欢刚才的那个饶舌之人。总体来说,小堀是不喜欢比他懂得更多的人的,如果那个人又表现出卑微来的话,他就更不喜欢了。杭嘉乔自己也不喜欢这个人,毕竟,是这个人取代了他的大哥。他笑着问:“小堀太君,您看我从前嫂子的这位后任丈夫像什么啊?”

小堀认真地想了想,说:“汉语中,对这样的人有一个确切的评价——斯文走狗。”

他突然再一次爆发出大笑来:“对,对对,斯文走狗,只有你们支那人,才会出现斯文走狗,斯文走狗……”他不停地念着这个词儿,突然怔住,说:“可怜的姑娘……”

然后,他就陷入了沉思。

隔着外西湖,可以看见城里有浓烟骤起,是清河坊一带的方向。不久就看见一匹马从西泠桥那边翻了过来,吴有飞快地滚到了小堀和嘉乔身边,说:“杭家大院,被人放了火了——”

杭嘉乔眼睛一瞪,还没问话,吴有便接着说:“是、是、是你大哥杭嘉和放的火,是他放的火,是他把自己家点着了——”

杭嘉乔声嘶力竭地叫了一声:“还不给我去救火——”然后也顾不得身边的小堀,扬鞭策马,竟直奔杭州城而去了……

第十一章

杭州清河坊羊坝头忘忧楼府风高放火之日，杭家小女儿杭寄草全然不知。她有属于她的劫难——带着一群贫儿千辛万苦辗转浙中，却在敌机轰炸之中与众人失散了。

原来这一路的水陆兼程，忘忧遇着了一老僧，恰是上回在玉泉鱼乐国见到的那一位。忘忧生得异常，老僧一下子就把他认出来了，且喜且悲地说："阿弥陀佛，这下可好了，我也是在路上拾得一个孩子，正好与你们一路做个伴呢。"

原来这孩子是随着奶妈回乡下去避难的，谁料半道上奶妈就被飞机炸昏了。孩子也不过三四岁，趴在奶妈身上，哭得声音都发不出来了，浑身上下沾得到处是血。大人们来来去去地从他们身边过，女人们难过得直掉泪，却没有一人把那孩子抱回来。也许抱不抱回来都一样，终究还是一个死吧。还是佛门中人菩萨心肠，那老僧路过此地，咬一咬牙，就把孩子搂到怀中。又不知这孩子姓甚名谁，家住何方。正要带着走开，见那女人却睁开了眼睛，用尽了力气才说，这孩子是杭州人，姓李，名叫李越。她是李家的奶妈，本想带着孩子先到乡下避难的——还要往下说，嘴抖着，却再也说不出来，一歪脖子，过去了。

忘忧一见了那李越，就越儿、越儿地叫个不停。十岁的孩子背着这三四岁的,倒像是一对亲兄弟。有什么吃的,先就省下来给他。又怕姨妈不肯收李越,一下子就变得更加乖巧,连夜里起来撒尿也不要姨妈叫了,背着人的时候就对姨妈说:“你说贫儿院能留下越儿吗?”

寄草说:“你别想那么多,那不是你该想的。”

忘忧说:“我要越儿,我要和他在一起。”

寄草叹了口气:“只要能留下他,谁会忍心扔了,还不知道他父母留在杭州是死是活呢。”

“那越儿就给我做弟弟吧。”忘忧又说。

寄草笑了,道:“你那么喜欢他,倒像是我们家前世跟这孩子有什么缘似的。将来有一日回到杭州,找到他父母,我就说,是我们家忘忧留下你们家越儿的呢,忘忧是越儿的大恩人。”

那么说着,这一行人就到了钱塘江岸边的一个小城。那老僧法号无果,这些天来与贫儿院的人们也熟了,又见天色向晚,想着要给这群老的老小的小的善男信女做点好事,便说:“前面码头不远处有一座育婴堂,我有个老乡在那里。大家不妨与我一同前去,今天夜里也有个安身之处,明日再作打算,如何?”

大家都说好,弃了船就一起上岸。行不远处,便见那育婴堂,原是天主教的建筑,水泥的两层楼房,里面还亮着灯。大人孩子们见着灯光,一时就兴奋起来,想着今夜终于可以睡个好觉了。无果师父又说:“你们先在门口待一会儿,我和寄草姑娘进去,先把事情谈妥了,再叫你们。”众人应了,无果就和寄草走在前面。忘忧正背着越儿,那越儿见无果离他走了,不知何事发生,先就哭了起来,小脚踢着忘忧的背叫着:“去,去,一道去——”忘忧知道那是越儿弟弟害怕大人又把他扔下了，连忙喊着："姨妈姨妈，你们等等我——"背着越儿就一起进了那育婴堂。

日本佬造孽，飞机突然就阵头雨一样地过来了，超低空一阵扫射，半天里就是一阵阵的火光痉挛，正站在夜幕中的大人孩子，顿时便被枪炮罩着。一时人们大呼小叫，哭号失声，就作了鸟兽散。还是李次九先生经得起事情，连连地招呼大家带着孩子，把一群人就撤到了江边船上，单等着寄草他们一撤出来就走。谁知没等到人，却等到了敌机的一片轰炸。远远就见了那育婴堂的尖顶楼在一团红光中塌了下来，船老大死命地就催："你们走不走？你们不走，我可是要走了，在这里活活等死啊。"

那李院长见了满满一船的孩子，大的大，小的小，吓得如惊弓之鸟缩成一团，把船给挤得东倒西歪。江水泛着红光，也是惊恐万状地发着抖，愈发衬出了这夜幕下的不祥。他知道是再不能够等下去了，长叹一声——开船吧，便把手掩了自己的脸。一船的孩子便都哭了，大家都知道，这一走，可能就再也见不到寄草老师他们了。

寄草一行人，算是经历了一回死里逃生。原来他们进了育婴堂，几乎还没来得及说上几句话，敌机就到了头顶，一颗炸弹扔下，恰恰就扎了一个正当中。幸亏育婴堂早有准备，孩子们大多疏散了出去。但到底还是有那么几个被压到水泥钢骨架子下的地下室中去了。寄草、无果是大人，一下子就蹿到了门外，寄草一手又拽出了忘忧。到了空地上，正要往回跑，忘忧突然站住了，指着自己的背，跺脚叫道："弟弟呢？弟弟呢？"

这么正叫着，他们就听到屋里传来了越儿声嘶力竭的哭声，一会儿大，一会儿小，还夹着一声声的叫："哥哥，哥哥，哥哥快来救我啊，哥哥，哥哥——"

越儿这孩子也是怪，生死关头，他谁也不叫，就是叫着哥哥。忘忧听着弟弟那么叫着，就发了疯一样地要往屋子里冲，被寄草拦了说："忘儿你等一等，等大人把火扑灭了，我们再进去。"

幸亏火倒是不大，人又多，一会儿便扑灭了。敌机也总算是过去了。但孩子们被压在底层，却是想出也出不来。上面的大人，又是想进又进不去，一时急得大人孩子地上地下一起哭。越儿是三四岁的孩子，还能边哭边叫上几句，那些婴儿却是声音越哭越小，像猫叫一般地细弱下去了。这声音从铁架缝隙里传出来，惨不忍闻。寄草听不下去，急得真如那热锅上的蚂蚁，一会儿往缝隙里伸伸这只脚，一会儿往洞眼里伸伸那只手，就是下不去。眼见得夜深沉，骚乱声渐息，那埋在地底下的孩子们的哭声也渐息，像是地狱已决计要收了这些无辜的小灵魂去。越儿的声音也渐渐散了，间或还能听到他有气无力地叫一声——哥哥啊……竟比那声嘶力竭的叫声还要凄惨万分。上面大人正急得无可奈何，突然听得忘忧一声叫："姨妈，我找到一个下去的地方了。"寄草跳起来一看，忘忧半个身子已经卡在一个洞里。寄草一把拉住忘忧的两只肩膀，歇斯底里地喊道："忘儿，你可不能下去，你要没命，姨妈可就不活了。"

此时的忘忧，竟显出平日里从未有过的镇静。亏他这么一个十岁的孩子，一个月前还在外婆怀里撒娇的杭家的心肝尖尖，现在说话却像个大人一样。他说他人小，只有他能钻进这个洞里，把下面的孩子都救出来;他说他不会出事,他人轻,不会压塌了屋梁。他还说在地底下黑暗中,他的眼睛比旁人的要更好使。寄草看了看火把下眯缝着眼睛的白孩子,一咬牙,找了一根绳子,绑在忘忧身上,又给了忘忧几根蜡烛、几包火柴。也来不及交代什么,这孩子就兴奋地叫道:“越儿,哥哥救你来了。”身子一陷,就消失了。

寄草自己也说不清到底在上面等了多久。她透不过气来,仿佛自己正和那些将死未死的孩子一样。她开始发疯一样想着,如果忘忧再不上来,她就要一头撞死在这水泥柱子上。无果师父是有佛来作为他的最后依托的,因此他就端坐洞口,用阿弥陀佛来慰藉自己普度众生。真是没娘的孩子天保佑,就在寄草几乎就要神经错乱的当口,她手里的绳子动了,她连忙把绳子往上提,奄奄一息的越儿,被提了上来。寄草叫着:“忘儿,忘儿,你快上来吧,姨妈都急死了。”忘忧却在下面喊道:“姨妈,下面还有好几个小孩呢。你等着,我把他们都给弄上来。”

又不知是等了几朝几劫似的,地底下那些已经发不出哭声的猫一般瘦弱的婴儿,一个个被忘忧救出来了。最后一个上来的是忘忧。他似乎原本就是大地下的孩子,一被火光照着眼睛,立刻就蒙住自己的脸。寄草扔了火把,扑过去就抱住忘忧。忘忧却几乎没有在寄草的怀里多待,他一头挣了出来,就叫:“越儿,越儿,越儿——”

越儿正被无果抱在怀里呢,见了忘忧,一声不响地就扑了上去,两个孩子,就再也不曾分开了。

天快亮的时候,已经和集体失散了的寄草一行,终于找到了一辆军用卡车，他们是到大后方去的。司机是个杭州人，常到忘忧茶庄买茶，而且也认识罗力，他答应带了这一行人先去金华。罗力这个名字让寄草吓了一跳，她已经多少天没有想起他来了？是一夜，还是一百年？

谁知他们刚刚在卡车上坐稳，敌机又来了，车上的人们纷纷跳下车去四处逃散。寄草一只手抱着越儿，一只手牵着忘忧，跑着躲到路边的小山坡上。却见无果端端地坐在卡车上，手握念珠，口中念念有词。卡车周围的尘土被雨点般的子弹打得烟雾飞扬，卡车本身也在大地的抽搐中抽搐。在尘土之间，寄草看到，天上鬼哭狼嚎，人间血肉横飞，无果师父却不睁开眼睛，只管自己双手合十，念他的佛祖。

一片血光之后，天空又恢复了寂静。寄草看见卡车司机座上，那个刚才还要带他们去金华的杭州人司机，头歪到了车门上，血还在往下流。忘忧要往前走，被寄草拉住了。越儿睡了一觉，又吃了一点东西，毕竟小孩子，情绪恢复得快，还知道问背着他的寄草："姨妈，司机叔叔睡着了吗？"

忘忧严肃地说："司机叔叔被飞机炸死了。"

他那么快地就接受了死亡，他那么严峻，又那么习以为常地说出了"死"这个字眼，并传授给他的伙伴。寄草不敢看她拉着手的这个白孩子——他不再是从前的那个神经质的林忘忧了，他不再是十岁了，他不再是孩子了。

他们走到卡车后面的大车厢旁时，看到无果师父正从车上下来。他面无惧色，从容如常，他说："刚才这场功课做得好。"

寄草发现，一夜过后，他们都变了。

一切都得重新设计了。寄草决定,先和无果师父回他的天目山小寺院,等安顿好一切,再作打算。

晋郭璞诗曰:天目山前两乳长,龙飞凤舞到钱塘。浙江境内自西南而向东北倾斜的天目山脉,把长江和钱塘江隔开了。这天目山,原有东西二目,寄草他们一行此去的无果出家的小寺院,恰是在东天目尽头。此处与安徽毗邻,又在临安与安吉交界之处,崇山峻岭,万木参天,和杭嘉湖平原完全是另一种气势了。

从平原上走来的孩子林忘忧,带着他新结识的小弟弟李越,越往山里面走,那孩子们脸上本不该有的忧郁恐惧之色,就越淡化消退。须知,强寇们入境进入平原的短短几个月内,燹火就几乎成功地摧毁了孩子们对富庶的鱼米之乡的记忆。他们在从前的平原上昼伏夜行,池塘和田埂绝不再有诗情画意;日落日升,映入他们眼帘的则是一幅预兆着死亡的画图。这样的征兆因为来自大自然,更显出了其惊心动魄的面目。

苦难已死死地刻在了孩子们的脸上。他们惊恐万状地踮行在尸体横陈的村庄和城镇,平原已经成了孩子们心灵的地狱。以后许多年,直到平原再一次地风和日丽鸟语花香,直到他们老了死去,他们对平原的心情将一直是复杂的。当他们看到一朵鲜花盛开的时候,他们的眼前会突然溅开一朵血花。

如此特殊的童年,使他们似乎生来变得亲近山林。他们越往深山里走,越发觉得平原是敌意的,山林则充满了人性。山林把枪炮和死亡阻隔在了森林的边缘,山林还给了他们温饱的白天以及可以安睡的夜晚——在梦中,他们听到了不知名的鸟儿的啼声——然后，关于平原生活中的某些细微的爱的感受，便又开始了复苏。

正是在江南年代久远的古老地层和雨水充沛的湿润气候中，他们走过了许多坐落在山坳和山顶间的人家。这些茅草房里的老人和孩子，几乎个个一贫如洗，同时又个个古道热肠。他们操着奇怪的土语，和老僧无果交流着。孩子们能从他们的脸上看到熟悉的叹息和同情。夜间，他们啃着山芋，睡在火塘前，脸上、手上，还有脚上，都是被划割开的一道道的口子。有的正在发烂，有的弥合了，被他们发痒的小手又重新抓开。从前食不厌精、娇生惯养的忘忧如今蓬头垢面，雪白的头发和皮肤上沾着不知从哪里蹭来的灰土，一只手还抓着随便什么可以吃的，睡着时也死死不放，脸上就露出一会儿心满意足一会儿又惊恐万状的神情，看上去活像奇异的山怪。

他们的行程非常缓慢，常常是东住十天，西住半个月，为的是避开日本佬的扫荡。然后，他们终于走进真正的大山了。在那里，他们看见了数人合抱的柳杉，他们看见了金钱松和银杏树，山里人还告诉了他们什么是天目杜鹃、天目紫荆、天目槭和天目杉。他们还认识了浙西铁木、杜仲，他们甚至还看到了罕见的连木香。他们穿行在杉木、马尾松、黄山松、香樟、枫榴和紫楠的林海中，不知不觉地，也就穿行在1938年的春天之中了。

无果的小寺院，与梁昭明太子的文选楼相去并不算太远，寺边有古泉。寺中人早已散去，这里剩了一个空巢。无果的归来和他带来的同行人，无疑给这荒凉的山寺带来一片生气。两个孩子不顾大人劝阻,趴在泉边,开始喝起山水。寄草说:“水凉着呢,小心喝了拉肚子,无果师父正烧着水,一会儿就开了。”说着,就把这两个孩子拉开了,自己却蹲在泉边开始洗起脸来。

忘忧突然说:“要是这会儿能喝上家里的香茶就好了。”

猛然间提到了久违的家,久违的忘忧茶庄的茶,寄草心一动,泉下那张波动的脸影就渐渐地僵住了。

无果正在寺边小灶棚里烧着火,听了忘忧的话就说:“要喝茶有什么难的。到了这里,龙井是喝不到了,山里的野茶可是遍地都是,你睁开眼睛看看就是。”

春天到了,春茶又该下来,杭寄草,直到这时候才想起了他们祖辈赖以生存的季节来到了。她不愿意在这样的时候多提龙井茶,仿佛有些字眼是只能在心里藏着,一张口说就容易吐出去化在空气中消失了一般。她说:“我们家从前年年都要进这里的天目青顶的,今日倒是有缘,能够亲眼看一看了呢。”

无果师父本是出家人,茶禅一味,他于茶道,并不比杭家人知道的少呢。此时正烧着水,脸上抹着了黑灰,却也兴致勃勃地说:“人都道天目山区三件宝,茶叶、笋干、小核桃。我这个破寺,虽然如今也是败落成这个样子,倒是个喝茶的好去处。东坑茶叶西坑水,我们离东坑不远,日本佬没有打进来的时候,年年春上,家家茶灶的火就旺了呢。女人们都满山地跑出去了,却又是要在晴天的上午茶树上露水收干了才准采摘的。我们这里的茶,可是从前进宫的贡茶呢。”

寄草就笑着说:“晓得,晓得,我晓得你们这里的茶叶好,价格也公道。品茶好不好,最要紧的一条,要看有没有后味。天目青顶,就是回味特别地甜。将来把日本佬赶出中国,不打仗了,我就专门来收购天目青顶,也不枉这里的山水收留了我们一场。”

无果就一边合掌念着“阿弥陀佛,善哉善哉”,一边说:“你看,人就是这样。没进山前,我们还只想着如何活下来保命要紧的,如今刚刚进了山,饭还没吃上一口,倒就又想着要喝茶了。其实要喝茶也不难的,现摘现炒就是,虽然青草气重了一些,也比没有强啊。”

忘忧一听,早就雀跃起来,说:“我去采,我去采。”

小越儿也在一边叫着跳着:“我也去,我也去。”

寄草一安定,话就多起来了,笑着说:“我比忘忧还小的时候,父亲教我读了许多茶诗,其中有一首刘禹锡的《西山兰若试茶歌》,我还能背上那么几句。今日想来,倒是要应了那诗里头的意思了,你们且听我念来:山僧后檐茶数丛,春来映竹抽新茸。宛然为客振衣起,自傍芳丛摘鹰嘴。斯须炒成满室香,便酌砌下金沙水……你看我们如今可不是都全了,有山僧,有竹,有茶,有客,有好水,单等着我们把那鹰嘴般的茶芽采来,由着无果师父一眨眼工夫给我们炒出好茶来了。哎呀,我都已经闻到了那满室的茶香了,孩子们,快快动手吧——”

这么叫着,寄草自己就像一个孩子般,冲到寺外的山坡上去了。

天目山中野茶,与杭家人从前在龙井山中精心培育的茶,自然风貌各异。一个是大家闺秀,一个便是山中老衲了。一个是要用“她”来指称的,另一个便是“他”了。这个他,固然还不是那古巴蜀高温多雨炎热森林中巨无霸般的乔木型,却也不是西子湖畔龙井山中亚热带气候培育出来的侏儒般的半蹲着的灌木型了。他介乎两者之间。山中多寒,茶芽不像山外丘陵之茶那么早早地发芽长大。但毕竟春意已萌,大地复苏,天道有常,万物欣欣向荣。自然比人类要仁慈万分,自然总是公正的,它不因为日寇打进了中国,就不让茶树发芽。它让茶树发芽了,它还让天目山边缘这破败到几乎无名的山寺边的野茶长得芽肥舌壮,仿佛唯有这样,才会慰藉这些流离失所九死一生的茶人的后代。

寄草是会摘茶叶的,她知道许多摘茶的技艺。比如她知道摘茶叶时应该用指甲而不能用指肚;她知道应该摘那些一芽一叶或者一芽二叶初展的茶芽;她告诉孩子们这些形状的茶叶,有一个很好听的名字,叫雀舌——瞧,它们不是像鸟儿的舌头一样灵巧细小吗!

寄草在自己的腰上绑了一个刚刚洗干净的破竹篮,竹篮里还衬了一块干净的手帕,那些呈现出新绿色的雀舌,就一个个地被江南女儿的手投进了篮子。忘忧和越儿手忙脚乱地在一旁,东摘摘,西钻钻。有时,野茶蓬一阵阵地哗动,他们钻出茶蓬,看着寄草姨妈像鸡啄米一般地双手采茶,他们便目瞪口呆、眼花缭乱了。他们的眼前,便是一阵阵的绿云飞舞,他们的耳边,只听到那种惬意的唰唰唰的声音。这时,他们便不由自主地向天空望去了。

几个月来,他们饱受从天空突然降临的恐怖刺耳的袭击声;他们看到的天空翻着血浪,天空早已是他们心目中的地狱。现在他们再往天空看去,天空在森林的衬托下,只有绿色的曲浪底线和底线上面的一大块一大块半透明的清醇的蓝色;还有,在绿色与蓝色之间偶尔飘过的优美柔软的烟一般的白云。

他们听到了两种声音:当鸟儿在天空歌唱的时候,茶树在大地上歌唱。它们一应一和的声音,本来是不会被人类听到的。但是它们此刻慈悲为怀,它们要用自己的声音来告诉孩子们,如果有一天他们什么也没有了,他们还会拥有它们;它们是永生的,忠诚地尾随着他们的,永远也不会消失的。

孩子们便陶醉了,他们便像着了魔一样地、恍恍惚惚地、深一脚浅一脚地在林子里踏歌而行。他们手搀着手走着走着,越儿就站住了。他个子矮,伸出一只手去,刚好贴住一株树干,他说:"哥哥,茶树。"

似乎就在这个时候,有一件重大的事件就要发生。因此,林忘忧迟迟疑疑地用手遮了额头,然后,慢慢地抬起头来。顿时,他便被这株茶树的光芒射得睁不开眼睛——

这是一株芽叶全白的茶树,它像玉兰花一样在万绿丛中闪着奇异的白光。它毛茸茸的,银子一般高贵,又像仙人显灵似的神秘。在白色的芽叶中,似乎为了显示它血脉的来历,它们的主脉却是浅绿色的。忘忧第一眼看到它的时候,突然心里面感到难受,眼睛也眩了,因此他一下子就蒙住了自己的脸,跌坐在了地上。越儿不知哥哥是怎么了,就去拉忘忧。但忘忧没有理他,他就慌了,叫了起来:"姨妈,姨妈,快来,快来——"

无果和寄草听到了越儿的叫声,赶紧跑了过来,见忘忧坐在树下,不像是受伤的样子,惊魂甫定,说:"什么大惊小怪的事情,那么一惊一乍的?我们还怕是你们被刚出洞的蛇咬了呢。"

忘忧依旧坐在地上,却问无果:"师父,这是什么树?我怎么看着特别熟悉,好像从前在什么地方常常看到它似的。"

无果笑了起来:“我说什么呢,原来忘忧是被这株茶树惊着了。也难怪的,忘忧和这株茶树是生来有缘的呢。”

寄草也走到了树下,摇摇树干,说:“真是奇了,我可从来也没有看见过这样长着白芽的茶树。”

“别说是你了,我这么大一把年纪,化缘四方,什么世面没见过,这样的白茶树,却也是独一无二,只在我们安吉山中这寺院的后面见到这么一株呢。”

寄草说:“我虽没有见过白茶树,但我们家茶庄倒也是卖着从福建过来的白茶。白茶与常茶不同,偶然生出,非人力可致,所以特别地奇异呢。”

坐在树下的忘忧这时才站了起来,抱住树干说:“那不就是我了吗?”

两个大人听了都吃一惊,看看茶树,看看人,心就紧了起来,无果说:“阿弥陀佛。这株茶树也真是奇了,年年开花,结果却少,也不会再生新茶,故而我们这里的人都叫它石女茶的。这茶也不是一白到底,也就是在每年这个时候一芽二叶展开时最白,再往下也就是花白转绿了,到了夏秋天,它就是绿色的了。”

忘忧听到这里,突然来了劲,抱着树身就往上爬,边爬还边叫:“我这就上去把我给摘下来,我们立刻就尝尝我的味道好不好?”

这一说大家才又笑了,说:“那这株树就是忘忧的魂儿了,忘忧从此就找到魂儿了呢。”

虽是临时抱的佛脚,现摘现炒茶叶来喝,无果师父却也弄得一本正经。原来这山中寺院,香火稀少,制茶出卖,也是寺里的一条生财之路,所以无果师父倒也是炒得一手的好茶。杀青,揉捻,烘干都有了，只是因为要现吃，所以少了摊放，摊凉。忘忧和越儿又各到各处去捡了干燥的树枝来做燃料。无果找了一双竹筷，把茶叶倒入锅中翻炒，算是杀青。等到揉捻了，寄草就拿出一块干净的粗麻布，但见无果轻轻地搓揉着，小心地不让茶汁揉出来。这样搓揉了一阵，这才又放进锅里去炒，然后，才是烘干。

这么一套动作下来，当白茶已被制成了浅绿金黄色的时候，天却就暗了下来。他们一行四人就移进了厢房，火塘边早已点起了炭火，山芋也早就煨熟了，冒出了特有的香气。他们几个人就嚷嚷着要喝茶呢，突然发现没有喝茶的碗。

无果师父一边给孩子们往手里分山芋，一边说："你们等着，看我给你们取茶盏来。"不一会儿，竟捧着一大叠茶盏过来。

这些茶盏全都是黑色的，呈笠帽形，看上去古朴得很，也没有一般天目茶盏的兔毫丝、油滴和鹧鸪斑，想来是本地的土窑所烧，一问果然。无果说，这窑从前就建在寺院后面，离那株白茶树也并不远。寄草就一时沉默了下来，她想起了家中那只被二哥带走的锔好的兔毫盏。也不知如今这茶盏如何了，那藏着这宝贝的二哥又如何了。

孩子们和老人，却开始喝起了香喷喷的白茶来了。入汤后的白茶，和龙井茶到底是不一样的。它的叶底玉白，主脉呈绿色，即便是在黑釉盏里，也能看出，那茶汤色本是鹅黄色的。忘忧原本就有喝茶的习惯，此刻像是见了分别多时的老友一般，一大口一大口地喝着，还说："我把我给喝了，我把我给喝了。"小李越看来还小，过去或许是从来也没有喝过茶的呢，只是一边吃着山芋，一边口也就渴了，他捧着一只大茶盏，小心翼翼地一口口地喝着，也知道不能烫着呢。无果师父就问他茶香不香,越儿说香,然后就清脆地放了一个响屁,一时屋子里就爆发出了大笑。

孩子们到底是累了,吃饱了喝足了,倒在火塘边的地铺上就睡。寄草一边拨着火炭一边想着心事。山中的春夜依旧是寒气料峭的,无果师父在火塘边坐了一会儿准备起身去睡了,寄草却叫住了他说:“无果师父,有件事情想跟你商量呢。”

无果回过头来,说:“不用商量了,我晓得你要说什么的。孩子在我这里,大概总不会再出什么事情的了。你要走,你就走吧。”

寄草有些尴尬,一直在火塘里撩拨着火炭的手就停了下来,说:“我想先到金华去看一看,我不能扔下贫儿院的孩子啊!无论找到了什么人,总算是和外面通了音讯,然后我就立刻回来接了孩子出去。你放心,我不会扔下你们不管的。”

无果都已经走到门口了,才又回过头来说:“你能回来也罢,你回不来了也罢,孩子们会在这里待下去的。天目山,是活人养人的山,有了山,我就放心了。”

现在,只有寄草一个人坐在火塘边喝茶了。炭火红红的,映着她的脸。她不知道外面的黑色究竟有多巨大,给孩子们盖了盖衣被,就走了出去,在院子里看着满天的星辰。它们又大又多,像忧愁打成的结,闪着凄凉的银光,又像在天上挂不住了要掉下来一样地沉重。寄草踮起了脚,她觉得自己现在只要伸出手去,就能像摘葡萄似的摘下那一串串的星星。她还想,现在,罗力是在哪一串的星星下面呢……

第十二章

再往南行数十里地，就是钱塘江的入海口杭州湾了。

现在是盛夏季节，海滩铺陈得很远，露出了一大块一大块龟裂的滩涂。靠近海塘的边缘，扑卧着一排排翻过来的小船，像一只只的大海龟。

即便离海还有一段距离，人们还是可以感觉到海水在日光下曝晒时泛起的白绿相间的光斑，它们就像细腿伶仃的独脚鬼在波间跳舞。

风平浪静，水天一色，战争在阳光下藏匿着，人们便难以想象，去年再晚一些时候，此地，正是日军登陆两浙的滩头——这里，离金丝娘桥可并不算太远。

在辽阔的海域之后，是剪刀一般明快的河流，它们错综复杂地平躺在杭嘉湖平原，温柔而又锐利地分开了浙江北部那些像丰满的江南少妇胸乳一般隆起的丘陵，以及如花季少女腹部一般平坦的原野。

在河流的两岸，燹火也不能烧毁从土地深处生发出来的活物。现在，收获的季节又要到来了。蔗林，竹园，络麻地，茶坡，稻田……

一艘小船，正慢悠悠地穿行在平原的河流上，欸乃数声，山水皆绿。与这艘小船平行着的右边堤岸上,是一条较阔的土路,上面行驶着一辆军车。它时开时停,一会儿走到了小船的前面,一会儿又远远地落在了后面。船上的人们,甚至可以看到那车上的两个男人不时停车下来时的情景。

比起那军车的忽隐忽现,左边堤岸上那个行走着的年轻女人,在视线中就要显得稳定多了。她几乎就在船的正侧前方,只是左边的堤岸高,而她又是在堤岸下行走,船上的人们,只能看到她的后脑勺。她几乎没有休息过,身体向前倾,风尘仆仆地迈着小碎步。这一左一右的一车一人,加上中间的一条船,便给这正午阳光下似乎有些不祥的平静水乡,带来几许平安了。

政工队队长楚卿坐在船头,看上去忧心忡忡。她那本来就有些近视的眼睛,在正午阳光下眯缝成了一条线。阳光,把这个城市姑娘几乎晒成了一个乡村女子。有时候她也回头往船舱里看看,她严厉的目光,现在对杭忆已经没有什么作用了。

杭忆还是那么苍白,那么风流倜傥,在楚卿看来,还是那样夸夸其谈,尤其是在女孩子们出现的时候。此刻,他正在与船上年纪最大的陈再良——陈冬烘一搭一档,向船上那些姑娘天花乱坠地胡吹着什么,偶尔也没忘记把手里的口琴往嘴边凑,胡乱地滑出一些调子。不过他用舌头打出来的节拍却非常有力,便把那些即兴的曲子弄得很有情调了。只是他总也吹不成一首完整的曲子,两三句话之后,他就停了下来,加入众人的谈话,然后又顾自己玩起来。

楚卿看到了,紧挨杭忆坐着的,正是从香港回来抗日的银行女职员唐韵。她还是烫着头发的呢,今天早上起来出发前也没忘了涂口红。楚卿不知道自己是不喜欢这种做派呢,还是不喜欢杭忆这种不管青红皂白只要是女孩子他就都满腔热忱的神态。

大半年下来,楚卿明显地感觉到,杭忆对她的态度是从狂热转向疏远了。她常常为此而感到好笑——小孩子,小男孩子,经历过什么,还写诗呢。她还能清楚地记得在金华办《战时生活》时的那个早春的夜晚,她从组织接头的秘密会议点回来。会议所要决定的,正是组织积极配合当时主政的浙江省主席黄绍竑提出的成立战时政治工作队的问题。政工队员将大部分由男女青年学生组成,其中也会有中学教师和大学教授,甚至还有像唐韵那样从港澳台回来的抗日青年。楚卿被选派为其中一支队伍的队长。踏着夜色回来的时候,她就已经想好了,带上她的骑士杭忆。尽管当别人公开把杭忆称为她的骑士时,她一脸的冷峻,且不屑一顾,但真的用起人来时,他还是她为最信赖的人之一。

她还能想起院子边上的那株大茶花树,开着鲜红的重瓣的大茶花,晚上分辨不出颜色了,但能够从天光下分辨出它们的轮廓。她想起那个苍白的青年,像发了高烧的幽灵,从大茶花树后面闪了出来,手里没有拿须臾不离身的口琴,却拿着一张纸,他自己也和那张纸一样地瑟瑟发抖。这使她既感到好笑,又有些生气,还有一点紧张。她经历过爱情,能感受到这个年轻人为什么在茶花树下瑟瑟发抖。

她本来是想说回屋里谈正经事的,但是她迟疑了一下,杭忆就没有再给她这样的机会。他跺了一脚,仿佛这一脚不跺,他就再也没有勇气往下说什么了。然后,他说:“我为你写了一首诗。”

她几乎要笑起来了,现在大家都在为民族灾难写诗,这个大少爷却为一个女人写诗,而且还是为像她这样的女人写诗。她不知道他的这种错位的感觉是从哪里来的。

她说:“我有要紧的事情和你商量。”

但是杭忆那一天十分固执,他说:“我为你写了一首诗。”

那一天的月亮其实是很大很圆的。花儿在夜间散发着香气,屋子里有昏黄的灯光从门窗缝隙里泄了出来,寒气也不再逼人。有一种久违的温情脉脉的东西,静悄悄地向他们围拢。她被这一种感觉撩拨得真的有些生气了——她生自己的气了,便生硬地说:“你要干什么?”

他在发抖,因为沉浸在自己的发抖中,其余的什么东西他也察觉不出来了。谁知道呢,这杭氏家族的又一粒多情种子究竟是爱上了一个女人,还是爱上了爱情。甚至流离失所,战火连天,也不能把这爱的遗传密码重新组合,也依然不妨碍他在一个月圆之夜,在大茶花树下,胆战心惊而又坚定不移地再一次说:“我为你写了一首诗。”

她终于叹了一口气,不再与他对抗了。

杭忆开始诵念起他最早为她所写下的那首十四行诗。她记住了那前面的四句——她甚至把他颤抖的声音也记住了——

我想你该是萧瑟西风中的女英,
你的眼睛像秋气一般肃杀,
当我在湖边的老柳下把你等待,
你将来临前的峭寒令我心惊……

她不明白那一天月光为什么会那么好,仿佛成心要与这狂热的年轻人结成同谋来攻克她一般。甚至连她这样的近视眼,也能够看到年轻人激烈颤抖的嘴角。她不想让这个发着狂热病的青年再读下去了,她不知道再读下去究竟该是由谁来心惊了。她生硬地说:“现在由我来向你传达组织的指示——听说过战时政工队吗?”

杭忆颤抖的声音终止了。他离开了大茶花树,站在了院子当中,灯光的光线不再射到他的身上,黑暗中他的声音也不再颤抖。他说:“1938年1月,兰溪有人上书黄绍竑,建议成立战时政治工作队,得到他的支持。1月20号,黄绍竑亲自到兰溪出席政工队成立大会,还在会上作了重要讲话,从此之后,政工队在浙地如雨后春笋般成立。我知道你还想问我政工队的性质是什么。它的性质,可以说是一个抗战的进步青年干部的组织。你也许还会问我关于它的工作——它的工作可以分成两块:后方的工作队,以动员民众抗日为中心;前方的工作队,以深入敌区,展开对敌斗争为最高之要求。”

“……”

“现在你要考我,政工队到底是什么了——政工队是社会上的发动者,是民众的示范者,它不是以政府权威来命令人民,它不是用很高的地位来号召他人,而是将过去的地位和利益抛弃了,用它的人格,及它的精神,用它的实践躬行,把抗战的政治工作带到民众中去,发动民众,组织民众,训练民众,团结民众,把中国的抗日战争进行到底……你还想要我说什么吗?”

她沉默了，她本来还想替他补充一些什么，比如，他所提到的兰溪有人上书，那人正是我们的组织中人啊。但她只是说：“我要到政工队去了。”

出乎意料，杭忆没有表现出一惊一乍，只是“噢”了一声。她问：“你呢？”

杭忆说：“随便。”

“如果我点名要你和我一起去呢？”

“那就去吧。”杭忆回答。

那天晚上，他们一起回到了她的小卧室去。在那里，他们谈得很晚，商量的全都是如何组织这一支政工队的事务。她口授着，由杭忆执笔写了一份详细的工作报告。她记得那天杭忆一直忙到半夜后才入睡。但她不知道，当他把薄薄的被子摊开，从满脑子的政工队重新滑到那个和他谈政工队的女人时，他一阵轻松，发现自己已经解脱了。他对她不再有战栗的感情了，折磨了他大半年的那种痛苦的失恋般的感受，终于远去。现在，当他想到这个女人时，他首先想到了组织，其次，想到的便是政工队了。

是的，杭忆很快乐。他已经在政工队待了半年，他喜欢这个工作，接触许多人，说许多话，晚上到哪里躺倒都是家，白天总是被人群簇拥着，写标语，演戏，全是出风头的事情。当然也苦，但他年轻，睡一觉什么都过去了。关键是那么些女子都称赞他，城市的，乡村的，徐娘半老的，少女妙龄的，她们请他吹口琴，吹的全都是抗日歌曲，听时则双目发光，个个是知音，使他在战火连天中依然有一种花团锦簇之感。比如现在在他身边坐着的唐韵，就是从香港来的大资本家的千金，连她也崇拜他。可惜陈冬烘这个老私塾先生白活一把年纪，老树发了新芽，还以为唐韵是冲着他带来的那块大砚台，才那么亲热地和他套近乎的呢，他哪里知道我们年轻人正在砚台之间眉来眼去呢。

杭忆这么想着，就不免得意地抬头一笑，却与正回头皱眉看了他一下的楚卿作了一个盯头眼，他脸上的笑容就立刻凝固住了。这个神秘的女人，成了他的一种无形的压力，一道奇怪的美丽而又遥远的风景线。每当政工队出现一个新来的姑娘，杭忆的眼睛都会为之一亮，他都会发现，比楚卿更有魅力的女性终于出现了。他往往会热火朝天地与她相处三天，而第四天，楚卿又出现在了他的面前，她又成了众芳之魁。

杭忆受不了这种严厉的美，包括她严厉目光的美。他慌慌张张地和她对视了一下，立刻就心虚地滑过了眼神，装模作样地重新回到陈再良的“之乎者也”中来了。

陈再良是政工队队员中的一个例外，他下巴上生着一把山羊胡子，脑后面又拖着一根花白的小辫子，穿着一件破长衫，是翻山越岭，从浙南深山坳里赶来报名的。你说他赤贫吧，他背着的口袋里，还放着一块大砚台，自称其为国宝，沉得比他这把老骨头还重。你说他山中方数日世上已千年，外面的事情什么也不知道吧，他偏偏就是知道了抗日，还一口的文言，还特意为了抗日从山里别了那群娃娃，几乎一路要饭才找到了楚卿他们，然后义正辞严地说道：“再良一介书生，耕读山中，岂不知林下之乐乎？然则，投笔从戎，古训有之，天下兴亡，匹夫有责也。故不远千里，投奔抗日，愿做麾下一卒，虽战死疆场，青山埋骨，终不悔矣。”

杭忆看着他的那根小辫子，有几分好笑，便不大客气地问："老先生投奔抗日自然是件大好事，不知有何特长？"

陈再良这就放下他那个破口袋，从里面恭恭敬敬捧出那方大砚台，道："再良一生无所藏也，唯有笔妻墨子。此一方砚，产于歙州之龙尾山中，名唤金星歙石云星岳月之砚，为再良祖上传下之宝。再良于今甲子六十，日日与其朝夕相处，砚墨书习，倒也自在。虽手无缚鸡之力，难与强寇兵戈相见，但鞍前马后，口诛笔伐，老夫力胜也。"

然后，端坐于桌前，取其砚，磨其墨，竟然用颜体力透纸背地写下了"打倒日本帝国主义"八个大字。杭忆见了，不禁失声叫好。

楚卿原本是想把这位热血老人转引到其他更为合适的部门去的。也不知是被他那一口的之乎者也感动了呢，还是因为杭忆的那一声叫好。她想到杭忆这头日夜地写标语，还有其他的各种杂务，常常一个人恨不得分成几个人。如今来了一个能写一手好字的，莫如留下了，实在不行再作打算。

一大群抗日青年中，从此便有了出了名的冬烘先生陈再良。

冬烘先生陈再良其他地方都还正常，就是不能与他提那一个"砚"字。若不小心漏出来了，他追着赶着也要与你理论到一个昏头瞌睆。他还必得从那汉代刘熙的《释名》说起："砚，研也，研墨使和濡也。古有石砚，陶砚，铜砚，漆砚。足有圆形三脚，有方形四脚，又有龟形，山形，山形中亦有十二峰，实可谓峰峰各异啊！"

人家就怕他把那峰峰各异的十二峰一一数列过来，便推出最有古文根底的杭忆去对付那老先生，自己溜之大吉。杭忆一开始倒也还算客气，可惜自己到底也没有父辈的学问，对那些砚啊笔啊的，哪里有那么多的痴情，时间长了，也就不再与他对那关于砚台的话。陈老先生，竟然就在书写传单与标语之间隙，感到浓浓的失落了。

总算老天有眼，专门从香港发过来一个抗日小姐唐韵。

唐韵也不算是正儿八经的知识女性，但毕竟在香港出生，从小受的是西方教育，且刚回内地，事事新鲜，又加对老人的尊重，竟然就硬着头皮成了陈再良的新听众。这一路的舟行，可就苦了这小姐，上下眼皮打着架，与那陈再良应酬。若不是杭忆时不时地给她挤眉弄眼提神儿，这个炎热的江南的正午，还真是不好打发呢。

陈再良却是一点也不瞌晥的，他就如同迷恋女人肉体一样地迷恋着他手里的那方金星歙石云星岳月砚，一边细细地用手掌摩着，一边沉醉在自己的侃侃而谈中："涩不留笔，滑不拒墨，爪肤而縠理，金声而玉德，此歙石也。歙石又有罗纹，眉纹，金星，金晕，等等，其中金星金晕，历来称为上品——"

杭忆看着唐韵听得实在吃力，便接口说："陈老先生，我们早就听你说过了，你的这方砚便是金星，是最上品的，我们已经知道了——"

"知其然，不知其所以然也。这金星，且又分雨点金星、鱼子金星、金钱金星。来来来，唐小姐，且看老夫这块古砚：金光灿烂，石色却是泛着绿色的，如此金绿相交，堪称珍品了。唐小姐您再看这砚面，雕星、云、日、月，海水江牙；月做水池，日为砚堂，星月流云，旭日辉煌……"

楚卿突然在舱外轻轻叫道："杭忆，你给我出来！"

唐韵听到了，就用胳膊肘子推推杭忆，还使了一个眼色。这个多情的眼色寓意复杂,杭忆的心弦竟为之一动。不过他还来不及作出什么反应,就猫着腰走出舱门了,楚卿对他而言,依然有着招之即来的魅力。

坐在船头的楚卿,却只是对杭忆淡淡地说:“你看,那边堤岸上的军用车,注意到了吗?”

杭忆说:“他们一会儿开一会儿停的,也不知道是哪一路的人。”

“我是说,你注意到了吗?有时候,我发现那两个人中,有一个像你的那个未来的小姑父。”

杭忆一听到这里,就站了起来,可惜杭忆只看到了军用车,看不到那两个人,便有些怅然地说:“哪有那么巧的事情。罗力哥亲口跟我说,他是要跟着大部队上正面战场的,这会儿,怕不是正在北面和鬼子交战呢。”

楚卿皱起眉头,想了想,说:“也许是我看花眼了,我的眼睛本来就不太好。”

杭忆连忙说:“这也不能全怪眼睛的。我的眼睛要比你好吧,你看我这一路上,老以为这边堤岸下走着的那个女人像我小姑妈。真要那样,可不就是奇了。”

楚卿淡淡一笑,但瞬息即逝,说:“什么样的事情都是有可能发生的,比如我们现在这么安静地坐在船上,下一分钟会发生什么,我们就不知道。对面茶蓬里,有没有敌人的埋伏,这也很难说。不管怎么样,你先好好睡一觉吧,我看你就没停过你的嘴。”然后,楚卿就放开了声音,对舱里喊道:“陈先生,你也该合合眼了,唐韵是刚从香港来的,你该给她一个适应过程啊。”

还是楚卿的话灵,里面立刻就没有了声音。杭忆却在船头上坐着了,说:"还是你去休息一会儿吧,我来放哨。"

楚卿说:"我睡不着。"

"你就不能对我放心一回?"

楚卿看着他,看着他,眯起了眼睛,说:"不放心……"

罗力第一眼看到杭嘉平,立刻就把他给认出来了。后来他也曾想过,这是一件很奇怪的事情。寄草一直告诉他,大哥和二哥是非常不一样的,从容貌到气质都是不同类型的人。但是罗力一下子就发现他们杭氏家族人的那种说不出来的共同点,他们的眼神里都有一种深情,但他们的眉梢却又似乎都有一种疑惑,甚至连看上去很豪爽的杭嘉平也是这样。

此刻他们停下了军车,正站在一片茶蓬前抽烟。夏茶的长势很好,只是过了采摘期,便只好老去了。嘉平穿着背带裤,胸腰挺拔,他的站姿很像罗力曾经看到过的寄草的义父赵寄客。罗力想,大哥和二哥的区别,恐怕并不在于他们那些不同的阅历上。看上去,大哥似乎是在回避着人,而二哥则是需要人的。二哥更英气勃勃,是那种一眼就让人被牢牢吸引的人。

"我一向就不相信那些巧合的事情,不过我总是碰到决定我转折的巧合的事件,这次也是。"嘉平笑着对罗力说,"我回国原本是为了干我的老本行——报纸。可是凑巧,就在武汉碰到了我父亲的朋友吴觉农先生。他们都是干茶业这一行的,说起来还是大同乡。这一次,中方又派了吴先生作为贸易委员会的代表,和苏联洽谈以茶易物,也就是拿茶叶来换军火的事情。吴先生知道我去过苏联，懂得俄语，原本只是想让我帮助协理一下。你不知道，我们的那个政府其实很糟糕无能，这件事情已经进行得很久了，就是谈不下来。亏得吴先生也去过苏联，还专门调查过苏方的茶叶销售市场，所以那一次我们只用了半天时间，就把这项贸易协定签订下来了。”

“二哥，一定是吴先生觉得你会成为他的得力助手，所以拉着你就上了这条茶船吧。”罗力笑着说，他和嘉平说话的时候相当轻松，没有与嘉和在一起时的那种沉重。

“也可以说是缘分吧。我原来以为，该让我干的那份茶叶活儿都让我大哥给干了，没想到转了一圈回来，又干起我父亲的老行当了。”

嘉平说的情况，正是中国茶业界当时最新的实情。自1936年间皖赣红茶统购统销半途而废，至1937年6月官商合营的中国茶叶公司成立，吴先生任总技师，旋即公司便内迁。不久，吴先生便以“停薪留职”名义离开中国最大的茶叶出口港上海，并邀请各地从事茶业产地检验的茶叶工作者集合于浙地三界茶场，一面事茶，一面准备抗日打游击战。然不久各种活动便受到了局势的种种制约，吴先生和一批青年茶人，只得流亡武汉，以图新的抗日救亡活动。以上嘉平所说的以茶易军火的协议，正是1938年初吴先生在武汉，与苏联方面签订的第一个易货协议。

协议是签订了，苏联方面的军火也早已整装待发，但炮火连天的中国大地，何处去收集茶叶交货呢？须知，自中国最大的茶叶出口市场上海沦陷之后，原来应有的茶叶生产、收购、销售等流通体系，已经完全被战争打乱。加以烽火遍地，交通阻塞，组织茶农生产、加工、运输,又谈何容易。当此时,不少人以为,在如此的战乱纷繁中,恢复已萎缩的茶区生产,把分散在中国各省农村间的成千上万担零星茶叶,加工成箱,再集中交货,无疑是天方夜谭。吴觉农先生与杭嘉平等有识之士反复切磋,以为唯有实行全国茶叶的统一收购和运销,方能解决以茶易货的问题。况且,借此抗日之际,正可实现取消洋行买办、洋庄茶栈的垄断,地主豪绅、商业高利贷者对农民的剥削,从茶业行开始改变半封建半殖民地的生产关系。

对这一设想,杭嘉平无疑是最为欢欣鼓舞的。他自青年时代立下的世界大同、人类解放的宏愿,恰与此构想不谋而合。在茶界实现这一革命,无非是总体革命中的一个小环节而已。已经是中年人的杭嘉平,不再像青年时代一样地务虚了,他不知不觉地进入了关于茶业革命的具体操作之中。

在吴觉农、杭嘉平等茶人的介入下,中国茶叶统购统销的政策,终于以《财政部贸易委员会管理全国出口茶叶办法大纲》的形式,于1938年6月实行了。正是在这个大纲的名义下,吴先生与杭嘉平等人,代表贸易委员会,分赴各产茶大省联系,并分别成立了茶叶管理处。

与此同时,贸易委员会为了办理对外贸易,特意在香港设立了机构。当时的港英当局,还不允许中国政府在香港设立官方机构,中国方面只得以富华贸易公司的名义出现。吴先生以贸易委员会专员的身份兼任了富华公司副总经理,组织全国茶叶运集香港,履行对苏易货和对外推销茶叶。当时的浙江宁波、温州、鳌江和福建的三都沃、沙埕、福州等地,都还可以租用外国的轮船装运茶叶至香港,所以1938年的华茶外销,竟然超过了往年许多。杭嘉平作为这项工作中的重要一员,出入奔波在香港、武汉和各大茶区之间,直到1938年夏末,才有机会重返故乡。

如果说,杭嘉平走上了家族茶业一行的老路,尚有血缘亲情的关系在其中的话,那么,罗力的从事茶业,便是巧合中的巧合了。战时物产调整处、茶叶运销处派人专门来找他的时候,他都已经坐上了去前线的军用卡车。来人说,从中央政府来了一个专门从事茶业收购的官员,建设厅建议部队抽调他去接待。罗力听了非常吃惊,他说他是专门从事作战的,他和收购茶叶可是一点关系也没有的。来人说:“我们也不知道这是怎么一回事,不过你们的长官说了,你有一个茶行的未婚妻,又会开车,有这两条就够了。”罗力上前线心切,一个劲地解释有一个茶人未婚妻和他自己是茶人,完全是两码事。那人可不听,说他不管这些,有话让他自己找那中央来的大官说。到末了,罗力真正是哭笑不得地下了车,直到两人见面,交代了身份,方知无巧不成书,他们竟还有这么一段茶缘。

现在他们已经很熟悉了,他们已经驾着这辆军用小车,在日军尚未占领的茶区和这些拉锯战的战区,连续跑了一段时间。除了从事当务之急的茶叶统购统销之外,杭嘉平还担负起了一个更长久的任务,对茶业行在抗战期间实施的技术改造及生产关系的改造进行实地考察。一路上他不时地站在茶园前,仔细地观察着这些成片成片的茶园,想的正是这件要事。

此刻,他一边吸着老刀牌香烟,一边说:“这片茶园,和我们前几天看到的一样,早就应该齐根斫断了。我对茶业这一行说不上熟悉,不过从小就知道,茶树是三十年就该这么斫一次的,没有破坏,哪里来的新生。”

“你说这话,倒叫我想起你对这场战争的看法。你说抗战也就是建国,抗战的时间越长,建国工作的机会也就越多。”

“我知道我这话或许不会被你们这样的党国中人接受,尤其是你这样的年轻人。你们不知道,这个制度下的国家早已奄奄一息了,没有这场战争,国家,或许就已经毁灭了。我是从这个意义上说抗战就是建国的。”

罗力用手拽过一把茶叶,在拇指与食指之间来回搓弄了一阵,然后塞进嘴里。夏茶生叶的苦涩,超过了他的想象,但他还是不停地咀嚼着,一会儿,嘴角就泛出了绿色的泡沫。这样咀嚼了很久,他才小心翼翼地说:“二哥,说实话,我没有想到过什么建国。我们祖祖辈辈都在老家东北的地下挖矿,国家从来不管我们的死活,我们也从来不对国家抱什么希望。我们出来打仗,是因为我们的家被毁了,我们的父母乡亲兄弟姐妹被日本鬼子杀了,我们的家被强盗占了,我们要不打回老家去,我们从此就没有家了。要说现在我有了新的想法,那就是不早早地赶走日本人,我和寄草就没法子团圆了。还有什么能比没法子和自己的女人守在一起更叫人受不了的呢?所以,我希望战争早一天结束。也许那时候,我会想到建国什么的,也许。”他摊摊手,有些不相信自己似的摇摇头。

嘉平拍了拍罗力的肩膀,他已人届中年,四海为家,开始能够听得进各种善意而不同的说法了。

“你不要小瞧了这些茶树,它们可都是枪炮炸弹。”

“可是我更想成为那些使用枪炮炸弹的人。”

嘉平忍不住笑了起来，看样子，他们杭家又将进来一位与他们家族气质相当不同的男人。他想松弛一下，换一个话题说：“我知道你正在想着上前线的事情吧，我还知道，仅仅是因为我而不是因为茶，你才留下来的。”

罗力也笑了，他喜欢这种男子汉之间的谈话方式。他说：“我在杭州待了六年，不想再在后方待下去了，我一直想上正面战场。你说得对，要不是你来了，我可能早已在前方拼杀，说不定也已经战死疆场了呢。”

嘉平听到这里，目光突然严峻了。他很想对这位直爽的东北青年说——不要轻易地提到“死”字，我们已经没有林生了。但是他看到了罗力坦荡的神色，他就没有再说，只是一声不吭地站着，抽着烟。罗力也已经发现了嘉平这个细微的神情变化，正是在这一点上，他看出了寄草这两位兄长的相似之处：他们都不是怕死的人，同时，他们又都把活着看得如此重要。

嘉平抽完了手头的那根烟，他的烟瘾在多年的熬夜中变得很大，现在他扔掉了烟蒂，大声地说：“我们走吧。你看，旁边那艘船，已经跑得很远了，看看我们还赶不赶得上他们。”

罗力也上了车，一边发动着引擎，一边说：“我们不会再与他们同路了，前面有一个岔道口，我们该朝右边拐弯了。你看，就在那里，不不不，不是在左岸女人的前面，在她的后面。这女人可真能走，她一直就没停下来过。瞧，连她也朝左拐了。我告诉你，这条河流并不安全，听说是常有鬼子出来活动的，我们还是谨慎一些为好。要知道，无论作为我的二哥，还是中央派来的要员，我对你都是负有特殊责任的。”

杭寄草是在向左拐的岔道口上站着,眼看着小船从她的眼前漂过去的。她一直没有注意这艘几乎就在她眼皮子底下行驶的篷船。也许正因为他们之间的距离太近了,她总是只听到小船的咿呀声。倒是对岸那辆时开时停的军用车,时不时地映入眼帘。寄草想,如果不是隔着一条河,她会想办法搭上那辆车的,也许开车的人还会认识罗力呢。

贫儿院的女教师杭寄草,在金华到底打听到了贫儿院的下落。这些孩子,已经在金华附近的乡间小山村中安顿了下来。寄草在找到了贫儿院之后,急忙赶回天目山接忘忧他们,她扑了一个空,破庙里空无一人。她山前山后地寻了一个遍,哪里有他们的影子,最后,她坐在白茶树下抽泣起来,直到片片茶叶落到她头上。她失魂落魄地想,他们会到哪里去呢?要是罗力在身边就好了。路过金华的时候,有人告诉她说在金华看到过罗力,她就托人带口信给他,等她找到忘忧他们,就来与他会合。她是个既坚强又浪漫的姑娘,异想天开,要在这兵荒马乱的年代里碰碰运气:也许哪一天,在一个十字街头,就会突然遇着了她的心上人呢?她想起了那个让他们相识的胜利的雨天,气就短了起来,眼睛,便也模糊一片了。

这几个月来,她扑到东,扑到西,到处打听忘忧他们的行踪。听说山里也有鬼子进来扫荡,无果师父带着两个孩子避难去了。寄草松了口大气,不管怎么样,总算人还活着。她在破庙里留下了信物,又急急往回赶,谁知赶回金华,罗力却刚走。寄草被这些失之交臂的事情弄得发起恨来。她本来可以待在一个相对可靠的地方等待,可是她不愿意,她是沈绿爱的女儿,身上遗传着一些不可理喻的疯狂念头。听说罗力到茶区去了,她便紧赶慢赶地也跟着去了茶区。

现在她走到了岔路口,看见往左拐的角上有一个凉亭,里边堆着一个草垛子,她走了进去,一屁股坐了下来。草垛子特别柔软,还热乎乎的,她一阵轻松,取出水壶,喝了一大口,抬起头来,就看见了眼前的河流和对岸的军用车。她突然心血来潮,想朝对面喊上一嗓子,但她发现军车却朝右边拐了过去。不甘心的寄草对着军车的背影还是尖声地喊了一句:"罗力——"

话音刚落,她自己就被草垛子下面一个蠕动着的东西掀翻了——一张发绿的年轻的脸,从草垛子里探了出来,哆哆嗦嗦地说:"……别害怕,我也是赶路人,我、我、我打摆子了……别害怕……"然后,他就重新一头扎倒在草垛子上。

军用车上的人却什么也没有听见就远去了。倒是船舱里有人探出头来,是杭忆,他问道:"谁喊了一声,那队长,你听见了吗?我好像听见有人在喊罗力。"

楚卿也探出头来了,却看不见任何人的身影,连那个女人也不见了。

天空蓝得出奇,一丝云彩也没有,天地间便显出几分空旷与空虚。楚卿隐隐约约地担着心:前方茶院,是他们和大部队接头的地方。这一路的水行,估计要到前半夜才能到达。他们这一支小小的分队,能够与他们会合吗?

第十三章

直到楚卿那张严厉的面容再一次从黑暗中突现出来的时候，杭忆才开始恢复知觉。然后他开始听到人声，他也开始能够分辨出那是从谁的口中发出的呻吟。

像是倒退的潮水突然轰的一声又不期而至一样，杭忆想起了一切。他猛然抬起头来，被楚卿狠狠地压了下去，他张开的嘴一下子就被身下潮湿的黄泥填满，甚至他的两个鼻孔也塞进了泥。他就一边齉着鼻子一边说："是陈老先生在叫。"

楚卿用低得不能再低的声音，把声音喷进他的耳朵："别说话，敌人还没走，正在对岸搜查。"

"其他的人呢？"杭忆看看周围。天已经蒙蒙亮了，他们两个正趴在小河边的一片茶地里。幸亏夏茶长得茂盛，密密麻麻地遮挡着，就成了他们的隐蔽处。

从茶树的底部望出去，可以看到他们行驶了一天一夜的那条河流，楚卿隐隐约约地看到了倾斜在水面上的乌篷船的篷面。它似乎半沉半浮在水面上，旁边白糊糊的，好像还漂浮着什么，像一条巨大的肚子朝天的鱼。楚卿接着杭忆刚才的问话回答说："不知道，也许打散了，也许……你眼睛好，给我看看，前面水里漂着的，是不是我们的那条船？不不，别把头抬起来，天已经亮了，这里的天亮得很早——”

杭忆只是稍微地转了一下视角,他就什么都看见了。可是他不敢相信自己的眼睛,他的嘴巴张得和他的眼睛一样圆,他还是不相信自己的眼睛。然后,他就发起抖来,他的目光先是发直,后来就开始发黑,然后他就重新一头扎进了身下的黄泥土中。他没有能够说出他所看到的一切——河水乌红泛黑,猛一看,有点像朝霞倒映在水中。乌篷船半瘫痪地、懒洋洋地斜浸在河中,像是吐出最后的一口气、终于脱离了苦海的松弛的死人。船舷边上,依偎着半浮半沉的唐韵,她的衣襟散开着,杭忆甚至看到了她那浸泡在血水中的胸乳,它们僵白地半浸在水里,朝向淡蓝色的天空。

楚卿没有要求杭忆回答他所看到的一切,她对情况已经作了最坏的估计。也许这支小分队,就剩下她和杭忆两人了,直到天快亮时她听到了另一个人的呻吟声。她猜出那是陈再良的声音,但听上去,也已经是奄奄一息的了。

她说:“你躺在这里别动,我爬过去看看陈先生。”

杭忆抬起头来,他的嘴角还在抽搐,但整个人已经不再像刚才那样发抖了,短短的一分钟里,他的面部发生了巨大的变化,他紧皱的眉头使他看上去甚至有了几分凶相。他说:“你躺着,我去。”

楚卿拉住杭忆的衣领,杭忆用力一扯就挣开了,然后,他就朝着陈再良呻吟的方向,轻轻地爬了过去,手里竟然还握着那把口琴。

小分队是在半夜时分,突然遭到日本人袭击的。

在此之前,一船的人,除了船老大在单调地划着桨,杭忆一觉醒来，刚刚走出舱门，想呼吸一会儿水上的空气，其余的人都睡着了，甚至楚卿也没有例外。杭忆轻轻地点着一根火柴，刚巧照亮了楚卿的脸，她睡着时的样子非常幼稚，嘴角还流着口水，眼睛闭着，就显不出张开时的那种灰色的力量了。这样，平时被眼睛压住了的眉毛就显现出来。杭忆喜欢楚卿的眉毛，那里隐藏着一些难以言传的酸楚，也许还有无法弥补的过失和再不能挽回的遗憾。杭忆喜欢看到楚卿的弱点，因为发现她的弱点而心情激荡。现在他对她不再有狂热的感情了，白天，有的时候，他还会有意无意地回避着她。别人都看出了他对她的明显带有感情色彩的尴尬，只有他自己不知道。他还年轻，但内心经历很多，感受细腻，是个因为早熟而难免迷失的年轻人。

靠在楚卿面前的唐韵，也正睡得香甜，她的睡相，有几分少女的傻乎乎相道。杭忆看着她的几乎要衬出来的双下巴，看着她在梦中像一个发酵的面包一样平和安详的样子，自己也禁不住要笑起来，然后，连忙捂住嘴，轻手轻脚地踮了出去，他可不想打搅她们难得的好梦。

他坐在船头，吸了一根烟。因为还是刚刚学会的，所以不时地发出控制不住的时响时轻的咳嗽声，就像是河两岸灌木丛中那些不知名的怪鸟的啼叫。他看到了在无边黑暗之中眼前的一点点红火星，两岸不时地有更黑更大的东西压来，也许是一丛竹林，也许是江南村口往往会有的巨大的百年古树。河床边不时地响着虫鸣，杭忆分不出那是夏虫还是初秋的虫了。他突然感到了一种巨大的悲哀，对此他并不感到意外，这是他从前就有过的感情方式。他下意识地用手去抚摸了一下放在口袋里的口琴，刚要把它往嘴边凑,想起嘴上还塞着根烟,他张开双唇,突然,另有一种他从未有过的情感——一种不知要和什么永诀的恐惧,从后脊梁冰冷地升起,蹿到头上,又一下子落到胸口,继而摄住了他的心。什么都来不及想,他扔掉了嘴里的火星,投入河中,几乎与此同时,他看到了右边堤岸上那些巨大黑色板块中喷吐出来的长长的火舌。

从那以后发生的一切,事后杭忆怎么也回忆不起来了。这并不是说杭忆在这一刻成了胆小鬼。不,如果不是他拉住了楚卿跃入河中再爬向岸边的茶树丛,楚卿很可能就像唐韵一样地被敌人的机枪扫射死了。只是在做着这一切的时候,杭忆显得非常下意识。他好像是一个经历过许多次出生入死的人一样,准确无误地又一次死里逃生。他听到了不时传来的惨叫声,但这些惨叫并没有影响他的判断力。凭着与生俱来的对茶气息的那种血脉一般的亲和,伸手不见五指的夜晚,他立刻就闻出了茶丛特殊的清香之气。在那些竹林、蔗田、水稻和络麻地中,他毫不犹豫地选择了茶丛。然后,他就死死地趴在茶丛中,再也没有挪过一步,直到神志逐渐昏迷。

现在他已经完全清醒过来了,甚至看到浑身是血的陈再良,也没有使他再一次发抖。他立刻就判断陈老先生要死了,他的胸口挨了致命的数枪。老先生面对苍天,目光越来越浑浊,杭忆几乎趴在了他血染的身躯之上,只让自己的胸膛小心地临空,不压着陈老先生的伤口。

陈再良已经说不出一句话来了,但是从他的眼神里还是可以看出,他认出了杭忆,他为杭忆的到来而欣慰。他费尽了力气才微微抬起了右手,杭忆这才看到他的右手,连着指甲都是黄泥土。杭忆顺着他右手食指所指的方向看去——他看到那方金星歙石云星岳月砚,已经半截插入了土,那另半截却还在土上。

杭忆连忙对他做了一个手势,示意让他放心,他已经明白他要他干什么了。然后他就爬到那方砚台前,拼命地用手和口琴一起扒拉着老茶树下的黄泥土。因为用力过度,他的指甲,一会儿就刨出了血。他很快就挖出了一个洞来,把砚台放了进去。在这整个过程中,他一直看着陈再良在微微地点头,目光越来越黯淡。他知道他立刻就要死了,立刻就要死了,他更着急。一边看着他,一边往老茶树根下填土,一边看着他轻声地说:"好了,就要好了,你放心,就要好了……"他的呼吸也随着他的呼吸一起起伏,最后他终于发现老先生不再呼吸了,他的手就僵在了洞口,一直把自己憋得喘不过气来,然后他想,陈老先生死了。

杭忆是在从老茶树下往回爬的时候,遇见茶女的。他首先看到的是茶女的那双赤脚,脚背很高,胖胖的,五趾分得很开,扎在泥里,趾甲剪得很干净,这是一双好人的脚。他想,他们得救了。

茶女是一个胖姑娘,细眼睛,嘴唇鲜红饱满,和杭忆从前交往过的城里姑娘大不相同。看上去她似乎是个不大有心事的村姑,否则,打了这半夜的乱枪,她怎么还会自顾自地往河边的茶园子里走。不过,水乡女儿的那份机灵到底还是在的,她一看到杭忆就什么都明白了。她示意着让他们都不要动,然后飞快地跑回了村子。没过多少时候她就回来了。给杭忆带来一顶笠帽、一身农装和一把铁耙。给楚卿的头上扎了一块毛蓝布头巾,还给她披了一件大襟的旧花衫,又顺手把自己腰间的茶篓系到楚卿身上。然后才让他们站起来,一边采着茶往回走,一边说:“万一碰到人,你们就说是我的表哥和表嫂,来我这里走亲戚,一早出来帮我采茶的。”

楚卿没忘记问她:“和家里的人说我们的情况了吗?”

“我家现在就只剩下我,哥和嫂子带着孩子走娘家,被封在敌占区了。我一个人已经过了个把月了呢。你们是什么人,是国民党的,还是共产党的?还是陈新民的沪杭游击队?听说他已经被日本佬打死了,现在是他的爹在当大队长呢!你们怎么湿淋淋地跑到我们的茶地里来了,你们碰到日本佬了吗?”

看来这胖姑娘昨夜睡得很死,她竟然什么也没听见,难怪一大早她还敢出来采茶。听了杭忆的简单述说,她才明白为什么今天早上村里只有她一个人走来走去。好在她实在就是一个乐观的姑娘,吃了一会儿惊也就过去了,很快就把他们领回了村东头的家,安顿他们吃了一点番薯泡饭,擦干了头发和身子,就让他们到楼上放稻谷的小仓房里待着。这时天已大亮,听得出来,对面隔着竹林子,已经有人声和牛声了,茶女说:“我出去看看,回来好告诉你们,事情到底怎么样了。”

仓房很小,再挤进杭忆他们两个人,差不多不能够转身了。好在靠南边的墙上还有一扇一尺见方的窗子。窗外是路,路对面是竹林,竹林过去是一片菜地,菜地过去是稻田,稻田过去是茶坡,茶坡过去就是河堤了。从小窗口望出去,能够看到微微起伏的茶坡,再往下便看不见了。但是他们却听见了从茶坡那边传来的惊心动魄的镗锣声。然后,他们看见村子里陆陆续续地走出来一些人,他们大多是老人和妇女,有的走着,有的半跑着。还有小孩子跟在妈妈后面的,跑了一半,却又被大人赶了回去,他们只得三五成群地站在村口,等待着小河那边的消息。

“有可能会来搜查这个村子。你看呢?你是第一次遇见这样的情况,你——紧张吗?”

“你也是第一次遇见这样的情况,你呢?”杭忆一直就没有看她一眼,他冷冷地看着窗外,“我们从这扇窗子是无法逃出去的。这一带是敌我双方进进出出的地方,什么样的情况都可能发生。我看我们还是到楼下去等。刚才我进门时发现楼下有后门,万一发生什么意外,还有一条退路。”

楚卿听着这口气非常熟悉,想了想,明白了,那是她平时的口气。好像就是从这样的一个早晨开始,一切都发生了变化,某一种不可思议的力量,在杭忆身上产生了。她同意了杭忆的看法,悄悄地下了楼。

不一会儿,茶女带着一个老人回来。老人姓韩,说他是这里的族长。杭忆看到他们的眼里都含着泪花,老人的手一直在烟袋里掏来掏去,就是不点烟。他们相互对视了一下,知道一定是有最坏的消息在等待着他们了。

“你们一共几个人?”

楚卿告诉他们,连他们一共有十个。老人这才点点头说:“这就对了,河边躺着八个。”

也就是说,楚卿带着的这支小分队,除了他们两人,其余的全都被日本人打死了。

杭忆一直是蹲在那里听的,这时站了起来,说:“我能不能去河边看看?”

茶女跳了起来,用身体护住大门,说:“你们哪里也不能去的,就躲在这里。刚才就是日本佬的维持会把村里人都召了去河边，指着那些尸首说，日本佬发了话，谁也不准去收尸，谁去，就打死谁。这会儿，他们还派了岗哨，在河边等着呢。你们去了，不正是中了他们的计？”

韩老伯说：“可怜这些死了的人，一半还浸在水里，尸体都浸涨了。这么热的天，苍蝇蚊子一会儿就爬满了，里头还有一个老头，穿件长衫。还有一位城里姑娘，衣衫都扯开了，肚皮都露了出来。作孽啊，韩发贵你不得好死，我把你咬碎了吃掉的心思也有啊……”

杭忆红着眼睛问：“韩发贵是谁？是他向日本人通风报信的吗？”

“这个不要好的东西，癞皮狗一样，哪里是人生父母养的！日本佬来之前，就是乡里的一个祸害。偷抢，强奸妇女，盗人家的祖坟，哪样坏事没给他做绝。爹娘是活活给他气死了，族里也早就除了他的名。他就住在破庙里，没人理他，只等着老天有眼早早收了他去地府阴曹。哪里晓得日本佬来了，他就靠日本佬做了人上人，如今是我们这一带顶顶臭的汉奸。他替日本佬做事，日本佬就像养一条狗一样地养他。他抢了好几个黄花闺女来做大小老婆，青砖大瓦房盖了好几进。前一阵子中国军队反攻，他逃掉了，没想到刚才我又看到了他。喏，镗锣就是他派人敲的，刚才的话，也是他在河堤上亲口说的。我敢肯定，八九不离十，你们这支政工队要往这里过的事情，是他去告的密。我们这一带，除了他，还有谁会这么伤天害理，人心喂了狗呢！”

茶女把楚卿和杭忆安置在她哥嫂的房间里。这姑娘，也不知道是被亲眼目睹的惨状惊呆了呢，还是生性憨直，竟然没问一问楚卿和杭忆究竟是什么关系。夜里，楚卿睡在床上，杭忆就睡在床下的一张竹榻上。他没有睡着，但也不敢翻身。竹榻声音响，他怕吵着了楚卿。楚卿看上去有点不太对头，像是得了病了，也许是穿着湿衣服在茶地里趴的时间太久了。他耳边时不时地还有蚊子在嗡嗡，然后就叮在他的身上吸血，又痛又痒，但是他不想去赶跑蚊子。他想到了白天韩老伯给他形容的情景—— 一共八个，一动不动，已经被水浸得发肿发胀了。蚊子叮满了他们的未被水浸泡的上半身，而他们的下半身，又簇拥着许多尖嘴的小鱼。他们半张着眼睛的面孔，对着南方的夜空。悬置在死者的面容上的，是一些巨大钻石一般的大星星，以及无数萤火虫一般飞扬在天穹的小星星。杭忆想象着他们此刻已经变得平静坦然的面容。现在，他们已经超越了苦难与恐惧，为什么我没有能够和他们躺在一起呢？

杭忆突然坐了起来，自己被自己的罪孽吓昏了头。直到这时，他才想起来昨夜他是怎么样坐到船头上去抽烟的。这火星，不正是敌人的目标吗？他吓得冷汗直冒，完全不能够再想到小船在万籁俱静中发出的格外清晰的摇橹声也会招来敌人。

他顿时明白了，他之所以没有能够和他们躺在一起，是因为他没有资格，他对这个正义和复仇的人间，是犯下了不可饶恕的罪孽了。难道不正是因为他的轻浮品行导致了战友们的牺牲吗？现在，即使他走到河边，和他们一样，半躺在河水中，他们也不会接受他了。他们会无言地对他说——起来，你不配和我们一样地去死——用你的生命去洗刷你的罪过吧；替我们去复仇吧；替我们去杀那些杀了我们的人吧；替我们去恢复这平原和丘陵上的和平吧；

然后,替我们去还一切的夙愿,替我们去度过未来的本该属于我们的所有岁月吧。

当他这么想着的时候,他甚至没有发现楚卿已经站在他的身边。这个女人,在黑夜中俯看着他,还用手轻轻抚摸他的不停抽搐的面容。女人的眼泪,就像夏季南方的雨水一样,大而有力地,一粒一粒地,砸在了他的鼻梁上。

直到第三天下午,韩发贵的人才撤离了河堤,杭忆和楚卿也才有机会重新来到河边。他们几乎已经认不出他们的战友们了。八具尸体躺在河边,一个个都肿胀得面目全非,上半身竟都发出了绿毛,下半身也已经被鱼吃得千疮百孔,露出了白骨。他们站在远远的河堤上,能够闻到一阵阵的尸体的腐烂气息。韩老伯不让他们在光天化日之下收尸,怕被汉奸发现。因此,这些尸体,都是半夜里被埋掉的。为了不被人发现,尸体都被埋到了三天前杭忆和楚卿隐蔽过的茶地。先把茶树连根挖出来,腾了一块黄土地,然后挖了一个巨大的坑。没有棺材,韩老伯背了八条自己打的芦席,把尸体一个个包了起来,置入坑里。

都放整齐了,一群人站在坑边,突然没有声音了。坑下那些永远沉默的灵魂,再过一会儿,就将被黄土掩埋。用不了多久,就将化为同样的土地,永远消失了。他们除了永生在活着的人们心里之外,还永生在什么地方呢?这么想着,杭忆开始和别人一样地动手铲起了黄泥土。他感到自己的脚背被什么东西硌了一下,蹲下身子去摸,就触到了一件他非常熟悉的东西。没有看他就知道那是什么了,他一下子无力站起来,抱着那方砚石蹲了好长时间。

一会儿工夫，坑就被重新埋了起来。为了不被别人发现，他们在这片平整的土地上重新种上刚才移开的茶树，完全按照以往的方式原样植好。这样，明天早上，当人们走过这里的时候，谁也不会发现这茶树下面埋着什么，快乐年轻的村姑们，还会到这里来唱着茶歌，采着茶；而遥远的城市里，某一位正人君子在灯下夜读时，也会喝下从这些茶树上采下的茶叶。那么地下的灵魂，也就以这样的方式来达到永恒了。杭忆这样想着，穿过了茶地，回到茶女的家中去。他的心情，比出来时要平静得多了。他想，这是他为这些灵魂所做的第一件事情。让他们托生为茶，他们会满意的吧。

从茶树地掩埋了战友们回来，楚卿就倒在了床上，第二天她也没有能够起来，第三天她开始发起了高烧。整整一个星期，杭忆没有离开过她的床头。韩老伯和茶女出去采了不少的草药，回来煎成汤药给楚卿喝。他就坐在床头，不断地用茶水给楚卿擦脸，擦手，这是记忆中奶奶给他治病时的良方，除此之外他束手无策。有那么三四天的时间，楚卿的神志好像出了一点问题，她不断地呻吟着，哭泣着，有时还有喃喃自语般的祈祷。她一点也不像那个健康时的楚卿了，这是杭忆始料未及的事情。

又一天早晨，他刚刚从一个提心吊胆的小盹中醒来，便感觉到有一双熟悉的眼睛在注视着他。楚卿已经从床头上坐起来了，在初秋的晨风里，她的灰眼睛重新有了以往的那种审视的色泽，除此之外，还增添了一些什么。杭忆一下子就从她身边弹了开去，他心跳，靠近楚卿身边的那只耳朵发麻，他的头脑有点发昏。他想，这是我太疲劳了。他摇摇晃晃地走到了灶间，一头扎进了盛满水的铁锅。

正在灶下塞柴火的茶女吃惊地叫道:“杭忆哥,你这是干什么,我正要烧水呢,你也病了?”

杭忆水淋淋地抬起头来说:“那队长醒了。”然后,他就摇摇晃晃地上了楼梯,到了仓房,脚一软,倒下就睡着了。

一种越来越深的不安开始在楚卿的灰眼睛里闪现。逐渐痊愈的她发现,杭忆给了她一种在此住下去乐不思蜀的感觉。现在,甚至白天,他也开始往外走了。他已经开始半生不熟地运用起当地的方言来,再加上茶女像一个女保镖一样地跟到东跟到西,他们倒真像是一对表兄妹了。

最令人不安的是,几乎每一个晚上杭忆和茶女都不在家。常常是直到半夜时分,他们才一起回来。他们还总在一起叽叽咕咕地商量着什么,可是他们从来也不向她汇报。每当她用相当明显的目光要求他们回答的时候,杭忆就说:“你什么都不要想,只管安心地养病。”

这话伤害了她的尊严,她不能接受杭忆越来越用她的口气说话的神情。她把他们之间发生的某一种力量上的重新调整,归结为他们脱离组织的时间太长久了。尽管她的腿还在发颤,连坐久了都要冒虚汗,但是,她再也不能在这里住下去了。她说:“我是队长。现在我决定,我们必须在三天之内动身离开这里。这里的一切都必须向组织汇报,牺牲的人,日本鬼子兵力的情况,还有汉奸的出卖,以及这一带抗日的群众基础。我们应该立刻找到组织,然后决定下一步的抗日行动。”

杭忆冷静地坐到她的对面,说:“你说的这一切我都已经派人去做了。韩老伯已经动身去找组织了。至于抗日,我们在任何地方任何时候都可以抗。而且,日本人越多汉奸越猖狂的地方,就越值得我们留下来抗日。”

“你倒是想在这里安营扎寨了?”

“不错。”

“你有什么权力做这个决定!你甚至还不是组织的人!”

“正因为我还不是组织的人,所以我想怎么抗日,就怎么抗日。”

楚卿用严厉得不能再严厉的目光盯着他,她发现目光不再起作用了。她甚至发现,在短短的一年间,杭忆已经从一个少年长成一个成年人了。他的肩膀,仿佛在一夜间宽了出去,他的胸膛厚实起来,他的个子一下子就蹿了上去,他的嗓音也发生了深刻的变化。以往那种不安的颤抖的神经质的声调,变成了不可置疑的、因为经过洗礼而胸有成竹、因为相信自己的力量而带有蛮横的铁血男儿的声音了。

那么说,他再也不会是她的骑士了。他是她的战友、她的对手,甚至她的冤家了。

楚卿冷笑着说:“照你看来,我该何去何从呢?”

杭忆突然热切地坐到她身边,刹那间,那个热情的诗人的影子仿佛又回到了他身上,他一把拉住她的手说:“楚卿,等你病好了,我们一起留下来,就在这里抗日吧。你还是我的那队长,我会永远听你的,就像你会永远听你的组织一样。”

楚卿的脸腾地一下热了起来,手就因为心慌意乱而用力地抽了回去。但杭忆误解了这个动作,他还以为楚卿是因为他的冒昧而生气了。他一下子回到了尴尬的境地,但他又不愿意让她看到他的尴尬,所以他的尴尬立刻就转变成了刚才的那种生硬。他再一次冷冷地说:“我知道你有你的原则,但我也有我的原则,我们的原则都是神圣不可侵犯的。你凭你自己的意愿去做决定吧。”

这么说着,他就走了出去。

在客堂间里,茶女拦住了他,说:“杭忆哥,把我们的行动计划告诉那队长吧,她老是用那样的眼光看着我,我真是有点受不了了。”

“我从来也没想过要向她隐瞒什么。但是我现在真的不能告诉她。你不知道,她和我是不一样的人,她所做的一切,都必须事先向上面请示的,她在一个十分严密的组织当中。让她知道了我们所要干的事情,她是支持我们好呢,还是阻拦我们好?她会为难的,也许还会因此受到处分。”

“那么我们就等一等吧,等韩老伯回来,带回上面的指示,我们再干不行吗?”茶女又说。

“怎么能等呢?一天也不能等。”杭忆不耐烦地回答。

茶女愣了一会儿,把那双赤裸的双脚来回搓弄了一会儿,才说:“可是,我总觉得不向那队长说实情,会很麻烦的。你懂吗?会很麻烦的。”

杭忆觉得茶女今天的神情很怪,他还有许多事情要去处理。离那一天越来越近了,他必须做到万无一失,他没心思和茶女深究。

茶女见杭忆要走,这才急了,说:“刚才你们两人在吵架,当我不知道。我跟你说,你是真的不知道还是装着不知道,那队长在生我的气呢。”

杭忆没有看茶女的眼睛，他什么都明白，可是不想去面对，就含含糊糊地说：“你都想到哪里去了？”

茶女怨嗔地说：“我跟你进进出出的，每天半夜才回家，把她一个人撇在家里，她生我的气呢。你以为那队长就是那队长啊，那队长也是人啊。”

杭忆把脸放了下来，他明白茶女的最后一句话是什么意思了。他不想让茶女再往下说了：“开玩笑，你把那队长当成什么人？想到哪里去了，再别往下说了。”

茶女哭了，跺着赤脚说：“我怎么是开玩笑，我怎么是开玩笑？我夜里想到这件事情，我是睡也睡不着。你以为只有那队长在生我的气啊，我还生那队长的气呢。”

杭忆不高兴了，低声喝道：“住嘴，你怎么能生她的气？”

“我知道我不能，我知道我不能，可是我还是生气，我还是生气，我管不住我自己，我还是生气，呜呜呜……”

茶女就这么哭着跑出去了。

杭忆站着发愣，然后便听见背后那个熟悉的声音说：“惹麻烦了，是不是？”

正在里屋休息的楚卿，刚才隐隐约约地听到了茶女的哭声，和她要表达的大致意思。一开始她感到又气又好笑，这个傻丫头，竟然吃起她的醋来。可是听到后来，她自己也开始有点生气了。她是什么人？经过多少磨难考验，有过刻骨铭心的爱人，赴汤蹈火，生离死别，她怎么也会……她不愿再往下想，等韩老伯回来，她立刻就离开这里，不管发生什么样的情况，她都要离开这里。这简直是太荒唐了,太荒唐了,太荒唐了……

隔着门缝,楚卿看到杭忆取出了那方陈老先生的遗物砚石,她看到茶女就在烛光下磨起墨来。这丫头,毫无疑问是爱上杭忆了,你看她灯下含情脉脉的眼睛。她又看到杭忆取出毛笔,在一张布告大的纸上写着什么。半个时辰后,门外响起了轻轻的叩门声,他们来了。楚卿看到茶女开了门,和杭忆一起走了出去。在门口,杭忆还说了一句,你就别去了,茶女理都没理他,一闪腰,融入了乡村深秋的雨夜。趁着那门板一开,楚卿看到了,这显然是由当地农民组成的一支队伍。他们中,有人拎着麻绳,有人夹着麻袋,还有人握着种菜苗时用的小锄头。他们悄无声息地出发了,冒着细雨,走在村里泥泞的小路上,一会儿,就拐出了村头,向不远处的另一个更大的村庄走去。

隔着他们约摸半里路,楚卿悄无声息地跟在后面,她亲眼目睹了发生的一切。

半夜时分,杭忆回来了,他脚步重重地推开了楚卿虚掩的房门,大声地喘着气,又莽撞地重手重脚地擦着了火柴,点着了油灯。他端起油灯回过身来的时候,看见楚卿正靠床坐着,看着他。他说:"你一直在等我回来。"

"先把你手里的枪放下。"楚卿说。

"这是我们水乡游击队的第一支枪。"杭忆把枪放在了桌上,"我现在可以把一切都告诉你了。"

楚卿用目光告诉了他——她知道了一切。

"我杀了人,你知道吗?我不是说我们杀了人,而是说我杀了人,我亲手杀了人!"

杭忆走到了楚卿面前,依旧是一只手提着油灯,另一只手便摊开在楚卿的面前,说:"我就是用这双手把他绑起来的——"

"我本来以为你们会用麻袋把他闷死,我没想到你们把他拖到了河边。"

"那么说你已经全看见了,是我亲手把他扔到河里去的,就在两个月前我们遭到伏击的地方。"

"你早就想好了,要让这个汉奸落得这样一个死法。"

"所有的必死的敌人,只要落到我手里,都得这样死。"

他们两个人,此时都心情激动,不知所措。好一会儿,楚卿才站了起来,接过杭忆手里的油灯,重新放在桌上,说:"我也有一件事情要告诉你。"

"我已经知道了。其实,我们没有出发前韩老伯就已经回来了,他带来了组织的指示。那么你打算什么时候动身?"

"明天早上。"楚卿把目光逼近了杭忆,"不过组织已经明确指示了,是让我们两人一起回去。先把你这段时间组织水乡游击队的情况做一个详细的汇报,然后再来决定我们下一步的行动,以避免不必要的牺牲。要知道,我们已经牺牲了八个同志。"

杭忆坐在桌子旁边,若有所思地摇摇头:"你已经知道了,我是不会离开这里的。我才杀了一个敌人,而他们,一次就杀了我们八个。你替我回去汇报吧。假如你们相信我,有一天我会重新看到你的。"

楚卿看着他,她知道他刚才一直在发抖——毕竟,这是他平生第一次杀人,哪怕杀的是一个本应千刀万剐的恶魔。在此之前,他甚至还没有杀过一只鸡。他在发抖,这没有什么好奇怪的,可是他绝对不会承认这个。他故作若无其事地说:“我要睡觉了,你也睡吧,明天上午就要动身了,抓紧时间,你还可以睡上一觉呢。”

他就拎起放在桌上的枪,准备出门。自打楚卿的病好转以后,杭忆就被安排到楼上的小仓房里去打地铺了。可是他看见楚卿轻轻地伸出手来,把房门的门闩闩住了。然后,她轻轻地接过了杭忆手里的那支枪,下了保险,放到了床席底下。然后,她轻轻地拉住杭忆的手,把他引到床前,放倒在枕头上。而在此之前,她甚至没有忘记轻轻地呼了一口气,吹灭了那盏小小的油灯。然后,在黑暗中,她把她的脸轻轻地抚贴在他年轻冰凉的脸上。

甚至在一秒钟前,楚卿也没有想过要这样做,当她现在这样做的时候,却仿佛这是一件蓄谋已久的事情。

而他,他对她是多么不了解啊。而越是对她不了解,他就越迷恋她。只有她才能化解他的一切,甚至在这样一个杀人之夜,她化解了他杀人后的不安。她用她的亲吻鼓励他,告诉他,他所做的一切都是正义的,是大地和苍天都赞许的,因此他获得了爱情。在此之前,他只知道她的眼睛,而现在,他知道了她的全部。她细细的灵巧的脖颈;她像成熟的果实一样跳动的胸乳;她富有弹性的腰身,他用两只手一合,竟然把它给合了起来;她的腿是长而瘦的,但非常结实,就是在大病一场以后,她的腿还是那么有力;至于进入那最辉煌的圣殿——就是在他苦苦思恋着她的最狂热的日子里,他也不曾想到过这样的神遇。他总是在云层里想着她,现在,她把他带回到了大地上。他是多么迷恋她的全部啊,从此以后,她就是她,她再也不是其他的什么了……

她非常狂热,有着杭忆想都不敢想的狂热,她的力量甚至足以和他的杀人的力量抗衡。她重新唤起他从前的生活,在无边的雨夜里,她让他的胸腔重新注满温柔。她的头发抚摸着他的面颊,使他想流泪。

她说:“你知道我喜欢你什么?”

“我不知道你喜欢我。”

“你当然知道……”

“你什么时候开始喜欢我的?”

“第一次看到你的时候。”

“我也是。”

“为什么?”

“不知道……也许,你是我从来也没有领略过的姑娘……你呢?”

她静静的像一只小猫偎在他的身边,不知道想着什么,然后说:“不告诉你。”

“我迟早会知道的。”

她迟疑了一下,身体略为移开了。他们静静地听着窗外的雨声。突然,她重新狂热地扑上来,搂住他的脖子:“我喜欢你吹口琴的样子。”

他就伸出手去,把放在床头的口琴拿过来放在唇边。想了一想,又移到她的唇边,说:“你亲一亲它。”

她接过口琴,黑暗中就发出了一声迟疑而又小心的颤抖的琴音。他满意地叹了一口气,说:“现在,只要我吹起它,就是在亲吻你了……”

她突然一下子哭了出来，只有一声，就控制住了，把头埋进了枕中，说：“我想让你吹给我听……”

第二天早上，杭忆还没有睁开眼睛就伸出了手去——他先是摸到了枕下的那支枪，然后，他的手往上摸去，枕上，放着那只口琴——他依然没有睁开眼睛。……楚卿走了，他把琴塞到嘴边。他轻轻地调整着自己的呼吸，他的口琴就发出了近乎喃喃自语的声音，双耳却被眼角流下的泪水打湿了……

第十四章

一大早,杭汉就起来了,他惦记着后院那块烧焦的空地——原是爷爷种植名花异草的地方,荒芜很久了,杭汉准备用来种点蔬菜,菜秧也已经专门从人家那里要来了,是杭州人喜欢吃的瓢儿菜。

天是湿漉漉的,杭州的春秋天气就是这个样子。夏天呢,热得个要命,冬天,又冻得要死。杭汉从工具房中取出了生锈的锄头,先到井边上磨了起来。干这些活,他从小喜欢,也得心应手。天下着小雨,打在他的小平头上,但没有影响他干活的热情。他知道,现在,家中这些男人该干的事情,都已经毫无例外地压在了他的头上。

他专心致志地劳作了很长时间,感觉到有人正在盯着他,抬头一看,果然是伯父杭嘉和,正站在屋檐下,手背着,皱起眉头看着他呢。

他有些喜悦地叫道:"伯父,你今天起得那么早?"

杭嘉和缓缓地回答:"早吗?"

要按嘉和以往的生活习性,那就是够晚的了。可是自从逃难回来后,杭嘉和就得了一种奇怪的病,他常常会没日没夜地睡觉,人也睡得浮肿起来了。杭汉怕和伯父对话,放下锄头就说:"伯父,我得到储备银行去跑一趟,你歇着啊。"

说完,放下锄头就走,仿佛在伯父面前还有心思种菜本身就是一种罪过。要走出院子了,回头看看,伯父已经抡起他刚才放下的锄头,杭汉的心就热了起来。正巧碰见捧着一脚盆衣服要到井台边去洗的母亲叶子,他就说:“妈妈,伯父在干活了。”

叶子放下那一脚盆衣服——她早就开始靠给人家洗衣服来维持生计了——脸上就露出了欣慰的笑容,她面色苍白,眼圈发红,嘴角也抽搐起来了。

忘忧茶庄,从沦陷的第一天开始就没有再开过门。但年把过去了,杭氏家族的人虽然死的死散的散,活着的人,却依然没有搬出这个绝顶伤心伤肝的地方。他们依旧住在羊坝头的这五进院子里,只是墙门经了烟熏火燎,山墙也已塌的塌倒的倒,颓败的残砖破瓦上生出了蓬蒿,倒越发显出了欲盖弥彰的荒凉。那些缺口处,用了几根竹子编着歪歪斜斜的篱笆,路边走来走去的人,都能看到里面烧黑的房子和荒芜的花草假山。

院子破败成这个样子,让那些从前走过这里的人几乎不敢相信自己的眼睛。略知底细的人都知道那是杭家人自己烧的,幸亏救得早,没大烧起来。奇的事情也就在这里,杭家大院四处漏风,谁都可以进来顺手牵羊,可是偏偏就没有人再来偷东西了。说是杭家人阴极阳来,自家都敢烧自家的房子,这样的人家不好再碰的,碰碰,要天打五雷轰的。你看,日本佬,那个小堀一郎那么凶,不是照样搬出去了吗?连带那个杭家门里的逆子日本翻译也只好跟着搬了出去。

还有人路过从前的孔庙,常常会指指那个在孔庙门前摆烟摊和茶水摊的中年男人,压低声音说:“瞧,就是他,从前忘忧茶庄的老板,他们家的房子,就是他烧的。”那些不知底细的人还想问一个端详,有人便又会告诉他们关于这个人的母亲和这个人的弟弟的令人毛骨悚然的故事:“你们想都想不到,这头尸体前脚抬出,那人后脚就一把火烧了院子,只是便宜了那两个到苏堤上种樱花去的日本佬和翻译官,人没烧着,东西倒是烧得滑脱精光。听说那个日本佬也是个奇人,放了那么些东西他不去救,单单抱了一把紫砂壶出来。”

听的人吓出了一身鸡皮疙瘩,说:“那个小堀,杀人不眨眼,他怎么就没有杀了那放火的?兴许是看在他这个弟弟当着他的翻译官吧?”

说的人就摊摊手说:“谁知道,日本佬六亲不认的,还会在乎一个翻译官?听说是看中这个人的女儿了呢。”

听的人就更加奇怪了,不在乎一个中国人的死活,那是好理解的;但在乎这个中国人生的女儿,听说还是一个生肺病的,这就不好理解了。再回头打量这个衣衫褴褛长发披肩的男人,见他长衫领口,无论风中雨中都是那么敞开着,好像因为内里有一团烈火在烧,便永不会知道什么叫冷一样。他总是斜坐着,侧着脸,眉头紧皱,那双深邃的眼睛死死地盯着一个地方,渐渐地,目光就燃烧起来,再慢慢地归于平和。然后,再一次开始。这种周而复始的燃烧,几乎一刻也没有停过。看见过他这样目光的人就问:“这人是不是疯了?”

在鸡笼山埋葬他的那个已经千疮百孔的妹妹嘉草之前,杭嘉和哪里会想到他会走到这一步。小撮着和汉儿在挖开林生的坟头时，他几乎丧失了神志。他坐在一株大棕榈树下，一直抱着嘉草——嘉草则抱着那条玉泉的大鱼——他们一起僵硬在12月的阴雨泥泞之中。

谁也没有在意嘉和究竟抱着他们有多久。雨很大，先是集聚在大棕榈树的阔叶子上，盈满了就砸到嘉和的头上，顺着头发梢往下滴，倒像是头发也哭出了眼泪，大朵大朵的，再落到嘉草终于妥帖了的不再痛苦的面容上。看上去，她比活着的时候更美了，只是她的脸过于呆白，有点像茶花的颜色，和她身上那一片片紫红色的血花就形成了鲜明的对照。雨也落在她的没有知觉了的身上，化开了已经凝固住的血水，淡红的深红的血蚯蚓一般地洇爬了开去，染红了她怀里的那条大鱼的白肚皮，也染红了紧紧抱着她的大哥的那双已经僵如死尸般的薄掌。然后，再落下来，终于流到了杭家的茶蓬祖坟上，一直流到老茶树的根部，把墨绿的老茶叶子都染红了，这才渗入了茶蓬下的熟土地中。

棺材已经抬来了，是小撮着从翁家山把他母亲的寿材抬来先用的了。因为怎么也掰不开嘉草手里的鱼，所以无法将她落材。叶子和李飞黄，一人一头，扯着一条被单，在棕榈树和嘉和之间拉起了一条布幔，雨就落在了布幔上。叶子的面色也是几乎和嘉草一样苍白的了，她的眼睛仿佛被眼泪洗得褪了色。她看了看嘉和，可是嘉和不但不把他的妹妹往棺材里放，反而紧紧地往怀里搂。直到这时，他的眼里一滴眼泪也没有。然后他就把头深深地埋到了妹妹的创伤上，再抬起头来时，两只眼睛就成了两个血窟窿。

李飞黄吞吞吐吐地问："鱼……要不要……"

嘉和没有听见,他抱着人和鱼一起站了起来,走到棺材边。杭汉这时候刚刚从掘开的坟里上来,手里拿着一件东西,就伸到了嘉和的眼前。雨水已经把那东西冲干净了,杭汉又用衣角擦了擦,大家都看清楚了,这是一个白瓷的小人儿,跪坐着,手里还举着一卷书。嘉和看到了,两个血窟窿一缩,就涌出了血水——他看到了当年陪林生下葬的茶圣瓷像小人儿。

他们这一行人终于回羊坝头的时候,天已经放晴。街上走过一队队荷枪的日本人,偶尔走在街上的行人见了他们,都几乎止住了脚步。嘉和却好像没有听见看见,他横冲直撞,有一次还干脆从一支队伍中间穿了过去。

那时候叶子就发现嘉和有点不对头了,她自己也几乎要昏厥过去了,但还是没有忘记上去扶住嘉和。就在这时候,杭嘉和开始越走越慢,越走越慢,到最后甚至站住不动了。

再拐过一个弯,就看得见忘忧茶庄那青砖的围墙了。李飞黄和杭嘉和恰恰相反,他是越走越快,越走越快,恨不得一步飞到房子里躲起来。看见青砖高墙,他大大地松了一口气,然后小跑起来,从那虚掩的门里滑了进去。片刻,他又跌了出来,刚刚还过来的一点血色又褪了回去,他结结巴巴地说:“——不要进去,你们先不要进去——”

叶子一听,全身一软,就放开嘉和坐在了地上。嘉和却奇怪地用手把自己的眼睛遮了起来,像一个瞎子一般跌跌撞撞地往前冲。没冲几步,大门里就撞出一个人来,正是吴升。这个七老八十的杭家死对头,见了嘉和,扑通一声就跪了下来,捶胸顿足地叫道:“作——孽——啊——”

嘉和摇晃了一下,就站住了。他没有往门里冲,也没有搭理老吴升,他别过脸去,一只手始终遮住眼睛,很久很久也没有放下来……

现在,你能说嘉和真的没有疯吗?有时,甚至连最了解嘉和的叶子,也以为他近乎疯了。从埋葬了绿爱和嘉草回来,他一把火烧了自己家的大院子之后,他就几乎再也没有说过一句话了。现在,他和叶子、杭汉一起住在叶子从前住的小偏院里,家里的衣食住行,他再也没有操过心。叫他吃什么,他就吃什么,不叫他吃,他就几天不吃。家里的东西在一件一件地变卖着,他们开始过上杭氏家族自发迹以来最贫困的日子。从前那些足够让杭嘉和操碎心的家事,现在他置若罔闻。他不洗脸,不洗澡,不换衣衫,浑身污垢;但他精神亢奋,静如处子,动如脱兔——要么一声不吭地死睡,要么比任何时候都喜欢在杭州城的大街小巷里瞎转。甚至后来到了孔庙门口摆茶摊时,这种神情也没有改变。杭汉惊异地发现,大伯从前那种在水上漂着一样的轻盈步伐,再也看不见了。现在,他脚步重重,一个人走路时就像是一支军队在呐喊着前进。当你企图和他说话的时候,你发现他的目光雪亮,像匕首一样妄图穿过你的胸膛,但他就是一言不发——你能说杭嘉和真的没有疯吗?

杭汉这么想着,低着头,走过了1939年早春杭州多雨而忧愁的里弄和坊巷,有许多事情现在是全靠他在做了。日本人自占了杭州城后,立刻就在杭州成立了一系列银行和工商业机构,什么"阿部市洋行""白木公司",都是杭汉从来未听到过的。因为日本人规定,凡是向洋行各厂购买货物,都必须使用日本军用票,绝对拒收国民政府原有的法币。这样一来,市场上就很快出现了买卖军票的贩子。吴升的那个破脚骨儿子吴有就成了一个买卖军票的活跃分子,听说因此还大发了一笔横财。再以后,日本人又规定了法币的使用期限,限期以二比一的比例兑换,过期作废。忘忧茶庄可以不做生意,但杭家人不能不活下去,叶子只得拿出现有的法币来,让儿子杭汉去做这件事情。

杭汉打心眼里不愿意去换什么储备券,他觉得这件事情本身就很屈辱,不是作为一个男子汉的他应该去做的。但是现在的这个家,除了他之外,还能依靠谁呢?母亲是不能出门的,她早已被日本特务机关给盯上了。日本人在杭州建立了不少日语学校,他们已经知道了母亲是日本人,几次打发人来让母亲到日语学校当老师。有一天上门的竟然是盼儿的后爹李飞黄。杭汉想到他那副左右为难又委屈又谄媚的吃相,不由得朝湿漉漉的石板地上呸了一声。

有人就朝他喝道:"小死尸,你给我站住,不想活了,头低下来寻什么?地上有元宝啊!"

杭汉这才抬头看到,原来小巷已经被一群汉奸拦住了。杭汉之所以选了这条路走,并不是因为这条路近,恰恰相反,这条路倒是远出了一倍。但它的好处是绕过了迎紫路口的日本宪兵的岗哨。杭汉不止一次地看到,杭人路过那里,凡经过岗哨,每一个人都要行九十度的鞠躬礼,腰弯得稍微高一点的,劈头盖脑就是一耳光。杭汉宁愿走远路,也不愿意给日本宪兵鞠躬。没想到从银行换了券证回来,连这条路也给堵上了。

站在巷口的这一头,可以看到巷口的那一头,一群人正在用长绳套着民房的门窗,其中有吴升的那个汉奸大儿子吴有。他正在起劲地当着啦啦队员,一呀二呀三呀地喊着,然后,就听得轰的一声,尘土飞扬,眼见得那排民房就倒了。

杭汉不明白为什么这群人要用这样的办法拆民房,脱口问道:“这是干什么?”

旁边就有人冷冷地说:“他们这是在挖自己屋里的祖坟呢,老天爷是要报应的啊,畜生!”

骂的人是痛快,听的人也痛快,但听完了就赶紧往那人身边撤,生怕惹祸水。杭汉却是不撤的,他往前凑了上去,这才看到了,骂的那一位,不是吴有的爹吴升,又是哪一个?他撑着一把油纸伞,呆呆地站在雨中,看着他的那个大儿子正热火朝天地在塌倒的门板窗框间上蹿下跳,手舞足蹈,嘴里就一个劲地念着:“畜生,畜生,畜生,你要害爹害娘,害得我们死无葬身之地了,畜生!”

杭汉问:“干吗要拆人家的房子?”

“王五权同吴有合伙开了一家棺材店,说是日本佬前方打死了人,要用这些棺材的。杭州城里弄不到那么些棺木,就用绳子拉了这些逃难的人的民房,拆倒了取了里面的木头来做棺材板。你看看你看看,一辈子做人,总以为什么都见识过了,却犯在自己儿子手里。这些民房的主人都是我们茶楼的老茶客,下次他们回来索命一般寻着我,我怎么去向他们交代?我只有死在他们回来前头了,我只有死在他们回来前头了,我只有死在他们回来前头了……”

吴升看来是找不到一个可以说话的人,甚至也找不到一个敢听他话的人了,所以他是抓到一个是一个,只管自己唠叨着。杭汉看看他的周围,人们就像避瘟神一样地避着他。自打嘉乔进了城,吴有当了汉奸,连带着吴升都成了一个孤家寡人。吴升一向是个人堆里要做大的人,挣扎了一辈子,眼看着就要爬到老对手杭天醉当年在杭州城里的地位,日本佬一来,哐啷当一声,又跌到了底。虽说他一天到晚给这双不肖儿子擦屁股,无奈活臭倒脓,哪里还擦得干净?包括给绿爱料理后事他都尽心去做了,又有何用!一世的要脸,一张老脸还是成了屁股。他的昌升茶楼,除了吴有和嘉乔的那批狐群狗党,再也没有从前的规规矩矩的老茶客来喝茶了。晚年的绝望和孤寂,使他常常想起他一生的老对头,死在他前面的杭天醉。现在他知道,闹了半天,还是杭天醉赢了,他把他的那个畜生儿子扔给他的对头,要他吴升亲自下地狱去付一笔笔的血债了。

杭汉不知道这一切,或者说他不能够体验这一切。他和吴升接触最多的就是替奶奶办丧事那回,他感觉他还有点良心,所以,不像他的父辈那样地厌恶这位老人。在这样的阴晦沉沉的天气里,他甚至还多少有点同情这个汉奸的父亲,因此他说:“你还是回去吧,别在这里说这些了,小心被人家听见了告密去,抓到宪兵队里,就有苦头好吃了。”

吴升看看他,突然说:“你父亲还没回来过吗?”

杭汉没想到他会问这个,摇摇头就算是做了回答。

“叫你伯父到我这里来喝茶。”他说。

杭汉边退边回答:“我记住了,我去跟他说,你快回去吧,我不会忘记的。”

现在,杭汉不得不走那条迎紫路的路口了。也许他原来以为,违心地向日本人鞠一躬,虽然屈辱,但也没有比死难过,所以一开始他还以为他是能够扛过去的。谁知他排在队伍后面,人越往前挪,心里就越难受。排在他前前后后的,都是老人和妇女,只有他这么一个大男子汉夹在当中。他看见日本宪兵动不动就去按那些老人的头,他们在家中,可都是德高望重的长辈,过年祭祖时,都是长袍马褂前面跪着一群儿孙的。现在他们却唯唯诺诺地不敢怒也不敢言,像叫花子一样地被人推到东推到西。他注意到了他前面的一位老人正在发抖,眼中甚至渗出了泪水,这老人手里还拉着一个孩子。杭汉知道,为了这个孩子,老人决定承受任何屈辱。果然,那老人到了宪兵面前,鞠了一躬,却通不过。那宪兵不由分说地给他一个耳光,老人甚至都不知道他究竟犯了什么天条。后面有一个妇女赶紧说:"你快让孩子鞠躬,你快让孩子鞠躬,上回我也是不知道这条规矩,被打了好几个耳光呢!你快让孩子鞠躬,要不他会把孩子给扣下来的。"

老人一听要扣孩子,可吓坏了,赶紧按着惊哭不止的孩子的头往地上磕,孩子被按得站不住,一下子就跪倒在了地上。那日本兵禁不住大笑起来,顺手拎起了孩子,还往他嘴里硬塞了一粒糖。孩子被噎得哭不出来,老人吓得赶紧抱着孩子就走,这日本兵这才哈哈大笑着放过了他们。

看上去日本宪兵情绪很好,杭汉就想,也许他不会在乎后面人的表现了。他往前站了一步,想就此打个滑脱,突然就走了过去。他的企图没有得逞,没走两步,被那日本兵喝住。他大声地用日语的脏话骂着杭汉,意思是该死的支那狗,还不给我低头,然后就伸出手去按杭汉的头。

杭汉听懂了这句话的意思。从小,母亲就常常用日语和他对话,母亲总是告诉他说,他们是从遥远的岛国漂过来的,那里还住着她的父亲,他们总有一天要回去看他,用他们自己的语言对话。有一天,他看见母亲在痛哭,因为外祖父死了。在为外公遥祭的时候,杭汉第一次看到母亲穿起了那个岛国女人常穿的宽袍子,母亲说这叫和服。母亲又告诉他说,别忘了那个地方,他们要回去祭拜外公的。杭汉的日语说得非常好,可现在他痛恨自己懂得这样一种语言了,他痛恨那张吐出了这种语言的嘴巴。他回过头来,仇恨地看着这张脸,他为这张脸感到耻辱,因为他在这张脸上看到了自己熟悉的印记。在目间,在眉梢,他能品味到某些只可意会不可言传的相像,他比任何时候都仇恨这种相像。他的仇恨只有傻瓜才看不出来,排着队过关卡的杭人,不由得都捏了一把冷汗。那日本宪兵自然不明白这种仇恨的更深一层的意思,但他还是被激怒了。这还了得,反了天了,一个支那人竟敢拿眼睛直直地盯他。他挥起手来,不由分说地就给了杭汉一个耳光。可是,还没等他放下手来,他的脸上,已经重重地回挨了两个耳光。

这两个耳光,简直可以说是把那宪兵打得一佛出世二佛升天。在该宪兵的记忆里,除了那宪兵的上司可以任意地抽打他的耳光之外,还有谁,谁竟敢倒过来回打他的耳光?支那人,支那人,这个支那人神经错乱了吗?他不要命了吗?宪兵因为气傻了,傻得甚至忘了自己手里还有一把上了膛的枪。他捂着自己的脸,目光发直,像是被杭汉的这两耳光打成了白痴。而就在这宪兵处于白痴状态的片刻中,不知道谁喊了一声——快跑!

顿时,那本来排着队的杭人一声哄叫,就作了鸟兽散。其中杭汉跑得像箭一般地快，嗖的一下，就笔直向前飞去。他听得身后砰的一枪，那被打傻了的日本宪兵终于半清醒了过来，却糊里糊涂朝天开了一枪。说时迟那时快，趁着这救命的空当，杭汉已经跑到了青年路口青年会的那个钟楼下面，鬼使神差似的顺脚一拐，进了青年会的大门，和正要从里面出来的方西泠撞了一个满怀。方西泠见杭汉的这副神色，知道大事不好，便问："发生了什么？"

"你先别问，后面有日本人追我，快把我藏起来。"杭汉二话不说，只管往里面跑。方西泠一时也来不及想更多的，急急跑到大门口，一看日本兵一排排地追了过来，也不知突然哪里来的勇气和力气，拉了大铁门就关上，在里面就上了拳头般大的锁。那些日本兵刚刚赶到，只来得及把刺刀尖顶在大铁门上，把大门刺得嗵嗵嗵地直响，可就是进不去。青年会是基督教组织，日本人还没想好，究竟该拿它怎么办，故而它还有一点小小的独立。大门一旦关上了，日本人也不敢随便开枪，只好回去请示，这里一阵骚乱之后，局面就暂时地平静了下来。

这一会儿的工夫，早已有牧师苏达里等人出来打探消息。方西泠也不知道杭汉究竟发生了什么事情，只得把杭汉带到四楼，杭汉靠墙站着，墙上还挂着一些标语——非为役人，乃役于人；尔识真理，真理识尔……牧师们相继问了他一些问题，他一一回答着，牧师们就不断地画着十字。

方西泠喜欢这个小伙子，也许因为她生来喜欢这些非同凡响的人物；也许仅仅因为他是杭嘉平的儿子；也许什么也不为，就因为这个中国小伙子光天化日之下打了日本鬼子两耳光。她不断地央求着牧师："牧师，是上帝让你们救这位中国小伙子的，况且他还是我的侄儿。牧师,我们的在天之父会看到这一切的,决不能让他落入撒旦的手中,你们已经知道他们是多么的惨无人道了。”

牧师们商量了一下,他们愿意尽一切可能保护杭汉。杭汉并没有旁人的那种恐惧,他生性务实,现在想得最多的,还是怎么让家里的人知道这件事情。他让方西泠赶快去通知他的母亲和大伯。青年会后墙有一道边门,此时虽已被日本人封锁起来,但教会中人还可以从中出出进进,方西泠就从这里出来,在街上绕来绕去走了几圈,见无人跟踪,就径直向杭家大院走去。

叶子和方西泠虽然居住在一座城市里,但她们很少照面,偶然见面,也是尽量避开。但是,他们两家的情况,彼此却都心里明白。尤其是李飞黄自灵隐大火以后,就和叶子套上了关系。昨日他又愁眉苦脸地来了,他是奉了小堀的命令来的,还是为了日语学校的老师问题,叶子觉得这个男人很奇怪,一方面,他非常害怕和日本人交往,他也打心眼里不想到那个日语学校去工作;另一方面,他又日日在为这件事情奔波,一副当仁不让的样子,脸冒黄汗地说:“叶子嫂,你还是给日本人一个交代吧。”

叶子摇摇头,她不想告诉李飞黄,多年前,当小堀还是她父亲羽田的学生时,她就认识他,那时,他还是一个专心于茶道的美少年呢。

正在篱笆下用细绳子修补缺口的叶子,想着心事,突然看见方西泠出现在缺口那一头,着实地吓了一跳。还没有问个究竟,方西泠已经从缺口钻了进来,两个女人也顾不得从前的那么些恩恩怨怨,在细雨霏霏中你一句我一句地交流着刚刚发生的危急情况。

叶子生性内向，又加上出事的是她的儿子，一下子就被憋得几乎说不出话来了，摇摇晃晃地就有些站不住。倒还是方西泠头脑清醒一些，说："我看你要不要去找找人。我知道你不会同意我的这个建议，你觉得找嘉乔会有什么用处吗？不不不，我真该死，我不该提这个畜生的名字，但是除此之外，我们还能找谁？想一想，你不要着急，你想一想，你还可以找谁？哦，我想起来了，你是日本人。不不，你不要打断我，我知道你已经入了中国籍，而且是在七七事变之后入的中国籍。对不起，请原谅，你们家的事情我知道得很多，我毕竟还有一个亲生儿子在这个院子里长大，我自己也是在这里度过年轻时光的……天哪，我扯哪里去了……我是说，不管怎么，你是有全部日本血统的人，汉儿也有一半日本血统。哦，我想起来了，那个小堀，真可怕，他常到我家来，给盼儿送药，听说你父亲曾经是他的茶道老师……怎么，你打算到哪里去？"

叶子已经稍微清醒了一点，她一边用毛巾擦着自己的湿头发，一边说："谢谢你，嫂子，谢谢你救了我的儿子。你问我到哪里去，当然，到我儿子那里去，他活我也活，他死我也死。对不起，我还要为难你一件事情，麻烦你到孔庙门口去一趟，你晓得我要让你找谁——"

"哪里说得上是为难，我本来就想去找他的。只是我不知道他现在的情况怎么样，听飞黄说，他好像有点，有点——"

"你怎么也会相信人家说的话？你想一想，日本人打进来之后我们家的遭遇，要是换了别的男人，十个也活不了了。你想一想，他现在在干什么，他为什么要到孔庙门口去摆茶摊？不是因为赵先生被小堀关到孔庙里去了，他会到那里去吗？就是在这样的时候,他心里面还有别人。这样的人会是疯子吗?你说,这样的人会是疯子吗?"

两个女人突然在雨中愣住了。现在,她们都已洞悉了各自内心世界的那一层最后的隐秘,然后她们各自又以最快的速度清醒过来,来不及再道一声别,就分头匆匆地尽自己的那份心去了。

到孔庙去,是要路过自己家门口的,方西泠想到女儿盼儿一个人在家中,不知今天的病有没有起色。自从那个小堀不断地差人送来盘尼西林给盼儿治疗肺病之后,不管盼儿自己怎么不愿意,她的病还是在渐渐的好转之中。李飞黄一家,对这件事情所抱的恐惧和欣慰,分量几乎可以说是一样重的。特别是李飞黄,方西泠感到非常奇怪,他完全变了,战争使他变成了另外一个人。他变得神经非常活跃,只要出去一趟,回来他就一会儿上天,一会儿入地,一会儿以为自己是天生我材必有用了,一会儿又以为日本人乃蛮夷,哪里领会得了中国五千年古国文明,跟他们相处,无疑是和吃人生番相处。不管李飞黄怎么样上天入地,方西泠已经彻底看清楚了,她的这个第二任丈夫的天花乱坠的学问,都遮蔽不了一个最简单的事实——好死不如赖活。方西泠明白这些老话,她自己活到今天,也几乎成了这样一个赖活着的人。但她毕竟对这种活法深恶痛绝,她时时地都在寻找摆脱这种活法的机会。不像这个李飞黄,不但苟且偷生,还为这种苟且寻找种种理由。

在雨中,方西泠想起刚才叶子脱口对她说的关于嘉和的话。方西泠承认,叶子对嘉和的评价是正确的。她曾经不止一次地路过孔庙,看到过嘉和坐在雨中的桀骜不驯的神情。她也曾经为他的神情流下过眼泪。以往她从未想到,杭嘉和竟然亲手点火烧了他们杭家的大院,她本来以为,这样的事情,是只可能发生在嘉平身上的。她现在才知道他们毕竟是一脉相连的兄弟,他们骨子里还是有一样的胆气,只是表现的方式很不一样罢了。然而,知道这一切毕竟已经太晚了——她为什么要离开他?为什么对这个男人透彻的认识,不是从她的口中说出——她毕竟曾经是他的妻子——而是从另一个不是他妻子的女人口中说出呢……

这么想着,她就进了自己的家门,她想看一看盼儿,顺便给嘉和带一把伞去。可是她刚关上大门,还没来得及叫一声盼儿,她的脸上就结结实实地挨了一个耳光。这一耳光打得她目瞪口呆。如果说早上杭汉挨的耳光还是有足够的思想准备的话,那么方西泠挨的这一掌实在是晴天霹雳。她抚着脸,半张着嘴,摇晃了半天,直到女儿冲出来一把把她给扶住。她定睛看去,才明白,扇了她一掌的,的确是她的丈夫李飞黄。然后,她也才开始感到脸上火辣辣的痛。

来不及细想什么,方西泠那贵族小姐的架子也顾不上拿了,就一头撞了上去,一下把李飞黄撞得一个仰八叉。李飞黄也不站起来,抱住那八仙桌就声泪俱下地骂道:"方西泠,你把我的儿子给赔出来,你把李越给我还回来。方西泠,你伤天害理啊,你只顾自己的女儿,你就不顾我的儿子啊——"

方西泠头皮一阵阵发麻,儿子——她一想到儿子有什么意外时,自己也站不住了。还是盼儿扶着她,边哭边说:"奶妈家的人带信来说,奶妈根本没回家,在路上就给日本飞机炸死了。妈,妈,你别急,弟弟没死,人家打听到了,弟弟让一个老和尚抱走了,听说后来还一起进了贫儿院，就是寄草姑妈在的那个贫儿院。妈，你别急，你别急，弟弟不会有事的——”

“——放屁！不会有事，不会有事，不是一个爹生的，你只管站着说话不腰疼好了——”

“李飞黄，你疯了！李越是你的儿子，难道就不是我的儿子？是你十月怀胎生下来的，还是我十月怀胎生下来的？亏你还是一个堂堂教授，你这副吃相，和裹脚的骂街泼妇还有什么区别——”

“——是啊是啊，我这副吃相难看，你去吃回头草啊！杭嘉和日日在孔庙门口坐着，你去寻他，你们两人重新做夫妻啊——”

“——哎呀，你还不给我闭嘴，差点把大事情都给搅了！”

方西泠一下子跳了起来，要去寻雨伞。李飞黄一看妻子连架也顾不上吵了，知道肯定是有大事，这才从地上站了起来，说：“什么大事情？我刚才听说了李越的事情，心里头发急，到处寻你不到，想想你可能又是在你的上帝那里，杭州城里的教堂寻了一个遍，也没寻到你，这才发了那么大的火。回来的路上，经过青年会，看见日本佬里三层外三层的，不晓得发生了什么样的事情。我又担心你会不会也犯到那里面去了。你自己犯进去，还要连带我们。盼儿刚好一点，李越又找不到了，日本人要我办学校，我连个教师都凑不齐，真正是千愁万愁愁到了一起。好不容易你回了家，现在又要生出什么新花样来？”

方西泠因为急着要去找嘉和，也就顾不得刚才的那一巴掌，三言两语地把杭汉的事情说了一遍，拎起雨伞要走，还说：“我不跟你多啰唆，还是救人要紧。等我回来，你要离婚你要杀人放火，都随你的便好了。”

李飞黄倒是一个会算计的人,这时候哪里还会再跟方西泠胡搅蛮缠,拦住了西泠就说:“有你那么笨的人吗? 要找人,也不是找杭嘉和这种疯子。你还不去找杭嘉乔! 他好歹是日本人的大红人啊! 不管怎么说,和杭汉一个姓,他出面讲几句好话,不是都在了吗?”

“你有没有吃错药,”方西泠就嚷了起来,“是哪一个弄死了绿爱,杭汉又是绿爱的什么人? 你走开,我不管告诉嘉和有没有用,我得立刻就去通知他。”

“你想干什么,你还嫌我们家里的麻烦事情不够多啊? 这个小堀,一天到晚盯住盼儿,叫我日日提心吊胆。我在为谁提心吊胆? 为他们杭家人啊。盼儿是谁的种,要我那么操心干什么? 今日里你还要给我生出这些是非来。”

这么说着,李飞黄一把就把西泠推进了卧室,反手一把大锁就把西泠锁在了里面,自己在客堂间里,一头困兽似的转了几圈,指着盼儿说:“你也不准出去! 你要迈出这大门一步,别看你不是我生的,别看你现在生着病,我照样敢打断你的腿。我倒不相信,这个日本佬小堀敢把我怎么样!”这么狂吼乱叫了一阵,他就一把开了大门,又不知哪里钻营去了。

李飞黄这头刚走,盼儿就扑在卧室门口说:“妈,你别着急,我这就给你找钥匙。”

方西泠就在屋里哭着说:“李飞黄这个人,你又不是不知道,平时那几把钥匙,藏得和命根子似的,就怕我会发现他的什么宝贝。他今日是怎么啦? 怎么下贱到这种地步! 盼儿,妈是肚肠都悔青了,怎么会搭着这样的人过日子……”

盼儿见她妈又要哭,连忙止住她说:“妈,现在也不是哭的时候啊!你既出不来,就让我去跑一趟吧。”

方西泠又惦记着女儿的身体,说:“这么一个倒春寒,你往外面跑,我实在是不放心啊。你这身体刚刚见一点好,最不能够受风寒的,万一回来又病倒了怎么办?再说你刚才也看见了,李飞黄如今哪里还有一点人味儿?要是他回来见不着你,以后你的日子还怎么过?”

盼儿听母亲说着这样的心酸话,倒也没有掉泪,只是说:“妈,你放心,我记着多穿一点衣裳就是了。再说,我这次既去找了我亲爹,我也就不回这个家了,我回我的杭家大院了。”

方西泠一听这话,先是愣了一下,然后悲从中来,隔着门板要寻一条缝隙看看自己的女儿,却又看不到。心里想想,那么多年没把这个女儿真正放在心上,如今女儿真是要回她亲爹那里去了,也是没有办法的事情。李家,真是不能待下去了,连她方西泠自己也想走了,为什么又要强留着女儿呢?这么想着,呜咽着说:“我是早就想着会有这么一天了,只是你的身体那么不好,我心里舍你不下。可是李飞黄在这里,如今越儿又没了下落,他还不把你当个出气筒使唤。你就先走一步吧,等妈把教会的事安排好了,带着你到美国去,我们就算是逃出这个虎狼窝了。上帝护佑你,快去吧,再晚,你杭汉哥就麻烦了。”

这么说着,方西泠就耳听着盼儿的脚步声远了,她还来得及叫一声:“别忘了雨伞!”

回答她的,是大门重重的哐当声……

第十五章

杭家与孔庙，一向素无瓜葛，如今，却被一个人紧密地联系在了一起，此人，杭州城里大名鼎鼎，正是赵四爷赵寄客。

赵寄客，自打日军进驻杭州，小堀一郎亲自面见之后，就被软禁在了孔庙。一般杭人都不理解，何以刚正直言、大义凛然如赵寄客者，竟然未被日本人送了命。听说他在维持会成立的大会上，拍案怒骂，掀翻了桌子，茶杯都砸在了小堀一郎的脸上。小堀也不生气，擦了脸上的茶水，捧着曼生壶说："没想到你这么一把年纪了，火气还那么大！看样子，得先找个安静的地方消消气了。"这就把赵寄客弄到了孔庙。

中国孔庙向有三大作用：一为祭孔；二为校舍——科举制度以来，县有县学，州有州学，府有府学，朝廷有太学，多以孔庙为学子聚集地；三为瞻仰游览之地——如山东曲阜孔氏家庙，南京夫子庙等。又，历朝历代，看一地方是否繁华，亦常以孔庙规模大小为标志。杭州作为东南都会，地广人殷，山灵水秀，学校兴贤育才，教育倒也发达，孔庙自然也就辉煌。

杭州府学，北宋时在今天的凤凰山一带，南宋时到了城中运司河下，自闸市口通上城直至吴山脚下。清时，筑了那湖上阮公墩的大学问家、浙江巡抚阮元又修了一次孔庙，还拟过一篇《修杭州孔子庙碑》。彼时大道两旁，皆为巨室，堂构十分宽宏。抗战之前的国民政府，曾利用公务员义务劳动，将运司河填平，改筑大道为马路，为了纪念，此路命名为劳动路。

杭嘉和当年曾经和他的兄弟杭嘉平一起闹“一师风潮”，起因正是校长经亨颐拒绝春秋二季带着学生到孔庙来进行传统的祭孔。到1919年五四运动，打倒孔家店，孔庙自然就此式微，直至民国十六年，南京政府终于下令废止祀孔。杭州城里一班硕儒不能甘心，乃自行组设了孔圣纪念会。这种民间的祭祀活动，直到“九一八”以后，又与官方合流，政府自此又恢复了祭孔，且规定了每年8月27日孔子诞辰为祭孔日。

抗战军兴，杭州沦陷，孔圣纪念会的一应账册款单，均由一个叫何竞明的先生带回了东阳老家，毫无损失。同时，随着杭州的沦陷，祭孔，这种试图以复古方式进行中华民族凝聚力教育的传统，自然而然地因此而再告中断了。

忘忧茶庄的人，以往几乎不参加任何与孔庙有关系的活动。从嘉和的父亲杭天醉开始，对孔老夫子就一直不感冒。直到赵先生被软禁在孔庙了，杭家与它的关系才突然紧密起来。先是小撮着到孔庙里做了杂役，而后不久嘉和也到孔庙门口摆起茶摊来了。

孔庙不小，赵寄客在里面也还自由，可以会客，就是不能出大门。杭家凡在杭州的人，都来看过寄客了。嘉和呢，不用说，几乎是天天都要到里面去报一报到的。只是从第一次见赵寄客开始，他就不怎么开口了。

寄客问过一次绿爱和嘉草的消息，嘉和简单地说：“没了。”说这话的时候，他连头也没有抬。不知道过了多少时间，见赵寄客也没有反应,这才抬起头来,一看,自打日本人进了杭州城之后,赵寄客就没有再剃过胡须,此刻,他的长胡子已经全被打湿了。

嘉和就又说:“我把自家院子一把火烧了。”

赵寄客还是一句话不说,脸上湿漉漉的一大片。嘉和从来也没有见过赵先生的这种样子。在他的记忆中,赵先生是一个不会流泪的人。他就补充说:“可惜只烧了日本人的东西,没把人烧了。”

赵寄客就站了起来,到大成殿门口空地上练他发明的单手拳,一套拳完了,呼了一口气,说:“烧得好。”

他的胡须依然是湿的,眼睛却干得像是刚刚被火烧焦过。

没有人知道,甚至杭嘉和也不知道,为什么赵寄客没有像以往那样采取激烈的行动。他被关押在孔庙里,仿佛就在等待着什么,印证着什么。

时常地,小堀一郎也会到孔庙里来。但他并不和赵寄客照面,他总是远远地站着,看着银须飘飘的赵寄客练武习拳。有时候,他的脸上会流露出着迷的神情,然后,慢慢地阴沉下去,阴沉下去,直到最后,拂袖而去。

这天上午,当杭汉正反手给了那日本宪兵两个耳光的时候,嘉和被小撮着请到孔庙,说是赵四爷有要事与他商量。在通往大成殿的长廊上,小撮着见四周没有敌人耳目跟着,这才说:“东家,你晓得赵四爷这次要和你商量什么事情?”

嘉和正闷着头想自己的心事,听小撮着问他,站住了,看着一天的淫雨,说:“是王五权和吴有他们要来拆大成殿的事情吧。”

“说是修理大成殿，其实就是拆祖庙，听说不几日就要来动手了。”

嘉和就抬头看了那大成殿在雨中的檐角，眼睛眯了起来。他原本就不是一个孔孟之徒，对大成殿是不了解的。赵寄客软禁在此之后，他才知道这大成殿原是南宋时所建，其中雕梁画栋，均为楠木。自抗战以来，浙西已封锁了木材下运，因此杭州城一时就十分缺乏燃料和棺木制材。王五权等人欲拆了这大成殿，毫无疑问，又是为了他们的那个棺材铺子。

这么想着，他和小撮着已经来到了大成殿门口。赵寄客已经在殿里那排南宋石经前站着迎候他了。见了嘉和，他只是指了指殿内深处，说：“嘉和，你看，我还给你请了一个什么人来？”话音刚落，那石碑后面就转出一个人来，正是杭嘉和的少年朋友，在灵隐寺照过一面的陈揖怀。

陈揖怀见了老朋友，也不多说一句，只把左手伸了出去。嘉和倒是微微一愣，顿时就明白，陈揖怀的右手已经被日本浪人砍废了。他也就默默地伸出左手，紧紧地握了，陈揖怀要松，一时也松不开。

小撮着到了门口放哨，大成殿里，此刻除了他们三人，便没有别的游客了。赵寄客这才跟他们二位说：“本想请你们到我后面厢房谋事，只是那里白日骚扰甚多，只恐隔墙有耳，所以还是把二位请到这里经碑下来了。”

陈揖怀说：“赵先生想得周到。再说，我也实在是多日没见这石经了，从前习书法，可是三日两头来这里揣摩的。”

“大成殿一拆，不知这些石碑又有什么样的劫难了。”嘉和突然说。

“找你们来,正是为了商量这些事情。”

原来,杭州城孔庙的祭孔渐渐式微之后,它那珍存石经石碑的功能,却是渐渐显露出来了。其中,最使它自豪的,便是此间藏有的这部南宋石经——石头版本的“四书五经”。石经在中国倒是不少,但皇帝亲笔书写后勒石的却只有两部:一部是藏于西安碑林的唐玄宗书写的《孝经》,一部便是宋高宗赵构及皇后吴氏书写的这部南宋石经了。

说到这部石经,经历这几朝几劫,也可以说是多灾多难的了。从前皇家出身,何等显贵。然大树一倒,身世飘零。那个挖了宋陵的番僧杨琏真伽,在从前南宋皇城中造了镇南塔,要将石经搬去为塔基,后经人据理力争,才免全毁。可怜这石经年深月久,沦入荒莽,竟也无人理会,龟趺螭首,十缺其半。直至明代,石经方与其他一些珍贵石刻移至孔庙,幸存至今。

谁也没有想到,过了如此九九八十一难的石经,今日又逢一劫。

嘉和细细品味着这石经上刻着的经文,好半天才说:“实在留不住了,落得一个同归于尽也好。”

陈揖怀回答:“嘉和兄,你正是这么想的呢,才……”他突然缄口,倒是嘉和自己接了下去,“才一把火烧了自家的院子。”

赵寄客却说:“家自可以烧得,国不可烧得。”

杭、陈二人,多少都带有一点疑惑地看着他。他们不知道,赵先生的那份从前没有的耐心是从哪里来的。

赵寄客与他们转至大殿深角处,这才与他们耳语道,这次他请他们来,还并不专门为这部石经。石经太重太大,要保住它,不可能不让日本人知道,那就要通过另一种办法了。什么办法是不用他们来考虑的了,他赵寄客自有主张。现在他要和他们商量的,是另一件事情。

原来孔庙里是素有一批祭祀乐器的,国民政府撤退时,谁也没有想到把这些东西带走。前些日子,小堀却派人来点查,发现这批祭祀乐器统统不见了。当时还以为有杭人趁日本入杭混乱之时浑水摸鱼,其实不然。赵寄客捻着胡子说:“我进孔庙之后,就发现这批东西还搁在庙堂里,一时无人想到。没想到小撮着前些日子就来找我了,原来他们一起在孔庙做杂役的,唯恐日后日本人会来掠取,一时也没有一个万全之计,只得夜深人静时在庙内墙角下挖一大洞,把那些宝贝统统埋了进去,如今也有一年多了。原来想着终有一日可以原物取出,没想到汉奸竟要来拆孔庙。这批祭器,岂不是又要落在日本鬼子手里了?所以特意找到我商量,看看除了同归于尽之外,还有什么好主意。”

杭嘉和一边听着赵寄客说话,一边思忖:他心目中的赵先生,是个剑气冲天的侠客,却不是一个箫心幽然的文人。他从未把这些诗书礼仪之类的充满庙堂之气的东西和不拘一格的江湖侠士赵寄客联系在一起。这种事情,恐怕父亲活着的时候,倒是做得出来的,小撮着是把赵寄客也当作杭天醉了呢。

杭嘉和对赵寄客说:“赵先生,我和揖怀会想出办法来的。”

赵寄客微微地笑了,说:“你这么说,我就放心了。我不是只对那些东西放心,我是说,对你放心了。”

行尽吴山见越山，白云犹是几重关。嘉和上吴山，是被陈揖怀硬拖去的。他说他年来没有和世人照面，为的是做一件大事。“若不是为这事，我哪里能够活到今日？今日要了此心愿，却还少不了你的参谋呢。”

吴山不高，也就一百多米，就在杭州城中。传说吴王夫差屈杀了伍子胥，吴人怜之，在此建祠纪念，故此山又被唤为胥山、伍山。到得吴越国时代，钱镠在此修建了城隍庙，从此杭人便称此山为城隍山了。杭城又多火灾，“城隍山上看火烧”，就成了一句著名的杭谚。

嘉和对吴山，可以说是再熟悉不过了。吴山圆洞门，是他另一个意义上的家。但自少年时母亲在此上吊而死，吴升一家鸠占鹊巢，嘉和就再不愿意往这里走过，万不得已要上山，也总是绕道而行。陈揖怀知道他的这位朋友心里的隐痛，所以一路登山，一路上不断说着什么来活跃气氛。

“你看吴山今日也就冷落到这种地步了，一路走来，一个人也见不着，真是想也想不到的。我记得小时候读吴敬梓的《儒林外史》，其中讲到那个马二先生上吴山，那是何等的热闹……”

这会儿，杭、陈二人走过那些年过七百的宋樟，也已经路过了从前的药王庙。经过雨的石阶不免滑溜，杭嘉和一边慢慢地行着，一边顺口背着：“……上了几层阶级，只见平坦的一条大街。左边靠着山，一路有几个庙宇。右边一路，一间一间的房子，都有两进。后面一进，窗子大开着，空空阔阔。一看，隐隐望见钱塘江。那房子也有卖酒的，也有卖耍货的，也有卖饺儿的，也有卖面的，也有卖茶的，也有测字算命的，庙门口摆的都是茶桌子，这一条街，单是卖茶的，就有三十多处，十分热闹……”说话间，他们已站在了吴山顶。此刻，风雨侵衣，天风浩荡，江湖迷茫。嘉和回过头来，说：“你把我叫到这里，总不至于让我专门来背这马二先生如何上吴山的吧。”

陈揖怀说：“今日吴山，早已非数百年前之吴山，你杭嘉和，也非昔日之马二先生。我今日约你出来，也绝非游山玩水。此处无人，你不妨与我摊底，赵老先生的这番嘱托，你有什么妙法可解？”

杭嘉和放眼望断西湖的山色空蒙之处，俄顷，方说：“这些东西，藏在原地，是万万不安全的了。即便带出孔庙，只要藏于城中，早晚都是一桩心事。想来，只有带出城外，才是上上之策。”

陈揖怀这就知道，杭嘉和心里已经有了主张，不由心里一阵欣慰——他和赵寄客一样，担心着嘉和被家里从天而降的巨大悲剧压垮了。他连忙催着嘉和快说。嘉和就盯着西湖的西南一角龙井山中，慢慢地说：“清明就要到来了。我们杭家，今年的清明，是旧坟新坟一起哭的了。只有趁这个时候，把那批东西带出城去，埋在我家祖坟的老茶树底下，才是最最保险的。揖怀，你看呢？”

杭嘉和这里话还没有说完，陈揖怀已经热泪盈眶。他知道，要让嘉和说出这番话来，已经是比杀了他还要难过的了。真想扑上去抱住嘉和痛哭一场——虽说男儿有泪不轻弹，但活在今日，难道还未到绝顶的伤心之处吗？只是看了嘉和别过脸去不让他看到他的神色，陈揖怀知道，即便是到了此刻，嘉和也不愿意显露他的痛苦，或者说，他不愿意看到彼此的痛苦相互传染。这么想着，陈揖怀眼中的泪水也咽进了肚里，那只完好的手掌就紧握了起来，说：“你晓得我这一年多来都在干什么？说出来没几个人相信——我在练字。他们以为砍了我的右手我就写不成字了。可是右手废了,还有左手;两只手都废了,我还有两只脚;若有一日,我两脚两手都被他们剁了,我还有一张嘴。我倒是要让他们这帮强盗看看,我陈揖怀还能不能够写字!"

这么说着,就急急地拖了杭嘉和朝大井巷方向的山坡下山,一边走一边说:"嘉和兄,不瞒你说,我早已看中了一块石壁,也早已悄悄地磨平了,有一人多高,正好用来写石碑。我这一年多来的工夫,也没有白花,如今左手写的颜体,也能够差强人意了。只是在那石碑上究竟写什么,我还没想好。今日上山,就是想看看你有没有这个心帮我一把。看样子,这主意是非由你来给我拿不可了。"

如此说着,飞也似的就把嘉和拽到了山脚处大井巷通往山的路口。这大井巷,本是江南药王胡雪岩的胡庆余堂所在地,对门有一口大井,分成四个井口,杭人呼之为大井,巷也因此而闻名。从前何等的一个繁华之地,如今也是人烟稀少,冤鬼出没的了。陈揖怀说的那块山石壁,正在此间山脚下。

杭嘉和一眼就看见了那块磨平的山石,果然有一人多高,正好用来写字。他没有在这块山石前久站,而是来来回回地挟着陈揖怀山上山下地走,几个来回也没说话,最后,才边走边说:"要我看,就写'火牛劫'三个大字吧。"

陈揖怀差一点要叫起来:"火牛劫,真正是太好,太确切了。火属丁,牛属丑,火牛即为丁丑,丁丑年即为民国二十六年,公元1937年。是年冬,日本军队侵入杭州,杭人从此又遭大劫大难。刻这样一块石碑,那些狗汉奸、狗日本鬼子也不知道什么意思。嘉和,还是你啊,当年的高才生,这点古文根底,现在到底派上用场了。"

他们两人，再一次路过这块山石，然后，就朝涌金门方向走去。杭嘉和一边走着一边想着心事：刚才在庙里和赵先生一起谈那批祭器时，他多少还是有些不明白，何以赵先生对这么一件事情那么上心，要拿了命去相许。现在和陈揖怀上了一趟吴山，突然就悟出来了——此时此刻，哪怕从日本强盗手里夺回我们中国人的一根针，也是重于泰山的了。想到此，便对陈揖怀耳语着："刻字的时候，不要留款识，也不要留年月。记住，字要用大红的朱砂填满，要让中国人走过，个个都会停下来，直到琢磨出什么意思，才会离开，记住了吗？"

陈揖怀发现，杭嘉和一点也没有错乱。他品性中那种认真、细致的东西，再一次体现出来了。

杭嘉和与陈揖怀都没有带雨伞，他们冒着淫雨远远地从涌金门路口过来的时候，便被站在昌升茶楼门口的老吴升给看到了。

老吴升是为了避那刚才喝了点酒这会儿到茶楼来喝茶的李飞黄，才从楼上下来的。茶楼生意不好，今日又下雨，弄得楼上楼下一个人也没有。好不容易来了一个李飞黄，手里还拎着个酒瓶。虽说吴升对他也无大好感，但好歹人家是个大学的教授，所以一开始吴升还有几分热情，亲自叫了茶博士，用那上好的青瓷杯，替他冲了一杯龙井。新茶还没有下来，吴升做了一辈子茶叶生意，那旧年的茶竟也保藏得如新茶一般，飘着奶香气，端上来，吴升是指望着茶客叫一声好的。

那李教授却偏不叫好，他找了一个靠窗的桌子坐下了，酒醉糊涂地说："吴老板，你这里是门前冷落鞍马稀啊，怎么就闹得我一个孤家寡人来喝茶呢?”

吴升一看,就知道这李飞黄是喝得有六七分醉了。这时候的人最好饶舌,听话的人也不能当真。吴升老皮蛋一个,这点人情世故他也是知道的,所以倒也不和李飞黄较劲。他也实在是寂寞怕了,有个人说话,总比谁都瘟神一样避着他好嘛。

“怎么是你一个孤家寡人呢?不是还有我吴升吴老板嘛,来来来,我来与你喝茶谈天,满意吧。”

吴升还以为自己什么档次,还和日本佬没来之前那样地神气,挪着步子就坐在了李飞黄对面。谁知那李飞黄今日窝了心又喝了酒,平日里那点装着门面的斯文也就顾不上了,一口茶下去,没赞一个字,却指着吴升的鼻子,笑着说:“你来与我喝茶?你坐在我对面,有什么味道呢?喏喏喏,你女儿吴珠在长康里西首大墙门‘六三亭俱乐部’旁边开了一家茶坊,那才叫味道好呢。”

就这一句话,触着了吴升的痛处,气得他直翻白眼。原来这“六三亭俱乐部”,在杭人眼里就是一个专向日本人卖淫的婊子窝。它是由杭州日寇宪兵队探长汉奸余祥贞的小老婆六干娘开设的,后来那余祥贞终于被人刺死了,那六干娘连带着她的俱乐部,就一起被杭州城里另外一个流氓汉奸陈春辉接收了过去。吴升的女儿吴珠和六干娘是拜了小姐妹的,有没有一并被陈春辉接收了,谁说得清。儿子已经当了汉奸,女儿还要再贴上去当婊子,那茶坊,谁不知道是个娼窝,不过没有人在吴升面前讲就是了。不料这个李大教授,今日却冲口而出。吴升想发火骂人,又没个可以下口之处,这么一个强梁人物,竟然也被这书生的一句话噎死了,想了半天,才回口:“你说有味道,你怎么不到那里喝茶去啊?”

李飞黄就大笑起来，指着这茶楼说：“吴老板，你这不是明知故问吗？喏，我不说别的来打比方，就说你这茶楼，原本姓的是杭，来来回回地，也已经卖过两回了。第二次我就不说了，那第一次却是为了什么才卖了的？吴老板，你不响了吧。我晓得你没话说——那第一次，就是因为他们杭家父子两个抽鸦片抽穷了家当，没奈何才卖的茶楼啊。噢，你想叫我堂堂一个教授也落到这种地步啊。我又没茶楼好卖，只好卖儿卖女。我们家的这点底细，你又不是不晓得！那女儿，原本就不是亲生的，我想卖人家也不愿意；我那儿子，如今又找不着了，是死是活还不晓得呢；我，我，我哪里还有钞票去嫖娼抽大烟啊……呜呜呜……”他竟然就哭了起来。

吴升一看李飞黄这副吃相，知道他是喝多了，要到这里来发酒疯呢。人就是这样，哪怕是当了教授的，该丑态百出的时候，也照样丑态百出。这么想着，叹了口气，也就不和他计较，顾自就下了楼。

楼下惨淡经营，也是一个人也没有的。吴升站在那些茶桌之间，东摸摸，西看看，开了窗，又关了窗。人少，那七星的灶头，就封了好几个。墙角那副围棋，白子也和那黑子颜色相差无几了，老吴升就伤感起来。想起从前吆五喝六的岁月，走到哪里，也是奉承话听到哪里的。刚把这忘忧茶楼改成昌升茶楼之时，虽也被人家戳着脊梁骨骂过，人到底大多是势利的，没过多久，老茶客就又纷纷地回了头，楼上楼下坐得满满的。那时，他吴升是何等的风光，谁承想会落到今天这个地步。

吴升还知道，楼上那酒鬼虽说话不中听，讲的却是实情。杭州人喝茶，喝到今天，竟然又和那鸦片争起生意来了。

原来杭州城一沦陷,鸦片、海洛因、白粉和吗啡等毒品,就在市面上流行起来。日本人,也是又要当婊子,又要立牌坊的,就在城里专门设立了戒烟局。这戒烟局,管得三件事情:一是批发鸦片生土和其他毒品,二是办理全市贩毒零售点的登记,三是垄断毒品买卖。戒烟局下面的戒烟所最盛时竟达到一百多个。这些戒烟所其实都是大烟窟,烟土的价格,也已经卖到了和黄金等价的地步。吴有、吴珠见钱眼开,转过头去,就和他老爹的茶楼作了对。世道如此,吴升真正是一点办法也没有。想想这茶,原本也是太平盛世的吉祥之物,如今豺狼当道,茶楼能让它继续开下去,就是万幸了,还有什么话好讲呢?

吴升站在茶楼门口,一边那么呆呆地想着,一边就看见了他从前的老对头杭天醉的大儿子杭嘉和,与另一位从前的老茶客陈揖怀一起从雨中走了过来。这二人均未带伞,浑身上下淋得湿湿,一声不响地走过他的身边。吴升看看他们,突然说:"到茶楼里来避避雨吧。"

杭、陈二人小小地吃了一惊,站住了,回过头来看看老吴升。然后,脸上就露出睥睨的神色,一起就走了过去。没走几步,又听到后面有人说:"赏脸,到茶楼去喝口热茶吧,赏脸了……"

这杭、陈二人就再一次站住了。这一次,他们是真正地有些吃惊了。他们再一次地回过头来,看见那张乞求的老脸。他也站在雨中,背也驼了,他的前面也没有人,他的后面也没有人,这老头就露出了彻头彻尾的下世的凄凉。这种凄凉,真正是从骨头里透出来的,在早春的寒意中,就渗入了人世的苍凉了。陈揖怀拉拉嘉和的袖口,对他耳语说:"别理他,我们走我们的。"

杭嘉和站了一会儿，突然看看茶楼，说："我有多少年没进这茶楼了。"

这么说着，就从茶楼的大门走了进去。陈揖怀连忙跟在嘉和的后面，也一起上了茶楼。

陈揖怀上楼之后才发现楼上还坐着一人，恰恰是他们的老同学李飞黄。他一时踌躇，正不知如何是好，李飞黄却笑了，手里拿着一个酒瓶，一边倒酒，一边说："真是三岁小儿看到老。当年我就说过，你陈揖怀才气不在杭嘉和之下，胸胆之气却在杭嘉和之下了。你看，嘉和上了楼，明明看到我李飞黄坐在他眼面前，他就敢从我身边走过，眼皮都不扫，就坐到一窗之隔去了。这才叫大将风度，高！佩服，佩服！"

陈揖怀这才回过神来，一边也坐到窗外木长廊上的茶桌上去，一边说："这个倒也自然，古训有言——道不同，不相为谋。"

李飞黄却摇摇晃晃地走了过来，一手拎着酒瓶，一手握着酒杯，说："道可道，非常道，名可名，非常名。怎么我们就这样白白地同学了一场？何以见得你我间道就一定不同，就一定不能相为谋了呢？我倒是要移桌就盏，洗耳恭听一番了呢。"

杭、陈二人也看出来了，李飞黄今日酒壮人胆了，否则，他倒也没有这样一张脸皮，再和他们坐到一张桌子上来的。只是这李飞黄自从灵隐寺逃难回来，种种媚态，杭、陈二人时有所闻，心里就讨厌这斯文走狗，连面都不愿意和他见的，不要说和他对什么话了。因此，二人要了茶来，只管看着烟雨苍茫的西湖，一口一口地品起哑茶来了。

李飞黄却不管他们怎么样地沉默，只管自己坐在他们对面聒噪不已："风雨如磐，鸡鸣如晦，二位今日怎么得闲小坐茶楼啊？莫不是与李某人一样，我有心事说不得，却又不知，何日才会雄鸡一唱天下白呢？"

陈揖怀怕他七讲八讲生出疑惑，便要堵住他的嘴，这才说："你不要胡说，我们只是上了一趟吴山，顺便路过这里，要知你在，我们还不上来了呢。"

李飞黄听了也不生气，反而引经据典，唾沫横飞，侃性大发："哎呀呀，二位学兄怎么也有如此气魄，是不是也想来一番'提兵百万西湖上，立马吴山第一峰'的感慨啊？"

杭嘉和厌恶地皱了皱眉头，他比任何时候都要讨厌这个和他的家族有着千丝万缕联系的人。况且李飞黄的卖弄也实在是不妥当。这两句诗本源于金完颜亮，说的是当年北宋词人柳永曾为杭州城作过一首《望海潮》，其中有"三秋桂子，十里荷花"之誉，引得完颜亮从此对杭州垂涎，密遣了画工施宜生潜入杭城，画了一幅西湖图，又让画工在画中的吴山之上加添了自己策马立于绝顶的图像，还题了一首七绝，其中就有刚才李飞黄引用的那两句。

这么想着，杭嘉和说："揖怀，对面这个人坐这里与我们饮酒作乐，也是对牛弹琴，他自可以把这两句诗裱了送到日本宪兵司令部去嘛。"

陈揖怀也故意说："是啊，人家现在要办什么日本人的学校，忙也忙不过来的，何苦坐在这里讨人嫌呢？"

李飞黄自饮一口酒，说："总算开口了。嘉和兄，你也不要对我太过分了嘛。我是一个什么样的人，陈揖怀不明白，你不应该不明白。再怎么说，灵隐那场大火，生生死死的，我们还不是在一起嘛；嘉草下葬，我也捧过一把黄土嘛！我的心情，你这么一个善解人意的人，怎么也不明白了呢？”

杭嘉和冷笑数声，这才正面对李飞黄说：“李飞黄，你不要以为我杭嘉和因为念着你这点旧谊，才愿与你坐在一张桌子上的。我们多年恩怨，早可了结。我所以还和你面对面坐着唇枪舌剑，是念你虽然想做奴才，毕竟还未做成，或者天良未泯，尚有悬崖勒马的可能。我虽并不怜你，但我怜着我的女儿，日后她有一个做汉奸的继父，也是世世代代的奇耻大辱。我这番真言，不知你听不听得进十之一二？你若听得进，也是我们三人的造化，你若听不进，将来有一日死到临头，也会想到我们今日茶楼所言。只是你这么一个最要活命的人，再想到我们的这番话，也是悔之晚矣。你说吧，你是想听，还是不听？”

李飞黄脸色顿时就变了，看来这醉酒之人，也不过佯狂罢了。老吴升靠在楼梯口，看着这教授手里捏着那酒杯，欲坐不能、欲站也不能的尴尬，赶快就喝了一声：“给李先生再上一杯茶。”说话间，热腾腾的龙井茶就上来了。

李飞黄不敢面对嘉和，实在也是事出有因的。他当了多年教授，本来出任一所学校的校长，也不是什么了不起的事情。只是李飞黄如今正在张罗的那所学校，却是一般中国人都绝对不会去的。

原来杭城沦陷之时，两浙著名大学中学，都已内迁，杭州城小学也几乎全部停办，直到民国二十八年，在日本人控制下，才开始恢复了几所中学。然而有了学校不等于有了学生，像建在葵巷的希甫中学，招了一百零八个学生，没几个月，逃得精光，学校也只好从此关门。

学生之所以不肯读书,乃是因为日本人在中国人的学校全面实行日化教育。从小学五年级开始,日语就成了必修课。中学的日语教师,被称为"大东亚省派遣教师",他们实际上都是小堀一郎领导下的杭州特务机关专门派遣的,有些是日本军官,有些是日本顾问的家人,还有直接从南满铁路调来的浪人。此辈一旦跨入中国人的学校,自然横行霸道,以太上皇居之。省立模范中学曾发现一张用毛笔写的大字传单——"中日亲善是伪善,东亚共荣是骗人,同文同种是杂种,奸淫掳掠是大和魂。"日本教师立刻报告了小堀,两个学生不久就失踪,校长老师也立刻招了传讯。

杭人大多知道这件事情,却没几个人知道,那被传讯的老师中,有一个恰恰就是今日在杭嘉和对面坐着的那个李飞黄;更不知道,那李飞黄被小堀叫去一顿传讯之后,出得门来,已经是杭州大东亚日语学校的常务副校长了。校长的头衔,却是落在了小堀一郎本人头上。

这一类学校的目的十分明确——专门培养汉奸。日寇的翻译、特务、伪政权的公务人员,都是从这等学校出来的。杭州城里,这样的学校已经有了几个,小堀像是还嫌不够,又让李飞黄筹备着办新的。这些日子,李飞黄屁颠屁颠跑到东跑到西,拉这个扯那个。那小堀一郎又专门点了名,要李飞黄把杭家门里的媳妇叶子请出来任教,这是李飞黄最为犯难的事情了。去找叶子,自然就瞒不过杭嘉和。杭氏家族和日寇不共戴天,叶子怎么会和敌人同流合污?杭嘉和今日要告诫李飞黄的,正是这件事情。学校正在筹办,这也就是嘉和所说的想当奴才还没有当成的意思。可是你不想当奴才，你就可以不当吗？你要不当，你就可能去死。李飞黄想到嘉和要他为这些气节之类玄虚的东西去死，竟觉得古往今来天底下最傻的就是这种行径了。好死不如赖活，这句大白话，平时听听也是俗的，今日想起来，实在是人生的最大真理。李飞黄喝了一点酒，又喝了一口茶，思维就异常地沃跃起来。随着思维的活跃，气也就如牛壮起来。他就手握成拳头，朝桌子上一捶，茶盏酒盏统统跳了起来，移了一次位，然后大声喝道："杭嘉和，我倒是要洗耳恭听一番，看你能说出什么千古箴言来！"

杭嘉和此时的口气，倒是没有刚才的那份尖刻了，他轻轻一笑，说："我又不是上帝，哪里来的千古箴言。不过你李飞黄，平素里一向是以晚明史专家自居的，我便只在你的圈子里较论。况且你刚才又和我提你我灵隐避难之事，我也曾记得你当时是何等的慷慨激昂，这倒叫我想起一个晚明人物来了。揖怀，你还记得当时我们读《甲申传信录》时，里面有一个名叫王孙蕙的贰臣吗？"

陈揖怀顿时明白过来了，心领神会地说："怎么不记得？这个王孙蕙，涕泗横流地在崇祯帝面前发誓，要作为忠臣自杀殉国。可是没出三天，李自成进京，王家妇人一片哭声，他就拿一根竹竿挑一幅黄布，上面写着'大顺永昌皇帝万万岁'，挂出去了。"

"这个王孙蕙，原在礼部任职，也许是嫌崇祯帝给他的官还不够大吧，此时还有脸对人说：'方今开国之初，吾辈须争先着。'李飞黄，你每次来找叶子，我就想起那个王孙蕙。可惜这个姓王的下场并不妙，眼看着大顺王朝并不信任他，也没给他大官做，便扮成个乞丐，逃出京城，最后，却被土匪抓住杀掉了。"

李飞黄面孔刚才煞白，现在铁青了，他饮了一大口酒才说："嘉和兄,你若是举别的例子,我李飞黄兴许就低头听你的了,你偏要来拿我吃饭的行当说话,就怨不得我驳你了。从前我做晚明的学问,最做不通的,便是如钱谦益、吴梅村、侯方域一班的盖世文人,何以最后都剃了头,归了大清朝?现在眼看着北京城里那周作人先生都出来做事,才明白了。孟子曰,民为贵,社稷次之,君为轻。什么叫民为贵?就是民的命为贵。都如史可法一般,忠臣死节,他自己倒是落得一个青史流芳永垂不朽的美名,扬州城里数十万百姓却是生灵涂炭,灰飞烟灭了。二位不必动怒,且静下心来一想,究竟是一个人的名节重要,还是天下百姓的性命重要呢?"

陈揖怀生性要比嘉和易激动,此时恨不得挥手就给李飞黄一个耳光,左手就握着拳头直打那座椅的扶手,喝道:"李飞黄,亏你还晓得提那孔孟圣贤,还晓得民为贵,社稷次之!你怎么偏就不晓得世间士大夫文人,绝非单单钱、吴、侯等几个无行文人?不说别人,单说我们两浙人晚明重臣倪元璐,自杀前,还面北而说:臣为社稷重臣,而未能保江山,臣之罪也。更不要说葬于数里路外南山脚下的抗清明将张苍水先生。从前我等同学少年,每到苍水墓前,必效仿先生临难前之状,面对西湖,大声喝道——好山色!我还记得你李飞黄每念至此,便涕泗横流,大有恨生不逢彼时之感。如今果然就到了苍水先生所吟的'国亡家破欲何之'的关头了,你怎么再不曾有'西子湖头有我师'的豪气了呢?你怎么就只知道搬出那些钱、吴、侯之流的软骨头了呢?你难道不知,这等文人曾活活羞煞了江南名妓?你今日坐在这里搬出他们,难道就不怕活活羞煞我们这些多年前的老同学吗?"

陈揖怀这番话很重,确是触着了李飞黄的心了。他颤着手一大口一大口地饮酒，半晌说不出话来，最后，突然手捶胸脯号了一声："你们，你们，你们就晓得指着鼻头骂我，你们哪里晓得我的难处啊！"

杭嘉和这才站了起来，说："李飞黄，你这就说了真话了。你是有你自己的难处，与什么社稷、民众、君主等，原无干系，抬出它们来，也无非拉大旗做虎皮罢了。你刚才说的那个钱谦益，清兵入侵时也曾被他爱妻柳如是拉着跳过池塘，没死成，他说是水太浅了。柳如是还要与他一起再赴死，他就说以后会有死的机会的。你看，虚伪文人就是这样，他不说他自己的难处，他就说水太浅了。揖怀，我们走吧，李飞黄这么一个明史专家，做学问做得把史可法都否定了，我们还有什么话可与他再说，走吧。"

老吴升就看着杭、陈二人往楼梯口走来，正待要下楼，杭嘉和突然站住了，说："飞黄，我还有一句话要告诉你——即使你真的卖身投靠了，日子也不会好过。有个关于钱谦益的典故，记得当年还是你亲口告诉我的。说的是钱谦益穿着一件小领大袖的外套在苏州游玩，遇见一位江南士人，问他何以穿这样一件衣裳，他说，小领示我尊重当朝之制，大袖则是不忘前朝之意。那士人说，大人确为两朝'领袖'！如今你李飞黄为日本人这样卖命，却是休想再成为两朝领袖的。不要说钱谦益第二，钱谦益第十你也当不上。你这点难处倒是和钱谦益一样，不过'怕死'二字而已。不过我也实在不相信，你不当汉奸就一定只有死路一条了吗？你若还信得过我们，你来找我，我杭嘉和不怕死，我保你活命又不当汉奸，我帮你逃走，怎么样？"

嘉和紧盯着李飞黄，他的目光又奇异地燃烧了起来。李飞黄也站了起来,看得出来,他在作激烈的思想斗争。老吴升站在角落里看着李飞黄,看着看着,他叹了一口气,他看见李飞黄摇了摇头,又坐下了。再回过头去看,杭、陈二人已经消失在茶楼外了。

吴升走上前去,重新坐到了那李飞黄的对面。李飞黄却是真的醉了,正边饮边哼着一首吴升从前并没有听过的曲子:

……齐梁词赋,陈隋花柳,日日芳情迤逗。青衫偎倚,今番小杜扬州。寻思描黛,指点吹箫,从此春入手。秀才渴病急须救,偏是斜阳迟下楼,刚饮得一杯酒。……

他就又饮了一口酒,这才看清对面的吴升,指着他鼻子问:“你知道我刚才唱的是什么?”

老吴升摇摇头。李飞黄一字一句地说:“《桃花扇》。”

老吴升点点头,《桃花扇》他是知道的,茶楼里评弹也常点这出戏。就这么想着,看着坐在对面的人,突然拿起李飞黄眼前那杯满满的凉茶,一使劲,就全部泼在他脸上。李飞黄吓了一跳,站起来喝道:“你要干什么?”

吴升看着那一张沾着茶叶末子的脸说:“我要你醒醒酒,赶快追你的救命恩人去。过了这个村,就再没有这个店了,快去,快去!”

说完,连推带拉,把李飞黄拽下了茶楼。

世上之事,无巧不成书。这头李飞黄醉眼蒙眬被赶出茶楼,那头,在茶楼下,病体虚虚的盼儿,恰恰就找到了已经走到茶楼外的杭、陈二人。盼儿见了亲生父亲，不由悲从中来，扑到父亲怀里就哭开了，边哭边打开方西泠让她带来的伞，边就把杭汉之事对他们说了。正站着说呢，李飞黄从后面过来，见盼儿在她亲生父亲怀里，不由得怒从心头起，上去一把就拉开了盼儿，大吼一声说："你死到这里来干什么，还不给我回家去！"

陈揖怀气得也一手把李飞黄推得丈把远，骂道："你这不通人性的东西，汉儿遭了那么大的难，你明明晓得，为什么不告诉我们？"

李飞黄冷笑说："我告诉你们？我告诉你们有什么用？你们不都是不怕死的忠臣良将吗？你们不是连自己的命都不要吗？自己的命都不惜，还会惜人家的命！好，杭嘉和，我现在就告诉你，你侄儿这次怕是命要难保了，不过你若让叶子出面到小堀那里去一趟，一切就烟消云散，你发不发这个话？你不发，你侄儿就得死；你发了，你刚才在茶楼里和我理论的那些道理，就是吃屎道理，就是放屁！"

他的话音刚落，脸上就挨了杭嘉和重重一掌。这一掌之重，一点也不亚于杭汉之打日本兵，他李飞黄之打方西泠。这是今日与杭家有关的第三个耳光了，一下子就把李飞黄打倒在茶楼旁的泥泞里。

杭嘉和搂着女儿的肩，就飞也似的走，李飞黄躺在地上叫道："盼儿，你敢走，你敢走，你就再也不要回来！"

盼儿回过头来，也叫道："我死也不会再回来了！"

李飞黄爬了起来，醉得又倒了下去，吴升听到声音赶下楼去时，只听到他口里还在哼："……秀才渴病急须救，偏是斜阳迟下楼,刚饮得一杯酒。……”

吴升蹲下来,听了那么几句,就管自己上楼了。店里的小二要出来扶李飞黄,吴升轻轻喝道:“随他去!”

第十六章

向晚时分，杭州城内，钟声乱敲起来了。这不合时宜又不分钟点的钟声，咣咣嗡嗡地回萦在了春日江南的大街小巷之中，也不知是要报告不祥之讯，还是在呼号着反叛。暮色里的行人，不由自主地停住了脚步，正窝在家中闷头吃饭的市民，也大着胆子打开了窗子。人们又慌乱又兴奋，又怕灾难降临又渴望出一件大事——自打1917年上海商务印书馆和地方人士捐款一万元建造了这座钟楼，它还从来没有这样随心所欲地乱撞过呢。

站在钟楼大铁门外的杭家人，挤在人群中，听到钟声这样激愤而混乱地响着，知道大事不好了。叶子和盼儿就冲动地往前扑去，被嘉和一手一只肩膀，死死地抠住了，他对着她们耳语道："不要慌，不要慌，日本佬轻易不会开枪的。"

他这么说着的时候，就抬起头来，朝不远处日本兵的包围圈中两个骑着马儿的人望去。他的目光就和日本特务翻译杭嘉乔的目光对视了。兄弟俩互相厌恶与仇视地逼看了一会儿，嘉乔就回过了头去，对着小堀不知说了一些什么。然后，嘉和看见小堀也回过头来，上下打量了一下他，又把目光移到了盼儿身上。嘉和能够感觉到女儿微微颤抖了一下消瘦的肩膀，女儿的头别开了。

前面挤着的一个中年男人，显然是不认识他们杭家的，对着嘉和耳语道:“日本佬儿说了,如果教会不把里面的人交出来,他们就要炸钟楼呢。这么别了一天,教会别不过日本佬了,他们已经答应把人交出来了。这会儿,那人就在钟楼里敲钟呢。啧啧啧,真正是吃了豹子胆了,早上甩了日本兵两个耳光,晚上还敢不停地敲这大钟!”

旁边便另有人问:“听说是什么人了吗,这么大的胆?”

“说是羊坝头忘忧茶庄杭家的二少爷呢!”

问的人恍然大悟,说:“这份人家啊,难怪,杀人放火都敢的!好汉出在他们家里,强盗也出在他们家里,杭州城里也算是一块牌子了。”

“轻一点,你不要命了,有没有看到那骑在马上的人,那也是杭家的呢!”

两人那么说着就缩了回去。叶子听到这里,手就揪到了胸口上,嘉和的右手就把她搂得更紧了一点,对着她再一次地耳语说:“不要慌,出来也好,出来也好,不要慌,不会出人命的。”

正那么说着,就眼看着青年会的大铁门打开了,日本人持枪嗷嗷地叫着,脚步声咔咔地响着,惊心动魄地朝里面冲,而钟楼顶上,那钟声也更为大作起来。钟楼下几乎所有的杭人都啊啊地叫了起来,人群一阵阵地骚乱着,盼儿突然尖叫一声哭了出来,却立刻被父亲一把搂过,把她的脸埋到他的又宽又大的胸膛上了。

这时,一个穿着牧师衣服的洋人走到了大门口,仰望着钟楼,边画十字边高声地祈祷起来——我们在天的父啊,请饶恕我们的罪孽吧!主啊,你已经以十字架上的鲜血告知我们了:弥赛亚必须受难,并在三天以后起死回生,忏悔和赦罪的将传遍世界,看见这一切的你们将为此作证，人子将亲自实现天父对你们的承诺，但你们必须等待，自上天而来的权能终将会降临在你们身上——阿门……

所有站在大铁门前的杭人——无论信教的还是不信教的，都画着十字，跟着那牧师祈祷着——阿门，然后，低下他们的头来，甚至盼儿和叶子也画起了十字，低下了头。只有嘉和一个人昂着头，他要看着汉儿从里面完好地出来，他要汉儿也看到他。

果然，钟声突然就停了，一阵号叫之后，传来了凌乱的脚步声，然后，嘉和看见几个日本兵拖着杭汉从大铁门里出来。杭汉一开始还半低着头，和那些日本兵挣打拉扯着，突然，叶子尖声地叫了一声，在场的杭州人几乎没几个人能听懂，但杭汉却突然抬起头来，他听懂了，他的母亲脱口用母语叫了他一声——我的儿子！就在杭汉抬起头来朝母亲叫他的方向看去时，嘉和突然踮起脚来，高高地举起手来，频频地向他挥着。杭汉朝他笑了笑，点点头，嘉和两只手举过头顶，以作揖的方式，不断地和他的侄儿打着招呼，仿佛是说，汉儿，你是好样的；又好像说，汉儿，拜托你了；还好像说，汉儿，一路平安。这种本来应该是晚辈对长辈才会做的礼仪动作，一直延续到他们再也看不见杭汉的背影为止。骑在马上的小堀一郎，用手里的马鞭指着不远处的杭嘉和，轻轻地对杭嘉乔耳语说："这个人，就是你的大哥吧。"

小堀上午就知道，亲手打了日本宪兵两个耳光的，又是他们杭家人，而且还是那已经死了的女人沈绿爱的亲孙子。一开始接到嘉乔报告的时候，因为嘉乔没说那层关系，小堀挥挥手就说："通知宪兵队，立刻搜寻钟楼，把那人弄出来，什么地方打的耳光，就让那宪兵在什么地方打回。中国人有句古话,叫‘来而不往非礼也’。打够了,就地正法,枪毙。”又想了想,补充了一句,“记住了,要暴尸十天的,这也是中国人的老刑法,我们也不妨入乡随俗嘛。”

嘉乔迟疑了一下,没走,却说:“刚才孔庙来人报告,赵寄客急着要见你。”

小堀的眼睛就一下子亮了起来,兴奋异常地说:“噢,竟有此事,看样子,太阳也会从西边出来的了。嘉乔君,你估计他找我会有什么事情吗?”

嘉乔这才说:“我看八成是和钟楼上的人有关。”他不敢看小堀的眼睛了,低下头去说:“我还没来得及向你报告,那个逃入钟楼的人,正是我二哥杭嘉平的儿子,名字叫杭汉。”

小堀一边穿着外套一边若有所思地说:“现在我知道他是谁了。他是我茶道老师羽田先生的外孙,也是明天就要来杭和我们日方接洽的南京政府的代表沈绿村的亲甥孙,还是你杭嘉乔的亲侄儿。你们杭家很有趣,先是烧了我住的院子,然后是给我的士兵吃耳光。你们杭家,的确很有趣。”

“我和我二哥不是一个娘生的——”杭嘉乔急忙抬起头来要申辩,被小堀一个手势就挡住了,轻轻笑着说:“哎,不要这样没有人情味嘛。我已经想起来了,这个杭汉,不是日本女人生的吗?”

“那你看……还要不要……枪毙?”

“我说过要枪毙日本人了吗?”小堀回过头来朝嘉乔一瞪,嘉乔立刻就缄了口。小堀就一边戴着他的白手套一边往外走,嘉乔也没有跟他——这也已经是他们之间心照不宣的规矩,凡到赵寄客处去,杭嘉乔都不用跟着。小堀走到门口,才像是想起了什么,突然又站住了，问："你全身的骨头还痛吗？"

嘉乔的肩膀一下子就塌了下去。是的，他全身的骨头痛，特别是在今天这样阴雨绵绵的倒春寒时节；特别是当他听到打那日本宪兵耳光的，竟然是他的侄儿杭汉的时候。他是一个从来也不相信报应的人，但是他的骨头，确实是痛得厉害啊。

日本人给赵寄客的软禁之处安排了两间平房，相互间有一个小门打通，外面一间做了会客间，里面是卧室。

小堀一进屋子，见赵寄客昂首坐着不理睬他，他也不尴尬，只管自己桌上柜上地扫视了一圈，然后才说："赵先生和茶人交了一辈子朋友，怎么客人来了，连杯茶也不给，要不要我给你送一点来？"

赵寄客摇摇手说："我只喝白开水。"

小堀一郎也不在意，叫人冲了两杯茶上来，一杯亲手端了捧到赵寄客面前，一杯放到自己身边。赵寄客说："你倒是有胆量，不怕我再用茶杯砸破你的脑袋？"

赵寄客上一回大闹维持会，茶杯砸过去，把小堀的头都砸破了。这件事情杭州城里大大小小的人都知道，就是不知道为什么小堀没有和赵寄客算总账。

小堀摇摇头，凝视着眼前的青花茶杯，片刻，突然说："跟羽田先生习茶道的时候，我曾经想过，有一天我会怎么样端着茶碗跪在你面前——"

赵寄客很吃惊，小堀的话的确超过了他的想象。他的第一反应是阻止他再说下去，便狠狠地把拳头砸在桌子上，低声咆哮道：

“你给我住嘴!”

然后他就一下子站了起来。他不能自已,这是他一生中很少有的事情。他全身发抖地在斗室中来回地走着,不停地说:“你给我住嘴! 你给我住嘴! 你给我住嘴!”他一下子拎起刚刚小堀给他冲的热茶,狠狠地泼在地上,然后又冲到小堀一郎身边,咬牙切齿地威胁着小堀说:“你要是再敢提……”

小堀看着赵寄客疯狂的样子,就把军刀做了手杖拄在手里,半低着头。他知道,他这一次是触到赵寄客的痛处了,但这也是拿他自己的痛处与他的痛处碰撞而得来的。真是不可思议,他杀过许多人,可他也会伤感,会动情,还会有痛处——隐痛。他曾悄悄地观察过他的许多同僚,包括他在军校的同学。所有那些日本人,和他都是不一样的。一开始他为自己羞愧,后来他仇视自己,然后他学会忘却。最后,当他几乎以为自己已经成功的时候,他来到了中国。所有忘却的一切飞快地复活,他知道他的血液里藏着恶魔。

这个恶魔现在甚至按捺不住自己,要从血液里跑出来,跳到他的眼神里去了。所以这一刹那他不能够抬起头来。为了掩饰自己,他的口气变得像地狱一样冰凉。

“别忘了,这一次,是你把我请来的。”

赵寄客也冷冰冰地说:“怎么,我就不能叫你过来?”

小堀没想到赵寄客会这样回答,这就是那种在生活中一贯要掌握主动权的人的思路,也是他小堀一郎的思路。

他说:“你能这样与我交流,我很高兴。”

“我不高兴。”

“你这是在成心找我的茬子啊,”小堀笑了起来,“我倒是很愿意没事情找你多聊聊,这才显得正常嘛,特别是你我二人之间。”

“不要提你我,我们两个人之间没有你我。”赵寄客又急躁起来了。

小堀的声音却突然高了起来,透着他自己从来也不向别人透露的那份委屈:“你还是直说吧,你要我对那个钟楼里的人怎么样?”

赵寄客说:“我要你怎么样,还用我来说?”

小堀恢复了他冰冷的口气:“那个钟楼上的人应该去死。”

“可我要他活,还要他自由自在地活。”赵寄客盯住了小堀,他还是第一次这么直接地长久地盯着他。他们就用目光较量了那么一会儿,小堀就把目光别开了。他和赵寄客在一起的时候,心里总压不住没来由的委屈,倒像是一个孩子似的了。为了不让这种伤感的情绪泛滥成灾,他换上了那种他已经习惯使用的嘲讽的口气说:“……我很羡慕钟楼上的那个无法无天的暴徒啊,他不是快二十岁了吗?我还没动他一个指头呢,就有那么多人来为他的生命担忧了。一个支那人,低贱的人种,却享受了幸福。这种幸福,我小堀一郎一天也没有享受过。”小堀抬起头来,他现在有底气目光直逼着赵寄客了,他说,“赵先生,你真不该当他们杭家人的说客,你挑起了我个人对他们杭家的仇恨。如果这个杂种现在就站在我眼前,我会一刀把他劈成两半!”

赵寄客没有立刻回答他的咆哮,他甚至连站都没有站起来,好半天,他才说:“别忘了,你把我关在这里,好吃好喝,还不杀我,为了什么?还不就是为了时时提醒你自己,你也是一个杂种。小堀一郎先生,你给我记住,‘杂种’两个字,别人骂得,你骂不得!”

小堀一郎脸色骤变，眼露凶光，右手一下子按在了军刀上，肩膀一挺，好像就要动杀机了。然后，看得出来，他的内心正在经历着什么，他僵持在椅子上，慢慢地，脸上露出暧昧的笑意，说："赵先生，我也真没想到，我本来还以为你不会把我看成是杂种的呢！"

赵寄客想了一想，轻声说："我也没法接受你是一个杂种的事实。可是没办法，杂种就是杂种。"

小堀一郎此时已不再动怒了，他站起来走到门口，意味深长地回过头来，说："我还没想好，该不该杀那个竟敢殴打大日本皇军士兵的家伙。哪怕你来替他说情也没有用，一切都得看我的心绪，而心绪是不可知的，尤其是我这样一个杂种的心绪。不过有一点我已经同意了，也不会再改变了。过段时间，维持会的人，就要来修复这里的大成殿了。我可不想隐瞒你，所谓修复，不过是幌子而已，他们是要拿你们大梁上的楠木做棺材板呢。真可惜，那可是八百多年前的南宋孔圣人庙的楠木啊。当然，我是有权力阻止他们这样做的。可我为什么要阻止他们呢？你们的这个民族应该像棺木一样地被葬掉！你们腐朽了，你们糜烂了，你们只有依附在我们大和民族身上，才可苟延残喘活下去……等一等，你别激动，其实我也不愿意看到这样的局面，没办法，和你一样，我们得承认现实。"

他一边说着一边往外走，忍不住回过头来，却看到赵寄客的那个穿着灰布长衫的背影，他就对着那个背影说："赵先生，在支那，像你这样的不多了，当然像王五权、吴有——哦，包括杭嘉乔这样的人，也不多。好吧，也许我不会杀杭汉，因为杀他和不杀他，都无损于我们大东亚共荣圈的建立。明天，你从前的辛亥义举时的战友沈绿村就要来杭了,他是作为合作者的特使来打前站的,我将在天香楼专门替他接风。他可不会想到,当他正在和我们日本政府洽谈共荣事业的时候,他的亲甥孙却在钟楼上乱窜一气呢。多么可笑的钟楼上的堂吉诃德啊……我还会来看你的,你还有什么话要对我吩咐吗?"

赵寄客背着他挥了挥手说:"我们中国人都知道什么叫物以类聚人以群分,你刚才却提到了一群狗。所以我还要补充一句话,杂种并不丢脸,狗杂种才叫丢脸呢。"

小堀怔了一下,轻声地咆哮起来:"你想要我真的杀了那家伙!"

赵寄客说:"你要是真的敢杀他,你就杀他吧。"

小堀还想再说什么,但他还是咽下去了,转身就走。他杀气腾腾的脚步声,在孔庙里震响了一会儿,终于消失了。

小撮着眼看着小堀从大门走了出去,赶紧往庙里跑,见着赵寄客就问:"赵先生,赵先生……"他都不敢往下问。

赵寄客沉默了一会儿,才说:"小撮着,你赶快去告诉嘉和,汉儿不会死,他要活下去的,叫他们不要担心。"

小撮着惊喜地问:"是小堀亲口跟你说的吗?"

赵寄客突然提高了声音:"快去啊,问那么多干什么!"

小撮着惊了一下,一时就愣在那里,赵寄客这才缓下口气来说:"快去快回,我这里还有要紧事情和你商量。再过几天,王五权他们就要来拆孔庙了。"

照杭人的说法,真正是差了一刨花儿,杭汉就要死在小堀一郎的手里了。

夜色降临之际,杭嘉乔亲自把杭汉从拘留室押到小堀处去。小堀的机关和住处连在一起,是杭州城从前大户人家的一个院落。这户人家姓陈,人称陈家花园。陈家几代在京城为官,书香门第人家,那院子便自然多了几分儒雅,也有几进花园天井。小堀喜欢这种中国式的居住环境。不过,一般的人走进这样窗明几净的花草疏林间,是很难想象地狱就在后院的。最后一进院子的厢房,从前下人们居住的地方,现在成了刑讯室和临时拘留所。杭汉就被关在这里。

此刻,杭嘉乔一边架着杭汉在夜色的花园小径中走着,一边对着他耳语:"你不要再犟了,他说什么你就听着应着,你再犟命要犟掉了。"

杭汉呸的一声,把一口唾沫吐在杭嘉乔脸上。他对他恨之入骨,不仅仅因为他是汉奸——还因为他们全家都把杭嘉乔当作杀害沈绿爱的直接凶手。他们对杭嘉乔的仇恨,是国仇家恨都占全的了。杭嘉乔却不明白,他抹了一把脸,架着杭汉的手就放了下来,说:"你不识好歹,我反正仁至义尽了。"

其实,那天夜里,小堀对杭汉本来并没有动杀机,他没有在刑讯室里审讯杭汉,是在他自己的客厅里与杭汉见面的。接待这么一个乳臭未干的黄毛小儿,用一把牛刀来杀鸡,小堀感到好笑。他不想再在这件事情上大动干戈了。明天只要打个报告,说明一下这纯粹是一个误会,是两个日本人之间的内部矛盾就可以了。当然,不能那么快放出去,至少得拿这件事情换出叶子来。羽田先生的女儿和外孙也实在太不像话了,或许是在中国待的时间太长了吧。必要的时候,应该把他们送回国内,让他们感受一下战争的气氛。他们毕竟是有着我们岛国血统的嘛,他们会很快明白过来的。

这么想着,看见年轻的杭汉进来的时候,他甚至产生了一种亲切的、略带伤感的认同感。台灯的明暗光线下,他努力地想寻出老师羽田在这个隔代的后人身上的印记。他发现了这个小伙子的下巴——略略兜起的发青的下巴中间,有一条竖着的若有若无的凹沟——毫无疑问,这是老师羽田家族的下巴。单单冲着这样的下巴,小堀都差一点要说出“别害怕,我会保护你的”之类的话。但是就在他这样感情冲动的刹那间,他也没有忘记从下巴往上观察,结果,他看见了一双纯粹的中国人的眼睛,中国人的目光。这种杭氏家族特有的目光,顿时就把羽田家族下巴的特征掩盖了。就在那一刻,小堀想起了沈绿爱,他眼前的这个小伙子有着一双和那个已经死去的女人一模一样的眼睛。

完了,现在,格局又恢复到从前小堀千篇一律在做着的,一个日本特务机关的官员对中国人的审讯。一切都是老样子的了,年龄,姓名,家庭地址,本人身份等,只是多问了一道国籍。杭汉平静地回答“中国”,小堀就站了起来,绕着杭汉走了好几圈,然后,劈面就是两个耳光,杭汉嘴角就被打出血来了。小堀突然就用日本话吼叫起来:“你再说一遍,你是什么人?”

杭汉只管自己低头用袖口擦嘴角的血,没有理睬小堀。说实话,他回答国籍的时候完全是下意识的,他没有想到要专门因此而激怒小堀,他却不知道,正是因为他的下意识激怒了小堀,他想用两个耳光唤醒杭汉大和民族的自尊心。然而这两个耳光和接下去的日语反而激起了杭汉的中国心,他不再理睬小堀。当小堀一把抓住他的头发,再一次用日语叫道——你再说一遍你是什么人——的时候,杭汉摇摇头说:“你说什么?我听不懂。”

这一次小堀知道杭汉不是下意识对抗他的了,他竟然不肯承认自己祖国的语言了。他眼前开始出现老师年迈的背影。作为京都著名的茶道师,他死后没有一个亲人来替他送葬——他们都在遥远的中国江南,消息不通,路途不便。小堀从墙上取下挂着的鞭子,有时候,他喜欢用鞭子把犯人的身体抽出花纹。可是今天他没有这个“雅兴”,他一边拉着鞭子一边说:“你说什么?你说你听不懂,我现在以你外公的名义用另一种语言教你说话,你很快就会听懂了。”

他没想狠狠地揍杭汉。举起鞭子之前,还只想抽几鞭子教训一下。他经常以折磨犯人作为一种休闲方式,并且从中得出了许多技巧性的操作程序,比如先声夺人把犯人的威势先打掉,就是其中之一。可是在实践中他却不能完全服从于他自己发明的程序。他不能真的拿起鞭子而不狠狠抽,就像他不能真的举起枪来而不射子弹。他一举起鞭子,就成了另一个不能自控的人,他血液冲头,感觉脑袋就涨得像个磨盘那么大。他浑身发抖,见了血就像抽了鸦片一样兴奋,甚至有一种浑身抽搐的痛苦的快感。此刻他也未能超越自己,他一边挥着鞭子一边叫着:“说,你是什么人?你是什么人?你是什么人?”杭汉却一声也不吭。这样,等小堀气喘吁吁清醒过来时,杭汉已经被他抽得昏死过去了。

这个倒在地上的血人一点也没有引起小堀的同情。相反,因为疲劳,他感到空虚。自从到了杭州,常常会有这种过去不曾有过的空虚感突然向他袭来,他扔了鞭子,一个人坐到台灯下去沉思默想了。

一会儿,他感觉到身后的黑暗中有人显现,他知道那必定是杭嘉乔。这个人同样让他讨厌,他便头也不愿意回一回,只是说:“把他押下去!他什么时候承认自己是日本人了,我什么时候放他。”

第二天小堀没有再提审杭汉。中午嘉乔亲自给杭汉送了一碗面条过去。杭汉躺在拘留室的烂草堆里,头朝里,眼睛肿得只有一条缝,手脚都动不得。嘉乔想,这一次小堀倒是真打狠了,要照这个打法,再提审两次,杭汉这条小命也就算完了。这么想着,他就挥挥手让身边的人都出去,然后才说:“不就是让你说你是日本人嘛。说一声日本人又怎么了,你本来就有一半是日本人。说了,没多什么,也没少什么,你就可以回家了,何苦吃现在这种苦头?犯不着。”

杭汉的脑袋就移了移,同样肿得像个喇叭一样的嘴唇动了动,嘉乔连忙移过耳朵去听,他听到一声气息一样的字眼——你滚……然后,他就想起来了,杭汉毕竟还是杭嘉平的儿子,节骨眼上他们多么相像。行了,当他们都死过了吧,夜里也不要睡不着了,杭嘉乔一边往外走着,一边摸着自己的肩膀,被沈绿爱咬过的地方,这会儿又突然痛起来了。

另一个与杭家有着姻亲关系的人,在第二天傍晚时分,与这个关押在陈家后花园厢房中的特殊的犯人,也有过一个初初的照面。不过他连一句话也没有和杭汉说,他就像一个与杭汉毫无关系的陌路人一样,从他关押的拘留室门口,一声不响地走过去了。

南京“维新政府”特派员沈绿村,此次来杭,乃是专门为了配合日方调查杭州市长何瓒被刺一案。自1938年5月“维新政府”成立之后,不过一月,至6月22日,“维新政府”的浙江省政府与杭州市政府,也就同时成立了。市长何瓒,乃是沈绿村的老相识。这个福建闽侯人曾在日本帝国大学学医,后来又出任国民政府驻日本和朝鲜等国的总领事及外交部参事。沈绿村与他经历相似,政治见解也惊人地一致,到末了,绕来绕去,还就是绕到一条道上来了。两人都以老资格的国民政府要员身份而理直气壮地做了大汉奸,自然引以为知己,唱诗祝贺,送往迎来,也是“惺惺惜惺惺”的。没想到这市长当了还只有半年,1939年1月22日,竟让抗日的地下组织给杀了。沈绿村这次来杭,一是调查此案,二也是兔死狐悲,凭吊一番。

他是从火车站直接赶到陈家花园的,准备与小堀紧急会晤之后,一起去吃饭。听说这次饭局又被安排在天香楼,他好像不经意地说:“南京政府方面接到的报告说,正是天香楼一个小跑堂的,在何市长的饭桌上捡了同桌遗下的名片,又取了这名片敲开了何市长的门,结果竟然在何市长家中把他给当场打死了。”

小堀笑笑说:“所以才特意请了沈特派员再到天香楼吃饭,也算是考察现场,也算是身临其境嘛。”

两句话一谈,沈绿村立刻就掂出这个小堀的分量来了。他在宦海沉浮多年,察言观色,度人心机,也是早就有了一套识人的本领。他看出来了,这个小堀一郎,乃是一个多疑和难以捉摸之人。这么想着,他就去了一趟洗手间,果然就见嘉乔尾随而来。

沈绿村和嘉乔之间的关系,本来也是够微妙的。按理说,沈绿村没有理由不仇恨他——他妹妹绿爱的一条命是送在嘉乔手里的。可是沈绿村就有这种本事,私人恩怨,哪怕比天还大,还是大不过他的权力欲和从政癖。他压根儿就是一个没有政治信仰的人,只不过把他家族遗传下来的全部的经商热情转化为从政热情罢了。当官,当大官,当最大的官,是他的人生目标,也是他的人生过程。把人都聚集在他的眼皮子底下,分化他们,瓦解他们,再把他们团结起来,然后,再在其中制造新的派别,让他们再打混仗,弄得不可收拾,然后再由他来收拾残局,乐莫乐于其中矣。说实话,他本来完全没有必要投靠"维新政府",他在国民政府里,日子过得也不坏。问题是他以为日子虽然不坏,却不能够再发展了。而一个另起炉灶的"政府",还将有多少官职在虚席以待啊。就像他当年押宝押在辛亥革命、后来行情又看好的蒋家王朝上一样,他现在是吃准了日本人将得未来中国之天下了。既然如此,他为什么要开罪于日本人的亲信嘉乔呢?再说绿爱也已经死了,你再找仇人算账,死人还是不能复生了。沈绿村当然也为妹妹的惨死难过,这种难过,离杭州越近,越明显起来。但他能够把难过埋在心里,他知道他能够过得去。当年四一二政变,杭家死的死,疯的疯,跑的跑,他作为不可推卸责任者,不是照样平平安安过来了吗?

所以从镜子里看到嘉乔心事重重的样子,沈绿村不由得暗自一笑,想,还是嫩啊。嘉乔见沈绿村笑了,连忙说:"特派员,如果小堀让你去见赵寄客,你最好推掉。"

"我见他干什么?一个背时鬼,国民政府手里我都没想见他,这会儿我去见?得让小堀知道,这人早就过时了,没用了。"

"可小堀不这么看,我是说,他和他之间,有一种说不清的关系。他们之间的仇恨,谁也想不出有多深。可是我总觉得他们之间还有另外一种东西,不让我们知道的东西。这件事情我不想多说了,小堀要是知道了会要我的命。我现在急于告诉你的是另一件事情——”

他就凑近了沈绿村的耳朵,把杭汉的事情告诉了沈绿村。

沈绿村再次回到客厅的时候,讲话就更加天衣无缝了。他发现小堀一郎也显得彬彬有礼,他们两人各自的戒备都显得旗鼓相当。到天香楼去时他们没有走前门,走的是后花园的一扇小门。他们路过厢房时嘉乔朝沈绿村看了一眼,可是他没弄清沈绿村有没有朝那拘留杭汉的屋子里看。那天晚上天香楼的饭局,双方吃得其乐融融。沈绿村用日语讲了许多他在日本留学时的故事,还有日本民族的风情民俗。小堀很有礼貌地听着,偶尔用汉话做一些询问。沈绿村不但能说一口流利的英语和法语,也能说一口纯正的日语。结果沈、杭二人席间的日语说得比小堀还多,不知底里的人,也许会把他们之间的国籍换一个个呢。

令沈绿村放心的是小堀绝口未提“赵寄客”这三个字,这说明小堀未必想让他们这两位老战友见面。沈绿村生性厚颜无耻,一般对人都少有发憷的时候,记忆中细细搜来,赵寄客算是头一个让他发憷的人了。他很难和这样一个有着浩然正气的人对话,彼此间你说你的我说我的,到末了也总是赵寄客强人一头。赵寄客也是沈绿村少见的奇人,一般人聪明和力量,往往只占一头,赵寄客这个人,两头都占了,且老而弥坚,硬得越发像块花岗岩。碰到这样的角色,沈绿村是连半句话也不能和他对的,他也不想在小堀面前出这种洋相。

小堀一郎,从骨子里鄙视像沈绿村和李飞黄这样的人。相比之下，他反而觉得吴有之流更容易接受一些。小堀下意识地认为，有文化的人是不能够弯下脊梁骨来的，他们只有一种命运，像赵寄客和杭嘉和一样地去面对死亡。他知道，总有一天，不是他会置他们于死地，便是他们会置他于死地。正因为在死亡这个根本问题上，小堀和赵寄客这两大阵营不共戴天的人们反而有着共识，而投靠小堀这个阵营里的沈绿村之流，在他的眼里，虽然道貌岸然，却都不过是一些苟活的怕死鬼，小堀从心底里就深深地鄙视他们。无论他对他们怎么样彬彬有礼，这种鄙视的目光都无法完全掩饰。

那天深夜，沈绿村回珠宝巷自己家的时候，没有忘记让一个十分可靠的家人，带着一张条子到羊坝头杭家大院去一趟。条子是给叶子的，是用日语写的。看了这张条子之后，叶子就敲开了嘉和卧室的门。

他们的对话显得有些杂乱无章，和叶子住在一起的杭盼，隔着墙板，几乎全都听到了。显然在此之前他们曾经有过数次讨论，他们接下去的对话就是建立在以往对话基础上的——

“我不是不叫你去，关键是你去了起不起作用。你想好了吗，你愿意到李飞黄的学校去任教了吗？”

“我只是想看我的儿子，我要把他救出来。我没说过要到日语学校去，不，你不要对我说这个，我从来没有想过要到那种地方去。”

“你看，这不是我对你说的，你晓得这是嘉乔带来的口信，而他的口信又是小堀亲口转述的。事情就是这样的简单，你去学校，换汉儿的命。现在事情更复杂了，汉儿不肯承认自己是日本人。这条子肯定是沈绿村写的,这上面写得清清楚楚,只有汉儿承认,才能被放回来。”

“你这是什么意思? 你是说让汉儿让步,让他承认了,你是不是这个意思? 天哪,我不明白你的意思,你告诉我,你是让他承认了,还是不让他承认? 你知道,他相信你胜似相信我。”

“你坐下来,你不要这样激动。叶子,你喝口茶,听我说,还是让我去跟他们交涉好不好?”

“可汉儿是我的儿子,是我的儿子!”

“冷静一些。汉儿已经是个成年人了,这个选择应该是他杭汉自己的。我是说,其实承认自己有一半的日本血统并不是什么羞耻的事情,但国籍却是另外一回事情了。现在的问题是那个小堀,他不会让汉儿轻易地送命,可是他也不会轻易地放他。这个人很奇怪,很奇怪,他好像对我们杭家有着特殊的仇恨。”

“你是说那个和嘉乔靠在一起的骑在马上的人,他披着一件黑大氅,鬈头发的,他和我从前见过的样子完全不一样了。和父亲在一起习茶道的时候我见过这个人。我父亲说,这个人的身世和汉儿一样,也就是说,他有一个中国人的父亲……我一见到他就吓了一跳,你有没有发现他像一个人……”

“……现在我也明白了,我晓得为什么他要把赵先生软禁起来,他为什么不杀他了……这件事情只有我们两个人晓得,再不能透露给第三个人的。”

“我现在晓得他为什么非得让汉儿承认自己是日本人了。我是不是非得去会会他才行呢? 你看,我听你的话,我已经在家里等了两天了,再让我等下去我会死的。汉儿也会死的……”

“……那就让我陪你一起去吧。我在你身边,你会自然得多的。要紧的是不能够让他看出来你已经知道他的底细了。也许他那么盯着你和汉儿,就是因为这件事情。……好了,好了,不要哭了,你看,你把我的衣服都打湿了,你这么哭下去,明天还怎么去见汉儿呢……”

第十七章

清晨，小堀一郎打开窗子，一股雨后特有的清新空气扑面而来，他的眼睛一亮，春天在一刹那降临了。

昨夜他并不快乐，噩梦缠身，仿佛当年东京大地震的情景再现了。漆黑的大地裂开了一道道丑陋的口子，从那深不见底的深处，朝天空喷射着火焰。只有他孤独的一个人，在龟裂的大地上东跳西蹦，为的是逃避那些仿佛跟踪着他的裂口。然而，不管他逃到哪里，裂口都像毒蛇一样地跟他窜到哪里。天空浓云密布，也像大地一样地裂开了口子，闪电的缝隙中，传来了熟悉的钟声，那是报应的钟声。他深感死期已到，他将永坠地狱之中。在梦中，他是怯弱而恐惧的，这种感觉白天他只是依稀地悟察到，从来也没有让它膨胀起来控制住他的头脑。然而梦比他的意志强大，在梦中，还来不及叫出声，他就飞快地朝地狱下坠而去——然后，他就醒了。

直到打开窗子，看见了窗外那株紫荆花挂满露珠，在初阳下灿烂地开放了，院子的鹅卵石小径被昨夜的大雷雨冲刷得干干净净，他才知道，多日阴雨的江南杭城终于放晴了。

一阵无法言说的喜悦突然袭入了他阴暗的内心，好像一道阳光突然照亮了久不开仓的地窖，霉气散发出来了，立刻就被阳光下的新鲜空气吞没稀释掉了。

这是久违了的少年时代的心情。在那些短暂的岁月里，他曾经有过短暂的企盼，仿佛不知道什么时候会有意想不到的幸福降临到他的头上。那时，他正在京都的羽田先生的门下习茶，他还不曾有资格成为一个候补的青年士官生呢。

他把所有的窗子都打开了，然后特意叫来嘉乔，吩咐说，他今天另有公务，不接见任何人。除非有特别紧急的事件，一般不要有任何人来打搅他，他准备外出一趟。

嘉乔小心翼翼地问他，如果不是特别重要的话，能否告诉他小堀太君准备到哪里去，这也是他作为一名下级，在这特别的战时必须知道的。

小堀一边高兴地刮着胡子，一边说："我早就想去一趟径山，不，你不要说带卫队什么的，我今天是微服私访。你看，这是刚刚送来的你们中国人的长衫。要不要我穿起来给你看看，合不合身？"

小堀突如其来的兴致不但未使嘉乔放松，反而使他愈加狐疑，而当小堀套上了这件灰色哔叽夹布长衫时，嘉乔简直愣住了。小堀原本是一个毛发旺盛的男人，平时他很注意理发剃须，最近几天也许是忙了，一直顾不上。今日突然剃出了一个青青的下巴，那鬈曲的头发反而就显现了出来。嘉乔看着这个突然穿上了中国长衫的日本太君，他说不出话了，一阵恍然大悟的恐惧感不由自主地从他的目光里透露出来。

为了掩饰这种突然发现的恐惧，嘉乔说："小堀太君，我很想按照你的指示去做，只是我还不能明白究竟什么样的人是一定不能见的，什么样的事情才算是特别紧急的事务。比如说现在就有一个人正站在门口要求您的接见。我让她等一会儿，我拿不定主意……”

小堀停止了对自己这件中国长衫的欣赏，皱起眉头等待着嘉乔的下文。他知道，不是非常重要的事情，杭嘉乔不会这样暗示他。

“——是这样的。你已经知道盼儿回到了羊坝头杭家大院，我昨天听到李飞黄对你这样说的。可是你不会想到，现在她就站在门口。她的肺病倒是好多了……”

“……是你们家族的那位可怜的姑娘吗？……”

“……也许你想见见她，她一直就是在你的关照下的……”

小堀就站到窗口去了，紫荆花开得真好啊，雨过天晴，万象更新，春意盎然。现在他知道了，为什么他从噩梦中醒来之后会有一种企盼，有一种暗暗涌动的对于青春的渴望，还有一种对自己纯洁的少年时代的回想。现在他知道了，为什么他来中国数年之后，第一次发现了中国的太阳。

杭嘉和的女儿杭盼亲自来找小堀一郎，并不是来祈求撒旦的。她从来也不相信这个装腔作势的人会散发出真正的人的热气。她一直把他看作从地狱来的使者。在任何时候，他都冷酷得犹如一方大冰块。当他久久地注视着她，轻轻地对她叹息说可怜的姑娘时，杭盼看到他那两个大冰窟一样的眼睛深处雾腾腾地冒着不可告人的寒气。

杭盼与别人对小堀认识唯一不同的地方，仅仅在于性别——当杭氏家族所有的成员把小堀看成魔鬼的时候，在盼儿的眼里，他是一个男性的魔鬼。尽管上帝主张宽恕一切，但杭盼从来也没有想过宽恕像小堀一郎那样的强寇。她也从来没有想过要以上帝的名义去谴责他们,谴责不是往往和宽恕连在一起的吗?

然而此刻,当杭盼站在小堀一郎这富有十足的中国人情调的书房兼会客室里的时候,她不是怀着某一种强烈的谴责的欲望吗?是不是从昨天夜里开始,当她和她的父亲几乎同时知道了那个可怕的秘密的时候开始,这个名叫小堀一郎的日本人,就获得了某一种被谴责的资格了?

杭盼是一个年轻的中国姑娘,除了《圣经》,她没有读过太多的书。她的身体始终不怎么好,即便是在吃了许多的西药之后,即便是在别人发现她一天天地在好起来的时候,她也没有觉得自己在好起来。她常常想到死,她甚至像很多老年人一样,已经留好了自己死去时穿的衣服。她正在秘密地绣着一只冥枕,那也是到另一个世界去时所必须用的。

和她的父亲一样,杭盼,是一个对死亡有着准备的姑娘。

小堀真正了解这样的一个中国姑娘吗?看上去,她是那样的弱不禁风,长得就像中国小说《红楼梦》里的林黛玉,连她生的病也和林黛玉的一模一样。看得出来,这姑娘是高傲的,内心深处有着不少的小性情,这也是和林黛玉一样的吧。看到她这样的姑娘,小堀会想起紫式部的《源氏物语》中的那些宫廷女子,他对这样有着浓郁古典情调的女子有着一种说不出来的认同感。

小堀还知道这个姑娘已经回到了生身父亲身边。不知为什么,他反而感到欣慰。他从来也没有和杭嘉和有过一次真正的正面交锋,但是,他能感觉到她应该和这样的父亲在一起生活。

现在他请她坐,他还亲手为她冲泡了一杯茶。茶杯是青瓷的,龙泉窑的。小堀一边用曼生壶为自己也沏了一壶茶,一边说:“您看,我本来应该用更好的茶具,我一直在寻找南宋官窑的秘色瓷器,如果能找到这样的一只茶器,我会高兴得发疯的。听说玉皇山脚下有着宋时的窑址呢,我希望什么时候能与您一起去寻访寻访。怎么,您为什么不坐?我的茶不会比您家的差。您也许不知道,我可是一个标准的茶人呢。……您坐啊,您不坐,我可是要先坐下了。”

他坐了下来。用他的大手遮住了曼生壶,他已经发现杭盼一直在用什么样的目光盯着他手里的那只曼生壶了。可是他不想在这样一个紫荆花开放的早晨,让这样一个让人怜惜的姑娘联想起战争。姑娘站着,突然轻轻地别过头去,轻轻地咳嗽。小堀想,这正是一个毫无力量的羊羔一样的女子啊,而且是那种仿佛命里注定将香消玉殒的女子。小堀又想起了紫式部笔下的那些宽衣长袍的悲伤的影子。现在他将眼看着这样的女子慢慢地逝去,他很伤感,甚至因为这种伤感而有些心慌意乱起来。

为了掩饰这种樱花树下才会生发的人生的感慨,他悄悄地推开了曼生壶,又顺手拿起放在案儿上做了装饰品的茶石臼,一边摩挲着一边说:“我很高兴您能来拜访我,我记得我不止一次地邀请过您。看上去您气色不错。按照我们日本人待客的规矩,我应该请您喝末茶的。您看,我还特地从本土带来一只唐物茶臼,您过来看看啊,这上面刻着梅花,您见过吗?”

他走到杭盼身边,茶臼伸到盼儿的眼前。杭盼看了看他,说:“小堀先生,我想,你是在让我看中国的梅花。”

小堀愣了一下,就哈哈大笑起来。他觉得从这样一个力不胜衣的弱女子嘴里说出来的爱国主义的对话,非常可笑,非常可爱。她越一本正经,就越可笑可爱。他不再硬要杭盼坐下了,他现在知道了这姑娘不愿意和他坐在一起。他自己就坐了下来,边笑边说:“您真是一个聪明的傻姑娘,我和你谈茶呢,你却和我谈支那人的爱国热情。当然,你一点也没有说错,这的确就是中国的梅花。连这样的茶臼子,也是宋代的时候从贵国传到我们岛国去的嘛。啊……黄金碾畔绿尘飞,碧玉瓯中翠涛起……记得那是谁的诗吗?不记得吧,您和您小叔叔一样,对自己本国的历史缺乏深刻的了解。那么,就请原谅我在您面前卖弄我的汉学了。我刚才念的,正是中国宋代范仲淹的诗,他描写的,不正是末茶的制作过程吗?正是宋代出现了把茶用石臼研成末茶的品茶法,然后才传播到了我们日本。呵,可惜我没法让你亲口尝一尝今天我们的末茶的真香,呵,我们的浓茶‘云鹤’,我们的淡茶‘又玄’……”

小堀闭上眼睛,深深地吸了一口空气,仿佛他已回到了本土,正置身在深深的茶韵之中。良久才睁开眼睛,继续说:“虽然,从制作工艺上说,它和贵国的蒸青茶——比如说恩施玉露茶,有着一脉相承的渊源关系,可谁能说,‘云鹤’与‘又玄’是中国的呢?就像这只茶臼,上面刻着中国的梅花,我们也叫它唐物茶臼,可是谁敢说它就是中国的茶臼呢?嗯,您敢吗?”

杭盼的酷似其父的长眼睛,一时睁得很大,她几乎用一种不敢相信自己的神情,吃惊地看着眼前的小堀,她甚至都不咳嗽了。

这神情刺激了小堀,他和嘉和是差不多年纪的人了,阅历丰富,老谋深算,欲壑难平,却又厌倦人生。但是他依然在这位中国少女面前得到了说不出来的心灵满足。他对这位病歪歪的中国少女毫无防范心理,此刻突然爆发了没来由的人到中年的虚荣心。他兴奋地站了起来,高谈阔论道:“我记得您是在您继父家中长大的,您母亲又是一个热衷于基督教的信徒,您不会有机会读到荣西《吃茶养生记》这样的作品。他在其中记录的中国宋代的末茶冲饮法,也就是我们日本茶道今天所继承的饮茶法了。呵,如果您有机会到日本去,我可以带您领略这种制茶的全部过程。它包括摘茶,立即蒸,然后焙干。您以为焙干是一件简单的事情吗?不不,聪明的傻姑娘,焙干是复杂的。焙架上要铺上纸,火候要不急不慢,您还要终夜地看守着,直到东方既白,把焙干的茶盛入瓶中,难道这不是学问?要用竹叶压紧封口,这才能做到经年不损。至于饮茶的过程,这也是精妙无比的啊。要用一文钱大小的勺子,把已经在茶臼中碾成粉末的茶放入茶碗,然后再冲入开水,用茶筅来快速地搅动。您知道什么是茶筅吗?您可以回去问问您的婶婶,她的父亲羽田先生,能够点出全日本一流的末茶。呵……现在我的眼前还可以看到那样的一碗茶,苦中带香,上面浮着一层绿色的厚末……”

小堀一郎轻轻地坐回到自己的椅子上,微微地抬起头来,闭上眼睛,鼻翼一翕一翕的,贪婪地面对着虚空。又过了一会儿,他才从这样的自我陶醉之中苏醒过来,看着目瞪口呆望着自己的杭盼,他嘿嘿嘿地笑了起来。他想,武力并不是战无不胜的,现在,他正是用了武力之外的东西,轻而易举地就把这个刚才还在斗胆强调中国梅花的中国姑娘征服了。

小堀一郎的家世中,飘散着源远流长的茶的芬芳,它一直可以上溯到近四百年前的一位名叫小堀远洲的大茶人身上。武士和茶人的精神，一直在这个家族的后世中流布，小堀一郎与远洲，有着悠远的血缘关系。

而这一切，还是得从日本茶道的集大成者千利休不同凡响的生命终结开始。公元1592年2月28日，千利休在丰臣秀吉那武士的利刃下剖腹自杀，日本茶道的草创期与这个划时代的大茶人的死去同时消逝。与此同时，以茶人的生命为代价，一个空前兴盛的茶道时代终于到来了。

谁也不知道千利休的被迫自杀究竟给丰臣秀吉将军的内心世界带来了什么。我们只知道一年之后，秀吉便将流放在会津的千利休的二子少庵（1546—1614）召回了京城。于是，少庵将父亲的灵牌从大德寺捧回了京都本法寺前的家宅。与此同时，少庵的儿子宗旦（1578—1658）也回到了家中。

千利休家的茶道之风再一次被后人承继下来了。也许是祖父在大雷雨中自杀的场景太过于惨烈了吧，千宗旦从此更为强调利休茶道中淡泊出世的那一面。他终生不做官，专心于茶道，总算悠闲安全地度过了自己的一生，享年八十，人称“乞食宗旦”。

乞食宗旦所生的三个儿子，又分别开拓发展了利休的茶道，其中第三子江岑宗左承袭的是他本人的茶室不审庵，表千家流派从此诞生；第四子仙叟宗室承袭的是宗旦隐退时的茶室今日庵，里千家流派应运而生；第二子一翁宗守则在京都一个叫武者小路的地方建立了官休庵，武者小路流派从此独树一帜。

表千家，里千家，小路千家，总称三千家，他们虽然各有发展，但继承的都是千利休的茶风。他们世世相传，数百年来，已经成为日本茶道的栋梁。他们依附过武士阶层,招来杀身之祸后又见弃于武士。然而,仿佛日本的茶人与武士有着天然的不可分割的渊源关系,在日本的战国时代,茶道是上层武士的必修之课,叙述日本的茶人而不叙述日本的武士,那几乎是不可能的。

丰臣秀吉之后的德川家康(1543—1616)时代,统一日本全国的伟业终于完成。1603年,德川建立了江户幕府,从此,继室町、镰仓后第三个以武士集团为最高统治者的幕府时代开始了。直到1868年的明治维新,江户时代持续了二百六十余年。

正是在这样的时代背景下,自千利休家第四代茶人起,他们又走上了祖先的老路,分别开始侍奉各地的武士集团。其中,表千家侍奉的是纪州的德川家;里千家侍奉的是加贺藩的前田家、伊予松山藩、尾州德川家和田安家;而武者小路则侍奉赞州的高松藩。武士与茶人之间的这种不可分割的依存关系,不能不说是日本茶道发展至今的一个重要因素。

日本茶道,并非只在千利休家族一枝独秀的境况下放射光彩,我们现在与小堀一郎的祖先走得更近一些了。

继承利休茶道的,应该还有他的七个大弟子——利休七哲——他们分别是蒲生氏乡、细川三斋、濑田扫部、芝山监物、高山右近、牧村具部和古田织部。其中,古田织部(1544—1615)的命运与成就,与他的老师千利休最为接近。

首先,正是在千利休死后,织部接替了老师的职务来侍奉秀吉。秀吉命令他把利休的平民式茶法改造成为武士式茶法,这难道不是很对同样作为武士出身的茶人织部的胃口吗?这位地道的武士茶人对老师的茶风进行了大刀阔斧的改革,一切都开始变得热火朝天起来——色彩鲜明的美,动中的美,雄健阳刚的豪放美,明亮华丽的美,自由奔放的豁达美。织部是不是太奔放了,在侍奉了秀吉之后,他又侍奉了秀忠,和他的老师一样,他获得了天下第一的大茶人的美誉,同时,他的死期也就这样来到了。

神秘的是同样的死。织部七十一岁那年,被疑为有通敌行为,同样,也是在秀忠的逼迫下,织部剖腹自杀,他比他的老师,只多活了一岁。

古田织部最出色的弟子小堀远洲,就这样登场了。

和他的老师织部一样,小堀远洲也是武士出身,他们都是同样有着受封一万石以上待遇的大名头衔的武士。不同的仅仅在于织部的武士头衔来自他无数次的冲锋陷阵,而远洲的武士头衔则来自父辈的继承。二十六岁的远洲没有太多的战场拼杀,他性情稳健温和,织部死后,他做了秀光的茶道老师。

这位多才多艺的大茶人看上去健康、典雅、优美而平凡,在诸多的艺术领域里却都有着非凡的创造。他是陶艺家、建筑家、园艺家、美术鉴定家、文艺家和书法家。同时,在茶道这个领域里,他又引入了日本和歌学的优雅的美感。他把和歌中的典故、诗词取来,为东山时代以后的著名茶道之具命名,因此,这些名道具就被后世称为“本歌”。小堀远洲对日本茶道的另一个重要贡献,则是他的茶室设计,其中包括大德寺龙光院的密庵、忘筌,南禅寺金地院的八窗茶室等。这些明亮的茶室具有书院式茶室风格,似乎也暗合了远洲那谐和明朗的心境。

对日本民族来说,小堀远洲最大的贡献莫过于日本庭院艺术的最高代表作桂离宫。这里面,茶人利休的素淡和王朝武士的华美，被奇绝地融合在一起了。

我们不能够知道，小堀一郎对艺术的诸多领域的偏爱，是否有着这样一种血缘的暗自左右。但数百年之后的小堀一郎，其实只能从书本和母亲的口中了解到他的这样一位先祖了。在某一种暧昧的气息中长大的小堀一郎生性倔强残忍，同时又多愁善感，对政治和艺术都有与生俱来的狂热。很小的时候，他曾听他的做了艺伎的母亲说起过他的中国父亲。在她的叙述中，这位早已远隔重洋杳无音信的男子，乃是一个雄赳赳的中国武士。小堀一郎后来自己也成为一名军校的士官生了，进入陆军部以后，他娶了一名将军的女儿做妻子。然而，即便是在以一名真正的军人自居的时候，他也从来没有忘记过四百年前的那位先祖的茶人的荣誉。他常常到桂离宫去，想象着他的优雅的祖先穿着和服拖着木屐从织部灯笼前走过的身影。他对中国的感情是复杂的、隐秘的、不为人知的。进入中国之后，他的双手早已沾满中国人的鲜血，令人不可思议的事情也正是在这里——同样是这双残暴的手，却无时无刻不在同时想象着手捧一碗真正和平的茶——不管是日本式的末茶，还是中国杭州龙井山中的扁炒青茶……

自入中国以来，小堀一郎第一次有机会滔滔不绝地与另一个人畅谈茶道。虽然，从严格的意义上说，他只能说是一个人在独谈，而且听他独谈的，还是一个中国人。他清楚地知道这些人恨他，无时无刻不希望能够消灭他。但他还是不能克制自己地认同了他们中的一些东西，这正是他不能对自己作出解释更不能面对自己的重要原因。不过今天他不想这些，这位多病的忧郁的杭州姑娘使他想起了中国春秋时代的美人儿西施——若把西湖比西子,淡妆浓抹总相宜。而眼前这一位,因为生着肺病,面孔潮红,忧伤满面,满腹心事,斜斜地站着,也似弱柳扶风,楚楚动人的啊。小堀相信她到这里来只有一个目的,求他放了她的哥哥。她是多么的无力啊,她是来求他的。而他,在心里也已经想放他们杭家一马了,不管怎么说,毕竟是羽田先生的亲外孙嘛。

就像一只猫生来就要玩弄爪下的老鼠一样,小堀也不能克制自己把玩别人心灵焦灼时的那种快感。他知道她想说什么,可他偏不给她机会,他要欣赏这种焦灼的过程。当然他不会彻底伤害她——可怜的姑娘,聪明的傻姑娘,谁叫你竟敢在大日本皇军军官面前提什么中国梅花的呢。

他再一次从太师椅上站起来的时候,已经准备叫人备车,他打算和这位中国茶人的后代一起去径山。他的口气轻快武断:"您得多穿一点衣服,我可以把我的军大衣借给您。我带您去一个地方,清明节不是就要到了吗?您看今天的天气,出去走一走,您就不会老是那么愁眉苦脸的了。"

杭盼同样保留着吃惊的表情,说:"我到你这里来,不是为了要和你到什么地方去。"

小堀走到她面前,他有些不忍心了,说:"我知道,您不就是来求我放了你哥哥吗?"

杭盼低下头去了,她的小脸因为红得厉害,看上去甚至都大了一圈,小堀因此却以为她是心生愧意了。对这样的大家闺秀不可过分,她和他那个本土的刁蛮的将军女儿可不是一回事情。她也是唐物女子啊,和名贵的茶臼一样需要珍爱。这么想着,小堀放缓了口气,说:“这不是一件不可以商量的事情。我不是让您的小叔通知你们了吗?只要杭汉承认了自己和大日本帝国之间的血缘关系,这桩案子就会局限在日本本国之内,一切就会变得简单多了。您明白吗?”

他把他的手小心地放到了杭盼的肩上。杭盼激烈地抖动了一下,像是要抖掉从树上掉下来的毛毛虫一样。小堀陶醉在自己的征服感里,他把这种从骨子里透出来的厌恶误当作少女的惊羞了。这种和异国女子调情的滋味使他感到十分新鲜,甚至也使他生出一丝小小的生涩来,他有些不好意思地嘿嘿嘿笑了起来。

正是这样的笑声,把弱小忧郁的杭盼逼到了绝路上。她本是一个讷言的姑娘,此时抬起头来,长眼睛内饱含着泪水。她的声音很低,因为长期的咳嗽,甚至有些沙哑,听上去便像是一个成熟女子发出的富有磁性的声音了。她说话的速度也很慢,还不时地要咽下暗涌上来的泪水,所以时断时续,她越往下说,小堀一郎就越惊讶了。

“小堀先生,我已经跟你说了,我到你这里来,不是为了要和你到什么地方去。……当然,我也不是来求你放了我哥哥的。上帝晓得,你这样的……怎么会做出什么仁慈公正之举呢——”

“等等,您说什么,您说您不是来向我恳求放回你的哥哥的?您说上帝知道我这样的——我这样的什么?你是想说上帝也知道我这样的撒旦是吗?你想说,我在你眼里就是魔鬼,你是这个意思吗?”

杭盼看着他,看着他的开始变色的脸。这张英俊的面孔开始扭曲了,鼻翼开始一翕一翕,喷起粗气,从温柔到野蛮不过刹那

间。她没有再低下头来,她眼中的泪水开始消失,她说:

“是的,我想你应该是一个撒旦。你穿着中国人的长衫,你说着一口标准的汉语,你住在我们中国人的庭院中,还喝着从我们中国传过去的茶,还和我谈了那么多有关茶的最最美好的事情。刚才你的翻译官告诉我,说今天天气很好,所以你的兴致也很好。可是今天的太阳是我们中国的太阳,是中国的太阳让你高兴了,所以你想到了清明节,想到径山去。但是,清明节是中国的节日,径山是中国的径山。……小堀一郎先生,你晓得吗,你比我们中国的一些人对中国还要感兴趣……至少,比我的继父和你的翻译官这样的中国人,对中国还要感兴趣。可是与此同时,你却杀中国人。人们告诉我,你在乡间行军的时候,就像射鸟一样地枪杀中国人。你的刑讯室里,关满了中国人。每当我路过众安桥的时候,我和许多人一起都能听到你们的宪兵队在拷打我们中国人的声音。他们进去了,就几乎别想再出来。上帝晓得,你们是地狱里来的魔鬼,可是你和所有的魔鬼都不一样,因为你是喝茶的习茶道的魔鬼。从小我的父亲就告诉我,茶乃和平之饮,喝茶之人乃良善之辈。父亲告诉我,要善待茶人。可是我……我不晓得如何善待你这样的人。你又品茶,你又杀人,只有撒旦才会这样和我们的上天之父如此抗衡。但撒旦从不喝茶……”杭盼突然停止了喷涌而出的话,慢慢地说,“我到这里来,不是来求你放回我的哥哥的,我只是来与你做交换的。把我留下,让我的哥哥回去吧。我想,我现在对你的冒犯,应该大大超过我哥哥的那两个耳光了。”

小堀一郎先是目光严峻地听着杭盼的痛斥,最后,却被那幼稚的结尾逗笑了。虽然这是冷笑,但杭盼还是有些急了,有些沉不住气了，她再一次说："小堀先生，请把我留下吧，我是一个纯种的中国人，我这样的人在你们手里死去，就像我的奶奶、我的姑姑在你们手里死去一样。而我的哥哥杭汉，他是有理由不死的。我的父亲说了，他是入了中国籍的中国人，但他依然有一半的日本血统。承认不承认这一点又有什么呢？在上帝面前，一切众生不都是平等的吗？"

小堀一郎再一次地坐在了太师椅上。他突然发现，他再也不会拥有那个想象中的可怜姑娘了，他完完全全地看错她了。此刻她浑身发抖，仿佛发梢都通了电；她的目光平时懵懵懂懂，突然间却发出了狂热的光芒。在日本本土，小堀一郎曾经见到过那些有着狂热宗教信仰的信徒，他们的眼中，往往会闪烁出和这位中国姑娘一样的神色。这么想着，他的声音阴冷，果然如撒旦一样的了：

"您是想让我送您上十字架吗？"

杭盼却开始因为过度的激动而迷乱起来。她摇摇晃晃，一边画着十字，一边自言自语：

"上帝，我的在天之父，我不知道这个要把我送上十字架的人，究竟是大祭司[①]还是彼拉多[②]。上帝，请收我到你的身边，请允许我不再吃魔鬼送来的药，请给我勇气，让我的肉体消亡，灵魂升天，免我在罪孽中苟活，上帝啊……"

这些东一句西一句的祈祷，换一个审讯官，真的会丈二和尚摸

---

① 大祭司：耶路撒冷大祭司，杀害基督的主要坚持者。

② 彼拉多：耶路撒冷总督，并不真正想处死基督，最终在各方力量的坚持下同意处死基督。

不着头脑。还是像小堀这样博览群书的人,总算能通晓一二。看样子,这姑娘已经被罪孽感折磨很久了啊。

小堀猜想得没有错。住在继父家中时,在李飞黄和方西泠的劝迫下,杭盼一直在使用小堀一郎派嘉乔定时送来的西药盘尼西林。一开始她就为此而经受折磨,奶奶和姑姑悲惨地死去了,你却在刽子手眼皮底下苟活。可是李飞黄不那么想,他说:“你管这药是谁给你送来的,只要用了它,你的病能好起来,这药就是好东西。世界上什么东西最重要,简单得很,一副臭皮囊最重要。有了它才有什么灵魂啊信仰啊真理啊,没有它,统统都是空的。”

是的,杭盼所有的亲人都想让她活下去,这还不是主要的,主要的是她自己太想活了。她一边为自己准备着到另一个世界去的行装,一边想着,当她死去的时候,人们怎么为她哭泣;为她收殓时怎么赞美她精细的女红;教堂的钟声将怎么样为她敲响。而有一天,日本佬终于被赶回去了的时候,四面八方流散在外地的杭家人都回来了。在一个鸟语花香的清明时节,他们将怎样地聚集在龙井鸡笼山杭家的祖坟上,为她的那一座新坟旁的新茶添上一抔黄土。她想象着,属于她的那株茶树在春风中应该是怎样秀丽清新的啊……这一切,仿佛就在眼前。然而她要死了,她将什么也看不到了,只有活着的人才能享受死亡啊……

盼儿无法拒绝那救命的盘尼西林,正是这种针剂有效地控制了她的肺病的发展。在许多人因为肺病而死的时候,她却在一天天地好起来。她本来应该感谢那个送药给她的人,然而她却因此而感到耻辱,她竟然因此而在经受罪孽的煎熬。现在好了,她要清算自己,她要一了百了了——反正我是要死的,早死迟死,怎样的死都一样,为什么不拿我的命来换哥哥的命呢?

小堀注视着这个突然歇斯底里起来的姑娘,冷冷地问道:"你是想说,如果我不拿你换你的哥哥,你就不再用我送来的药了?"

盼儿睁大了眼睛,一边喃喃自语,一边迅速地往右手拎着的口袋里掏东西,针剂盒子立刻就在小堀的眼前堆了起来:"你不相信我不怕死?你不相信我不怕死?你不相信我不怕死?我让你看看,我让你亲眼看看我怕不怕死,我让你亲眼看看——"

小堀的大手挥了起来,在半空中画了一个弧,在几乎就要挨到杭盼的面颊的时候,收了回来,变成了一个拳头,猛烈地击在了桌子上。只听嘭的一声,那唐物茶臼跳了起来,滚到了地上,碰坏了一只角。盼儿此刻却是面容惨白的了,她剧烈地咳嗽起来,摇晃着,然后,嘴角流出血来,一声不吭地,就滑倒在地上——她昏过去了。

杭嘉乔几乎就像一个幽灵一样游到了小堀身边。他的两只脚不停地倒换着,两只眼睛好像不够用,只好分开了,一只对付小堀,一只观察着倒在地上的盼儿。他不知道此刻应该如何动作,是赶快把盼儿扶起来呢,还是一脚再把她踢得更远,踢到汉儿关押的拘室隔壁去,那里有的是阴暗的牢房。

小堀比任何时候都鄙视这个人,这只向他点头哈腰的狗。他的亲侄女昏倒在地上,他却连扶都不敢扶。杭嘉乔刚刚把脸凑近他,他就用日语骂了一句不堪入耳的粗话。嘉乔好像被这句粗话骂醒了,他一声不吭地走上前去,不再点头哈腰,蹲下来扶起杭盼,问:"您吩咐吧,如何处置?"

小堀依然一声不吭，眼露凶光。嘉乔一边给盼儿擦嘴角的血，一边继续说："我大哥和二嫂都在门口，我让人挡住了。您是见，还是不见？"

小堀这才说："好哇，一家人——除了你——都送上门来找死了！来得好，来得好！我刚才怎么跟你说的，你去告诉他们——不见！"

嘉乔松了口气，他了解他的大哥，没有万死不辞之心，他不会送上门来。他又看了看杭盼，壮起胆子，依旧半蹲着，说："也放她回家吧……我从来也没有为自己的事情求过你……"

小堀一郎突然大笑起来，说："噢，没想到你也有这个胆量了……"他挥了挥手，"送走吧，送走吧，送走吧……"

嘉乔知道，盼儿算是虎口余生了。他背起盼儿就往门口走，刚刚跨过门槛，就被小堀叫住了："嘉乔君，没有胆量把你的要求再提得高一些吗？"

嘉乔回过头来，他已经预感到小堀要对他说的是什么，但是他不敢接这个口。他一时还不相信他会作出这样的决定，他是不是心血来潮了？

小堀叹了口气，说："你到底还是没有这个胆量，你还不如你背上的这个姑娘。来，把这些针剂都给我拿去，记住，我不要她死。还有，把你的那个侄儿也一起背走吧，我不想再看到他，否则，我会把他杀了的。"

嘉乔愣住了，一只手捧着那些针剂，一只手扶着盼儿，说不出话来。

"怎么，你的骨头不痛了吗？"小堀走到他身边，问道。

“好多了,好多了……”嘉乔又开始点头哈腰。盼儿却微微地睁开了眼睛,她多少已经听到了刚才他们的对话。现在,这个撒旦目光忧郁,走到她身边,轻轻地问道:“你说,我是大祭司,还是彼拉多呢?”

盼儿轻轻地摇摇头:“……不知道,不知道,也许你什么也不是……”她的头又垂了下来,嘴角的血一滴滴地滴在地上。可是她在微笑,她在微笑,她把她的哥哥救出来了……

第十八章

1939年的春天，杭家虽再遭大难，偷偷来看他们的亲朋好友还是络绎不绝。只是白天不敢来，悄悄地晚上来；大门不敢走，悄悄地从后门的篱笆缝里钻进来。后院本来是挨着一条小河的，桃红柳绿，河下浣纱女款款而行，一手竹篮，一手木杵，自是一番风韵。日本人一来，如今也是垃圾遍地，河道淤塞，臭气熏天的了。这条垃圾小道，就成了人们到杭家来的必经之地。

被伯父亲自背回来的杭汉在自家后院的小厢房楼上躺过三天之后，便能下床了。毕竟年轻，又是习过内功的武林中人，杭汉的皮肉受苦，筋骨倒未伤透，只是眼睛被打得睁不开，卖相难看。那一日大白天，杭汉站在后窗口，就见着一个女人一跳一跳地在那些垃圾山上绕来绕去，往他家的方向走来。他看看身影，像是方西泠，连忙下楼，叫了正在屋里喂着杭盼吃药的母亲到后门去候着。叶子奇怪，说："盼儿，你妈倒是胆子越来越大了，谁不知道我们家大院门口白日里都有人监视着呢，她怎么敢这时候来？"

杭盼喘着气说："婶婶，你哪里晓得我妈现在的处境。不要说晚上，白天能出来都不错了。那个人，常常把她锁在家里，只怕她跑了。上回我妈来看我，连衣服袖子也不敢撩，就怕我看到那些伤。那个人真是疯了。"

杭汉说:“干脆让你妈也来我们家大院算了。一来也好照顾你,二来也算是摘了汉奸老婆的罪名。妈,你说呢?”

杭盼看看叶子说:“哪有那么简单的事情,十年前她可是自己从这里跑出去的。我妈还有没有脸回来?那人让不让她回来?还有,我爸还要不要她回来?……”她又看看叶子。叶子就明白了,说:“盼儿,你爸那里,我去说,不能让你妈吃这个苦啊。日本人迟早是要走的,你妈以后还怎么过呢?”看看盼儿又要哭,半碗药也不喝了,连忙说:“我这就去找你爸,他正和你小撮着伯在后场里商量事情呢。你妈来了,我们大家劝劝她。”

正说着呢,就见方西泠挎着一个包进来了,脸上还堆着笑,接口说:“我来了,你们倒是要劝我什么啊?”

“劝你搬过来和我们一起吃苦呢,就不知道你肯不肯啊?”细心的叶子一下子就发现了方西泠脸上的强颜欢笑,连忙接口说。

“只怕是今生今世也没有这个福气回杭家大院了。”方西泠还是笑嘻嘻地说着,就坐在了盼儿的床边,一边往那包里取着药品盒子,都是治肺病的西药针剂和片剂。盼儿一见,头就朝了里床,说:“你怎么还给我拿这些东西?跟你说了,喂狗吃我也不服这些了。还有这些针剂,我都扔还给那个日本佬了,怎么你又给拿回来了?”

方西泠说:“你且回过头来看一看,这药是那日本人送来的吗?”

盼儿这才回过头来,细细看了那包装盒,笑了,边画着十字边说:“主啊,主赐福予我了。婶婶,你快快告诉爸爸,就说教会给我从美国寄药来了,他不用发愁了。妈,你不知道,爸他愁着我的病,头发都愁白了一半了。”

叶子就拉着方西泠站起来说:“嫂子,还是我们一起去吧。盼儿的事情,我们还得坐下来谈,有个长远打算才好啊。”

这么说着,两人就走了出去。盼儿看着母亲和婶婶的背影,轻轻画着十字,叹道:“上帝啊……”杭汉看得好笑,说:“真有意思,我们家兄妹中,还会有人信上帝。忆儿要是在,肯定会和你争个三天三夜,把你的上帝一直争得无影无踪才罢休呢。”

“上帝无所不在。汉儿哥哥,你应该感谢我们的在天之父才是,是上帝救了你。祈祷吧,刚才你已经冒犯他了……”

“我不会向任何神明祈祷的,我是一个无神论者,是一个相信科学的无神论者。如果不是这场战争,我会去专门攻读科学,我相信一切被科学证明了的东西。其余的,对不起,我都持怀疑态度。”

“你不认为你能活着回来,是因为神保护着你吗?”

“要说神灵,那么你就是神灵了,不是你让小堀放我回来的吗?”

“可是你应该比我更清楚,小堀一郎这样的恶魔,怎么会听从我的意愿?你不晓得,他把那大巴掌都伸到我眼面前了。奇怪的是他竟然没有动一个指头,就把我和你一起放了。难道这不是神谕突然降临到了他的身上吗?上帝的旨意是任何人也无法抗拒的呀!”

杭汉激动地走到了盼儿的床边,瞪圆着两只大眼睛,手势的幅度很大,说:“你怎么啦,盼儿,你是真不清楚,还是装糊涂?你是真的不明白这家伙在你身上费的心思吗?不是因为你,他怎么会放了我,怎么会呢?”

杭盼也激动起来,她一直心平气和地躺着,这会儿她就坐了起来,面颊重新开始潮红。她一边咳嗽着,一边说:“怎么会是因为我呢?怎么会是因为我呢?好吧,我不得不告诉你一个天大的秘密,不过你得向上帝起誓不得泄露,你起誓啊……”

杭盼凑近杭汉的耳朵说着。眼见着杭汉的面色就变了,眼睛和嘴巴一起,越睁越大,越睁越大,最后,他一屁股坐在小凳子上,狠狠地拍了一下自己的大腿。也许是碰到伤口了,他一边嘶嘶地抽着凉气,一边说:“怪不得,怪不得,原来他和我一样……怪不得他非要我承认我是日本人。这个胆小鬼,懦夫,他就是不敢承认,他也可以是一个,是一个……”他突然回过头来问,“寄客爷爷晓得吗?”

盼儿这才又躺下了,说:“我不敢想这件事情,可是我又回避不了。我看着他穿着中国长衫,跟我大谈日本茶道,我心里就想,你不要掩饰了,你是……的儿子,是他的儿子……”

杭汉一声不吭地坐着,很久才说:“那么说,你是在怜悯他了……”

“不知道……上帝说要怜悯一切……你呢?你怜悯他了吗?”

“我怎么会怜悯他呢?就像我怎么会怜悯沈绿村和杭嘉乔这样的人呢?可是我怜悯他的父亲。他现在活着,比死去要难受得多。不要让他晓得我们已经知道了,永远也不要让他晓得。”他走到盼儿的床头,把手放在她的额上,轻轻地耳语般地说:“……还有,我的小妹妹,我还怜悯你。你谈过恋爱吗?……没有。你看,我也没有。我们两个人,在这件事情上,真是盲人摸象。这事儿杭忆在就好办了,他会给你讲很多道理,让你明白这是怎么一回事儿。我看出来了,你有些怜悯他了。小心,魔鬼会从怜悯这道缝隙里钻进来的,你的上帝会因此而惩罚你的。……你不要和我争辩,这几天我躺在牢里想过很多,我想这场战争会把我变成一个心硬如铁的男人。我不会让你怜悯他的,你要和我一样地恨他,恨他。……你说什么,你说你现在也是恨他的?当然,我晓得你现在也是恨他的,但你的恨不单纯了。你对他只应该具备一种感情——仇恨的感情。明白吗?我会想出办法来的。我们正在打算把你藏到一个地方去,他有天大的能耐也找不到你的地方去,这样,你就真正摆脱掉他了……你去吗?"

"……去……"盼儿点点头。她一边流泪一边咳嗽着,心里却明白,堂哥杭汉的话,并不仅仅是危言耸听。

叶子带着方西泠,来到了院中的那株大白玉兰树下。西泠仰起头来看了看这株半面乌焦的树,深深地叹了口气。前年冬天的那场大火,烧掉了杭家大院多少熟悉的东西啊,其中也包括了这株白玉兰树。只是都以为它是要死了的,谁知来年春天,它的一半树杈上,零零星星地又发出了灿烂的玉兰花。今年春天,它的长势就更好了,衬在蓝天下,蓬蓬勃勃,热火朝天,把那一半的树枝都要压弯了似的。走过杭家破败大院的那些善良的人,看见了破围墙内挺立着的白玉兰树,就说:"瞧,他们杭家的玉兰花,开得真好。"

玉兰树下,原本有一口井,一地名花异草,一副石桌石鼓凳,石桌上用碎瓷镶嵌出一幅围棋格子。旁边,是一条鹅卵石铺成的小径,直通书房。现在,除了一株树、一口井之外,什么都没有了。玉兰树下却开辟出一片茶地来,长着一些新栽下的茶苗。方西泠说:"这院子怎么种了这些茶,还不知什么时候能摘?再说这一小片的茶,即使能摘,又有几两?还不如种些菜呢,也好抗抗饥荒。”

叶子说:“汉儿说这里的地肥,还有一株大树,应了‘阳崖阴林’之说。这些茶苗,都是战前嘉和收了来的茶树的好品种。说是人家国外茶叶发展得快,就是品种好,我们也自己来试试,培育出新品种来。都打算在龙井买一块地做试验了,没想到什么都没来得及做,仗就打起来了。汉儿说了要在家里继续干,嘉和也同意了。他这人,你也是知道的,干什么,都痴迷到个顶。别人是干一行怨一行的,他呢,干了茶业,就打算死在茶业上了。别看眼下家破人亡,他自己落得一个在庙门口卖茶的地步,喘过一口气来,他的心,还在茶上呢。”

方西泠瞅了瞅叶子,说:“难怪你留得住,我留不住呢。真明白嘉和的,还是你啊。”

叶子一边往井里吊水,一边说:“坐一会儿吧,就坐那张倒下的石鼓凳上,我可是真有话要和你说。来,洗洗脸,杭州的春天就是短,太阳一出,一下子就从冬天到了初夏了。”眼看着方西泠洗了把脸,精神一些了,叶子才说:“怎么,我刚才看你眼皮又肿了,没睡好,还是又哭过了?还是那姓李的又怎么你了?别人那里不好说,你还不能对我说吗?”

方西泠一下子又红了眼圈,抖着嘴角半天才说:“都不是……”

叶子自己也用水洗了脸,然后坐到方西泠身边来,说:“刚才大家都在商量让你回我们杭家大院住呢。”

方西泠苦笑了一下说:“我不是已经回了你们的好意了吗?只怕是没有这个福气的了。”

“你是不是担心嘉和会有什么想法?那你就把他给看扁了。

像你现在那么活着,他嘴上不说,心里才急得要命呢。你先回来,以后的事情,以后再说。回来,也好照顾盼儿,也好脱了那汉奸老婆的名分,毕竟以后的路长着呢。”

方西泠细细地打量着叶子,她的中国式的发髻,中国式的大襟格子外套,中国式的圆口布鞋,还有那一口地地道道的中国杭州方言,说:“唉,叶子,我真是怎么看也看不出你竟然是个日本人。”

“怎么你也说我是日本人呢?”叶子有些吃不住了,“跟你们说过多少次了,我是入了中国籍的,我是中国人。以后再那么说,我可是真要生气了。”

“看你急的。我是说,你想着我以后的路还长。你自己也不是还长着吗?你也别瞒我了,嘉平的事情我已经听盼儿和我说了。”方西泠突然心一酸,眼泪唰地流下来,“你为他才远渡重洋来到中国,可他这个人,兵荒马乱的岁月,自己跑到哪里去不说,还在外面又娶了一房。你说你,唉,你我的命,都有什么差别啊!”

叶子没想到,西泠会这样直地把她的隐痛说出来。她没有心理准备,眼泪一下子就涌出来了。但是她不想让方西泠看见,就把自己的整张脸浸到了刚打上来的那桶水中。再抬起来时,就看不清什么是井水,什么是泪水了。

叶子冷静了一下自己,才说:“嫂子,你总是不明白。世界上的人,有各种各样的,你不能说这样的就是不好,那样的就是好。比如我和你,我们生来就是不一样的人。我是那种认了一条路就走到黑的人。你呢,总还想寻着那亮处走。这没错,只是别把那黑出反光来的路看成了亮道就行了。唉,看我们扯哪里去了,还是把话说回来,你就回来和我们一起过吧。等过了这一关,你再作打算也不迟啊。”

方西泠用手罩住自己的眼睛,不这样她说不出下面这段话:“我不能回来,叶子,不是我不想回来,是我不能回来。我回来,也拾不起嘉和那颗心了。他这人,不显山露水,和一杯茶一样,细细地天长地久地品着,这才品出真味来。那是什么地方也找不到的真味啊!可惜了我年轻时心太浅,如今要吃回头草,也是不能够的了。想想他这十多年来,一个人过的是什么日子啊,我对不起他,还有什么脸再回来呢……”方西泠不由得痛哭失声了。

叶子也没想到方西泠会对她说这样的肺腑之言,蹲在她身边,一边给她擦着泪,一边说:“你有这番心,还有什么不好去说的呢?你们还有两个孩子呢,从前的缘分还是在的嘛。你不方便,我去给你说就是了。人心都是肉长的嘛,你怎么知道嘉和就不念你这份旧情呢?别难过了,我去说。我们从小一起长大,兄弟姐妹一样的情分,我的话,他还是听得进去的。我去说好不好?”

方西泠突然拿开了手,张大了一双泪眼,说:“叶子你这是怎么啦?别人不知道,难道你自己还不知道——从小到大,他的这份心就在你身上呀。他这人和嘉平生来就不一样,嘉平是越新的越好,他可是越旧的越念情。你说你是一条道走到黑的,难道他不也是一条道走到黑的吗?你也不想一想,都十多年了,他怎么还不另娶呢?他不就是在等着你吗?”

叶子站了起来,一声不响地走到井边去吊水了。吊了一桶,想想,又倒回井中,这么吊了三桶,都倒回井中了,突然松了绳子,一屁股坐在井台上,别过脸去,肩膀抽搐起来。

方西泠这会儿倒是不哭了,说:“叶子,我们这是怎么了,比赛谁的眼泪多啊？我不哭了，你也别哭。说真的，我也没有时间和你哭了，我还有要紧事情和你们商量呢。我今日来，也不知道是不是今生今世最后一趟回杭家大院了。实话跟你说了吧，今天夜里，我就要和基督教会的那几个牧师一起去上海，然后转道去美国了。”

这一说可是非同小可，把个叶子惊得一下子就没了眼泪，连忙跑到方西泠身边，问：“怎么说走就走了呢？护照都办好了吗？盼儿怎么办？”

“我也是才晓得的。本想求美国方面再拖一拖，或者把盼儿的护照也办了。牧师说了，这一次不走，下一次就难说走不走得了了。虽说现在美国还没有和德国方面宣战，但迟早是要打起来的，也难说是不是明天早上就打起来了。只要一交战，再去美国，就比登天还难了。我这次也是沾了教会的光才办成的。美国方面又有我父亲这头的老关系，说是帮我把工作也找了。我是存心想带着盼儿走，可偏偏护照批不下来。她的身体那么不好，如今又是死也不肯用那日本人的药了，我若不能常常地从美国寄回药来，盼儿的这条命就没了。再说，我要是这次不走，顶着个汉奸老婆的名分，什么时候才是一个头啊。我要和他离，他就会为难你们，说实话，我这次去美国，他还蒙在鼓里呢。他若知道了，我怎么还能走得成？叶子，求你们替我照顾好盼儿了，这是一。还有那二，求你照顾好嘉和了，你晓得我说的是什么意思。你们早就该在一起过了。你不晓得嘉和这个人，你不走上前一步，他是一辈子也不会往上走的。你们两人这么煎熬着什么时候是个头啊。日本佬说杀人就杀人，说放火就放火，说不定什么时候说遣送回本土就什么时候遣送回本土。叶子，叶子，别走我的老路，我是把自己的幸福葬送了,你可不要眼睁睁地把世上最爱你的人晾起来啊。你这一晾,恐怕就再也得不到了,你听懂我的意思了吗?"

叶子站了起来,说:"你等等,我立刻就去通知嘉和,你们赶快好好地谈一次,没有什么比这件事情更重要的了。"

这对从前的冤家夫妻,十年离散,今日重又坐在一起了。

刚才嘉和一直和小撮着在茶庄的后场工具房里,商量着那批祭器如何送出去的事情。这些天,小撮着每日从孔庙回来,都在外套衣裳里藏着掖着几件祭器,陆陆续续地竟也取得差不多了。这些祭器,眼下都埋在了忘忧茶庄的后场墙角下。嘉和前年放的那把大火,因为是从自家居住的卧室开始的,又加扑灭得及时,忘忧茶庄与杭家大院又隔着两堵风火墙,当中还有一条深巷,故而没有被殃及。茶庄自杭州沦陷之日就关了门,再不曾开过。也许是因为嘉乔毕竟姓杭,日后还要来接收这茶庄,故而汉奸日军倒还不曾来骚扰过。孔庙礼器埋在这里,总比定时炸弹一样藏埋在大成殿墙角下安全。刚才这主仆两个也已经商量定了,清明那天,借着上坟的机会,全部搬运出去,就埋在杭家祖坟的那片茶地里。

西泠从后场的小门进来之后,叶子就把她给引到前店去了。数年不曾开启的店门,从前何等地一尘不染,如今也是蓬灰满地满梁的了。进入店堂的花砖之地,三个人,齐齐地,就留下了三串重重叠叠的脚印。

店堂关着门窗,一片幽暗,叶子左手举着一根蜡烛,右手提着一把水壶,小指上还钩着两只小茶杯。店堂里几乎已经搬光了东西,看上去就比从前高敞出了一截。柜台和柜橱上尘埃细细密密地铺着，像一块块岁月精织的灰呢布，只是从前放着茶坛的地方，还能看出一个个圆圆的浅色的印子。

店堂的大门，自打杭州沦陷之后，就再也没有开过。连细木格子的大窗子也被砖块堵了起来，从那砖隙之中，射出了针一般细而亮的光线，星星点点地刺在店堂的各个角落里。

那副对联——精行俭德是为君子　涤烦疗渴所谓茶荈——也还依然如故，只是从前一直挂在茶庄的大门两旁，如今却被放置在店堂的一角了。以往无论茶庄生意兴淡，这副对联却是每日都被擦得锃光瓦亮的，眼下自然也是蓬头垢面的了。嘉和见了这对联，下意识地就捧起了一块放在大茶台上。

这张有三张八仙桌大小的梨花木镶嵌的大理石茶台，是杭家祖上传下来的，也是嘉和最心爱的东西之一。当初封了茶庄之门的时候，嘉和曾想把这张茶台搬出去找个更安全的地方藏起来，不料横抬竖抬怎么也出不去，只好作罢。此刻，叶子把蜡烛放在大茶台的一角，一大片台面上的尘埃就被烛光幽幽然地温和地笼罩着，又与那对联上的尘埃漠然相视，与那窗隙射入的光明相映。这二女一男的身影也就明明灭灭、若有若无地显现在其中，衬出了怎么样的前尘往事啊。此时境况，真可谓是“二十四桥犹在，波心荡，冷月无声”了。

嘉和这样一个有着洁癖的江南男子，此时见了那尘埃，竟也顾不了许多，抓起他的袖口就去擦对联上的尘。方西泠见了，连忙也去捧了那另一块，又从口袋里取了一块大手帕，一撕两半，一块扔给嘉和，另一块自己拿着，便也细细地擦了起来。

虽是只做了半路少年夫妻的这对中年男女，十年冤家不聚头，看在一双儿女的分上，想必也没有到一句话也没有的地步吧。那两人，除了默默擦那对联之外，却再也说不出话来。

叶子悄悄地走了，方西泠就卷起袖子，露出胳膊，她想把茶台也细细地擦一擦。这才叫此时无声胜有声呢，嘉和这就看到了方西泠胳膊上的那些青一块紫一块的伤痕。自打那一日李飞黄打了方西泠一耳光，而自己又反挨了杭嘉和一耳光之后，李飞黄就算是开了杀戒了。原来这世上什么人都可以打他，可他却只有一个人可打——打老婆。他总算明白为什么那些引车卖浆者流常常酒醉糊涂满巷子地追着老婆孩子往死里打了，原来那是一种精神享受啊。他李飞黄虽乃一饱学之士，但学问从来没有解决过他的任何心灵问题和现实问题，现在他只好靠打老婆解决问题了。这样的时间虽然不长，方西泠却已经尝够了皮肉之苦。想从前青春年少，她也算是一个五四青年，反帝反封建的一名女战士，还跟着嘉平他们到了北京，还开过工读主义的茶馆呢。后来进了杭家大院，也是心高气傲。嘉和温温和和的一个人，床上夫妻，床下君子，何曾动过她一个指头，哪里想到过有一天会落到这步境地。这么想下去，只有眼泪一滴滴地掉在那“精行俭德是为君子”上了。

嘉和的目光，从方西泠手上的那些伤痕看起，一直看到她的头上，他想起她年轻时的一头乌发来了。至今方西泠在人们眼里还是一个不老的美人儿，只有嘉和看出岁月在她脸上发上留下的痕迹。前不久她还没有什么白发，而今她也是一角鬓发如霜了，烛光下冷冷地无语地话着凄凉。

嘉和一直在擦抚牌子的手停住了，他突然想，如果当年他是爱着她的话，他有能力不让她离开他吗？是的，他相信，他是有能力不让她离开他的——甚至不用费太大的努力，她就会回到他的身边。他没有去做这样的努力，乃是因为他从骨子里不相信她！为什么不相信她呢？是的，从结婚的那一天开始，他就认为他是不爱她的。然而，不可理解的悖论也就由此产生——如果他不曾爱她，那么他为什么要娶她呢？为什么要和她生下一双儿女呢？难道他真的一点点也不曾喜欢过她吗？在他们年轻的时候，在那个风和日丽的龙井山中，当水草欢快地在小溪下舞蹈的时候，当她毫不犹豫把耳环取下来献给他们的理想的时候——难道他真的一点也不曾为她动过心吗？

他知道自己一向严于律己，其中动机也包含着苛求于人。他只是看上去仁慈宽厚，很少指摘别人，其实他骨子里与人保持着相当的距离。他不愿意走进他们的心灵，他不相信他们。现在他想起来了，他几乎从来也没有和方西泠认认真真地交过心。当他发现方西泠的心东摇西摆总靠着嘉平的时候，他就不战而退，他从来也没有想过要把方西泠的心真正夺过来——这种内心的交战本身就是他的自尊心所不允许的。他是在放弃，但并不意味着失败，他是以放弃来获得胜利的。然而他胜利了吗？

他知道，他对她手上的伤痕，对她头上的白发，是负有责任的。他不知道此刻所产生的感情是不是爱情，也许是，也许不是。但一切都晚了，无论如何也无法挽回了，这一次是真正的生离死别了……

家族中的人一个个死去，并不仅仅使嘉和坚强，每一次生命的消亡也使他软弱。这是多么无法理解啊，他越坚强，同时也就越软弱，他越软弱，同时也就越坚强——他不能够再那么默默无语地抚擦下去了——他摊开灰尘沾满了的手,无望地看着方西泠,他没有办法不让他女儿的母亲走,他没有办法让他女儿的母亲留下来。他就这样茫茫然地走上前去,把他从前的妻子紧紧地搂在怀里——他终于让自己回归到杭氏家族的血缘上去了,在这一刹那,他是多么地像他的父亲,他毕竟是杭天醉的儿子啊……

他们说了一些什么?无疑,他们说了许多,有忏悔,有解释,有嘱托,还有许诺。谁也不在乎这些话的可实现性,要紧的是说这些话的过程。这其中肯定还是方西泠说得更多。她提到许多人的名字,其中有她的一双儿女,有汉儿,还有其他一些人……有两个人是她专门提到的,一个是叶子,一个是李越。杭嘉和几乎只能应接不暇地点着头,"嗯嗯"地应着,对必须解释的他也不作解释,没有时间作解释了。他不断地在她话语的空隙中夹进简短的字眼——"你放心";"会找到的";"我会像亲生儿子一样把他带大的";"是的,当然,当然不能让那个日本佬欺侮我们的女儿,会有办法的";"当然,当然,离婚手续一定要办,一到美国就办";"说哪里去了,你会回来的,盼儿还等着你的药呢";"说什么,我不会死的,我怎么会死呢"等等,等等。

他们各自对分手时候的仪式都感到很慰藉。按照这个茶人家族的惯例,他们以茶代酒,饮尽而别。茶是新的,小撮着刚从翁家山送来的明前龙井,不到半斤,嘉和还分给了陈揖怀和赵寄客一些,眼下不多的一点点,就又分了一半给西泠。"到美国去吃吧,以后我们会给你寄的……"嘉和说。

他们捏出一小撮来,冲了两杯新茶。西泠小心地从怀里掏出一个小纸包来,里面有四朵制成合欢花形的蜜饯。她把它们分成两半，两朵放到了嘉和的杯里，两朵放到自己的杯里。她郑重地说："是成双成对的。"

"我看见了。"嘉和说。

"是我今日特意带来的。"

"我晓得的了。"

"我们结婚时我让你喝了单数，那不是故意的……"

"我晓得了……"嘉和端起了杯子，"你看，我把它们全吃了。"

"我也把它们都吃了。"方西泠甚至笑了起来，她现在没有什么可以遗憾的了。

那天深夜，杭汉睡不着觉。他再一次起床，踱到厢房阁楼的后窗，看着后院之外的那条垃圾河。不，现在它已经是垃圾山了。

不过，从前河边拉起的电线杆子倒还在，零零落落地亮着几盏鸡蛋黄一样的灯。杭汉看见有两个人，隐隐约约地朝他们家的方向走来。看上去他们走得很小心，尽量避开有光亮的地方。这两个人胆子不小，现在已经到了宵禁的时间了，被日本巡逻队撞上就麻烦了。这么想着，杭汉又回到了自己的小床上。

半小时之后，他听见有一个人轻轻上楼的声音。他连忙点燃了油灯，几乎与此同时，他的未被锁上的门打开了，一个贵夫人出现在他的面前。

杭汉几乎要轻声地惊呼起来："真没想到，会是你……"

贵夫人淡然一笑："和我同来的那个人，你更不会想到呢。"

第十九章

再过几天就是清明。都说清明时节雨纷纷,今年的清明时节却是风和日丽。杭汉一早起来,就到院中那玉兰树下打了一套南拳。他的外伤还没有好利索,但浑身的筋骨却在咯咯咯地响着,好像春风已经吹到他的骨头缝里去了。春风也趴在他的耳边喃喃说着:年轻人,动一动吧,动一动吧,快作好准备,有许多事情要等着你去做。试试看,你的手掌还能握成拳头吗,试试看!

杭汉小心翼翼地打着拳,注意不再伤害自己。从昨天夜里开始,他就再也不是从前的那个杭汉了,他再也不会为了自己的义愤去劈日本宪兵的耳光了。

昨晚虽然他一下子就认出了楚卿,可她的那一身打扮还是令他好一会儿也回不过神来。她烫了一头的长波浪发,描了眉毛,还涂了口红,还不合时宜地套了一件貉皮长大衣,脚上嘛,当然是黑色高跟皮鞋了。看见杭汉惊异的样子,楚卿敞开了大衣襟,露出里面的缎子旗袍,脖子上挂着的珍珠项链与闪闪的宝石耳环相映生辉。楚卿用她低沉的声音略带笑意地问:“怎么,认不出我来了?看上去我像一个有钱人家的太太吗?”

“你把你弄得真够俗气的,”杭汉说,“我刚才在路灯下看到你们了,和你一起来的人是谁?你们怎么想到这会儿到我们这里来了？你不知道我们家都被鬼子监视起来了吗？你知道我的事情了吗？我从日本佬手里放回来，刚刚半个月。你从哪里来？你还和忆儿在一起吗？我的天，你是不是真的嫁给了一个阔佬——我被你弄糊涂了，你快说吧——”

楚卿一边脱了那件貉皮大衣，一边就坐到床对面的竹椅上去了。夜灯如豆，衬出了她分外苗条的身影、她的鼻尖和下巴，还有她陡峭的高跟鞋。杭汉被打肿的眼睛终于退了青紫，可是他依然觉得恍恍惚惚——几乎两年了，他们没有关于杭忆他们的一点消息。

楚卿却好像是他们昨天刚刚分手一样地沉着，她只是淡淡地说：“从那里出来的时候，准备了这么一套行头，没想到天气说热就热，除了这貉皮大衣，我就再也没什么可以把自己弄成那样——你说的那种俗气了。这一次我是装成一个大商人的夫人回来的。你不会想到，我是和你的父亲一起回来的，你刚才也没把你父亲认出来吧？”

杭汉像是被谁打了一闷棍，好半天也没有再说话。也许觉出了冷场的不好意思，就笑笑，吃力地说：“……噢，父亲，倒是没有想到的，想到也认不出来的。怎么样，他老了吧？我已经十多年没有见到他了……”

“他正在你伯父房中呢，要不要去见一见？我可以在这里等你。我还专门有事找你，我就是为这事儿回来的……”

杭汉连忙摆着手说：“不急不急，我只是奇怪，他怎么回来了？奇怪……而且和你一起回来，你们是为了同样的事情回来的吗？”

“不完全是。我们各人有各人的事情。你还不知道吧，你父亲现在和吴觉农先生在重庆政府的贸易委员会。而我,我从一开始就没有对你隐瞒过我是属于什么的。”

杭汉从楚卿的目光里看到了从前杭忆讴歌的那位灰色女郎。他轻轻地关上了门窗,拉上了窗帘。楚卿把身体欠了过来,她嘴里喷出的热气甚至都呼到了杭汉的脸上。她用低得不能再低的声音说:“你的事情我们早就知道了,我们的组织正是因为知道了你的事情,才对你加以最大程度的信任,派我特意从未沦陷区赶来的。下面我要说那件重要的事情了。不过,事先我得告诉你,这是一件十分危险的事情,你可以做,也可以不做,但你必须说实话,我们没有时间等着你变卦,明白吗?”

杭汉定了定神才说:“我一直在等着这一天。”

楚卿收回了欠出去的身体,若有所思地说:“还记得两年前我们在西湖小瀛洲上的谈话吗?那一次我们说到了对你的安排,我们说到了,也许有一天,你会去……”

楚卿他们这一次暗杀的对象是“维新政府”的重要官员沈绿村。他和汪精卫的亲日集团已筹备多日,准备成立以汪为首的南京“政府”。在这个“政府”中,沈绿村将出任“政府”级的重要官员,而且他的政治野心还远不止这一步。所以,刺杀这类大汉奸就成为当务之急。而目前看来,能够接近沈绿村又能够暗杀他的人中,他的亲甥孙杭汉是最佳人选了。

杭汉的身体突然凉了起来,他明显地感到两只肩膀上的压力。像是两只大手,使劲地把他的身体往下压,为了抵抗这种压力,他就暗暗地使劲把自己的肩膀往上抬。杭汉把这一切做得很成功,不动声色,所以楚卿看不出他听了这话有什么变化,她只听到他说:“我明白了,你们要我去杀一个人。”

“你杀吗?”

杭汉沉默了好一会儿,他想到了很多前提、很多疑问,但是他最后什么也没说,他点点头,说:“杀!”

天气多么好啊,伤口在愈合之中的轻微的瘙痒是多么舒服。杭汉蹲在他去年种下的茶苗前——它们在春风里微微颤动的浅绿色的叶子是多么生机盎然啊……杭汉用手摸捏着土地,他心里有些遗憾。伯父曾经告诉他,最好的土质,应该是石灰岩所在地的土质。龙井山中的土质才是最好的啊,如果没有战争,他们现在不正在山中与新培育的茶苗朝夕相处吗?杭汉打心眼里喜欢过这样的和土地与植物相处的日子。他细捏着手里的土,突然打了一个寒战——他想到了昨夜梦里的那些血淋淋的场面——他知道这不是梦。他再抬起头来的时候,就看见了他的父亲杭嘉平。

他正在刷牙,穿着背带西裤。其实昨天夜里他还是上楼来过了,是嘉和亲自陪着上来的。也许是因为楚卿跟杭汉所谈事情过于重大了,甚至重大到了超越父子多年离别后的重逢。总之,杭汉没有表现出应该有的那种激动和慌乱,看上去他甚至还有一些麻木。父亲是一个仪表堂堂的男子汉,这点和照片上也没有什么区别,只是穿着西服,留起了小胡子罢了。他们相互间没说几句话,父亲好像什么都已经知道了,一再地叫他好好养伤,然后就下了楼。杭汉一下子躺在床上,立刻就把父亲给忘了。他不可能不接着那灰眼睛姑娘的思路去想——要刺杀一个人,是在家里,还是在野外?是用手枪,还是炸弹?——而这两样他全不会,那么只好用匕首了……

而早晨的父亲看上去就真实多了。他露出了一口白牙,手里捏着牙刷,朝着儿子热情地望着,杭汉的血就涌上来了。

杭嘉平隔着那片茶苗,说:“这都是你种的?”

杭汉指着那一株株的茶苗说:“是我按伯父教我的方法种的。有的是用种子,还有的是无性繁殖,噢,就是扦插,还有杂交的。喏,你看这一株,这就是杂交的。”

“这事情很有意思,也很费工夫吧。”

“没事,反正我也不上学,也没出去找工作。只要能出城,我就出城到山里茶地去。出不去,就在这里搞实验。”

“嗯,真没想到我们家世代卖茶,现在要出一个育茶的了。说给我听听,有什么讲究的?”

杭汉兴致就上来了,他和父亲之间就这样不知不觉地进入了话题:“讲究可多了,不过那都是伯父从前告诉我的。你只要到茶园里一看,凡是那树冠大的,分枝密的,萌芽早的,生长期长的,发芽轮次多的,生长速度快的,芽叶比重大的,喏,我说得再简单一些,不过不是我说的噢,是伯父他说的——你只须记住这几个字——大、密、早、长、多、快、重,那就是好茶种。你把它的种子拿来也好,你是扦插也好,你是拿它与别的茶树杂交也好,总归都是好的吧。当然,我这么说太简单了,伯父说了,真的做起来,有得好做了呢。伯父说了……”连杭汉自己都发现他把伯父给提得太多了,突然就住了嘴。

杭嘉平很兴奋,儿子大了,很出色,比他想象的要出色得多。在平原上他曾经见到过杭忆。杭忆也很出色,果敢,粗鲁,讲话动作都像是一只敏捷的猫。叔侄两个见了面,没有几句寒暄的话就进入了主题。他的话不多,吸烟却吸得很厉害,手掌很粗糙,面色却依旧保留着杭家祖传的白皙,看上去比实际年龄要成熟多了。看得出来,他周围的人都敬畏着他。听说附近的鬼子、汉奸听到他的名字就胆战心惊,不仅仅因为他的神出鬼没,还因为他特殊的有些残忍的处死敌人的方法。无论是汉奸还是日本鬼子,一旦被抓住,若处决,他从来不用子弹,只用一个办法,五花大绑扔到河里去淹死。渐渐地,这就成了一个标志,凡是水里漂浮起一具敌人的尸体,人们就知道,那是水乡游击队杭忆那支队伍干的。嘉平要他协助的只是一件事情,截住那些从沦陷区到游击区和未沦陷区来偷购茶叶的汉奸商船车队。据他的情报所知,吴升的儿子吴有一直在做这桩生意。杭忆一听,淡淡地说:“你放心,我会叫他浮在水里,让鱼吃得只剩一副骨架的。”他们分手的时候紧紧地握了握手,就像是两个男子汉势均力敌的较量。陪同嘉平的罗力直到杭忆走后才说,杭忆完全变了,不像是大哥的儿子,倒像是二哥的儿子了。照此推理,杭嘉平倒觉得,杭汉看上去不像是他的儿子,倒更像是大哥嘉和的儿子了。

这么想着,嘉平便问儿子的伤口怎么样,能行动吗?听杭汉说行走绝没有问题时,他走过来拍拍儿子的肩膀,说:“那好,陪我到孔庙走一趟吧,我想见见赵先生,多少年没见了,想啊。”

他不知道杭汉想到了什么,只见杭汉重新蹲了下来,说:“还是让伯父陪你去吧,我刚去过那里。而且,我还在他们的监控之中。不过我还不晓得你进出那里方不方便,你的各种证件齐全吗?楚卿说什么问题也没有。进出孔庙倒是不要鞠躬的,不过也难说。

要是碰到我上回碰到的事儿,你怎么办呢?"

嘉平笑笑说:"我会有办法的。我会给他钱,给他烟,或者给他酒。可是我不会向他鞠躬。你放心,我不会向他们鞠躬的。"

杭汉仰起脸来,很有分寸地笑了。看得出来,儿子很谨慎,对他敬而远之。儿子什么都知道了,也许,在内心里,已经不再把他杭嘉平当作他的父亲了。

拿什么颜面去见妻儿和大哥呢?回家的路程越近,杭嘉平心里就越犯嘀咕了。在欧亚大陆上来回奔跑的日子里,他见过许多和他处境差不多的中国人,然而,他们谁有一个像嘉和这样的大哥、像叶子这样的夫人呢?他想象着回家之后的抱头痛哭,埋怨,眼泪,训斥,解释,也许还会有宽恕?只有在经过了这一切之后,他才能与大哥谈他们的关于民族存亡的大事,还有与叶子的未来……

人到中年的杭嘉平,在社会生活的诸多领域里,都已经是一个相当成熟的值得信赖的男子,唯有在个人生活中,他无法把握自己。换言之,他似乎从来没能真正明白,他命运中的那些巨大的变化是怎么发生的。他有过许多与之交往的女性——无论是在与叶子结婚以后,还是和后来的女人成为露水夫妻以来。他十分忠诚于自己年轻时就立下的抱负,他也忠诚于朋友,忠诚于他的事业。但是,他从来也没有真正忠诚于某一个女子——为此他曾吃过许多不必要的苦头。有时,他扪心自问,自以为他杭嘉平并不是一个好色的男子。问题就在这里,总有各种各样的女人像子弹一样地向他射来,她们都是可爱的,具有灵性的,善良的,美丽的,忧伤而缠绵的。他不能不在这些各种各样的女子面前败下阵来——不能不——和杭嘉和一样，说到头来，他们到底还是20世纪初杭州城里头号多情种子杭天醉的儿子。

与父亲不同的，只是嘉平自以为接受了先辈的教训，决不会为情所累。以往他总能做到适可而止，每当他发现一段情缘会妨碍他的浪迹他的抱负时，他就会效仿他的偶像赵寄客先生，一走了之。不同的只是他从一开始就不曾给那些女人多少幻想，她们都知道这位俊逸的男子是有家室的，并且，她们都知道他深深地爱着他的妻儿。即使是在最情意绵绵的时候，他也从来不会忘记拿出那只锔好的兔毫盏，他对她们中的每一个人都会细细描述那发生在中国江南美丽城市杭州城中的一段小儿女的青梅竹马的往事。对某些异国的姑娘，光是一个"青梅竹马"的成语，就有可能花去一个晚上。他从来也没有对她们中的任何人撒过谎，他的撤退也总是颇具男子汉的风度，他给她们尽可能多的钱——因此，他不可能不是一个穷人。不，即便是现在，一切都已经既成事实的时候，他还是要说，他从来也没有想过离开叶子，组建新的家庭。他没有想过，但事情已经走在了思考前面——事情就是这样发生了。一觉醒来，一个带着女儿的、会画几笔三脚猫插图的南洋女人，已在他的床上。他甚至还为她和那个带她来中国的英国茶商大打出手。现在她无家可归了——她和她女儿。而他，甚至没好意思重提兔毫盏的故事。这是个泼辣的女人，他对付不了她。唉，怎么办呢？教堂的钟声响了，虽然他并不信教，但他还是在牧师面前说了"我愿意"。周围所有的人都显得神色庄严，仿佛上帝正在分吃他们的喜糖。他依然没有那种感觉，情爱在他的生活中固然不可或缺，但从来不是至高无上的，情爱是用来辅佐那至高无上的信念的。然而，情爱终于使他处于两难了。那就归结于战争吧，归结于颠沛流离的生活吧。现在，离家越来越近了。不知为什么，当他离家越来越近的时候，他又觉得什么也不曾发生过了：在重庆，并没有他的来自南洋的会变戏法的女人和她的没有血缘关系的继女，他依旧孑然一身，四海为家——而遥远的中国江南，依旧有着他的永远在倚门等待着的亲人。

一切如故，至少，在黑夜中，看上去一切如故。一路上因为手续十分齐全，又有楚卿做着掩护，他们没有碰到什么麻烦事情。他一眼就看出楚卿是那种经历过生活的有着自身使命的女子。她还非常年轻，话也不多。罗力不能够再陪他同行了，他要再一次地申请上前线了。临走前他悄悄地告诉他，听说这位女子与杭忆有着非同寻常的关系，这使嘉平很意外。看上去，女子和杭氏家族中的任何一个人也没有相同之处。她冷峻，寡言，彬彬有礼，还有些古怪神秘，但途中他们相处得很好。他们本来就乔装成夫妻，而且不管怎么样，她使他想起了当年的林生。当他向她提到杭忆的时候，她的灰眼睛不动声色地看着窗外，她说："是的，我们在一起战斗过。他现在正自由战斗，不是吗？"

杭嘉平没有问她，她所说的"自由"的含义。他发现她不太愿意提及杭忆，他们谈论更多的是发生在杭州城里的杭家大院中的人们的生离死别。因此，家中的破败和家族人口的凋零，倒并没有使嘉平感到太大的意外，他已经都听楚卿事先叙述过了，包括母亲和妹妹的死，包括儿子的被捕与突然的释放，甚至包括赵寄客的被软禁。杭嘉平作好了充分的思想准备，回家来收拾旧山河。他依旧相信自己是有一定的力量的。当然,这一切都相当危险,唯其如此,才需要他杭嘉平出面。

然而,被烧得面目全非的杭家大院,在夜幕的笼罩下,看上去风平浪静,即便是远道而归的游子,也没有破坏它的一贯的情感的节制。来开后门的是大哥嘉和,他一下子就认出了大弟,扶着门,只是微微愣了一下,才说:“我当是谁呢,这么晚了来敲门,原来是你回来了。路上遇到巡逻队了吗?现在已经到宵禁时间了。”

他还不失礼貌地朝楚卿点了点头,这就算是打过招呼了。把他们往偏院里引的时候,他问清楚了他们还没有吃饭,便轻轻敲了敲那扇还点着灯的偏房门,说:“叶子,叶子,睡了吗?嘉平回来了,还没吃过饭。你到厨房看看还有什么吃的,我记得昨天小撮着从河里摸了一些螺蛳,你养着了吗?”

嘉平没有听到叶子回话的声音,但是他听到了屋里的动静。然后,楚卿就在嘉和的指点下上阁楼见杭汉去了。嘉平一时有点不知所措,他不知道自己该是推门进去先见了叶子,还是和楚卿一起上楼先见了儿子杭汉。他一路上不断翻腾着与他们相见的情绪,这种渴望甚至已经变成了一种欲望。此刻,近乡情更怯,却戛然而止了。

嘉平从他懂事的时候开始,就没有把他的父亲当成过父亲,而年龄越长,只大他一天的家兄就越像是他的父亲了。他们二人在嘉和的房间里坐下。这里,既是客堂间,又是书房,又是卧室,简单得不能够再简单了,但非常干净。屋里也没有点电灯,只是点了一根蜡烛,一股清寒之气就扑面而来。嘉和冲了一杯茶,端到嘉平面前，说：“算你运气，小撮着刚刚送来几两龙井，喝得差不多了，还够泡两三杯的，被你撞着。”

“你看上去气色不太好，人那么瘦，精神倒还可以。”嘉平说。

“你倒没什么变化，一点也不显老，怎么过来的？我们这几年消息都不太灵通，外面的事情知道得很少。”

嘉平注意到了，大哥只替他冲了一杯茶，连忙就把奶香气扑鼻的龙井茶又推到大哥眼前，说：“出去十多年了，这么好的龙井茶，今日还是第一次吃到，你也尝尝吧。你问我是怎么过来的？你是问我怎么从南洋回来的吗？我记得给你们专门写过信，先到香港，后到武汉，再到重庆，然后，就到了金华、丽水这一带，跑的地方也不少。只是大哥，你是想也想不到的，我也吃起茶叶饭来了。”

抗战数年以来，杭嘉和第一次知道了许多有关茶的大事件，其中包括统购统销，茶树更新运动，以茶易货，筹建茶科所，筹建高等院校的茶学专科，等等。嘉平心里面是只想谈谈家事的，然而他却同时又滔滔不绝地谈着茶事。他一边谈着茶事，一边在心里盘算着，怎么样把茶事拐到家事上来。大哥沉稳的目光却使他不那么沉稳起来，直到叶子端着一个小木盘子进了屋，木盘子上面托着几样菜，还有几个玉米面做成的团子，他的关于茶的话题才宣告暂时中止。

嘉和搓搓手，显得很高兴地说：“果然有螺蛳，我记得嘉平从小就喜欢吃螺蛳的。三月螺，抵只鹅，这个季节的青壳螺蛳最鲜肥，而且屁股后面也没有子，嘉平倒是有口福的。”

嘉平看了看站在暗处的叶子，但他没有能够看清。叶子一边放下碗筷，一边说：“吃吧，我从早上就开始养起了，已经换了四五次清水了呢。可惜没有滴几滴蛋清,要不‘吐’得更干净了。”

“我看看,你是怎么炒的,有没有放姜?没有放姜,总归腥气的——”

“怎么会不放呢?姜倒是不多了,但该放的时候,总还是要放。要是有豆瓣酱就好了。不晓得……今天来,否则无论如何也要去弄点豆瓣酱来的。”

嘉平注意到了,叶子说“不晓得你今天来”这句话时,把“你”字给省略掉了。这样一来,听上去,这句话就像是完全说给嘉和听的了。也就是说,直到现在为止,他们两个人一直在进行着有关螺蛳的大讨论,却把他一个人放置在一边了。他们为什么不谈谈玉米面呢?这才是他们真实的生活。嘉平这才看了看叶子,作为一个女人,她不可能一点也不老,但是她依旧干干净净,和他想象中的那个温和的半透明的叶子一样。

他不想让这盘螺蛳成为今晚的主题,摇摇手说:“唉,真是难为你了,还亲自下厨房。叫个下人,随便弄点吃吃就好了。”

叶子找来了几根牙签,用开水烫了,放到一个小小的碟子里端了上来,说:“当心,我不晓得刚才有没有炒过头。炒过头就嘣不出来,用牙签帮帮忙。我记得爸爸在的时候,最喜欢吃田螺肉,先在水里煮一下,把肉挑出来,然后和上一些五花肉一起剁碎。喏,再用这牙签把肉一点点挑到螺蛳壳里去蒸。不过也不好多吃的,胃不好的人,吃了要发胃病。大哥,你们小心,我回去睡了,吃完了东西放着,明天我会来收拾的。”

她一边往外走着,嘉平一边说着:“不用不用,明天叫下人来收拾好了。”

叶子的身影已经不见了，嘉和一边往床底下使劲地掏出了一小坛老酒，一边说：“来，我这里还有一点酒呢，启封吧。还有，你别再提下人的事情，我们早就没有下人了，从沦陷的那一天开始，我们就没有一个下人了。只有婉罗无家可去，也只能算是家人，不是下人了。小撮着是硬要和我们在一起的，他也马上就要走了。好吧，不说这些了，来，干吧。”

嘉和就举起了杯子，自己先就饮了一口。嘉平想了想，说：“等等，我让你看一样东西。”他从随身带的包里拿出了那只保存完好的兔毫盏。嘉和看见这件久违的旧物，眼睛微微地一亮，伸手接了过来，烛光下照着，兔毫盏黝黑的外壁上就跳出一团无声地抖动着的火苗，隐隐约约地映亮着周边的几个形如兔毫的银丝状花纹。那火苗抖动得多么深远啊，仿佛这只兔毫盏是一面阿拉伯的魔镜一般，它把以往的生活都重新映照出来了……

“你还留着它啊！”嘉和叹息着，这正是嘉平熟悉的大哥酒后才会出现的声调，和平时完全不同的充满着诗意的感慨的声调啊，大哥终于回来了。

“虽是茶盏，这么多年，我喝酒，一直就用的是它。来，现在让你用。我是御，你是供，这只茶盏，有你的一半嘛。”

“好，那么大哥我就不让了。”嘉和端起了茶盏，盛满了黄酒，一饮而尽，苍白的面孔就一下子红了起来，“打仗啊，是打仗把你给匆匆忙忙地送回来了，这一次你能在家里住多久呢？”

嘉平告诉大哥，这一次来，是以扫墓为名，有重任在肩的，一过清明就得走：“不过从此以后我就会常来常往了，这场战争不会很快就结束的。”

从嘉和的问话中嘉平知道,留在沦陷区的杭家人,对时局多少已经有些隔膜。于是,一种似曾相识的格局又重新回来了——时光仿佛又倒退了二十年,五四青年杭嘉平在北京火烧了赵家楼南下杭州,把他所知道的一切——从陈独秀、鲁迅、胡适之到陆宗舆、章宗祥及情妇,以及英国飞机轰炸故宫,以及俄国过激党,以及抵制东洋日货,以及"二十一条"和"还我青岛",等等等等,统统倒给了在家中日夜渴望投入新文化运动的只长他一日的同父异母的大哥杭嘉和。三岁看到老,如今杭嘉平尽管换了一种活法,但本性依然没有变——天下大事,依旧尽收眼底,五洲风云,依然激荡胸怀。提及英法美如数家珍,讨论战局,又大有运筹帷幄之文韬武略。加之喝了一点酒,见了他最亲的亲人,他的知己大哥,好为人师的脾气又发作了,杭嘉和便又成了一个忠实听众,仔细掩了门窗,只由他的大弟口若悬河,滔滔道来——

"若知其一,必先知其二,若知这场战争的未来,必先知这场战争的发端。日本和中国,早已进入世界经济的总格局中。所以,战争看上去只在中日双方进行,实际上却是世界大战的一个重要的组成部分。首先,我们可以看到,1929年的世界经济危机并没有影响中国经济,作为一个农业国,它安然无恙地渡过了这场全球性的灾难,加之国内貌似统一的趋势,使得我们的邻国日本大为紧张。当此时,日本正在无望地摸索走出国内困境的道路。你晓得日本一次大战之后有个名叫鹤见的人吗?他曾断言,美国时代即将到来,美国的价值观、观念以及商品,将成为全世界的模式。这种观点被称为国际主义。然而,这个观点在那个年代受到了严峻的考验,九一八事变的真正的设计者们——包括石原莞尔、板垣征四郎等日本军方主战派人士,他们的观点和鹤见完全相反。首先,他们认为应当排斥这种所谓国际主义的理论作为国家政策和生存的基础;其次,应当摒除中国这样足以威胁日本权力和利益的统一强国出现的可能。在他们看来,如果日本还要生存下去,唯一的出路就是将中国置于日本的彻底控制之下——"

嘉平的闪闪发光的眼睛开始直直地盯住了大哥,他知道现在关于家事,他什么都不能谈,所以他只好大谈国际形势。谈着谈着,看着大哥,突然止住了话头,不好意思地笑笑。其实,他的心事从他一进门嘉和就看出来了,只是他知道今夜突然归来的嘉平对没有思想准备的叶子刺激太大了,得给她一点时间,给她一点时间。但嘉平却等不及了,瞧他喝了多少酒啊,他东拉西扯,国际国内,他不就是想摆脱这种苦恼吗?嘉和叹了一口气,又替大弟找了一个话题:"你的这个同伴,我可是见到过的,忆儿就是她带走的呢。"

"你也知道她是共产党?"

"从她那里可以打听到忆儿的消息吗?我已经很长时间没有他的消息了。你和共产党时常来往吗?"

嘉平把两只手摊开,又合拢,他没说真话,即便和大哥:"第一次国共合作时,我还是国民党左派;第二次国共合作时,我已经和你一样,君子不党了。话虽那么说,抗战胜利后,我看中国的天下,迟早是共产党的。"

"噢,你就那么了解共产党?"

"了解共产党,是从了解林生开始的;了解国民党,倒是从沈绿村开始的。"

想到他们竟然还有这么一个当大汉奸的舅舅,兄弟二人都不再吭声了,好一会儿,嘉平才说:"那小姐肯定会找你的。我们这次虽然一起回来,其实她还有任务。共产党已经不是1927年的架势了,他们里面有不少这样的人才。怎么样,她现在就在杭汉那里吧?他们会有许多话要说。我的儿子长成什么样了,有你那么高了吗?"

嘉和明白嘉平的真实身份,也明白他其实是在说些什么了。他站起来,放下兔毫盏,抚着嘉平的背,推着他往门外走,说:"走吧,走吧,先去看看汉儿,再去看看盼儿,他们都在家里呢。先看看儿子和侄女也好嘛。"

嘉平的感情大潮是多么的汹涌澎湃啊,与一个儿子和一个侄女的相见远远不能够满足他的陡涨的感情需求,哪怕有大哥的彻夜陪同也不行。他不敢在今天夜里就问及母亲和妹妹是如何死的,他知道这样的问题无异于再扒他那活着的亲人们的一层皮。可是为什么不让他再见见他的妻子叶子呢?难道他们如今只落得一盘炒螺蛳的缘分?和大哥路过叶子的房间时,他忍不住敲敲窗子,没有声音,他又敲敲门,还叫了她几声,也没有声音。他多少有些尴尬,摊摊手,对同样也站在门外的大哥说:"瞧,到底是女人,她生气了……"

这句话说得失之于轻浮,杭嘉和突然觉得无法忍受。他知道屋里的叶子一定也听见了。要是换了别人,他会用很厉害的话对付过去的,然而,现在是刚刚回家的嘉平啊。他只好淡淡地说:"走吧,她也不是非要在今天夜里见你的啊……"

四月的星光,散发出夜空的气息,那是从天宇而来的凌厉清醇的生气。与之相反的一股气息也从后墙外传来,那是腐烂的、发霉的、从从前的小河里发出来的死气。嘉平喝多了,脚步便有些踉跄,他想控制自己,但有些困难了。他和嘉和在从前的院子里走来走去。院子烧得东倒西塌,有的地方还荒草没膝,一只什么动物嗖的一下,从他脚下穿过,倒把他吓了一跳。

他突然笑了起来,说:"听楚卿说是你烧的房子,还说杭州人听了都不相信,说房子由杭家那个老二来烧倒是有可能的,怎么他们家的老大也会烧房子呢?你看,我离家那么多年了,他们也没忘记我。"

杭嘉和想附和他笑,但他没笑出来,他一下子想起了绿爱和嘉草,全身就有一种肉被一块块割下来一般的绝痛。直到现在嘉平也不真正清楚他的母亲和妹妹是怎么死的,否则他决不会说刚才那些话。他决定永远也不想让嘉平知道真相了,他不想让这个世上再多一个和他一样被地狱之火煎熬着的人。怎么办呢?他只好艰难地说:"其实我逃难回来的时候也没想到烧房子,只是看到嘉乔带着他的那个日本鬼子居然住进了我们家,而且那个日本佬就占了我的房子,在我书房里还贴了一面膏药旗——"他不想说了,他没办法在说这些的时候不想起发现死去的绿爱时的惨状——他无法说下去了。

在黑夜中漫不经心走着的嘉平继续按着自己的思路想着,他说:"大哥,你给我想想办法,劝劝叶子,起码她得听我解释一次啊,难道她真的不想理睬我了?我心里难受得很,比什么时候都难受,起码她还是得听我解释一次啊。大哥,她这是怎么啦,我不是回来了吗？战争啊，这是战争啊……”

他们突然停住了，不知不觉地他们已经走到了第一进院子的大天井。其实，自从绿爱惨死之后，杭家人就再也不曾走过大门了，他们无法天天走过那些大水缸而不勾起令人心碎的往事。这第一进院子，几乎就同封了起来一般。杭人还演绎出杭家大院闹女冤鬼的恐怖传说，这也是汉奸、鬼子不敢进杭家大院的一个重要原因。嘉平不知道这些，见大哥突然停住脚步，一声不吭，便也停了下来，感慨地说："这些大缸还摆在这里，和从前一模一样啊……”

嘉和突然走上前去，抱住了其中一只，他痛哭了起来，声音在夜里，又闷在缸中，真如夜鬼啼号。嘉平大吃一惊，这不是嘉和的性格了！他这是怎么啦？是见了弟弟回来，乐极生悲了吗？他走过去想劝他，但自己的鼻子也发酸了。然后，他听见嘉和这样对他说："谁不在战争中呢？难道我们就不在战争中吗！”

“我知道，我们都在战争中，我是说——”嘉平有些吃惊，他试图解释，但嘉和却没让他说下去——

“——你知道什么，你什么都不知道。你甚至还说这些大缸和从前一样。可是从前这里摆着七只大缸，现在却只有六只了。你晓得吗，现在只有六只了……”

“真的，的确是只有六只了……”嘉平继续嘀咕着，不过他还是不明白这有什么可以深究的。在这样一个春天的黑夜里，他不知道，还有一只缸，已经陪着他的母亲，永远埋在鸡笼山杭家祖坟里了……

第二十章

清明节到了。小堀一郎和上年一样，骑马早早来到清波门守军关卡。他一身戎装，居高临下，目光严厉，神情淡漠，注视着身下一批批杭人出城——今天是中国人扫墓的日子，和本土的盂兰盆节一样热闹。尽管战争还在极其残酷地进行着，对逝者的悲悼和对春天的拥抱，这生死的各个极端，依然在中国人的节日和他们的脸上同时呈现出来了。

也许是出城的人多了，人多势众吧，杭人从宪兵的铁蹄下经过之时，竟然就没有了往日的惊恐，鞠躬不鞠躬的，也就敷衍了事起来。有些胆大的，竟就在宪兵面前头颈不弯地过去了。小堀仔细地看了他们所携带的东西，有清明团子，还有用枣泥制成的云饼和用姜豉制成的猪肉冻。因为出城人多，宪兵们也对付不过来。也许还因为今日毕竟是个中国人的传统节日吧，宪兵们看着他们的上司没有下马发难，也就乐得睁只眼闭只眼的了。

前不久，小堀一郎专门让人给他调了有关江南习俗的书来漫读，其中晚明文人张岱的《陶庵梦忆》和《西湖梦寻》，里面记载了有关中国江南清明扫墓踏青的传统，给他留下了很深的印象，他还专门在《陶庵梦忆》的这一段文字下画了杠杠：

> 是日，四方流寓及徽商西贾，曲中名妓，一切好事之徒，无不咸集。长塘丰草，走马放鹰；高阜平冈，斗鸡蹴鞠；茂林清樾，劈阮弹筝。浪子相扑，童稚纸鸢，老僧因果，瞽者说书，立者林林，蹲者蛰蛰。日暮霞生，车马纷沓。宦门淑秀，车幕尽开，婢媵倦归，山花斜插，臻臻簇簇，夺门而入。

没有人能看出来，当小堀一郎凶神恶煞般地骑在马上，以征服者的蛮横的目光盯着这群所谓的贱民之时，他心里却在想象着晚明中国江南的这幅其乐融融的民俗画卷。这种暗藏着的精神享受是不可告人的，和他的身世一样不能反思又充满诱惑。它又像爱琴海上女妖的歌声，但小堀却并不想和那个希腊英雄一般，把自己绑在船桅上。

此刻，小堀在这一张张和他们岛国人几乎没有区别的黄皮肤黑头发的脸上仔细分辨着，想看看自己能不能够把汉人和旗人给区别开来。杭谚曰：一月灯，二月鹞，三月上坟市里看姣姣。他让李飞黄给他拿来一些杭州的志书，其中倒是讲到杭人清明扫墓的习俗。到了此时节，小户人家往往担盒提壶步行去墓地。富家墓地常常是较远的，就泛舟具馔前往，至于新妇扫墓，浓妆艳裹，厚人薄鬼，竟就被人称为上花坟了。志书上还记载着杭人跑到城墙上站着，专门观赏旗妇们出城上坟，故而有“清明看鞑二奶奶”的俚语。小堀暗暗地对旗人很感兴趣，有时，在不自觉中，他会把几百年前这个游牧民族对汉人的征服和今天他们大和民族对中国的征服联系起来。

现在，他看到沈绿村的小车开过去了。经过他面前时，还不忘记停下来，伸出戴白手套的手，微笑着和他打了个招呼。小堀知道，他这一次是专门去扫他妹妹沈绿爱的墓的。这个小堀深深痛恨的女人，竟然被他们杭家人自己弄死了。沈绿村这只老奸巨猾的狐狸不动声色，想装着不知道他小堀在其中所起的作用。老狐狸，没有当过一天兵、没有一点武士道精神的文职官僚，无论在日本还是在中国，总有这样的家伙！小堀一郎一边也微笑着和他招手，一边在心里轻慢地骂着他。

李飞黄永远也不会知道小堀一郎的这种心态，他在小堀眼里，常常不过是一个又博学又背时的小男人。但小堀一郎那种对在杭旗人的微妙的感兴趣的发问，却使晚明史学家李飞黄兴奋不已。他以为他们终究是有共同语言的了，或者说得更透一点，他以为小堀一郎认同了他。这种认同增强了他的安全感，因此他便滔滔不绝口若悬河起来：

"小堀太君果然对汉学有更深入的研究。旗人入关，进我杭州城，凡数百年来，也是大起大落，一幅风云画卷啊。自清顺治五年以来，旗人入杭，便有满、蒙、汉三族。这里许多人不知，原来也有汉人入旗的，不过都是长江以北早就归顺了满人的汉人才有入旗资格。旗人在杭又分为三等，一为王公贵戚，二为中下级军校文员，三为一般兵丁。说到这些旗人，倒也是英勇无畏，有那么一点如今贵国文化中的武士道精神呢。"

李飞黄偷眼看看小堀，发现他面有愉色，便放心大胆说了下去："旗人生子，会用冷水沐头；还爱吃生蝎子，认为这是一种勇决之气。《万国公报》主办人、英人李提摩太，说到我们杭州的旗人，倒有十大总结，太君不妨听听，曰：忠君、爱国、合群、保种、不怕死、不要钱、不欺软怕硬、不趋炎附势、好善、信道。”

听到这里，小堀一郎突然放声大笑，说：“李教授真是博学，凡能为我所用者，无一不记。你看旗人入杭州，本与杭州汉人生活交往，最后却要弄个英国人来总结十大特色。杭州的汉人也是太谦逊了吧。”

李飞黄听了这话连忙解释说：“这十大特色虽是英人所言，却是真正有道理的啊！哎，别的我不说，就说我们教育界吧，晚清的时候就有个叫瓜尔佳惠兴的在旗女子，创办学校经费不足，向富家女眷劝募。学校办起来之后，正需要银子呢，那些个人却说话不算数了。那叫惠兴的，走投无路，就以死相谏呢，这不是不怕死吗？如今杭州惠兴路的来历，正是从这女子而来的呢。”

小堀一郎冷笑一声，说：“你说一个不怕死的在旗女子，我也给你说上一段如何？贵国民国初年的《申报》倒是登着这么一篇文章，专讲那杭州旗人的苦况。说的是一个姓刘的旗妇，往乞舍粥，因人多被挤，伤了头，又打了碗。这女子一时愤起，将她两个女儿都拿刀砍了，又把小儿子扔进河里，自己也抹了脖子。你说这人怕不怕死——”

李飞黄竖起大拇指夸奖小堀说：“太君好记性，真是过目不忘。被你这一说，我倒才想起来，是有这么一段史实。”

小堀突然沉下脸来，道：“李教授对旗人的下场倒记得蛮清楚。莫非满人入关，到头来也就只有这么一个结局？”

李飞黄听听小堀的口气不对，再抬头一看，小堀已是一脸杀气，突然大悟：日本人不是在满洲扶持了溥仪的伪满洲国吗？再说你老是提旗人的上吊抹脖子，莫不是暗喻了日本人统治中国，迟早有一天也是这么一个下场？李飞黄的脊背，顿时就冰凉了。

前一段时间，李飞黄办学，着实下了一番功夫，总算把个学校撑了起来。小堀一郎来校视察时，他还搞了一个植树仪式，在学校操场上和小堀一郎一起种下了一棵冬青树，又在那上面挂了一木牌，上书“永留长青”四个字，上款又落笔为“为纪念大日本帝国小堀一郎名誉校长而植”。小堀一郎虽然一向不喜欢奴颜之人，但李飞黄的这一手还是做到他心里去了，他喜欢自己能够扮演一个文化上万古流芳的人物，像他的远祖小堀远洲一样。那些日子，他给了李飞黄一些好脸色。但好景不长，小堀说翻脸就又翻脸了。

现在，杭家第二茬扫墓之人，就在小堀阴冷的面孔下走过了，他们是吴升和他的义子杭嘉乔，他们的扫墓对象只有一个——小茶。

往年，只要嘉乔在杭，母亲小茶的墓他是必扫的。他不在的时候，吴升也决不会忘记这件重要的事情。去年嘉乔没有去，原因也很简单，杭家大院对绿爱与嘉草进行了隆重的祭扫奠仪，嘉乔怕见到这个场面。怕，这种人类情感，从前嘉乔几乎从来也没有真正领略过。直到绿爱死在大缸里之后，他才开始知道什么叫怕。他全身的骨头痛，这种不知名的病症从他跟着日本军队入杭，又被绿爱在肩头咬了一口之后就开始了。切肤之痛使他逐渐开始把义父吴升的那些迷信论调当作话来听，他开始极力否定他与绿爱之死的必然联系了。为此他和吴有已经心有芥蒂，他俩在吴升面前各说一套，都把绿爱之死的直接责任推给对方。

老吴升很孤独。他的失落是无人知晓的。他晓得，杭州人，凡知道杭、吴两家恩怨的，都不把他对嘉乔的心当真心，都当他是老狐狸放长线钓大鱼的一出戏。可他对嘉乔是真心好啊。暮色里他走出吴山圆洞门，朝中河边蹒跚而行，他痛苦迷茫地想着，为什么他爱的人偏不爱他？他寄予希望的人偏辜负他呢？

现在他对嘉乔的感情，已经发生了很大的变化。他发现自己已经开始恨他了。但他害怕自己身上萌生新的仇恨的种子。他的一生，就仿佛是一片播种仇恨的土壤——仇恨在他的身上总能茁壮成长，开花结果。但他也需要爱啊，嘉乔就是他心里的一株爱的花朵。然而，他的心现在开始喷发毒气了，有什么办法制止呢？有什么办法制止呢？他回过头来看看身后——嘉乔那双酷似小茶的眼睛也看看他，他们就在望仙桥边立住了。

吴升用拐杖点点这条贯穿杭州城的河流，说："从前我常带你到这里来的。"

"从这里走过，看得见羊坝头的杭家大院。"嘉乔说。这几日他吃了吴升给他特配的中药，感觉好些了，心情也就平和些了。

"我只跟你讲杭家大院吗？"吴升口气有些不高兴。嘉乔一愣，想了想，说："你总是考我的记性，要我背中河上桥的名字——六部桥、上仓桥、嵇接骨桥，喏，这里，望仙桥……"

"望仙桥啊……"吴升长叹一口气，暮色在这一声叹息中沉入了黑夜。

"爹，你不舒服？"

吴升借着夜色，狠狠地用拐杖戳着地，脚跟也忍不住跺了起来："我怕我死后别人戳着坟头骂我，我怕我当了秦桧的爹呀！我要脸哪！我要我这张老脸哪！我怕吴家门日后不得安宁啊——"

“——你老糊涂!”嘉乔面孔煞白,他想起来了,望仙桥曾经是秦桧的府第。殿前司小校施全曾在这里刺杀过秦桧,这些故事都是养父告诉他的。可他理解不了吴升的这番话,他不明白父亲的“要脸”是什么意思。所以他粗暴地打断了养父的发作,轻声喝道:“你要什么脸!我还不够给你脸了吗?”

嘉乔的越来越粗鲁不恭的口气和态度,也是吴升对他越来越反感的原因。他想,那就是因为嘉乔当了汉奸,有日本佬替他撑腰的缘故。人哪,就是这样一种趋炎附势的东西。看透了!看透了!谁都是这样!突然,他的胸口像被猛击了一掌,他想,杭天醉就不是这样一个人!他们杭家,还有赵寄客,他们都不是这样的人。他们是活得不好,可他们有脸——脸很重要啊!

这么想着,他叹了口气往回走了,边走边说:“嘉乔,你那不叫‘脸’哪!”

“我不叫‘脸’?那谁叫‘脸’!”嘉乔强词夺理地说,“莫非像我那个亲爹破落户才叫‘脸’?”

吴升摇摇头想,嘉乔是“悟”不回来了。他和吴有一样,不在乎人家心里头的地位。他们都是没有领略过吴茶清这样的心气的人哪。他回过头,在暗夜中面对嘉乔,他仔细地摸捏着嘉乔的越来越瘦的骨头架子,摸他的脖子、他的肩、他的背和手臂,然后问:“是不是好一点了?”

嘉乔痛苦地点点头,说:“一日好,一日坏,中医西医都说不出个名堂,只说是痛风,是关节炎,还不如吃爹你抓的药呢!”

吴升的认识却和他们的都不一样,他的解释很简单——报应。他一边摸着嘉乔的骨头架子一边说:“听说你们杭家的嘉草是被人家日本佬用刺刀乱挑，全身戳得筛子一样死的。”

嘉乔一听到这里，浑身就像被针扎一般痛起来了，连忙叫着：“爹，你可不要再在我耳边提她的名字了，一提我全身就刀割一样痛——”

“是啊，”吴升叹了口气，“千不该万不该，你们不该是双胞胎啊。”

嘉乔听得毛骨悚然，他过去听说过的有关双胞胎之间的那些神秘的联系，此时越来越鲜明地呈现在他眼前。为了给自己壮胆，他硬着嘴巴说：“她是她，我是我，生出来就是两个人，我和她有什么关系？”

“哎，你们年纪轻，不晓得轻重。你和嘉草原本就是一个人哪，你们在娘胎里，心肝肚肠原本都是一个的，后来才一分为二。你想，嘉草全身被日本佬戳成筛子，你能不痛吗？你想一想，你是哪一天开始骨头痛的？”

这一吓不得了，嘉乔眼冒金星，如坠地狱，他自己也就开始像筛子筛糠一样地全身发起抖来。他从小就是一个刁蛮任性、被吴升一家宠坏之人。又兼在吴升这样的暴发户一样的人家家里长大，和同父同母的大哥嘉和完全不一样，是个没有多少教养和学识的人。虽说学了一口日语，也懂得做茶叶生意，都不过是皮毛。他感情冲动，城府不深，正是那种专门给人拿来当枪使的角色。如今晓得大事不好了，性命关天了，眼泪就唰地流下来，一把扯住吴升袖子：“爹，我这病，还有药治吗？”

“试试看吧。”吴升就长叹一口气，心里这口气却松了下来。

“试试看”其中一条，就是清明到杭家祖坟上去烧香。这一次不仅要烧小茶和天醉的，还要烧绿爱、林生和嘉草的了。按吴升的说法，他杭嘉乔不曾娶妻生子的人，做人都还没开始做呢，还是命要紧哪。嘉乔心里开始接受养父的建议，以养病为名，渐渐摆脱日本人。

小堀一郎已经有一些日子没见到他的翻译官了。今天守在城门口，看见脱了形的杭嘉乔坐在马车上，面色苍白地朝城外而去，旁边坐着他那个老皮蛋式的养父，便淡淡地朝他们点了点头。嘉乔让马车就停在小堀的高头大马身边，有气无力地说："小堀太君，我也未能免俗，到祖上坟地扫墓去，看他们能不能保佑我的病早日好起来。"

小堀一郎仔细地观察着他的翻译官，他怀疑每一个人，其中也包括杭嘉乔。看样子这小子的确病得不轻，不像是装的。不过身边的吴升让他讨厌。小堀进入杭州城以后，也学了当地一些俚语，其中形容人奸猾，谓之"油煎枇杷核儿"。眼下这个老头儿，就像一颗虽然已经皱缩了的，但依旧是谁也捏不住的油煎枇杷核儿。小堀客气地点着头说："哎，扫墓嘛，忠孝节义，人伦之大情嘛，这个俗是免不得的，去吧。身体不好就在家中好好养着，不用挂心我这头。你看，我的这口汉语，恐怕比你说得还地道呢。"

可是车马刚过，他的目光又阴冷下来——他看见那老头儿的脸上一丝谁也发现不了但偏偏就被他小堀一郎发现了的笑意——他又开始怀疑，杭嘉乔果然病得那么重，还是这老头儿为了不让他义子出来替日本人做事故意要的诡计？支那人啊，居心叵测的支那人啊，我了解你们，你们比我们许多人想象的要难以征服得多。几千年来，有多少异族人以为自己征服了你们啊，到头来他们却都消融在眼下的芸芸众生之中了;消融在这些清明、端午、重阳和冬至之中了;消融在这些油煎枇杷核儿般的不可捉摸的笑意之中了;支那人啊,要防着你们,今天会出什么事吗?今天……

第三批杭氏家族的扫墓队伍终于也过来了,这是一支声势浩大的扫墓大军。小堀一郎早就得到情报,说是杭家的二老爷也回来了,还带着他的十分年轻的夫人。这位名叫杭嘉平的巨商,一切手续齐全,眼下正在北平和上海与大日本进行着正常的生意交往。所有渠道得来的消息都证明了这位老爷是他小堀一郎动不得的,而他的心里却充满了动动他的强烈欲望。他早就听杭嘉乔说过,嘉平是赵寄客的义子,是赵寄客最喜爱的杭家后人。他对杭嘉平在强烈忌妒的同时也有着强烈的好奇,他想见识一下这个人。

这群扫墓之人,是以杭嘉和步行带头的。他的身边跟着他们的老家人小撮着,后面便是一辆马车。和刚才杭嘉乔的马车不一样,这辆马车的座轿被轿帘遮挡了起来。马车旁有一个人扶着车辕而行,正是那个劈了日本宪兵两耳光的胆大妄为之徒杭汉。小堀一郎手里的马鞭微微一举,两个宪兵立刻就咯嚓一下,把雪亮的刺刀在半空中架成一个X形,人流一下子就停止了。

小撮着这就往前走了几步,从衣兜里取出几包烟来,对那几个宪兵先来了一个九十度的深鞠躬,然后就递上了烟,另一只手还点着了火。那几个宪兵倒是愣了一下,若不是有上司在,他们接了烟肯定就放行了。现在他们不敢,他们犹犹豫豫地放下了刺刀,又小心翼翼地看了看小堀,发现小堀的神情,不像是放他们行的意思,就把刺刀横了过来支在胯前,一脸凶神恶煞的样子。

然后，小堀冷漠的目光就开始注视车辕旁边站立着的杭汉了。他仿佛是在看他，又仿佛对他视而不见，这目光就是一种强梁的语言。杭汉完全明白这种语言在此时此刻的全部意义——但他已经不是那个在钟楼上单枪匹马抗争的热血少年了，他已经不怕在众目睽睽之下低下他那高贵的头颅了。他轻轻地走上前去，接过小撮着手里的烟和打火机，他朝那两个宪兵深深地鞠躬，角度一点也不比刚才九十度的鞠躬小，然后，他笑容满面地向他们递过烟去。他那种明显的奴颜婢膝的样子使那几个宪兵更为困惑，他们都是当时亲自到钟楼上去捉拿过杭汉的，他们都能认出他的面目来。他们一时还不能理解眼前这个年轻人的九十度的鞠躬和鞠躬之后的对皇军态度一百八十度的大转变。

他们只得再一次看看他们的小堀一郎大佐，他们发现他的马鞭子垂了下来，他们的刺刀也就垂下来了。小堀的确感到了胜利的快感，他要的就是这种“人在屋檐下不得不低头”的效果，他就是要让杭州人尝尝他的厉害。在杭汉低下头来的一刹那，他感到自己放他是放对了，虽然当时他可没想到会有今天这一出戏。你不是连自己的血统都不愿意承认了吗？可是到头来你还是不得不在这种高贵的血统面前低下自己的头颅。杂种！你害怕了，你怕死，怕吃皮肉之苦了；杂种，你让我看不起你，虽然我今日放了你，但我以后还会让你尝尝我的厉害，我不会轻易就放过你的，等着瞧吧！

杭家的扫墓队伍就这样又往前走了，可是刚刚走过了那几个杭家的男人，小堀一郎的马鞭又举起来了。那几个宪兵一看，连忙又把刺刀横了起来，两匹马拉着的车子就又停了下来。轿帘轻轻地在清明的风中飘动着，明亮的风，清爽的风，和平的风……

帘子微微地动着，不动声色地打开了，那个唐物女子就出现在帘门口，小堀的目光就迷离了起来。这个长长脖子的、削削肩膀的苍白的女子，面颊上依然有着不正常的红晕，长眼睛，迷迷蒙蒙的，长睫毛急促地抖动着，笔挺的鼻梁，下巴那么尖，像浮世绘里的那些极度幽怨的女子。她穿着的衣服色彩不清，深绿色中带着咖啡色，咖啡色中又好像带着紫红色。旧衣服了，是她的上一辈传给她的，她整个人看上去也就旧旧的、泛黄的，仿佛从久远年代中走来的影子般的人儿。她无声地下了车，看着小堀，像是一个哑人。“静女其姝”，小堀想起了中国《诗经》中的诗行。帘子又打开了，现在出现的是叶子的面孔。看样子她真已经把他给忘记了。很小的时候，在她父亲的露庭中，他看见过她，往事如烟，她现在却是一个中国人的弃妇了。小堀挥了挥手，宪兵们把横着的刺刀就都放竖了。盼儿又轻轻地无声地上了车，周围的人都微微张大了嘴巴，吃惊地目睹着这一幕，车轮吱吱地响着，平静地过去了。那车座的下面，盼儿和叶子坐着的垫子下面，全是从孔庙转移出来的祭器。

小堀一郎没有能够和杭家最厉害的角色杭嘉平做一正面较量纯属偶然。他是已经看着两顶轿子缓缓地抬过来了，他看见了前面那一顶上坐着的贵妇，也看见了后面那顶轿子上坐着的西装革履的留着两撇小胡子的中年男人。

看上去他比杭家的老大老三长得更有精气神儿。他坐在轿上，视线自然就和骑在马上的小堀齐平了。小堀想，这就是杭家老二的与众不同之处吧，可我还是要给你下马威的。你等着，下一秒钟，我就要让你从轿子上给我乖乖地下来。

小堀的这下一秒钟却是永远也不会来到了。恰在此时，孔庙火速派人来报告了那里刚刚发生的情况。

关于大成殿的拆修，是已经由着王五权等一干人去做了的，但他们去了几次也没能够拆成，赵寄客站在大成殿内，誓与该殿共存亡。今日闹得越发凶了，王五权叫了几个人要从那石碑前拉走赵寄客，不料赵寄客自己倒没被他们拉走，那几个拉他的喽啰倒被赵寄客的独臂砍得抬了出去。王五权知道赵寄客此人在日本人眼里的分量，也不敢真往死里拉，想来想去，还是差了吴有到城门口来向小堀一郎叫屈。吴有也是一个晦气鬼，人人眼里都是破脚骨，好像赤膊上阵的事情少了他就不行，所以便宜也有他的，吃亏也是他的。此一番他上前去拉赵寄客，手都没碰到，鼻头血倒被打出来了，一时旧恨新仇，重上心头，见了小堀，免不了大呼小叫渲染一番。他这人又不会察言观色，又不知个中底细，一时性起，就把赵寄客痛骂一顿。可他又是一个不会切中要害的人，只管自己"独臂佬，独臂佬"地唤，这就由不得小堀心里不生怒。小堀一郎一入杭州，就把赵寄客当成是他小堀私人的，要杀要砍要放要跪下来行感谢生身的大礼，那都是他的事情，他绝不允许别人来非议半句。此时众目睽睽之下，虽不好发作，这笔账却被他记下了，吴有的末日即刻就到，只是现在，连小堀自己也没想到呢。

小堀转身勒马之时，没有忘记冷冷地朝那个叫杭嘉平的人放出阴毒一眼，那人倒也坦然直面地接受了，一副不可捉摸的神情，轿子就在他眼前移了过去。

持枪的宪兵本来以为长官必定要举起马鞭，让这两个过城门而不下轿的男女吃不了兜着走，没想到忙里趁乱，马鞭也没举，那两人就稀里糊涂过去了。再看小堀,已回身扬鞭,骑马直奔城里,看样子那里又有乱子了。虽是清明节,却不是太平的时光啊!支那人,大大的狡猾,良民的不是!宪兵们突然意识到重任在肩,大吼一声,就拦住了轿子后面的一对老母女,他们打算对她们好好地发一次难,以弥补刚才的懵里懵懂。

鸡笼山啊,杭家那被老茶新茶重重叠叠掩盖起来的生死祖坟啊,永远也流不完的血泪啊……今日这里聚集的所有的人——他们中有不共戴天的仇人;有背叛者与被背叛者;有爱着的与失去了爱的;有麻木的与敏感的;有卑鄙的与高贵的;有苟且偷生的与义无反顾的——他们在这样的青青的新发的龙井茶蓬下做着同一件事情,他们都在发自内心地痛哭着……

老吴升哭得最自由自在,那真是一把眼泪一把鼻涕——他哭小茶,但他主要是哭自己。他知道自己这辈子完了,他没有能够赶上眼前坟里躺着的那个对头——这些年来茶叶生意一年比一年难做,他吴升也不见得就超过了十年前的忘忧茶庄。他惨淡经营,敌得过杭州城里的对手却敌不过洋人:敌不过印度,敌不过锡兰,也敌不过日本了。日本人不但占了我们的茶叶市场,还占到我们的茶园里来了,还占到我吴升的家里来了。我的几个孩子都成汉奸了,他们将再也没有眼前这些死者的归宿了,他们将死无葬身之地了。吴升哭自己,一边哭一边想,看来他没有福气葬在杭州的龙井山中了,他得和老伴打好招呼,回徽州老家山中找一个埋老骨头的地方了。要不谁知哪一天,因儿女所累,害得他一把骨头抛之荒野呢?这样的事情他可是见得多了。老吴升悲从中来:杭天醉啊杭天醉，我不甘心哪。我到头来没能和吴茶清一样，在天堂杭州找一块灵魂安息之处——我不甘心哪。我养的汉奸儿子可是你生的啊，他可是姓杭的啊，你这躺在黄土垄中与我做死对头的杭天醉，你好狠哪，我吴升好悔啊……

我们从来也没有看见过沈绿村的眼泪——沈绿村会哭，这本身就是一种奇迹。然而，他的确哭了，掏出了雪白的手绢，缓缓摘下金丝眼镜，眼泪虽不多，但还是流了，而且也不是装出来哭给别人看的。似乎因为这绿色世界的感召，他模模糊糊地想起了妹妹绿爱小时候的可爱模样。这都是半个世纪前的往事了，要不是来到她的坟前，他是不会想起来的了。人，都是要死的，绿爱死在他前面，他也没有多少怜惜，关键在于她的极其惨酷的死法。嘉乔一直试图把她的死解释为一种偶然，一种没有必要的自杀行为。可是这瞒不了老奸巨猾的沈绿村，他一下子就明白了自己的妹妹是在怎么样的情景下死去的。妹妹姓沈，他也姓沈，一笔写不出两个“沈”字。他大妹小，长兄如父，妹妹是他的，就像珠宝巷的房产是他的、上海南京路上的绸庄是他的一样，他有责任保护好他的私人财产。妹妹虽然刁蛮，也得由他来处理，他要是早一点打个招呼，妹妹决然不会死。如今晚了，沈绿村为自己没有尽到责任而哭——闹了半天，和老吴升一样，他也是为自己而哭啊！

杭嘉乔绝没有干爹吴升哭得那么复杂——虽然他也是只哭自己，但他只为自己的生命而哭，为自己肉体的痛苦而哭，为冥冥中他自己也搞不清到底有没有的报应而哭。他再也不像从前那样只在母亲小茶的坟上点香祭拜了。他在杭家的每一座坟前，在每一株坟前的新老茶树下点了香。他想尽可能地虔诚一些，可是因为他骨子里的功利,他的虔诚看上去就有几分做作和虚伪——他虔诚的主要目的就是为了他全身的骨头别再痛,为了他能够健康长久地活下去。他还年轻,从来没有想到过死,这会儿他在祖宗的坟前想到死了。他不敢想象自己有一天也将躺在这里,一株茶树下。况且,谁知道人家让不让他躺在这里呢?想到死他就吓得心尖发抖,他就禁不住大声地痛哭——他的声音又尖锐又慌张,像是就要淹死的人正在拼命地捞稻草。俄顷,他突然像一只受了惊吓的鹅,一下子伸长了脖子,盯着这满山的茶蓬。茶树平静温情,喃喃自语,却对他的哭声无动于衷,甚至和他的哭声形成了绝不和谐的声画对立。他叹了口气,无可奈何地坐了下来,又猛然跳了起来——二哥嘉平已经站在他面前,一把拎住了他的领口……

杭嘉平,还没到鸡笼山就开始下轿而行。他一个人越走越快,越走越快,和后面那支队伍远远地拉开了距离。他到底还是通过自己的儿子知道母亲和妹妹是怎么死的了。当他知道妹妹是抱着一条玉泉的大鱼浑身血窟窿一般埋在这里,而自己美丽的母亲竟然是和一口大缸葬在一起的时候,他一时就丧失理智了。一开始他拿起一把菜刀就要往吴山圆洞门冲,他听说杭嘉乔还住在那里。无论他的大哥、他的儿子,还是乔装成他妻子的楚卿来劝来拉都没有用。他的血性一上来,他就不再是那个成熟的、有政治热情、有周密思考的中年男人了。他是沈绿爱的儿子,冲动的血气方刚的有冤必报的复仇者了。他披头散发,一条西装裤带也挂了下来,眼睛一下子就烧得血红,喉腔里发出了狼一般的号叫。现在他才知道大哥为什么会烧自己家的大院,他才知道为什么大哥会对着那些大缸失声痛哭。可是他心碎得糊涂了,大哥去拉他夺他的刀时,他不但不理会,反过来还咬了大哥一口,他此时的行为真的是比自己的儿子都幼稚了,他挥着刀叫道:“你们为什么——为什么让妈这样死,你们为什么让妈这样死!为什么让妈这样死——”

大哥杭嘉和一下子就被嘉平的话问得愣住了。是啊,为什么他会让妈这样死——为什么当初不把妈一起带出去——为什么?因为她不是他的亲妈,他不敢太过分地要求她,还是因为他看出来沈绿爱和赵寄客太想单独待在一起了呢?他杭嘉和从来没有经历过如此残酷的战争。他太温和了,总想万事谐调,面面俱到。温和的代价,却是送亲人去死!他愣住了,可以说是目瞪口呆。他垂下双手,被咬伤的指头往地下滴着血。正在这时,一直也没有出面的叶子突然冲了上来,她没有去拉杭嘉平一个指头,却一把拉住了杭汉,母子俩突然跪倒在嘉和脚下。叶子飞快地说:“请原谅这孩子的父亲刚才说的话,请忘记他说的话。他不晓得自己在做什么,在说什么,请相信他还没有卑鄙到那种程度,请原谅……”

杭嘉和一开始也大吃一惊,但很快地就镇静了,他蹲了下来,对汉儿说:“把你妈扶到屋里去。”叶子不肯站起来,固执地问:“你原谅他吗?你原谅这孩子的父亲了吗?我仅仅为这孩子而求你了——”

嘉和说:“我没有生气,也无所谓原谅。”

待他们母子两个回了屋,杭嘉和才对红着眼愣在一边的嘉平说:“你等着,我去拿件东西来。”

一会儿工夫,杭嘉和一手拎着一把大榔头出来,对嘉平说:“就等着你回来,和我一起砸了这些缸呢。”

弟兄两个,就惊天动地地挥着镢头砸了起来,没过多久,这些大缸就全被砸残了。来来去去的行人,从杭家大院破围墙外走过的,一时就围了一圈。他们一声不吭地停住脚步,从围墙和篱笆的缝隙中射去目光——不用解释,这个有关大缸闷死人的恐怖的真实的传说,早已经在杭州城里家喻户晓的了。

杭嘉平在家里几乎躺了两天,第三天他起来了,他的嗓子嘶哑了,其余的一切却像是恢复了正常。他又开始外出活动了,首先去了孔庙,后来又去了昌升茶楼,还是嘉和亲自陪着一起去的呢。可是他并没有像狂怒时那样拎着菜刀上吴山圆洞门,现在,他和嘉乔在祖坟前冤家路窄,狭路相逢了。

走在后面的叶子有点担心,她迈着小碎步,急急地在山路上奔着,像是前面又发生了什么不测之事。倒是楚卿冷静多了,悄悄地拉住叶子,对她耳语说:“你放心,不会再出事了。你放心。”

她们踮起脚来,目光穿过了茶蓬顶梢的那些个嫩叶枝,看见嘉平来到坟前,他弯下腰去,再直起腰来,两个女人还是禁不住发出一声小小的呼声,杭嘉平的手里拎着杭嘉乔的衣襟——她们没想到在这里会碰到杭嘉乔——这个人眼里还会有祖宗?然后她们又看到杭嘉和出现在他们中间,三兄弟仿佛是对峙了一阵,然后嘉平就松开了手。等后面的女眷们赶到,杭嘉平已经把自己的手深深地插到母亲新坟的黄土堆里去了。

三跪六叩的传统礼节之后,茶山中号啕声渐渐地停止了。三路祭扫者们依然维护着各自的阵营,与他人不理不睬,但又各自不相让,仿佛大家都知道这次机会的千载难逢,谁也不敢顾自己第一个离开。

在杭家祖坟前的这些形形色色的男人中间,看上去,仿佛还是杭嘉和最沉得住气了,他悄悄地和坐在身边的杭汉耳语了几句,杭汉就站了起来,到母亲身边拿了几个茶叶蛋。他看到坐在母亲身边的楚卿朝他看了一眼,然后说:“来,我帮你挑几个大的。”这是他们商定好的联络暗号,说明他们的行动从现在开始了。不同的只是除了杭汉一人,谁也不知道他的任务竟然是双重的——他既要开始对沈绿村实施行刺计划,又要在杭家祖坟上引开沈绿村,以保证那批孔庙的祭器能够不为人知地埋在他家的祖坟前。这么想着,他捧着茶叶蛋就走到了正站在茶园前观景的沈绿村面前,恭恭敬敬地说:“大舅公,你吃茶叶蛋,伯父让我专门送来给你的。”

这倒是有点出乎沈绿村的意料。没想到这个不怕死的甥孙这会儿倒讲起道理来了。还是嘉和,比亲外甥嘉平要明事理得多。为了表示他的态度,他一边接了茶叶蛋,一边说:“是汉儿吧。很小的时候舅公倒是见过你的,一眨眼工夫,这么大了。我正在看你们杭家祖坟的风水呢。你们家的祖坟风水真正是好啊,你看,背靠积庆山,面对五老峰,东距西湖只有二里路,满山的茶蓬,福地,福地啊……我倒是触景生情起来。哪一日我死了,有这么一块风水宝地睡睡,倒也蛮不错的呢——啊哈……”

沈绿村的悲伤已经过去了,他现在突然想到,这个杭汉有一半日本血统呢,说不定什么时候就用得上。又见杭汉垂下双手,一副唯唯诺诺的样子:“是啊,家里的人都说了,要不是祖上的风水好,我这一次哪里能够大难不死呢!”

沈绿村拍拍杭汉的肩膀,说:“你们年纪轻,哪里晓得天多高地多厚？祖上风水虽好，这一次也难保你的命。也不是大舅公在这里为自己评功摆好，要不是我这次来得巧，怕你这条小命也要睡在这里了呢。”

“那是，那是，我早就惦记着要上门拜谢大舅公呢，可巧今日就碰到了。”杭汉就好像不知不觉地引着沈绿村走开了，一直走到山脚下的溪河边。他们蹲了下来洗手，但见天色淡蓝，山峦旧绿新绿层出不穷，如波如云。空气香喷喷的，眼前游动着一些肉眼看不清的游丝，水草在溪边温柔地卧下身，真正是“独怜幽草涧边生，上有黄鹂深树鸣”的意境了。沈绿村虽是个寡趣的人，此时也不免受点感染，说：“你要来我这里，那还不是一句话？你什么时候都是可以来的，我倒是有一番话要对你说呢。”

杭汉装作洗脚的样子，突然叫道：“舅公，你看溪坑里在冒泡，有黄鳝呢。你等着，我这就下去给你抓一条上来。”说着就裤脚管一撸，双脚一蹦，跳到溪里去了。

沈绿村明日就要回南京了。本来是想回到坟前去和几个外甥寒暄几句就走，没想到汉儿要为他抓黄鳝了，他只好站在溪边说：“这是何必呢？你的伤口怕是还没有好吧，浸了水要伤骨头的。再说要吃黄鳝还不简单，市场上买去就是。再说三天两头有饭局，想吃黄鳝还不是一句话，快上来，快上来——”

汉儿一边在水里摸来摸去，一边说：“大舅公有所不知，本地黄鳝和外地黄鳝可是大不一样的呢。江西黄鳝泥土气重，江苏的要稍好一些，最入味的要算是宁波和绍兴的，我们杭州的也不错。——别动，别动，我抓住一条了，我抓住一条了——”杭汉一下子从水里伸出手来，朝岸上就扔过去一条黄鳝，然后自己也爬了上来，拎着那条扭动着的鳝鱼说："大舅公，你看，本地黄鳝的花纹要比江西黄鳝淡，但肚子这一块却要比江西黄鳝黄，吃起来，味道就不一样了。等等，又在冒泡了，我再给你抓几条上来——"

那么说着，汉儿又扑通一声，跳入溪中了。沈绿村站在岸上直摇头，现在他终于明白小堀一郎是过于草木皆兵了。这个杭汉，哪里有多少斗志血气，明明就是一个杭天醉再世嘛！谁知道是哪一根筋绊牢了，竟然会给日本宪兵两耳光。这么想着，又觉得自己对汉儿负有教育责任，便站在溪边，文明棍捅捅，语重心长地说："汉儿，不是大舅公见了你就嘱咐你。你可不能像你的那个爷爷一样，就晓得玩，到头来还玩出祸水。要有一点政治意识啊！看你木知木觉的，什么都不晓得。懂得三民主义吧？"

汉儿一边在水里摸来摸去，一边说："舅公你怎么还讲三民主义，不是日本佬都来了吗？日本佬是讲大东亚共荣圈的啊！"

"你看你看，你是不是就没有政治意识了！谁说日本佬一来就不讲三民主义了？你舅公我就天天在讲三民主义。什么是今天三民主义的核心？它的核心，就是唤起全中国人民反抗欧美压迫，争取中国独立。日本明治维新是中国革命的第一步，中国革命则是日本明治维新的第二步。两者的目的都在打破东亚的旧秩序，建设东亚的新秩序。所以东亚联盟的四大原则就是：政治独立，军事同盟，经济合作，文化沟通。这也是东亚民族共同生存共同发展的基本原则——听懂了吗？"

汉儿瞪着一双酷似绿爱的大眼说："没听说过，挺新鲜的。舅公你再给我好好讲讲，让我的脑子也开开窍。"

沈绿村终于叹了口气，说："明天我就去南京了。你今夜就到珠宝巷来吧,我给你带几本书看看。你也是,这么大年纪了,还就晓得摸黄鳝?天晓得你怎么会去劈人家巴掌的,日本人差点把你当共产党杀了呢!你们杭家人啊,没一个不糊涂的,没一个不糊涂的!”

杭汉笑了,沈绿村还以为他是因为不好意思才笑的呢。他回过头去看看鸡笼山,他看见老吴升、嘉乔和嘉平几个人一起下了山,边走边谈着。沈绿村松了一口气,他想,再怎么说也是一家人嘛。你看,这些死对头,不是走到一起了吗?

现在的杭家祖坟上,只有嘉和、叶子、杭盼和小撮着了。他们正在干的事情,可是沈绿村死也不会想到的呢。

第二十一章

孔庙里剑拔弩张的气氛，并没有因为小堀一郎的到来有所缓解。王五权等人倒是如见了救星似的扑了上去，刚要说话，就被小堀拦住了。却见赵寄客鬓发如雪，长须过胸，堆在颈下，恰如一头烈士暮年的老狮子，正守在大成殿门口，咆哮着："我倒是要睁开眼睛看看，你们哪一个乌龟王八蛋敢到此地来偷梁换柱！"

王五权看着小堀的脸色，小心翼翼地说："赵四爷，我跟你说过多少回了，我们是奉命修理大成殿，是敬祖供祖，以圣人为先之举，赵四爷你真是误会我们了。"

赵寄客挥挥手说："少在这里啰唆了，你们晓得什么是圣人！孔夫子地下活转来看见你们这批乱臣贼子，眼睛都要瞎掉了呢！"

王五权不甘心，又说："赵四爷你也不要如此霸道，好像天底下就您老一个人尊孔敬孔。倒退二十年，我记得杭州城里，打倒孔家店，你也是数一数二挂头块牌子的。"

赵寄客一点也没有被他的话说倒，他哈哈大笑起来，道："哎，倒退回去二十年，我就是杭州城里头块牌子要打倒孔家店的；再往后十年八载，若我赵寄客还活在世上，杭州城里打倒孔家店的头块牌子还是我；哎——我就是不前不后的现在，偏偏要做一个孔庙的守护神，我就是不准你们来动孔庙的一根毫毛。你怎么说？"

王五权气得面孔发青，对着小堀就叫冤：“太君，太君，您可是都看在眼里了。不是我们没有执行您的命令，实在是这个人太难弄，碰又碰不得。”他压低了声音，凑在小堀的耳边：“太君，前日清乡时被游击队打死的那几个贵国士兵，下葬时棺材板都寻不到。您也晓得，如今杭州城不比从前，那时城南柴垛桥大小材行二十多家，眼下浙西封锁了木材下运，城里头连烧饭的柴木头都困难，不要说棺木了。就看着这里的楠木还可为为国捐躯的皇军派点用场，这个赵寄客偏要拿性命来拼。您看看，您看看，都僵了三天了。那边皇军的遗体，听说，听说……”王五权看看小堀的脸色，没敢往下再说。小堀瞪了他一眼，他才说：“听说已经有些味儿了呢。”

小堀阴沉着脸，一言不发。他知道，同是日军的军事特务机构，王五权投靠的却不是他的梅机关，而是日军在杭州的最高政治权力机关“杭州特务机关”。派系不同，自然便生出间隙。比如有关方面便已经对他与赵寄客的关系有了微词，以为若不是他小堀一郎的姑息，十个赵寄客也早就做了日军的刀下之鬼了。

小堀对拆孔庙大成殿梁木做棺材一事，的确也是不甚热心。他上一代的亲人之中，大多是从汉学的《蒙求》《论语》《孟子》开始启蒙的。他自己就更不用说了，因此见了大成殿中的这部刻着“四书五经”的石经，他一点也不感到陌生。他以为一旦大和民族征服了中国，中国的一切就成了日本的了，那么中国的孔子不也就成了日本的孔子了？中国的孔庙不也就成了日本的孔庙了？至于死难兵士，一旦成为军人，便当以死为第一要义，死后尸骨何处不可抛，拘泥一副棺木，这哪里还有一点大和魂和武士道精神？这些话当然不能和王五权这样的小人说,等日本人有一天坐稳了中国的江山,再收拾他们也不迟。

小堀一郎了解像王五权这样的人,远远超过了解像赵寄客这样的人。赵寄客的目光使他感到了陌生。和以往不一样的是,当他看着自己的时候,嫌弃超过了愤怒。一时,某种恐慌袭了上来。他使了个眼色,王五权乖巧,立刻接了翎子,带着手下的一批人就退了下去。

小堀一郎这才笑容可掬地走上前去,作了一个中国人的手揖,说:“今日清明,老先生何必动怒?大家都去扫墓了,你我也不妨随了大流,一起去祭奠一番,先生意下如何?”

赵寄客见那一群蟑螂灶瘪鸡总算走了,倒也松了口气,坐在大成殿的门槛上,说:“你我二人,如泾渭分明,如水火不相容,怎么可能同扫同祭一个人?我看你也还算是读过几本书,也还算得上是一个高明的强盗,怎么一与我较量,就总是说些最最愚蠢不过的呆话呢?”

小堀一郎愣了一下,低声说:“我在支那,果然连一个可以祭扫之人都不曾有过吗?”

赵寄客也愣了一下,然后一挥独臂:“自然是不曾有的,将来也不会再有。”

两人就在大成殿的门槛前闷住了。又过了一刻,小堀一郎面色恢复了正常,又笑容可掬地说道:“有一个人我道出名来,不怕你不去。”

赵寄客从门槛上站了起来,说:“噢,我倒是要听听,还有什么人竟然能让你我走到一起去为他掬一把英雄泪的了。”

小堀一郎吐出三个字来——苏曼殊。

这一下倒真是让小堀一郎给说准了。赵寄客想不到小堀竟然还会记得这个人,转念又一想,小堀一郎记得西子湖畔竟还长眠着这么一个人,这倒也是最不奇怪的呢。他仰天长叹一声,说:“你怎么配去扫他的墓呢?你这样的东西,怎么还配提他的名字呢?”

赵寄客骂小堀“东西”,也没有激起小堀的怒火。他知道,无论赵寄客怎么骂他都不要紧,赵寄客还是被他请动了,他将和他一起去祭扫同一个人了。

“人间花草太匆匆,春未残时花已空。”小堀很喜欢孤山脚下据说还是孙中山先生特批的这座苏墓。他常常到这里来,这个身世与他极为相似的墓中人对他有一种说不出来的诱惑。

知道苏曼殊的日本人和中国人倒是不少,但是真正了解他的人却并不多。诗僧苏曼殊本人也是这样一种奇妙文化的结合——父亲是中国的商人,母亲是日本的下女。原名玄瑛,小字三郎,十九岁看破红尘在广东惠州出家。工诗善画,精通西文、梵文。及长,周游各地,广交朋友,入南社,写了许多断肠文章,虽然守身不娶,其文却赢得多少红粉女儿泪。赵寄客当年与他交好,倒不全是因为《断鸿零雁记》和《天涯红泪记》,却是因为那场实实在在的辛亥革命。他曾和赵寄客一起参加过义勇队,寓居于白云庵时,有时一言不发,激昂起来,又每每与同居于庵中的赵寄客一起讨论革命,也是热泪滂沱不能自已的呢。死时才三十四岁,葬于孤山脚下。赵寄客作为杭州人,和柳亚子、陈去病等人,一起操办了那场葬礼,屈指算来,也已经有整整二十年了。

赵寄客与小堀一郎虽然都与苏曼殊有缘,但一路而来,却一路无语。到了墓前,正是繁花似锦、波光如鳞之际,隔着里西湖望去,苏堤上的樱花也早已是朝生暮死地开放着与凋零着了。两人站着,谁也不说话。许久,还是小堀打破僵局,说:“苏曼殊这样一个人,死后埋在这里,倒也还算是死得其所了。”

赵寄客说:“江山须得伟人扶嘛。你看,对面是秋瑾的秋雨秋风亭,一边是俞曲园的俞楼,上坡是西泠印社,旁边是林和靖梅妻鹤子的林处士墓,还有徐锡麟和陶成章等辛亥义士的墓,他们生前可都是我赵寄客的好友啊!再远一点,过了西泠桥,也不过百把米远近,便是岳王庙了。人生之死,能有这么一块葬身之地,曼殊也算是与自己的同胞知己英雄豪杰共享湖山了。”

小堀一郎还从来没有和赵寄客这样平心静气交谈过什么。虽然他还是听出了赵寄客话中的弦外之音,但这毕竟还是一种对话。克制着心里的激动,他想了一想回答说:“我倒是想到曼殊僧在日本所写的那首回忆西湖的诗来:‘春雨楼头尺八箫,何时归看浙江潮?芒鞋破钵无人识,踏过樱花第几桥?’这首诗中可看出中国和日本同在互衬了。尺八箫是日本的乐器,浙江潮是中国的;芒鞋破钵是从中国传习过去的,而樱花便可以说是日本的象征了。听说这个人很有个性,常常是白天睡觉,夜里披着短褂,赤足拖着木屐到苏堤和白堤上去散步。可惜苏曼殊是死得太早了。算起来,即便活到今天,他也不过是五十五岁吧。他要是还活着,说不定今日游湖的就是我们三人了。说不定,夜里我还能够常常听到他踏过苏白二堤时的清脆的木屐声呢……”

赵寄客听到这里,忍不住大笑起来。赵寄客的笑声是很有力度、很有魅力的，但也是很锋利无情的，小堀对这样的笑声又欣赏又反感。他知道，这样笑过之后，总有令人难堪的话锋出鞘。果然如此，赵寄客一笑完就说："小堀一郎先生，你明明是一个手提刀把的赳赳武士，刀尖上还滴着我们中国人的血，你又何必突然伤感起来，变成一个风花雪月的诗人呢？你说曼殊若还活着，你还能够常常听到他踏过苏白二堤时的清脆的木屐声，你怎么不接着往下说呢——清脆的木屐声之后，就是清脆的枪声了。不是你们亲自下的命令，在我们中国人的西湖上，实行你们日本人的宵禁吗？从你们踏入我们的国土之后，有几个中国人还能够在夜里经过苏白二堤呢？苏曼殊若活着，怕是走不过这条苏堤了。"

小堀面色铁青，低声说："别忘了，苏曼殊和你们支那人是不一样的。"

"你绕来绕去，不就是想说苏曼殊是一个日本女人生的吗？我有幸与他交往一场，从来没听说他怀疑自己不是一个中国人。倒是眼前有些人，明明有着中国人的血，却要去做日本强盗的狗！"

小堀几乎跳了起来，直逼着赵寄客就压低着声音叫："你胡说，像李飞黄、吴有这样的人才是日本人的狗。我小堀一郎，是堂堂正正的日本人，大日本帝国的一名武士，我是日本人！我是日本人！我是日本人！"

真正是打蛇要打七寸，赵寄客的话是触到他最痛处最隐秘处了，他便像搭错了神经一样地歇斯底里起来，端正的五官一下子就扭曲得乱七八糟。他越是歇斯底里，赵寄客就越看轻他，话就说得越毒。他声音不大，鼻尖对着对方的鼻尖，轻轻地说："你嚷嚷什么，谁说你不是日本人了？谁说你有中国人的血了？你配有中国人的血吗?"

两人就在苏曼殊的墓前僵着。令人难以置信的事情就摆在这里—— 一方面,他们是这样的不共戴天;另一方面,他们又是那样的相像。他们的身高,鬈曲的头发,鼻梁,下巴,甚至他们今天都穿着同样款式同样色泽的中国长衫;他们暴怒时的神态也像极了——都把一口白牙咬得咯咯响,眉头皱得连成了一条线,手掌握成了一个死死的大拳头,也在咯咯地响着。不同的只是小堀一郎有两个拳头,而赵寄客却只有一个了。

渐渐地,小堀一郎的双拳就举了起来,一直举到了胸前,赵寄客的手掌却松开了。小堀一郎就勉强地笑了起来,一边笑一边说:"你没有理由恨我,就像中国人今天的下场不能怪日本人一样。在你应该教导我的日子里,我从来也没有得到过你的教导,这不能怪我。我比你想象的要好得多。我喜欢中国历史上的许多事情、许多人,比如成吉思汗。我的岳父是武士出身,他也喜欢中国的许多事情,来支那前,他让我记住成吉思汗的这段话:人生最大的快慰在于战胜,在于克服敌人,在于追逐他们,在于夺取他们的资产,使他们所爱者哭泣,骑他们的马,搂抱他们的妻女。你听说过这段强者的语录吗?"

"我有没有听说过这样的话并不重要。不管谁说了这样的话,是中国人还是外国人,我听了都恶心。我来问你,你照这话做了吗?做了!你没有一样落下过。那么你快慰吗?我倒是想听听你的真心话,你杀我们中国人,夺他们的财产,骑他们的马,使他们的所爱者哭泣,强暴他们的妻女,你快乐吗?"

小堀一郎面色苍白,连胡子都白了起来,说:"我不快乐,不是因为做了这些而不快乐!”他突然咬牙切齿地挥着拳头叫道,“你知道,我从小就不快乐!从小人们就骂我杂种,谁都可以这样骂我。你别以为一个道貌岸然的成年人不会再回忆往事!我有权利恨你——”

“你也可以杀我。”赵寄客从来不说伤感话,此时倒有几分感慨,“如果我死了能够消解你的根,让你从此放下屠刀不再杀中国人,我倒也是死得其所了。”

小堀放下手来,说:“我和你不一样。尽管我是你的……但我从来也没有想过让你死。而你……你倒是和这个城里的每一个杭州人一样,都在盼着我的死期呢!”

“一个人活到世上来,可以什么也没做,但不应该再给世上留下一个畜生。你叫我赵寄客耻辱丢脸了!”

“不要忘了这是战争,我是大日本帝国的军人,效忠天皇是我们军人的天职。”小堀的话多少带有些辩解的味道了。

“你不是一个军人!军人只在战争中杀人,他们从来也不杀女人和儿童。”

小堀一郎从赵寄客的目光中看到了什么,他声辩着:“这不能怪我,我并没有下令杀她——”

“你住嘴!”赵寄客的独臂一拳头砸在了坟上,“你一张嘴,牙齿缝里都嵌着我们中国人的血。”

他的牙齿咬得咯咯直响,两个腮帮都咬得鼓了起来。他是直到嘉平来看他,才知道了绿爱和嘉草是怎么死的。他不能接受女人们这样死去,他不能接受她们死了而他还活着的事实。他曾经想过要活下去,以此来保护更多还活着的人,现在他不再那么想了。

小堀一郎别过脸去,看着西湖边随风扬起的杨柳条,他的心里充满绝望。他知道他是不可能得到站在眼面前的这个只有一条臂膀的人的心了。可是他又何必一定要得到呢?就像他何以非得喜欢那个生肺病的中国姑娘呢?还有什么力量要大于效忠天皇的力量呢?天空很亮,但反衬着他的心一片昏暗。他被赵寄客说中要害了。他参与着杀人放火,抢劫强暴,可是他越来越不快乐,越来越陷入迷乱了。

小堀一郎恍然一笑,坐到了曼殊墓道旁的石阶上,说:"好了,我们不谈别人的事情,我倒是真想听听你对我怎么看。你说,像我小堀一郎这样的人,会有一个什么样的下场——我会死无葬身之地吗?"

赵寄客也坐到他对面的一条石阶上去了。小堀的这个问题倒是使他感到意外了,他没想到这个人也会想到死。他对他充满警惕,宁愿把这样的问话当作陷阱或者伎俩。因此,他并没有放弃他嘲讽的口气,他的话一直把小堀赶到了情感的死胡同里。

"你这样的人,还会有一个什么样的下场呢?我想,首先,你是回不了你的日本了,你会死在这里,死在中国;其次便是怎么样一个死法的问题。当然,你是没机会颐养天年了,你将死于非命——在战场上被打死,或者穷途末路,自己灭了自己的一条生路。就是这样,再没有别的出路了。"

赵寄客说这番话的时候,刚巧太阳从一片云彩中钻了出来,照耀着墓地上的一丛丛新发的梅树叶子。它们的倒影贴在墓丘上,衬出一片花底,发亮的阳光斑点就在墓地上跳起了舞。小堀一郎忧郁地站了起来,说:“我们还是有缘的。你看你说的,和我想象的完全一模一样。只是我还不知道我将怎样消灭自己——按照我们日本人的传统,剖腹自杀?”他笑了,虚拟地拿着一把刀,朝自己的肚子一刀刺去。

赵寄客也站了起来,他的目光中突然出现了一种东西,这是小堀一郎从小到大从未领略过的神色。他就用这样的神色看着他,说:“如果说我们还算是有点缘的话,你就不会拿把刀剖自己的肚子了。你哪怕是跳到对面西湖里去呢,”他突然指指西湖水说,“你哪怕是跳到对面西湖里去呢,你也还不算是死无葬身之地啊。”

小堀面无表情地走出了曼殊墓,他想,这大概就是我只配得到的父爱吧。

快到车旁的时候,小堀一郎突然漫不经心地问道:“听我母亲说,你曾经到日本去接过我们,我一直不明白,你为什么没把我们接走?”

赵寄客的眉头一下子皱紧了,就在这一刹那,他显出了他松去盔甲时的神情,他说:“这话你应该去问你的母亲。”

“东京大地震那年她就死了,埋在倒塌的大楼底下了。”

“她没有告诉你不愿意离开艺伎生涯吗?你应该比我清楚,日本的传统艺伎是不结婚的,但她们有时会有阔绰的主顾。你母亲也一样,她不愿意离开那种生活,至少那时候她不愿意——”

冷场了片刻,小堀一郎已经走到了车前,打开车门的一瞬间,他突然回过头来,从上衣口袋里取出了一个信封,又从信封里取出一张照片,递给赵寄客。见赵寄客不接,才说:“我女儿的照片,昨天刚刚收到的。”

赵寄客就接过来看了,是个十七八岁的大姑娘了,虽然穿着和服,但大眼睛和一头鬈发不变,一看就是他赵家的种。小堀说:“她叫小合,在女子大学读书。”

赵寄客看了一会儿,要把照片还他,小堀正在发动车子,不知道是没有看见呢还是故意装作没有看见,赵寄客就把照片放回自己的口袋中去。接下去他们就一直沉默,小堀一郎把发动机重新关掉,两人一声不吭地坐在车内。车外柳树上,春天的鸟儿在欢乐地啼鸣,小堀的嘴角颤动了起来:“如果我告诉你,有一天我会……到那湖里去……你会对我……对我……好一些吗?”

赵寄客紧紧地抿着嘴,当他再一次面对他时,惊讶地挑起了浓眉——他看见他流泪了。他痛恨他流泪,因为他的泪水使他赵寄客的喉咙哽咽。他的双眼开始迷蒙,他咬牙切齿地用自己的独臂一把抓住小堀一郎的肩膀,轻声吼道:“你!你不要再杀中国人了!不准你再杀中国人了……”

小堀一郎的两只手猛然压住赵寄客的独手,两手推搡了许久,才渐渐松开。

此刻,他们再也无话可说了。

沿西子湖,过茅家埠,龙井鸡笼山杭家祖坟前,沈绿村的车已经沿着土道开去,他还能从窗口看到甥孙与他依依惜别时招手的情景。招手者的背景乃是一片深绿浅绿的茶坡。茶坡又是被一条条细黄绳一般的小道隔开,其中有一条绳子上又密密地拴着几个人,他看到杭嘉平正走在嘉乔与吴升之间。到底还是一个爹养的,沈绿村不满地叹了口气,他并不想看到他们兄弟之间成为死对头,但也不想看见他们突然之间握手言和——毕竟,妹妹绿爱是死在杭嘉乔手里的啊——没良心的子孙!

他不知道,数天前嘉和陪着嘉平,就已经到过昌升茶楼了。他们和吴升已经有过一次秘密的接触。吴升见了杭家兄弟二人的突然造访,先是一副有点受宠若惊的神情,又是点茶又是寒暄。直至杭嘉平说明了来意之后,吴升这老皮蛋才又突然摆出一副死样怪气的相道,苦着脸说:"二位少爷如今可真是哪壶不开提哪壶了。你以为还是前两年日本佬没来的时候,有生意没生意的,开了几十年茶庄,总还有口茶叶饭吃。日本佬一来,你倒去龙井山里看看,茶地都荒掉了,哪里还有什么生意好做!你没听说吗?从前龙井茶卖到十六块钱一斤,如今两角钱一斤也没人要了。说得难听一些,饭都吃不饱,人都活不成,哪里还有人喝茶?你看看我这个茶楼,如今落魄到什么地步。二位少爷也是见过世面的人物,怎么这种兵荒马乱的年头,还有心思做茶叶生意?"

嘉平耐心地等着吴升诉完苦,才缓缓道来:"吴老板你这就是过谦了。如今茶叶生意虽然不比从前好做了,但也不是没有人做。您老也不是不晓得,我们中国对外的输出品,向来就是以生丝、桐油和茶叶为主的。抗战以来,虽说茶业凋零,但还是有人在做茶叶生意,有些茶商还发国难财,趁机把茶价压得很低。还有不少商人收得茶叶就运到上海黑市上去,日本人趁机吃下再转售外人,从中牟利,以战养战。你的大儿子吴有干的不正是这个买卖吗?他可是把你辛辛苦苦收来的茶叶都卖给日本人了,日本人再用这些钱换了枪炮打中国人。这件事情你莫非一点也不知情?"

吴升听了可是吓了一跳,连连摇手说:"吴有把茶叶运到上海去，这我倒是晓得的，不过把茶叶卖给日本佬，我可是真不晓得，真不晓得呢。”

“你不晓得，嘉乔可是晓得的。吴有卖茶叶给日本人，还是他暗中牵的线。”嘉和淡淡地插了那么一句。

吴升做出恍然大悟的样子说：“怪不得吴有这段时间那么忙，还跑到山里去收茶叶。我是在想，收那么些茶叶怎么卖出去呢？我老了，我是插不上他们的手了。可我还有这点良心，哪怕饿死，我也不会把我们中国人的茶叶卖给日本佬，让他们去换枪炮，再掉过头来打我们中国人。我吴升早年也是打过日本人的，日后也不想让人家来挖我的坟，一把老骨头抛尸荒野——”

嘉和一看他没完没了地说下去，晓得又搭住他的筋了。他就是千方百计地要在他们杭家人面前洗刷他和日本人之间的关系。吴有和日本人有生意来往，他隐约知道，可是他不赞成。他认识的人当中，有好几个做此种生意的被暗杀了。况且日本人杀价也厉害，挣不到几个钱，还要把脑袋别在裤腰上，吴升觉得不上算。

嘉和不想让他再那么洗刷下去，便轻轻摇摇头说：“晓得你不知情，才来找你的嘛。晓得你仓库里还有批珠茶没出手，我们想接过来替你做，至少不会卖到日本人手里去嘛。”

“这个嘛，这个嘛，让我再想想。如今吃茶叶饭，实在也是风险大，性命都要搭进去的……”

嘉平就有点沉不住气。他到底不是做生意出身的人，一点也没听出来老吴升这句话后面的意思。倒是嘉和卖了十几年茶，什么样的生意人没有领教过，一下子就明白吴升是在思忖着价格。要赚钱呢，怎么能不卖卖关子呢？这种人嘉和是有数的，有铜钿，老虎头上也敢拔毛。嘉和轻轻地敲敲桌子,说:“吴老板,你放心,这批茶叶你就吃给我。我这里也还藏着一批珠茶,正好一次出手。价格嘛,高出你原来的一成,不吃亏了吧。真有什么事情来了,我担当就是。”

“这个嘛,这个嘛……”吴升还在搓他的手,假模假样地犹豫着。嘉平看看嘉和,不知道吴升到底什么意思,嘉和却已经站了起来,说:“我们走了,一会儿我就给你送定金来。你库房里的货,我会差人通知送到哪里去的。”

路上,嘉平还在犹疑地问着嘉和,他总不相信这就算是谈完了一笔生意。嘉和说:“做生意和做人是一样的,听话听声,锣鼓听音,你以为吴升这老头真的不晓得吴有在做茶叶生意啊。他非但晓得,或许还是在他指导下做的呢,只是他不晓得他儿子会把茶叶卖给日本人罢了。如今我们替他做了,钱却比从前还赚,风险却是一点也没有的,他怎么会不高兴!”

“那么价格——”

“这你放心,我们不会吃亏的。我已打听了吴有的生意经,这个人实在不是东西,自家老头儿这里也是打了‘绿豆儿’的,扣下了一成的铜钿呢,我们不赚这个昧心钱就是了嘛。”

嘉平听了大哥的话,半晌才说:“跟着吴觉农先生做助手的,真应该是你,不是我啊。”

原来此番嘉平回杭州来,虽托以扫墓,却是有重任在肩的。当此烽火连天,兵燹遍野之际,中国茶业亦正在此间发生着摧枯拉朽、涤污振兴的大变化。自旧年初与苏俄签订第一个以茶易货(军火)的协议之后,交易得以完全成功。6月中,《财政部贸易委员会管理全国出口茶叶办法大纲》颁布,中国茶叶统购统销的政策终于出台。正是在此背景下,吴觉农先生和他的志同道合的中国茶人同仁,代表贸易委员会分赴各产茶大省,在各地成立了茶叶管理处。上月,嘉平正是在浙江永康参与了油茶棉丝管理处,并和茶叶部主要负责人讨论了管理职责之后,才回故乡来收购茶叶的。

茶叶管理的职权主要有四条:

其一,办理茶叶加工登记及茶叶贷款;

其二,加强技术指导,改进茶叶品质;

其三,派员驻厂检验,发放成品合格出厂许可证;

其四,协办当地箱茶收购评价。

嘉平虽然全身心地投入了此项重振中国茶业雄风的大规模的茶人大行动中,但他毕竟是个半路出家的茶业行中人,他更合适的还是办报搞宣传搞教育。故此,对吴觉农先生的诸多茶事大行动中,他更感兴趣的,还是正在洽谈中的复旦茶学专业的设置。他已经暗暗决定,这一次回重庆,就把汉儿带上,让他成为中国有史以来的第一代茶学专业大学生。

与此同时,他还有一个越来越鲜明的想法,动员大哥离开沦陷区,到吴觉农先生身边去,替代他的位置。他相信,像大哥这样的人才,才是中国茶业界中货真价实的佼佼者,是无法取代的有真才实学又有实践经验的中国茶人。他曾为此暗暗试探了嘉和,但看上去大哥对此却不接翎子,反而要他在扫墓那一天帮他做一件事情——若在坟地上碰到了嘉乔,要他帮助他支开这些人,他和小撮着要把那批祭器埋到祖坟前的茶地里去。

杭嘉平对祭器之类的事情倒是真的没觉出有多么重大的意义，他并不觉得为此冒生命危险有什么值得。杭州城太局限他大哥的眼界了。他把这层意思也毫不客气地对大哥说了。杭嘉和听了，好一阵才说："你不是已经去过赵先生那里了吗？"

嘉平立刻就缄口了。这是另一种语言的责备——整个行动都是赵先生安排的。赵先生现在是笼中的困兽，他能做的，也就是这样的事情了。杭嘉平和赵寄客多年不见，可是见面后除了通报一些必要的情况之外，几乎都成了嘉平劝他放弃在孔庙坚持下去的会谈了。他希望他能够从孔庙里脱身出来。"只要你能够回家，我就有办法把你救出杭州城。虽说这个小堀对你看上去还客气，到现在还没有动你一指头，不过他们葫芦里卖的什么药谁知道？你在这里太危险了。我知道你是把生死置之度外了，可是你也该知道，抗日的中国人，活一个是一个，何必去作无谓的牺牲呢？"

"你怎么知道我这是在作无谓的牺牲？"赵寄客回答，"我赵寄客，身在孔庙中，一举一动，杭州人都看在眼里。我在日本人眼面前抬一天头，杭州人心里头就长一天志气。你还以为我人老力衰，英雄气短，早就没有辛亥义举时的风采了？告诉你，我赵寄客不吹牛皮，今日照样是杭州城里头一条好汉。不信你走出去问问，你走出去问问！"

杭嘉平有些奇怪，他不明白，怎么赵先生活到今天这把年纪，在这样的生死关头，反而看重起别人怎么评价他来。他记得赵先生从前不是这样的。也许正是为了说服他，他才把母亲和妹妹的惨死真相告诉了赵寄客。他对赵寄客说："你就听我一次，我把你送到重庆去，那里有你那么多的老同仁，你就到那里去抗日吧！我不能让你再像我母亲和妹妹那样去死了。”

赵寄客却在这时候闭上了眼睛，他的神思不知道飞到哪里去了。好半天他才睁开眼睛，长叹了一口气，说：“没想到你娘是这样走的，我赵寄客这辈子有这样的情缘，活得值了。”

嘉平明白，赵先生是决意一死了。这么想着，刚才没有流出的眼泪，唰的一下流了下来。

赵寄客却说：“你不要哭我，还是哭哭你的大哥吧。你哪里晓得这些年他是怎么过来的，你把他带走倒是正经。还有叶子——对女人不上心，你要后悔的，肠子悔青也没用的。你啊你，你不要总学我……我也有心事啊，要带到地底下和你妈说去了……”

这以后，赵先生就神情恍惚起来，他就再也没有和嘉平说上一句话，甚至在嘉平走的时候，也只是看了他一眼点了点头而已。嘉平最后看着他那蓬松的白发白须时，心想：战争，把一切都改变了，甚至把赵先生这样的人也改变了。

此刻，杭嘉平和吴升、嘉乔一起从山上下来。杭嘉乔心里怕着二哥嘉平的发难，但即便如此，他还是不敢一口就答应下义父和嘉平要他做的事情。原来他们是要他开一张通行证，允许杭家忘忧茶庄的茶船从钱塘江封锁线上通过。他嘴里支支吾吾，没敢说出来，从杭嘉平一回家，小堀的秘密特务就出动了，到处打听情报，摸他们这两个回来的杭家人的真正底牌。从别的地方传来的消息倒是都对嘉平有利的，只是国统区的耳目还没有回来，小堀的心放不下来。嘉乔虽然有意回避着这件事情，但小堀的话已经放了过来，要他小心一些，不要一脚踩到汪凼里。在此种情况下，他杭嘉乔又怎么敢给他们开通行证呢？

吴升看嘉乔一言不发,心里也有些急了,说:“你又不是没做过这件事情。前两回吴有的生意,不是你给他蹚的路子? 以为我老糊涂了不晓得,我不过是装作不晓得罢了。”

杭嘉乔为难地看看义父,才说:“二哥现在的状况,真正是多一事不如少一事。我本来还想和二哥打招呼,让二哥能走就快走呢,免得夜长梦多,再生出是非来。”

杭嘉平沉吟了片刻,才说:“嘉乔,你要赎罪啊……你再不赎罪,你的死期就近了——”

他就不再说第二句话了,扔下瞠目结舌的杭嘉乔,转过身,就重新上了山。嘉乔盯着嘉平的后背,突然大叫一声:“二哥!”见嘉平回过头来,他又叫:“母亲真的不是我害死的,真的不是我害死的!”

杭嘉平手都抖了起来,他盯着嘉乔的那根细脖子,他真想一把掐死他!

多么想回到二十年前啊……多么想回到二十年前啊,杭嘉平叫一声“还我青岛”,杭嘉和就应一声“还我主权”。如今的大哥却是大相径庭了。也许大哥从来就是和他杭嘉平大相径庭的,只是他不愿意在嘉平面前有所流露罢了。嘉平曾经在许多次的万人集会上发表抗日的演讲,每一次演讲完,再小心眼的女人也会把自己的耳环摘下来献给前方的抗日将士,热血沸腾的年轻人则会跟着他一直走到家里,然后再随着他指引的方向走向炮火连天的最前方。

然而这一切在大哥面前都不灵了。大哥并不想为抗日和中国茶业起死回生的契机而跃跃欲试了,这是怎么一回事呢? 怎么大哥也和赵先生一样了呢？继续住在杭州城里，与小堀一郎这样的豺狼为邻，这是多么的危险啊。早晨你还活着，晚上你的尸骨可能就不知道抛到何处了呢！

这两兄弟，现在终于有时间坐在祖宗坟前的茶蓬中细细地讨论今后的安排了。

杭嘉平说了许多的第一第二第三第四，他一向就有这种以排比句般的话语方式、排山倒海的气势来征服别人的本事，这一次他也不例外。他说："大哥你拘于东南一隅，不知中国、世界的形势。你或许并不晓得，战争初起之时，我国大部分原有的经济机构便有所破坏，至于全国茶业，亦一并陷入停滞之中。直到去年春才着手改进茶业，当时所预期的目标就有四项，一为争取物质，二为增强金融，三为安定农村，四为改造茶业。这四项工作中前两项我倒还尚可勉强为之，后两项却是离不开如大哥你这样的人才。我特意在吴觉农先生面前举荐了你，事不宜迟，你还是早早作了决定，与我同行吧。"

太阳升得老高，茶地也热腾腾地冒着暖气，嘉平的脸上就冒出了汗。他等着大哥能说上几句，大哥却嘴里嚼着生茶叶，一言不发。他的手指缝里都是黄土，正细细地用老茶叶揉出了绿汁来，一个一个手指缝地擦过去呢。一直到把十个手指都那么细细地擦完了，他才说："觉农先生到底是真正懂茶叶的啊。"又见大弟一脸真诚地看着他，期待着他，才说："大哥我或许就是你说的那种拘于东南一隅，不知中国乃至世界之大局的井底之蛙。不过也不像你那样天马行空，走马观花，仿佛一切都在眼中，其实大而无当——"嘉和停了下来，看看大弟的表情，又说："你若不想听，我就不说了。”

“哪里哪里，大哥一向是忍无可忍才后发制人的，我就等着大哥教导我呢。大哥若是不理睬我了，那才是真正的大事不好了。”嘉平笑着说。

嘉和也淡淡地笑了，说：“就是，你倒是把我当成什么样的鼠目寸光式的人物了。我岂不晓得吴先生等人的一片苦心？战前我做了十来年的茶叶生意，就晓得中国人的茶叶饭，是越吃越吃不下去了。战争来也好，不来也好，这样下去，茶业这一行迟早是要彻底破产了的。”

“此话怎讲，何以见得？”

“喏，你听我讲来：一是茶叶生产的落后。你放开眼睛看看我们龙井山中的这片茶地就晓得了。我们中国人种茶，是贫困小农以副业的形态种植，绝无印度、锡兰的大规模的茶场经营。再者，采得青茶，粗制滥造一番，谓之毛茶，就拿出去卖了，价格连成本都不保。说起来这也是没有办法之举。茶农穷苦，每年秋冬粮食不继，只得告贷于当地殷户商贩，愿以明年毛茶出抵换粮钱，价格可低于市场的三分之一；再则，当地的茶商，因为人地关系，早已控制了产地商场，茶农也没法因为一点点小批量的茶去远道跋涉，推销茶叶，常常不得不以二分之一的市价，低价出售；三者，茶厂茶商来产地购茶，往往只给茶农先付一部分钱，其余的，都要等到茶厂茶商卖了那箱茶，才给予清算。万一茶厂倒闭，茶商破产，茶农的茶款便再无着落，那才叫叫天天不应、叫地地不灵了呢。说起来你或许不知，前四五年，茶厂茶商多有破产的，连带着茶农活不下去，自杀的也时有所闻。我们家从前在绍兴平水识得一个茶农，就是因为如此活不下去了，举家自杀。你想想，茶农过着这样的日子，又怎么可能改良技术、扩大生产呢？而中国茶业的运作方式如此落后，又怎么可能不在国际市场上败北呢？”

杭嘉平听到这里，插话说：“我一直听说我们忘忧茶庄的口碑好，好就好在不给茶农压价，也不给茶农打白条。”

杭嘉和仰天长叹一声，说：“口碑再也好不下去了，独木岂可成林？我们杭家既不嫁祸于人，自己家又是寅年吃着卯年粮的了。祖上留着的一点点底子，在我杭嘉和手里，也差不多已经蚀尽。说句绝话，这杭家五进的大院，不是日本佬进来惹得我一把火烧了，如今也恐怕是要被我一进进地卖出去了。”

杭嘉平心中暗惊，想，这么多年，家里原来竟已破败至此了。

杭嘉和打开了话匣子，便也不顾嘉平听不听，只顾按自己的思路往下说了：

“刚才我只说了茶业这一行第一关的弊病，这第二关就是毛茶的加工了。毛茶加工之厂，大多为手工作坊，时开时歇，哪里有什么长远之计？所集资金，大多到沪上洋庄茶栈告贷，这就是最最残酷之高利贷剥削。因为一旦向这些洋庄茶栈告贷，除了还之以高利之外，还规定了制成的箱茶，必须由这些茶栈洋庄来代售，他们又可以拿百分之二十的佣金，故而茶厂总少有盈利，甚至亏本。一旦亏本，自然又转嫁茶农，到头来，茶农与这些小茶厂，往往落得一个同死落棺材的下场。

“再说那些洋庄茶栈。他们都是一些买办商人，与上海的华茶出口洋行有着十分密切的联系。这些买办既然只是代办茶事，本身不负盈亏之责，自然就是有奶便为娘的。他们先从洋行那里贷得款来，然后再放高利贷给内地茶厂，从中就大赚一笔。再给洋行做生意代售箱茶时，又加上许多陋规名目，比如吃磅等等，不下二三十种——”

“何为吃磅?”嘉平不由插话问道。

“这些名堂说起来你听得都要吃力死，什么吃磅，贴息，过磅费，打样，修箱打样，回扣，避重就轻，等等。你问我什么叫吃磅，简单地说，一箱茶叶六十磅，到了洋行手里，就得扣去二磅半，也没什么道理可讲，就是这么一个规定。还有其他七七八八的手法，内地茶厂只落得一个永劫不复的境地了。”

“难怪吴觉农先生提到洋行，如此深恶痛绝呢。”

“我这就要说到洋行了。你虽从不沾茶事，但生在茶人家里，想必也晓得，我们这些茶商与海外做生意，从来也不曾直接与他国消费市场交易。不通过洋庄茶栈，不通过洋行，我们中华茶叶就无法进行对外贸易。这百多年来，洋行垄断华茶贸易，也已经成了惯例，华茶的市价，就控制在这批外国商人手里。他们说东，我们不敢说西，他们说南，我们不敢说北。中国如此一个堂堂的产茶古国，茶叶生产的生杀大权，就捏在这等洋人手里。如此，华茶还能有什么出路呢!”

嘉平听得实在入迷，不由再问：“大哥，如你所说，华茶已到了这种地步，那怎样才能从这山穷水尽之中求得一条柳暗花明之路呢?”

“这还用我来指什么路吗？吴觉农先生与你们这些人所干的事情，正是中国茶业的生路。我虽不如你眼界开阔，但从古到今的茶政倒还略通一二。以我之见，茶业一行，统则兴，不统则散。自己国家不管,别国就要来捣乱——”

“大哥此言实在精辟!”嘉平不由拍着大腿叫绝。

“这也不是我的发明。由国家统管茶叶专利,那是从唐代就开始了的,宋代就实行了榷茶制。朱元璋开国时,他的一个女婿因为走私贩茶,还被杀了头的呢!虽说管得过严也是物极必反,历代茶民造反也是常事,比如我们淳安县的方腊。不过弄到如今这步田地,国家一点主权也没有,茶事的兴旺又从何说起呢?”

“正是要从我们这一代手里做起啊,”嘉平觉得说话的契机又到了,便又动员起来说,“大哥道理比我懂得还多,不用我再多说什么。你只给我一句话——什么时候动身离开这个虎狼之窝呢?”

嘉和站了起来,慢慢地在茶园的小径间走着。不经修剪的茶枝东拉西扯的,时不时地挡住他的脸,有时,干脆就从他的面颊上划过,他的心多少也被搅动了。短短的几天当中,已经有好几个人劝他走了。其中有嘉平,还有假冒嘉平妻子的女共产党员那楚卿,一个劝他去重庆,另一个则希望跟她一起去浙西南。

和楚卿的谈话,是昨天夜里进行的。他和杭汉、嘉平等人把藏在后院中的珠茶搬出来装车时,楚卿也来了。她瘦削,看上去单薄,但筋骨却好,干活很利索,也不多说话。嘉和暗暗有些吃惊。他了解她,要比别人想象的多得多。那家,也是杭州城里的名门望族,和前清皇家都是沾亲带故的,他想不到,那家门里还会有这样的后代。

把茶装好后,嘉和主动地叫住了楚卿。在暗夜中时间待得长了,眼睛已经适应,彼此在天光下,能够看到模模糊糊的影子。嘉和迟疑了片刻,才说:“那小姐,如果允许的话,您能否告诉我,您还见得到杭忆吗？我知道他还活着，可是我已经有很长时间没有他的消息了。”

即便是在暗夜中，嘉和还是能感觉到楚卿的不安。那姑娘又仿佛是在为杭忆辩解：“伯父，杭忆做的事情，都是对得起您的，不辜负您的。他只是担心牵连您……”

“我知道他在干什么。”嘉和沉默了一会儿。

楚卿就脱口而出：“伯父，跟我走。”

“跟你走？”嘉和真是吃了一惊，黑夜里她的声音一下子放得很响，又连忙压低，“我们已经有了自己的抗日根据地。党让我们帮助您脱离险境，跟我上根据地吧。”姑娘热切地动员他。她的真诚感动了他。他却没有正面回答，为了掩饰汹涌而上的情感波澜，他一边拍打着身上的尘土，一边轻声地说：“我的儿子杭忆，在我看来，一直就是个前途难卜的孩子。他从小就极度敏感，我一直把他看成那种非常容易夭折的少年。他表面看上去有些轻浮，实际上他一往情深。他像他的爷爷，也像我，你们帮我……爱护他吧……”他说不下去了，在一个年轻姑娘面前是不应该落泪的。

此刻，在山上，在亲人中间，他愿意谈得更深入些。这两兄弟走出了一段路，嘉和才说：“盼儿的事情，你都晓得了。从今天出城开始，她就不会回我们那个羊坝头杭家大院了。可是她总还是要回来的。西泠临走前托我一定照顾好这个女儿，你想，我管不着她已经有十来年了，现在她最是离不开我的时候，我怎么可以离开她呢？”

嘉平也回过头去看看，他看到了茶枝的疏条中的盼儿，她坐在茶坡上，正在和小撮着细细地说着什么。再过一会儿，等往来行人更少的时候,小撮着就要把她给带走了,带到那个小堀一郎发现不了的地方。嘉平想说有人照顾着你女儿呢,你就不用担心了,可他知道自己没有资格说这样的话。

嘉和仿佛晓得嘉平是怎么样想的一样,又说:“就算盼儿有人照顾吧,那么叶子呢?你不是已经告诉我,叶子不愿意与你一起去重庆吗?你再和我说一遍,你觉得你还可以说动她吗?如果需要,我可以再帮你去和她谈一次。你看,她就在那里,她正在和儿子说话呢。他们母子俩可真是从来也没有分开过一天的,她同意你把汉儿带到重庆去深造吗?”

嘉平皱着眉头说:“她不再是我想象中的那个叶子了,从前她对我言听计从。这不能怪她,我们有多少年没有见面了。再说,我也是有负于她的。只是我想弥补,她却不给我机会。重庆方面,我倒可以说服。事实上,这一次回家,事先我和她都达成一个共识,以她能够接受这个现状为前提。你晓得,我从心里头从来也没有放弃过叶子,从来也没有——”

嘉平一会儿她一会儿她的,这两个“她”像绕口令似的把自己都给说糊涂了,最后他只好沉默不语。两兄弟就这么在祖坟前愣了一会儿,嘉和苦笑了一下,突然说:“从前家里的人都说我像父亲,你看,闹了半天,谁更像?”

他们不约而同地看看祖坟。那里,父亲的坟,他们各自的母亲分别安息在自己的坟茔之中。他们在绿爱的坟前站了很长时间,嘉和才说:“每一个人都是独一无二的,每一个人要的情分,也都是独一无二的。妈比爹要死得惨多了,可是细细想来,妈倒是有那么一份守了一辈子的情,爹却没有。他喜欢两个女人,两个女人却都不能领受这份情。爹在临死之前悟出这个理来了,所以他要一个人躺在这里。”

“大哥,你这不是说我吗?”

“我很少说你吧,我好像从来也没有说过你——”

“可我比谁都了解你。”嘉平额头上的汗越来越多了,“有许多话我本来以为不用我说出来的,我们两个应该心领神会。比如我在和那个女人一块儿过的时候,我想到过你。我想……我知道……”他有些犹疑,看了看大哥,还是决定把话说出来,“我想,也许我这样做就成全了你们,我也有龌龊时候,我知道你其实——”

嘉和突然面孔通红,他一下子手握拳头砸在地,打断了嘉平的话,气急起来,说:“我一直就喜欢她,在你远远还没有喜欢她的时候,我就喜欢她;在我们还都是孩子的时候我就喜欢她。——不,不不,不是我有多么高尚,只是我不想和任何人分享自己的东西,包括和你分享。”

嘉平目瞪口呆了好一会儿,才说:“你是说,叶子到现在心里还有我?”

“你应该去问她。”

“可是她说,你走到哪里,她就跟你到哪里。”嘉平的气也急了起来,他没想到他现在见到了叶子,就突然认为叶子应该还是他的,他突然不能接受他自己以往的放弃。他盯着大哥,胃里往上冒着酸气,说:“因为你,她才不愿意离开杭州,是吗?因为她,你也才不愿意离开杭州城,是吗?”

嘉和的口气明显地透露出了烦躁:“你了解我吗?不了解我!如果我想离开杭州城,我为什么不可以带着她离开?像你从前完全可以做到的那样。行了，别打断我的话，现在是我在说话，你不是总有插话的分的。你刚才说的话，所以惹我那么大的反感，不是因为你提到的那个女人和我们俩有关系。我生气，是因为你始终没有和我提起过赵先生。你明明晓得他被软禁在孔庙，你还亲自去看过他。你应该晓得，他在一天，我就不可能离开他一天。这样的话，我本来是等着从你口中说出来的，可是这一天你跟我说了多少大事，你就是没有和我说一说关于一个具体的个人的事情。大而无当的事情我听得太多了，我已经不想晓得欧洲什么时候才开辟第二战场。我只想晓得，今天夜里，那个弱女人怎么熬过长夜？那个老人怎么撑着性命活下去？我恨不得生出一万双手来，扶他们，拉他们，在地上四脚四手地爬，爬出这个人间地狱去。可是你却只想叫我飞——难道你没有看到，因为你在天上飞，我们这些人才命里注定在地上爬吗？闭嘴！我不是跟你说了，没你插话的分，我要告诉你最后一句话——我愿意在地上扎根。我的命就是茶的命，一年年地让别人来采，一年年地发。我愿意在地上，你不要再给我插什么翅膀了——二十年前我就明白了，你替我去飞吧……”

嘉平在他的大哥滔滔不绝地说个不停的时候，一直想插嘴。现在大哥说完了，到他说了，他却突然再也说不出一句话来。是的，他不了解他的大哥，他也不了解叶子，甚至他也不了解看上去与自己性情很契合的赵先生。他们生活在太不同的世界里，当他在外部世界里越走越远的时候，他与杭州的亲人们，在内心世界里也越走越远了。除了不停地宣传抗日，他们之间到底还有多少共同语言呢？他看着甚至有点气急败坏的大哥，听着他神经质般的责难，自己也有了一种想要暴跳如雷的冲动，然而不能。他一个转身就扑回到了母亲的坟上——他的拳头,把坟上的黄土砸得几乎尘土飞扬……

嘉和一直站在旁边等待着嘉平不再冲动了,才说:“你看这样行不行？你这头,把那边的事情处理好了,她能够回去当然更好,她不回去也可以,经济上要处理好,不要让人家为难。这头叶子的事情我来做,我是大哥,只要你回过头来,我想她还是会想通的。”

嘉平已经平静下来了,说:“大哥,你是真不明白还是装作不明白？我不是已经告诉你了,叶子已经说了,你到哪里她也到哪里。我心里一直明白,我就是装不明白。叶子心里只有你。好了,这件事情我们就说到这里。还是说说你跟我走的事情吧。赵先生还要我劝你走。我不管你怎么骂我,我还是要跟你说,你也不是生来就一定在地上爬的人。没有人生来就一定该干什么不该干什么的,你和我一起去飞吧。我们全家都走,叶子在杭州,我也不放心啊。”

嘉和看着年年都要来祭扫的祖坟,满坡的茶树都在风中点头。一阵风吹来,突然他的心亮了起来,那些久违的青春的骚动在心的深处微微地动弹了一下,他说:“好吧,我再和赵先生商量商量,试试看行不行……”

那天晚上,发生了一些重大的事件。当时日本军事特务梅机关在杭头目小堀一郎,正在“六三亭俱乐部”用皮带抽打着吴升的女儿吴珠,以此满足自己变态的性欲。白天与赵寄客的一番游历使他内心不能平衡。每当这样的白天度过,夜晚来临,只要有时间,他就拿着皮鞭来到妓院。妓女们看到他一个个都吓得浑身发抖,东躲西藏。这一次他抓不到别人,干脆抓住了老鸨吴珠。正当他挥舞着皮鞭眼看着这中国肥女人连哭带叫,背上暴出了一条条鞭子的血痕时,一份秘密情报塞进了他的门缝。他一边不停地鞭打着女人,一边读着那份迟到的情报,然后,放下皮鞭就套上了军装,带着手下的宪兵直扑羊坝头杭家大院。根据这份情报,小堀一郎最没有上心的那个跟着杭嘉平一起回来的阔太太,乃是共产党的一名重要地下人员。他们扑了一个空。杭家所有的人都消失得无影无踪,包括他一直放在心里的那个病西施杭盼。还没等他开始气急败坏,又一份十万火急的报告到手——南京方面特派员沈绿村突然失踪。小堀一郎来不及处置杭家人,急忙就往沈绿村的珠宝巷赶。黑暗的途中,他被破脚骨吴有拦住了,他破着嗓子叫道:"太君,太君,报告,报告,赵寄客,赵四爷他、他、他死了——"

小堀一郎几乎是从马上掉下来的。吴有结结巴巴地报告说,赵寄客从外面回来,看见他们已经把孔庙大成殿拆了。他在那石经前就坐了很久很久。谁也没想到,天黑下来的时候,他突然就一头撞在石经上,好久才被人发现,血淌了一地,就那么死了。

"是你拆的大成殿?"小堀一郎问。

"是、是、是王五权他、他、他让我拆的,说是你、你、你太君的意思,把赵老头支出去——"

小堀一郎根本没让他再往下说,拔出枪来,黑夜里,杭州人只听得砰的一声。一会儿,住在附近的陈揖怀探出头去,发现汉奸吴有已经被日本人打得奄奄一息,正在残喘。

第二十二章

现在，杭寄草将很快见到她的亲人了，但这种重逢却是从一个陌生人开始的。1938年夏的那个下午，寄草最早看到的杨真，从草堆里钻出来的时候，完全就像是一个叫花子。穿一件破衬衣，却系着根领带，裤子脏得看不出颜色，脚上却套着一双牛皮皮鞋。他面如土色，哆嗦得像一只摇个不停的筛子。寄草是学医的，她一下子就看出来，这个落难书生是在打摆子呢。

尽管如此，这家伙看上去还是很乐观，挥着手说："……别、别、别害怕，我、我不是……坏人……就是、冷，冷冷……你可以给我弄点水、水、水吗……"他在裤子口袋里摸来摸去，竟然摸出了一张票子，有些不好意思地说，"对……对、对不起，就剩这、这、这一张票子了……"

寄草扑哧一声就笑了出来。那人也跟着笑了，然后，就艰难地倒在了草堆上，寄草身边还带着一些奎宁呢，正好派上用场。

可以说他们搭伴而行，一开始完全是因为寄草发了善心。据这个倒霉的家伙自称，他叫杨真，是从上海大学里跑出来的。他们一群学生说好了在这里附近的一个地点集合，要到一个很远的地方去。结果刚出上海他就发起了寒热病，已经在这乡间流落了好几天，随身带的东西也被人抢走，连西装都被人剥去了。他指指草堆里做了枕头的一本厚书，说："就这、这本书，没人要……正好，我也是除了这本书……什么都、都可以不要……"

寄草好奇地看了看这本书的封面，原来是英文版的《资本论》。寄草听说过这本书，就一本正经地说："都说这本书是专门给共产党看的。"

杨真听了，那双因为生病而无精打采的眼睛就发起亮来。他躺着，又吃了药，感觉好多了，就迫不及待地开始了他的教导："严肃地科学地说，这是一本写给马克思主义者的书。"

"我不管你是一个什么主义者，你先告诉我你怎么打算的吧。"

"我也不知道。"杨真垂头丧气地说，"我要找的人，你也不可能了解。"

"不就是共产党吗，谁不知道？"

"你、你、你知道共产党？你……也知道……共产党？"杨真不相信自己眼睛似的盯着她。

"我怎么不知道！我们家，共产党一抓一大把。"寄草开起了玩笑。

谁知那书呆子经不起玩笑，他两眼发直，一头抬起，双手握住寄草的手，压低了声音，轻轻地说："同志，找到你们，可真……是不容……易啊……"

寄草笑得腰都直不起来了，哎哟喂，她哪里担当得起做共产党啊，楚卿这样的人当当还差不多。一定是她这副不严肃的样子让杨真明白过来了，他有些不好意思地笑笑，目光就黯淡了下去，心情沉重地又躺到草堆中去了。他的样子让人同情，寄草停止了笑，说："你也不用担忧，我知道，你要找的人，在金华准能找到。"

“你、你怎么知道？你……见过他们？你们……家，真有人……是共产党？”

“我就是从金华出来的嘛。金华眼下文化人最多，都在办报纸办刊物呢。《战时生活》《浙江潮》《东南战线》《文化战士》，什么都有。我有个侄儿也在跟共产党干呢。国共合作，共同抗战，共产党一下子就冒了出来，到处都是，还怕找不到？”

杨真这才哆哆嗦嗦结结巴巴地告诉她，原来他祖上是台湾人，从他父亲一辈才到大陆来发展。在上海把生意给做大了，就把妻儿从台湾接过来。他在沪上上的高中和大学，对浙江的情况还不太熟悉。

“共产党都是人精，你这个样子，人家要不要还是个问题呢！”寄草弄出一副很老练的样子，说，“跟我走吧，我包你找到共产党。”

杨真没有逃难的经验，好几次要不是寄草护着，他就得被日本佬的飞机炸死。他们还得不时地爬山渡河，有时与逃难者挤成了堆，寄草被那本厚厚的《资本论》硌得身上东一块西一块的乌青。有一次他俩一起几乎脸贴着脸被塞在一辆破车里，他们之间就隔着这本又厚又大的书。杨真的寒热刚刚发过，这会儿又精神起来，就不停地跟她说什么亚当·斯密，什么李嘉图，从他们的这一本书说到那一本书。寄草听得出来，他是在攻击他们。他旁若无人，口若悬河地说着：“你真该知道马克思的理论批判贡献，他什么都敢和李嘉图作对。李嘉图一再说私人财产神圣不可侵犯，可马克思却说财产即是盗窃；李嘉图说关于地租、利润和工资的自然进程前人语焉不详，马克思却说最初资本的产生就是由于征服、奴役、抢劫和谋杀,简言之,以武力行之——你、你、你你你你干什么！我的书！我的书！我的书！”

原来,寄草的胸口,被那本大厚书硌得生疼,耳边又被杨真的话说得心烦。她与人交往,从来就是她说别人听,这会儿算是碰到了一个对手,要由他说,她来听了,她不习惯。再加上她本来就是一个会心血来潮的人,突然性起,顺手就抽出藏在杨真胸口的书扔到窗外去了。杨真,突见他的宝贝性命书被扔到窗外去,一时就愣了。他不假思索,纵身一跳,也不知哪来的劲,竟然就从那扇窗里跳了出去。幸亏车开得比老牛拖破车还慢,寄草眼见得他落地翻了几个跟头还能爬起来。她自己也被自己莫名其妙的侵犯行为惊呆了,在车上就狂呼大叫起停、停停。司机骂骂咧咧地停了车,一车子的人也凶狠地骂着他们这两个疯子。原来战时的车,发动机“老爷”,一旦停下就不易重新启动。寄草也顾不上和众人唇枪舌剑,挤下了车就疯狂地往回跑,老远看见那杨真却高兴地挥着手叫:“别着急,书找到了,别着急,书找到了……”

寄草跑到他面前,想说一声“对不起”,看他这副样子,却笑了,说:“你这个人,真是读书读出毛病来了。”

杨真却认真地说:“我不怪你,你和我从前一样。可这样的书都是真理,它会让你成为新人。”

寄草不再取笑这个落难书生了。她很不好意思,第一次发现自己很傻。他们就这样地成了真正的好朋友。一路上他们不停地说着话——不再是寄草一个人说了。有很多时候,寄草是在聆听中度过的。她长那么大,第一次领略到了聆听带来的享受。每当杨真发病的时候,寄草就开始说她自己的事情,说她家里的人,当然，主要是说罗力。她什么都和这个与她差不多年纪的大学生说，包括最隐秘的事情。杨真有一双纯正的眼睛，热情，开朗，明亮，大脑里藏着的知识，仿佛取之不尽用之不竭。特别让寄草感到惊奇的是，杨真是她遇见过的第一个公开宣称自己是真理的追求者的那种奇特的人。

当寄草滔滔不绝地述说着罗力的时候，他严肃地听着，有时候，他会插话问道："当你和他在一起的时候，你感觉到你的心里一片光明了吗？你有一种历经艰辛终于如愿以偿的快乐吗？你的心就像星空一样浩瀚，像明月一样洁净了吗？"

"你在说什么？"寄草吃惊地问。这时的杨真像一个牧师。

"我在说爱情的感觉。"

"你经历过？"

杨真摇摇头，说："可我知道接近真理时的感觉，就像我读《资本论》时突然明白什么是剩余价值理论时的感觉一样。难道爱情不是真理？"

"你可真是一个真理狂。"寄草评价说。

对寄草给他的这个头衔杨真很受用。他心满意足地躺在某个小客栈的一堆破布里，一边微微地发着抖，一边望着夜空——客栈的屋顶常常是漏洞百出的，这给了杨真遐想的绝好环境。在炮火连天的大地上，依然有着深邃的星空。杨真说："每一个人都有自己的真理，比如说，爱情就是你的真理，复仇就是罗力的真理，茶，就是你大哥的真理……"

"现在大家都在想着赶走日本佬——"

"是的，打倒日本帝国主义就是每一个不愿做奴隶的人的真理。”

“也是你的真理吗?”

“当然也是。”杨真望着这个面孔半隐在黑暗中的女郎。她很美,很勇敢,又很纯洁,很善良,热爱她也是热爱真理。杨真觉得不该这么胡思乱想下去了,就说:“不过,仅仅打倒日本帝国主义是不够的,还有国家的建设,还有人类的解放。为什么马克思要说全世界无产者联合起来?为什么《国际歌》要唱‘起来,全世界受苦的人……’?”

“你是一个穷人,受苦的人?”寄草打量着那个从破布堆里钻出来的脑袋。他看上去落魄到家,可并没有受苦人的神色。

“我不能说我是一个穷人。可我从前是一个受苦的人——”

“因为没有找到真理?”寄草更加吃惊地问,她几乎想也没有想过这样玄而又玄的问题。

“现在我是一个新人。我不但要去解释世界,还要去改造世界。所以我选择了经济学。我要了解很多事情,比如日本人为什么要侵略中国——你知道‘广田三原则’吗?”

“不知道。”

“你那位罗力也没有和你提起过吗?”

“你知道,他是一个军人——”

“军人正是为这而战的。抗战爆发前夕,日本人广田弘毅提出了中国必须接受的三原则:一为经济提携,二为共同防共,三为承认伪满洲国。这里面不是渗透着浓重的经济目的吗?在人类社会中,一直存在着不合理的现象,比如可以是一个人压迫另一个人,一个阶级压迫另一个阶级,也可以是一个国家压迫另一个国家——”

“可是你想那么多干什么？想那么多，日本人的飞机照样在头上飞，坏人照样把你的西装都抢了去。现在你病成这个样子，照样躺在破布堆里。”

“我想找到消灭这种不合理制度的途径，我还想亲自参与到这种消灭的过程中去。我想使我的生命具有最大的意义，哪怕像流星一样短暂地燃烧，划过夜空。请你不要以为我在说胡话。我们这样的人散落在人群中好像很少，一旦集中起来却很多很多。现在他们都开始集中起来了，他们从全国各地动身，都开始往一个叫延安的地方而去了。”

“你也要到那里去？”

“你呢？”

“那地方听上去挺不错。”

“如果你愿意和我一起去——”杨真就从破布堆里坐了起来。

“罗——力——”寄草就摇摇头，拖长声音说。

连寄草自己都说不清为什么她爱罗力爱到这样的地步。这样的初恋并没有太牢的基础——时光是那么的短暂，交往也并不多，回忆起来，真正刻骨铭心的就是那个月亮圆圆的故乡的茶园之夜了。因为出现了杨真，寄草觉得她更爱罗力了。她必须爱罗力，否则，她每天和杨真热火朝天地讨论真理，那是什么意思呢？

一到金华，寄草就陪杨真去了《战时生活》编辑部，她以为她会在那里找到她的侄儿杭忆，还有那位女共产党员那楚卿。她扑了一个空，侄儿杭忆，已经跟着女共产党人那楚卿走了。好在杨真却和他们的人接上了关系,暂时留在了编辑部。第二天,寄草准备回乡间她所在的保育院去,杨真却给她带来一个消息,说给她联系了工作,就留在几个月前成立的金华保育会里。他说:“你不是还在急着找你的侄儿吗?你在保育会里,消息灵通,说不定什么时候就给你碰上了。”

这主意不坏,寄草一口就答应了。她暂时还不知道,自浙江省保育会成立以后,共产党就在这里面成立了党小组。共产党对于她,寄予着很高的希望呢。

转过年去,寄草有许多日子没见到杨真了。他时常这样神秘地失踪,寄草也就不奇怪了。谁知有一天寄草却突然接到杨真的电话,要她到酒坊巷18号台湾义勇队去见他。寄草叫道:“杨真你忘恩负义啊!你,怎么这么些天见不到你的影子,这会儿又冒出来了?”

杨真说:“我真有事情,大事情。你快来,我这里还有台胞带来的冻顶乌龙呢,你喝不喝?”

寄草撇撇嘴说:“你别拿冻顶乌龙诱惑我,不就是包种茶吗?从前我们忘忧茶庄,什么茶没有!”

原来这包种茶,乃是台湾名茶的一种,说起来也是从大陆过去的。一百多年前,由福建安溪县专做茶叶生意的王义程氏所创制。因为成茶是用方纸包成长方形的四方包,因此得名。到得1881年,福建同安县茶商吴福源在台北设源隆号,专事制造包种茶,安溪商人王安定与张古魁又合伙设建成号经营包种,这就是台湾包种茶的起源。这包种茶也分为几个品种,有文山包种,有冻顶乌龙,还有台湾铁观音。寄草说得没错,天下茶品,大哥杭嘉和凡知道的,没有一样不收,何况是像冻顶乌龙这样名冠天下的好茶呢。

杨真这才真着急了,叫着:“你快来吧,我见到你那位罗力了。他托我带来信,你到底还要不要?”

寄草一听,就像心里埋着的一颗定时炸弹突然引爆,把她炸得心花怒放,话也说不出来了。

杨真一到金华,就和台湾义勇队接上了关系。作为台胞,也作为共产党打入义勇队的一分子,杨真在这支队伍里负责宣传。寄草赶往酒坊巷18号时,杨真正在教台湾义勇队少年团的孩子们唱歌,嘹亮的歌声一直传出巷口——

……

台湾是我们的家乡,那儿有花千万朵,不芬芳。

……

我们会痛恨,不会哭泣;我们要生存,不要灭亡。
在压迫下斗争,在斗争里学习,
在学习中成长,要收回我们的家乡。

……

杨真在做指挥,长头发,学生装和围在脖子上的花格子围巾全都随着手臂的挥动而跳动。他的伤寒症已经好了,浑身上下都有了力气。寄草急着想看罗力的信,一个劲地向杨真挥手,杨真视而不见。直到那首歌全部排练完,才跑到寄草身边,把寄草拉到园子里一条石凳上坐下,像小孩子一样兴奋地问:“听说过周恩来吗?”

寄草瞥了一眼杨真,说:“贵党中央军事委员会副主席,国民政府军事委员会政治部副部长,上个月18日到金华,我们保育会还出面去参加迎接的呢!现在是全民族抗日,共产党抛头露面,金华街上到处都是共产党的声音,你还拿这来考我,笑话!”

“你不知道,周副部长又回来了。明天下午要到义勇队来看望,我正在排练欢迎他到来的抗日歌曲呢!”

“不是听说从金华往天目山浙西行署去了吗?莫非这消息不是真的?”

“怎么不是真的?周副部长去浙西行署,我还是打前站的成员之一呢!”

原来周恩来此次东南之行,在浙江跑了不少地方。先在皖南新四军总部待了二十天,又到金华,宿分水,达桐庐,抵绍兴,再回金华。杨真作为前往浙西的打前站人员,一直追随在周恩来左右。没想到,竟然就意外地在浙西之行中,遇见了杭寄草的亲人。

“信呢?信呢?你快把信交给我啊!”寄草一边跺着脚要看信,一边又不相信地问道,“你怎么知道那人就是罗力?你又不认识他!”

信在桌子抽屉里,杨真一边往屋里走,一边跟追在旁边急得直跳的寄草说:“要不是你跟我说过你家的那个白孩子,就是罗力对面对过来,我也不认识啊。”

寄草心跳地一把抓住杨真的衣袖,叫道:“你还见着了我们家的忘忧?”

“还有李越。”

寄草走不动了，她靠在杨真的肩膀上突然哭了起来，哭了几声，又戛然而止，说："我不相信，哪有那么巧的事情？你怎么还能碰到忘忧？我找他们可是把腿都跑断了，我不相信……"

杨真怕别人看到寄草哭哭笑笑的样子，一边拉着她往里走，一边说："这你就得感谢周副主席了。他在浙西临时中学开学典礼上演讲，来了一千多听众。我在下面担任保卫，走来走去的，突然在一株大树上看到一个半大孩子，浑身上下雪白。我就想起你说过的那个忘忧。他不也是在天目山避难吗？我想世上也没有那么巧的事情啊，就在那树下绕来绕去的，想等着那孩子下树后问一问名字。谁知孩子还没下树呢，就走过来一位国民党军官。我又想，这一回周副主席去浙西，是由省主席黄绍竑陪同的，这些军官，很可能就是黄绍竑的警卫，我也就没在意。谁知他过来就问我，在树下绕来绕去地想干什么。我脱口而出，说了'忘忧'两个字。你看，全对上了，原来他们的保护人无果师父把他们带到西天目山的禅源寺来了。可巧他们又在那里遇见了罗力——"

寄草坐了下来，她又哭了，说："他为什么不跟你一起来？他为什么不跟你一起来？……"

杨真小心翼翼地说："他走了……"

寄草却不哭了，一下子变得很冷静，说："快把信交给我吧。"

杨真取出一封薄薄的信来，拎着热水瓶就走了出去。寄草的神态让他吃惊，他在天目山看到的那个东北汉子，好像并没有寄草那样的狂热，他看上去甚至还有那么几分冷漠。他们彼此之间，多少还有那么一点戒备。这是由他们各自隶属的阵营决定的呢，还是因为寄草？

等杨真拎着热水瓶回来的时候，寄草完全变了一个人。她喜气洋洋，春光明媚，浑身上下充满着爱意。她热烈地伸了一个懒腰，看上去更像是一个拥抱。她用无比喜悦的声音，拖长着声音，带着少女的刻意的嗲气说："冻顶乌龙呢？冻顶乌龙呢？你不是让我喝你们台湾人最好最好的茶吗？拿出来呀！拿出来呀！"

杨真默默地看着她，他羡慕罗力，也喜欢眼前的这位姑娘。他觉得这同时产生的感情，一点也不矛盾。他微笑着说："多么伟大的情书啊，它让你转眼间变成了另外一个人。"

寄草笑了起来，把罗力的信摊到杨真面前，说："你看啊，这算什么情书啊。"

罗力的信，真的不能算是一封标准的情书，只是从笔记本上扯下了一页，大大的字，写了正反两页：

> 寄草：知道了你的近况，我没法给你写长信。一是没有时间，二是写不惯。总之告诉你，忘忧他们在禅源寺是很安全的，请放心。我很想念你，但没法来看你，我已经编入前线部队，马上就要动身，先去重庆，再接受具体调配。养兵千日，用兵一时，我每时每刻都可能为国捐躯，不打败日本鬼子，我誓不还乡。寄草，你可以等我，也可以不等我，一切都凭你的心。至于我的想法，不用多说了，黄主席昨日与周副部长登天目山，作诗一首，我抄给你，就作为我的心吧。

反面便是黄绍竑的那首《满江红》了——

天目重登，东望尽、之江逶迤。
依稀是，六桥疏柳，微波西子。
寂寞三潭深夜月，岳坟遥下精忠泪。
忖年来守土负初心，生犹死。
……

这真的不像是一封常规的情书，但写得很真实，很朴实，是一封好信。杨真没有对这封信作任何评价，他为寄草沏了一杯酽酽的冻顶乌龙茶。这道茶，未冲泡前茶条索卷皱曲而稍粗长，外观呈深绿色，还带有青蛙皮般的灰白点，冲泡后，茶香芬芳，汤色黄绿。寄草慢慢地啜着茶，眼泪，又慢慢地从眼睛里沁出来了。

杨真关上了门，坐在寄草对面，两只手捧着茶杯，像是说着别人的事情："我要走了。"

"……"

"你知道我要去哪里的。"

"……"

"如果你愿意帮助我，你可以和我同行一段。"

"……"

"保育会要把一批孩子送到内地，噢，也就是重庆去。如果你愿意接受这个任务，你可以掩护我的真实行动，我可以与你同行，一直到成都……"

寄草怔了一会儿，突然站起来说："我立刻就去保育会——"

她已经冲到了门口，才听到杨真说："我们已经和保育会商量过了……"

寄草对所有的人都说,她是为了护送保育会的儿童去大后方,才踏上这条西行之路的。只有同行者杨真真正知道,寄草此行的另一个重大原因。

分手的那天,是个很早很潮的川东的早晨,浓雾把空气搅成了一锅白粥。他们坐在成都一家小茶楼上,杨真的脸放着奇特的光芒,寄草觉得杨真就像是浓雾里时遮时显的一缕阳光。她说:“好了,我同路人的任务已经完成了,接下去的路,该你自己走了。”她的口气中,有一种故作轻松的做作。

杨真看上去却有些闷闷不乐,他甚至有些生气地说:“是啊,一开始就说好的嘛,是假冒的未婚妻嘛。”

饶舌的寄草不知道为什么,便觉得自己有些理亏。出发前他们就说好了,同行到成都,然后分道扬镳,一个去重庆,一个去延安。可是,事情就变成了这样,仿佛杨真成了一尊佛,既然送佛,就应该送到西天啊。

杨真很快就恢复了他快乐而又自信的天性。他认真地盯着寄草的眼睛,用毋庸置疑的口气说:“如果你有一天想去那里,只要说我的名字,我会为你担保的。”他的手指神秘地朝那个方向指指,寄草知道,“那里”是什么意思。

仿佛是急于要表白自己的心境,同时又急于要划清某一条界线,寄草的两只手搭在胸口,喘着气,发誓一般地说:“只要我找到了罗力,就和他一起上你们‘那里’去。我们一定去!”

杨真笑了起来,他的笑容里有一些平时没有的腼腆。他略微有些用力地握了下寄草的手,说:“罗力真会听你的吗?我可是在天目山和他交谈过，他不像是个对信仰很感兴趣的人。再说你也没有把握能很快找到他。你若实在找不到他，你也可以一个人来嘛。”

突然心血来潮，寄草冲口而出说：“既然已经到了成都，你就干脆把我送到重庆，等找到罗力，等找到罗力再作打算好不好？”

杨真微微吃了一惊，认真而为难地说：“我很愿意和你在一起，可是我得走了。你知道我……”

“我知道，你的主义和真理比我更重要。”寄草刚刚说完那句话就后悔了，她有气无力地回答着，想掩饰自己的轻率。可这句话一出口，就更把自己给吓了一跳，她连忙补充说：“当然，我不能这样要求你，你到底不是罗力。”

“我知道，罗力对你很重要，我知道他很重要。我知道他很重要……”杨真若有所思地回答着，陷入了沉思。

寄草睁大了眼睛，凝视着杨真，他的面带病容的鼻翼四周微微地红了起来，鼻梁上放出了小小的光亮，他端着茶碗的手抖动着。他们两个人同时都脸红起来，然后就低下头去刮盖碗茶的茶末子。

“我们还会再见面吗？”寄草非常伤感，现在她确信，除了罗力，杨真也是她喜欢的男子了。当她这样问他的时候，她相信他一定会说：“会的，我们当然会再见面的。”他就是这样一个人，一个充满了理想的、热情的、单纯的人。他要说的话，往往是寄草预料得到的，他总能说出她想说的话。

然后他果然就这样说了：“会的，我们当然会再见面的。”

寄草也充满信心地开始了憧憬：“我们会有许多时间，可以到西湖上去，一边品茶一边讨论随便什么主义。反正到那时，日本人已经被赶走了，我们那么多人，有的念诗，有的唱歌，有的品茶——”

“有的读《资本论》——”杨真接口说道,他们不约而同地笑了起来。然后,杨真就站起来了,只说了一句“再见”,就头也不回地融入了川东的小巷。寄草眼看着他被大团的浓雾吞没了。她不明白她心里产生的那种依恋的感觉。这种感觉她以前从来没有过。她和罗力在一起的时间太短了,他们的爱情过于匆忙了;而她和这位年轻人待的时间又太长了,这一路千里迢迢,走的恰恰就是江浙茶源自古巴蜀而来的道路啊……他们的确到了该分手的时候了,再走下去,她对此行的目的,几乎都要模糊起来了……

第二十三章

12月的雾都重庆，和江南一样寒冷。今天是复旦大学的校庆纪念日，刚才系主任吴觉农先生专门作了《复旦茶人的使命》的报告。散会后，杭汉特意要了一份吴先生报告的文字打印稿，向学校门口的一家茶馆走去，他还有个重要的约会要在那里进行。杭汉现在的身份，是重庆的复旦大学首届茶叶系的一名即将毕业的正规大学生。他和大学里的许多同学一样，保留着战前喜欢泡茶馆的习惯。

远在江南的杭家亲人们，如今若是看到杭汉，恐怕是要认不出来了。杭汉的外貌发生了很大的变化。和他的父亲一样，他长了一脸络腮胡子，眉心很重，几乎连在一起。皮肤粗糙黝黑，下巴方方正正，像是水泥钢筋浇的。他的性格却是越来越像母亲，沉默寡言，非常内向。

温暖潮湿的江南，像梦一样地留在了长江的下游了。杭氏家族忘忧茶庄的下一代年轻的茶人杭汉，跟着他的父亲溯江而上，来到了长江的上游——抗战的大后方陪都重庆，亦已两年有余。

杭汉过去是从来也没有到过中国腹地的，他对川中的了解非常模糊。但从寄客先生酒后的畅谈中，他知道古巴蜀是全世界真正的茶的诞生地，可是他还真没想到，重庆的茶馆会是如此之多。

这个与杭州城完全不同的出门就要爬坡的城市使杭汉非常伤脑筋。他花了许多时间,才听懂了他们那发音拐弯抹角的川中方言。但杭汉很喜欢这里的茶馆,茶馆的老板们似乎也很知道大学生们对茶馆的偏爱,沙坪坝中央大学和北碚复旦大学的大门之外,茶馆多得俨然成市。

杭汉第一次随着他的同学们上茶馆,看着这些成片的一排排的躺椅和夹在当中的茶几,如此壮观的场景,“哎哟哎哟”地就叫了起来,说:“我那开茶庄的杭州伯父若看到这里的茶馆,才叫开心呢。”

同寝室一个成都籍的同学不以为然地说:“杭同学,这你就是少见多怪了。四川茶馆甲天下,成都茶馆甲四川,我们成都的茶馆才值得你如此哎哟哎哟地叫呢！你若在街上行走,没几步就是一家矮桌子小竹椅的茶馆,旁边还配一个公厕。前些日子我回家专门数了一次,数到近一千个公厕,那么茶馆少说也有近一千个了吧。当然,重庆这几年来茶馆也是暴涨的,比起你们江南的小桥流水人家,是不是我们这里的茶馆更加豪放大气呢?”

杭汉淡淡一笑说:“各有风采吧。”他到底还是有一点故乡情结的,不愿意因为四川茶馆而贬低杭州的茶楼。

他常常一个人到大学门口的一家大茶馆来喝露天茶。他也学会了躺在那些再舒服不过的竹椅上,对着那些此地被称作幺师的茶博士们叫一声:“玻璃——”

杭汉一开始根本不知道怎么在茶馆里还可以卖玻璃,而且这玻璃竟然还可以吃。成都同学看出他的困惑,当场就叫了一杯盖碗玻璃,杭汉打开茶盖一看,忍不住哈哈大笑起来——原来这玻璃茶就是白开水啊,杭汉算是领教了一番川人的特殊幽默了。

杭汉虽然习惯了常来茶馆喝玻璃茶,但他显然没有他的堂哥杭忆的语言天赋。直到现在,他还是不能够讲出一句完整的川中方言。这种方言,在他看来,几乎就是一种歌唱。他常常听着躺在身边的抽烟的老茶客们突然一声高叫——幺师,拿葛红来——杭汉费了老大的劲,才知道这是点个火的意思。就这一声叫,那声调也是有板有眼,抑扬顿挫,可以用四二拍入谱的。杭汉曾经在心里头用简谱默默地记下了:|6 6 -|6 i 3 2|2 -|他准备有朝一日与杭忆重逢的时候,再把它唱给他听,他相信他会为了这一句“拿葛红来”笑破肚子。

除此之外,这里的茶馆还有多少可以让人回味之处啊!就说门口的那副对联吧,在杭汉的故乡沦陷区的杭州城里,怎么还会看到这样的牌子呢——空袭无常贵客茶资先付,官方有令国防秘密休谈。有时候空袭真的来了,杭汉一边跑着,一边就听有人唱了起来:

> 晚风吹来天气燥呵,东街的茶馆真热闹。
> 楼上楼下客满座呵,茶房开水叫声高。

一群学生一边跑进了防空洞,一边就和着声音唱道:

> 谈起了国事容易发牢骚呵,引起了麻烦你我都糟糕。

杭汉觉得,这种生活很有意思。

抗战期间,全中国四面八方的许多人都跑到陪都来了。一年到头,不管什么时候,茶馆里都挤得满满的,且入乡随俗,不管你是下里巴人还是阳春白雪,进了茶馆,一律坐在竹椅上,或者躺在竹躺椅上。不一会儿,茶房就像一个杂技演员一般,大步流星地出得场来。只听得一声唱喏,但见他右手握着一把锃亮的紫铜色茶壶,照杭汉的估摸,那茶壶的细如笔杆的嘴足有一米来长,在人群中折来折去的,竟然如庖丁解牛一般地进出如入无人之境。那左手卡住一摞银色的锡托垫和白瓷碗,又宛如夹着一大把荷花。还没走到那茶桌旁,只见左手一扬,又听哗的一声,一串茶垫就如飞碟似的脱手而出,再听那茶垫在桌子上咯咯咯咯一阵快乐的呻吟,飞转了一下,就在每个茶客的身边停下。然后便轮到茶碗们发出“咔咔咔——”的声音了,丁零当啷一阵,眨眼间茶碗已坐落在茶垫上。人们还没明白这是怎么回事呢,突见茶房站在一米开外,着实的大将风度,一注银河落九天,远远地,细长壶嘴里的茶水已经按捺不住自己,笔直地就扑向了茶杯,茶末就飞旋地从杯底冲了上来。还没等人看清那是什么茶呢,那茶房一步上前,挑起小拇指,把茶盖一抖,一只只茶盖活了似的跳了起来,以迅雷不及掩耳之势飞到了茶碗上。再一回神,那冲茶的人儿,早已融入了更深更远的茶椅阵营中了。

杭汉欣赏着这种与江南人闲适的风情完全不同的热烈火爆的冲茶法。杭州茶楼里的人们,一般喝茶,用的是茶壶,也有茶杯,虽也有用盖碗茶的,到底不如这里的人喝起来正宗。原来古代之人有茶碗却是没有茶垫的。那茶垫,正是唐朝成都一个名叫崔宁的官员的女儿发明的,原本是为了防烫手,到了清代,又加上了盖子,这才一套三件真正齐全。

杭汉平日里倒也入乡随俗,喝盖碗茶也很自在。今日却没有先叫茶,他要等的人还没有来呢,他就开始认真地读起吴先生的讲话来了。

本校经吴南轩校长及复旦校友的努力,已从私立而改为国立,我们全体师生都感到非常的欣慰。因为过去真是风雨飘摇、艰苦度日,我们大家看到校长这几年来的头上额上的风霜,不论哪位同学,都是很明了很同情的。

中国的茶业,过去是由知识低浅的贫苦小农和专以剥削度日的商人所经营,把几千年来祖宗辛苦经营的一份产业,几乎弄得奄奄一息,不可终日。自从抗战以来,已从私人的经营变而为国营的事业之一了。我们自然也该对复旦从私立而为国立,同样地信仰他的前途,同样地来一次欢欣鼓舞的庆祝罢。

茶业在中国,是具有其最大的前途的,不要说全世界的茶叶,我们是唯一的母国,而我们生产地域之阔、茶叶种类之多、行销各国之广,以及特殊的品质之佳,是各产茶国所望尘莫及的。然而我们有最大的两个缺点,第一就是缺少科学,第二则是缺少人才。

过去茶叶一年年衰落,因为别的产茶国家,如印度、锡兰由英国人任研究、改良和指导的任务;爪哇和日本,则由荷兰人和日本人自己努力地从事于改造的工作。我们则由勤苦度日、不知科学为何事的老百姓在负责经营,正如大刀队的抵御坦克,用鸟枪防御近代的飞机,无论你如何地勇敢,如何地是神枪手,能抵得过他的火网的厉害和炸弹的威胁么?

本校茶业系科同学,人数达七八十人,有的长于生物学或化学,有的精于会计和贸易,有的从事于栽培,更有的致力于制造。还有其他毕业和未毕业的千万同学们,各本其所长,各尽其所用,将来出而担负茶业和其他方面的工作,我相信不出十年最多二十年罢,中国的茶叶科学,不但在实用上有飞跃的进步,甚至对各国茶叶的生产和消费者,必有无穷的贡献。至于中国茶叶对外贸易的发展,以及内销数量因战后文化的提高、品质的改善,消费量的增进,更是毋庸置疑的。

至于目前为了日寇的封锁海口,以及交通困难之故,茶销势较黯淡,若干机构本身欠健全,人事需调整,等等,这是战时以及过渡时代的必然的现象。将来各位同学都能到社会去出膺艰巨,整个的社会都可予以改造,区区恶劣的环境是不旋踵就可予以廓清的,何况我们不是有一件法宝"复旦精神"么?一切都待同学们的努力。……

杭汉正看到这里,觉得身边有些动静。抬起头来,却见走过来一个衣衫褴褛的四川男子,面色蜡黄,骨瘦如柴,头上包一块已经看不出原色的"帕子",腋下夹着几杆七八尺长的水烟袋,正在竹椅间凄凄惶惶地张望着。杭汉初到此地时,不知道这也是一碗不得已的饭,和叫花子的区别其实也是不大的了。原来这些人见了有人想抽烟,就急忙地递过这长杆子水烟袋,然后就蹲在地上不停地给那抽烟的装烟点火,以此赚些蝇头微利。也许此人看到了杭汉同情的目光,以为他会是他的一个主顾吧,果断地就朝杭汉走了过来,然后一屁股就坐在了杭汉身下,把那水烟袋就塞了过来。

杭汉吓了一跳,连忙就站了起来,摇着手说:“对不起,我是不抽烟的,对不起,我是不抽烟的。”

他越对不起,那人就越发坐在杭汉脚下不动,用一种近乎麻木反而更显无比哀怨的神情看着杭汉,仿佛无声地责备着杭汉的“对不起”。杭汉正不知所措呢,身边就有了银铃摇动一般的笑声了:“看把你吓的,不就是不会抽烟吗?”

杭汉喜出望外地叫道:“小姑妈,我真以为你今天来不了了呢。”

站在杭汉面前的,正是杭家女儿杭寄草。她还是那么神采飞扬,战争一点也没有改变她的容颜和精神。她利索地从口袋里掏出几枚角子,扔给杭汉,又对着那坐在地上的可怜人儿努努嘴。杭汉明白了,连忙说:“我有,我有。”就又掏出几个角子,加在一起,给了那人,那人这才千恩万谢地夹着烟袋走了。寄草看着那人的背影说:“汉儿,你可千万不能吸这种烟袋,听人说那些烟里可是掺着鸦片的,一上瘾可就不得了。”

杭汉笑笑,就坐下了。几年没见小姑妈了,但小姑妈还是小姑妈,教导她的侄儿们,依旧是她神圣不可侵犯的天职啊……

在雾都重庆的大排档一般的大茶馆里,姑侄俩平静地坐着说话。

“你可真会挑地方,离你学校那么近,离我那个保育院可就远了。”

“这可不是我挑的,是父亲通知我的。他那个家,其实离我们复旦不远的,只是我从来没去过罢了。”杭汉解释道。

“那也不能挑个不让人说话的地方啊。哎,我告诉你,我可是想说什么就要说什么的,我不管什么空袭啊,官方啊……”

杭汉笑了,他知道小姑妈指的是门口那副对联。

寄草可不笑,一脸的认真,说:“真的,你爸爸怎么不约我们到嘉陵江边的茶馆去——”她轻轻地唱了起来:

那一天,敌人打到了我的村庄,
我便失去了我的田舍、家人和牛羊,
如今我徘徊在嘉陵江上,
我仿佛闻到了故乡泥土的芳香……

她唱的是著名的抗日歌曲《嘉陵江上》,大家都还熟悉。问题是她旁若无人的突如其来的即兴发挥,让杭汉吃惊。

寄草又说:“嘉陵江边茶楼有一副对联,那才叫棒——楼外是五百里嘉陵非道子一支笔画不出,胸中有几千年历史凭卢仝七碗茶引出来。”

“好!”

“好在哪里?”

“这得由你说。”

“面对茶楼外滔滔不息、蜿蜒数百里的嘉陵江,谁不喟叹当年吴道子一日而毕五百里嘉陵江水的气魄,谁能不想到这逝者如斯的历史长河呢?”寄草像一个男人一样地赞叹着。她依然饶舌。每一次和杭汉见面，她都说个没完，杭汉却学会了倾听。他守口如瓶，他不能告诉她，她的嘉草姐姐是怎么死的，她的绿爱妈妈是怎么死的。他和父亲嘉平，早已和远在江南的伯父嘉和商定，不再把这一切的真相告诉家里的其他人，直到今天，寄草还以为姐姐和妈妈还活着呢。

每一次见到寄草姑姑都会使杭汉心里泛起某种复杂的情绪。当小姑妈带着那样一种执拗的神情滔滔不绝地和他说个没完的时候，他常常会没来由地突然想起另一个人。

两年前清明节之夜，当杭汉和楚卿成功地把沈绿村从珠宝巷的私宅里骗出来塞上汽车的时候，他清清楚楚地记得，在他们没有给沈绿村嘴里塞上东西的时候，他还来得及说上一句话："汉儿，我是你亲舅公啊！"

他没有怀疑过他的亲舅公应不应该去死——他当然应该去死——如果他今日还活着，无疑会是南京汪伪政府的一名举足轻重的成员，那么到头来他还是得死。太平洋战争已经爆发，全世界都卷入了战争，一切法西斯和他们的走狗都将必死无疑。在这一点上，杭汉与许多激进的年轻人的看法一样。杭汉惶恐的是，当沈绿村说完那句最后的话时，他的脸突然发生了奇异的变化，他的面容，突然变得像他的妹妹沈绿爱起来。黑夜里杭汉别过了头去，他不想看到他变了形的扭曲的面容。他知道沈绿村无论如何也躲不过今天夜里。尽管刚才这位舅公几乎花了整整两个钟头，耐心和气地向他宣讲了他们的三民主义理论，还给他冲了好几次茶，又把他亲自送到门口——问题就严重在这里，他们不但卖国，还有卖国理论——他们比吴有这样的人更应去死。

杭汉并不真正知道沈绿村是以怎么样的一种方式被处死的。在黑夜中他们到了一个地方,然后楚卿和她的同志们下了车。他本来也想下的,被楚卿拦住了,说:“你还是留在车上吧。”没过多久,他们就又上了车。杭汉曾经在梦中设想过的种种暴力手段一样也没有用上。然后,他们就被车子送上了一艘货船。在船上,他几乎可以说是意外地发现了他的父亲,他正押着这满满的一船茶箱,从钱塘江出去,再经陆路到宁波。这些茶叶将从宁波起运到香港,再由富华公司用以货易货的方式,换回外币和军火。

在宁波与楚卿告别的时候,这灰眼睛的姑娘带着一丝惋惜的口气说:“我本来是很想带你走的。你看,这里离我们的根据地真的不远了,可是你的伯父和你的父亲都更希望你能够到重庆去攻读茶学。你的伯父对我说——让我的儿子去杀人吧,留下我的侄儿去建设。现在我想听听你自己的想法。”

杭汉想了一会儿,才问:“我伯父真是那么说的吗?”

楚卿点点头说:“你的伯父,倒是一个很有远见的人。”

杭汉犹豫地再一次抬起头来,问:“……他晓得那件事情吗?”

楚卿严肃地说:“你怎么啦?我不是告诉过你,刺杀行动是绝对保密的,除了参与行动的人之外,谁也不许向外透露,这是组织的纪律。怎么,你怀疑我们的纪律性吗?”

杭汉低下了头去,他和杭忆不一样的地方正是在这里。恰恰是他这样一个看上去比杭忆更规矩的人,却更不能适应这种组织的纪律性。他甚至不能适应刚才楚卿说话的那种口气,她那本来很柔和的少女的脸上,不知为什么,总像是蒙上了一层铁甲,仿佛因为经历了过多的血火而显得不再有少女的光泽了。

楚卿一定是意识到她口气的生硬了，抱歉似的笑笑，说："我真希望你们能和我们在一起。"

杭汉知道她指的是什么，可杭汉还是相信自己的主张。

"科学救国，和共产主义可以是一样的吗？"杭汉小心翼翼地打听着，他对什么主义都缺乏真正的了解。

"也一样，也不一样。"楚卿沉思着，说，"真奇怪，杭忆也和你一样，他总说自由、平等、博爱和共产主义是差不多的。但共产主义是独一无二的，不可比的！"

杭汉看看楚卿，突然昏头昏脑地问："你喜欢杭忆吗？"

楚卿一下子就愣住了，好一会儿，才微微地一笑，铁甲就从她的脸上落了下来。她像一个大姐姐一样地伸出手去，拍拍杭汉的面颊，说："我啊，我喜欢你们两个人。"

杭汉也笑了起来，这是他自那天夜里行动以来第一次舒心地笑，他说："我晓得你喜欢他，我会告诉他的。我到重庆之后，会给他写信的。我决定和我的父亲一起去重庆。"

杭汉一行，最初到的是武汉，以后才转道重庆。当时复旦大学还没有成立茶学系，杭汉就在吴觉农先生和父亲杭嘉平所在的贸易委员会手下工作，参与对出口的茶叶进行检验。他常常作为助手，陪着吴觉农先生和父亲走南闯北。他们日夜奔波在重庆、香港和各个主要茶区之间。其间，由于战时的公路路况不好，他们还有过几次车祸。最险的一次是跟着吴觉农先生等人去贵阳，结果在一条名叫"吊死岩"的盘山道上翻了车，幸亏被一块大岩石挡住，才没坠下深渊。

杭汉没有跟任何人提起这件事情,甚至父亲知道后追问他时,他也没有详说。他还不免有些奇怪,过去他们一家经历过多少痛苦,多少生死考验啊,那时没有父亲,他也已经习惯了。如今突然冒出来一个大喊大叫的爹,他的气质是与伯父完全不一样的。他才华横溢,四处张扬,任何事情都能上升到国际国内、世界大战之上。听说儿子遇险之后,他打长途电话给儿子,在电话那一头火烧火燎,再三再四地问儿子有没有受伤,并且一定要儿子到他的家里去养伤。杭汉很不习惯这种张牙舞爪的热情,说不清因为什么,他和父亲之间的关系,并没有因为终于聚在了一起而成功地调整过来。

给远在江南家中的人写信时他一点也没有提这些事情。这本是一封报平安的家信,杭汉却在信中着重地谈了许多的茶事。他记住了伯父的话,以为建设是他的天职。突然打开的天地和全民族的抗战热情,使杭汉成了一个有着热烈理想的年轻人,在信中他说:

亲爱的伯父,亲爱的母亲:

我不知道这封信能不能如期到达你们的身边,因为我不能直接把信寄给你们,而得靠一路辗转,也许信到了你们手里,已经是很久以后的事情了。我首先想告诉你们的是我的工作。现在要说的是我所知道的茶事,我相信这是伯父十分关心的事情。据我所知,尽管举步维艰,我们的工作还是有了巨大的突破性的进展。比如1938年的茶叶收购,光是浙皖两省，我们便增加了十万箱以上，在如此残酷的战争中，我们的茶叶收购竟然突破了历史的最高纪录。从这个角度说，我还是同意父亲的抗战即是建设的观点，这也是被事实证明了的。1939年，我们又乘胜前进，各项指标都超过了定额要求。在这两年间，既超额履行了对苏的易货合同，又外销了不少红绿茶给英、法、美、荷等国，不但为抗日挣得了不少的武器弹药和外汇，还大大提高了华茶的国际信誉，茶农茶商也因此获得了比战前更大的利益……

家中陆续收到他的信，但几乎是半年之后；而他接到家中的来信也一样。这便是战时的邮路。信是伯父写的，直接写给了嘉平，其中夹着给杭汉的回信。此时，复旦茶学系已经处在十月怀胎一朝分娩之时了。

复旦茶学系的建立，乃是中国茶学史上一个重大的事件。

此事酝酿已久，吴觉农先生曾经多次和他的弟子朋友商量说起，杭嘉平还为此帮他具体操作过许多事务。1939年，吴觉农先生在香港时遇见了复旦大学教授、教务长兼法学院院长孙寒冰先生，他们商议之后很快达成了共识，认为要振兴茶业，必须造就大量的专业科技人才。孙寒冰先生立刻就向当时的复旦大学校长吴南轩作了汇报，吴先生又征得当时的贸易委员会和中茶公司同意，组成了由吴南轩、孙寒冰、中国茶业公司总经理寿景伟和当时任贸易委员会茶叶处处长兼中国茶叶公司协理、总技师的吴觉农先生为成员的茶叶教育委员会，并商定在复旦大学合办茶叶系、茶叶专修科，吴觉农先生兼任主任，于1940年秋季开始在各产茶省招生。可以说，这是中国高等院校中最早创建的茶叶专业系科，对发展中国茶叶专业的高等教育、培养造就积蓄人才和恢复振兴茶叶事业，都有着深远的影响。

近水楼台先得月，早在5月间，杭汉就知道自己将成为这些青年茶人学子中的一员了。他和父亲的好友孙寒冰先生也很熟悉，所以从多种渠道知道了这些招生的消息。没料想半个月后，孙寒冰先生竟然会在日军飞机对北碚复旦大学的狂轰滥炸中不幸遇难，时年仅三十七岁。最先提议建立中国高等院校茶学系科的人，自己却没有能够看到茶叶系真正建立起来的那一天。

正是在孙寒冰先生的葬礼上，父亲遇见了儿子杭汉，此时已经是1940年秋天，杭汉即将成为复旦首届茶叶系的大学生。葬礼结束后，他递给儿子从杭州寄来的信。伯父的信并不长，但杭汉相信，只有他能够完全看懂。信上说：

……

本来以为不久以后我们会在某个地方重逢，看来还得等待一段时间。好在我的半生都花在等待上了，倒也不觉得意外。唯望子侄辈如愿以偿。潜心茶学十分可我心意，望汉儿善始善终，万勿半途而废。家中诸事，总以不变应万变，你在时如何度日，如今也无大变化。你母亲因你的前途有望，心境踏实，嘱我再三告诉你，安心读书工作，不要挂心。数年前夜半灵隐山中翠微亭上所虑所言，今日终有结果。千山万水之外，伯侄当问心无愧。又，接忆儿消息，得知你们有过一次意外相逢，且阴差阳错，险些铸成千古之恨，知后不免心惊。在外行事，处处小心，我们等着合家团聚之日。切切！

……

嘉平没等杭汉细细回味来信，就急着问："上次回浙江遇见了杭忆的事情，你怎么没跟我提？"

"我不是告诉你我见到他了吗？"

嘉平皱着眉头说："这能算提吗？你伯父来信告诉我，说你差一点被杭忆给活埋了，有这件事情吗？"

杭汉愣了一下，说："这纯粹是个误会，他们手下的人，把我给当成日本汉奸了。怎么，他们怎么也晓得这件事情了？"

"你以为你不说，就没有人说了？"

杭汉就不再解释了。他本来以为，这样的事情发生在他们兄弟之间，是谁也不会再提起的。

差一点被杭忆活埋的事情，的确就如杭汉自己所说的那样，纯粹是一种误会。他曾经押着一条装有茶箱的茶船，在经过杭嘉湖平原的某一条河流的时候，半夜里被人截了。黑灯瞎火的，一开始他还以为对方是汉奸强盗来拦路抢劫的呢。没想到一句话没说，这伙人就给他们一人一把铁锹，让他们在河边挖坑，等坑挖好了，又命令他们往下跳。还没等他们回过神来，潮湿的泥土就往他们身上落了。杭汉这才急忙叫道："你们要干什么？"

"这还不明白，要你们这些狗汉奸的命！"其中一个人喝道，还是个女的呢。

杭汉听了松了一口气，连忙说："误会了，我们可不是汉奸，有话好说。"

"有话好说，跟你说什么话？说日本话啊。你这家伙，头一个就是汉奸。一路上哇啦哇啦，中国人的茶叶，偷到上海去卖给日本佬，当我们不晓得？我们队长说了，你们这种卖国贼，统统弄死，一个也不能留！"

此时土已到了腰间，杭汉开始感到气透不过来，一面他又感到哭笑不得。这些茶叶都是通过伯父收集来的。一路上，为了蒙骗日本人的关卡才冒充汉奸船，而他，也就顺理成章地冒充日本翻译了。谁知不但蒙了敌人，也蒙了自己人。

眼看着土往上堆，他们这一行几个就要这样不明不白地死掉，杭汉突然急中生智，他想到刚才那女人说到了他们队长，也不知哪来的灵感，他突然想到了杭忆。杭忆不也是当了游击队队长了吗，或许提到他的名字，他们会听说过，因此解除误会也未可知呢。他就喘着气再叫道："等一等，有一个人可以证明我们不是汉奸。杭忆这个人你们听说过吗？水乡游击队的队长。"

有人拿小提灯照了照他的脸，问："你怎么认识他的？"

"他是我哥哥，我怎么能不认识？"

填土的那些人不约而同地停住了手。杭汉看见他们围在一起，商量着怎么办。那个女人，他们都叫她茶女，说是可以把队长叫来认一认，真是个骗子，再杀也不迟。杭汉听了一阵狂喜，他忘记自己险些丢了性命，一下子就沉浸到兄弟重逢的喜悦中去了。

果然，没过一会儿，杭忆就过来了。用马灯一照被土埋了半截的杭汉，哈哈大笑起来，拍着杭汉那还没入土的半身，说道："真是大水冲了龙王庙,想埋个汉奸,结果把我兄弟给埋进去了。茶女,还不快点把他给挖出来!”

那叫茶女的惊叫道:“真是队长你的兄弟啊,怎么我一路上也看不出来你们哪一点像啊?他还一路的日本话。对不起,我这就叫人挖你出来。”

杭汉抖着土往上爬的时候,不禁心有余悸地说:“好险哪,幸亏我想到了你,要不然我可就成了一个冤鬼了。你们怎么也不弄弄清楚再下手,再说,真是汉奸,也不见得就活埋嘛。”

“抗日,又不是写诗,哪里来的那么些微妙之处,吃误伤的事情总还是有的,谁叫你一路上日本人装得那么像。我们盯你们,可是已经盯了两天了。你要是真死在我手里,那也是为抗日牺牲,也是没办法的事情了。”杭忆大踏步地往前走着,一点也看不出来他有什么内疚,惊吓。

那天夜里,他们畅谈通宵。杭忆介绍了他的那支抗日部队,叙述了他是怎么样走上这条路的,他一点也没有回避他的第一次杀人。在黑暗中,他躺在床上,伸出一双手,欣赏似的说:“你看,现在我的这双手,可是血淋淋的了,全是法西斯的血!”

杭汉沉默了一会儿,说:“我也杀过人!”

“这也没什么奇怪!”

杭汉一下子从床上跳了起来:“是楚卿告诉你的?”

黑暗中他看不到杭忆的表情,只听到他的不一样的口气:“她会告诉我,她还会是她?不过我知道她去了一趟杭州。你们对谁下了手?”

“不能说。”

“我知道是谁了。”

“你不要说!”刚刚躺下去的杭汉又跳了起来。

“好的,我不说,不过你看上去还是杀人太少了。”

“伯父说了,让你去杀人,我去建设。”

杭忆突然沉默了,好一会儿才说:“想不到父亲这样的温良君子也会这样说话了。”

杭汉侧过脸去看看躺在对面床铺上的杭忆,烛光下他的这位久违的堂哥的面部侧影和神态,和身陷杭州羊坝头大院的伯父惊人地相像。他吃了一惊,手就揪在了胸口上。

“我听说赵先生蒙难了……”杭忆一只手举在半空中,抛扔着手枪,若有所思地说。

“本来伯父和我妈都要出来的,他们留下来操办赵先生的丧事了,然后就被软禁起来,不准出杭州城了。”

“我知道。”杭忆回答,“杭州的事情,我都知道。”

杭汉想到了奶奶和大姑妈,他想要是杭忆知道了这一切……

“——你为什么不提奶奶和大姑妈?”

杭汉的气都屏住了! 真的,杭州发生的事情,杭忆都知道了。正这么怔着,杭忆就跳了起来,冲出门外。杭汉忍了一会儿,没忍住,也冲了出去。门前是一条河流,草腥气和鱼腥气弥漫在河畔。偶尔,水波一亮,便有鱼儿跳动的声音响起。草丛中,不知什么野禽在咕咕咕地叫着。杭忆蹲在河边,呆呆地看着河水。杭汉站着,不知说什么。很久,杭忆才问:“汉儿,你在河里看到了什么?”杭汉仔细地看了一会儿,摇摇头说:“天太黑了。你呢,你看到了什么?”

“我看到了血。”杭忆回答。

他们各自的双眼都湿润了,但都不想让对方知道。

他们总算平静下来的时候,已经是后半夜了。但他们都没有睡意。也许是为了寻找轻松一些的话题,杭汉提到了楚卿:

“她常来吗?”

“常来。”

“你归她领导?”

“不,我归我自己领导。”

“那她还常来?”

“她来说服我,说服我归她领导。”

“那你怎么办?”

杭忆沉默了一会儿,突然在黑暗中爆发出轻笑,说:“我嘛,有时听听,有时不想听了,就不听……”

“她曾经动员我和她一起上根据地。”

“她也动员我,她还动员我去陕北呢!”

“你怎么没去?”

“我嘛,我还没杀够日本佬啊。”黑暗中杭忆似乎漫不经心地说,他懒洋洋的口气听上去非常冷血。

“那她还来找你?”杭汉迟疑地问。

“来啊,她是代表组织来的,我是一切可以团结的抗日力量中的一支力量啊。她的组织,把团结我的任务交给她了。”

“那你们俩就吵个没完了。”

“可不是吵个没完了!”

“她跟你讨论共产主义吗?”

“怎么不讨论?来一次讨论一次。不过这和抗日还不是完全一码事,这是信仰。你读过《共产党宣言》吗?”

“没有。”

“这是他们的‘圣经’,我不想在没有搞明白之前就进去,我不想因为喜欢她就进去。明白吗?”

“我可真没想到你一下子成了一个这么沉得住气的人。”

“那是因为我欠了人家的命。”杭忆声音发闷地回答。

“你说什么?”

“不谈这些了,谈些别的吧,你有女朋友了吗?”

“哪里的话。你呢?她知道你喜欢她吗?”

“怎么不知道?她每次来,我都和她睡觉。”

杭汉的脊梁骨一下子抽直了,他盯着发黑的河水,半天才说:“你、你、你……你怎么可以和她、和她——”他牙齿打了半天架,也说不出那“睡觉”二字。

“那你叫我怎么办,像从前那样给她写诗?”

杭汉好久也没有再说话,杭忆站了起来,说:“老弟,是不是不习惯我的变化了?我让你吃惊了。你晓得这里的人们叫我什么——冷面杀手!可是在她眼里,我依然是一个黄毛小儿。”

杭汉这才说:“我晓得她喜欢你,她从一开始就喜欢你。那时候你的手指白白的蘸着墨水写诗,从那时候开始她就喜欢你,可是……”杭汉叹了口气,“你不要随便和她……”他还是没能够把“睡觉”两字说出来,“她这个人,心重得很。”

杭忆沉默了一会儿,说:“汉儿,你可是一点也没有变。有些东西你还没经历。你不晓得,我做不到不和她在一起;你不晓得那时她是怎么样的,那时,她像春风里的一片新茶嫩叶,完全是另一个人。你不懂,小孩子,你不懂……”

“你爱她?”

“我爱她,爱她,爱得有时恨不得朝自己脑袋上开一枪……”

他一边咬牙切齿地说着,一边搂着杭汉的肩膀,离开了河边。天快亮了,他们这对久别重逢的兄弟,还有许多话要说呢。

那一次从江浙回来,杭汉就再也没有机会回江南了。不过他还是不断地给家里写信,告诉他们种种事情,其中包括意外地与小姑妈寄草在重庆的相逢。

自从寄草出现之后,亲情就开始热闹和错综复杂起来,比如今天的约会,就是寄草特意安排的。杭汉拉开竹椅,让小姑妈坐下了,对面几张椅子还没有拉开,寄草就皱起眉头说:“我在保育院值班,还担心着迟到不礼貌呢!怎么,我们倒是先到了,他们却是迟到一步的,什么礼数?二哥这个人也真是的,是不是那女人使的鬼?”

杭汉摇摇头,小姑妈的想法总是那么出人意料。从前在家的时候,他就知道亲戚间对小姑妈的一种评价——林藕初加沈绿爱,等于杭寄草。杭汉想,刚才他坐了好一会儿了,也没想到什么女人搞不搞鬼。

杭汉到现在也没有谈过恋爱,他也不太了解女人们,更不了解他的那位后妈。虽然他已经在重庆待了两年了,但他还一次也没有见过这个神秘的南洋富商的画家女儿,他甚至连一次也没有到过父亲在重庆的家中。他只看到过那母女两个的照片。寄草不停地问他,那女人到底漂不漂亮?到底是她漂亮还是他母亲叶子漂亮？还是她杭寄草漂亮？杭汉实在是弄不懂这些女人之间的差别——他从小就在美人窝里长大,没有比较就没有鉴别。再说他天性和杭忆不一样,他们两个,在女人问题上,可以说是一个早熟一个晚熟,他实在没法回答这问题,只好说:“我看,还是那个小女儿漂亮。”

其实这话也是随便说的,从照片上看,那女孩子还没长成一个人呢,睁着一双木不棱登的大眼睛。如果说这也算是个美人儿,那么,也只能算得上是一个小木美人儿吧,和杭家那些一个个人精儿似的女人可是不能相提并论的。

寄草一听到这话就笑了,说:“你啊,大傻瓜一个。那孩子才多大？我听说,她可不是你爸爸生的,是那女人结婚时带过来的呢。”

“管他谁生的,反正现在她叫我父亲爸爸。哎,不说这些了,我们还是先喝茶吧。他们来了,你自己看到了就知道。爸爸不是说了,今天把她们母女两个都带来吗?”

“什么你爸爸说的,还不是我说的!”寄草就很得意地说,“你爸爸才怪呢,老想着让我到他的新家去见他的那个新女人。我可不去她那里。她呢,当然也不会去我那里。最后我才提出了这么一个方案——茶馆,中立地带。”

杭汉不由自主地又看了看这个大茶馆。他们是坐在半露天的走廊上,隔着走廊可以看到茶馆里面的戏台子上,有一个人正在说着评话,说的是杭汉在江南茶楼里时常听到的那种话本故事。一听这说书人的口气,就知道这也是从他们江南一带流落到此地来的艺人,说的是一段明代《清平山堂话本·快嘴李翠莲记》中的片段。只听那艺人捏着小嗓说:

公吃茶，婆吃茶，伯伯姆姆来吃茶。
姑娘小叔若要吃，灶上两碗自去拿。
两个拿着慢慢走，泡了手时哭喳喳。
此茶唤作阿婆茶，名实虽村趣味佳。
两个初煨黄栗子，半抄新炒白芝麻。
江南橄榄连皮核，塞北胡桃去壳柤。
二位大人慢慢吃，休得坏了你们牙！
……

两个听到这里，都会心地笑了起来。这可是久违的乡音啊，难为能在这里听到。寄草心里好像很高兴，捂着嘴笑个不停，还说："我记得从前在家的时候，大哥常常要出我的洋相，叫我快嘴李翠莲的，那时倒也不觉得李翠莲是个什么样的人物，反倒是在千山万水之外再听了这个段子，才知道她的趣处来。"

杭汉见小姑妈高兴，才说："你们想见就你们见吧，何必又一定要拉上我呢？我自己的那一摊事情还忙不过来呢。前日检验茶，在码头，又差点和他们孔家的人打起来，这帮青皮！"

"你懂什么，正是因为你的那摊子烦心事儿，我才约他们一家出来喝茶，你以为我小姑妈那么吃得空啊。"寄草突然说，"我就想看看这女人靠不靠得住，对你好不好。你爸爸从来就是一个没脚佬，天涯海角到处飞的人。我这一走，你在重庆连个依靠的人也没有，小姑妈我不放心。"

杭汉很吃惊，说："怎么你又要走？你不是在保育院好好地当着你的老师吗？我们好不容易才重逢，才没过多久，你怎么又要走了？你说我爸爸是个没脚佬，只晓得飞，你自己可不也是一个没脚佬了吗？”

寄草摊摊手，苦笑了一声，说：“你可别把你爸和我扯一块儿啊。我是为了谁变成没脚佬的，你爸爸是为了谁变成没脚佬的？”

杭汉愣了一会儿，才问：“有罗力哥哥的消息了吗？”

这也是一种很奇怪的称呼，杭忆、杭汉都叫寄草姑妈，但是却叫比寄草还大的她的未婚夫罗力为哥哥。也许潜意识里，寄草就是他们的姐姐，他们就是同一代的人吧。

提到罗力，寄草就来了劲。原来她已经打听到了，太平洋战争一爆发，罗力就上了中缅边境，这一次消息确实，有人正从那里回来，说他们亲眼看见了罗力。他本来是一个标准的军人，作战参谋，可是因为他会开车，现在却成了一支车队的队长，日夜在前线拉运战备军需物资。

从川东到中缅边境，那是什么样的距离啊？杭汉也不顾辈分大小了，就几乎气急败坏地说：“你疯了，跑那么远去！我听说日军正在那里大规模调兵，英军和印度军队还有缅甸军队，再加上我们中国军队，都在那里准备打大仗。你去了，未必找得到他。再说，你即便找到他，他一个军人，看到你这么一个女人去了，又能帮他做什么，你不就是给他添乱去吗？”

寄草倒是一点也无所谓，一副横竖横拆牛棚的架势，说：“你又不是不晓得，我本来就是一个疯子，我们家的女人都是疯子。嘉草姐姐不是疯了吗？你们却不晓得，她疯的那会儿，我也就疯了。你不要对我再说那些不让我去找罗力的话了。我找不到他，我就得死,我找到了他,也可能是一个死。两死相比,我还是选择找到了他死的路。……你啊,小毛头孩子啊,你晓得什么叫疯狂啊!我能跟你说什么呢?你这个毛头孩子,有一天,到依洛瓦底江去收我的疯狂的尸骨吧……行了,我们来喝茶吧,记得西晋文学家张载的《登成都白菟楼》吗——芳茶冠六清,溢味播九区;人生苟安乐,兹土聊可娱……来,我们也学一点古人的洒脱。此地不是江南,此地惜别,无柳可折,我们入乡随俗,还是点一道茶吧——"

不远处的茶房看到她举起了手,走了两步,又看到对面坐着的小伙子把那年轻女子的手又按了下去。他认识这个南方人大学生,他常常是心事重重的——不要去打搅这些流离失所的人吧,他就知趣地又退了回去。然后,他看到一个十一二岁的小女孩惊慌失措地跑进了茶馆,东张西望着,一边擦着脸上的泪水,一边跺着脚。茶房又看到那大学生模样的人站了起来,走了过去,和那女孩子说了几句话。然后,急急地走到刚才那女子身边,那女子听了没几句,就尖叫了起来,一茶馆的人几乎都被她的叫声吓了一跳,还没弄明白这是怎么一回事,这一行三人,已经消失在茶馆外了。立刻就有人凑过来打听那是怎么一回事。那茶房摇着头说:"我也不清楚,好像是谁出事了。也许,就是那小女孩的亲人,没听清楚,这年月,不是每天都在出事吗……"

第二十四章

杭嘉平亲自驾着一辆吉普从川西雅安往回赶，车后坐着他那个画家妻子黄娜。一路奔波，妻子早已连画夹子也拿不动了，头就不时地垂下来，打着瞌睡。嘉平自己也困得不行。最难的一段路已经过去了，昨日他和黄娜整个儿就在蜀道中盘旋，今天，他们已经进入了四川盆地的丘陵地带。

从车窗往外看，嘉平可以看到无数紫红色砂页岩层构成的平顶山丘，重重梯田一直就修到山顶。去雅安的路上，黄娜对这样的由亿万年流水切割而成的壮观的山丘表示出极大的兴趣，画了不少的速写。回来的路上，她已经完全没有这个热情，也没有这个力气了。一片片平原和丘陵间的光秃秃的桑树条以及尚未收割的蔗林，就少了一个为之欢呼雀跃的女人。嘉平走南闯北，见什么都不新奇，心里又惦记着重庆茶馆里那对姑侄，还有被他们这对夫妻丢在寄宿学校里的女儿蕉风，也就不顾昨夜没有休息好，一边赶着路，一边就往自己头上额上擦着清凉油，还不时地喝着刚才从路边要的茶水。茶水早就凉了，杭嘉平不讲究，咕噜咕噜地就灌一大口，心里的火气顿时就散去好多了。

世上总有这样一类人，古道热肠，赤胆忠心，天下事皆为己任，放眼望去，凡世上不平之事若不锄去便死不甘心。因此，他们永远扮演弄潮儿的角色,在哪里都是斗士。杭家兄妹中,嘉平就是这样的头号种子。

杭嘉平一进入茶界就陷进去了。像他这种人,不管走到哪里,首先看到的,肯定是人。然后,是人与人之间的关系——或者团结,或者斗争。

有的人,为了事情不得不去与人斗争;嘉平不一样,他生来喜欢斗争。他一进入吴觉农先生的事业就发现了必须斗争的人和必须斗争的事情,斗争的目标是中央信托局。但这还不是根本的目标,根本的目标并不是一个什么局,而是一个家族,这个家族有一个了不起的姓:孔!四大家族中的孔祥熙家族。正是这个家族,牢牢控制了中央信托局。当然,仅仅控制中央信托局对他们来说是很不够的。当茶叶统购统销做出了一定的成绩,换来了大量外汇之后,茶叶便成为当时一些部门争夺的对象了,中央信托局只是这其中最强有力的一个对手罢了。

嘉平深感这群茶人的过于纯洁,他们几乎都是不懂政治的,或者说是因为讨厌政治而更愿意超脱政治的。难道他们真的不知道政治就是经济的集中表现,而茶,也不仅仅是可以换来枪弹的植物吗?难道茶不可以是权力,不可以是能够买到权力的金钱?嘉平每次参加一些文人的雅集,听到他们一边小口小口地品着茶,一边评论着《红楼梦》里的宝玉啊妙玉啊的,一杯为饮二杯为品三杯为什么牛饮时,他心里就不以为然。在他眼里,茶主要不是这样小儿女情调的。茶的主流是严酷的、严肃的,是重大的,在这些小绿叶子后面,有光明磊落的真理,也有龌龊卑鄙的阴谋。他感到,因为那些喜欢风花雪月的文人,中国茶叶的分量被一代代人理解得轻了。

他曾经把这个道理不止一次地讲给那些他发自肺腑去尊重的茶人先辈听。他们认真地听着,由衷地共鸣着,有时还和嘉平一道拍案怒起。但是再往下就不行了——沧浪之水清时他们高兴地濯着他们的缨,沧浪之水一旦浊了,他们却谁也不肯濯他们的足了。

嘉平正是在这种局面里越陷越深的。他原本只是想帮助吴先生一把,等一切都上了轨道,他就抽身回到他自己的本行去。结果他却发现一切都不是那么顺利地就可以上轨道的,而他,也就越来越不得不代表那些君子,去为茶的事业大声疾呼。

嘉平已经看出来了,由中央信托局支持的中国茶叶公司,已经一步步地控制了战时的茶叶购销业务。从名义上看,中国茶叶公司是归属于贸易委员会领导的,其实,连香港贸易公司的茶叶易货和外销业务,也被划归中国茶叶公司的经营业务中去了。在重庆的中央贸易委员会,吴觉农先生作为茶叶处长,还能说上几句话。而吴觉农先生兼的中国茶叶公司协理、总技师及技术处长,都不过是一个虚名而已了。

正面斗争的使命,就留给了斗争性最强的杭嘉平。具有儒家风范的大茶人吴觉农先生,却带着他中国茶叶总公司技术处的大批同仁弟子,千里迢迢,又回到两浙故乡——衢州万川,筹建了中国茶叶研究所的前身——东南茶叶改良总场。主要的人员后来都几乎成为茶界的中流砥柱,他们包括朱刚夫、庄晚芳、钱梁、庄任、许裕圻、陈观沧、方君强、佘小宋和林熙修等人。在浙西这个美丽的小山庄里,在橘林与河流间,吴先生和亲自送他前来的嘉平谈了许久:律己要严,责人要宽;自奉唯俭,对人不能太薄……

嘉平在听着吴先生这样教导的时候,不断地想起上一次的故乡之行。在他几乎成功地说服大哥跟他一起走的时候,晴空霹雳一般的消息突然传来,赵先生触碑自尽了。他甚至连去为他料理后事的时间也没有,楚卿紧急通知他,小堀已经知道了他们的真实身份,正派人来搜捕他们。情急中,大哥对他说:"你快走!现在还来得及。"一边说着一边就把他往后门拉。这样的时候嘉平倒竟然想起当年出走的情景,他拽住了门拉手不知道该说什么,刚刚说了半句——赵先生的后事——就被叶子一边往外推一边说:"家里的事情交给我们,你只管放心快走,快走!"叶子的手推搡着嘉平,嘉平猛然间心潮澎湃,一把抓住叶子的手说:"叶子你跟我走吧!"在暗中他也能感觉出叶子的手突然僵住了,他还能感觉出她是怎么朝身边的嘉和看了看,然后放低声音说:"不是说了吗?大哥不走我也不走。"刹那间天地都变得很静,嘉平的心也一下子因为绝望而清明,身上有一种一刀两断的彻底的痛楚和愧疚,痉挛一般经过全身。这样的时候他竟然还有时间说:"天目盏在我房间桌上。"他本来想再说些别的,一张口却是一句俗话:"这东西能护佑人逢凶化吉!"连这句话也没有能够说完整,就被来接的人推上了车。

脱险之后,杭嘉平并没有和家中断绝关系,嘉和被监控了起来,不准出城,但他依然有办法一直秘密地通过各种渠道替他们征收茶叶。嘉平可以想象得出这是冒着怎样的危险。他一直想着要赶快再把大哥接出来。他曾经带口信给大哥,让他只要有可能,就不要放弃到浙西去寻找吴先生。他知道,为吴先生的茶业梦真正会去身体力行的,恰恰是像大哥嘉和这样的人。而他杭嘉平,也许生来就不是那种意义上的茶人吧。虽然,他深深地被这些中国的栋梁之材感动,但反过来也就越发要为保卫这些书生的良知而去冲锋陷阵。他要回到重庆去斗争,和日本帝国主义法西斯斗争,也和那些贪官污吏、只知道发国难财的混账王八蛋斗争。他原本是一个嗜酒的人,茶对他来说,实在是太温良恭俭让了。他有他的那一套生活逻辑,沧海横流,英雄本色,他可不怕陷入重围,腹背受敌。

杭汉,本来是要跟着吴觉农先生同去万川的,倒是吴觉农先生劝住了他,希望他不要错过复旦大学茶学专业。另外,中国茶叶研究所也正在积极申报当中,一旦正式批准组建,像杭汉这样的年轻人将是重要的后备力量。目前嘛,杭汉还有点上不着天,下不着地,就继续干着他的茶叶出口检验这一行,也是一个脚踏实地的锻炼过程嘛。

说到茶叶出口检验,它的第一部《标准》,还是吴觉农先生于1931年入上海商品检验局之后,针对当时出口茶叶在品质、水分、着色和包装等方面存在的问题,在邹秉文和蔡无忌先生支持下亲自制定的。

过去茶叶出口检验,一般都是在装船外运之前才报请检验的,而在进行检验之时,往往因为茶叶不合标准,不得不临时停运,以致出口商损失很大,而外商也多有烦言。吴先生对此情况进行改良,茶叶在进行出口检验之前,都非要先在本地进行产地检验不可。

杭汉在重庆码头打工,做的已经是第二道检验了。前面产区有一道关,后面到宁波出口还有第三道关。他这第二道关,有人说得不好听，不过是聋子的耳朵——摆设罢了。说来惭愧，古巴蜀虽是全世界茶的发祥地，但自中唐以后，川茶已经逐渐衰落了。从中国有海关记录的1869年始，到第一次世界大战的1916年，中国出口的一百八十二万担至二百六十八万担红绿茶，没有四川的一片茶叶。直到抗战期间，四川主要城市的饮用茶，反而还要到附近的云南、贵州、湖南、湖北等省去运。有些商人，也就是借此机会，把这些茶，主要是云南茶，通过重庆的长江码头，一路水行，直到江尾的入海口去出口。杭汉要检验的，也就是这批茶叶。

战乱年代，干什么都有弹性。只是杭汉这个人实心眼，叫他干什么，他就百分之百地不折不扣地去干，也不考虑这么干到底有没有真正的效果。对茶叶的包装和品质，杭汉是已经有这个眼力了。至于茶叶的水分，因为外销茶经过长途运输，日晒雨淋，最易霉变，所以从一开始就要十分注意把关。好在这一关其实也用不着再让杭汉来把，在茶叶产地，就由各省市的茶叶专家先检验把关了。

那么，杭汉真正要注意的就是绿茶的着色问题了。

原来中国的茶商中，也是有那么几个歪聪明的，为了出口的茶叶看上去色泽好，在报请检验之前，就在那绿茶上着了色。这些有色物质，有的无毒，有的可就是有毒的了。为此，1932年，法国就颁布了禁止有色茶进口的法令。上海商品检验局也因此禁止有毒色料的茶叶出口。如今杭汉做的主要检验，也就是这件事了。亏了他的那份认真执着，这个关卡，也才越来越不像是聋子的耳朵了。

那一天，大雾弥漫，码头上来了一船箱从滇川边界运来的滇红茶。按常规,杭汉准备开箱检验。那押船的倒是个机灵人,忙不迭地就递上一支烟说:“我这是新试制成功的滇红功夫茶,红茶,也不着色,小师傅你就放心吧。”

听说是滇红功夫茶,杭汉的眼睛就亮起来了。说起来,这茶的历史才不过两年,可名声已经大得像杭汉这样的年轻茶人也都如雷贯耳了。1938年,云南茶叶贸易公司刚刚成立,就派人分别到顺宁、佛海试制大叶种的功夫红茶。这种红茶,外形肥硕紧实,金毫显露,香高味浓,首批产了五百担,通过吴觉农先生负责的香港富华公司转销伦敦,竟然以每磅八百便士的价格一举成名。听说英国女王还把这种茶叶放在玻璃器皿之中,专作观赏。杭汉一向是只喝绿茶的,但是他也喝过父亲送他的滇红茶,这滇红茶,又是吴觉农先生亲送的。吴先生平时从来不喝公家的茶,这一次破例,也是因为新茶试制成功,作为样茶要检验品级,难得有那么一小撮,就拿来送人。嘉平也不过得了小半信封罢了,又转送给了儿子。杭汉喝了,只觉得好,从此竟然就爱上了喝红茶。只是滇红太难得喝上了,都运到国外换外汇了呢,所以今日杭汉见了这一船的滇红,竟也是十分的稀罕了。心想,怎么平日里不太看得到的滇红,这会儿一下子来了一大船。又见那押船的磨磨蹭蹭的,不像是要开箱的样子,当下就生出了疑惑。就说:“我就上船去检验吧,你们带我去开箱便可。”

押船人的手伸了过来,杭汉的口袋一动,低下头,就见袋子微微鼓了出来,顿时明白怎么回事,不动声色地就把那一沓钱又放回了那人的袋中,说:“只要货真,我不会为难你们的。”

押船的就笑了,拍拍杭汉的肩说:“小兄弟,看得出来,是跑过三江六码头的人，以后的交道还长着呢，大哥记着你了。”

杭汉又要上船，押船的盯着他的眼睛说：“非得走这一关？”

杭汉笑笑，那人的手还在他的肩上呢，他就略略地运了运气，那人立刻就感觉到了对方的分量，放下手，展开，说：“那就请吧。”

杭汉上船，打开了一箱，一看一闻，他就知道不对。明显的，这就不是滇红，或者说，这根本就不是正宗的滇红。又取了样来泡开了一杯，汤色发闷，杭汉心里顿时就明白了。看了看押船人，说：“你们老板呢？”

那押船的说：“我就是。”

“先生这趟生意吃亏了。”

“此话怎讲？”

“明摆着，这就不是滇红。”

老板就冷笑起来：“这话是你嘴上没毛的外乡人说的吗？你识得几多茶品？跑过几趟马帮？”

杭汉看这人面不善，淡然一笑，说：“马帮倒是一趟也不曾跑过的，不过天下茶叶却是已经识得八九不离十。别的不说，就说这滇红。此茶虽是新品，见识的人少，却也好把握，你只记得那关节处便可。滇红的品质，特点就在于它的茸毫。这茸毫有淡黄、金黄、菊黄色的。冲开了看汤色，又是一番风光。那汤色是艳亮的，香气高长，且带有花香，叶底红匀嫩亮。你看，你这茶叶，颜色发闷发黑，且无茸毫，要来充滇红，也太离谱了一点。就这几条，你去对一对吧，对上了一条，我把头砍下来给你！”

那人见这江浙佬，小小的年纪，倒也能把茶识得如此老到，再不敢小觑，又换了一张笑脸，说：“有话好说，有话好说，不至于把头砍下来吧？我也不是专做茶叶这一行的。实话跟你说了，我就是个押船的，有人给我做了担保，说是这批茶已经被检验过了，放心出口，这才托得我，还事先付了我佣金。如今若被卡在这里，前不着村，后不着店，叫我回去怎么交代呢！”

“这还不好交代，你自去找那让你放心的人，让他给你负一切责任便是了。”

那人正要把话绕到这上面，见这黄口小儿果然自己就绕上去了，心里暗喜，说：“小兄弟，这话也就是你敢说，我可是不敢说的。你道那茶的担保是谁，说出来你就明白了——”他就凑着杭汉的耳朵，说了一个名字。

原来这名字杭汉也是听说过的，人也许还在某些场合见过。此人本是茶叶公司的一个什么处长，听说还是孔家的亲信。不过杭汉对这些错综复杂的权钱关系向来不感兴趣，所以一直也没把这些人往心里放过。见这押船的那么一本正经，拿着鸡毛当令箭的样子，就觉得好笑，说：“什么处长担保也不行啊，他算什么？又没有权力在我的填单上签字。在这里，我就是老大，我说不行，就是不行！”

押船的揉一揉眼睛，想，这是怎么回事，还有连孔祥熙的账都不买的人。怕不是嫌刚才的钱给少了吧。就一咬牙，又数出一沓票子，连同刚才的那一沓，一起塞到杭汉的手里，说：“喏，我们明人也就不做暗事，打开天窗说亮话吧，这个整数，你看怎么样？我也是跑过多少码头的人了，这个价码，算是顶了天了。老弟你要是再不让路，你也就太黑了！”

这一番话，可就真把杭汉给惹急了，他拉下脸来，一把将钱扔了过去,说:“你把我看成什么人了?我要你一分钱,我就不配在这个码头上站一分钟。”

押船的也把脸黑了下来,说:“那你说你要什么?爷们也是白道黑道上混了大半辈子的人,你要什么,我就能给你什么!”

这不明摆着显出青洪帮的架势来了吗?殊不知这套流氓腔吓不倒杭汉,日本佬的鬼门关都已经走过的人,还会在乎这些地痞青皮。杭汉说:“我要什么了?我可是什么也不要,我只要真正的滇红。你有货,我放行,你没货,我不填单,你就趁早处理了,或者拉回去,随你的便。”

“我这个就是真正的滇红,这里有检验单。你以为没你我们就干不成事情,笑话!我刚才是出门在外让你三分呢,你还真以为我怕了你不成!”

押船的唰的一下抖过来一张单子。杭汉拿眼睛一扫,还真是暗暗吃了一惊,没想到这张单子和自己手里的那张一模一样。原来这些人早就防了一脚,事先把该作的弊都作好了。杭汉再一看签名人,不是那孔家的亲信处长,又是何人!火气腾的一下就上来了,捏着那单子想把它揉成团,忍了又忍,到底还是忍住了。不知怎么地,就想起了在贸易委员会中供职的父亲,吴觉农先生把许多事情托给他了,何不打个电话和他商量一下。于是便说:“你等着,我这就去请示上峰,看这事情怎么处理了才得当。”

押船的早已派了人去找那处长来码头了,心想:什么上峰,再上能上过蒋委员长去?孔家和蒋家什么关系,打碎骨头还连着筋(襟)呢!你这毛孩子,以为知道那滇红的茸毫是金黄、菊黄、淡黄的就行了?孔家人说行,白的黑的都行——我这就等着你乖乖地给我放行吧。

杭汉给嘉平打电话,本来只是想把这件事情告诉他。一来了解一些背景,二来也是向他讨个主意。谁知杭嘉平一听大为激愤,说:“这还了得,反了天了!你等着,我这就到。”

果然不多一会儿,嘉平就坐着车先到了。见了儿子,也不多说,把他拉到一边就问:“汉儿,你可吃准了,那茶叶究竟是不是假冒的滇红,你会不会看走眼了?”

杭汉跺着脚说:“你不信自己看去!滇红什么样子,这茶叶什么样子,外行都能看出来真假了。”

嘉平兴奋地搓着手,在码头上走来走去,边踱边说:“这就好,这就好,这下可给我们逮住机会了。”

杭汉不明白,为什么运了一船劣质茶,父亲还会那么高兴地连声叫好。他心痛地说:“这一船要真是滇红就好了,能给国家换多少外汇啊。”

嘉平拍拍儿子的肩,说:“哎,眼睛可不能光盯在钱上,这一船茶叶后面,名堂可就多得很呢,就看我们怎么做了。”

正那么说着,杭汉就看见一批搬运工奔了过来,嘉平指着那一船茶,说:“统统给我搬到岸上去,一箱也不能留下。”

杭汉还没明白是怎么一回事,嘉平又说:“假冒滇红,还抬出大员来,抗战期间,以权谋私,发国难财,怎么处罚都不为过。先把这些茶扣下了,这还是第一步,然后再看,这背后到底是谁在做手脚。”

那些搬运工早就上了船,七上八下地搬了起来。急得那押船的左拦右拦拦不住。他又不知道杭嘉平到底是个什么官，看他那副颐指气使、除了皇帝就是他的样子，又不敢得罪。只好跟到东，跟到西，一支香烟举在手上，嘴里就长官长长官短地叫个不停。杭嘉平看都不看他，只当他是个白日里的影子在说梦话。香烟递过去，手一挡，就滚到地上去了。押船的连忙再到烟盒里去抽一支，正要再递过去，突然就如电影里的定格镜头一般定住了，然后脸上露出了救兵到来的笑容，大声叫道："给我停住，都给我停住，看谁敢动我们的茶叶。碰一片，我都不会饶过他！"然后举着那支原本是要给嘉平的香烟，转了个弯，就朝另一个人走去。杭汉一看就知道了，那人正是茶叶公司的什么处长。

两下里这就僵住了。这边要搬的，和那边不让搬的，各自都看着他们的头头。那处长也是狗仗人势惯了的，见了嘉平，就如没有见着，只对着那押船的吼："不是把什么手续都办齐了吗？还跟人嚼什么舌头根子——搬回去！"

押船的就叫道："搬回去！搬回去！"

可是手下的那些人见对方人也不少，迟疑着不敢动手，押船的只好自己上前，要去夺一只已经放在码头上的茶箱。这边嘉平就给杭汉递了个眼色，杭汉就上前一把拦了，说："你要敢碰一碰这箱子，事情就不好办了！"

押船的也不敢动了，回过头来看他的那个救兵处长。处长看看事情到了这个地步，只好赤膊上阵，走上前去，指着杭汉的鼻子训道："你是什么人，竟敢在这里干扰国家大事。派你在这里检验，不是派你在这里刁难的，走开！"

杭汉这下可真是气得面孔通红，还没来得及说话，父亲杭嘉平已怒不可遏了。他一个箭步上前,指着那人的鼻子就骂:“你是条什么狗,也配在这里乱叫!”

杭嘉平出其不意的这一手,既见他的性格,也见他的招数。他和嘉和不一样的地方就在这里。嘉和做事情,最讲形式,最讲得体,凡事能不走极端就不走极端。嘉平却是看效果的,所以他既能在万人大会上慷慨陈词,也能在街巷码头上呼爹骂娘。况且他今天来这里的目的,就是要激化矛盾,最好是能够打起来,那才好做文章。所以他开口就骂那人是狗。这一招果然灵。虽说那亲信处长的确是孔家的狗,但当面如此骂他的人倒还真是没有。这一声村夫的粗骂,就如五雷轰顶,把他轰得一下子就丧失了理智,冲上去要抓嘉平的胸脯,却被杭汉一下子挡了,只抓了那做儿子的衣襟,口里气不成句地骂道:“你是个什么东西,我开句口——把你撤了——你当下就得给我滚!”

上阵父子兵。杭家父子本来就都是习武的,只是平时真人不露相罢了。这下那人抓了杭汉的衣襟,杭汉也不还手,只把膝盖轻轻一屈。谁也不知是怎么一回事,那处长就倒退着摔出去丈把远,差一点就掉进了嘉陵江。再爬起来时,也顾不得体面了,跺着脚叫:“给我冲上去打啊,把他们扭送到警察局去啊! 哎呀,哎哟……”

这两拨子人就在码头上大打出手了。嘉平本来就是有备而来的,人多,自己也会动手。对方不一样,根本没想到还会在这里摔跟头。可怜他们为了这一船的假滇红,也是费了多少的心血,个个关节都疏通了,就是没想到这重庆码头上还有一个叫杭汉的小人物,弄得他们不但几乎前功尽弃,而且还被打得鼻青脸肿。真正是应了那句老话——道高一尺,魔高一丈。

最后,那些人实在是打不过杭嘉平他们,只好往回撤了。那处长边捂着鼻子边哼哼地叫道:“杭嘉平,你等着瞧,我不会放过你的。你跟共产党有染,我告你私通共匪,你就等着坐大牢吧。”

嘉平大声地笑道:“我还告你和日本鬼子有染呢。你不是私下里也在跟日本人做生意吗?你就等着吃枪毙吧!”

这么相互骂着,那群人终于退去了。

这里,杭汉见他父亲领带也歪了,扣子也掉了,一头依然漆黑的头发也乱了,看上去就十分好笑。嘉平见儿子瞅着他笑,也笑了,说:“这下让你尝到斯文扫地的快活了吧。”

杭汉说:“我可没想到你真能打。”

“我年轻的时候那才叫会打呢!到哪个国家也没少打架,多年没动拳头,手生了。”

杭汉看了看这些箱茶,不知该怎么处理为好。嘉平却比他放心得多,只说:“派个人负责把这些箱茶都收在库房锁好,日后都是我们的炮弹呢。”

说着,一把搂过了儿子,朝码头外的一家小酒楼走去。人说多年父子成兄弟,嘉平和汉儿虽也是多年的父子了,但一直就不在一起生活,做儿子的,就觉得当父亲的很隔。今日这么联手和人打了一架,倒是打掉了许多的隔膜。嘉平虽是父亲,但人长得精神,看上去就年轻,反而是那当儿子的,一脸络腮胡子,也不知道刮,两人搂肩搭背,神气活现地在山城的大街上走着,看上去倒真像是一对亲兄弟呢。

世上的事情,难得会有这么巧出精来的。杭嘉平父子两个,这里刚刚在临窗的酒桌旁坐定,叫了几个菜,还没端上来,杭汉眼见得父亲的鼻孔里就有血流了出来,滴在眼前的桌子上。嘉平连忙把头抬起来,用一张纸堵了鼻孔,齉着声音说:“没关系,刚才不小心让他们擦了一下。幸亏没让那些王八蛋看到。”

汉儿一边料理着父亲,一边想,父亲都四十多了,可说话做事,还真是一个血气方刚的年轻人。像谁呢?他一下子就恍然大悟,真像奶奶啊。这么想着的时候,眼睛往外一扫,就发现了小酒楼对面有一家保育院的牌子。汉儿就说:“爸爸,对面是家保育院,肯定会有医疗药品,要不要到那里去看看?”

嘉平连连摇手,说:“看什么,一会儿就过去了,我们还要痛痛快快地喝一场呢。”

杭汉只好把父亲一个人扔在酒楼上,他想到保育院要点药棉什么的,暂时先对付一下再说。

嘉平仰着脸,只能听着儿子的脚步声嗵嗵嗵地往楼梯下奔——儿子啊,只有儿子才会有这样略带惊慌的充满感情的脚步声。来重庆以后,他一直就相信儿子有一天会回到家中去,见到他的那个女人。他本来以为这不是一件太难的事情,虽然女人并没有表现出他企盼的应有的热情,儿子更没有表现出他想象的顺从。

从杭州回来之后,他和女人黄娜之间,就发生了微妙的变化。他本来以为黄娜在英国多少受过点西方文明教育,对他家中有妻儿的事情也一清二楚。回国的时候,他和黄娜也曾经谈过一次。黄娜说:“这是你的事情,反正我哪里也不去的,我们去过教堂。”

这是黄娜的风格。也就是说,黄娜不打算接受这件事情,也不打算听这件事情。嘉平一直想和她谈一谈叶子。在他的所有的女友中，和黄娜谈叶子是谈得最少的，也许正是因为如此，她才最终成功地拿下了他。事后嘉平也是一直想和她谈叶子、谈汉儿，还有他的大哥。不知为什么，总也没有那种谈的氛围。他们在一起，能够谈很多大事大人物，比如罗斯福和丘吉尔什么的；也能够谈人生，谈信仰，谈基督教和佛教；还能够谈殖民地和种族压迫；甚至还能够谈色彩和光，谈凡·高和毕加索。只要和他嘉平的实际个人生活并不发生实质性联系的事物，他都能够谈得津津有味。而她就负责听得津津有味。然而他们就是不能够谈杭州，谈羊坝头，谈忘忧茶庄。有的时候，嘉平不知不觉地往怀乡的话题上靠，黄娜就会宽容地一笑，递给他一杯咖啡，慢悠悠地说："亲爱的，有的时候你的确不像是一个叛逆者。"嘉平想起来就心中暗暗吃惊，这些年来，他甚至还没有和黄娜真正谈过茶。

嘉平看出来了，黄娜是绝不会接受叶子的了，甚至不能接受叶子的仅仅放在心灵深处的怀想。黄娜不能接受他热爱他的童年、他的故乡、他故乡的人和事。所以黄娜热烈地支持他抗战，却不赞成他一脚踩进茶叶堆里。她开始和他吵架，但每次谈话的开头也不会忘记叫一声"亲爱的"。听说杭汉到了重庆，她也没有面露愠色，她只是笑眯眯地说："亲爱的，我父亲从伦敦给我来了电报，他希望我能回英国帮他处理一些商务。他还征求我的意见，问我能不能把蕉风也一起带走，那里的女子寄宿学校比这里的肯定要强多了。"

嘉平知道，根本就没有什么伦敦父亲，但他也说不上黄娜在抗战方面还有什么地方不合他心意的。黄娜发起了外籍人员抗战同盟会。她画画义卖,把耳环都献给了祖国的抗战事业。她精力充沛,千姿百态,每天晚上都是一道名菜。她知道,作为一个女人,嘉平离不开她,她那无时无刻不萦绕着他的热带女性的热情和文明,肯定压倒那个遥远的中国南方习东方茶道的日本女人的含蓄温和。要知道,温和毕竟只是一种近距离才能享受到的感情啊。

杭嘉平不怕冲锋陷阵和敌人斗争,可是想到他的家事他就不免头痛。今日这一架是打到节骨眼上了,他一定要充分地利用这一架,一方面,把中茶公司那些贪官污吏的行径,狠狠地暴露在光天化日之下;另一方面,把自己的儿子顺理成章地拉回家中。他知道,一旦杭汉出现在黄娜面前,黄娜肯定会做得很出色的。

楼梯口又响起了一阵充满亲情的脚步声,不过可以听出来,这一次不是一个而是两个人的了,其中还有一个是女的,带着哭腔在问什么。说话的声音又快又急,很熟悉,一时却又想不起来。嘉平想:连流点鼻血也有女人为我掉眼泪啊,我杭嘉平就是和女人脱不了干系的人。这么想着,他就闭上了眼睛。

一阵热气已经扑面而来,他还来不及睁开眼睛,一双女人的手已经紧紧地搂住了他的脖子,女人就哭了起来,眼泪又多又快,下雨一般地落在嘉平的脸上:“二哥啊,我的二哥啊,你可不能死啊,我多少年没见到你,你可不能死啊……”

嘉平睁开了眼睛,难得的眼泪也顺着眼角流了下来,他一边仰着脖子一边说:“谁说我死了?不就是流点鼻血嘛。哈!真是巧了,在这里碰上寄草!你别哭,你一哭我的鼻血就往下流——”

“我带着棉花呢。我还带着药水,红药水紫药水全带着呢。还有碘酒。二哥,二哥,我这不是在做梦吧,天哪,我走了多少路啊,要找的人一个也没有找到,今天总算让我一下子碰到两个了,天哪……”寄草一面往嘉平的鼻孔里塞棉花,一边哭哭啼啼地啰唆着,突然感情冲动,就放开了二哥,一个人坐到旁边椅子上,蒙着脸哭开了。

嘉平把头竖了起来,立刻就看到汉儿含泪的眼睛向他使劲一眨,嘉平鼻子一酸,连忙又捂住鼻孔。他知道这眨眼背后的全部意思,儿子是暗示他,千万不要把杭州家中的惨剧告诉她。嘉平点了点头,故意把话扯开去说:“你们这是怎么碰上的?是在保育院里碰上的吗?多亏了我们的这一架,多亏了我流鼻血——”

“我也没想到。我进了办公室,见一人头低着正在整理包,我刚问了一句,她抬起头来,我惊得连话也说不出来了,怎么也不会想到,竟然在这里碰到了小姑妈——”

“差一刨花儿我就走了,差一刨花儿我就下班了。”寄草突然放下手,用纯正杭州话说了起来。她依旧满脸泪水,但并不妨碍她说话。如此戏剧般的重逢,也没有改变她饶舌的天性。她一边打着嗝一边飞快地翻动着红唇,“本来今天就不是我值班,我是临时和人家换的。好像就是专门等着你们找上门来一样。我一听有人叫我,声音带着家乡的味儿,低着头就想,要是杭州人就好了,说不定还能打听到家里的消息呢。我出来几年了,一点家里的消息也没有。这就一抬头——天哪,我都差点眼睛发直了——做梦也不是这种做法,做梦也不是这种做法,你、你、你、你是谁啊?你怎么和我的侄儿活脱活像啊?谁知他就看着我,愣了半天,说,爸爸就在对面楼上。我说谁啊,谁在楼上啊?他说,爸爸在楼上,被人家打出鼻血来了。小姑妈,你这里有药棉吧。他叫我一声小姑妈,我都要昏过去了,我立都立不牢了。我说,你再叫一声小姑妈,不要弄错了。他说,小姑妈你这是怎么啦,我是杭汉,汉儿啊。我说,汉儿你怎么长成这么一副样子了,你怎么会到这里来的?他说,爸爸在对面楼上流鼻血呢,你快去看看吧。我说,哪个爸爸,是那个鬼影儿也寻不着的二哥吗?他说是的是的,就是他就是他——你看,你看,现在不就是你坐在我的眼前吗?还流着鼻血。你等等,我会给你换棉花的。你不要动,我来,我来,我来……"

她长得几乎和记忆中的母亲一模一样。嘉平的眼眶一次一次地潮了上来,他塞在鼻孔里的药棉很快就被刚刚涌出来的新鲜的血水打湿了。

他们三人在这样的一个离乱年代抱头痛哭一番以后,还远远没有从惊喜中回过神来呢,嘉平终于建议回家。三人走在山城的大街上,夜里人少了,他们就随意地横横竖竖地走。嘉平左手搂一个,右手搂一个,虽然没能喝上酒,但比喝了酒还酣畅。寄草七问八问地问了许多,自己又说了许多,嘉平父子由此而知道了寄草来到川东的原因,也由此知道了忘忧的下落,并因为他的活着而感到巨大的欣慰。当寄草说到被他们救出来的那个男孩子越儿时,杭汉皱着眉头想了一想说:"如果确实是那么一回事的话,他很可能就是方西泠后来生的那个儿子。"寄草很惊讶,不是为越儿的命运,而是为忘忧。她为忘忧对李越的那种本能的亲近感到不可思议,她说:"你们真应该看看忘忧这个孩子,他身上有一种奇怪的本事,他能预感什么。你们晓得吗,在天目山中,他寻到了他的魂儿,一株白色的茶树。"

“这很有意思，去年我在安徽，还看到过粉红色的茶花呢。”杭汉对切切实实的看得见摸得着的茶，有着更浓厚的兴趣。但寄草却是意识流型的，她一下子看到了昏黄的路灯下二哥的那两只塞住的鼻孔，突然就问：“二哥，你怎么还打架啊？你都几岁了，有四十多了吧。我怎么越看你就越陌生呢？我叶子嫂嫂还能认出你来吗？”

嘉平那么听着，就捂着鼻孔笑，边笑边把今天在码头上演出的那一幕讲给妹妹听。寄草就说：“真是奇怪，重庆运出去的茶，还要冒充云南的滇红，可见重庆这个地方本身就没什么好茶。说来也是怪的，这里有那么多茶馆，那茶馆里的茶，可是比我们杭州的差远了。从前听寄客伯伯说起来，好像四川的茶有多么了不起呢。我记得父亲活着的时候，还老让我们背《茶经》——茶者，南方之嘉木也。一尺二尺，乃至数十尺，其巴山峡川，有两人合抱者……我那时还想，不定哪一天，我要到这天府之国去看一看那两人合抱的大茶树。谁知到了这里，可真是没喝到什么好茶，老青叶子，比我们的龙井可就是差远了。”

杭汉就为四川的茶叫起屈来，说：“小姑妈，你这么说四川的茶，四川人听了可就委屈死了。不要说茶的历史数川中最悠久，小时候你还常教我们什么‘烹茶尽具，武阳买茶’的，就是今天，还有许多名茶的产区啊。我数了数，光是陆羽《茶经》中提到的川中名茶产区就有八个：彭州、绵州、蜀州、邛州、眉州、雅州、汉州和泸州，都是古来剑南道的有名产茶区。至于说到名茶，你没喝到，可不能说这里就没有啊。比如蒙山蒙顶茶，峨眉白芽茶，灌县的青城茶和沙坪茶，荥经观音茶和太湖寺茶，还有邛州茶，乐山凌云山茶、昌明茶、兽目茶和神泉茶——”

“哎哟哟，真是士别三日，当刮目相看，我们汉儿不再是吴下阿蒙了。你说的那些茶我虽然一口也不曾喝过，听你那么一说，倒也是长见识了。不过我们久别重逢，我又是你的长辈，我就等着你把这些茶给我一一地请过来了。”寄草笑道。

真是什么树开什么花，杭汉从茶里面看到的是茶树品种，杭汉的父亲杭嘉平从茶里面看到的是阶级和阶级斗争。他捂着鼻子走在山城的小巷子里，也没有忘记谆谆教导他的多年不见的“左邻右舍”。他说：“有关川茶的衰落，是有两首民谣为证的：辛苦种茶不值钱，苦度岁月到哪年，丢掉茶园谋生路，荒山荒地遍全川。还有一首我也唱给你们听：茶叶本是宝，而今贱如草，粮价天天涨，生活怎得了。你们在这里面看到了什么？嗯，看到了什么？看到了茶农的穷苦，是不是？是——也不是。这里面有穷苦的原因，还有剥削者的鬼影，就像今天挨了我们一顿好揍的那些王八蛋一样。”

“你在学习马克思？”寄草突然兴奋地叫了起来，她想起了杨真。

“噢，知道得不少啊！”现在是嘉平夸她了。

“马克思当然知道了，还有《资本论》，剩余价值什么的。”

“连《资本论》你都知道？”

“我还知道‘广田三原则’呢。世界上总有不合理的事情，有时是一个人剥削另一个人，有时是一个阶级剥削压迫另一个阶级，有时，就是一个国家剥削压迫另一个国家。比如现在，就是日本国压迫剥削我们中国嘛。”

“当然，这种剥削和压迫，也不是一朝一夕的事情。”嘉平补充说道,“中唐以来,朝廷就开始收茶税,且税收越来越重。到宋代,弄得官逼民反,所以才有茶贩青城人王小波、李顺为首的农民起义。后来的明清二代,对茶农的压迫有增无减。到得民国,大小军阀割据四川,茶叶生产也跟着吃亏。弄到今天,川茶日趋萎缩,不但无力外销,连供应边销和内销也不足了。”他正高谈着从吴觉农先生那里学来的有关茶的知识,突然站住了,说,“哦,到了,你看,这就是我的家,黄娜,黄娜,有人来了!”

寄草莫名其妙,问杭汉说:“什么黄娜,哪里冒出来的黄娜,黄娜是谁?”

杭汉脸红了,支支吾吾地说:“你们进去坐吧,我回学校了。”

“这是怎么回事?这不是你的家?黄娜是谁?你的小老婆?”

杭汉有些气恼了,说:“不是我的媳妇。”

“那是谁的?”寄草更奇怪了,指着嘉平开玩笑说,“那我叶子嫂嫂可怎么办?”

嘉平想洒脱一下,到底也没洒脱成,表情更尴尬,说:“见一见吧,都进去见一见吧,总是要见的嘛。”

“真是你的媳妇?”寄草吃惊地睁大眼睛。她的眼睛本来就大,这一睁,整张脸就好像只剩一双眼了。

“你急什么,你嫂子都不急——”

“哪个嫂子?啊!哪个嫂子?”寄草就跺起脚来了。也只有寄草这样的人才会做出这种动作来。那么多年不见,刚才还在说马克思和《资本论》呢,一会儿工夫,说翻脸就翻脸。

杭汉不喜欢见到这种场面,他回身走了,头也不回。寄草一见侄儿走了,叫着追过去:“等等我,汉儿,这是怎么回事?这个黄娜,从哪里冒出来的黄娜!”

这一头,黄娜倒是从楼上走了下来,这位丰满性感的南洋女画家,听到了他们的对话,朝嘉平看了一眼,突然说:“我和你结婚有几年了吧?”

嘉平一声不吭地往回走,黄娜跟在后面说:“上帝可不允许重婚的。”

嘉平突然从楼梯口转了回来,厉声说:“你再多说一句,我就——”他说不下去了,头又仰了起来,黄娜就惊声叫了起来:“嘉平,嘉平你这是怎么啦,你怎么流血啦?”

现在,黄娜想见汉儿他们,也不太可能了,她几乎一直就处在昏迷之中。杭嘉平很不走运,他翻车的时候,没能够像吴觉农先生那样有一块大石头挡住。他们此行,是到雅安去了解边茶的情况,黄娜本来是不需要跟去的。她之所以一起去,名义上是采风,实际上是对嘉平这些天来对她的冷漠态度的反应。她爱他,希望自己能够在今后的岁月中代替那个若隐若现的叶子——她现在才吃出了那女人的分量。

昨天夜里他们算是真正地吵了一架,破天荒地没有躺在一起。黄娜不明白为什么嘉平非得赶回去,并且要她见他的小妹妹。她不喜欢这些拉拉扯扯的事情,说:“亲爱的,我们本来不用那么着急。我们还应该有时间到蒙山去看一看。不是说‘扬子江中水,蒙山顶上茶’吗?瞧,连我这一点不懂茶的人也知道了许多。比如那个汉代的吴理真,那个甘露禅师,他的遗迹不也是在蒙山顶上吗?为什么人们认为他是中国历史上第一个种茶人呢?就因为他种了七株仙茶吗？听说这七株仙茶旁还有白虎守着，这些神话真有意思。”

“这是抗战，不是旅游。”嘉平一边刮脸一边说。

“亲爱的，可这并不比见你的家人更令人心烦啊。我不明白为什么我们非得赶回去。坦率地说，我不喜欢听到来自杭州的任何消息。”

“别忘了，那是我的故乡，我和那里的一切无法分割。”

“这是可以分割的，我可以帮你来做这件事情。我们过去不是一直做得很成功吗？”

“不，不成功，否则我就不会回国了。”嘉平对着镜子里那张刮了一半胡子的脸，若有所思地回答。

黄娜沉默了一会儿，勉强笑了笑，说：“全世界都在和法西斯开战，我真不该和你一起回中国。我把我的幸福毁灭了。”

嘉平说：“我和你一样，别再提幸福这个词儿。”

黄娜却站了起来说：“晚安。”她没有再说亲爱的，就走到另一间客舍中去睡觉了。

嘉平本想第二天再和她好好谈，可是夜里没睡好，路又艰险，翻了车，他失去了这个沟通的机会。好在他的生命要顽强得多，虽然遍体受伤，却大多是皮肉之苦。他们很快被当地人送到了重庆医院，躺在床上，他开玩笑似的告诉前来探访的汉儿，那些狗娘养的贪官，到底把一船的假滇红给弄到出海口去了，只是不晓得那里的人敢不敢跟他们再打一架。狼狈至此，他也不肯正面认输，不肯承认自己实际上也不是一个有本事“以其人之道还治其人之身”的人。

他换了一种方式来表达自己的内心，心平气和地对寄草说："你看，我一直以为我是一个和父亲、和大哥完全不一样的人……可是躺在这里突然明白了，我到底还是姓杭人家的儿子，我和他们骨子里还是一样……"

他的眼睛就张来张去地望，杭汉明白了父亲是在找他，连忙凑上前去。父亲看看他，眼睛又寻，杭汉知道，这是找那小蕉风，就把蕉风拉了过来。嘉平便问："你妈好些了吗？"

黄娜已经苏醒过来了，但还躺在床上不能动，她的伤比丈夫的严重多了，医生专门给她安排了一间单人病房。嘉平已经去看过她，她能认出他来，只说了一句话："亲爱的，现在我们不会再吵嘴了。"

她的话使嘉平多少有些内疚。真的，杭州太遥远了，而眼前，要处理的事情和要花费的心思太多了。

此刻，蕉风回答着她的继父："妈已经醒来了，刚才小姑妈还和她说话呢。"

"都说了一些什么？"嘉平问。

寄草回答说："她说学茶挺好的呢。还说让蕉风跟着汉儿学茶呢。"

"没说跟你去保育院学医？"

"我啊……"寄草长长地叹了一口气，"你可把我吓死了。总算都活过来了，我也该走了，瞧你们把我耽误的，不知罗力现在又到哪里了呢……"

第二十五章

黄娜的女儿蕉风，和杭嘉平没有血缘关系，随了母亲姓黄。黄蕉风是在热带长大的，从来也没有见识过大雪。在重庆待了两三年，被中国腹地的冬天冻得手脚都是冻疮，面颊肿了起来，哪里还有小木美人儿的影子，倒像煞一个臃肿的乡下丫头。在1942年1月的寒气里，她随着刚刚认识的哥哥杭汉和姑妈寄草，在飞机场送别了去香港养伤的母亲。不出几天，又告别了要随团去陕北参观的继父，就拉着杭汉的大手，登上了停靠在重庆码头的轮船，沿着长江顺流而下。汉哥哥说，要带她到遥远的江的下游去，那里是父亲的故乡。那里也有山，不过没有四川的山高；那里还有成片成片的茶园，比这里的茶要细嫩。那里有一个名叫万川的小村庄，被竹林、橘林和茶园包围着，村口还有一条美丽的小河。吴觉农先生带信来，让他们一起到那里去，和吴先生一起事茶。

隔着远去的码头，他们和小姑妈寄草挥手告别。寄草背过身去，将随着一支马帮进入云南，要到滇缅边境美人蕉怒放的地方去寻找她的情人。临行前她也没有忘记嘱咐二哥，到了陕北，别忘记打听一个叫杨真的年轻人。“你只说找一个把《资本论》当性命的人，别人肯定能把他从万人丛里拎出来的。”

“找个人倒不难，只要他还活着，只是找到他干什么呢？”

"也没什么,就把这几瓶奎宁交给他。他会记起我来的。"

杭嘉平用手碰碰自己额头,说:"怪不得你也能说马克思。"

"学点马克思也好,万一将来用得上呢。"

"你要是那么感兴趣,我想个办法,和我一起去那里。"

"真的?"寄草忘情地跳了起来。

"真的。"嘉平从妹妹的眼睛里看到了火花,他想,看样子麻烦了。

"不,罗力等着我呢。"寄草摇摇头,眼睛里的火花暗了下去。

嘉平想了想,说:"如果没有罗力,你会跟我去吗?"

寄草什么也不回答,反过来问嘉平:"你还记着嫂子吗?"

嘉平知道,寄草指的是叶子。他闷了一会儿,才心情忧郁地说:"没有一天忘记过。"

他们说这些话时,悄悄地压低声音,生怕蕉风听见。

蕉风才十一二岁,是个性情非常随和的姑娘,对周围世界发生的事件并不十分敏感,总是乐乐和和地生活在自己已经过去了的童年时代里。因此,虽然长得不比寄草矮多少,但总像是一个形如少女的儿童。这一次父母的受伤事件,一开始几乎把她吓麻木了,可是一见他们能和她说话了,她又很快地恢复了原状。这个小姑娘从前一直在奶娘家里寄养着,后来跟着母亲来到中国,又住在了寄宿学校里。现在,母亲要回香港了,又把她交给了继父。而继父呢,又把她交给了汉哥哥。她被别人这样交来交去的倒也是惯了,也没有细想一下,为什么这一次母亲不把她带回外公外婆家。倒是寄草看出来了,对杭汉说:"这孩子的妈是真的不肯离开二哥,你看,把孩子都留下来做抵押。"这话倒叫杭汉吃了一惊,他永远也没有那么些层出不穷的心机。再看看蕉风憨憨的样子,倒生出了骨肉间才有的怜惜之情。把蕉风带走的主意,还是他出的。他看出父亲不知拿这个寄宿学校的小姑娘怎么安排好——他怕他这一走又发生什么意外,可又不能带着蕉风一起走。当杭汉提出由他带着她一起回浙江万川时,嘉平很高兴。他把这一切看作他们杭氏家族接受她们母女的重大举措。他对儿子说:"很好,这很好,国家需要更多的人从事茶业建设,蕉风能够跟着你一起做茶叶学问,将来是会有前途的。"

杭汉知道父亲肯定会高兴的。现在父亲又自由了,又可以天马行空独往独来的了,而且还为国家输送了茶业人才,为将来抗战胜利之后的建设作了考虑。他渐渐了解了他的父亲,并开始明白父亲和伯父之间的差别。他开始明白,为什么伯父是沉重的,而父亲却总是那么轻盈的了。

小姑娘黄蕉风懵懵懂懂的,她不能够体会这样的生离死别意味着什么。不过她开始意识到杭汉对她的重大意义,她也开始领略到手足的亲情,这是她以往从来也没有体验过的崭新的感情。她对这种感情的回报方式,就是死死地尾随。汉哥哥走到哪里,她的手就紧紧地拽住他走到哪里,有时是拽住他的一根小手指,有时是拽住他的一只衣角。在船上,甚至杭汉上厕所她也要跟着走到门口。夜里入睡是她最恐惧的,因为这时她不得不和杭汉分开了。但是她一定要汉哥哥陪着她坐在床头,拍着她的肩膀,和她说着有关故乡的事情,哄她入睡,她才肯闭上眼睛。在梦中她喃喃自语着"万川,万川"——万川究竟是茶人的什么样的乐园呢?

浙江西部的万川，就在四省通衢的衢州。一入衢州城，蕉风在江南的大雪之中惊奇地发现了那么多扛着木头和竹子的男人女人一路哼唷地小跑着，成千上万的劳工和堆积如山的材料都顶着白雪。入夜，工地灯火通明，杭汉告诉她，这里正在建造飞机场呢，需要三百六十万根木头和九十万根竹子呢。这些木头，北边来自临安、淳安、建德、桐庐；东边来自武义、永康和缙云；南边来自遂昌、松阳，至于附近的县区，那就更不用说了。

“有万川的竹子吗？”蕉风问。

“肯定有。万川离这里已经不算远了，我们得走路去那里。走得动吗？”杭汉问。

蕉风却若有所思地问：“干吗要在这里建飞机场呢？难道这里也要打仗吗？”

杭汉告诉她，太平洋战争已经爆发了，美国已经正式参战，法西斯的日子不长了。美国方面准备派飞机来中国作战，而我们浙江的衢州，就是建设轰炸日本本岛的空军基地的最适合地点，这个飞机场，要半年之内建起来呢。

“那么说，这里还是要打仗的了。”蕉风叹了口气说，“到时候，我们的茶叶怎么办呢？”

杭汉吃惊地看着她，说：“你也记挂茶？”

“不是爸爸交代了你的吗，让我跟着你学茶。”蕉风说，“爸爸叫我干什么我就干什么。”

“那么我呢，我叫你干什么，你干不干呢？”

“你叫我干什么，我也干什么。”蕉风断然地说。

“为什么？”杭汉看着这小丫头眼睫毛上沾的雪花，他老想用手去帮她抚掉,但觉得这样不太好,就把手握了起来。

“你们不是都姓杭吗?”蕉风反问杭汉。杭汉笑了,还是忍不住抹了一把小丫头的眼睛。这姑娘和杭家的那些人精儿不一样,她那一双大眼睛木乎乎的,她说的话也是傻乎乎的,人也长得胖乎乎的,她是一个热带雨林里成长起来的憨憨的小姑娘,杭汉很喜欢她。

1942年一二月间,当中国浙江西部的衢州城几十万民工正在挑灯夜战建造飞机场,而杭汉带着他的新妹妹蕉风正徒步走向万川的东南茶叶改良总场之时,大西洋彼岸的美国空军却正在制订一个绝密的对日本本土进行空袭的计划。一支以杜利特尔中校为队长的轰炸机队每日都在进行着秘密的训练。经过反复研究,美军决定将航空母舰开到距离日本海岸较近但又不在日本雷达哨艇探测范围之内的海域,然后飞机再从航空母舰上出动,轰炸东京等大城市。任务一旦完成,就立刻飞到衢州机场降落。

1942年4月2日,在珍珠港事件一百多天之后,美国大黄蜂号航空母舰载着机组人员和十六架BK-25型轰炸机从旧金山起航,18日清晨,大黄蜂号已经在距离东京六百五十多英里的海面上了。8时左右飞机起飞,四小时之后到达日本,对东京、名古屋、神户等大城市进行轰炸,而后照计划飞往中国衢州机场。

不料由于气候恶劣,机场刚建成,缺乏导航仪器,飞机油尽,只得弃机迫降。那天黄昏,暮色苍茫之际,时任浙江省政府主席的黄绍竑正在临海巡视,突然听到了空袭警报声,很快他就接到报告,说在浙西上空和临海三门沿海各地,都有一些飞机在乱飞。是夜,黄又接到报告,原来是盟军的飞行员在三门、遂安和天目山区一带跳伞,大部分都被浙江军民救送到了后方。

第二天,4月19日清晨,天目山又从春天中醒来了。我们那已经久违的十五岁的少年忘忧,穿着一件和尚的皂衣,正在寺庙内的院子里扫地。一年前,日机轰炸禅源寺,无果师父在那场劫难中丧生。忘忧穿上了师父留下的僧衣,重新回到了东天目山深处。这个破败的佛门小院,从此就由忘忧来支撑了。他在山门后面种了一片番薯地,前面开了一片玉米地,房前屋后的,点了一些豆种。春天,他照着无果师父的手势采来山茶,自制自烘,收齐了,偶尔也拿到集市上去卖。东西天目山,虽也时有敌人骚扰,总的来说还是要比平原上安全。忘忧带着越儿逃过几次难,还好,寺院太破败了,敌人也懒得点火去烧它,只是敲破了一大叠无果活着时和孩子们一起烧制的黑陶天目盏。

越儿逃难回来,看见一院子的盏片,就心疼地坐在地上哇哇直哭。原来这两个孩子自从入了山,就分别有了自己的爱好。忘忧大一些,又是一个洋白人,眼睛见不得日头和火,除了在地里干活,就常常到森林里去。在天目山丛林中无数绿叶的遮蔽下,他能够享受到漫射的阳光。渐渐地,他爱上了森林,离开这湿润的绿色,他甚至会感到呼吸困难。一来到那株白茶树下,他就会感到神奇的熨帖。越儿年纪小,喜欢玩泥巴,正好寺庙后面有一口破窑,烧着黑釉瓷碗。无果师父活着的时候总是说他有一天会死,这些瓷碗,等到把日本人赶走了,就可以拿到集市上去卖,就算是他活着的时候为他们留下的遗物。越儿在旁边,就取了那泥巴来做,小人小鸟小动物什么的。他也做碗，大大小小的碟子，甚至还做过一把七歪八倒的茶壶，统统拿到窑中烧了，出来的东西竟然使他大为兴奋，宝贝一样地放在他的破床底下。

小哥俩相依为命，支撑到了今天。一开始他们还幻想着会有人来接他们，渐渐地，他们失望了，尤其是忘忧。他从小就有一种被世界遗忘的感觉，这种感觉现在终于应验了。想到不会再有人提起他们时，他就站在庙门口，眺望着远处的白茶树尖，他就想，他永远也不会离开这里了。

突然，他的已经七岁的弟弟越儿七冲八颠地跑了进来，一脸紧张的样子，一把就抱住了忘忧，把头扎到哥哥怀里，对着忘忧就直喘气。半天才说出一句话："那边，白茶树，它、它、它显灵了。"

越儿几乎从懂事起就开始接受无果师父不断灌输的佛理的熏陶，什么轮回啊，因果报应啊，忘忧可不一样，他入山那年已经十岁，已经到了不轻信别人的年龄。忘忧茶庄的杭家人，由于天性敏感，大多有怀疑主义的倾向，什么白茶显灵，忘忧可不相信。他放下扫把，说："不要乱讲，除了我，谁敢冒充白茶树显灵！"

"白茶树真的显灵了，我亲眼看见的。"小越儿跺着脚说，"他可白了，脸上还有白毫，和白茶树茶叶的白毫一模一样。他的头发倒是黄的，眼睛是绿的，跟猫眼一样。他不说人话，说的全都是咒语。他就坐在白茶树下呢，茶树上还罩了一块大罩子，有很多很多的绳子，"小越儿突然想了起来，从怀里掏出一块黑糊糊的东西，"他还扔给我这样一块东西，他让我吃呢。这白茶精还会笑，穿着绿衣服……哦，我可不敢吃，这是什么东西？"

忘忧接过来一看就明白了，这是巧克力，外国人喜欢吃它。忘忧已经有五年没见过这东西了，他小心地咬了一口，才说：“这是外国人的糖，你吃，你吃。”

小越儿小心地吃了一口，就吐了出来，说：“太苦，太苦！”

忘忧却已经扔了扫把，说：“走吧，带我去看看那个白茶精。”

白茶树下的“白茶精”却是睡着了，见了这两个天目山的孩子，也不知道醒过来。忘忧一见这个怪物的大鼻子黄头发和长满金毫的面颊，就知道他是什么了，转过头来，轻轻地对越儿说：“他不是白茶精，是外国人，洋人。”

原来他小的时候偶尔出门，也时常有人看他浑身雪白，就当他是西洋人。这样听得多了，忘忧就暗中去注意什么是西洋人。在杭州街头和西湖边，也曾见过这样的人，他们长得高高大大，嘴巴一张，一直咧到耳根，浑身上下又生得五颜六色，讲的话谁也听不懂。他们一出来，就有一大群人围观。忘忧对他们颇有认同感，因为他和他们一样，也是一出来就有一大群人围观，没想到多年之后，在天目山的深山老林里面还会碰到。

越儿和忘忧不一样，他对和平的生活几乎没有感触，对故乡西湖亦毫无印象，更不要说什么西湖边的洋人。他把这个躺在白茶树下的大家伙看作白茶精，倒也是很富有想象力的呢。听了哥哥的解释，他还是不能明白，便问：“什么是外国人？什么是洋人？”

“外国人——”忘忧想了一想，说，“日本人就是外国人啊，就是洋人啊——”话都没说完，越儿已经吓得紧闭眼睛，一下子就躲到忘忧身后。忘忧连忙把他从身后拉了出来，说：“你吓什么？我还没说完呢。日本人是东洋人，这个洋人是西洋人，听说有许多西洋人都是帮我们中国人打日本人的呢!”

小越儿这才又抖抖索索地从哥哥的身后探出脑袋来。

奇怪的是,他们这么样说着话,这个西洋人躲在树下,还是不愿意醒过来。这大家伙可真能睡,忘忧心想,却惊奇地发现自己的脚下有一道细细的红水,再仔细看,这红水是从那西洋人的脚上流下来的。啊,这家伙流血了,他受伤了,别看他黄毛茸茸的,他的血也是红的呢。他连忙跑上前去,蹲下来,摇着那人的肩膀,那洋人也不醒。忘忧想了一想,就让越儿回去拿点吃的,再取一壶水来,他刚才烧了一锅开水。越儿往回跑了几步,忘忧又叫:“泡上我们新炒的白茶。”

越儿噢地叫了起来,说:“那他真的要变成白茶精了。”说完就跑了。

忘忧又喊:“别忘了我写字的木炭和板。”

忘忧知道,越儿在心疼他们的白茶呢,这茶能换回多少口粮啊。冬天到来的时候,他们是全靠这些春天的茶换来粮食活下来的呢。可山里人是好客的啊,再说这客人又是从西洋来的,还受着伤呢。五年深山密林的生活,已经完全改变了忘忧,现在,他和越儿说的都是一口山里人的土语,他们和山里人在一起,已经完全没有一点点杭州人的都市的影子了。

西洋人就在这时候醒了过来,他张开眼睛,绿绿地看着忘忧,怔了一怔,突然露出笑容。忘忧也笑了,指指自己的白头发,又指指对方的黄头发。对方就坐了起来,叽里咕噜地说了一阵,费力地坐了起来。忘忧一句也听不懂,他想来想去,只好说:“这里是中国,天目山。”

这几个字那西洋人只听懂了“中国”两个字,但他大为兴奋,说:“美国,美国,美国……”

“美国”这两个字,忘忧也是晓得的。啊,原来这大家伙是美国人啊,他是从哪里冒出来的呢?正这么想着的时候,越儿浑身挂得七上八下地来了,手里还拎着一把壶。美国人看见一下子冒出了两个孩子,十分高兴,就对他们指着自己的胸说:“埃特,埃特,埃特。”

忘忧明白了,这大家伙美国人名字叫作埃特。忘忧就指着自己说:“忘忧。”又指指越儿,说:“越儿,越儿。”

埃特费力地说:“旺,旺旺;月,月。”他咧开大嘴笑了起来,那两个孩子也跟着笑了。

他们先是给了他一块番薯干,他狼吞虎咽,吃得一个劲打着嗝,忘忧连忙给他倒茶。一大海碗的茶里面,漂着一层白茶叶。埃特从来也没见过这样的饮料,他惊奇地指着这些叶子,看着孩子们。两个孩子就争先恐后地对他说着什么,又指指他们身后的白茶树。埃特想必是明白了,接过茶碗,一口气,连茶叶带水喝得个精光。越儿看得发呆,说:“哥哥,你看他,你看他,你看他把什么都给喝下去了,他把第一开的茶叶全吃了。”

山泉泡的新茶,说不出来的好喝。又累又渴的盟军飞行员埃特,从来也没有见过散茶的模样,可是第一次喝茶,就达到了茶圣陆羽《茶经》中所言境界:“若热渴、凝闷、脑疼、目涩、四肢烦、百节不舒,聊四五啜,与醍醐、甘露抗衡也。”

浑身上下那说不出来的舒服促使他把大海碗一伸,他的意思忘忧顿时明白了,这个西洋佬还要喝呢。两个孩子连忙又给他冲了一大碗,不过这一次越儿可不让他这样喝了,他连比带画地告诉埃特,茶叶不是这样一次就全喝下去的,必须把它给泡开了,喝它的汁。这样一连喝上四五次,才算用完了茶叶。埃特明白了,一连就喝了三碗。喝到第四碗的时候,他看着那碗底的茶叶,犹豫地看看忘忧,忘忧摊摊手说:"吃吧,你喜欢吃茶叶,你就吃吧。"

埃特很高兴,他的确喜欢吃这样的茶叶。他的大手指往碗底一捞,茶叶就到了他的嘴里,咯巴咯巴地咬碎了,就吃了下去,然后呼了一大口气,对着天空叫了一声:"噢——妈高得——"

俩孩子也听不懂他是在叫上帝,他们也没听说过上帝。他们只是看到埃特喝了他们的茶,发出那么心满意足的喊声,知道他是高兴了。这时越儿才想起了口袋里的洋人的糖,拿出来再啃,竟发现没像刚才那样难吃了。埃特见他吃了巧克力,也很高兴,一个劲地说:"巧克力!巧克力!巧克力!"

越儿明白了,外国人的糖,就叫巧克力。为了投之以桃,报之以李,他也不停地对着身后的大茶树叫道:"茶!茶!茶!"

见埃特还是没弄明白这之间的关系,忘忧就对越儿说:"越儿,你上去采几片叶子给他看,他从来没见过中国的茶呢。"

李越就呸呸地往自己的手心里吐了两口唾沫,在地上两只脚一蹭,一双破鞋子就蹭掉了。然后往后一退再往前一冲,像一只灵巧的猫一样地就上了树。一会儿,就摘了一大把茶叶下来,伸到了埃特的眼前。埃特终于明白了,他喝的茶,就是他身后的那株树的叶子。他张开大嘴,一把把那鲜嫩的绿茶叶就抛进了口中。可是这一回他没能够一饱口福。他像一头牛一样地磨了磨牙,就被那嫩茶叶特有的涩味苦得咧开嘴,一口吐了出来,又"妈高得、妈高得”地叫了起来。

忘忧和越儿都开心地笑了起来，这才塞过去木炭和木板。埃特明白了他们的意思，就在木板上画了许多架飞机，又在飞机下面画了一些日本鬼子，飞机上有炸弹往日本鬼子头上扔。俩孩子刚刚看到这里，就兴奋地扑了过去，把埃特扑得个人仰马翻。埃特的脚受着伤呢，被他们这一扑，痛得又“高得高得”地乱叫，他们这才想起了这位轰炸日本鬼子的西洋英雄还在流血呢。连忙又找了干净的布来，脱了埃特的大皮靴，把他的伤口用茶水洗了包好。然后，忘忧扶着埃特往破庙里走。小越儿，背上背着埃特的大皮靴，唱着山歌，兴奋不已地就跟在后面。埃特一路拐着脚，一路还捏着刚才吃茶的那只黑色的天目盏。路过破窑址的时候，越儿七冲八颠地往前跑，那只大皮靴子在他背上乱跳，他也顾不上。他一边拉着埃特的手，一边指着那口破窑，叫道：“埃特，埃特，你手里那只大茶碗，是我捏出来的，是我和我无果师父一起在这只窑里烧出来的，埃特，埃特……”

埃特在东天目山休养生息了没多久，就和这两个中国孩子混得极熟了。大的忘忧性格内向一些，越儿很顽皮，虽然语言不通，但他们彼此之间心灵相通。已经有人来联系了，要把埃特带到西天目山浙西行署去。越儿一听就哭了，说：“埃特是我们的，我们不让他到西天目去。”忘忧到底大一点，说：“埃特是美国的飞行员，他若找不到了，他家里的人该多着急啊。快快把他送回美国，下一回，他还可以开着飞机炸日本佬。将来日本佬投降了，叫他再开飞机来接你就是了嘛。说不定你还可以到美国去玩呢。”

小孩子好哄，一听可以到美国去玩，立刻就不哭了，说："那你呢，我要你和我一起去美国，要不然我可是哪里也不去的。"

忘忧笑笑说："这可是你现在说的话，将来你大了，你可就不那么想了。凡人可以去的地方，你都会去的。再说了，我可不想去美国。别说美国，我连杭州都不想回去了。我就是想住在这里，我看这个破庙比哪里都强。日后日本佬投降，我就去羊坝头把我妈妈接了来，一起住在这里。"

"那我也把我妈接了来住在这里。"越儿为了表示自己和哥哥的一致，就这样表态，然而他马上就加了一句，"不过我还不晓得我妈是谁呢，她会和我一起来吗？她会同意让我们两人一起做和尚吗？"

"我也没说做和尚啊。"忘忧说，"我就是喜欢住在这里，种菜啊，摘茶叶啊，挑水啊，空下来读读书啊——"

"那我也喜欢种菜啊，摘茶叶啊，还有烧窑，我最喜欢烧窑了。"

"你和我可不一样。你走到哪里，都不会有人来围观你。我不行，我是一个废人，你看我是不是走到哪里，人家的眼睛就要盯我到哪里的。你还记得无果师父活着的时候怎么交代你的，他还让你看着我，别让我跑到山外去。他说我浑身雪白，日本人一看到就是一枪，把我打死了，你可怎么办？没人养你，你不是也得饿死吗？"

越儿一听就吓哭了，边哭边说："忘忧哥哥，你可不能到山外去，你可不能让日本佬一枪打死。你若被打死了，我怎么办？还有埃特。埃特的脚还没有好呢，你可不能死。"

埃特不明白旺旺说了一些什么，为什么月就哭了起来。他拉拉月,月就比画着形容了忘忧刚才说的话。埃特明白了,走过去一把搂住了忘忧,伸出自己的胳膊,又撸起忘忧的衣服袖子,两个肘子碰了碰,两个大拇指并在一起。忘忧看懂了,埃特的意思是说:别难过,我们的皮肤一模一样,我们是一样的人。

忘忧开始采摘野茶,他发现埃特非常喜欢喝中国人的茶,他还发现越儿也非常喜欢吃外国人的巧克力。只是巧克力已经没有了,越儿曾经到埃特的行囊里去翻过,一边翻着一边喊:“巧克力,巧克力,我要埃特的巧克力。”埃特只好摊手,耸肩,不停地说:“扫雷,扫雷。”越儿已经知道了,这就是对不起、没有的意思。然后埃特就开始到处找茶。他可真是会吃茶,没过多久,就把忘忧他们新制的茶叶都吃光了。“茶!茶!”埃特提着空空的茶叶土罐子,叫道。越儿也学着埃特的样,一边摊手一边耸肩,叫着:“扫雷,扫雷,扫雷。”忘忧就生气了,一下子打掉越儿的手,冲着埃特喊道:“不扫雷,不扫雷,不扫雷。”

忘忧决定给埃特带上许多他制的茶,一直让他吃到美国也吃不完。李越不晓得美国有多远,他问忘忧,美国比杭州还远吗?忘忧说,听说美国远极了,和中国之间还隔着太平洋呢。李越又问,太平洋有你常说的那个西湖大吗?忘忧也没见过太平洋,不过他想,无论如何,太平洋已经挨着一个洋字了,所以不会小到哪里去。他就果断地说:“肯定不会比西湖小。”李越一想,太平洋那么大,比西湖都还大呢,埃特这一走,什么时候才能见面呢?忘忧哥哥倒是已经想好了送他茶叶,那他送埃特什么呢?想来想去,他决定送一把从前和无果师父一起制作的茶壶。

上帝看到这样一把壶,也会发笑的。这算是一个什么东西啊:

像一张好好的脸被人狠揍了一拳,别的都凹进去了,一个不成样子的只有一个鼻孔的鼻子却凸了出来。这样的脑袋上,居然还会有一顶和脑袋一样风格的帽子。这顶帽子有时勉强能扣在头上,有时就死活扣不上去了。虽然如此,埃特还是喜欢得不得了。

不知道哪一天,忘忧站在树杈上,随风飘来一种声音,是久违的琴声,摇曳的口琴声,他不禁瑟瑟地抖动起来了,那是他最熟悉的口琴声,那是他最熟悉的曲调:

苏武留胡节不辱。
雪地又冰天,穷愁十九年。
渴饮雪,饥吞毡,
牧羊北海边。
……

透过大白茶嫩绿的茶树叶丛,他看到了一名白衣秀士,飘然来到大茶树下。他旁若无人地坐了下来,靠在大茶树下,吹着口琴。忘忧听着听着,眼泪噗噗噗噗地掉了下来。又见那白衣秀士神清气朗地站了起来,问:“你还打算在树上待多久啊?”

忘忧手一松,满把的茶叶,纷纷扬扬地从半空中泛着银光,飘然而落,披在了这白衣秀士的身上。然后,忘忧一个踉跄就从树上掉了下来,白衣秀士伸手一接,把个忘忧稳稳地接在手中。只听忘忧大叫一声:“忆儿哥哥!”就被亲自来接埃特去西天目山的杭忆紧紧地抱在怀里了。

看上去，天目山的一切都风平浪静，忘忧他们几个远在深山，消息闭塞，哪知一场由盟军飞机轰炸而引起的血腥战役，已经在浙赣大地上爆发。从4月19日开始的一个月内，日机轰炸衢州机场，共达五十九次，投弹一千三百四十一枚。整个浙赣边境，几成火海。而早在几个月前的1941年10月，中国茶业研究所已经被宣布批准成立，吴觉农先生择定了福建武夷山崇安赤石的示范茶场为所址。在炮火声中，杭家的下一代传人杭汉，在三个多月之后，带着妹妹黄蕉风，与东南茶场的全体人员以及设施，由衢州万川迁往福建武夷山崇安。

临行前，依旧是懵懵懂懂的黄蕉风拉着杭汉的手问："汉哥哥，我们不要万川了吗？"

"怎么不要！总有一天我们还会回来的。"

"我跟你一起回来。"蕉风高兴地说，她很喜欢这个地方，她喜欢这里的茶，也喜欢这里的柑橘，她还喜欢这里的青山绿水，还有在这里结识的中国最优秀的茶人。

1942年6月，福建武夷山中，中国茶叶研究所正式开始工作——中国茶业史上重大的一笔，就在血火交锋间，被写入中华文明的数千年茶史中了。

第二十六章

一个星期之后，杭忆从西天目回到了平原。

杭忆平时出动，往往只带两三个贴身的保镖，神出鬼没，声东击西。这一次也不例外。腰里一支枪，一把口琴，也算是剑气箫心了。只是此行往返于平原，他不像平日里那样从容。

在西天目，杭忆连半天也没有待，把埃特交给国民政府的浙西行署官员，他就赶回了平原。听说这一次行动的最高长官杜利特尔也被营救到了天目山，正巧出去活动了。行署的官员倒是都热情地留他住上几天，和杜利特尔见上一面，可是杭忆没有答应。

这平原上的白衣秀士，冷面杀手，一直是天目山和四明山的争夺对象。人们拭目以待，总以为不管他是怎样潇洒、自由，他反正是肯定要上一座山的。这种在平原上的草莽行动，迟早是要结束的。

正是浙赣战役进行得最激烈之际，金华、兰溪、衢州一带，都打得难解难分，听说日军酒井直次中将被炸死在兰溪，他还是日本自建立新式陆军后第一个死在中国战场上的现任陆军师团长呢。

杭忆部队活动的杭嘉湖平原一带，相对而言要宁静一些，忘忧和越儿避难的东天目深山也还算安全。这次兄弟相逢，对忘忧来说是从天而降的意外，对杭忆，却是已经事先知道的情况了。接头人让他去天目山中找一个浑身雪白的少年时,他就一下子想到了忘忧。尽管如此,他吹着口琴试探时,从树上跳下来的那个少年还是令他百感交集。

忘忧无疑是大变了,比他久别的堂弟杭汉和二叔嘉平变化都要来得大。从前他是家中的宠儿,小心捧着的心肝,人们见着他,脸上就会露出无限怜悯的神色,所有对他上一代人的同情就都倾注在这个小小的人儿身上。而他则理所当然地接受这一切,苍白的脸上还时不时地露出不满足的神情。

现在他的脸上神色依然,但那已经是一种严峻的早熟了,甚至还带着一种幽闭的冥思。那是因为在山里住的时间太长的缘故吧,杭忆发现,他的口音也变了,他已经不会完整地说上一句杭州官话了。

杭州家中的情况,杭忆是早就通过楚卿知道的了。如果忘忧问他,他不会对他撒谎。在这一点上他和杭汉不一样,他已经习惯了那种刀刀见血的战争生活。他的心已经被战争的炮火炸得粉碎,像铁屑那样又流遍全身的血管,一直渗透到所有的血液之中。

如果不是天真的美国大兵埃特不时地插话,也许这对兄弟的相逢不会像看上去那样不动声色。埃特想必在太平洋彼岸学过一些中国的时事和三两句华语,所以见到一个大人,他非常兴奋,比比画画地要了解对方的身份。越儿就给他翻译:“游击队!游击队!”

埃特居然很了解中国的政局,他小心地问道:“游击队?共产党?国民党?”

杭忆大笑了起来,用简短的英语告诉他,他不是共产党,也不是国民党,他就是游击队。

埃特明白了,竖起大拇指说:“共产党,高的!(Good)国民党,高的!(Good)游击队,高的!(Good)日本人,败的!(Bad)”

越儿就很得意地告诉杭忆:“埃特说,共产党好! 国民党好! 游击队好! 日本人最最坏,统统把他们杀了!”

几个人就都笑了起来。忘忧也笑了,但杭忆立刻就看出来了,忘忧只是为了不扫大家的兴,才露出笑容的。

在他们兄弟相逢的极短的日子里,忘忧从头到尾也不向大表哥打听母亲的下落,杭忆也不主动提及。送他们一行人下山的时候,忘忧戴着斗笠,穿着草鞋,沿着山道走在前面,茅草尖唰唰唰地擦着他的破成条的裤腿,一会儿就把这不成样的裤腿也打湿了。草边割着了他永远也晒不黑的雪白的皮肤,又割出了一条条的血痕。杭忆看到这样一双腿脚,就搂住忘忧的肩,说:“等过了这段时间,时局安定一些,我就到山里来接你们。”

越儿喜出望外地叫:“大表哥,我要你带我去美国埃特家。”

忘忧推了一把越儿:“再胡说,不让你下山送埃特了。”回过头来才对杭忆说:“没关系,我和越儿已经在山里住惯了。”

杭忆叹了口气,说:“是啊,和大表哥在一起,脑袋是要挂在裤腰带上的。”

忘忧悄悄地问:“你杀日本佬了吗?”

“杀! 日本鬼子,汉奸,统统杀!”

“什么时候可以回杭州?”

杭忆心里咯噔了一下,气就屏住了。他等着忘忧往下问,等着血与泪冒出来。一只山中的大花蝴蝶从他们眼前翩然飞过,这是那种童年时杭忆经常带着忘忧到郊外去扑打可做成标本的花蝴蝶,他们叫它"梁山伯祝英台"。杭忆没有朝忘忧看,他知道那个斗笠下会有一双怎样眯起来的眼睛,他熟悉那双眼睛上的像蝴蝶翅膀一样扑闪的长长的银白色的睫毛。身边的这个骨肉兄弟使他心疼,他舍不得离开他,仿佛这一次就是永诀。

忘忧却说:"大表哥,你还欠我一次玉泉看鱼呢,你是这个。"

他伸出了小指头,比画了一下。

杭忆拍拍忘忧的肩,说:"抗战迟早是要胜利的,到时候,我派你到玉泉专门养大鱼去。"

"阿弥陀佛,可惜就不是从前我和妈看到的鱼了。"

这是他唯一的一次提到妈。杭忆感觉到了,他提高了嗓子,看着对面山上已经从树梢上升起来的太阳,快活地说:"你念起阿弥陀佛,倒也有几分像呢。好,你既不肯与我一起去平原,就在这里替我多念几声佛吧。从前你爷爷总爱说一期一会的,这也不过是茶道中人所言,把每一次相聚都作为永别,作为一生中唯一的一次。我看你倒是能够领略这'一期一会'的境界的了。再见了,我的小表弟,我要为你多杀十个日本鬼子,你相不相信?我要为你多杀十个日本鬼子!再见了!"

他一下子抱住忘忧,把他紧紧地搂在怀里,然后放开,忘忧的手上,就多了一把口琴。埃特跟着杭忆,倒退着和他的中国小朋友再见,他不停地叫着:"旺旺,旺旺,月,月,……"然后他用多毛的大手捂住自己的脸,这么大的大个子也哭了。忘忧突然想起了什么,催着越儿:"越儿,我们送埃特的茶呢?"

越儿拎着那小包白茶,正在告别中发愣呢,被忘忧一提醒拔腿就跑去追。忘忧站着目送他们,站了好一会儿,缓缓地往回走,一直走到大白茶树下。他爬了上去,想看看与他告别的人们的身影。没有了,天目山林涛阵阵,把发生的一切又都掩去了。他有些茫然,仿佛一时还不知道发生了什么。也许是梦,他看看自己的手,手里有一把口琴,他茫然地把它贴近了他干裂的唇,一首曲子不假思索地就从大白茶树顶上断断续续地飘了出来——

在望不断的白云的那边,在看不见的群山的那边,
那边敌人抛下了满地疯狂……
我那白发的爹娘,几时才能回到梦里边!
含着泪儿哭问,流浪的孩儿你可平安……

现在他想起了一切,杭州,羊坝头,忘忧茶庄,鸡笼山祖坟……他把脸埋到大白茶树的枝叶丛中去了,于是便听到了树下的哭声——那是越儿,他在哭他和埃特之间短暂的被战争阻隔的友谊。大白茶树的叶子也被泪水打湿了,它也剧烈地颤抖了起来。树上树下,两个中国孩子都在哭泣:一个在哭异国的盟军将士,而另一个则在哭他的母亲——现在他彻底明白,他再也见不到他的母亲,他再也见不到他的母亲了……

杭忆对浙西行署的人说他有急事,并非推托,他急急地往回赶,眼前时不时地就掠过楚卿生气的面容。

杭忆越和楚卿交往,越爱楚卿,就越觉得楚卿这个人,有时真正是不可理喻。比如这一次送埃特到西天目去,对杭忆来说,实在

是并没有什么山头之分的。埃特既然落在了东天目,自然是送到西天目去最方便。杭忆的水上游击队常在湖州这一带活动,把护送埃特的任务交给了他们,也是顺理成章的。可巧楚卿突然从天而降,来到了他的身边。杭忆一见到楚卿就浑身激动。他文质彬彬地把楚卿让进里屋,还没等她说上一句话,就把她一把按倒在床上,拿自己的嘴堵住她的嘴。楚卿气得一边捶他一边喘着气说:"你放开,你放开我,你这坏蛋……"

杭忆拥抱着她说:"我才不放开呢,我一放开你又得给我说上半天道理,你那些道理我不听心里也明白,不用你一遍两遍来教……"

楚卿瘦削,而杭忆这几年却飞快地长成了一个宽肩膀的强悍的小伙子。他精力充沛,敢想敢干,说到做到,每次见到楚卿,眼里就冒出狼一样的神情。正如他曾经对杭汉说过的那样,他爱楚卿,爱得恨不得朝自己的脑袋上开一枪。他从来也不放过任何一次楚卿出现在他面前的机会。他总能找到机会,与楚卿大做其爱。而每一次也总都是从楚卿的拼命反抗开始而到温柔接受结束的,这一次也不例外。

热烈的温存缠绵之后,便是突然而来的不可遏止的伤感,楚卿便总会斜倚在什么地方,用手一边捋着杭忆的长长的顾不上理的头发,叹息着:"你啊,你啊,你啊,你跟我一起进山吧……你跟我一起进山吧,你跟我一起走吧……"

而杭忆在这样的时候,也总是肆无忌惮地把自己的头斜靠在楚卿的大腿上,一边取出他的口琴来,磨蹭着楚卿的脸,问:"喂,你想听我吹个什么?"

楚卿的头发都被杭忆摇曳下来了,披得一脸,就像西湖边的垂柳。此时她哈气如兰,往往用手把头发往后一捋,头一仰,说:“随便……”

杭忆最喜欢看她这时候头一仰的潇洒动作。在杭忆看来,楚卿的每一笑每一颦都是大有深意的,他不能够全部明白这其中的深意,又为自己不能全部拥有而忧伤。“随便……”他长叹一口气,就开始吹起了她心爱的曲子《苏武牧羊》。他们常常在《苏武牧羊》中默默地分手,彼此知道谁也没有能够说服谁。

可这一次他们的吵架声终于压倒了《苏武牧羊》。楚卿没有把自己的身体斜倚在什么地方,杭忆也没有了可以依偎的女人的大腿。楚卿在一阵热烈之后立刻清醒过来,指着杭忆说:“听说你要上西天目?”

“是啊,我还从来没有去过西天目呢!看样子是要为那个美国佬走上一趟了。”

“我们可以把他送到四明山去,我早就想和你一起去四明山了,我们四明山上也救下了几个美国飞行员。我有一条秘密通道,保证你们一路上安全到达。”

杭忆觉得好笑,说:“怎么,你不放心我,你怕我上了西天目就下不来了?我只是顺便去护送一个美国人而已,我可不是把我自己送到什么山门上去。”

楚卿生气地说:“你晓得西天目是什么地方?他们一直在争取你,你要是不听他们的,万一他们把你扣下来怎么办?”

杭忆刮了一下楚卿的鼻子,说:“瞧你说的什么,你们不也是一直在争取我吗?万一我不听你们的,你们把我扣下来怎么办?”

“不许你污蔑我们！”楚卿厉声喝道。杭忆知道，现在，他们的唇枪舌剑又要开始了。

杭忆从来也不反对楚卿的任何抗日主张，他不是不愿意和他们在一起，可是他无论如何也战胜不了自己。任何纪律的约束都能把他给憋死，尤其是来自楚卿给他的纪律约束。一个女人，代表了一个组织来收编他，他想起来就不能接受。也许他还害怕因此而失去了楚卿。在他看来，与他温存的楚卿和那个要领导他的楚卿根本就是两个女人。他越迷恋那个神秘性感的女人味十足的楚卿，就越不能接受那个庄严神圣的总给他讲大道理的铁血女人楚卿——他们一直在控制和反控制中紧张地相爱着。

楚卿从一开始不把这杭氏家族的后人当回事，到认起真来发起狠来对付这茶人后代，说明她也是一个十足的女人吧。也许换一个人来与杭忆打交道，杭忆早就战斗在四明山上了。可是楚卿不——她自己也不知道，她把女人颐指气使的意气带进了她与杭忆的关系之中。每当杭忆用一种故意装出来的油腔滑调的潇洒与她对话时，她就气得眼冒金星。她以往的那种居高临下的矜持也就随着她的大发雷霆而烟消云散。她会跺着脚喝道：“杭忆，你这天底下的头号糊涂虫，你会因为你的立场付出代价的！”

杭忆就耸耸肩说：“我怎么了，我的好姐姐，我怎么啦？又得罪了你？难道我当了汉奸，难道我成了怕死鬼，难道我成天琢磨着扩大自己的地盘，难道我发国难财了，我成亡国奴了？不，我什么也没有做。我一直在杀鬼子，杀汉奸，我一直在做一个中国人的英雄。你看，我甚至连一首诗也不写了，我的手上没有笔了，我拿它换了枪。可你还要我归到某一面大旗下来。你也是杭州人,你应该晓得我们杭家人的性情。辛亥革命,打倒你们祖宗的那一回,我爷爷本也可以是个元老的,可是他没像寄客爷爷那样活着。我们杭家人就是这样的,你不能要求我改变,明白吗?我的好楚卿,我最爱最爱的女人,你可不能要求我改变,我独往独来自由散漫惯了,你让我保留一点人的弱点吧。"

楚卿看着这个懒洋洋说着话的年轻人,愣了半天,才说:"你要明白,你如果不能和我完完全全地站在一起,那么我们迟早有一天是会分手的。"

聪明过人的杭忆哈哈哈地大笑起来,一把抱住了楚卿,吻着她的脸说:"我晓得你迟早会把这句话说出来的,我晓得你迟早会把这句话说出来的。我晓得你们的组织绝对不会这么狭隘,绝对不会因为我没有上山就把我打入另册的。你以为我真是一个政治文盲,一个水大王,只晓得暗杀,其他什么也不懂?难道你没有跟我讲过贵党的种种抗日主张?难道我自己没有读过了解过贵党的种种精神?我晓得贵党是欣赏我的,不欣赏我的只是你。我的那队长啊,你这可就是假公济私了。我相信你们的组织并没有非要把我拉上山的企图。这个企图,也许仅仅来自您楚卿女士吧。狠心的女人,你就这样对待我折磨我啊……"他哈哈哈地大笑着,突然脚上就被楚卿狠狠踢了一下,痛得他不得不一下子放开了她,抱着脚就在原地打转,"哎哟哎哟"地叫着,再也说不出那些油腔滑调的话来了。

看样子这话是真说到楚卿的要害了,她气得灰眼睛上亮晶晶的一层,嘴唇哆嗦着,一句话也说不出来——她也有被气哭的时候！杭忆害怕了，他想用他的吻去吸干楚卿眼中的泪水，但是没有能够成功。楚卿别过了头去，一使劲就挣脱了杭忆，然后，头也不回地就走了。

杭忆在林子里追着她，拐着脚边叫边威吓："楚卿，你敢走，小心我让人把你绑起来，你还得回到我身边。你回不回来，你给我站住！"

楚卿倒没有站住，杭忆自己却不得不站住了。茶女一声不吭地拦在了他的前面，她阴沉着脸说："队长，该我提醒你了吗——出发的时间早就过了。"

杭忆这就靠在树上，把两只手插在腋下，看着天，出了一会儿神。那张刚才还充满孩子气的面容，刹那间又回到了冷面杀手的冷峻中去了。

茶女太熟悉这种反复无常的变化了。刚才她一直躲在林子后面哭泣——她什么都看到了，她什么都知道，她甚至不止一次地听到他们在一起男欢女爱时发出的呻吟。为此她曾经把自己的前额在树上撞出了血。有一次她甚至就这样鲜血淋淋地出现在这对男女面前。楚卿惊讶地说："茶女，你怎么那么不小心？"一边说着，一边把自己的一块手帕就给了茶女。可是楚卿刚刚转过身去走了，她就一下子把手帕扔到地上，她就当着杭忆的面痛哭起来。杭忆呢，他脸不变色心不跳，弯下腰捡起手帕，轻柔地擦着茶女额上的血，他甚至不问一问她脸上的血是从哪里来的。

她每一次都想控制自己的，但没有一次成功过，这一次也不例外，这就是杭忆不得不对她的爱情保持冷漠的根本原因。她说："她又来劝你上山了吗？"

杭忆开始往回走，一声也不吭，越走越快，越走越快。茶女在他的身边，只得一溜地小跑。边跑，边气急败坏地说：“我都听到了，她又来劝你上山了。她就是怕我在你身边，她就是要把你完完全全地拉到她一个人的身边去，她骨子里就是那么一回事情！就是那么一回事情！”

你看，世界在她茶女的眼里，只存在两件事情：一是打日本鬼子，二是谈恋爱。杭忆站住了，笑笑，皱着眉说：“行了，闹够了吧？”

茶女也觉得不好意思了：“谁跟你闹啊，不是还有行动吗？”

“这次你就别跟我行动了，留下等我回来。”

“为什么？”茶女吃惊地问。以往每一次乔装打扮的行动，茶女常常是扮作杭忆的妻子的，她想这一次也不会例外。

“不为什么，我想快去快回。西边打得那么厉害，说不定就要波及我们这里，一定要小心。”杭忆走了几步，才又说，“立刻派个人护送那队长回去。这一次非同寻常，路上要是出点差错，有什么事情发生了，我可是要拿你是问的。”

茶女知道“拿你是问”这句话的分量，她就再也不敢冒酸气了。水上游击队的纪律严明是每一个队员心里都有数的，杭忆的翻脸不认人，也是每一个队员心里都有数的。

这一次茶女真正领略到了“拿你是问”的恐惧，当派出去护送楚卿的人回来，报告茶女说楚卿被日本人抓走了的时候，茶女的脸都吓青了。正张罗着商量如何通知山里，又策划着如何营救的时候，杭忆回来了。看着茶女那双心慌的眼睛和发白的面孔，杭忆就知道大事不好，立刻就问：“是那队长出事了吗？”

一屋子几个人都吓得不敢喘大气,谁也不敢回答杭忆。杭忆就把手伸向腰里。众人都以为他是要去掏枪,掏出来的却是那块被茶女扔了的手帕。他一边细心地擦着自己的手指,一边坐下来平静地问:“慢慢说,别着急。现在她被押到什么地方去了?”

“这个已经打听清楚。这次鬼子发动浙赣战役,本身就是为了破坏衢州机场。听说有七千多个被俘的人都被押到那里去破坏机场,那队长也一起被押去了。”

杭忆这次从路上回来时就听说了,衢州城已经被攻下,日本人准备把江水引入机场,还准备在周围埋上大批地雷。已经有大批中国军民被押到机场,他们饥不得食,病不得休,稍有疏忽就被杀死,机场内外已经是血流遍地了。想到这里,他站了起来,说:“我就先走一趟吧。”

许多人都以为杭忆是那种冷静的很难动感情的人,只有很少几个人知道杭忆骨子里的冲动和盲目,茶女就是其中之一。她叫了起来:“你一个人单独行动,这怎么行?”

“我也没说是我一个人行动。我只是先行一步,侦察一下。茶女,你上一趟山吧,四明山,楚卿是他们的人,要尽快告诉他们那队长的下落。”

他站了起来,谁也没再看一眼,就走了出去。茶女在后面叫道:“快,快找几个人跟着队长,快!”

接近战俘营很不容易,杭忆的小分队花了不少工夫,总算制订好了营救方案。正要行动,得到的最新情报却说,楚卿和几千战俘,被日本人挑了出来,专门关到一个地方去了。杭忆一开始以为,他们要对这些人下毒手。第二天夜里传来的消息却使人大惑不解——日本人竟然把这批人统统都放了。

在修建机场的被俘军民中,被释放的并不是楚卿一个人。不过,这种释放的概率也并非一定会降到楚卿身上,楚卿的被释放,完全是因为被小堀一郎认出之故。当时,一个日本军医模样的人正在人群中挑选着他所满意的人,战俘们并不知道这次挑选意味着什么,只发现他们对男人比对女人更感兴趣。那日本军医好几次都从楚卿面前走过,直到站在他们这一群人不远处的小堀用马鞭指着楚卿说:“您不觉得,在您的工作中,女人和男人一样地重要吗?”

那个日本军医这才站在了楚卿面前,盯住了楚卿,然后伸出手去,捏捏她的肩、她的手臂,又端起她的下巴,看看她的牙,满意地叫了一声,对小堀做了一个手势,表示赞同。然后,一个日本鬼子就把楚卿给拖了出去。

这些被挑选出来的人,都被集中在另外一块空地上。他们大多是身强力壮的男人。谁也不知道日本人把他们挑出来是干什么的,莫非是准备枪毙他们了?楚卿很年轻的时候就几乎经历过死亡,她想这一次是真的要死了。小堀却好像已经看出她的心思了,他慢慢地走了过来,手里的马鞭一下一下地随意地抽打着地面,说:“那小姐别来无恙?”

楚卿看着这个杭州城里忘忧茶庄的死对头,她想,这一次她恐怕是不可能再在他的眼皮子底下消失了。既然如此,她也不用再有什么顾忌,倒是神清气爽地说:“是啊,从杭州城这个被强盗侵占的地方出来,走到自由的天地里,自然是别来无恙了。”

“可惜那小姐到底还是没有能够逃出我们的手掌啊。”

“鹿死谁手,要看最后的结局。”

“那小姐说到死倒也坦然,但我们不会让你们这样死的。你放心,我们不会让你们支那人就这样去死的。喂,你们说是不是?”小堀一郎对着那些穿白大褂的日本军医说,他们都会心地笑了起来。

早在两年前的1940年10月至11月,日军就对浙江进行了细菌战。他们分别在宁波、衢州和金华用飞机投放了许多鼠疫病菌,两年之后的浙赣战役中,日军的731细菌部队部队长石井又亲率远征队从哈尔滨来到这里的衢州城,再一次对这里的军民投放了鼠疫、霍乱、伤寒和炭疽热等细菌。楚卿所关押的战俘营中,就有三千战俘成了细菌战的牺牲者,楚卿也包括在了其中。日军事先已经准备好了三千多个特制的烧饼,并用药针在烧饼中注入了细菌,然后,再把这些烧饼分发给了这三千战俘,同时释放了他们,让他们作为带菌者,再把细菌传染到民间去。

楚卿也分到了一个这样的烧饼,只是她还没来得及吃,就被小堀一郎派来的人带走。他们专门给她检查了一次身体,然后,又被带去见小堀了。

这一次,小堀是在机场的边门上见楚卿的。7月的骄阳虽然已经开始下山,但浙西大地依然被烤得如火烫。机场周围被挖得横七竖八,沟壕中的死水掺和着血水,散发着阵阵臭气。小堀一郎却穿着整齐,一身军装,见到楚卿,笑笑说:“怎么样,那小姐,我们还是言而有信的吧。我不是说过了吗,不会让你们这些支那人就这么死去的。我们不是把你们都放了吗?”

他手里拿着的马鞭就指了指那边不远处,机场的大门口,中国战俘们正三三两两地互相搀扶着,朝机场外的旷野走去。

楚卿看着这些人的背影,很久,才说:“这样的自由,还不知道是用什么样的代价来换取的呢。”

小堀睁大了眼睛,赞叹着说:“凡和杭家人打交道的女子,从来就是聪明过人,你也不例外。我们当然不会白白地放过你们。你还没有吃那个烧饼吧,我希望我能在你没有吃那个烧饼之前把你叫出来,你吃了吗?”

楚卿摇摇头,她明白这是怎么一回事了。她说:“为什么把这样的罪恶泄露给我,不怕战后有一天,我作为证人到国际法庭去告你们吗?”

小堀大笑起来,说:“那小姐,我可是你的救命恩人。”

“为什么要救我?”

“我没有特意救你,你只是碰巧没有吃下那块有细菌的烧饼罢了。这是你的幸运,和我无关。”

“那你和我还有什么可以谈的?”

小堀一郎看着远山,一只手无聊地用皮鞭甩打着地面,一蓬蓬的灰尘就扬了起来。一会儿,他突然轻声地说:“我只是厌倦了这场战争……厌倦了。”

楚卿看着远方,她还是不能够明白,这个她并不熟悉的日本军人特务,为什么要对她——他的敌人说这样一些话。住在杭家的日子里,她曾经模模糊糊地听到过一些有关这个人的出身,但他们并不开诚布公地对她说这些。他们杭家人,对小堀这样一个恶魔,总有一种说不出来的保留。

黄昏降临，空气中传来阵阵血腥味，群山开始变暗了。天空失去白日的光泽，惨白和紫红混合成庄严的深灰，原野便在暮色中辽阔起来。远山在天边折画出了一道支离破碎的浓线，上面是不可捉摸的耀眼的白光，下面是深不可测的黑。那些三三两两走向大山的人们的背影，那些注定要去赴死的活着的亡灵的背影，在地平线上跌跌撞撞地远去，有的在尚未融入郁黑狰狞的山峦之时，就已消失在大地上；有的蠕动着，在几乎消失时重又出现，终于投入大山的怀抱。楚卿的视线一直跟着他们，她觉得，她必定是他们中的一员了，消失在这样的大地和群山之中，也许就是她的归宿了。

小堀指着其中的一座山说："看到了吗……烂柯山。那是有关大虚无的故事啊，竟然就来自这块土地，你听过这个迷人的传说吗？"

楚卿沉默了一会儿才说："我不关心任何有关虚无的故事，不管它来自哪块土地。"

"可是我要说，虚无是在任何信仰之上的东西啊。一个樵夫进了山，见一对仙人下棋，他放下手里的斧头，不过看了一局，再回头望，斧头的柄已经烂光了。回到山下的家中，谁也不认识他，山中方数日，世上已千年。你看，时光就有这样的力量，时光的力量比战争的力量大多了。无论是我们日本人战胜你们支那人，还是有一天你们支那人赶走我们日本人，在时光面前不都是渺小的、无意义的吗？……我对这场战争已经厌倦了……"

"你的厌倦，是在这里产生的，在中国产生的。难道不是一种必将失败的预感使你觉得虚无吗？"楚卿尖刻地说。

小堀一郎皱起眉头，打量了一下楚卿，说："有信仰的人总像一个传教士，到处散发自己的福音，甚至在死亡降临的时候，他们也不放过这种机会。不过我不会因为你的话再动杀机。楚卿小姐，我该祝贺你——也许你自己也未必清楚吧，你已经怀孕了。”

楚卿低下了头，她就像没有听到这个消息，她一动也不动。

“你不感到吃惊吗？”

“我吃惊——因为这消息竟然是你告诉我的。”

暮色越来越浓了，夜几乎就在刹那间跃入，小堀的脸也几乎看不清楚了，楚卿只听到了他的马鞭抽打在空气中的不耐烦的声音——

“好吧，我可以告诉你，我既不是厌倦了战争放了你，也不是因为怀孕放了你。我放了你，只是因为我的父亲死了……”

楚卿迟疑了片刻，说：“如果你现在还没改变主意，那我就走了……”

“走吧，走吧，你们这些该死的支那人，我讨厌看到你们的脸。到棋盘山顶去找你们的那一群吧，也许你的男人就在里面。别忘了我是干什么出身的，你们鬼鬼祟祟地出没在这些山间，别以为我不知道，别以为我不敢杀你们！”小堀恶毒而依旧厌烦地挥挥手，说，“现在我祝你走运，比那些注定要死的人走运，祝你不死，战后的某一天到国际法庭上去控告我们，我会在那里缺席受审的，再见……”

他拖着马鞭，慢吞吞地走了，在暮色中，果然就像是一个正上法庭的受审者……

第二十七章

1942年的第一天就是充满着战时气氛的。罗力在开往前线的那一天,从收音机里听到了中、美、苏、英等二十六国宣布对轴心国作战的消息。作为中国远征军的一名战士,罗力此时就在重庆。他在中缅边境和内地之间穿梭往返多次了,也许和寄草就在同一条江边走过——但他们命中注定失之交臂。嘉陵江上大雾弥漫,杭氏家族在四川的一支再次因战争而生离死别——其中杭嘉平的第二个妻子黄娜已经乘飞机去香港她的父母家;她的丈夫杭嘉平拐着一条腿与她分道,兴致勃勃地随团进入陕甘宁边区,前往红星照耀的地方参观考察;他们的一双儿女杭汉和黄蕉风则尾随吴觉农先生同赴浙西万川茶乡。当杭寄草站在嘉陵江边和杭汉、蕉风告别之时,罗力已经随中国远征军进入了中缅边境。而再晚些时候,当罗力与他的战友们已在中国西南边境枕戈待旦之际,懵里懵懂的女人寄草,跟着一支马队,几乎就是踩着罗力他们的足迹,正一无所知地在战火中寻找着她的爱情呢。

寄草是七转八转到了昆明以后,才与一支马队接上关系,前往滇缅边境的。马队年轻的马锅头,是个布朗族人,老家就在滇缅边境的勐海大黑山原始森林,人们都叫他小邦崴。

说起和小邦崴这支马队的认识,也是偶然。原来寄草在昆明街头无亲无故,正一人瞎转悠的时候,七折八折地踅进了一条巷子。昆明的巷子街道,大多都很狭窄,石板铺的路,被磨得光溜溜的,就像一面面打碎的镜子。那一日又正逢下雨,寄草小心走着,就听见后面有人唱着山歌呢:

一二三月雪封山,四五六月雨涟涟,
七八九月正好走,十冬腊月学狗窜……

寄草回头一看,那唱歌的却是一个精精神神的年轻人,牵着一匹马,后面是一队马帮。马铃声叮当叮当地响,寄草就被那从未见过的马儿吸引住了。

这些马儿的个头都特别地小,但背上背着货物行走倒也十分精神卖力,不像是力所不支的样子。寄草这茶人家族中出来的后代,一看就知道,马背上那一袋袋的东西肯定是大叶种的茶了。只是这马,寄草却从来也没有见过,看着新鲜,就脱口而出:"哎,这马儿怎么和日本矮子一样的啊?"

就见那年轻人又唱:

驽马专在山上跑,花椒极品大红袍,
瓜菜四季少不了……

唱完了才开腔道:"这位姑娘问得不好,怎么能把我们顶呱呱的羁縻马和日本鬼子相提并论呢!这可是咱们中国古黎州汉源县出的好马啊。马虽是矮了一点,却是打日本鬼子的马,一路上不知道运过多少抗日的物资了呢!”

寄草叫了起来:“原来这就是羁縻马啊?”

小伙子道:“听姑娘口音,是从江南一带来的,莫非那里的人也知道羁縻马?”

寄草笑道:“也不是人人都知道的。我因出生在事茶人家,方才知道这马的来历。”

“姑娘这一说就是行话了,这里西南联大的不少学生,却是不知道这茶与马之间的关系呢。”

小伙子年轻,说话却老三老四,不愧是一个马锅头。

原来这历朝历代,用边茶换回的马匹,历来就分两种,一种是战马,那另一种就是这羁縻马了。战马来自青藏高原和甘肃的河西走廊,而这羁縻马,则来自云贵川一带。此马虽不能战,却是十分吃苦耐劳的,走高山险路更是十分灵便,故而这一带的马帮队都喜欢用这种马。

寄草是个自来熟,又兼那年轻的马锅头是个见过世面的人,两人就没了陌生感。说话间马驮子就卸在了街前马店旁,一时人呼马叫的,就立刻热闹了起来。

马店隔壁是一家老茶馆,长圆形的大铁壶放在灶火上烧着,寄草见有人喝着茶呢,就不客气地伸过头去看,盖碗茶中漂的可是又宽又长的云南大叶种茶叶。那小邦崴豪爽地请寄草喝茶,寄草一拍手说:“行啊,这一回我要一路喝进缅甸了。”

小邦崴笑笑说:“你要进缅甸,那就是和我一路的了,我正可以送你一程呢。”

“就你这一小队马帮，不怕路上有人劫了我去？”

“姑娘你这就小看我，也小看我们云南的马帮了。你当我们就这么一点队伍，那是现在抗战非常时期。我十七岁就当马脚子，十九岁就当马锅头，一眨眼也有七八年了，什么世面没有见过？你没有见过从前的马帮吧。那可都是百来匹马，甚至三四百匹马组成的。出发时，又有三四队马帮一起走，背着枪，赶着马，还带着我们喜欢的女人，就这么上了路。那上千匹的马，过山穿街，一路铃铛摇得山响，是什么样的架势啊！”

寄草吐了吐舌头：“哎呀我的妈，那得驮出多少茶，多少马啊！”

“就像天上的星星一样，数也数不清啊。”

寄草心里想，见了罗力，她一定要告诉他，什么叫茶马古道，什么叫茶马交易了。她已经打下主意，和这个名叫小邦崴的马锅头同行。

杭寄草千里单骑，和战争密不可分。在昆明巧遇马帮，不知这马帮的来历，当初也是和战争不可分的呢。

原来那最初的茶马交易，竟始于唐代中央政府的一项茶业政策，也可以说是一项治边政策吧。公元8世纪唐代中叶的安史之乱中，游牧民族回纥，因唐王朝之请，派兵攻打了叛军，因此有史书留名——唐肃宗时，回纥有功于唐，许其入贡以马易茶。

然，以马易茶也不是那么容易的，这就是一种规格，一种中央政府的青睐了。况且一开始，回纥用马换的主要也不是茶，而是绢帛。一匹马，可以换得四十匹绢。看来回纥人是很喜欢绢这种美丽的丝织品的，故而每年驱来的马，动辄就是上万匹。久而久之，唐王朝发现于己不利起来,故而逐渐地用茶代替了绢帛。而这初期的茶马交易,也不纯粹是商业性交易,主要是对边民所纳贡物的一种回报吧。直到后来,才相沿成一种制度。公元9世纪初,中央政府才正式实行了茶马交易。

但是,即便在那时候,也还没有设立专门的官员来掌管这件大事。直到宋代,边疆战事频繁,需要大量的战马,马政这才成了宋王朝的一项重要的商务活动。起初,还是以钱买马,或者用老办法,以绢易马。公元11世纪初,宋王朝在边境交战,打了一些胜仗。其中有一个叫王韶的将军,收复了河州,发现这里的人爱喝茶,就上奏疏:“西人颇以善马至边,其所嗜唯茶,乏茶与市……”皇帝得了这么一个信息,这才开始大规模地以茶换起马来。

河州这一带是缺乏茶的,所以,当时的皇帝宋神宗便派一个叫李杞的官员入了川,专门措置茶叶。而这个名叫李杞的官员,也肯定是有一些商业头脑的,当年就成立了买茶司,专门负责产茶地的茶叶收购业务,并上奏说:“卖茶买马,固为一事。”——卖茶买马,本来就是同一件事。

从此以后,以茶易马不仅成了正式的制度,还有了专门的管理机构,开始有了法律,谓之茶马法。

长话短说,就不提那历代历朝的茶马是如何交换的,只说那寄草第一次见到的羁縻马的称呼来历。原来这“羁縻”二字,竟然有着国家大政方针在里头呢。宋王朝对来自西边的战马并不特别优待,一匹马只换得名山之茶一百二十斤。而这些来自黎州的小矮个子马,一匹却可以换得名山之茶三百五十斤。这里就体现了两种政策:西部的战马,买来就是为了打仗;云贵川一带的小个子马,买来主要是体现一种民族政策。“羁縻”这个词儿，就带有笼络的含义。宋王朝正是要通过这样一种经济政策，获得边境的安宁。

看来这种政策还是行之有效的。宋王朝每年到黎州一带买羁縻马二千至四千匹，使黎州地区“边民不识兵革垂二百年”。茶，的确可以说是和平之饮啊。

元朝，马上治天下，自己有马，就不想用什么茶去换马了，所以茶马交易到元代也就中止了。明代，又是汉人治天下了，少不得马，茶马交易便又重新开始，而且严格地控制在官方手里，商人不得介入，谁要是走私茶叶，格杀勿论。太祖朱元璋的女婿欧阳伦，不知岳父大人的厉害，向地方官员要了五十辆茶车，私自贩到云州去，结果怎么样——斩！

死了驸马，也还是不能解决官商带来的弊病，所以明代的茶马制度是五花八门的，其中有官茶商运、商茶商运等。这样的茶马交易，到了清代，依旧保持了一段时间。直到康熙年间，政权巩固，战马资源也十分丰富，而边民们也可以通过许多途径得到他们想要的茶，不需要再用马去换了，故而康熙时就停了西宁等处的易马。到了公元1735年，又停止了甘肃的以茶易马。这样，在中国历史上推行了将近千年的茶马互易制度，终于宣告结束了。

茶马交易的茶，人们称之为边销茶。西路边茶是以陕西为主要集散地的，茶叶销往蒙古、新疆和中亚等地。南路边茶是从四川雅安、云南西双版纳一带，最终通向西藏的。那些由茶联结青藏高原与川、滇茶区的险峻的小道，就成了代代相传的茶马古道。

寄草现在要走的，正是一条因茶叶贸易而开辟的民间小道。千年来，无论王朝如何更替，茶马交易如何变化，山间的马帮声却从来也未断过。寄草凭着她的直觉,她的血液里的对茶与生俱来的认同,开始出发。她将从云南的昆明开始,一直走到茶叶的故乡——西双版纳的原始森林里去。而穿过西双版纳,就是缅甸了,她相信,在那些她从未看见过的大茶树下,一定会有她的情郎。

小邦崴没有按原计划,经过昆明再上无量山,他从羁縻马上卸下了普洱茶,又装上了棉纱、药材,还有英国生产的烟和从西部运来的盐巴。寄草从来也没有骑过马,小邦崴想办法弄来一辆小马车,小得最多只能挤两个人。小邦崴说山路狭窄,马车再宽一些就要掉到山下去了。寄草奇怪,她记得刚见到小邦崴时,他身边是有一个女人的,怎么这一会儿女人不见了。小邦崴一听,笑了,说:“她跟别的马锅头走了。”

寄草吓了一跳,说:“那怎么行,你怎么不把她追回来?”

小邦崴说:“她自己要走,我有什么办法!再说,你们汉人都说一山不容二虎,我们不是已经有了你吗?”

寄草就急了,跺着脚说:“我可不是你的女人,我是到前线找我男人去的,你没跟她说吗?”

“怎么不说?说了她也不信。瞧,她把我的脸也抓破了,她吃醋了。她是个缅甸女人,可爱吃醋了,你呢?”

寄草笑了起来,说:“小邦崴,小邦崴,天底下没有一个女人是不爱吃醋的,再大的战争也不能改变她们的这个天性——我们走吧。”

坐在小邦崴的马车上一路至昆明南下,寄草一点也没有感到生疏,她甚至觉得云南此地的风光,比重庆更接近于故乡江南。不过这里的什么植物都仿佛是巨无霸似的:剑兰开得一人多高,美人蕉大得如小脸盆。一丛杜鹃,长得就如一片小森林,寄草得仰起头来看,有十多米高。再看那天空,也高出了我们江南的天空好大一截。白云悠悠的,也不知要悠到哪里去。山啊,连绵着,又大又美,奇奇怪怪地生在这高原上,寄草就"哎呀哎呀"地不停地叫。

小邦崴说:"这才开始呢,你就叫个不停。不是听说上有天堂下有苏杭吗? 你是天堂来的人啊,什么没见过,还值得那么大惊小怪!"

寄草说:"我们杭州自然是天堂,不过比起云南来,到底少了瑰丽奇崛神秘。还有,你们这里什么东西都那么大,我再想起我们江南,就觉得如小人国似的了。"

"你还没见过我们邦崴的大茶树呢,那才叫大,一生就生到云里头去了,粗得几个人都抱不过来呢。"

"这就是陆羽的'一尺二尺,乃至数十尺,其巴山峡川有两人合抱者'啊。"寄草就念起《茶经》来了。

小邦崴虽然见多识广,但到底不是读书人,不曾听说过《茶经》,又不想在这杭州姑娘面前露破绽,就说:"听说你们那里的茶树却是矮得蹲在那里,只长到人的腰部那么点高,跟我们这里的包菜一般的,是那么一回事吗?"

寄草指着前面的羁縻马说:"哎,就是和你们的羁縻马一样的啊,虽然小,却是珍贵着呢!"

小邦崴说不过寄草了,只好再转移话题说:"你们江南人,个个都是三寸不烂之舌。走,我这就带你过曲陀关,这里可是当年忽必烈带着十万大军犯云南的地方。你看这里的人,许多都是当年元军的后代呢,他们可是踩着我们马帮的马蹄窝子,沿着这茶马古道才进来的。”

“小邦崴,你懂得可真多。”寄草看看这年轻的马锅头,不由感叹说。

小邦崴扬了扬鞭子,得意洋洋地说:“谁叫我十九岁就当了马锅头呢!实话跟你说,跟我相好过的女人,我都记不清有多少了。”

寄草摇摇头,这小邦崴,什么话都不忌讳!

通海城很美,尤其是那座秀山。古木森森之中,还有茶楼中闲坐的老者,仿佛战争从未来到过人间。小街上走着各种各样穿着哈尼族服装的女人,大襟的上衣,裤子短到膝下三寸处,脚上裹着黑绑带,腰带上的花绣得漂亮极了,让寄草看得一步三回头。

“你要喜欢,我让人给你弄一套来穿。”小邦崴说。

寄草说:“要说喜欢,我是都喜欢。要说最喜欢的,还是你们傣家女子的筒裙短衫。不过,现在哪里有心思穿呢,你没听古人说,女为悦己者容啊!”

“什么女为悦己者容?”

“就是一个女人,只为她的心上人打扮啊,你不是有过数都数不清的相好吗,连这也不知道?”

小邦崴听到这里,一声不吭,抽着烟,一心一意地赶起路来。

寄草是一个耐不住寂寞的人,见小邦崴半天不说话,就喊:“小邦崴,你怎么啦,我刚才得罪你了?”

小邦崴说:“不,你没有得罪我,是我把我自己得罪了。我这是在回想我的那些个相好呢,她们有几个是为我打扮的。”

“有几个?”

“谁知道啊！她们一个个哭着喊着跟在我后头，然后一个个又神气活现地离开了我，跟着别的马锅头走了。哎——我搞不清这些女人的心思啊……”

“准是后面的那些女人，把前面的女人气走的吧！”寄草大笑起来。

小邦崴也笑了起来，说：“你说得对啊，不怨她们，都怨我。我这个哥哥，心太花了。”

这么说着，小邦崴就又唱了起来：

四月里来绕三灵，一绕绕到大理城。
绕到东门唱一调，绕到西门停一停。
绕到湾桥歇一歇，绕到喜州谈谈情。
绕到庙头才住下，一夜唱到大天明。
……

小邦崴带着寄草所走的这条茶马道，从昆明下来，经玉溪、通海、峨山、新平、元江、墨江、磨黑到达普洱，人称上路。另有一道后路则是从小邦崴刚才所唱的大理城开始的，一路经过巍山、南涧、景东、镇沅、景谷到达普洱，与上路会合。寄草这些年来颠沛流离，也是一个能吃得起苦的人。前面那些路段，虽然也险峻，因为有小邦崴悉心照顾，倒也挺过来了。一直到了磨黑，他们也没有停下来，又一直往前走，就这么走到深山里去。寄草担心有强人出没，小邦崴就说：“别着急，前面有两株大青树，树下有个大茶马店，可以歇脚。”

寄草说:“那不是山重水复疑无路,柳暗花明又一村了吗?”

小邦崴听不懂寄草的文人语言,但听懂了一个村字,便说:“村倒也不能算是一个村,不过你再往前走走就知道了,今夜这里的人不会少。”

果然话音刚落,就见前面有灯火在山坳里闪闪烁烁。又有人喊马嘶,走近了看,呵,大茶店外面,堆堆篝火顶顶帐篷,好不热闹!

小邦崴一行,这就也把马给卸了驮子。茶马店老板喂了马去,老板娘又上前为寄草专门弄了一间干净点的小屋休息,又问这汉族姑娘要吃什么。寄草想了想说:“都说云南的过桥米线好吃,你们这里可有?”

“怎么没有,我这就给你端去。”

老板娘刚走,小邦崴他们就在屋外找了一块地方,生起了篝火。他们围着火,有的抽烟,有的喝酒,最多的,还是拿出烤壶老鸦罐,煮起普洱茶来。

这里是弥天的大夜,山的黑海洋,星星大粒大粒地就嵌在火堆旁,旅人就坐在天上。在火堆与火堆之间,是一群群火蛾一般飞舞的火星,它们踊跃着发出轻微的噼噗噼噗的声音,越发衬得天风浩荡,群山汹涌,森林呼啸却又万籁俱静。老板娘送来了热腾腾的云南米线,寄草捧着那只吓死人的大碗,突然想起了同样的热腾腾的山芋、火塘,同样的山与森林,还有低矮得踮起脚可以摘下的天星。天目山啊,天目山的亲人啊,西子湖,西子湖的亲人啊,我和你们相隔得太远太远了,远得想一想就要恐惧,想一想眼睛就要发黑了。我还能回家吗?我还找得到罗力吗?前面看看没有人,后面看看也没有人——我会一个人死在漫漫长路和漫漫长夜之间吗?

如果杨真能和我在一起就好了,他会鼓励我,他的一往无前的心无旁骛的勇气会让我重整旗鼓。可是现在怎么办呢?我害怕,我第一次感到害怕了……

寄草流下的眼泪,一串串掉到了手里的大碗中。她叹了一口长气,一边抽泣着,一边开始吃起过桥米线。鲜美的食物很快转移了她的思绪,她东张西望着,看到小邦崴这个篝火走走,那个篝火走走,还听到有人跟他打趣:“小邦崴,这一次你可是走运了,怎么弄到手一个洋学生?小心哪一天我再把她也给拐跑了。”

小邦崴说:“这一次我们可谁也拐不跑她。她男人正在前面打仗呢,她可是千里寻夫寻过来的。”

有人就高声说了:“听说缅甸那边,战事吃紧得很呢。我这一趟,跑的就是给盟军的慰问品啊。”

一阵热闹之后,脚夫们就开始沉寂下来,默默地喝着他们的茶。寄草发现一队藏民服装的马队,正在挤着马奶。小邦崴过来了,寄草不愿意让别人发现她刚才哭过,便找了个话题问:“小邦崴,你看他们藏民的马还真有意思,白天当脚力,夜里还要挤奶,藏民非吃马奶不可吗?”

“这是他们煮酥油茶用的奶,这些从雪山上下来的古宗马夫,他们一天也离不开酥油茶的。”

“什么叫古宗马夫?”

小邦崴抱怨了:“照你这么问下去,我肚里这点货色过三天就全给你掏光了。”话虽这么说,小邦崴还是把古宗马夫的来历告诉了寄草。

一千三百多年前,藏王松赞干布娶了文成公主,中原的茶叶作为嫁妆从此进入了西藏。其实,在此前的两百年,藏人就在一次战争中缴获过这样一种东西,但他们不知道这就是他们后来视为性命一般的茶。是文成公主教会了他们喝茶,以至于这个民族到了一日不可无茶的地步。

对茶的渴望和雪山之巅的本身无茶,形成了尖锐的矛盾。藏民们不能再过那种无茶的日子了。他们走下高原,穿过那高高的横断山脉,来到了四川和云南,这里的茶叶使他们欣喜若狂。他们心甘情愿地拿出他们的马匹、药材和皮毛,换回他们的宝贝茶叶。

这古宗马帮即是西藏马帮,也是云南有名的二十多个大马帮队之一,以丽江为起点的进藏货物,一半是由他们驮运的。通常由五十多个赶马人组成一支马队,他们的首领包括大锅头、二锅头和管事。由于路途艰辛,他们除了能够得到较为丰厚的报酬之外,每人还可以得到四十二团茶。

小邦崴热心地指点着,告诉寄草说:“你看,这是来自滇池的你们汉族的商帮。那边一拨子人,那是从版纳上来的傣族、哈尼族,喏,还有我们布朗族赶马人。这边一群是从大理白族、巍山回族和南涧彝族下来的客商、马队……都是古道上的人,见了面,彼此都客客气气。只是言语不太听得懂,生活习惯也不一样,只能各自围着各自的篝火转了。”

此刻,这些神秘高大的古宗马夫一边给马匹喂着草,一边还不忘记给马喂一些酥油茶。随着酥油茶的一杯杯进肚,他们的情绪开始高涨起来。终于,他们开始拉起弦子跳起锅庄来。他们被篝火照亮的古铜色的面容,时不时地被吞入黑暗中又从里面跳出来。高原也仿佛参与到这些赶马人的快乐之中了,连森林板结的黑脸也绽开了笑容，周围还有许多异族的马帮微笑地看着他们，各自忙着各自的事情。他们旁若无人的快乐神情终于感染了寄草，她忧郁的情绪终于渐渐散去了。

山风紧了，篝火被风吹得呼啦啦响了起来。那边，古宗马帮的汉子们也卸下了他们的驮子，架成了一个天架，就在这下面，悄悄地睡了。

只有寄草和小邦崴还没有睡意。他们喝着烧得浓浓的普洱茶，那又苦又香的茶，寄草觉得过瘾。

“明日我们就要翻茶庵鸟道了。这段路不好走，要小心。”小邦崴说。

寄草听了紧张，问：“有强盗吗？”

小邦崴大笑说：“什么强盗，要说强盗，我们这些马锅子，人人都可以说是强盗。要说不是强盗，我们可就都是正正经经的赶脚人。”

“我不是这个意思，”寄草难为情地解释，“我是说，这个茶庵鸟道，听上去好像高得只有鸟儿才飞得过去似的，想必人烟稀少得很吧？”

“明天你走一走就知道了。这条路也是人多时多，人少时少。听说这几日天天有中国的草鞋兵过呢。”

寄草一听就跳了起来，叫道：“什么草鞋兵，是不是罗力他们的大部队往这里过了？你为什么不告诉我，现在追还能追得上吗？”

她拖着一双鞋子就要往外冲，被小邦崴一把拉住了喝道：“你这个人怎么这么没头脑！现在你人在山里头，能找到什么？不如休息好了，明天赶到普洱。普洱是个大地方，听说住着不少中国军队的将士呢,你明日只管去打听,我陪你一起去好了。”

“你的马帮不是要回你的拉祜去了吗?”

小邦崴叹了口气说:“谁叫我摊上你了呢!不帮你把你那个宝贝男人找到,你不死心,我也不死心啊。话说回来,我这一路上也已经想定了。若是你那男人再也找不到了,变心了,死了,我就把你带上回家了。我可不管你答不答应,你要说我是强盗也可以,我就是这么一个强盗。从前我的相好多得数也数不清,从你以后,天底下就你一个相好了,谁也别想再来挤走你了!”

寄草听着听着,浑身颤抖起来,她知道小邦崴说的都是真话。她站了起来,慢慢离开了篝火,她看见在火光的辉映下,那些因为潮气而生出青苔的大石头在黑暗中神秘地闪着光芒。她摸摸胸口,那边贴身口袋里,藏着罗力给她的信。他抄给她的诗,她都已经背得滚瓜烂熟了……

“收失地,从兹始,越勾践,应师事。愿勿忘训聚,胆薪滋味。逸豫有伤家国远,辛劳勤把我行治。枕长戈,午夜惊鸡鸣,扶桑指……”她心里默念着诗行,小心翼翼地走在这样不规则的大石头上,还是被石头崴了一下脚。小邦崴跳了起来,说:“小心这些石头,那上面还都有着马蹄子踏出来的窝呢。”

寄草跪了下来,用手摸着那些窝,果然,每一个都有两寸来深呢。我的爱人啊,你走过这里的茶马古道吗?你知道我为了寻你,走遍了多少地方吗?前面的路边,一块大石头上,有两个马夫正在下棋。寄草走了过去,看见了那个刻在石头上的棋盘。寄草蹲了下来,默默地看着这两个马夫下着棋,那棋子儿也是石头的呢,在大山之中的黑暗间凭着一豆星光闪着灵气。突然,寄草的眼睛一亮,就哭了起来。下棋的老人道:“姑娘,你哭什么啊,说出来,大爷我给你解下。”

寄草指着那老人身边的一只草鞋,哭道:“大爷啊,大爷啊,草鞋兵从这里过的吧?你看这是谁掉下的草鞋,这怕不是我的罗力的草鞋吧?我什么时候才能见到他?罗力啊罗力啊,我什么时候才能见到你啊?……”

她就那么一边哭着,一边把那只草鞋抱到自己的怀里去了……

第二十八章

翻过了茶庵鸟道,寄草跟着小邦崴一行进入普洱,这杭州女子的心情,也就几乎和普洱茶一样地浓烈发酵起来了。

还没到普洱,她就来煞勿及地从傣家人那里买了一套裙衫套上。白纱短衫,水红色筒裙,穿上走来走去的,她自以为罗力很快就会看到的了。小邦崴瞧得眼花,又不敢给她泼冷水,只好说:“到了普洱城,还得有一番好好的打听呢!你别把这么漂亮的裙子弄脏了。”

寄草说:“不是说罗力的车队就在这一带开吗?”

小邦崴就心里暗暗叫苦。这一路上的问讯都是由小邦崴担任的,寄草听不懂当地人的方言异语。可是小邦崴打听来打听去也都没有一个准信。战事已紧,什么样的说法都有。此时前不巴村,后不巴店,也没法把寄草再送回昆明。小邦崴只好拣好听的给寄草说,这一路几乎是连蒙带骗地把寄草送进了普洱城。

寄草从小就知道普洱,她家忘忧茶庄的柜台上,长年累月放着普洱茶。每次听伙计向买茶的人介绍普洱茶,都要说:“老话说茶要喝新的,龙井茶是越新越好,偏这普洱茶不一样,那可就是如陈年老酒一般的,非得是时间越久越香的呢。”

然而要是问及何以普洱茶越陈越好,即便是老伙计,也不一定能够说个透彻的了。寄草也是这一路上跟着马帮,才知道普洱茶的陈,竟也是和马帮有关系的呢。

原来普洱茶,并非就是产在普洱这个地方的。它的真正的产区,就在小邦崴的家乡西双版纳与思茅一带,和茶叶集散地普洱还有一段不算太短的距离。茶叶往普洱府集中的时候,马帮就得穿过热带雨林。那湿润的空气使茶叶发酵,竟发出了一阵阵人们始料未及的浓香。人们一旦喝到了这种自然发酵的茶叶,就渐渐地被这种香味吸引了,由此,一种新型的发酵茶诞生了。

这就有点像寄草对罗力的爱情。他们之间原本的感情并非天长地久。火花一爆,还来不及熊熊燃烧就分别了。要不是寄草如热带雨林中发酵普洱茶似的发酵着这场爱情,也许这也就如古往今来无数年轻人之间那种司空见惯的萍水相逢的故事一样,到头来不过一笔尘缘孽债罢了。也就是像杭寄草这样藤吊百韧的人,才会把这场爱情之火一直从西子湖燃烧到了普洱城。

恰如杭寄草与罗力的爱情到底打动了小邦崴一样,普洱茶的香气也到底是给官方嗅到了。万历年间,朝廷就在普洱设立官员从事茶叶贸易;到了清代,又设立了官商局,凡茶人经营茶,都须领“茶引”。那些年,光从普洱运往西藏的茶叶就有三万驮之多。思茅地区,可谓商旅云集,每年都有千余藏族茶商到此,印度商贩也可以说是络绎不绝呢。

皇上看了也眼热,每年便都有贡茶送进宫去。那负责送贡茶的茶农得先把收来的茶送到县府打包,选茶尖。每尖得用红丝线连着,再用黄缎子打包,还得盖上大印,这才能送到普洱府。再加印,又送到迤南道台府,再加印,这才威风凛凛地上了马驮。那马帮上是得插杏黄旗的,靠着皇上牌头一路北上,也就没有人敢为难他们的了。

这就和寄草寻访罗力大不一样了。普洱城说大也不大,驻扎着不少中国军队,只是经常急急慌慌地调防,打听来打听去也弄不出一个结果。寄草对军事知识可以说是一窍不通,只知道罗力本是一个作战参谋,现在领导着一支车队。好不容易在一个防区找到一个浙江籍的青年军官,一打听,还是萧山人氏。此人见是杭州老乡,倒也热心,翻过来覆过去地问了好多,越问寄草就越茫然。最后那萧山人没奈何了,突然想起了问她知不知道她的那个罗力的上司姓什么。这下寄草想起来了,姓戴!萧山军官一拍大腿说:"那不是二〇〇师吗?师长戴安澜。那是远征军第五军的机械化师,前几日听说老蒋在腊戌一日召见他三次,命令他火速将部队开拔到同古——"

"同古在哪里,离这里远吗?"

"什么远不远,根本就不在我们中国的地盘上。那是在人家缅甸的领地上了呢,离仰光倒是不远了。"

"那不是人家缅甸的首都吗?听说日本人用飞机炸过他们了?可有这回事情?"

"你啊你啊,你一个女人什么都弄不明白,这会儿跑到这里来,你简直是盲人摸象了。"萧山人一边叹着气一边把这里的战局粗粗地说了一遍。

原来,自1941年12月23日日军飞机轰炸仰光之后,仰光就一直处在危急之中了。到得2月16日,情况已经万分危急,中国远征军就从这时候开进了缅甸。估计罗力也就是这时候随大部队入了缅甸。而同古，恰恰是位于仰光与曼德勒铁路线上的第一大城，西联普罗美，东接毛奇，是阻止日军北侵的重镇，派二〇〇师去守住同古，就是为了不让仰光陷落。

“我要赶到同古去！”没想到寄草一跺脚，居然这么说。

那萧山人也一跺脚说：“你别再想这些云里雾里的事情了。我告诉你，今天，3月8日，我们接到电报，就在刚才，仰光已经沦陷了，同古怎么样我们还不知道呢！我看你往回走才是正经。”

萧山人这么说着就走了，小邦崴看着寄草，不知道该用什么话安慰这个已经披头散发，脑子好像有了毛病的美人儿。只见那寄草眼睛发直，盯着地面，发了一会儿愣，一跺脚说：“我要去同古！”

小邦崴只好说：“我和你一起去。”

所有的这一切，罗力自然都不知道。这个军人终于如愿以偿地来到了抗日的前线。他是一个真正的东北大汉，充满了阳刚之气。他当然是很爱他的女人的，但他和杭氏家族出来的男人完全不一样，打死他都不会想到他的情人会有这样的劲头，从杭州一直找到缅甸。此刻，他所在的部队中国远征军第五军机械化师第二〇〇师，在戴安澜率领下，孤军深入，日夜兼程，于3月8日，刚刚抵达同古，仰光就已于同日陷落。

战况万分危急，中国远征军决定，由第二〇〇师在同古及以南地区阻止日军北犯，掩护主力部队在平满纳附近集结，并在英军协助下实施会战，击破当面之敌，收复南缅甸。师长戴安澜把罗力叫了去，指着军用地图上同古以南三十多公里的皮尤河问：“看见那上面的皮尤河大桥了吗？”

罗力点点头。

“这一仗就看你的了。”戴师长拍拍他的肩膀，说，“听说你炸过钱塘江大桥，现在，就看你能不能把这座桥也给我炸了！”

十天之后的一个深夜，罗力带着他的炸桥小分队，已经埋伏在皮尤河边的茶树丛中。用电器作为引爆装置的炸药包就安放在皮尤河大桥的桥墩之下，小分队则隐蔽在皮尤河畔的茶丛地里。

一切都准备好了。

大战来临前的夜晚十分安静，在异国他乡，罗力却没有一丝陌生感。有一股熟悉的气息在他的鼻孔里钻来钻去，他顺手一捞，是一缕缅甸的茶枝。刚刚下过雨，茶蓬在夜间就唰唰地抽起枝来。缅甸的土质与中国江南的不一样，罗力所看到的茶叶叶片细长，肉质也比较薄。罗力含了一片在嘴里，倒下身去，就看见了异国的月亮。他还闻到了茶花的香气，他的眼睛一眯，月亮光白花花地洒落了一地，变成了一地的茶花——寄草！他惊坐起来，轻轻地叫了一声。

周围的几个战士也都吓了一跳，跟着跳了起来，问：“有情况吗？”

罗力吐了口中的茶末，说：“没事。”然后就又躺下了，心里惊讶：怎么那么多天都没想起这个姑娘，这会儿却又浮现在眼前了？

说实话，一旦上了战场，他就不再像寄草想他那样地想着她了。不是他没心肝，也不是没有时间，是他自己以为，一旦离开了寄草，他就没有资格想她了。有许多次，他都想象自己是已经牺牲，战死沙场了；或者，他想象寄草也早已在这离乱年代嫁为人妻，甚至也可能早为人母了。模模糊糊地想起了在天目山上给他带信的那个叫杨真的共产党人。不知为什么,一旦想到这里,他就有点想不下去,他就宁愿不去想她了……

可是这会儿,躺在一片片竹子般生长的茶林里,嘴里嚼着茶叶,看着天上的月亮,他突然有一种寄草近在咫尺的感觉。他激动起来,这东北汉子从来也不知道感伤的,此刻却从鼻孔里冲上来一股从未有过的对女人的深深的眷恋之情……

有夜鸟在叫,他想起了那个他准备接受任务去炸钱江大桥的夜晚,那个大难临头前的西子湖的夜晚了。他从来也没有读过"感时花溅泪,恨别鸟惊心",可是现在他知道,为什么那天夜里的夜莺会啼叫得如寡妇夜号一般的了。寄草啊,我的女人,你如今在哪里啊!我还能见到你吗?也许永远也见不到了……他摸了摸口袋里的遗书。那是从师长戴安澜开始写下的。戴师长已经带头宣布了自己阵亡后的代理人名单。然后,从团长开始,营、连、排、班长,都层层地预立了遗嘱,指定了代理人。作为这次炸桥任务的别动队长,罗力也不例外。他是带着必死的信念等待明天的,可是,茶地的香气却让他想起了爱情与亲情。他感到自己的肩膀沉甸甸的,好像大哥嘉和的手就放在他的肩上,他甚至再一次听到了大哥柔和沉静的声音:……要活下去啊……要像茶一样地活下去啊……

第二天清晨,当日军第五十五团搜索部队约五百人来到皮尤河南岸,其摩托车队快速地疾驶上皮尤河大桥时,隐蔽在茶丛中的罗力轻轻地一挥手,引爆员顿时就按下了电钮。并没有天崩地裂般的震撼,茶地只是一阵紧张的痉挛,桥就轰然倒塌了。罗力端起了身边的机关枪,就带头冲出茶园扫射起来。日军措手不及,顿时作鸟兽散,向公路两旁的茶园里跑,不知那密密的茶蓬,早就做了中国将士的天然屏障,这会儿,他们正可以从茶丛中向敌人扫射呢。

战斗很快就结束了。戴师长派人清点了一下,连河里的和茶丛里被打死的日本鬼子,少说也有一二百吧。

看着那些倒翻在茶丛中的鬼子尸体,罗力不免有些惊讶。葱绿的茶叶,在阳光照耀下依然泛着悠闲和平的光芒,可是在它的根部,流着人血,鲜红的散发着腥气的人血。绿茶与鲜血,这样强烈地刺激着他的眼睛,他无法把眼前的一切调和起来。

凯旋的罗力,亲自开着他的军用大卡车,沿着公路,直奔六十里外的同古。阳光灿烂,美人蕉怒放,公路两旁的芒果园一片苍翠。一道道的大椰子树枝像江南的大风车在风中转动,汽车一开,它们往后倒去,又像是一群群奔跑的大鸵鸟。罗力的车开得很慢,因为一路上马路两旁都堆积着饼干、牛肉、鲜奶罐头和香烟,还有茶叶包。在这些慰问品的后面,踊跃着各种肤色的平民,他们中有中国人、英国人、马来人,还有中英混血儿,甚至还有专门从美洲赶来的华侨。看来他们中的许多人说中国话都不熟练,所以不时地夹杂着英语和马来语,连声地叫着——同胞,胜利! 祖国,胜利! 战斗中没有流泪的战士们,此刻却流下了热泪,连一向不轻易动情的罗力的目光也模糊了起来。

就在这时,他听到了一阵歌声,用汉语演唱的《梅娘曲》:

哥哥,你别忘了我呀,我是你亲爱的梅娘。

你曾坐在我们家的窗上,嚼着那鲜红的槟榔……

车子缓缓移动着,他看见前面一间茶亭,上面斜插一面茶旗,正在风中飞扬,上面写着四个大字:唐人茶饮——

茶旗下面站着一个身穿傣族姑娘服装的女子,一边唱着歌,一边为路过的战士们沏着香茶。她的嘴唇连着牙齿一片血红,一看就是被槟榔汁染的。罗力一边开着车,一边向那姑娘微笑,一边想,要不是那满嘴的鲜红,这傣家姑娘,还真是有点儿像他的心上人儿寄草——想当年,他不也是在车上发现了路旁的那个杭州姑娘吗?

就这么又开了几米远,突然他像是被一个惊雷炸醒了。他一下子刹了车,把那一车子的士兵也一个个地摇得前仰后合。然后,他就摇摇晃晃地下了车,摇摇晃晃地往回走去。

他看见那个满嘴鲜红的傣家姑娘,几乎也带着和他一样的神情向他走来,向他走来,两人就越走越近,越走越近,一直走到几乎要碰到鼻子了才站住。

那姑娘一把抓住他的肩膀,就用杭州话叫了一声:“我晓得我会在这里寻到你的!我晓得我会在这里寻到你的!我晓得我会在这里寻到你的……”

罗力看看四周的人,然后伸出一只手去擦那姑娘嘴角的槟榔汁,一边擦一边说:“你怎么弄成这副模样了……”

他就一把抱住了寄草,杭州姑娘嘴角上鲜红的槟榔汁,就沾到他的脸上了……

二〇〇师师长戴安澜竟然能在这样的时刻,给了罗力半个晚上的假,与那个孟姜女般千里寻夫的杭州姑娘相会,也算是仁至义尽了。此时的二〇〇师已进至同古以南前沿阵地鄂克温,而日军也已经尾追至此,双方都作好了决战准备。罗力犹豫地看着师长,说:"等这次战斗结束了我再去见她吧,我已经把她安顿在附近的中国老乡家里了,不会有什么问题的。"

戴师长摇摇头,看着桌上他给妻子王荷馨写了一半的信,想了想,也不再说什么,只把这信交给了他心爱的下属,说:"你先看看这个。"

他指着信上的这一段话:

> 余此次奉命固守同古,因上面大计未定,其后方联络过远,敌人行动又快,现在孤军奋斗,决心全部牺牲,以报国家养育!为国战死,事极光荣。……

罗力把信放在桌子上,低着头,好半天也不说一句话。戴师长问道:"明白了吗?"

罗力点点头,还是说不出一句话。倒是戴师长拍拍罗力的肩膀,说:"为这样的姑娘做半夜新郎,死也值了!去吧!"

寄草安置的那户人家,还是从前小邦崴赶马帮时认识的一位中国人,说起来,还是罗力的东北老乡呢。老汉姓王,儿子在东北抗日联军打仗牺牲了,老汉带着女儿老伴一路南下躲避战乱,竟然跑到了缅中深山里开起荒来。没想到跑得那么远,也没避过日本鬼子,眼见得敌人又打过来了。王老汉几乎可以说是从地球的这一头跑到了那一头,这一次他是决定死也不跑了,就和日本人在这里拼个你死我活了。没想到二〇〇师在这里打了一个大胜仗。这是侵缅日军第一次受到中国远征军的沉重打击呢!身在缅甸的中国人无一不欣喜若狂,许多人听说王老汉竟然还在这样的时候接待了一个中国杭州来的姑娘,夜里要和她的情人在这里成婚,竟不顾战事纷乱,傍晚时分就纷纷地赶过来了。

王老汉家的茅棚,搭在一处瀑布飞流的深山里。一片热带雨林的风光:群山披绿,到处是野山茶、野菊花、野桑,还有野橄榄和槟榔树。香蕉树和芒果树一群群的,椰树突兀而起,像一只只长颈鹿,在山中巡视。真是插根筷子也发芽的好地方啊!涧水上又有一座座的独木桥,傣家姑娘唱着歌,挑着担子,一路袅袅婷婷地过来,穿过那红花绿树丛,真像仙女下凡一般。要是没有战争,这里不是桃花源又是什么?

王老汉的家是用竹子搭起来的,仿着那傣家的竹楼,门前种了不少蔬菜瓜果,还有一丛丛长得简直就如竹丛似的茶树丛。寄草看着这样的茶蓬不免惊奇,说:"大爷,你的茶怎么长成这个样子了?"

"哎,你不知道,缅甸这个地方没有冬天,一年四季茶都可以长。可能是长得快了,听说倒没有了我们中国茶的香。又加整天打仗,没有心思用水去浇它,也没心情修剪,只好让它随便乱长了,权当做了篱笆吧。"说得大家都笑了起来。

此时,一天的酷暑已经在晚风中被渐渐吹散,茶地里渐渐溢出了淡淡的香。朦胧的上弦月升起来了,不知什么虫儿,也在鸣叫起来,一直坐在寄草身边一声也不吭的罗力突然一把搂住了寄草的肩膀,说:“走,到茶地里去走一走。”

寄草的心一下子狂跳了起来,他们想起了多年前的那个杭州的龙井之夜了。

杭州家中的情况,其实罗力比寄草知道得还要清楚,可是他已经看出来了,寄草对家里发生的事情一无所知。他们手拉着手,默默地穿过茶园。罗力想像从前一样地听寄草的饶舌,可是寄草却一声也不吭了。她走着走着,突然一下子坐在了茶地里,她说:“罗力,罗力,我再也走不动了……”

他们像世间一切热恋的男女青年一样,拥抱,亲吻和做爱。即便在经历了千辛万苦之后,结局也没有什么不同——寄草看着天,罗力看着寄草,然后寄草就哭了。她想起了杨真曾经告诉她的感觉——你感觉到你的心里一片光明了吗?你有一种历经艰辛终于如愿以偿的快乐了吗?你的心就像星空一样浩瀚、像明月一样洁净了吗?……

远远地,几个傣家姑娘过来了,手里拿着一串串用茉莉花穿成的花环,蹦蹦跳跳地来到他们的身边,把茉莉花就套到了他们的脖子上,一边用生疏的汉语说道:“替你们举办的婚礼都已经准备好了,你们怎么还在这里啊?快跟我们过去吧,宾客们都等急了!”

王老汉家的火塘前,小邦崴蹲着,烤着他爱吃的竹筒香茶,见了罗力和寄草,说:“快进去看看吧,我用中国丝绸给你们布置了一间新房,还用了你们杭州的杭纺呢。”

寄草惊奇地说:“这会儿你从哪里弄来的这些宝贝哪?”

“怎么是这会儿弄的呢?都是这一路上准备好的,还有一尊观音像。我想好了，要是新郎还活在世上，这些东西就是我的贺礼。要是新郎不在了，这些东西，就是给我自己当新郎预备下的了。”

罗力刚才已经听寄草说过小邦崴的事情，这会儿不但不吃醋，反而还被他的豪爽感动了，拍拍他的肩膀说：“邦崴兄弟，进去吧，咱们一起喝茶！”

小邦崴做了个鬼脸，看着正在竹筒上咕噜咕噜滚着的香茶，忧郁地说：“让我一个人在外面待一会儿吧，我看着你们举行婚礼，心里就难受，我吃醋了！”

寄草惊异地笑，说：“小邦崴，你也会吃醋，真想不到。这下你该知道从前你那些数也数不清的女人是怎么离开你的了吧？”

小邦崴站了起来，捂着心口，边走边说：“是这样捂着一颗流血的心离开我的，我现在知道她们为什么吃醋了。让我一个人待一会儿吧——”

他就这样半真半假地透露着真情，走下竹楼，朝山坳间去了。

罗力看着他，半天也说不出话来。直到寄草问他在想什么的时候，罗力才说：“有多少好男人啊，你却让我摊上了。”

像闪电一样快，寄草的眼前就出现了杨真，用那么纯洁的目光看着她，她仿佛听到他说：“跟我一起去那里吧。”

然后，罗力就听到寄草提了一个与爱情无关的奇怪的建议：

“罗力，这次仗打完，你跟我一起去延安吧！”

“什么？”

“我是说，那里……可以找到真理……”

罗力心疼地看着他的姑娘。他想，她是多么害怕他会死啊，她都害怕得精神有些不正常了，瞧她都说的是什么莫名其妙的话，什么真理不真理啊……

王老汉选择了用白族人的三道茶来进行婚礼宴会的方式。火塘边先将一只砂罐烤热了,再放入一撮茶,等那茶啪啪作响了,发出焦香之味,才向那罐里注入热水。俄顷,水沸了,又把茶水注入一种叫牛眼睛的小茶盅中。老汉用木盘子亲自端了两杯,敬到这对新人面前,说:"酒满敬人,茶满欺人,这浅浅的两杯茶,是第一道。清茶再苦,也苦不过寄草姑娘千万里寻夫,也苦不过日本人侵犯我们中国。今日虽是新婚大喜之日,我们也切切不可忘记这样的苦。从今往后,你们的日子长着呢,再甜的日子,也不可忘记我们曾经有过的苦日子啊——喝!"

姑娘们唱了起来,连窗外的虫儿也跟着一起鸣唱,寄草和罗力对视了一眼,默默地喝下了这一杯人生的苦茶。

第二杯茶却是甜的了。不知王老汉哪里来的本事,竟弄到了一些核桃肉和一小瓶红糖。姑娘们就哄起来了,叫着:"苦尽甜来!苦尽甜来!"寄草和罗力喝了,果然,茶香兼着茶甜,味道好极了。

王老汉说:"人生在世,做什么事情都是这样,只有像寄草姑娘这样吃得起苦,才会有甜香跟着来啊,喝吧,孩子们。"

第三杯茶真是千般的回味,里面有蜂蜜,有花椒,有乳扇,趁热喝下,甜酸苦辣,千姿百态,什么味儿都在其中了。王老汉说:"孩子们啊,好好过了今夜吧,今夜不比往夜,良宵一刻,一辈子都在里头了,姑娘,你可懂得老汉我的意思?"

寄草点点头,老汉却伤感起来,流着泪说:"我儿子要是还活着，也该是娶媳妇的年纪了。孩子啊，你可是在替多少好小伙儿娶媳妇啊，入洞房吧，入洞房吧……”

姑娘们又唱起来了，她们把茉莉花撒得一地都是。多么奇特的夜晚哪，寄草恍恍惚惚地进了竹楼，今夜，她要做新娘了，她现在知道了，她的婚礼，一点也不比嘉草姐姐的逊色啊……

半夜时分，罗力离开了熟睡的寄草，轻手轻脚地起来了。他用几乎可以说是诀别的目光，最后看了看被月光照亮的姑娘的面容，没有再说一句话，就悄悄地下了楼。

小邦崴正在独木桥边等着他，他们说好了这时候在这里碰头的。

罗力用力地挽住了小邦崴的肩膀，说：“邦崴兄弟，我把我的新娘子托付给你了。等抗战胜利了，我会来找你们的。那时候，她要是还等着我，我就领着她回家。要是我不回来，只有一个原因——我死了。到那时，你得替我好好地照顾她；她要回家，你就送她回家；她愿意和你过，你就跟她好好地过……要是，要是，我们有了孩子——随你的便——你们愿意告诉他，就告诉他，他爹是打鬼子死在异国他乡的；你们不愿意说，就什么也不要说了。也许到那时候，什么仗也没有了，人人都过上好日子了……”

小邦崴拔出马刀来，对着月光二话不说，就向着自己的胳膊闪了一刀，血就流了下来。他高举着手臂说：“月亮有眼，她看到了我起的誓：叭岩冷是我们的英雄，叭岩冷是我们的祖先，是他给我们留下了竹棚和茶树，是他给我们留下了活下去的命根子……罗力兄弟，你记住，西双版纳的澜沧江边，有个拉祜族人聚居的地方，我们布朗人也住在那一带。那里有一个名叫邦崴村的地方,长着一株参天的大茶树。我不知道它的年龄有多大了,也许一万年前它就在那里。树下搭着一个草棚子,草棚子里住着我赶马人小邦崴。赶走了日本人,你就到大茶树下来吧,我会把你的新娘子完完整整地交给你。大茶树会保佑你们平安回到自己的家乡。大茶树是会显灵的,它是我们布朗人的神明呢。相信我吧,你会回来的,我们会等着你的……”

第二天清晨,就在小邦崴带着寄草,穿过异国的茶坡,向着北方,朝自己祖国的大茶树下进发的时候,南边,炮声响起来了,震惊中外的同古保卫战,终于打响了……

第二十九章

小堀一郎是在收到了国内来信，告知医学博士诸冈存，在中国搜集到了陆羽《茶经》的二十三种版本，特别是两年前在陆羽故乡天门收集到《湖北竟陵西塔寺刊本》之后，突然又产生了迫不及待地想上径山的念头。然后，他就想到了依然居住在羊坝头的忘忧茶庄主人杭嘉和。

根据国内茶道中人来信告知，诸冈存博士是于昭和十五年七月到中国的。那本西塔寺刊本，还是民国二十二年时由西塔寺住持僧新明禅师书跋重刻，以后才由那个名叫胡雁桥的天门县长亲自送给诸冈存氏的。

听说回国之后，诸冈存就于昭和十六年开始撰写《茶经评释》。

小堀一郎私下里还是羡慕这个叫诸冈存的博士的。当他作为帝国的军人在战场上拼杀的时候，这家伙竟然钻了战争的空子，跑到中国来研究他的茶道。其实，寻访陆羽故地这个念头，小堀一郎在战争来临之时，并不是没有产生过。他千方百计地来到中国的杭州，不是没有个人目的的。

他热爱日本茶道，从血液里热爱。但和许多人在茶的袅袅香气间修炼正果、渴望得到更高的境界不一样，小堀在茶道中得到的仅仅是慰藉。他的近乎疯狂焦灼的撕破裂开的灵魂，只有在这样的片刻,才能得到瞬间的清凉。

即便是在以“和、清、静、寂”为宗旨的日本茶道精神笼罩下,小堀一郎依然有着自己强烈的好胜心。在得知诸冈存的研究成果前,他一直以为,自己在本土的陆羽研究,特别是在《茶经》的版本学研究方面是走在前面的。诸冈存的消息使他明白了他在茶界中的位置。他突然发现了,即使在本土,也不是人人都那么渴望上战场的。在茶学界,还会有诸冈存这样的人。

也许是机遇不好,他比12世纪镰仓时代的荣西禅师差远了。荣西禅师在异国的土地上遇到了本土的重源禅师,他们可以同登天台山的万年寺,他们可以纵谈陆羽的《茶经》,并对这里的罗汉供茶作详细记录。而在荣西禅师再度来华之后,回国时不但在宁波天童寺领走了佛衣和祖印,还带回了陆羽的《茶经》手抄本。说起来,这还是陆羽《茶经》第一次传之日本呢。而他小堀一郎,甚至没有可能去一趟天台山国清寺。宁波倒是去过的了,但那是作为宁绍战役的一名参战军人上前线拼杀而去的。他甚至记不得在那场战役中,他有没有闲心喝上一杯茶了。

此时,已经是1943年的秋天了,战争依旧在中国土地上进行,持续时间之长,超过了许多人的想象,也超过了他小堀一郎的想象。其间他回过几次国,也曾经到过浙西等战场,但不久又回到了杭州。这里的湖光山色,令他心烦意乱,曾几次下决心想永远地离开它,又总觉得还有一些后事没有料理好。直到听说诸冈存的消息,他终于明白,他是不可能又喝茶又打仗的了。这种隐秘地希望两全其美的念头,到底也不过是一个梦。中国人说三十而立四十而不惑,小堀一郎已经过了四十,终于明白了什么叫不惑。悟出了这一关，他倒反而轻松了，一边套上中式长衫，一边叫来翻译杭嘉乔。杭嘉乔瘦得简直就如一具骷髅，歪歪斜斜地过来，喘着气问太君有什么事情要他去办。小堀看着他，说不上是鄙视还是同情，问道："我去了一趟浙西，怎么你就瘦成这个样子了？"

"失眠，吃不下饭，别的倒没有什么。"

"茶也，末代养生之仙药也，人伦延龄之妙术也。"小堀不知不觉地念起了荣西的《吃茶养生记》开篇之语，"嘉乔君吃不下饭，多喝一点乌龙茶如何？"

嘉乔看着小堀一郎的这一身中国打扮，一边自嘲地说："茶这个东西，茶圣说，精行俭德之人，为饮最宜。像我这样要遭老天爷报应天打五雷轰的人，什么灵丹妙药怕也是没有用的了。"

"此话怎讲？"小堀一郎沉下脸来。他一直就不大相信杭嘉乔的病，总以为其中有诈，有事没事地就抓住他不放。况且近日他发现，奴颜如嘉乔这样的人，对他也有些不那么恭敬了。

嘉乔想了想，才说："不知太君夜里做不做梦？近日，我常常梦到那沈绿爱从大缸里升起来，张着嘴咬我。按照我们中国人的说法，这就是冤死鬼来索命了。"

他说着这样的话时，好像一点也不害怕似的，这神情倒叫小堀佩服起来。小堀便说："把梦境就作为梦境吧，我看你的精神状态不坏，不像是一个被索命的人啊。"

"那是我知道我快要死了。连我爹都对我这么直说了，他说：嘉乔啊，赎罪吧……"

小堀抖了抖长衫，从鼻子里哼了一声，说："嘉乔君，军部已经批准了我的请求，我要上前线去了。"

“不回杭州了?”嘉乔吃惊地问。

小堀摇摇头,说:“准备战死在沙场了。”

嘉乔看出了小堀一郎说话时神情里的矫情。他越来越了解这个看上去杀气腾腾的家伙,这个不肯说真话的日本佬,这个来历不明的杂种。可是他也已经学会了装腔作势,便做大惊小怪状,说:“小堀太君怎么说起这样不吉利的话来了？本土不是还有你的女儿等着你凯旋吗?”

小堀盯着嘉乔,想,真是不要脸,嘴里却说:“真是多愁的支那人。你还是给我去一趟羊坝头吧。”

见嘉乔有些吃惊地看了看他,他才说:“我要他亲自陪我上一趟径山。”

“太君一定要上径山,我还是可以陪你走一趟的啊。”

小堀一郎从上到下地看了看嘉乔,说:“你怕他不肯跟我上山?”

嘉乔不吭声,他的确就是这么想的。

“你就跟他说,径山,原本是我定了和他的女儿杭盼一起去的,既然他把他的女儿藏到了梅家坞,就让她父亲代女儿跑一趟吧。”

嘉乔吃惊地问:“什么,盼儿没有去美国?”

小堀一郎冷笑起来,说:“你们杭家人是不是都忘了我小堀一郎是干什么出身的!”

“我可是真不知道!”

“那是他们早就不把你当作杭家人了。”

小堀一郎淡淡地说,他不想再给这个人留什么面子了。

嘉乔来到羊坝头的这五进破大院子的时候,没有从前门进去,他不愿意见到那放大水缸的地方。即便是在白天,他也能感到沈绿爱的气息、她的身影和她嘹亮的嗓音。他怕进这个门,可是他又不得不来。他还心存侥幸,想着也许还能弥补一些什么。他全身的骨头并非一天到晚地痛,这是一种令人蹊跷的病,让他在希望和绝望之间挣扎。他并不像说的那样,对死已经有了充分的思想准备,他口口声声地说他要死了,实际上是口口声声说他不想死。

他看到大哥正在井边吊水,抬起头看到他,愣了一下,面孔就阴沉了下来,拎着一桶水,往里屋走去。

嘉乔就自己来到井边坐下。他探头看看井底,井里就映出一个骨瘦如柴的脱了形的男人。不知为什么,他想起了小时候的那一场家庭纠纷,他想起了父亲是怎么先劈了二哥一个巴掌,后劈了母亲一个耳光,而母亲又是怎么一把夹起了他就往井旁冲,要跳井寻死的场景。在他的整个少年时代,这些细节几乎构成了他的血海深仇。然而,与他如今亲身卷入的这一场战争比,这些回忆中的纠纷不但不再是仇恨,甚至蒙上了一层温馨。对着井底下的那个人,他想,他杭嘉乔,究竟因为什么,失去了本不应该失去的一切?他为什么要那么狭隘,为什么要那么凶狠?是什么样的命运把他一步步地推到今天这步田地,使他竟成了一个杀人犯,一个杀死自己亲人的人?井下他的头影前,突然出现了一个女人的头,瞪着一双死不瞑目的眼睛,死死地看着他。他打了一个寒噤,猛地躲开了头。直起身来,他就看见大哥拎着水桶站在他面前。

大哥没有理睬他,只顾自己往下放绳子吊水,嘉乔便要去帮忙拉那绳子,被嘉和闪开了。

嘉乔想了想,就放开了说:“大哥,我要死了。”

嘉和的水桶在井底下半浮半沉着,嘉和也不去拉,他说:“你才想到有这一天啊。”

嘉乔若有所思地说:“我做梦梦到我入祖坟了。不是和你们在一起,是隔着一条小溪,在茶园的那一边,是我一个人的孤零零的小坟。也没有墓碑,也没有人知道。清明上坟的时候,一大堆人从我坟边热热闹闹地走过,我都看见了。不过也不是没有人看我一眼,回来的路上,总还有个人在我坟前停一下脚的。”嘉乔看着低下了头的大哥,眼泪就涌出来了,抱住了他的肩膀,说:“大哥,只有你……”他就跪了下来,“大哥,我不想死啊……”

嘉和拎着那桶水上不上下不下的,好一会儿,长叹了一口气,只听井底下哐当一声,桶就掉了下去,嘉和就坐在了井沿上,大薄手掌握成了拳头,一下一下地死命敲着井台,眼睛都红了,咬牙切齿地说:“你给我一句一句说清楚,妈究竟是怎么死的!”

那天夜里,嘉和忙完了一切,悄悄地来到叶子的卧室前。他是来告诉叶子,关于白天嘉乔来通知他明天上径山的事情的,却看见叶子正在灯下流泪。他踌躇了一下,想推门进去,又站住了。他知道,叶子流泪,是因为中断消息一年多的汉儿终于通过秘密渠道来信了。

嘉和也看了信。信写得很长,因为渠道可靠,也不用遮遮掩掩,在杭州的嘉和他们这才知道了外界的许多事情——

……

去年五六月间,我们的茶叶研究所就已经全部搬迁完毕。从衢州到福建的崇安,工作环境,基本上是达到理想要求的了。据吴觉农先生说,我们所目前的人虽然不多,但比之于远东各国的印度、锡兰、日本等国,他们的改良机构,还不及我们的呢。人事方面我们也是极有优势的,研究员,副研究员,大多是国内的茶学界权威。即便是助理研究员和助理员,也大多是大学毕业生。有的在茶业界已经待了十多年,少的也有三四年了。所以说,在这里从事茶业工作,应该是很有前景的。

吴觉农先生还专门给我们茶人上了课,提出要求:工作的态度一是要公而忘私,二是要动静兼顾,三是要即知即行,四是要替人着想,五是我们必须时时训练自己。吴觉农先生还举了日本茶人田边贡的例子。他说他不过是一个中学毕业生,但因为自己努力,所以在日本茶学界很有地位……

……

除了本职工作,我也随吴觉农先生做一些有益的社会活动。前不久陪着吴先生来回走了四十多里山路,从崇安到建阳徐市镇国民党的集中营,担保出了一个名叫吴大锟的青年。据说他是CP,也就是和林生、楚卿一样的人。这是一件令人不解的国事——尽管政府口口声声说枪口对外一致抗日,他们的监狱里依旧关着许多CP。徐市的集中营就是从上饶集中营迁过来的,里面关着不少皖南事变的新四军。那个吴大锟,就是在慰问新四军的途中被捕的呢。说到这里我想起来了,你们有忆儿的音讯吗?我倒是得到了他的可靠消息,他和我刚才提到的人属于一个阵营的了,上了四明山,不过还领导着他的那支游击队。你们不会想到吧,楚卿为他生了一个儿子,寄养在茶区一户人家。伯父做爷爷了,我也因此做了叔叔。这场战争虽然使我们杭家人生离死别,但是依然有新的生命在诞生。就像茶叶一样年年采掉,年年照发。这么旺盛的生命力,这么倔强的精神,我庆幸自己选择了这个行业……

……

目前,我除了工作之外,还要承担一个名叫黄蕉风的十二岁的小姑娘的生活,她也和我在一起。她是父亲目前这个妻子带过来的女儿,是个很可爱的姑娘。说到父亲和他的妻子的车祸,也许你们已经知道了吧……

自从嘉平回内地以后,嘉和就夜夜来到叶子的房中。他们一起苦度长夜,相依为命,合二为一。他们两人都觉得,天地间没有什么事情能比他们的结合更顺理成章了。

一切都是那么的和谐,一个眼神、一声叹息、一个手势,还有那种妙不可言的一个暗示。他们越熟悉对方,越被对方天长地久的美好感动。许多永远也不会对别人说的话,就这样从嘉和的口中汩汩地流淌出来了。

也许是为了弥补那多年来的克制和空白,他们几乎天天夜里在一起。即便在他们十分疲劳的日子里,他们也不分开。他们像少男少女一样地依偎着。有时,嘉和在半夜里醒来,看见叶子翻身朝着另一边睡去,他就会感到一阵恐惧,他就会轻轻地叫道:“叶子,叶子,快把你的手给我。”而早晨醒来的时候,他又会焦虑地拥抱着叶子说:“天哪,又是一个夜里没有能够见到你。我多想你啊,昨夜我在梦中找了你整整一个晚上,我吓坏了,你不会离开我吧……”

此刻,嘉和站在窗外,又突然地被梦里的那种巨大的失落感控制。他不由得伸出手去,在虚空中抓了一下——仿佛失去什么了,永远失去,一股锥心剜肉似的剧痛钻进了他的胸口。他惊慌失措得连手脚都无处放了,头就轻轻地触在了窗棂上。他不敢想,是谁？是哪一个亲人又要离他而去？是谁又要把他一个人孤零零地扔在这个地狱一般的没有一丝亮光的黑暗里？

在那边,不算太遥远的浙东水乡,在杭嘉湖平原上,在一片茶坡中,一双儿女几乎在同一阵枪声中倒下了。刚刚从四明山下来的杭忆和楚卿带着他们的游击队,与日军几乎对峙了一天,向晚时分,他们成功地把敌人引到自己的身边,他们的同志得以安全地脱险了。

现在,浙北一带,无论敌人,还是老百姓,都知道杭忆部队已经是共产党的人了。楚卿脱险回来的第一天,就在棋盘山见到了杭忆。然后,由杭忆亲自护送了上四明山。七个月之后,楚卿生下了一个儿子。而此时,作为父亲的杭忆,正在平原上作战。他连一次也没有见过孩子呢,年轻的夫妻却在这次遭遇战中身陷重围。

杭忆本来是可以完全避免这种结局的。他们遭到袭击的时候,受伤的只有楚卿一个人,是他亲自背着转移的。楚卿伤得很重,她趴在杭忆的背上,也许比杭忆更能看到眼前的局面,喘息着就叫杭忆把她放了下来,然后,轻声急促地说:“你带着队伍撤,我在这里掩护你们。”

这是一个凉爽的秋天的早晨,茶蓬在早晨的露水中亮晶晶地摇曳着。楚卿的面色苍白,就像淡蓝的天空中丝絮一般若有若无的云片。血正从她的嘴里不时地涌出来,杭忆摘下了几片秋茶芽,使劲地揉着,然后它们带着露水,就被含进了楚卿带血的口中。也许情急中的杭忆以为茶可以止血吧。楚卿无力地含着它们,苍白的嘴唇就被茶汁染成了浅绿色。然后,她说:“快走吧,别管我了。”

杭忆一边给她擦着流到面颊、下巴上的血,一边说:“为什么要我先走,就因为你是共产党的人,牺牲必须在前?别忘了现在我也是了,现在我得和你生死在一起了。”

即便在这样的时刻,他的话依然轻松俏皮。他数了数自己枪中的子弹,便命令他的部下从他们身边离开。

楚卿发怒了,无力地用手扒着黄土,说:“……服从命令,你快走吧……”

杭忆一边整理着身边的子弹,一边观察着敌情。再低首看楚卿时,发了一下怔,突然一把抱住了楚卿,一大股空气塞住了他的喉口,有一个锥子一般的东西猛烈地扎进了他的胸膛——他知道楚卿真的是要死了……

楚卿已经没有力气和杭忆吵架了,一边喘着气一边说:“把我留下……孩子需要爸爸……”

通过茶蓬朝山坡下望去,敌人正在搜索。杭忆贴着楚卿的脸说:“孩子已经交给茶女,现在,有我和你在一起……”正说到这里,那边山下,传来一声枪响,空气就仿佛被这一枪吓着了,凝固在了山坡上。周围一下子鸦雀无声,连风中颤抖的茶叶枝儿也僵在了那里,一动不动。

杭忆观察了一下,见没有动静,就轻轻地躺了下来,抱住楚卿,说:“我们两人说好了一起上路的,我可不让你一个人走。”

楚卿的脸上,不再有刚才的愤怒了。她的面容,变得非常平静。她仰天躺着,一动不动,以免血从身上嘴里涌出来。她问:“同志们都转移了吗?”

“转移了!”

“你真不听话啊……”楚卿叹息着。

杭忆紧紧地盯着楚卿的眼睛,他在努力地回想着什么,也许他回想的正是他的诗——我只是想在你走过的地方倒下,和你的那个已经永别的亲人一样……但事实上他的脑子里一片空白,他什么也想不起来了,他只是望着楚卿宣誓一般地说:“和你在一起,一定要和你在一起……”

他眼看着楚卿灰色的眼睛迷离黯淡下去,仿佛连眼前的他也看不见了。她的脸上,突然显出了从未有过的少女的羞涩,她断断续续地说:“忆儿,我是真的爱你啊……”

“我也是真的爱你啊……”他觉得他说的话就像没说一样,他禁不住呻吟起来,“楚卿啊……楚卿啊……”

“你像我……死去的那……个亲人,你……长得太像他了……他和……你一……样,会吹口琴……我一直想,如果你上了山……你就和他……一模一样了,他……就重新……活过来了……原谅我说这些……”

杭忆把头埋在楚卿带血的胸膛上,他说不出一句话来,世界依旧屏息静气,他听见楚卿胸腔里发出的漏风似的声音——她要死了,她正在死去,我的爱人,她正在死去……

山下茶蓬中,开始有了搜索的动静,敌人上来了。杭忆感觉到楚卿的喘息声越来越轻,终于无声无息了,眼睛却睁得大大的。他长吐了一口气,把楚卿放平在茶蓬下的黄土地上。他的枪膛里还有两粒子弹,其中有一粒是为楚卿准备的,现在不需要了。他屏着气,从茶蓬根部的缝隙中往下看,他看到了一双穿着皮靴的脚。他屏了一下气,突然就跳了起来,朝那个伪军放了一枪,那人倒下的时候,又听到一声枪响。

后面的队伍连忙趴下,好半天不敢动弹。最后发现又没动静了,才冲了上去。他们在靠近山头的茶蓬中发现了三具尸体:一具是那个伪军,另两具是一男一女,非常年轻,男的扑在女的身上,血正从他的太阳穴往外流淌。女的面朝天空,眼睛睁开着,神色非常安详。一阵秋风吹过,满山的茶蓬叶子就哗啦啦地响了起来,吹落的几片,就盖在了这对青年男女的身上了……

现在已是夜里了,杭嘉湖平原上的秋夜星光灿烂,河水闪闪如碎银,曲曲弯弯地流向远方。两岸的茶园此起彼伏,散发着清香。今夜的河水上,浮托着两个年轻人的身体。当敌人认出茶坡上的那对青年正是威震平原的杭忆和楚卿时,他们已经没法照他们事先宣扬的那样加害他们了。他们只得把这对死去的平原的儿女放在一块门板上,顺水而下,他们说这就是示众——这就是抗日的下场。

河水却并没有呜咽,她温柔地托着她的儿女,静悄悄地流着。星群又从天而降,簇拥着这一对飘摇的灵魂,护佑着他们,路过小石桥，路过茅草房，路过那一个个复仇的村庄。两岸的灌木丛中有夜莺在歌唱。再过去，伸展着的丘陵和田野间，一队队同样矫健而年轻的身躯，在黎明前的黑暗中，生龙活虎地跳跃着——天就要亮了……

也许，就在这同一个夜晚，杭嘉和定了定神，终于推门走进叶子的房间。而此时的叶子已经读完了信，正开始在灯下洗脚。

嘉和喜欢她的清洁；喜欢她在任何天崩地裂般的灾难来临前的那种依旧如常的沉着的、美好的、整洁的容颜；喜欢她的洗得干干净净的手和脚。嘉和知道，他们在这一点上完全相同——如果明天早上他们将一起去死，他们依然会在今天晚上把脚洗得干干净净。嘉和还知道他为什么喜欢她——这个半透明的女人，使他享受了爱情，知道有了女人的隐秘的快乐，还有那种完全的完美的占有的满足，还有那种在无边的地狱般的绝望中的希望的星光——

当嘉和这么想着的时候，他就半跪了下来，捧起了半浸在温水中的叶子的那双秀脚，开始轻轻地抚摸。一星烛光，照得房间里人影儿摇摇曳曳，如梦如痴……我的爱啊，你是我童年的不可告人的心事啊……你的耳朵又薄又透明，像一块玉，有好多次，我都想上去摸一摸；我也喜欢你穿的和服发出的窸窸窣窣若有若无的声音。嘉和脱了自己的鞋，坐在叶子的对面，把脚也同样浸到了脚盆中，两只又长又薄的脚板夹住叶子小小的脚……

桌上的烛光闪闪烁烁，照着了那只被锔好了的兔毫盏的侧面。碗口在黑暗中显得很深，上面却放着一个小白瓷人儿，闪闪地发着银光。嘉和伸出手去取下那瓷人儿。瓷人儿背上穿着根绳子,嘉和就轻轻地把它套在了叶子颈上。这正是祖上传下的那尊茶神陆鸿渐像,它在地下陪了林生十多年,现在又回到地面来陪杭家的落难人。嘉和仿佛是在自言自语:

"你现在知道了吧,我才是那种最喜欢女人的男人呢。我喜欢那个值得让我终生去爱的天长地久的女人:喜欢她年轻时的美貌,她年老时的眼角的皱纹;我喜欢她从前是我的,现在是我的,将来也是我的。等我有一天死去了,如果有另一个世界,在那个世界里,她还是我的……一想到这些,我就会,我就会——"嘉和一时想不出什么样的词汇来表达他的心情,就开始激动,紧紧地搂住坐在他对面的叶子,说:"我就会想和她在一起,在一起……"

他们两人的脚依旧还叠在脚盆里呢,嘉和的激情甚至使晕晕然的叶子惊讶,谁也不会想到,这个男人原来是可以这样的……

小堀一郎,在许多中国人面前都有一种居高临下感,甚至在赵寄客面前都有。唯其在这个名叫杭嘉和的人面前,优越感消失了。

他从来也没有和嘉和正面较量过,那是因为他吃不准他能不能够在精神上打败他——他很在乎这一点——征服,在他看来,从来就是灵魂的征服。而杭嘉和这个人,是他很少见过的那种具有判断力的中国人。他从前一直以为,在中国大地上生活着的中国人,很少有创造力,更说不上判断力。

细细想来,好像就是从赵寄客血溅石碑起,他觉得一切都不再有意义。如果说还有什么可以使他的灵魂起一点火花,那么,就是和这个名叫杭嘉和的人对峙了。小堀一郎能够感觉到从嘉和身上传导过来的逼人的寒气。可是他误解了这种冷漠,他以为这种冷漠是彼此之间的敌视引起的,是战争引起的。他不知道,即使是在和平的年代里,遇到一个如小堀一郎这样的人,嘉和也依旧会天然地保持他的冷漠——他和这样的灵魂隔着一条深深的鸿沟。

他们没有坐日本人的军车,小堀一郎只叫了一个马夫,替他们赶着马车,径直就往杭州西北的径山奔去。

径山禅寺,位于杭州西北,天目山东南余脉的径山。寺庙初创于唐天宝年间,距今已有一千二百多年的历史了。该寺始兴牛头禅法,由法钦开山,宗杲全盛,两浙名僧咸集径山,临济宗匠,如蒙庵元聪、无准师范、虚堂智愚等,先后在此住持弘法,被海内外佛徒奉为祖庭。历代的帝王显贵、诗人墨客、求法僧人纷至沓来。南宋时,江南各寺以径山寺香火独盛,被列为禅宗“五山十刹”之首,为全国著名古刹之一。

不过,径山寺自法钦开山以来至民国时期,已经历了八次毁建,两次大修。到得小堀一郎和嘉和上山的这一次,寺庙只剩下大雄宝殿、韦驮殿以及不多的斋房、老客房、库房和僧房,还有妙喜、梅谷和松沅三房。那少数几个僧人苦守着破庙,靠一点山林的收入度日,见了小堀一郎和嘉和,看他们都穿着中国人的长衫,小堀说的又是一口流利的汉语,便以为他们是难得还有兴致到此一游的过客。住持连忙叫人端出今年刚收的径山野茶,酽酽地冲了两碗送上来。

但见这径山野茶,条索纤细苗秀,芽峰显露,色泽绿翠,香气清幽,滋味鲜醇,汤色嫩绿莹亮,叶底嫩匀明亮。小堀一郎喝了一口,不禁赞叹起来,说:“当年皇甫冉写诗送陆羽自天目山采茶回来,曾经这样说道:千峰待逋客,香茗复丛生;采摘知深处,烟霞羡独行。这个香茗,该就是此茶吧。到底是径山茶啊,果然名不虚传。”

这话明摆着就是说给嘉和听的,也是一个话头,希望嘉和能够答腔罢了。谁知嘉和细细地喝着茶,却是一言也不发。这股架势,从他上车时就摆成这样了。这半天了,他都没有和小堀说过一句话。

那住持却不知小堀这话什么意思,接过话头,不免得意,说:“径山的野茶和别的地方的自是不同,你们喝茶到这里来也算是有慧眼的。”

“此话怎讲?”

那住持二话不说,折过身子回到堂后,片刻取出一本《余杭县志》,翻到某页,说:“二位客官请看这一段——”

原来那《余杭县志》上果然记着:径山寺僧采谷雨茶者,以小缶贮送,钦师曾手植茶数棵,采以供佛,逾年蔓延山谷,其味鲜芳,特异他产,今径山茶是也。……产茶之地有径山四壁坞与里山坞,出产者多佳,至凌霄峰尤不可多得,出自径山四壁坞者色淡而味长,出自里山坞者色青而味薄。

小堀看着这志书,便躬身笑问杭嘉和:“杭老板是杭州城里的大茶商了,你们忘忧茶庄怕也是年年在进这径山之茶的吧。照杭先生看来,此刻我们所喝之茶,要算是径山四壁坞的呢,还是里山坞的呢?”

小堀这一提醒,倒是让住持想起来了,怪不得那么面熟,不禁合掌连声念佛:“阿弥陀佛,阿弥陀佛,老僧真正是糊涂了,怎么连忘忧茶庄的杭大老板也记不清了呢?要说你小的时候,你父亲还时常带你到这里来的。我记得你还有一个兄弟,那是十分地淘气,一晃眼多少年过去了,这人世间又多了几道的劫难。难为你们还想着来看看我这老僧。你看看这战乱时分,连僧人也无心念佛,这个径山寺,当年何等兴盛,如今也破败到这个地步了。”

嘉和放下茶碗,这才慢悠悠地说:“方丈不必多虑。我本不是佛界中人,对释家也向无求禅之心,这一点倒是与我的父亲各异的。但即便如此,到底还是知道佛家一些禅理。比如轮回之说,我是向来不信的,如今倒是宁愿信其有的了。那些在人间做了猪狗不如之事的人,自是有报应的,将来无不要下地狱。至于这世间的劫难,来来去去,总有否极泰来、善恶各各有报之日。这么想来,这佛理到底还是有一点实用的呢。”

小堀不失机会,趁机问道:“那么杭先生又是如何解说这放下屠刀、立地成佛之理的呢?”

杭嘉和正色说:“我刚才不是已经说了,我对释家向无求禅之心,只不过取了一些理来实用罢了。至于说到放下屠刀、立地成佛之事,我倒是至今还不大相信。即便那执刀的真正放下了屠刀,也不过是一个放下了屠刀的屠夫罢了,怎么就立地成了佛了呢?若说杀人如麻者,立地便可成佛,那被杀的多多少少冤鬼,他们便只能在地狱里做着鬼,如何有出头之日?即便有一日熬出头去,也不过投胎一户好人家去罢了,比那成佛成仙的到底差远了。如来公正,想必也不会那么颠倒黑白。况且,那些活着的还未被屠夫所杀之人,也不见得就会相信屠夫放下屠刀,就是为了成佛。说不定那屠夫只是担心自己有一日也下了地狱,被那些冤鬼捉了下油锅呢。要说成佛,怕也不过只是为了保命而已呢。方丈,你说我的这番话,有没有道理?”

听着杭嘉和这么说着话,又见他的眼神,那方丈看出蹊跷来了。可是他一时又想不出该说些什么好,只得劝他们喝茶,边说:“杭老板对佛理虽然不如我们出家人在行,倒也有一番自己的见识,只是见仁见智,老僧在此不敢说三道四。不过于茶理,杭老板却是杭州城里数一数二的,不知能否吃出此茶的真正产地来,倒也让我老僧见识一回。”

杭嘉和斜视了一眼小堀,一反他平时待人接物的风格,大笑起来,说:“如此说来,径山寺的老师父真正是孤陋寡闻了。杭州城里谁不知道,自打日本人进城,杭家人就烧了自家的五进大院,封了忘忧茶庄。偌大一户人家,也算是妻离子散、家破人亡了。能活下去就是天保佑了,哪里还有什么茶事这一说啊!”

那径山老僧睁大眼睛,半晌都说不出一句话来,好一会儿,才对着小堀问:“竟有此事?竟有此事?阿弥陀佛……”

杭嘉和这才又说:“你这就问到点子上了。这位先生,你别看他说华语着长衫,却是道地的日本军官呢,我们杭家的底细,别人不晓得,他是最最晓得,桩桩件件看在眼里的。”

径山老僧看看杭嘉和,又看看小堀一郎,来回倒了那么几眼,手就抖了起来,声音也随之发起抖来了:“阿弥陀佛,阿弥陀佛,老僧眼花,一点也没有看出来,这位太君,看上去,实在是和我们中国人一模一样的呢。阿弥陀佛……”这么念着,老僧就一步步地往后退了下去——却被小堀一郎一声喝住道:“和尚且慢,这一碗茶,才刚刚喝了一个头呢，你怎么就退了下去？莫不是听说日本人在此，就吓破了胆？”

老僧一时怔住，看着杭嘉和，说不出话来。倒还是杭嘉和从容，说：“老师父，这里不是还有我吗？不是新知也是旧友了，我倒是想喝一喝贵寺径山的二道茶呢。”

径山老僧回过神来，方说：“十方香客，竟为佛徒。想当初，八百年前，贵国多少高僧还专门来此学习佛法，何曾有过害怕一事。来，上茶！”

小堀一郎的脸沉了下来，一声不吭地走到了门外。

他没有想到，这个杭嘉和，除了冷漠，性情还如此刻薄。小堀一郎在中国待的时间不算短了，除了赵寄客，还没有一个人敢用这样的声调和他说话。他固然不能忍受李飞黄的奴颜，但也不能忍受杭嘉和的傲慢。他能够听懂杭嘉和每一句话里面的夹枪带棒，这就是他多少天来等待着的智慧的较量吗？他看着四周的群山，想：应该打开天窗说亮话了！

这么想着，他把他的那张阴沉的脸收拾干净，重新戴上那副从容不迫、胸有成竹的假面具，走进僧房，说：“还是这位径山老师父说得有理啊，今日我们所说的大东亚共荣圈，其实八百年前在此地径山就已经实现了。想当初，我们本土的圣一法师和南浦法师，早在南宋年间就来到此地山中，拜虚堂和尚为师，学习佛经，一住就是五年。归国时不但把径山茶和径山茶宴以及斗茶之俗一并带入本土，还把贵国的茶台子和茶道具也一起带了回去。那些茶盏，就是今日的稀世珍品天目盏。听说在你们杭家，还保留着一只，还是我的茶道老师羽田先生亲自送给你杭先生令尊的呢，有这么一回事吧?”

杭嘉和欠了欠身子,高声说:“有啊,怎么没有呢?说起来这只茶盏还是宋王朝的官窑所烧。也是因为我父亲当年救了羽田先生一命,先生无以为报,故而才物归原主的。后来父亲和羽田因为茶事不和,当着羽田先生的面,愤而砸了。那茶盏一分为二,羽田先生倒也不曾因此而拔出刀来杀了我父亲。那茶盏倒是被我锔好的了。不瞒你说,我今日还一直后悔锔了那茶盏呢。”

“你杭嘉和也有后悔之事,听来倒是新鲜。”

“普天之下没有人,哪有物?再无有比人更为珍贵的。如今一些人,说起来也是知书达礼之辈,却是杀人如麻,心如虎狼,只不过多披了一张人皮罢了。我听说有一个号称汉学家、茶道学家的日本军人,为了一只崇祯年间中国的青花瓷器,就可以一枪打死一个逃难的中国孕妇。如此说来,这只天目茶盏,保不定有一天会把人害死在哪里。物既伤人,要物何用,还不如当初我父亲一下子砸了,大家干净呢。”

此时僧房中除了他们两个,已经没有其他人了,小堀一郎也顾不得再循序渐进了,涨红着脸,逼近了嘉和,说:“杭嘉和,你给我想明白了,你在做什么?”

小堀一郎以为这一下杭嘉和会拍案而起,与他大吵,这样倒也好,先发泄了怒气再说。谁知他一挨近嘉和,嘉和突然愣住了,盯了小堀一眼,别过脸,半天说不出话来,脸就明显地发白,嘴角也抽搐了起来。好一会儿,他端起了身边的茶碗,一饮而尽,就走了出去。

小堀一下子就明白,嘉和是想起谁来了。

他惊慌失措又气急败坏地冲了出去，一把揪住了嘉和的肩，问："他跟你说了什么！他跟你说了什么！"嘉和生气地用力一弹，挣脱了小堀的手，喝道："这是我们的事情。"

小堀愣了一下，感觉到了自己的失态，拍拍手，自我解嘲地说："是啊，你们的事情，我不感兴趣。"这么说着，悻悻然地踱开了脚步，走出庙门，突然一股愤怒袭来，转过身大声喝道："杭嘉和，你出来！"

他本来是想说——杭嘉和，你知道你是在和谁说话！可一出口，变成了——杭嘉和，你出来！

但杭嘉和对他的指令置若罔闻，他看不见杭嘉和单薄的身影，只得咽了一口怒气。山林的气势一时化解了他刚才的块垒，他对自己说：这正是我想象中的径山啊……

站在径山高峰，眼见天目山自浙西蜿蜒而东下，一直驻于余杭长乐镇西，山势宛如骏马奔突而下，在此骤然勒马挽缰，东西两径又如马缰盘折扶摇而上，直升天目主峰，径山之名，由此而来。此景怎不叫人想起苏东坡的《游径山》——

众峰来自天目山，势若骏马奔平川。
中途勒破千里足，金鞭玉镫相回旋。
人言山住水亦住，下有万古蛟龙渊。
道人天眼识王气，结茅宴坐荒山巅。
……

放眼望去,但见径山五峰——凌霄、鹏搏、朝阳、大人与宴坐一一屏立。五峰之前又有御爱峰,在此,上可仰观峻峭群峰,下可俯视江河海湾。史称宋高宗赵构在此赏景,一声叹曰:此峰可爱!从此山名“御爱”。

往细处观此径山,却又见山径两侧,松篁蔽天,浓翠沾衣,人面皆绿;又听泉声潺潺,如怨如诉,如筝如琴,如铃如磬。站在此地,嘉和却不可抑制地想起了父亲和赵先生。他想到赵先生若能在此望山,父亲若能在此听泉,但闻山中传梵呗、林间扬钟声,而寿木亦不知春秋。如此见山见水,见仁见智,那是何等的心旷神怡啊……

小堀一郎也被这径山之气慑住了,许久才说:“我在日本时读过许多关于径山的书籍,都说‘百万杉松双径杳,三千楼阁五峰寒’。如今三千楼阁倒是不复存在了,这参天的大树却风采依旧啊。”

嘉和沉默了一会儿,方说:“当年赵构上得山去,曾召僧人问道:‘何者为王?’僧人答曰:‘大者为王。’赵构不以为然,说:‘直者为王。’从此,此地的古柏便被封为树王了。你刚才说了一大堆的茶台子茶道具,我倒觉得,还不如这一句‘直者为王’来得痛快呢。”

小堀一郎气得直咬自己的下嘴唇,一根根的络腮胡就针一样扎了出去。这几乎一模一样的动作,在赵寄客身上曾是那么的可爱……嘉和别过了脸,他想起了他和赵先生的最后一次见面。那时嘉平已经回来了,他以为赵先生是想看看他们兄弟俩,但小撮着却强调说,赵先生只想见他一个人,他就又以为赵先生会有什么重要的机密和他谈。但是那天他们聊了很久，却都是一些家常话，一些已经商定了的决议的重复。直到最后，赵先生要把他送出去了，站起来盖茶杯盖的时候，才仿佛轻描淡写地说了一句：“嘉和啊，我要是有你这么一个儿子，就死也瞑目了。”

嘉和听到这话时，正背对着赵先生。但这句话像是一棒击在他的后脑勺上。他只听得耳边嗡地一响，喉咙就哽咽住了。他知道，赵先生今天叫他来，就是为了要说这句话，而这句话下面的无数心事，也只有嘉和听得懂。因为他的视线已一片模糊，因为不想让这位父亲般的老人看到他的热泪，他背对着赵先生，也尽量用轻描淡写的语气回答：“谁说我不是你的儿子？我从来就是你的儿子……”

这是一对真正的父子之间的对话，为什么要让这个人知道！现在，嘉和用眼睛的余光看着小堀一郎，想：这个人什么都想占领，这个人入侵了一切，还想入侵我们隐秘痛苦的心灵！

小堀终于发话了，他说：“现在，就我们两个人了，你可以不把我看作一个——一个纯粹的大和民族的子孙。就算是因为‘他’吧，难道我们就不可以开诚布公地谈一谈？”

嘉和回过头来，第一次正面注视着他，半晌才说：“难道你到今天还不晓得寄客先生为何而死？难道你还不晓得，除了汉奸，谁也不会和你对话？你是日本人也罢，你是中国人也罢，这对我们来说又有什么意义？你早就没有资格来奢谈什么茶道了；你也早就没有资格上中国的径山，早就没有资格喝茶——无论中国茶，还是日本茶，你都早就没有资格去碰一碰了。你们手上沾的血实在是太多了，你们再也洗不干净了，用什么样的水，哪怕是用茶水来冲洗，也无济于事了……”

小堀一郎手里的拳头握紧了，好一会儿，才说：“看样子，你的确是不打算回去了……”

第三十章

在小堀一郎看来，杭州的四季中，秋季要算是最合他的口味的了，尤其是深秋的有着小雨的夜晚。

春夜和冬夜，他有时也会到六三亭俱乐部去胡闹。但秋夜他喜欢一个人待在自己的客厅中，他喜欢穿上中国式的长衫，用曼生壶品茗。

有时候，他也会取下挂在墙上的古琴。可是他弹不好，拨弄几下就只好停下来。往往这时他会不由自主地想起沈绿爱。他曾听说，那个死去的女人，弹得一手好古琴。他想，赵寄客会不会就是因为这个而喜欢上她的呢？

他还是不能接受这个女人。尽管她已经死去多年，但在与她有关的人看来，她仿佛一直活着。他想象不出，这个一直活到死里头去的女人，凭什么，竟然还能弹得一手好琴。这样的琴声，原本应该是发自那个叫盼儿的女子纤细的手指下的，这样才合适呀，他想。

幽暗的灯下，他仿佛看到那个姑娘了。她穿着一身洁白的中式大襟衣衫，梳着一根长长的中国式的辫子。她在博山炉的一缕清香下，半跪在地上，低头挑抚着琴弦。琴声是悠远而怡然的，其中又有深意。而他，他也是半靠在地板上的。他心痴神迷，恍兮惚兮,他的手里,始终捧着那把曼生壶。

姑娘在一缕茶烟中消失了,小堀一郎摇摇头,他知道这都是他的梦境——不可告人的梦境。

有好几次,他都已经整装待发,要到西郊的梅家坞一走。他知道,杭家的那个家人小撮着把这个姑娘藏在了什么地方。不就是藏在了自己的眼皮子底下吗?笑话,如果连这样简单的事情都查不出来,他小堀一郎还凭什么入梅机关?

梅家坞是一个产茶的好地方。龙井茶的本山产区狮、龙、梅、虎、云,其中的梅,就是梅家坞。小撮着本是翁家山人,娶得一个女人却是梅家坞人。梅家坞离杭州城不远,只是在山中,感觉好像是有了什么屏障似的。想起来,小堀一郎也是可以理解他们杭家的。他们怎么能把这么一个生着肺病的女孩子送到十万八千里路之外去呢?虽然太平洋战争爆发,日美正式宣战,但美国还是常常有药品,通过上海,秘密送到杭州羊坝头。他小堀一郎只要小手指动一动,就能断了这条通道。他也不是没有动过这个念头,但最终还是忍住了。他想,她和他一样,都是难遂天年之人——还是让她死在他后面吧。

明天晚上,是他告别杭城之夜。没有任何宴请,他把这场告别安排在昌升茶楼。他要和杭嘉和来一场对弈,他开玩笑地说,这场对弈,输赢只赌一只手指。他认为他有信心赢他。

此刻,他轻轻地啜了一口龙井茶。中国的散茶,喝起来就是这样自由散淡。在这块土地上待的时间越长,他就越感到这种散淡之风的舒适之处。他这么想着,就斜斜地躺在了铺着地毯的地板上,随手拿过一个枕头。就在这时,门被轻轻地推开了,一个女人,也如茶烟一般地袅袅而来。

这是一个身着和服的女人，一个真正的日本女人。和服的料子，一看就知道是绸的，和这秋日的天气正好吻合。至于那花纹，在蓝白底色里配上秋草，连那系在腰间的双层筒状的带子也是恰到好处地显现出了秋草的图案。她的头发，完全按照日本传统女性的发髻式样盘了起来，脚上蹬着白布袜子，然后，再套上一双木屐。

唯一和日本女人不一样的地方，就在于她进来时没有脱去木屐，鞋底在地板上发出了清脆的响声。尽管如此，小堀一郎还是仿佛听见了女人走动时那和服下摆发出的微妙的沙沙沙的衣料摩擦的声音——久违的故园的声音啊……

那女人走到了离小堀一郎不远的地方。她依旧是站着的，甚至连腰杆也没有弯下去，她的膝盖也没有像传统的日本妇女一样始终弯曲着。她的手始终双握在胸前，看得出来，她是在护卫着一个挂件。这么一来，她和小堀一郎之间的位置格局，就是一个站着，一个坐着，显得居高临下的了。小堀便遗憾地想，到底是在支那的日子太久了，即便穿上本国的和服，她也不再像是一个纯粹的日本女人了。

虽然是这么想着，小堀还是从地板上站了起来，坐到茶几后面去，说："你到底还是来了。"

女人默默地看着他，没有认同也没有愤怒，他甚至能感受到她目光中的一丝怜悯。这洞悉底细的目光使他难受。她和他记忆中的老师的女儿已经很不一样了——老了，灯光下的皮肤依然很白，但细细的纹路刻上了额角。小堀明白，并不是因为她老了才和从前不一样了,而是因为她的神情不再像日本女人了。

“我已经很多年没见你穿和服了。在中国的时间待得太久,也许,你已经忘了自己身上的大和民族的血统了吧?……你为什么不坐?你坐啊。”

“身体发肤,父母所赐,和你一样,我怎么会忘了血统呢?”她的声音虽然沉静,但不免沙哑了。

小堀把手里的曼生壶往茶几上一放,他的心顿时就烦躁了起来:怪不得传闻说叶子和杭家的大儿子更为般配,果然,连说话的口气也那么相近,真是近朱者赤近墨者黑啊。

这么想着的时候,他就指着她的和服说:“可是你连自己民族的服装都已经不会穿了。我还从来没有见过一个像你这样和服的右襟压在左襟之上的女人。羽田先生要是还活着的话,会为你的这身打扮羞耻的吧。”

叶子皱了皱眉,说:“记得我很小的时候,和你一起听过父亲的茶道课,那一节课专门讲和服。父亲说,中国的孔子曰:微管仲,吾其被发左衽矣。当时我不理解这话的意思,父亲还请你来讲解。你告诉我说,孔子的意思是说,如果没有管仲,我们这些人大概就是披散着头发,穿衣服也要左边开襟了。我还是不理解其中的深意,父亲这才告诉我们说,左右大襟的风格起源于中国的右衽和左衽。右衽为君子,故而和服是右边的大襟贴身;左衽是夷狄,也就是未开化的臣民,他们的风俗是把左襟贴身穿的。父亲还告诉我们,古代我们日本民族,还未开化的时候,衣衽就是左边在里面的。我们的很多文明开化,来自中国。我记得,当时的你,听了父亲的解释,非常高兴。”叶子突然抬起头,像是想起了什么而吃了一惊似的说:“那时候你不像现在,不让任何人知道你有中国血统。那时候,你还是为自己有一个中国父亲而高兴的。那时候你也不叫小堀一郎,你叫赵一郎。”

小堀一郎一直不动声色地听着叶子说。说完了,他也不回答,只是一声不吭地用曼生壶喝茶。过了一会儿才说:“你今天到这里来,就是为了告诉我,我们大和民族如今又回到未开化的古代去了吗?”

“你知道我要和你说什么。”

小堀一郎饮了一口茶,心中的烦乱还是压不下去。他发现自己怕见这个女人。

“我不知道你此行的目的。”他只好重复一遍。

叶子突然歇斯底里叫了起来:“难道你就不为你自己感到羞耻吗?难道赵先生一头撞死在石碑前的时候,你就不为自己感到羞耻吗?”

小堀一郎大吃一惊,这样的爆发力,完全是日本女人式的。战争初起时他在本土的大型集会上看到过许多这样大声喊叫的女人,可她们喊着的口号是天皇万岁和皇军万岁,与这个女人恰恰背道而驰。

小堀一郎从茶几后面慢慢地站了起来,现在他明白,这个女人是绝不会按照他的意愿行事的了。从现在开始,他应该放弃她是一个日本女人的念头,她不是他的同胞了,她是一个彻头彻尾的中国人。

他说:“看样子,你和你的那位杭嘉和一样,是不准备回去了。”

“我既然已经来了,必然就作好了回不去的准备。”叶子傲慢地回答。她的酷似老师羽田先生的神情,使他既痛恨又欣赏。他想缓解一下他们之间那种剑拔弩张的气氛,便重新坐回到茶几后面,调整了一下语气,才说:

"你太紧张了,我并没有要扣留杭嘉和的意思,我只是请他明天夜里到茶楼去与我下一盘棋。我一直听说他有很高的棋艺,还没有领教过呢。过不了几天,我就要上前线了,我得把在杭州该干的事情都干完了,否则我会遗憾的。"

"——你不是想和他下棋,你是想让他死——"

"我就是想让他死,又怎么样呢!"小堀一拍桌子,勃然大怒。

"那么你也会死的!"

"你以为我会怕死?"

"我知道你不怕死,但是你不想回日本去,你想死在中国。我知道,你想死在中国!"

"我想死在战场!"

"不,你是想死在中国!你曾经伪造身世,才进入陆军大学,才娶了你现在的妻子。你的底细我早已告诉国内密友。你要杀了嘉和,这封信立刻就会公开,军事法庭立刻就会把你召回国内。我列举的你的许多罪状,是足够处你以极刑的!"

小堀一郎气得浑身发抖。他唯一还能在中国实现的这点愿望——死在中国这秘密,被这女人一语说破。他恨她!他恨这个同胞,恨这个茶道老师的女儿,甚至超过恨中国人。茶几上放着那只唐物石茶臼,他一把抓过来想朝那女人劈头盖脸扔去,结果却大吼一声,猛力朝茶几砸去。只听哗啦啦猛响一阵,茶几竟被生生地砸成两半。茶几上的茶杯蹦跳到了地上,茶水流了一地。

叶子紧紧地闭住双眼，双手抱在胸前，她的全身也开始颤抖。不知过了多久，她听到那个声音再一次向她发出低吼：“现在，你还以为我是要死在中国吗？”

叶子颤抖地睁开了眼睛，松开了手，茶神陆鸿渐像泛着白光，静静地靠在主人胸前。叶子的嘴唇哆嗦着，缓缓地点点头。

小堀一郎似乎因为那猛烈的发泄而丧失了元气。一股巨大的疲倦骤然向他袭来，他就一屁股坐在了那破茶几的后面，冷漠地问：“既然如此，你为什么不早早地就告发我呢？”

叶子看看他，不再回答。

“是因为他？”

他们两个都知道“他”是谁，但他们都不愿意把那个名字从心里吐出来。

“知道我会怎样处置你吗？”小堀这一次是自问自答，“我要把你送回国内去，就像你们把那个女孩子送到梅家坞去一样。我要让你知道，什么叫生离死别，什么叫可望而不可即……”

百年茶楼，今夜一片肃穆，楼上楼下一片灯火通明，却看不到一个人。

人还没有开始来呢，只有老吴升悄悄地坐在楼上临湖的栏杆旁。

湖上，淅淅沥沥的雨下起来了，听得出它们打在残荷上的声音。老楼在风雨中飘摇，也发出吱吱呀呀的响动。那是不祥的预兆——有什么不祥的事情又要发生。

今夜，小堀要在这里与嘉和对弈。小堀还专门派李飞黄去找一批观棋的中国人。躺在床上犯病的嘉乔，一开始还不明白，为什么下棋还要弄一批人观战。老吴升说："那都是人质啊，小堀要是下输了，他会把我们都给杀了的。"

嘉乔听到这里，浑身上下就又痛了起来。刚才他又喝了一些老吴升熬的中药，这一次不但不止痛，反而变本加厉起来。在这样下雨的夜里，他难受得几乎就不想活了。他说："爹，你给我一些鸦片吧，吃了止痛。"

吴升摇摇头，说："我不给。"

嘉乔突然就朝他干爹拔出枪来，他的声音鬼哭狼嚎，叫得十里路外都能听见："妈的我恨你！都是你害的我！你给我吃的是什么药，分明是毒药嘛！"

老吴升照样一声也不吭，嘉乔就继续叫着："你给我鸦片，现在就给，你给不给？你给不给？说，你给不给！"

老吴升突然说："你痛了还能叫，吴有被日本佬打死，连最后一声叫我都没听见，你跟他一命抵一命才划算！"

嘉乔早已被宠养成的骄横，在犯病时已经发作成另一种病态。听了吴升的话，他一下子就从床上跳下来，举着枪上前，用那只没有举枪的手，对着吴升的脸一阵乱抽，一边抽一边叫道："你敢再说一遍！你敢再说一遍！"

吴升的老太婆从里屋出来，看到嘉乔这副样子，吓得也是一声狂叫："嘉乔你疯了，你抽的是谁？他是你爹啊！"说着就上去一把抱住嘉乔。

谁知嘉乔浑身痛得什么也顾不上了，一把推开了那老太婆，发了红的眼睛睁得大大的，叫道："谁他妈的是你们的儿子，谁他妈的是我的爹！我的爹姓杭，早被你们吴家逼死了！"

老太婆听了此言，真正可以说是如被天打五雷轰一般，一把扑过去抓住老吴升的领口，哭叫道："老天爷啊，老天爷你开开眼吧，你看看我们养了一条什么样的恶狗啊！"

吴升嘴角流着血，被嘉乔打得气都喘不过来了，但还能连连无力地点着头，断断续续地说："打得好——打得好——打得好啊——"

嘉乔像一条狂犬，在他的吴山圆洞门里翻箱倒柜起来。他曾经记得，父亲有过一包雷公藤，那是著名的毒药，人称"断肠草"。吃一点点，人就要中毒，多吃一点，那可就要当场毙命的了。

可是他怎么找也找不到，气得他眼冒金星，出来一把抓住吴升老婆，吼道："说，断肠草到哪里去了？"

老太婆哪里晓得什么断肠草，她也从来没有看见过嘉乔的这副吃相，一时吓得话也说不出来，只是指着吴升说："你问你爹，你问你爹吧。"

吴升这才站了起来，一边擦着嘴边的血，一边说："早就被人家用完了……"

"用完了……"嘉乔凄惨地重复了一句，"就是说，我连死都死不成了——"

"人要死，还怕死不成？西湖又没有加盖！"老吴升突然说。

嘉乔变了形的脸一步步地朝吴升逼来，枪就一直逼到了吴升的脑门子上。吴升的眼睛就闭上了，心里想：报应啊，报应到底还是来了……

吴升老婆却一下子跪在了嘉乔脚下，边磕头，边哭着说："乔儿,乔儿,看在我们养你那么大的分上,放我们一条生路吧——"

话音未落,只听砰的一响,老太婆吓得一声噤住,哭都哭不出来。怔了不知多少时候,才大叫一声:"老头儿啊——你死得好惨啊——"

但见那老头儿却也不曾就地倒了下去,直直地站着,眼睛瞪得老大,一副痴呆相。这才晓得,嘉乔到底还是没朝吴升的脑门子上打,那一枪是打到天花板上去了。

嘉乔看着半痴半呆的老太婆,吼了一声:"滚!"

老太婆连忙说:"就滚!就滚!"拉着老头儿朝里屋走。老吴升却停住了看着嘉乔,说:"乔儿,你吃了我的中药吧,这可是解毒的,爹不骗你!爹还想让你活啊!"

嘉乔突然大笑起来,他找到鸦片了,他可以止痛了。一次一次地被吴升哄着吃药,他已经不相信有什么作用。他挥着枪说:"快走吧,该上哪里就上哪里去,别在我眼前晃,我再发起火来可就顾不得了。"

吴升拿手遮着自己的眼睛,哭了起来,叫道:"乔儿,爹是真的想让你活啊……"这么说着,到底还是跌跌撞撞地走出去了。老太婆深一脚浅一脚地跟在雨巷中走着的吴升后面,哭着说:"老头儿啊,我们走到哪里去啊,吴有被日本佬打死了,吴珠好好的人不做要去做婊子。活了这把年纪,杭州城里也算是有头有脸的人了,我们总不好让婊子养我们吧,你叫我们去哪里啊……"

吴升半推着老太婆,往秋雨中走去,边走边说:"走吧,走吧,天无绝人之路啊——"

在苍茫的夜色中走出好远,老太婆还没有忘记回过头来看看她的吴山圆洞门，一边说："造孽啊，活了这把年纪，还要被做儿女的赶出来，造孽啊——"

吴升却说："没有被他打死就是福气了！"

"这个汉奸，还是人吗？连自己娘都敢杀。活一天，好人的命就在他手里攥一天，不如早早死掉才好呢。"

吴升听到这里，突然站住，捶胸顿足起来："乔儿啊，我心疼你啊，乔儿啊，我、我、我——"他拔腿就往回走，走几步又倒了回来，好像神志又清醒了一些，轻声对着老太婆的耳朵说："你知那断肠草到哪里去了吗？实话告诉你，都让我给他下到茶里面去了。"

这一句话，吓得老太婆脚底打滑，浑身上下就软了下去。

"你，你你你你——你给他下了毒——"

"也不是这一日了。"吴升叹了口气说，"从他弄死沈绿爱开始，我就开始给他茶里头下毒。原本只想放一点点，只让他吃了身子虚了，没法出去做坏事便可。没想到他执迷不悟，你没见他时好时坏的，我也下不了这个手啊。直到那个小堀打死了吴有，我才发了狠心，给他往茶里多放了一点。吴有是我的亲骨肉，他再坏，也是被嘉乔这个坏种带坏的。如今他被日本佬打死了，嘉乔却还照样当日本佬的狗，我气不过。可我没想要他死，只想让他少动弹少造孽啊！"这么说着，老头子就呜呜地哭了起来，老太婆也哭了，说："老头儿，我今日才算识得你……"

突然他们似乎听到了闷闷的一声，两个人都吓了一跳，不知是不是枪声，嘉乔会不会……许久没有动静，吴升便又顿着脚朝吴山圆洞门哭，一边哭一边叫着："乔儿你可不能死啊，乔儿你可不能死啊……"

这么哭着，却又倒走着，一步一步地走远了，到他的昌升茶楼，作最后的告别去了……

被李飞黄捋捋刮刮弄到茶楼来的观战者，真正可以说是杂七杂八。比如当年曾在三潭印月岛上给杭家少爷姑奶奶泡茶的周二就被拖来了。当然也有主动来给嘉和助威的，比如陈揖怀，那就算是人品高的了。说到人品差的，比如竟还有那当年偷了杭家衣物的扒儿张，见了杭嘉和就磕头，边磕头边说：“杭老板杭老板，你今日里可要给我们中国人争口气啊，你赢了，我就把那张《琴泉图》还给你——”

杭嘉和想，《琴泉图》到底还是在他手里啊，却说：“我若输了呢？”

“输了我就不管你了，谁叫你输的！谁叫你不给我们杭州人争面子的！”

李飞黄听了生气，指着扒儿张，挥手说：“走，走，走，你到这里凑什么热闹？你当是从前喜雨台杭州人下棋打擂台赛啊。嘉和你可不要听这贼骨头胡说，他这是要你出人命呢。”

“不要给我搅五搅六了，不过是下棋，难不成谁输了谁赔一条人命？”扒儿张是个混混，说话一向没轻没重的。

陈揖怀在旁边，看嘉和一声不响，就对扒儿张说：“今天夜里这局棋，你们只管看着，千万不要添乱。虽说不是一条人命，也是跟人命差不多。谁输了，谁要斩掉一根小手指头。”

李飞黄也说：“嘉和，老同学，今夜这局棋，你是万万不可赢的。你若真赢了，那小堀岂不是得断手指头？他哪里会真正断手指头，说不定他的手指头没断，我们这些观棋的倒要先断了人头，你若输了，小堀倒不见得真会要你的手指头。他不过是争口闲气罢了，你也不用当真——”

“——煞屁！”李飞黄的话还没有说完，就被扒儿张拦腰斩断，点着李飞黄的脸就拍手打快板——

煞屁臭，抓来炙，
炙炙炙不好，肚里吃青草，
青草好喂牛，牛皮好绷鼓，
鼓里鼓，洞里洞，哪个煞屁烂洞孔。
……

茶楼里等着日本人来下棋的所有的中国人，甚至包括李飞黄，包括杭嘉和自己，也都忍不住笑了起来。亏得这个扒儿张，这种人命关天的时候，他还会想起那么一段杭谚来挖苦李飞黄。杭嘉和指着扒儿张说：“好哇，果然我的图就在你那里，你倒是有本事，藏到今天才说出来。”

扒儿张指天咒地地说：“老早就想还你的了，只是担心你烧了一回自家的大院，会不会又烧了我送回去的画。那就太不划算了，还不如留着给我自己救急好呢。”

“既然这样，怎么这会儿你倒说出来了？”陈揖怀问。

扒儿张竖起大拇指，一直晃到杭嘉和眼前，高声说：“你不晓得还是假痴假呆？人家杭老板，今天有胆量到这里来和日本人对棋，他就是杭州人里的这个！我怎么还好偷人家的东西，你们说是不是?”

大家又都笑了,第一次发现了扒儿张也有可爱的时候。嘉和就说:“扒儿张,你记牢,我若日后不能跟你回去拿我的图,你得亲自给我送回杭家去,说话要算数。”

他是带着笑说这话的,但听的人大多一下子湿了眼眶。只有扒儿张开心地回答:“杭老板你放心,我一定送到你手里。不过我们有言在先,今天夜里你可是一定要赢了那日本佬儿东洋鬼子的——”

这么说着说着他就停住了,发现大家的脸都绷得紧紧的,回头一看,面孔也微微有些发白了,他的身后,站着的正是神情淡漠的小堀一郎。

为什么要在这样一个夜晚来到这里?为什么要与这样的一个人对弈?小堀一郎看着一屋子的穿长衫套短褂的中国人,自己问自己。他看到那个人——他的对手,正坐在那边窗口的茶桌下,他的半被暗色遮蔽面孔的神情令他难受。他不得不承认,自己一点也不想见到这个人,他不得不承认——他只是想体面地离开。

他使了一个眼色,有人就搬上了棋盘——纵横十九条平行线,构成三百六十一个交叉点,三百六十枚棋子,分黑白二色,安安静静地躺在茶楼的灯光之下。他站了一会儿,看上去从容不迫,心里却有些不安。那个男人并没有站起来迎接他——是的,他已经习惯了被迎接,他一时不知道,在大庭广众之下怎么主动地去和中国人对话。

他终于走上前去了,站到了杭嘉和面前,面带和气地说:“对不起,我来迟了一步。"

围坐在这个人身边的人,一个个神色肃穆地离开了茶桌。现在,他看清了,其实这个人一无所有,除了眼前的一杯茶,茶烟在昏黄中极慢地缭绕着。这个人沉默不语,慢慢地,端起茶杯来,饮了一口,又饮了一口。

这个人的态度令人焦虑。他解下军刀,放在一旁空着的椅子上,坐在他对面。有人送上来一杯茶,现在他们两人就慢慢地品起了茶。

茶楼里灯火通明,听得到外面淅淅沥沥的雨声,时间过得很慢。小堀感到了无趣,他又挥挥手,棋盘就移到了他们坐的桌面上。

他终于说:"怎么样,来上一局?"

嘉和没有开口,只是用手指轻轻地叩着桌面,叫了一声:"吴老板……"

吴升亲自拎着大铜茶壶上来,为他兑了水。嘉和还和他打了一个招呼:"浅茶满酒,够了。"

小堀的怒气开始升上来了。他本打定主意,今夜不再放出心里的魔鬼,但他控制不住。他说:"杭先生,请问谁执白?"

杭嘉和摇摇头说:"我不执白。"

"你是让我执白,你执黑?"

"我也不执黑。"

小堀微微愣了一下,明白了他的意思,嘴角轻轻抖了起来。他说:"请问……杭先生的微言大义?"

"我没有微言大义。我不会下棋。"

闻言,小堀的脸都歪了,却很快仰身哈哈大笑起来:"你不会下棋,你竟会当着你的那么些同胞的面说自己不会下棋,难道你也怕斩手指头? 你放心,我不会——"他突然止住了大笑,指着周围的人问:"你们呢,你们呢,你们都不会下围棋吗? 都不会下你们中国人发明的围棋吗?"

他的目光就逼住了李飞黄。李飞黄拱着手说:"不是不会下,是在你太君面前怯了场,不敢下了。"

小堀是想下台的,从杭嘉和的目光里他已经明白,这个人,今天是不打算回去的了。可是他并没有想要他死的意思,他不想见到他,但是他并不讨厌他,他恨这个人,但他看得起他。

他的话锋就这样移到了李飞黄身上,微笑着说:"李教授,杭老板是真的不会下,你可是怯场,你替杭老板上吧。"

李飞黄一边勉强笑着,一边摇手说:"我是真的不行,多年不下了,抱歉抱歉。"

小堀突然抬高声音,用日语叫道:"李飞黄,你好不识抬举!"

李飞黄面孔一下子煞白,张皇地四顾着,脸上挂着比哭还难看的笑,说:"我的确是不会下的了,不信你问问各位,我真的是多年不下了。"他顺手就拉住了扒儿张,求救似的摇着,脸上几粒浅浅的麻子也涨红了。

扒儿张先是莫名其妙地看着李飞黄,然后大概是从他恳求的目光里悟出了什么,张口就说:"太君,他真的不会下棋。"

"你知道他不会什么,他会什么?"小堀冷笑着问,他已面露杀机,但扒儿张却不会察言观色。

"他会——他会弹琵琶!"扒儿张一拍脑袋,指着李飞黄的脸说，“太君你看，他脸上有麻子，有麻子的人会弹琵琶。”

他就拍着手又呱嗒呱嗒念了起来：

麻子麻，弹琵琶，
琵琶弹到天，做神仙；
弹到地，做土地；
土地娘娘轰的一个屁，麻皮弹到茅坑底！

他一边念着，一边用手指将一个个人点过去，念到“茅坑底”时，正好指到小堀一郎的脸上。

所有的人都愣住了，然后，是无论如何也憋不住的大笑。小堀不太能听懂杭州话，但他感觉到这些中国人在取笑他。他侧过脸来，用眼睛的余光看着他的对手，他仿佛稳坐钓鱼台似的，正在微笑。他的微笑，像利刃一般穿透了他寒冷的心。在这个热闹的中国茶馆里，他感到前所未有的孤独。他愤怒地抓起一个茶杯就往地上摔，一下子就止住了所有的笑声。但扒儿张却慢了半拍，刚才大家笑的时候，他还没有反应过来，现在人家不笑了，他却突然真正感到了好笑。他就哈哈哈地独自笑出了声，第二串笑声还没煞尾，只听闷闷的一声，他的胸口好像被人拍了一下。他还想回头看看，突然觉得心口剧痛，低下头，他吓坏了，血像什么似的渗了出来，再一抬头，他看见小堀一郎手中的枪还冒着热气，他就一下子叫了起来：“杭老板，日本佬打我——”没说完就瘫了下去。

谁也不会想到，包括小堀一郎自己也没有想过他要开枪。大家都被这突然发生的惨剧震住了，小堀几乎和嘉和同时冲了上去，嘉和一把抱住了倒在地上的扒儿张，只听到扒儿张咽气前的最后一句话："日本佬打我——图……在……你……枕头下……"

从来没有发生过这样的事情。小堀一郎半跪在地，抬起头，面对嘉和，竟面色仓皇，结巴了起来："我……没想……打死他！没想……"

然后，他看见那双发烧发怒的眼睛，他听到那人咬牙切齿地朝他轻轻吼了一声："杀人犯！"小堀迅速而绝望地冷静下来，傲慢地离开了这一摊中国人的血，他知道他又欠下了一笔血债。然后他说："继续下棋。"

等杭嘉和抬起头来的时候，被枪声招来的宪兵们，已经里里外外地包围了昌升茶楼。小堀的目光，从刚才的犹疑变成了现在的残忍——那种豁出去准备开杀戒的冷酷。

所有在茶楼里的中国人，都被日本宪兵团团围住，动弹不得。杭嘉和挺直了腰，说："把他们都给我放了，我和你下这盘棋。"

现在，茶楼里只有三个人了。他们是杭嘉和、小堀一郎、茶楼的主人老吴升。

老吴升看着这两个人对峙在这一盘棋旁，他们的身下是一摊摊的血水和茶水，老吴升的眼睛也在出血了。虽然他不明白为什么小堀一郎非得要和嘉和下棋，但他晓得杭嘉和为什么说他不会下棋——他很懂他们杭家人说话的风格，杭嘉和是在对这个日本鬼子说——你没有资格做我的对手！我绝不和你下棋！

他看见他们两人在一支烛光下的对峙，他听见那个日本佬从牙齿缝里挤出来的声音："现在你就不怕断了你的手指头？"

然后，他看见杭嘉和轻轻用他长衫的袖口一抹，三百六十粒黑白棋子就哗啦啦地落下了地。有一粒白子，划了一条很长很美的弧线，一直滚到了他脚下的血泊中。

然后，他就看到他们两人对峙得更近了，他听见那日本佬举起放在桌上的军刀，几乎是意味深长地说："你输了……"

然后，他就看见嘉和接过那把军刀，一声轻吼，手起刀落，血光飞溅，他竟生生地劈下了自己左手的一根小手指。吴升看到一股血喷了出来，一直射到了刚才扒儿张流淌的那摊血上。

现在，他们三个人都在深秋的西子湖畔发起抖来，血在他们之间喷涌着。小堀一郎面无人色地站着，一言不发，谁也不知道他内心被震撼的程度，在场的人只看到他摇摇晃晃地映在茶楼墙壁上的身影，这个身影在颤抖中低矮了下去，融入黑暗中，终于消失了……

另一个因为痛楚而挺直高拔的身躯，咬紧牙关，默默无言，也在颤抖中倒了下去，就倒在脚下的那摊血水和茶水之中了……

那个见到了这一切的老头儿，半张着嘴，扑过去背起了倒下的人，也扑倒了那个燃烧的烛台……

那天夜里，杭州城沿西湖一圈住着的居民们，有许多人都看到了涌金门外的那场大火，他们眼睁睁地瞧着这百年茶楼在黑夜里化为灰烬——火焰冲天，又倒映在西湖水中，悲惨而又壮美极了。

尾 声

公元1945年8月下旬，浙江天目山中那佛门破寺，依旧一片安宁。狂欢的日子刚过去，十二岁的越儿已经平静下来了，正和烧窑师傅耐心地等待着一炉即将开启的天目盏窑。

这些天目盏与平日的碗盏倒也没有什么特别大的区别，只是在每一只碗的足圈底部烧上了“抗战胜利”四个小字。这四个字还是越儿请阿哥忘忧写的。越儿虽然在忘忧的教导下也能识得一些字，但他几乎不能写。哥哥忘忧告诉他，日本人到底投降了，他们可以回杭州了。

“那我们什么时候走？”越儿立刻兴奋起来，他年少单纯，和忘忧那“近乡情更怯，不敢问来人”的心情，到底是不一样的啊。

忘忧说：“再等一等，再等一等，会有人来接我们的，会有人来接我们的……”

“是那个吹口琴的杭忆哥哥吗？”

忘忧不想让李越看到他内心的担忧。他惴惴不安，夜里噩梦不断，他害怕自己心里的那份对死亡的预感。仿佛为了赶走这种钻进了心里的不祥，他就爬到大白茶树上去摘夏茶了。夏天的大白茶树，长得和一般的茶树一模一样，郁郁葱葱的一片。他天天靠在大枝杈上，一手握着口琴，朝另外一只手手心敲打着。他在天光下睁不开的眼睛，眯成了一条线，一直望着向山外去的小道，目光很久不转动一下。

有时候，越儿从窑口回来，站在大茶树下，就拍着树干问：“大茶树，大茶树，吹口琴的哥哥会来接我们吗？”

当他第十次这样问的时候，远处山道上，终于有几个人向他们走来了。最前面的是个年轻女人，背上背着一个小男孩。忘忧的心狂跳了起来，绝望和希望，把他的喉头塞得喘不过气，苍白的手也控制不住地发抖。然后，他把口琴贴到了唇边，耳边，颤巍巍地响起他从小就熟悉的曲子：

苏武留胡节不辱。
雪地又冰天，穷愁十九年。
渴饮雪，饥吞毡，
牧羊北海边。
……

然后，他看到那个年轻的女人来到了大茶树下，对着树喊：“是忘忧吗？”

忘忧就从树上溜了下来，面对那女人站着。他听到大茶树飒飒地抖动着，他什么都明白了。

那女人却把背上的小男孩放下，推上前去，说：“这是你的忘忧表叔。”

忘忧蹲了下来，问小男孩：“你叫什么名字？”

小男孩犹疑了片刻，轻轻地说：“得茶。”

“得茶?”

“就是‘得茶而解之’的茶嘛。”小男孩老三老四地解释,却眼馋地盯着忘忧手里那个奇怪的会发出声音的东西,对背他的女人说:“茶女阿姨,我要……”

忘忧就把口琴放到了他的小手里。小男孩急不可待地胡乱吹了起来,一边吹一边奇怪地看着周围的大人,他不明白,为什么大人们突然都流出了眼泪。

从天目山中白茶树下出发,向着千山万水之外中国的大西南而去,一直走到云贵高原,一直走入热带丛林,走入古代茶圣陆羽所说的古巴蜀的阳崖阴林中去——你发现茶的身躯,正在随着故乡的接近而越长越威风,它们向着高高的蓝天伸展大枝,像巨无霸,像童话中那些摇身一变的神怪。

他们是生长得多么遥远的大茶树啊,远得就好像长在地平线之外了。

那一天,就在那株西双版纳的大茶树下,同样是三岁的小男孩小布朗,正在树下玩耍。有一片大茶叶子飘下来了,像蝴蝶在飞。他在树下跳跳蹦蹦地抓它,一抓,抓到了一个大怪物。

这是一个多么高大的破破烂烂的大怪物啊。浑身上下漆黑,只有眼球是白的。那个怪物还会说话呢,他说:“孩子,你妈呢?”

小布朗听不懂他的话,他吓哭了,叫着:“邦崴伯伯,邦崴伯伯——”

然后,一个穿着布朗族服饰的年轻女人,从树下的茅棚中出来了。她盯着那个怪物看了好一会儿,才轻轻地说:“小布朗,爸爸回来了,小布朗,爸爸回来了,叫爸爸吧,爸爸回来了……”

日本在华作战军人小堀一郎却是在更晚一些的时候,陪着他的上司、日军第一三三师团师团长野地嘉平从战场上回到杭州的。8月15日,日本天皇正式宣布无条件投降,9月2日,日本投降的签字仪式在停泊于东京湾的美国旗舰密苏里号上举行。今天,9月6日,小堀一郎要参加的,却是中国战区十五个受降区中的第六受降区的受降仪式了。

宋殿,出杭州城不过几十公里,离它的辖区富阳县城不远,曾是日军第一四四师团在杭州地区的特工据点之一,可谓碉堡林立,战壕纵横,特务如蚁,军犬成群,还有专门丢中国人尸体的千人坑。没想到,这一日却成了日军俯首举手投降的地点。士兵们对天皇宣布的无条件投降的诏令反应激烈,剖腹自杀的也不止一个两个。那些渴望早日回家的士兵,虽然已经放下了武器,但两手空空的他们依然站得笔挺,有的人手里还拿着一支平日里训练刺杀时用的木头枪,以显示败军之兵最后的气概。

这些情状,在同僚眼里,或许还有几分无可奈何花落去的伤感,但在小堀看来,却只是无聊荒诞之举。甚至那使日本人丢尽脸面的受降过程,也不曾使小堀内心泛起什么感情的浪花。

作为日军败将的一员,他一直跟在受降人员后面,同车到达宋殿的地主宋作梅家门前的空地上。他看见了那个临时搭起来的受降台,上面所设的圆桌,为中方的受降席,台下所设的菜桌则为日方的投降席。他还看见台上悬挂着的中、美、英、法等盟国战旗,他也看见了半降着的日本国旗。他看见那些从降旗下走过的一张张阴沉的脸——野地嘉平、樋泽一治、达国雄、大谷之一、道佛正红、大下久良、江藤茂榆……这些人，包括他自己，一个个，曾经是何等的"痛饮狂歌空度日，飞扬跋扈为谁雄"哪！而今，却真正是羽扇纶巾一挥间，强虏灰飞烟灭了。

从宋殿回来，他就去了梅家坞，他知道，那个姑娘不但没有死，反而活得越来越健康了。而他，却是注定要消亡的了。他一点也不惧怕这种消亡，只是在此之前，他还有些东西要交给那姑娘罢了。

初秋并不是植树的季节，但苏堤上人声鼎沸，许多杭州人都背着铁锨锄头来了，他们是来挖那年日本人逼着他们砍去桃花后种下的樱花树的。八年的樱花，也已经长得很美丽很繁华了，却经不起迁怒于它们的杭人的砍伐。一些人在齐根处砍了之后，另有一些不解气的人过来，使劲地挖那些已经扎得很深的根。

在这些人中，又有一个疯疯癫癫的半老头子，穿着一件已经看不出颜色的破长衫，一边喊叫着劳动号子，一边窜来窜去地指导别人如何才能把树根全部挖出来，看上去他和那些樱花有着特别的深仇大恨似的。

他的目光执着，有一种明显的痴呆。别人一边推开他的热心指导，一边说着："去去去，那年种樱花也是你最积极，如今砍樱花又是你最积极了。怪不得家里没人再跟你过呢，谁知你是真痴真呆还是假痴假呆！"

杭嘉和与陈揖怀，两人加起来也只有一双好手，此时，倒也安安静静地掘着一株樱花树。挖着挖着，陈揖怀感叹起来，说："桃又何辜,樱又何辜,都是人作的恶啊……”

正那么说着,就见痴呆者跑了过来,盯着他们直嚷:“人面不知何处去,桃花依旧笑东风!听见了没有,不是樱花依旧笑东风,是桃花依旧笑东风!是桃花依旧,是桃花依旧,是桃花依旧……哈哈哈哈……是桃花依旧……”他就那么嚷着叫着,手舞足蹈,在苏堤上一路癫狂而去了……

陈揖怀说:“日本佬投降那天,我还看见他在门口放鞭炮,神志清爽着呢,怎么说疯就疯了呢?不会是怕别人把他当了汉奸处置,装疯的吧?”

杭嘉和看着他的背影,好半天才说:“这一回李飞黄可是真疯了。你还不晓得吧,他的儿子李越跟着忘忧从山里出来,听说父亲跟过日本佬,死活不认。前日西泠从美国来信,把儿子的姓都改了,如今李越也不叫李越,叫方越了,吃住都在我家,倒管我叫起爸爸来。你看,李飞黄这个人,要说学问,他和小堀也都算是学富五车了吧,可是打起仗来,学问到底做什么用场呢?”

陈揖怀却手搭凉棚说:“你说起小堀,倒叫我想起来了。你看那边湖上小舟里,只坐了一男一女。我看那女的像盼儿,那男的倒是像那个小堀呢。”

嘉和也朝那边湖上望了一望,说:“就是他们。小堀要见盼儿,说是要把那只曼生壶和一块表托付给她。”

陈揖怀吃惊得连手中的锄头柄都松掉了,用他那只好手指点着嘉和的脸,说:“你、你、你,你怎么敢让他们两个坐到一起?那个魔鬼,枪毙十回也不够。他不是战犯,谁是战犯!”

嘉和仰起脸来,眯缝着眼睛望着湖面。平静的湖水间,有一只鸟儿擦着水面而过……他说:“已经做了魔鬼,最后才想到要做人……”

“想做人?想做人也来不及了!”

“是啊……来不及了……”嘉和朝陈揖怀看看。揖怀突然大悟,说:“赵先生若能活到今天——”

“——揖怀!”嘉和捶了一下锄头柄,陈揖怀立刻就收了话头,他知道自己是犯了大忌了。

好半天,才听嘉和说:“……不可说啊……”

他们两人说完了这番话,就呆呆地坐在了西湖边,望着里西湖孤山脚下那一片初秋的荷花。陈揖怀怕嘉和触景生情,想到已经牺牲三年的杭忆,便把话题绕到叶子的儿子杭汉身上,说:“杭汉有消息吗?他也该是回来的时候了。”

提到汉儿,嘉和面色舒展了许多,说:“刚刚收到他的信,这次是要回来一趟了,说是还要带着他的那个妹妹一起回来呢。你看,抗战刚刚胜利,他们的那个茶叶研究所就被当局撤了移交给了地方。还是吴觉农先生,说是要把他们这两兄妹一起接到上海去,搞个茶叶公司,自己来干。这趟汉儿回杭,是要与我们商量此事呢。”

“不是说寄草和罗力也一起回来了吗?”

“正在路上呢。想不到吧,寄草也有一个儿子了,和得茶差不多大,这下两个孩子可以做伴了。”

“想不到,想不到!”

“想不到的事情还有。嘉平因为和茶业沾了那么一点关系,这次随了庄晚芳先生一起到台湾接收日本人投降时交出的茶叶行了,一时还回不了杭州呢……”

陈揖怀听了不由大为振奋,说:“再过几日,叶子也能到杭州了,真是喜讯频传啊。看样子,忘忧茶庄劫后余生,又可以开始振兴了。你们杭家虽说曾经家破人亡,到底撑过来了……”

话还没说完,就见湖上一阵大乱,有人尖叫:“有人落水了,有人落水了,有人跳到水里去了——喂,喂,那边船上的女人,你怎么不叫人去救啊!你怎么不叫人去救啊!来人哪——”

所有岸上挖樱花树的人都纷纷放下锄头,冲到湖畔。有几个性急的小伙子就要往水里跳。

再听湖上有人叫:“别下来,这是小堀一郎,是日本佬儿,到西湖来自寻死路的!”

偌大一个西湖,都被这突如其来的自杀事件震惊了。西湖和西湖边所有的人一样,一下子屏住了呼吸。就只见湖中心一只孤零零的小舟,舟上一个孤零零的女人,女人怀里一把孤零零的曼生壶,壶里一只怀表,还在孤零零地响——嘀嗒嘀嗒,嘀嗒嘀嗒……

整个下午杭盼都和小堀一郎在这条船上,他们一直没有说话。偶尔,当杭盼抬起头来时,她会与小堀一郎的目光相撞。小堀的目光很用力,他一直在紧紧地盯着杭盼,想着心事。直到刚才,小堀看着前方,突然说:“那是苏曼殊的墓。”

她抬起头来看看他,他的眼睛湿湿的,像是两坨正在融化的冰块。

“感谢你接受了我的邀请。”他有些笨拙地说道。

“我父亲说,不用再怕你了。”

“噢。你父亲……你父亲……”小堀若有所思地朝堤岸上看,两人又复归于沉寂。“我要告诉你,我不能够再活下去了。”小堀冷静地对杭盼说。

杭盼抬起头看看他,把曼生壶往怀里揣了揣,才说:“我知道。”

“你知道?”小堀有些吃惊,“你知道什么?”

“上帝创造了人,上帝也创造了爱。可是你想毁灭爱。你毁灭不了。你连你自己心里的爱也毁灭不了——”

“所以我只好与爱同归于尽了。”小堀仿佛谈论别人的生死一般,淡漠地笑了一笑。他把胡子刮得干干净净,套着那件他喜欢穿的中国长衫。

杭盼突然问:“这把壶是我家的,这只怀表是你的。你要我转交给谁?”

小堀皱了皱眉,仿佛不喜欢这个问题,只是挥挥手说:“你要是愿意就留下吧,也许有一天我女儿也会来杭州……”他摇摇头不愿意再说下去,却问道,“要不要我送你上岸?”

盼儿再一次看着他,她从来也没有发现他的面容会和另一个亲爱的人那么相像。他的胸口还贴着一张沾血的照片。一位少女,正在樱花树下微笑,那是赵先生的遗物。这么想着的时候,她就缓缓地摇摇头。

他看到她低垂着头,他听到她的喃喃祈祷:“我们在天上的父,愿人都尊你的名为圣。愿你的国降临,愿你的旨意行在地上,如同行在天上……”

岸上，突如其来地响起了一个疯癫者尖厉的声音："不是樱花依旧，是桃花依旧，是桃花依旧啊——哈哈哈哈……"

她终于听到了他落水时的声音。他在水里挣扎，但又渴望永坠湖底，她能够听出这种心情。但她低着头，只盯着手里的曼生壶。……只能这样了，愿主免我们的债，如同我们免了人的债……救我们脱离凶恶……阿门……

西子湖三岛葱茏，站在孤山顶上往下看，正好呈一"品"字，形成了中国古代神话传说中蓬莱三山的格局意境。虽然三岛历经劫难，尚未恢复花容月貌，但迫不及待的杭州人，已经一船船地朝湖上拥去了。三潭印月我心相印亭前，坐着许多边喝茶边饱览湖光山色的游客。有人正在向他们介绍三潭印月的来历，甚至一个日本佬儿的投湖自杀也不能打断他们对良辰美景的欣赏——终于回来了，湖边品茶的日子……

只有一张茶桌是空着的，每当有游客想往上坐的时候，茶博士周二就认真地说："客人，对不起，这张茶桌是预订好的，我天天在等着他们来喝茶呢。"

"什么时候定的，怎么天天都空着啊？"

"这句话说来长了——八年前预订的。"

"哎哟，那还说得好啊？"

周二叹了口气，望望桌子和四张椅子，桌上四只青瓷杯，早已放好了忘忧茶庄上好的软新。周二想了想，拿起热水瓶，挨个儿冲了四杯热茶。干茶浮了上来，热气腾腾，一股豆奶香扑鼻，一会儿香气散了开去，融入湖上清新的空气中。周二望着湖面，深深地叹了一口气，他自己也说不准，那些年轻人还会不会来喝茶。他还不知道，他们当中，有的人正走向湖边，而有的人——他们永远也不会再来了……

1997年5月30日12时20分　初稿完成
1997年10月7日17时05分　二稿完成
1997年11月26日18时45分　三稿完成
1997年12月18日18时20分　四稿完成
1998年3月14日13时50分　五稿完成